D1718977

Falkner *Das Wappen des Lord Blandamer*

BIBLIOTHEK DER ENTDECKUNGEN

BAND 7

John Meade Falkner

Das Wappen des Lord Blandamer

Aus dem Englischen und mit Anmerkungen
von Thomas Löschner

Mit Illustrationen von
Sandra Gutzeit

Mitteldeutscher Verlag

Inhalt

Prolog

Baronet,* Bahnhofs-, Anstalts- und Kirchenerbauer, Schriftsteller, Antiquar und Seniorchef von Farquhar & Farquhar,
lehnte sich in seinem Schreibtischsessel zurück und drehte
ihn zur Seite hin, um seinen Äußerungen mehr Nachdruck zu
verleihen. Vor ihm stand ein Untergebener, den er aussandte,
die Aufsicht über die Restaurierungsarbeiten an der Klosterkirche von Cullerne zu übernehmen.

»Nun denn, auf Wiedersehen, Westray, halten Sie die
Augen offen und vergessen Sie nicht, dass eine wichtige Aufgabe auf Sie wartet. Die Kirche ist zu groß, um ihr Licht unter
den Scheffel zu stellen, und diese ›Gesellschaft-zur-Erhal-
tung-des-Nationalerbes‹* hat es sich in den Kopf gesetzt, sich
auf unsere Kosten zu profilieren. Ignoranten, die ein Arma-
rium* nicht von einem Abakus* unterscheiden können, Schar-
latane, dilettantische Schwärmer, *ganz bestimmt* werden sie an
unserer Arbeit herummäkeln. Gut, schlecht oder mittelmäßig,
es ist ihnen einerlei, es geht ihnen ums Herummäkeln.«

In seiner Stimme schwang fachmännische Verachtung mit,
doch er riss sich zusammen und kehrte zurück zum Geschäftlichen.

»Das Dach des südlichen Querschiffs und das Chorge-
wölbe bedürfen sorgsamer Obacht. Auch im Vierungsturm
liegt schon lange einiges im Argen, und ich würde später gern
die großen Vierungspfeiler abstützen, aber es ist kein Geld da.
Vorerst habe ich nichts über den Turm gesagt. Es bringt nichts,
Unruhe zu erregen, wenn man ihr nicht auch Einhalt gebieten
kann, und ich habe schon bei dem Wenigen, das wir bislang
schaffen sollen, keine Ahnung, wie wir mit unserem Geld
über die Runden kommen werden. Wenn weitere Gelder eintreffen, müssen wir den Turm in Angriff nehmen; doch die
Gewölbe des Querschiffs und des Chors sind dringender, und

von den Glocken geht keine Gefahr aus, denn der Glocken-stuhl ist so morsch, dass sie seit Jahren nicht mehr geläutet wurden.

Sie müssen Ihr Bestes geben. Es handelt sich nicht um eine sehr einträgliche Oberaufsicht, also versuchen Sie, sich so gut wie möglich zu schlagen.* Wir werden keinen Penny daran verdienen, aber die Kirche ist zu bekannt, als dass man die Sache auf die leichte Schulter nehmen könnte. Ich habe dem Pfarrer geschrieben – ein törichter alter Knabe, der kaum mehr als ein Zimmermädchen dazu taugt, mit einer Kirche wie der von Cullerne betraut zu sein –, um ihm mitzuteilen, dass Sie morgen ankommen und sich am Nachmittag an der Kirche sehen lassen werden, für den Fall, dass er Sie zu spre-chen wünscht. Der Mann ist ein Esel, aber er ist der recht-mäßige Hüter der Kirche und hat sich nicht schlecht dabei angestellt, Gelder für die Restaurierung zu sammeln, also müssen wir Nachsicht mit ihm haben.«

Erstes Kapitel

DAS IN OFFIZIELLEN KARTEN SO GENANNTE
Cullerne Wharf oder einfach Cullerne, wie es dortzulande
heißt, liegt heute zwei Meilen von der Küste entfernt, doch lag
es einst viel näher am Meer und tritt in der Geschichte als eine
Hafenstadt von Ruf hervor, die sechs Schiffe aussandte, um
gegen die Armada zu kämpfen, und vier weitere, um ein Jahrhundert später den Holländern standzuhalten. Doch als die
Zeit dafür gekommen war, verschlammte die Flussmündung
des Cull und an der Hafenausfahrt bildete sich eine Sandbank;
so war der Handelsverkehr auf See gezwungen, sich andere
Häfen zu suchen. Dann verschmälerte sich das Flussbett des
Cull, und anstatt sich wie ehedem verschwenderisch nach dieser oder jener Seite hin auszubreiten, schrumpfte der Fluss
auf die Ausmaße eines wohlgeordneten Stromes, und nicht
gerade des größten. Die Einwohner, die den Hafen als ihren
Lebensunterhalt verloren sahen, überlegten, dass sie noch
etwas retten könnten, indem sie die Salzsümpfe urbar machten, und errichteten einen Steindamm, um das Meer am Eindringen zu hindern, mit einer Schleuse in der Mitte, um den
Cull hinausfließen zu lassen. So entstanden die tief liegenden
Wiesen, Cullerner Niederung mit Namen, auf denen die Bürger das Recht haben, Schafe weiden zu lassen, und wo wohl-
schmeckende Hammel gezüchtet werden wie auf jeder Salz-
wiese jenseits des Kanals. Doch das Meer hat seine Ansprüche nicht kampflos aufgegeben, denn mit einem Südostwind
und der Frühjahrsflut schlagen die Wellen zuzeiten über den
Rand des Dammes, und bisweilen vergisst der Cull sein gutes
Benehmen und bricht nach heftigen Regenfällen landein-
wärts alle Bande, so wie dereinst. Dann meint ein jeder, der in
Cullerne aus den Fenstern der oberen Stockwerke sieht, dass
der kleine Ort noch einmal an die Küste zurückgezogen ist;
denn die Wiesen stehen unter Wasser und die Dammlinie ist

9

kaum breit genug, dass man eine Grenze erkennen könnte zwischen dem See auf Land und dem offenen Meer dahinter.

Die Hauptstrecke der Großen Südeisenbahn verläuft sieben Meilen nördlich von diesem verlassenen Hafen, und die Verbindung mit der Außenwelt war für viele Jahre durch die Karren der Fuhrmänner aufrechterhalten worden, welche zwischen der Stadt und dem Zwischenhalt an der Cullerne Road hin und her fuhren. Doch nach und nach überredeten Gesandtschaften der Verwaltung von Cullerne, die Sir Joseph Carew, der begabte und weithin respektierte Volksvertreter dieses alten Landstrichs, gebührlich eingerichtet hatte, die Eisenbahngesellschaft, dass eine bessere Verbindung nottat, und eine Nebenstrecke wurde errichtet, auf welcher der Betrieb kaum minder bescheiden war als jener der Fuhrmänner in früheren Tagen.

Zu der Zeit, als das Haus Farquhar & Farquhar mit der Restaurierung der Kirche betraut wurde, hatte die Eisenbahn ihren Reiz des Neuen noch nicht ganz verloren, und dem Eintreffen der Züge beizuwohnen war noch immer ein tägliches Ritual der Tagediebe von Cullerne. Der Nachmittag jedoch, an dem Westray eintraf, war so feucht, dass es dort keine Zuschauer gab. Von London bis Cullerne Road hatte er eine Fahrkarte zweiter Klasse genommen, um seinen Geldbeutel zu schonen, und eine Fahrkarte erster Klasse von der Anschlussstation bis Cullerne, um die Würde seines Unternehmens zu wahren. Doch war diese Überlegung ganz umsonst gewesen, denn abgesehen von gewissen heruntergekommenen Bahnbediensteten, die man nach Cullerne sozusagen in den Ruhestand versetzt hatte, gab es keine Zeugen seiner Ankunft.

Er war froh zu erfahren, dass der Unternehmergeist des »Blandamer Wappens« diesen Gasthof für Familien und Geschäftsreisende dazu veranlasste, einen Pferdeomnibus zu schicken, um alle Züge zu empfangen, und er machte umso lieber von diesem Beförderungsmittel Gebrauch, da er in Erfahrung brachte, dass es ihn genau vor der Kirchentür absetzen würde. Also stieg er mit seinem bescheidenen Gepäck hinein – dafür bot sich reichlich Platz, denn er war der einzige Fahrgast –, steckte die Füße in das Stroh, welches den Boden bedeckte, und ertrug zehn Minuten lang ein solches Rumpeln und Rütteln, wie es nur ein Pferdeomnibus verursachen kann, der über Pflastersteine fährt.

Mit den Plänen der Klosterkirche von Cullerne war Mr. Westray bestens vertraut, doch die Wirklichkeit war ihm bisher noch unbekannt, und als der Pferdeomnibus auf den Marktplatz rumpelte und er zum ersten Mal die große Kirche zum Heiligen Grab erblickte, welche die gesamte Südseite des Platzes einnahm, konnte er einen Ausruf nicht unterdrücken. Der strömende Regen hatte die Passanten von den Straßen gespült, und bis auf einige Voyeure, die über die halbhohen grünen Jalousieläden spähten, als der Pferdeomnibus vorüberkam, hätte der Ort wahrhaftig in Erwartung des Durchzugs der Lady Godiva* sein können, so verlassen war alles.

Die schweren Regenvorhänge in der Luft, der dunstige Wasserstaub, den die Tropfen aufwirbelten, wenn sie auf die Dächer schlugen, und die Schwaden, welche von der Erde verdampften, breiteten einen unsichtbaren, gleichwohl augenscheinlichen Schleier über allem aus, der die Umrisse weichzeichnete wie der Gazevorhang in einem Theater. Durch ihn hindurch zeigte sich bedrohlich die Klosterkirche, größer und auf mysteriöse Weise ungleich beeindruckender, als Westray es sich in gleich welcher Gemütslage vorgestellt hatte. Einen Augenblick später hielt der Pferdeomnibus vor einem eisernen Tor, von dem ein mit Steinplatten belegter Weg über den Kirchhof zum Nordportal führte.

Der Fahrer öffnete die Wagentür.

»Das ist die Kirche, Sir«, sagte er leicht überflüssigerweise. »Wenn Sie hier aussteigen, fahre ich Ihre Tasche zum Gasthof.«

Westray setzte sich seinen Hut fest auf den Kopf, schlug den Kragen seines Mantels hoch und sauste durch den Regen zur Tür. In den ausgetretenen Stellen der Grabsteine, die den Pfad pflasterten, hatten sich tiefe Pfützen gebildet, und in seiner Eile bespritzte er sich, bevor er das schützende Portal erreichte. Er zog die herabhängende Ledermatte zur Seite, welche eine kleine Pforte in der großen Tür schützte, und fand sich im Inneren der Kirche wieder.

Es war noch nicht vier Uhr, aber der Tag war so trübe, dass die Dämmerung bereits in das Bauwerk drang. Eine kleine Gruppe von Männern, die sich im Chor unterhalten hatten, wendete sich beim Geräusch der sich öffnenden Tür um und ging auf den Architekten zu. Der Wortführer war ein in die Jahre gekommener Geistlicher, der eine Halsbinde trug und nach vorn trat, um den jungen Architekten zu begrüßen.

»Sir George Farquhars Assistent, nehme ich an. Einer von Sir George Farquhars Assistenten, sollte ich wahrscheinlich sagen, denn ohne Zweifel hat Sir George mehr als nur einen Assistenten bei der Erfüllung seiner vielen verschiedenen beruflichen Aufgaben.«

Westray machte eine beipflichtende Bewegung, und der Geistliche fuhr fort: »Ich darf mich vorstellen, Kanonikus* Parkyn. Sie werden zweifelsohne durch Sir George von mir gehört haben, mit dem zu verkehren ich, als Pfarrer dieser Kirche, schon mehrfach die außerordentliche Gelegenheit hatte. Bei einer dieser Gelegenheiten hat Sir George sogar die Nacht unter meinem Dach verbracht, und ich muss sagen, dass jeder junge Mann stolz darauf sein sollte, unter einem Architekten von solch bemerkenswertem Können zu lernen. Ich werde Ihnen die wichtigsten Vorhaben, die Sir George hinsichtlich der Restaurierung der Kirche in Betracht gezogen hat, in kurzen Zügen erklären können. Doch in der Zwischenzeit darf ich Sie mit meinen würdigen Gemeindemitgliedern – und Freunden – bekannt machen«, fügte er in einem Ton hinzu, der einigen Zweifel daran durchblicken ließ, ob er in seiner Gönnerhaftigkeit, so offensichtlich unter ihm Stehende als Freunde zu bezeichnen, nicht doch zu weit gegangen war.

»Das ist Mr. Sharnall, der Organist, der unter meiner Regie den musikalischen Teil unserer Gottesdienste leitet; und das ist Dr. Ennefer, unser hervorragender hiesiger Arzt; und das ist Mr. Joliffe, der, obwohl im Handelsgewerbe tätig, die Zeit findet, mir als Kirchenvorsteher bei der Aufsicht über den Kirchenbau behilflich zu sein.«

Der Arzt und der Organist quittierten die Vorstellung mit einem Nicken und mit einer Art Schulterzucken, das die blasierte Großspurigkeit des Pfarrers missbilligte und andeutete, dass, sollte der so überaus unwahrscheinliche Fall, welcher sie mit Mr. Westray Freund werden ließe, jemals eintreten, dies sicherlich nicht irgendeiner Einführung durch Kanonikus Parkyn geschuldet wäre. Mr. Joliffe hingegen schien die Würde, die ihm zuteilwurde, indem man ihn zu den Freunden des Pfarrers zählte, voll und ganz anzuerkennen, und mit einer wohlwollenden Verbeugung und einem freundlichen »Zu Ihren Diensten, Sir« machte er deutlich, dass er es verstand, sich seinerseits herabzulassen, und gewillt war, seine ganze Gönnerschaft einem jungen, sich mühenden Architekten zukommen zu lassen.

Neben diesen Hauptakteuren waren der Küster und eine Handvoll Flanierherren in Gestalt von Müßiggängern anwesend, die von der Straße hereingeschlendert gekommen waren und die recht froh schienen, Schutz vor dem Regen zu finden und eine kostenlose nachmittägliche Vergnügung geboten zu bekommen.

»Ich war der Ansicht, Sie wollten mich gern hier treffen«,

sagte der Pfarrer, »damit ich Ihnen sogleich die hervorstechenden Besonderheiten des Bauwerks würde vor Augen führen können. Sir George Farquhar war es anlässlich seines letzten Besuches eine Freude, mir für die Klarheit meiner Ausführungen, welche ich mir zu machen erlaubte, sein Kompliment auszusprechen.«

Es schien kein unmittelbares Entkommen zu geben, und so fand Westray sich mit dem Unausweichlichen ab, und die kleine Gruppe bewegte sich zum Mittelschiff, eingehüllt in eine ureigene Atmosphäre, deren lösliche Bestandteile nasse Mäntel und Regenschirme waren. Die Luft in der Kirche war feucht und kalt, und ein Geruch von durchnässten Strohmatten lenkte Westrays Aufmerksamkeit darauf, dass das Dach nicht wasserdicht war und an vielen Stellen Lachen von Regenwasser den Boden bedeckten.

»Das Mittelschiff ist der älteste Teil«, sagte der Cicerone, »um 1135 von Walter Le Bec erbaut.«

»Ich befürchte sehr, dass unser Freund für die Aufgabe hier zu jung und unerfahren ist. Was meinen *Sie*?«, richtete er eine rasche, beiläufig gemachte Bemerkung an Dr. Ennefer.

»Oh, ich glaube wohl, wenn Sie ihn bei der Hand nehmen und ihn ein klein wenig unterweisen, wird es ihm gelingen«, entgegnete der Arzt und zog zur Belustigung des Organisten die Augenbrauen hoch.

»Ja, dies ist alles Le Becs Werk«, fuhr der Pfarrer fort, indem er sich wieder Westray zuwandte. »So vollendet, die Einfachheit des normannischen Baustils, nicht wahr? Die Arkaden des Mittelschiffs werden Sie für Ihre Aufmerksamkeit entschädigen. Und sehen Sie sich nur diese wundervollen Bogen der Vierung an. Selbstverständlich normannisch, doch wie filigran und zugleich stark genug, um die gewaltige Last des Turmes zu tragen, den spätere Baumeister auf ihnen errichtet haben. Wundervoll, einfach wundervoll.«

Westray erinnerte sich der Bedenken seines Vorgesetzten hinsichtlich des Turms, und als er in die Laterne* hinaufblickte, sah er auf der Nordseite eine offene Kante, an der die alten Ziegelsteine freilagen, und auf der südlichen einen feinen, gezackten Riss, der vom Sims des Laternenfensters hinablief wie die Gravur eines Blitzschlages. Da kam ihm ein alter Lehrspruch der Architekten in den Sinn: »Der Bogen schläft nie«,* und als er hinaufsah zu den vier weit offenen und fein gezogenen Halbkreisen, schienen sie zu sagen: »Der Bogen schläft nie, schläft nie. Man hat uns eine Last aufgebürdet, die zu schwer zu tragen ist. Wir verschieben sie. Der Bogen schläft nie.«

»Wundervoll, einfach wundervoll!«, raunte der Pfarrer noch immer. »Waghalsige Burschen, diese normannischen Baumeister.«

»Ja, ja«, sah Westray sich genötigt zu sagen, »aber sie haben nicht damit gerechnet, dass der heutige Turm auf ihre Bogen aufgesetzt würde.«

»Was, *Sie* meinen, sie seien ein wenig wackelig?«, warf der Organist ein. »Nun, mir selbst schien es des Öfteren ebenso.«

»Oh, ich weiß nicht. Ich nehme an, sie werden halten, solange wir sie brauchen«, antwortete Westray in einem unbekümmerten und beruhigenden Ton, denn er entsann sich, dass er, was den Turm anbelangte, ausdrücklich angehalten worden war, keine schlafenden Hunde zu wecken. Doch musste er an die Berge Ossa und Pelion* denken, die sich über ihren Köpfen aufeinandertürmten, und in ihm erwachte ein Misstrauen gegenüber den weitläufigen Kreuzbogen, das er niemals gänzlich abzuschütteln vermochte.

»Nein, nein, mein junger Freund«, sagte der Pfarrer mit einem nachsichtigen Lächeln ob einer solchen Fehleinschätzung, »beunruhigen Sie sich nicht um diese Bogen. ›Herr Pfarrer‹, sagte Sir George zu mir, als wir das erste Mal zusammen hier waren, ›Sie sind seit vierzig Jahren in Cullerne, haben Sie am Turm je irgendwelche Anzeichen beobachtet, dass dieser sich bewegt?‹ – ›Sir George‹, sagte ich, ›haben Sie vor, auf Ihr Honorar zu warten, bis mein Turm einstürzt?‹ Ha, ha, ha! Er hat den Witz verstanden, und wir haben nie wieder ein Wort über den Turm gehört. Ganz ohne Zweifel hat Sir George Sie mit allen nötigen Anweisungen versorgt; doch da mir die Ehre zuteil wurde, ihm die Kirche höchstselbst zu zeigen, müssen Sie mir verzeihen, wenn ich Sie bitte, einen Augenblick in das südliche Querschiff zu treten, während ich Ihnen veranschauliche, was Sir George als die dringlichste Angelegenheit erachtet.«

Sie gingen in das Querschiff, doch dem Doktor gelang es, sich Westray *en route** kurz zu schnappen.

»Sie werden zu Tode gelangweilt sein«, sagte er, »von der Ignoranz und dem Dünkel dieses Mannes. Schenken Sie ihm keinerlei Beachtung, doch es *gibt* da eine Sache, um die ich Sie bei erster Gelegenheit dringend bitten möchte. Was immer getan oder nicht getan wird, wie begrenzt die Mittel auch sein mögen, lassen Sie uns zumindest einen ordentlichen Fußboden haben. Sie müssen all diese Steine heben und ein oder zwei Fuß Zement darunter geben. Kann etwas scheußlicher sein, als dass die Toten die Lebenden verpesten dürfen? Dicht unter dem Boden müssen sich Hunderte von Grabstellen befinden, und sehen Sie sich die Lachen an, die darauf stehen. Kann etwas unhygienischer sein, sage ich?«

Sie befanden sich im südlichen Querschiff und der Pfarrer hatte den Verfall des Daches, welcher in der Tat keiner großen Vorführung bedurfte, hinlänglich vor Augen geführt.

»Einige nennen dies das Blandamer'sche Schiff«, sagte er, »nach einer Familie dieses Namens, die seit vielen Jahren hier begraben wird.«

»*Ihre* Grüfte befinden sich zweifellos in einem überaus unhygienischen Zustand«, fügte der Doktor an.

»Eigentlich wäre es an den Blandamers, all das hier zu restaurieren«, sagte der Organist verbittert. »Sie würden es tun, wenn sie nur einen Funken Anstand besäßen. Sie sind reich wie Krösusse und würden den Pfunden weniger nachtrauern als die meisten Leute ihren Pennys. Nicht, dass ich an all das Gerede von wegen Hygiene und so weiter glaube – alles ging bisher ganz gut so; und wenn Sie anfangen den Fußboden umzugraben, werden Sie nichts als Seuchen zutage fördern. Erhalten Sie die Bausubstanz, machen Sie das Dach wasserdicht und verwenden Sie ein- oder zweihundert Pfund für die Orgel. Das ist alles, was wir wollen, und diese Blandamers hätten es längst getan, wären sie keine Geizhälse und Pfennigfuchser.«

»Sie werden mir verzeihen, Mr. Sharnall«, sagte der Pfarrer, »wenn ich anmerke, dass das adlige Geschlecht ein Stand von solchem Ansehen ist, dass wir sehr bedacht sein sollten in der Formulierung unserer Kritik an irgendwelchen seiner Angehörigen. Gleichwohl«, fuhr er fort, indem er sich entschuldigend Westray zuwandte, »mag eine geringe Veranlassung für die Aussagen unseres Freundes bestehen. Ich war der Hoffnung, dass Lord Blandamer großzügig für den Restaurierungsfonds spenden würde, doch ist dies bis heute nicht geschehen. Allerdings glaube ich wohl, dass sein fortwährender Aufenthalt im Ausland einen gewissen Verzug erklärt. Erst im vergangenen Jahr hat er die Nachfolge seines Großvaters angetreten, und der alte Lord hat nie großes Interesse für diese Kirche gezeigt und war in der Tat in vielen Belangen ein eigenartiger Mensch. Doch es ist müßig, diese alten Geschichten aufzurühren, der alte Herr ist nicht mehr da und wir müssen darauf hoffen, dass es mit dem jungen besser wird.«

»Ich weiß nicht, warum Sie ihn jung nennen«, sagte der Doktor. »Er mag jung sein verglichen mit seinem Großvater, der mit fünfundachtzig starb, aber er muss mindestens vierzig sein.«

»Oh, unmöglich, und doch weiß ich es nicht. Es war in meinem ersten Jahr in Cullerne, als sein Vater und seine Mutter ertranken. Erinnern Sie sich daran, Mr. Sharnall – als die ›Corisande‹ in der Pallion-Bucht kenterte?«

»Ja, ich erinner' mich ganz gut dran«, mischte sich der Küster ein. »Und ich erinner' mich dran, wie sie geheiratet ham, weil da ham wir die Glocken geläutet, als der alte Mason Parmiter in die Kirche gerannt kam, und sagt: ›Nich' doch, ihr Burschen – wollt ihr wohl aufhör'n zu läuten. Das hält der alte Turm hier nimmer aus. Ich seh', wie er wankt‹, sagt er, ›und wie der Sand wie Regen aus den Fugen rieselt.‹ Also komm' wir raus, auch ganz froh drum, dass wir damit aufhör'n könn', weil da gab's 'n Fest unten auf'n Wiesen an der London Road, und was zu trinken und Tanz, und da wollten wir dabei sein. Zu Mariä Verkündigung ist's zweiundvierzig Jahre her, und da war'n einige, die den Kopf schüttelten und sagten, wir hätt'n niemals nich' aufhör'n dürfen mit dem Läuten, denn läutet man die Glocken nich' aus, ist's auch mit dem Leben oder dem Glück bald vorbei. Aber was hätt'n wir tun soll'n?«

»Hat man den Turm im Nachhinein stabilisiert?«, fragte Westray. »Bemerken Sie irgendeine übermäßige Schwingung, wenn heute die Glocken geläutet werden?«

»Gott allmächtiger, Sir! Diese Glocken hatt' davor dreißig Jahre niemand mehr geläutet, und 's wär' auch nich' dazu gekommen, hätt's Tom Leech nich' gegeben, der sagt: ›Da häng'n die Seile, Leute, woll'n wir diesen Turm hier mal zum Klingen bringen. Er hat dreißig Jahre nich' geläutet. Keiner von uns kann sich an das letzte Mal erinnern, *dass* er geläutet hat, und wenn er schon damals wackelig war, dann war's genug Zeit für ihn, wieder standhaft zu werden. Eine halbe Krone* pro Mann dafür, dass die Glocken läuten.‹ Also machten wir uns dran, bis der alte Parmiter reinkam und uns unterbrach. Und ich schwör's, dass sie seither mein Lebtag nich' mehr geläutet wurden. Es gibt nur noch dies' Seil hier« – und er wies auf ein Glockenseil, das von weit oben aus der Laterne herunterkam und an der Wand befestigt war –, »mit dem wir die Glocke zum Gottesdienst läuten, und auch das is' nich' die große.«

»Hat Sir George Farquhar das alles gewusst?«, fragte Westray den Pfarrer.

»Nein, Sir, Sir George hat es nicht gewusst«, sagte der Pfarrer mit etwas scharfer Zunge, »da es nicht wichtig war, dass er es weiß. Und während Sir George hier weilte, haben dringendere Angelegenheiten seine Zeit in Anspruch genommen. Bis gerade eben habe ich noch nie von diesen Altweibergeschichten gehört, und wenngleich es wahr ist, dass wir die Glocken nicht mehr läuten, so ist es doch wegen des vermutlich morschen Glockenstuhls, in dem sie schwingen, und hat mit dem Turm selber rein gar nichts zu tun. *Mir* können Sie dies getrost glauben. ›Sir George‹, habe ich gesagt, als Sir George mich fragte, ›Sir George, ich bin nun seit vierzig Jahren hier, und wenn Sie damit einverstanden sind, erst dann Ihr Honorar zu fordern, wenn mein Turm zusammenfällt, nun, dann will ich sehr froh darüber sein.‹ Ha, ha, ha! Wie Sir George dieser Scherz gefallen hat! Ha, ha, ha!«

Westray wandte sich ab, fest entschlossen, die Geschichte von dem unterbrochenen Glockenläuten an das Stammhaus zu berichten und den Turm schon in Bälde selbst zu untersuchen.

Der Küster war aufgebracht darüber, dass der Pfarrer seine Geschichte mit solcher Geringschätzung behandelte, doch sah er, dass die anderen interessiert zuhörten, und er fuhr fort: »Nun, ob der alte Turm bald umfällt, kann ich nich' sagen, und ich hoffe, Sir George lebt nich' ewig, damit's Lachen ihm nich' noch vergeht. Aber's Läuten abzubrechen hat bislang nie was Gutes geheißen, und's hieß nichts Gutes für mein' Lord.

Erst hat er sein' lieben Sohn und dem seine Frau in der Bucht von Cullerne verloren, und ich weiß es noch, als wär's gestern gewesen, wie wir die ganze Nacht mit Dreghaken nach ihnen gesucht ham und ihre Körper fanden, wie sie im Sand dicht beinander lagen, drei Faden* voneinander, als am Morgen die Flut auf die Küste trieb. Und dann hat er sich mit der gnäd'gen Frau zerstritten, und nie wieder hat sie auch nur 'n Wort mit ihm geredet – keins, bis zu dem Tag, an dem sie starb. Sie ham auf Fording gelebt – das is' der große Herrensitz dort drüben«, sagte er zu Westray, wobei er mit einer kurzen Daumenbewegung nach Osten zeigte, »zwanzig Jahre lang in getrennten Flügeln, sozusagen jeder in sei'm eigenen Haus. Und dann hat er sich mit Mr. Fynes überworfen, sei'm Enkel, und ihn aus'm Haus und den Ländereien verstoßen, auch wenn er sie niemand sonst vermachen konnte, als er starb. Mr. Fynes is' jetzt der junge Lord, und sein halbes Leben lang is' er in der Fremde umhergezogen und bis heute nich' heimgekehrt. Vielleicht kommt er ja nie mehr zurück. Wahrscheinlich hat's ihn da draußen 's Leben gekostet, weil sonst wär' er bemüßigt, die Briefe des Pfaffen zu beantworten. Oder etwa nich', Mr. Sharnall?«, sagte er, wobei er sich augenblicklich dem Organisten zudrehte und diesem zuzwinkerte, um es dem Pfarrer heimzuzahlen, dass der die Nase über seine Geschichten gerümpft hatte.

»Kommen Sie, kommen Sie! Wir haben genug von diesen Märchen«, sagte der Pfarrer. »Ihre Zuhörer werden allmählich müde.«

»Der Mann ist in seine eigene Stimme verliebt«, fügte er leiser hinzu, während er Westray beim Arm nahm. »Wenn er erst einmal angefangen hat, ist er nicht mehr zu bremsen. Es gibt noch eine Menge Punkte, die Sir George und ich besprochen haben, und ich werde hoffentlich Gelegenheit finden, Sie über unsere diesbezüglichen Entscheidungen noch in Kenntnis zu setzen; aber wir werden unsere Besichtigung morgen zu Ende bringen, da uns dieser geschwätzige Mensch bedauerlicherweise gestört hat. Es ist ein Jammer, dass das Licht ausgerechnet jetzt so schnell schwindet. Im Schlussfenster dieses Querschiffs gibt es nämlich ein paar recht hübsche Glasmalereien.«

Westray warf einen Blick hinauf und sah das große Fenster am Ende des Querschiffs in mattem Glanz schimmern; lediglich im Kontrast zu den Schatten, die in die Kirche fielen, wirkte es hell. Es war eine Einarbeitung aus der Zeit des Perpendikularstils,* die von Wand zu Wand und beinahe vom Boden bis ans Dach reichte. Seine ungeheure Breite, die sich in elf Teilfenster gliederte, und das sich unendlich vielfach auffächernde Mauerwerk am Bogenabschluss beflügelten die Vorstellungskraft, wohingegen die Mittelpfosten* und das Maßwerk* sich so tiefschwarz gegen das verbliebene Tageslicht draußen abhoben, dass der Architekt die Komposition der Bogen und des Maßwerks so mühelos las, als studierte er einen Entwurf. Der Sonnenuntergang hatte keinen Lichtschein gebracht, der dem zu Ende gehenden Tag seinen Schleier genommen hätte, doch das eintönige Grau des Himmels war noch immer hell genug, um das geübte Auge erkennen zu lassen, dass der Fensterabschluss mit einem Gemengsel aus Scherben alten Glases verfüllt war, wo durchsichtiges Blau und Gelb und Rot sich harmonisch vermischten wie in einer alten Patchwork-Decke. Von den unteren Fensteraufteilungen hatten jene an den Seiten keine Farbe, um ihre Nacktheit zu bedecken, und blieben gespenstisch weiß; die drei mittleren Teilfenster jedoch waren mit kräftigem Braun und Violett aus dem 17. Jahrhundert gefüllt. Hier und da waren Medaillons in die üppigen Farben eingesetzt, die offenbar biblische Szenen zeigten, und in der Spitze jedes Teilfensters, unter der Nase,* befand sich ein Wappen. Das obere Ende des mittleren Segments bildete das Zentrum der gesamten Komposition und schien einen silberweißen Wappenschild darzustellen, über den seegrüne Wellenbalken liefen. Die ungewöhnliche Farbgebung und die Transparenz des Glases – welches wie im eigenen Glanz erstrahlte, wo alles andere düster war – erregten Westrays Aufmerksamkeit. Unwillkürlich wandte er sich um, um zu erfragen, wessen Wappen hier in dieser Form dargestellt war, doch der Pfarrer hatte ihn für eine Minute allein gelassen, und aus einiger Entfernung das Mittelschiff hinab hörte Westray ein ungehaltenes »Ha, ha, ha!«, das ihn davon überzeugte, dass die Geschichte von Sir George Farquhar und dem aufgeschobenen Honorar in der Dunkelheit gerade einem neuen Opfer noch einmal erzählt wurde.

Offensichtlich hatte jedoch jemand die Gedanken des Architekten gelesen, denn eine scharfe Stimme sagte: »Das ist das Wappen der Blandamers – von Silbern und Grün im Nebelschnitt quer geteilt.« Es war der Organist, der in dem dunkler werdenden Schatten dicht bei ihm stand. »Ich vergaß, dass Ihnen ein solcher Fachjargon wahrscheinlich überhaupt nichts sagt, und eigentlich verstehe ich selbst nichts von Heraldik, abgesehen von lediglich diesem einen Wappen, und manches Mal wünschte ich«, sagte er seufzend, »dass ich auch von diesem nichts verstünde. Sonderbare Geschichten hat man sich von dem Wappen erzählt, und womöglich kommen noch sonderbarere hinzu. Es ist dieser Kirche, und dieser Stadt, auf Gedeih und Verderb aufgeprägt, seit Jahrhunderten schon, und jeder Tagedieb im Wirtshaus wird Ihnen von dem ›benebelten Wappen‹* erzählen, als hätte er es selbst geführt. Noch ehe Sie eine Woche in Cullerne weilen, werden Sie hinreichend darüber Bescheid wissen.«

Etwas Schwermütiges lag in seiner Stimme und eine Ernsthaftigkeit, die der Anlass kaum rechtfertigte. Westray war davon eigentümlich berührt und betrachtete daher den Organisten genau; doch es war zu dunkel, um irgendeine Gefühlsregung im Gesicht seines Begleiters ablesen zu können, und in diesem Augenblick gesellte sich der Pfarrer wieder zu ihnen.

»Wie bitte, was? Ah, ja, das benebelte Wappen. Benebelt, von lateinisch *nebulum, nebulus*,* sollte ich sagen, eine Wolke, in Anspielung auf die wellige Kontur der Balken, die Haufenwolken darstellen sollen. Aber gut, es ist zu dunkel, um unsere Studien heute Abend fortzuführen, morgen aber werde ich Sie den ganzen Tag begleiten und Ihnen ein Menge erzählen können, das Sie interessieren wird.«

Westray bedauerte es nicht, dass die Dunkelheit weiteren Betrachtungen einen Riegel vorgeschoben hatte. Die Luft in der Kirche wurde jede Sekunde feuchter und kühler, und er war müde, hungrig und fror gehörig. Er wollte, wenn es denn ging, alsbald eine Unterkunft finden und so die Kosten für das Hotel umgehen, denn sein Lohn war bescheiden und Farquhar & Farquhar waren, was die Reisespesen betraf, die sie ihren Angestellten bewilligten, nicht gebefreudiger als andere Unternehmen.

Er fragte, ob ihm jemand eine passende Bleibe nennen könne.

»Es dauert mich«, sagte der Pfarrer, »Ihnen nicht die Gastlichkeit meines eigenen Hauses anbieten zu können, aber die Unpässlichkeit meiner Gattin macht dies leider unmöglich. Ich mache freilich nur sehr flüchtig Bekanntschaft mit Pensionshäusern oder deren Wirten; aber ich nehme an, Mr. Sharnall wird Ihnen wohl etwas anraten können. Vielleicht gibt es ja ein freies Zimmer in dem Haus, wo Mr. Sharnall logiert. Ich denke, Ihre Hauswirtin ist eine Verwandte unseres geschätzten Freundes Joliffe, ist es nicht so, Mr. Sharnall? Und ohne Zweifel selbst eine höchst ehrbare Frau.«

»Verzeihen Sie, Herr Pfarrer«, sagte der Kirchenvorsteher in einem so beleidigten Tonfall, wie er ihn einem so ranghöheren Würdenträger gegenüber in seiner Rede zu gebrauchen wagte – »Verzeihung, rein gar keine Verwandte, ich versichere es Ihnen. Eine Namensvetterin, oder allerhöchstens sehr entfernte Verwandte, auf die stolz zu sein – ich spreche mit aller christlichen Nachsicht – mein Zweig der Familie keinen Grund hat.«

Der Organist hatte ein verdrießliches Gesicht gemacht, als der Pfarrer Westray als Mitbewohner vorgeschlagen hatte, doch Joliffes Abweisung der Wirtin schien ihn zu verärgern.

»Wenn kein Zweig Ihrer Familie Sie mehr in Verruf bringt als meine Hauswirtin, dann können Sie Ihren Kopf ganz hoch tragen. Und wenn all das Schweinefleisch, das Sie verkaufen, so gut ist wie ihre Zimmer, dann wird Ihr Geschäft blühen. Kommen Sie«, sagte er und fasste Westray am Arm, »ich habe keine Gattin, die unpässlich sein könnte, also kann ich Ihnen die Gastlichkeit *meines* Hauses anbieten. Und auf unserem Weg machen wir Halt an Mr. Joliffes Laden und kaufen ein Pfund Wurst zum Abendbrot.«

Zweites Kapitel

fuhr von draußen in die Kirche, als sie die Tür öffneten. Es regnete noch immer in Strömen, doch der Wind briste auf und brachte einen frischen salzigen Geruch mit sich, der sich von der stickigen und modernden Luft in der Kirche abhob.

Der Organist atmete tief durch.

»Ah«, sagte er, »welch ein Segen, wieder im Freien zu sein – fort von all ihrem Genörgel und Gemecker, fort von diesem aufgeblasenen, törichten alten Pfarrer und diesem Heuchler Joliffe und diesem Pedanten von einem Doktor! Warum will er Geld für das Zementieren der Grüfte verschwenden? Das fördert nur Seuchen zutage, und für die Orgel werden sie keinen Heller verwenden. Nicht einen Penny für die Father Smith,* klar und lieblich im Klang wie ein Gebirgsbach. Oh«, klagte er, »es ist ein Jammer! Die weißen Tasten sind ganz und gar abgenutzt. In ihren Kerben kann man das Holz sehen, und die Pedalklaviatur ist zu kurz und völlig aus dem Leim. Ach ja, die Orgel ist wie ich – alt, vernachlässigt und heruntergekommen. Ich wünschte, ich wäre tot.« Er hatte halb mit sich selbst geredet, doch drehte er sich zu Westray und sagte: »Sehen Sie mir meine Griesgrämigkeit nach, auch Sie werden griesgrämig sein, wenn Sie in mein Alter kommen – zumindest, wenn Sie dann auch so arm sind wie ich, und so einsam und ohne jeden Hoffnungsschimmer.«

Sie schritten hinaus in die Dunkelheit – denn es war Nacht geworden – und platschten den gepflasterten Weg entlang, der zwischen den dunklen Grasnarben wie ein weißes Bächlein schimmerte.

»Wir werden eine Abkürzung nehmen, wenn Ihnen ein paar schlecht beleuchtete Gassen nicht widerstreben«, sagte der Organist, als sie den Kirchhof verließen. »Es geht schneller und wir werden etwas geschützter sein.« Er bog scharf links ab und tauchte in eine Schlippe, die so schmal und finster war, dass Westray nicht mit ihm Schritt halten konnte und ängstlich in der Dunkelheit umhertastete. Der kleine Mann streckte die Hand aus und fasste ihn am Arm. »Lassen Sie sich von mir führen«, sagte er, »ich kenne den Weg. Sie können immer geradeaus gehen, es kommen keine Stufen.«

Keine Menschenseele war zu sehen und auch kein Licht in den Häusern, doch noch ehe sie eine Straßenecke erreichten, an der eine einzelne Laterne einen fahlen und flackernden Lichtschein warf, erkannte Westray, dass keine Scheiben in den Fenstern und die Häuser unbewohnt waren.

»Das ist der alte Teil der Stadt«, sagte der Organist. »In nicht einmal jedem zehnten Haus lebt hier heute noch jemand. Unsere ganze feine Gesellschaft ist weiter hinauf gezogen. Die Luft vom Fluss ist feucht, wissen Sie, und die Kais sind so furchtbar vulgär.«

Sie verließen die schmale Straße und kamen auf etwas zu, in dem Westray einen langen Kai erkannte, der sich am Fluss entlangzog. Auf der rechten Seite standen alte, verlassene Lagerhäuser mit quadratischer Front, die sich wie eine Reihe riesiger Packkisten aneinanderdrängten; auf der linken konnten sie das Plätschern der Strömung zwischen den Pfählen hören und wie das Wasser gegen die Kaimauer schlug, dort, wo der Ostwind die kleinen Wellen den Fluss hinauftrieb. Gleise, die einst zu einer Pferdestraßenbahn gehört hatten, verliefen noch immer entlang des Kais, und die beiden hatten einige Mühe, sich ohne zu stolpern hindurchzufinden, bis rechter Hand ein flaches Gebäude die Reihe der hoch aufragenden Lagerhäuser unterbrach. Es schien eine Kirche oder Kapelle zu sein, die durch Längspfosten geteilte Fenster mit Maßwerk aus Stein sowie einen Glockenturm auf der Westseite hatte; das markanteste Merkmal jedoch war eine Reihe von wuchtigen Mauerstreben, welche die Seite zur Straße hin abstützten. Sie waren aus Ziegelstein gebaut und bildeten Dreiecke mit dem Boden und der Mauer, die sie stützten. Schwer hingen die Schatten unter dem Bauwerk, doch wo alles andere schwarz war, waren die Nischen zwischen den Mauerstreben am schwärzesten. Westray spürte, wie die Hand seines Begleiters sich fester um seinen Arm schloss.

»Sie werden mich für den großen Feigling halten, der ich bin«, sagte der Organist, »wenn ich Ihnen erzähle, dass ich nach Einbruch der Dunkelheit niemals hierher komme und auch heute Abend nicht hergegangen wäre, wenn ich Sie nicht bei mir hätte. Als Junge hatte ich jedes Mal Angst vor der völligen Finsternis in den Nischen zwischen den Mauerstreben, und ich habe diese nie überwunden. Früher habe ich geglaubt, dass Teufel und Kobolde in diesen höhlenartigen Tiefen lauern, und heute bilde ich mir ein, dass üble Burschen sich in der Schwärze versteckt halten könnten, bereit, hervorzuspringen und einen zu erwürgen. Es ist ein einsamer Ort, dieser alte Kai, und nach Einbruch der Dunkelheit – « Er brach ab und umklammerte Westrays Arm. »Seh'n Sie nur«, sagte er, »sehen Sie nichts in der letzten Nische?«

Sein Ungestüm ließ Westray unwillkürlich schaudern und für einen Augenblick glaubte der Architekt, die Gestalt eines Mannes auszumachen, der im Schatten der letzten Mauerstütze stand. Als er jedoch ein paar Schritte näher herantrat, erkannte er, dass er sich von einem Schatten hatte täuschen lassen und dass die Nische leer war.

»Ihre Nerven sind arg überreizt«, sagte er zu dem Organisten. »Dort ist niemand, es ist lediglich eine Täuschung aus Licht und Schatten. Was ist das für ein Gebäude?«

»Es war einmal eine Votivkapelle* der Franziskaner«, antwortete Mr. Sharnall, »und danach wurde es als Lagerhaus für den Zollverschluss genutzt, als Cullerne eine richtige Hafenstadt war. Man nennt es noch immer das Zollhaus, doch es ist schon verschlossen, solange ich mich erinnern kann. Glauben Sie daran, dass gewisse Dinge oder Orte eng mit dem Schicksal bestimmter Leute verknüpft sind? Denn ich habe so eine Vorahnung, dass diese baufällige alte Kapelle einmal auf irgendeine Weise mit einem Ungemach in meinem Leben zu tun haben wird.«

Westray fiel das Verhalten des Organisten in der Kirche wieder ein, und allmählich befürchtete er, dass dessen Geist verwirrt war. Der andere las seine Gedanken und sagte ziemlich vorwurfsvoll: »O nein, ich bin nicht verrückt – nur schwach und töricht und sehr feige.«

Sie waren am Ende des Kais angelangt und kehrten offensichtlich in die Zivilisation zurück, denn der Klang von Musik drang zu ihnen. Er kam aus einer kleinen Bierschenke, und als sie daran vorübergingen, hörten sie drinnen eine Frau singen. Es war eine klangvolle Altstimme und der Organist verweilte einen Augenblick, um zuzuhören.

»Sie hat eine ausgezeichnete Stimme«, sagte er, »und wäre eine gute Sängerin, wenn man ihr Unterricht gegeben hätte. Ich frage mich, wie sie hierher kommt.«

Die Jalousie war heruntergelassen, reichte jedoch nicht ganz bis ans untere Ende des Fensters, und sie sahen hinein. Auf der Außenseite verwischte der Regen die Fensterscheiben und innen hatte sich die Feuchtigkeit niedergeschlagen, sodass es schwerfiel, etwas deutlich zu erkennen; doch sie sahen eine Kreolin, die vor einer Gruppe von Zechern sang, die in einer Ecke des Raumes beim Feuer saßen. Sie war mittleren Alters, sang jedoch lieblich und wurde von einem alten Mann auf der Harfe begleitet:

> »Oh, führ' mich heim zu meinen Lieben!
> Oder bring' sie zu mir her!
> Ich wag' es nicht, zu zieh'n, zu zieh'n
> Hinweg übers wogende Meer.«*

»Die Ärmste!«, sagte der Organist, »sie muss eine schlimme Zeit durchmachen, wenn sie es nötig hat, vor einer so schäbigen Gesellschaft zu singen. Gehen wir weiter.«

Sie bogen nach rechts ab und nach wenigen Minuten kamen sie zur Hauptstraße. Ihnen gegenüber stand ein Haus, das sich einst einmal hatte sehen lassen können, denn es besaß ein Vordach, das von Säulen getragen wurde, unter dem eine halbrunde Freitreppe zu der zweiflügeligen Tür hinaufführte. Eine davorstehende Straßenlaterne war vom Regen so sauber gewaschen worden, dass der Lichtschein sich mit ungewohnter Helligkeit verbreitete und selbst bei Nacht offenbarte, dass das Haus seinen hohen Rang eingebüßt hatte. Es war nicht verfallen, doch den farblosen Fensterrahmen und der roh verputzten Vorderseite, von welcher der Mörtel an mehr als nur einer Stelle abgebröckelt war, stand Ikabod* ins Gesicht geschrieben. Die Säulen des Vordachs waren so gestrichen worden, dass sie Marmor nachahmten, gleichwohl waren sie mit zerklüfteten Stellen übersät, wo der Ziegelstein durch den brüchigen Putz schaute.

Der Organist öffnete die Tür und sie befanden sich in einem Korridor mit steinernem Fußboden, von dem auf beiden Seiten schäbige Türen abgingen. Eine breite Steintreppe, mit flachen Stufen und eisernen Balustraden, führte aus dem Korridor in die nächste Etage, und es gab einen schmalen Pfad aus abgetretenem Mattenbelag, der sich über die Steinplatten schlängelte und schließlich die Treppe erklomm.

»Hier ist es, mein Stadthaus«, sagte Mr. Sharnall. »Früher war es die Herberge einer Poststation namens ›Die Hand Gottes‹, aber Sie dürfen kein Sterbenswörtchen darüber verlieren, denn heute ist es ein privates Mietshaus, und Miss Joliffe hat es ›Haus Bellevue‹ getauft.«

Während er redete, öffnete sich eine Tür, und ein Mädchen trat in den Korridor. Sie war ungefähr neunzehn und hatte eine hochgewachsene und graziöse Figur. Ihr warmes braunes Haar war zum Mittelscheitel gelegt, und seine Fülle war lose in der halb förmlichen, halb natürlichen Art einer vorhergehenden Generation nach hinten zusammengerafft. Ihr Gesicht hatte weder die runden Züge noch die zartrosa Farbe der Kindheit verloren, doch lag etwas darin, das jedweden Eindruck von Unerfahrenheit widerlegte und darauf schließen ließ, dass ihr Leben nicht ohne Kummer und Sorge geblieben war. Sie trug ein enges schwarzes Kleid und hatte eine Kette blasser Korallen um ihren Hals.

»Guten Abend, Mr. Sharnall«, sagte sie, »ich hoffe, Sie sind nicht allzu nass« – und warf einen kurzen, fragenden Blick auf Westray.

Der Organist schien nicht erfreut darüber, sie zu sehen. Er knurrte gereizt, und indem er sagte: »Wo ist deine Tante? Richte ihr aus, dass ich mit ihr sprechen will«, führte er Westray in einen der Räume, die vom Korridor abgingen.

Es war ein großes Zimmer mit einem Klavier in einer Ecke und bergeweise herumliegenden Büchern und handschriftlichen Notenblättern. Ein Tisch in der Mitte war fürs Abendessen gedeckt; im Kamin flackerte ein helles Feuer, und auf beiden Seiten davon stand ein Stuhl mit einer Sitzfläche aus Binsengeflecht.

»Setzen Sie sich«, sagte er zu Westray, »das ist mein Empfangszimmer, und gleich werden wir sehen, was Miss Joliffe für *Sie* tun kann.« Er blickte seinen Begleiter an und fügte hinzu: »Das war ihre Nichte, die wir im Korridor getroffen haben«, so gleichgültig im Ton, als wollte er genau das Gegenteil der beabsichtigten Wirkung erzielen und erreichen, dass Westray sich fragte, ob es irgendeinen Grund dafür gab, dass Sharnall das Mädchen im Hintergrund zu halten wünschte.

Nach wenigen Augenblicken erschien die Hauswirtin. Sie war eine Frau um die sechzig, groß und schlank, mit einem hübschen und sogar vornehmen Gesicht. Auch sie war in Schwarz gekleidet, abgetragen und ärmlich, doch ihre Erscheinung ließ vermuten, dass ihre Dürftigkeit wohl eher auf Not und Selbstentäußerung als auf eine natürliche Eigenart zurückzuführen war.

Die Bedingungen waren schnell vereinbart, ja, der einzige Diskussionspunkt wurde gar von Westray aufgeworfen, der von Bedenken geplagt war, dass die Konditionen, welche Miss Joliffe anbot, zu niedrig waren, um für sie selbst angemessen zu sein. Er sagte es freiheraus und schlug eine geringfügige Erhöhung vor, die, nach einigem Widerspruch, dankbar angenommen wurde.

»Sie sind zu arm, um sich ein solch edles Gewissen zu leisten«, sagte der Organist schnippisch. »Wenn Sie heute so pingelig sind, werden Sie ganz und gar unerträglich sein, wenn Sie sich an der Restaurierung dick machen und reich sind.« Doch war er gewiss angenehm berührt von Westrays Rücksichtnahme für Miss Joliffe, und mit mehr Herzlichkeit fügte er hinzu: »Sie kommen besser herunter und essen mit mir. In einer Nacht wie dieser wird es in Ihren Zimmern sein wie in einem Eiskeller. Beeilen Sie sich, oder die Schildkrötensuppe wird kalt sein und die Ortolanen* völlig verkohlt. Den Frack erlasse ich Ihnen, sollten Sie Ihre Hoftracht nicht bei sich haben.«

Westray nahm die Einladung bereitwillig an, und eine Stunde später saßen er und der Organist in den Binsenstühlen zu beiden Seiten des Kamins. Miss Joliffe hatte selbst den Tisch abgeräumt und brachte zwei Wassergläser, Weingläser, Zucker und einen Krug Wasser, als wären diese ganz selbstverständliche Requisiten im Wohnzimmer des Organisten.

»Ich habe Kirchenvorsteher Joliffe unrecht getan«, sagte Mr. Sharnall in der nachdenklichen Stimmung, die auf ein herzhaftes Mahl folgt. »Seine Wurst ist gut. Legen Sie noch etwas Kohle nach, Mr. Westray, es ist ein frevelhafter Luxus, ein Kaminfeuer im September bei einem Preis von fünfundzwanzig Shilling die Tonne Kohle; aber wir brauchen ein *klein wenig* festliche Stimmung, um die Restaurierung und Ihre Ankunft zu feiern. Stopfen Sie sich eine Pfeife, und dann geben Sie mir den Tabak.«

»Danke, ich rauche nicht«, sagte Westray, und er sah in der Tat nicht wie ein Raucher aus. Sein Gesicht hatte etwas von den hageren, unsympathischen Zügen des unentwegten Wassertrinkers, und er redete, als betrachte er das Rauchen für sich selbst als ein Verbrechen und als ein Vergehen für jene mit weniger hohen Prinzipien als den seinen.

Der Organist steckte sich seine Pfeife an und fuhr fort: »Das ist ein Haus mit genügend Luftzufuhr – hygienisch genug, um unserem Freund, dem Doktor, zu gefallen; in jedem Fenster zieht es ordentlich durch alle Ritzen. Ehemals war es eine alte Herberge, als es hier in der Gegend noch mehr Leute gab, und wenn der Regen gegen die Fassade schlägt, kann man noch immer den Namen durch den Anstrich hindurch lesen – ›Die Hand Gottes‹. Früher pflegte man draußen einen Markt abzuhalten, und vor hundert oder mehr Jahren verkaufte eine Apfelfrau einen Tafelapfel an einen Kunden genau vor ebendieser Tür. Er sagte, er habe dafür bezahlt, und sie sagte, er hätte es nicht. Sie gerieten in Streit miteinander, und die Frau rief den Herrn im Himmel an, ihr beizustimmen. ›Will's Gott, dass ich auf der Stelle tot umfalle, sollte ich Euer Geld je angerührt haben!‹ Sie wurde beim Wort genommen und fiel tot auf das Pflaster. In ihrer Hand vergraben fand man die beiden Kupfermünzen, für die sie ihre Seele verloren hatte, und man erkannte sofort, dass nichts Geringeres als eine Herberge gebührlich an eine solche Vorführung der göttlichen Gerechtigkeit erinnern könnte. Und so wurde die ›Hand Gottes‹ gebaut und gedieh, solange Cullerne gedieh, und ging unter, als Cullerne unterging. Solange ich mich daran erinnern kann, stand sie leer, bis Miss Joliffe sie vor fünfzehn Jahren übernahm. Sie möbelte die Herberge zum ›Haus Bellevue‹ auf, einer Pension für gehobene Ansprüche, und wendete das bisschen Geld, das dieser knauserige alte Eigentümer Blandamer für die Reparaturen herzugeben bereit war, dafür auf, die Aufschrift ›Die Hand Gottes‹ auf der Fassade zu übertünchen. Ein beliebtes Domizil für Amerikaner sollte es werden, die nach Cullerne kommen. In unserem Stadtführer heißt es, dass die Amerikaner wegen der Klosterkirche von Cullerne herkommen, weil einige der Väter der Pilgerväter dort begraben sind; aber ich habe hier noch nie irgendwelche Amerikaner gesehen. Sie kommen niemals zu mir. Ich lebe hier seit sechzig Jahren, als kleiner Junge wie als Mann, und ich habe nicht einen Amerikaner kennengelernt, der auch nur für einen Penny der Kirche etwas Gutes getan hat; und sie haben auch Miss Joliffe niemals etwas Gutes getan, nicht für 'nen Penny, denn keiner von ihnen kam je ins ›Haus Bellevue‹, und die Ansprüche der Pension sind so gehoben, dass Sie und ich die einzigen Gäste sind.« Er gönnte sich eine Pause und fuhr fort: »Amerikaner – nein, ich halte nicht viel von Amerikanern, sie sind mir zu hartherzig – geben eine Menge Geld für ihr eigenes Vergnügen aus, und dann und wann erregen sie Aufsehen mit einer großzügigen Spende, wo sie glauben, dass es tüchtig ausposaunt wird. Aber sie haben kein warmes Herz. Ich schere mich nicht um die Amerikaner. Sollten Sie hier aber einen kennen, können Sie ihm ruhig sagen, dass ich gut bestechlich bin, und falls irgendeiner von ihnen meine Orgel restauriert, bin ich gern bereit, die ganze Bagage zu verehren. Sie müssen lediglich obendrein eine kleine Wasserpresse* spenden, um sie anzublasen. Shutter, der Organist der Kathedrale von Carisbury, hat sich gerade erst eine Wasserpresse einbauen lassen, und nun, da wir unser eigenes neues

Wasserwerk in Cullerne haben, sollten wir es hier auch hinbekommen können.«

Das Thema interessierte Westray nicht und er kam auf Miss Joliffe zurück: »Steht es denn sehr schlecht um Miss Joliffe?«, fragte er. »Sie sieht aus wie jemand, der schon bessere Zeiten gesehen hat.«

»Um sie steht es mehr als schlecht – ich glaube, sie ist halb am Verhungern. Ich weiß nicht, wie sie's überhaupt schafft zu überleben. Ich würde ihr so gerne helfen, aber ich habe selbst keinen Penny, der mir in der Tasche juckt, und sie ist zu stolz, um etwas anzunehmen, selbst wenn ich was besäße.«

Er ging zu einem Schrank in einer Nische im hinteren Teil des Zimmers und holte eine rundliche schwarze Flasche heraus.

»Armut ist ein frostiges Thema«, sagte er. »Nehmen wir etwas, um uns aufzuwärmen, bevor wir zu den Variationen kommen.«

Er schob die Flasche seinem Freund zu, und obwohl Westray Lust hatte schwach zu werden, hielt ihn doch der Grundsatz strenger Abstinenz, den er sich kürzlich zu eigen gemacht hatte, davon ab, und er widerstand der Versuchung mit einem höflichen Abwinken.

»Sie sind ein hoffnungsloser Fall«, sagte der Organist. »Was sollen wir für Sie tun, der Sie weder rauchen noch trinken und doch über Armut reden wollen? Das ist ein alter französischer Branntwein, den mir Martelet, der Anwalt, für den Hochzeitsmarsch gegeben hat, den ich zur Trauung seiner Tochter gespielt habe. ›Der Hochzeitsmarsch* wurde vom Organisten, Mr. John Sharnall, in fabelhafter Weise dargeboten‹, verstehen Sie, als ob es die Vierte Orgelsonate* gewesen wäre. Ich bezweifle, dass das Zeug jemals verzollt wurde, er ist kein Mann, der sechs Flaschen von irgendetwas weggibt, für das er Zoll gezahlt hat.«

34

Er schenkte sich eine weitaus größere Menge Branntwein ein, als Westray erwartet hatte, und sagte dann, als er intuitiv die Überraschung seines Begleiters erfasste, in recht scharfem Ton: »Wenn Sie einen edlen Tropfen verschmähen, muss ich für uns beide unsere Schuldigkeit tun. Bis unter den Rand der Kirchenfenster ist eine gute Maxime.« Und er goss noch mehr ein, bis der Branntwein an den Rand der Verzierungen stieg, die das Wasserglas über die untere Hälfte hinaus überzogen. Einige Minuten herrschte Stille, während der Organist gereizt an seiner Pfeife paffte; doch ein ergiebiger Schluck aus dem Wasserglas löste seinen Verdruss und er begann von Neuem: »Ich hatte ein äußerst schweres Leben, aber das von Miss Joliffe war noch schwerer, und ich habe mir mein Pech selbst zuzuschreiben, während an ihrem andere Leute die Schuld tragen. Zuerst starb ihr Vater. Er besaß einen Gutshof in Wydcombe, und die Leute glaubten, er sei wohlhabend. Doch als es ans Zusammenzählen ging, hinterließ er gerade mal so viel, dass es für seine Gläubiger reichte. Also gab Miss Euphemia* das Gut auf und kam nach Cullerne. Sie nahm dieses verschachtelte große Gebäude, weil es für zwanzig Pfund im Jahr billig war, und lebte, oder lebte halbwegs, von der Hand in den Mund, wobei sie allen Weizen ihrer Nichte (das Mädchen, das Sie gesehen haben) überließ und die Spreu für sich behielt. Vor einem Jahr tauchte dann ihr Bruder Martin auf, völlig mittellos und ruiniert und von Lähmung befallen. Er war ein gedankenloser Taugenichts. Sehen Sie mich nicht mit diesem Wie-kommt-Saul-unter-die-Propheten-Blick* an. *Er* hat nie getrunken, und wenn, wäre er ein besserer Mensch gewesen.« Und der Organist bediente sich ein weiteres Mal an der rundlichen Flasche. »Er hätte ihr weniger Scherereien gemacht, wenn er getrunken hätte, aber er stürzte sich immer wieder in Ärger und Schulden, und dann kam er stets zurück zu seiner Schwester, wie an einen Zufluchtsort, weil er wusste, dass sie ihn liebte. Er war sehr gescheit – intelligent nennt man es heute –, aber unstet wie ein Fluss, ohne anhaltende Kraft. Ich glaube nicht, dass es seine Absicht war, seine Schwester auszusaugen. Ich denke nicht, dass ihm bewusst war, dass er es tat, nur saugte er sie eben aus. Er ging stets auf Reisen, niemand wusste wohin, obgleich sie genau wussten, wonach er suchte. Manchmal war er zwei Monate weg und manchmal zwei Jahre, und dann, wenn Miss Joliffe sich die ganze Zeit um Anastasia – ihre Nichte meine ich – bekümmert hatte und womöglich den Sommer über einen Mieter hatte und die Kurve zu kriegen schien, dann kam Martin wieder zurück, um sich Geld für seine Schulden zu erbetteln und sie arm zu essen. Ich habe es so manches liebe Mal erlebt, und so manches liebe Mal wurde mir das Herz schwer. Doch was konnte ich tun, um ihnen zu helfen? Ich besitze keinen Heller. Zuletzt kehrte er vor einem Jahr zurück, und der Tod stand ihm ins Gesicht geschrieben. Ich war durchaus froh, diesen dort zu entdecken, und vermutete, dass er zum letzten Mal gekommen war, um ihnen Kummer zu bereiten; aber es war die Lähmung, und er war ein kräftiger Kerl, sodass dieser Trottel Ennefer lange Zeit brauchte, um ihn zu erledigen. Erst vor zwei Monaten ist er gestorben. Möge er glücklicher werden, wo er jetzt ist.«

Der Organist nahm einen dem Anlass gebührlichen kräftigen Schluck.

»Nun schauen Sie nicht so verdrießlich drein, Mann«, sagte er, »ich bin nicht immer so schlimm, weil ich nicht immer die Mittel dazu habe. Der alte Martelet spendiert mir nicht jeden Tag einen Brandy.«

Westray unterdrückte die missbilligende Äußerung, mit welcher er geglaubt hatte, an derartigen Zügellosigkeiten Anstoß nehmen zu müssen, und brachte Mr. Sharnalls Mundwerk mit einer Frage erneut in Gang: »Zu welchem Zweck, sagten Sie, pflegte Joliffe zu verreisen?«

»Oh, das ist eine lange Geschichte. Es hat wieder mit dem Wappen der Blandamers zu tun. Ich sprach in der Kirche davon – dem Silber und Seegrün, das ihm den Kopf verwirrte. Er behauptete, gar kein Joliffe zu sein, sondern ein Blandamer, und der rechtmäßige Erbe von Fording. Als Junge besuchte er die Lateinschule von Cullerne, er machte sich gut und bekam ein Stipendium in Oxford. Dort machte er sich noch besser, und gerade als er so richtig in den Wettlauf des Lebens einzutreten schien, befiel ihn diese Manie mit dem benebelten Wappen und nahm Besitz von seinem Geist, so wie die Lähmung, die später seinen Körper beschlich.«

»Ich folge Ihnen nicht ganz«, sagte Westray. »Warum glaubte er, er sei ein Blandamer? Wusste er denn nicht, wer sein Vater war?«

»Er wurde als Sohn des alten Michael Joliffe großgezogen, eines Gutsbesitzers, der vor fünfzehn Jahren gestorben ist. Doch Michael heiratete eine Frau, die sich als Witwe bezeichnete und einen drei Jahre alten Sohn mit zur Hochzeit brachte, und dieser Sohn war Martin. Der alte Michael nahm sich des Jungen an, war stolz auf dessen Klugheit, wollte, dass er aufs College ging, und übermachte ihm alles, was er hatte. Bis Oxford ihn aufgeblasen machte, war keine Rede davon, dass Martin was anderes war als ein Joliffe, und dann bekam er diese Marotte und brachte den Rest seines Lebens damit zu, nachzuforschen, wer sein Vater war. Vierzig Jahre Wanderschaft in der Wüste waren es. Er fand diesen und jenen Fingerzeig und glaubte schließlich, dass er den Gipfel des Pisga* erklommen hatte und das Gelobte Land sehen konnte. Aber er musste sich mit der Aussicht begnügen, oder der Fata Morgana, um die es sich wohl handelte, und starb, bevor er Milch und Honig schmeckte.«

»Welche Verbindung hatte er zu dem benebelten Wappen? Was hat ihn bewogen zu glauben, er sei ein Blandamer?«

»Oh, darauf kann ich jetzt nicht eingehen«, sagte der Organist. »Vielleicht habe ich Ihnen schon zu viel erzählt. Sie werden Miss Joliffe keinen Anlass zu der Vermutung geben, dass ich irgendetwas erzählt habe, nicht wahr? Sie ist Michael Joliffes eigenes Kind – sein einziges –, doch sie liebte ihren Halbbruder von ganzem Herzen und mag es nicht, wenn man über seine Marotten spricht. Natürlich hatten die Possenreißer von Cullerne so manche Geschichte von ihm zu erzählen, und wenn er von seinen Wanderschaften zurückkehrte, jedes Mal grauer und irrer aussehend, riefen sie ihn den ›Alten Nebler‹, und die Jungs pflegten auf der Straße ihre Verbeugung zu machen und zu sagen: ›Guten Morgen, Lord Blandamer.‹ Sie werden hinreichend Geschichten über ihn zu hören bekommen, und es war eine bittere Angelegenheit für seine arme Schwester, die schwer daran zu tragen hatte, in ihrem Bruder einen Popanz und das Gespött der Leute zu erblicken, jedes Mal, wenn er ihre Ersparnisse verplemperte. Aber jetzt ist das alles vorbei und Martin ist dorthin gegangen, wo man keine benebelten Wappen führt.«

»An seinen Fantasien war vermutlich nichts dran?«, fragte Westray.

»Das müssen Sie klügere Leute fragen als mich«, sagte der Organist leichthin. »Fragen Sie den Pfarrer, oder den Doktor, oder jemanden wirklich Schlaues.«

Er war abermals in seinen spöttischen Ton verfallen, doch in seinen Worten schwang etwas mit, das einen vorherigen Zweifel wieder wachrief und Westray dazu veranlasste, sich zu fragen, ob Mr. Sharnall nicht so lange bei den Joliffes gelebt hatte, dass er womöglich selbst von Martins Wahnvorstellungen befallen war.

Sein Tischgeselle schenkte sich noch mehr Brandy ein und der Architekt wünschte ihm eine gute Nacht.

Mr. Westrays Räumlichkeiten befanden sich im Stockwerk

darüber, und er ging sofort in sein Schlafzimmer, denn er war sehr müde von der Reise und vom langen Stehen in der Kirche während des Nachmittags. Er war erfreut darüber, dass sein Reisekoffer bereits ausgepackt worden war und seine Sachen sorgfältig sortiert in der Kommode lagen. Das war ein Luxus, an den er kaum gewöhnt war, überdies brannte ein Feuer, das ein lustiges Flackern auf makellos weiße Vorhänge und Bettwäsche warf.

Miss Joliffe und Anastasia hatten den Reisekoffer in ihrer Mitte die große steinerne Wendeltreppe, die von oben bis unten durch das Haus führte, hinaufgetragen. Es war eine recht beschwerliche Angelegenheit, und ein ums andere Mal legten sie eine Pause ein, um Luft zu holen, und setzten den Koffer ab, um die schmerzenden Arme auszuruhen. Doch zu guter Letzt brachten sie ihn nach oben, und als die Riemen aufgeschnallt waren, entließ Miss Euphemia ihre Nichte.

»Nein, meine Liebe«, sagte sie, »lass *mich* die Sachen in Ordnung bringen. Es geziemt sich nicht, dass ein junges Mädchen die Kleidung eines Mannes sortiert. Es gab eine Zeit, da ich es selbst ungern hätte tun mögen, aber heute bin ich so alt, dass es nicht mehr von großer Bedeutung ist.«

Während sie sprach, warf sie einen Blick in den Spiegel, rückte ein paar wenige graue Haare zurecht, die unter ihrer Haube hervorgestiebt waren, und versuchte das geknüpfte Band um ihren Hals so zu richten, dass der durchgescheuerte Teil möglichst versteckt blieb. Als Anastasia Joliffe das Zimmer verließ, fand sie, dass das alte Gesicht weniger Falten und ein netteres Aussehen besaß als gewöhnlich, und wunderte sich, dass ihre Tante niemals geheiratet hatte. Junge Leute, die eine alte Jungfer sehen, führen ihre Altjüngferlichkeit auf die Missachtung der Männer zurück. Es ist so schwer, in der Schlichtheit der Sechzigjährigen die Schönheit der Sechzehnjährigen zu entdecken – zu glauben, dass unter der Gelassenheit des zunehmenden Alters die, gleichwohl unvergessene, Erinnerung an glühend vorgebrachte Anträge begraben liegen könnte, ausgelöscht in Tränen vor langer Zeit.

Miss Euphemia räumte alles sorgfältig weg. Die Garderobe des Architekten war von bescheidenstem Umfang, doch ihr schien sie gut ausgestattet und sogar edel. Allerdings entdeckte sie, mit dem Auge des Jägers, der eine Kette* aufspürt, allerlei Löcher, Risse und fehlende Knöpfe und beschloss, ihre erste freie Zeit auf deren Beseitigung zu verwenden. In der Tat ist die Erwartung wie die Ausführung derartiger Flickarbeit ein ausgeprägtes und wesentliches Vergnügen aller tüchtig veranlagten Frauen jenseits eines gewissen Alters.

»Der arme junge Mann!«, sagte sie zu sich. »Ich fürchte, er hat lange niemanden gehabt, der sich um seine Sachen kümmert.« Und in ihrem Mitleid verfiel sie in die Verschwendung, ein Feuer im Schlafzimmer anzufachen.

Nachdem im Obergeschoss die Dinge arrangiert waren, ging sie hinunter, um festzustellen, dass in Mr. Westrays Wohnzimmer alles in Ordnung war, und während sie dort zugange war, hörte sie im Raum darunter den Organisten zu dem Architekten sprechen. Seine Stimme war so tief und rau, dass es schien, als raspele sie an ihren Fußsohlen. Sie entstaubte sachte eine gewisse Konstruktion, die, etagenförmig über dem Kaminsims angebracht, dazu diente, den Spiegel mit sinnlosen kleinen Fächern und Nischen zu umgeben. Miss Joliffe hatte dieses Prachtexemplar gekauft, als Mrs. Cazel, die Witwe des Eisenwarenhändlers, ihren Hausrat verhökerte, ehe sie Cullerne verließ.

»Es ist ein Kaminaufsatz, meine Liebe«, hatte sie der skeptischen Anastasia gesagt, als es heimgebracht worden war. »Ich wollte ihn eigentlich gar nicht kaufen, aber ich hatte den ganzen Morgen noch nichts gekauft, und der Auktionator schaute so wütend zu mir, dass ich das Gefühl hatte, ein

Gebot abgegeben zu müssen. Dann sagte niemand anders etwas, und nun ist er hier; aber ich glaube wohl, dass er den Raum ein wenig schöner machen wird – und vielleicht sogar Mieter anlockt.«

Inzwischen war er mit einer Schicht blauen Emaillelacks zum Glänzen gebracht worden und eine Borte aus Bursaseide,* die Martin von einer seiner Wanderschaften mitgebracht hatte, war zur Zierde am Rand festgemacht worden, um eine Stelle zu verdecken, wo die Silberlegierung Abblätterungserscheinungen zeigte. Miss Joliffe zog die Borte ein wenig nach vorn und richtete in einer der Seitennischen eine Sammeltasse aus, die man braven Mädchen zum Geschenk machte und die ihr vor einem halben Jahrhundert auf dem Jahrmarkt von Beacon Hill gekauft worden war. Sie wischte die Glashaube ab, die den Korb mit künstlichen Früchten abdeckte, sie rollte den gewebten »Kaminschirm« auf, der vom Sims hing, glättete den Perlenteppich, auf dem das Stereoskop* stand, und begutachtete schließlich mit einem Ausdruck völliger Zufriedenheit in ihrem freundlichen Gesicht den Raum.

Eine Stunde später lag Westray im Schlaf, und Miss Joliffe sprach ihre Gebete. Sie fügte ein Dankgebet hinzu, dass die göttliche Vorsehung ihrem Hause einen so angenehmen und vornehmen Mieter gesandt hatte, und einen zusätzlichen Wunsch, dass er glücklich sein möge, solange er unter ihrem Dach weilte. Doch ihre Fürbitten wurden durch die Klänge von Mr. Sharnalls Klavier gestört.

»Er spielt überaus schön«, sagte sie zu ihrer Nichte, als sie die Kerze löschte, »doch ich wünschte, er würde nicht so spät spielen. Ich fürchte, ich war in meinen Gebeten nicht so ernsthaft bei der Sache, wie ich es hätte sein sollen.«

Anastasia Joliffe sagte nichts. Sie grämte sich, weil der Organist alte Walzer hämmerte, und an seinem Spiel erkannte sie, dass er getrunken hatte.

Drittes Kapitel

stand auf dem höchsten Punkt in der ganzen Stadt, und
die Räumlichkeiten von Mr. Westray befanden sich in den
oberen Stockwerken. Vom Fenster des Wohnzimmers aus
konnte er über die Häuser auf die Cullerner Niederung sehen,
das riesige Gebiet der Salzwiesen, welche die Stadt vom Meer
trennten. Im Vordergrund erstreckte sich eine ausgedehnte
Fläche roter Ziegeldächer; im Mittelgrund stach die Kirche
zum Heiligen Grab mit ihrem Turm und den hoch aufragenden Firsten so gigantisch heraus, dass es schien, als ob man
sämtliche Häuser des Ortes in ihren Mauern hätte verstauen
können; im Hintergrund lag das blaue Meer.

Im Sommer hängt der purpurne Schleier über der Flussmündung und durch den Schimmer der Hitze vor dem Sumpf
sind die silbernen Windungen des Cull auf seinem Weg hinaus ins Meer zu sehen und schneeweiße Scharen von Gänsen
und hier und dort das leuchtende Segel eines Vergnügungs-
bootes. Im Herbst jedoch, als Westray die Flussmündung
zum ersten Mal sah, ist das wuchernde Gras von einem dunk-
leren Grün und die Flur der Salzwiesen von unregelmäßigen
lehmbraunen Furchen durchpflügt, die bei Flut hervortreten
wie Krähenfüße in einem gealterten Antlitz, doch bei Ebbe
zu kleinen Runsen schrumpfen, mit glitschig aussehenden
Bänken und einem schillernden Rinnsal von Wasser auf dem
Grund. Im Herbst werfen die Wellenbrecher mäandernde
Miniaturhügel auf, die aus dem weichesten braunen Lehm
geformt sind, und in den Torfgebieten häufen die Torfstecher
größere und dunklere Stapel auf.

Es gab eine Zeit, da bot die Kulisse einen weiteren Blick-
fang, denn man konnte dort die Masten und Rahen vieler
stattlicher Schiffe sehen, von Holzschiffen aus dem Handelsverkehr auf der Ostsee, von Teeklippern und Schiffen, die

Handel mit Indien trieben, Schiffe mit Auswanderern und hin und wieder die überhängenden Spieren eines Freibeuterschiffs, das Abenteurern aus Cullerne gehörte. Sie alle waren schon längst in ihren letzten Hafen gesegelt, und an Schiffen bot sich dem Blick nun nichts Eindrucksvolleres als der Mast von Dr. Ennefers flachem Segelboot, das den Winter über im Stauwasser lag. Doch war die Szenerie durchaus beeindruckend, und jene, die es am besten wussten, sagten, dass es nirgends in der Stadt eine so wunderbare Aussicht gab wie aus den oberen Fenstern der »Hand Gottes«.

Viele haben aus diesen Fenstern auf diese Szenerie geschaut: die Frau des Kapitäns, als ihr Blick der Bark ihres Mannes folgte, die den Fluss hinunterverholt wurde auf eine Reise, von der er nie heimkehrte; Pärchen in den Flitterwochen, welche die hastige Reise aus dem Westen in Cullerne unterbrachen, Hand in Hand in der Sommerdämmerung saßen und auf das Meer blickten, bis der weiße Nebel über den Wiesen aufstieg und die Venus verklärend am violettfarbenen Himmel hing; der alte Captain Frobisher, der die berittene Landwehr von Cullerne aufstellte und mit seinem Handfernrohr nach der französischen Vorhut Ausschau hielt; und zuletzt Martin Joliffe, als er sterbend Tag für Tag in seinem Sessel saß und Pläne schmiedete, wie er das Geld ausgeben würde, sollte er das gesamte Erbe der Blandamers antreten.

Westray hatte das Frühstück beendet und stand eine Weile am offenen Fenster. Der Morgen war sanft und heiter, und die Luft war von jener klaren Reinheit, die so oft auf einen heftigen Herbstregen folgt. Der volle Genuss des Anblicks wurde ihm jedoch von einem Hindernis verstellt, das ein Herantreten an das Fenster behinderte. Es war eine Glasvitrine mit Farnen, die aus einem kopfüber stehenden Aquarium und einem schlichten Holztisch als Gestell gebaut zu sein schien. Westray fasste eine Abneigung gegen die glitschig aussehenden Pflanzen und gegen die Feuchtigkeit, die innen am Glas perlte, und beschloss, dass die Farne verbannt werden mussten. Er würde Miss Joliffe fragen, ob sie sie wegnehmen könne, und dieser Entschluss veranlasste ihn zu der Überlegung, ob es nicht noch irgendwelche anderen Möbelstücke gab, auf die man besser verzichten könnte.

Er machte im Kopf eine Bestandsliste seiner Umgebung. Es gab eine Reihe guter Mahagonimöbel, einschließlich einiger Stühle mit offener Rückenlehne und eines Bücherregals mit Glasfront, die Überbleibsel der Gutshofeinrichtung in Wydcombe waren. Sie waren zusammen mit dem restlichen Eigentum von Michael Joliffe zur Versteigerung gekommen, doch der Geschmack der Leute in Cullerne erachtete sie als altmodisch, und für sie fanden sich keine Bieter. Andererseits gab es viele Dinge, wie etwa kleine Perlenteppiche und Webteppiche aus Wolle und Flusenteppiche, eine Schale mit künstlichen Früchten aus Wachs, einen Korb mit Muschelblumen, Stühle mit Kammgarnstickereien auf den Rückenlehnen, Sofakissen mit ebensolchen auf der Oberseite, zwei billige Vasen voll mit Pampasgras und zwei Kerzenleuchter mit baumelnden Prismen, die Westrays Geschmack arg zusetzten. Er war seit Langem überzeugt, dass es sich dabei um den unfehlbarsten aller Geschmäcker handelte. An den Wänden hingen einige wenige Bilder – eine kolorierte Darstellung des jungen Martin Joliffe in Schwarzwäldertracht, eine verblasste Fotografie einer Rudermannschaft und eine weitere von einer Gruppe vor ein paar Ruinen, die aufgenommen worden war, als der Naturkundeverein von Carisbury eine Exkursion zur Abtei von Wydcombe machte. Neben diesen hingen unoriginelle Kopien in Öl von einem Schiffswrack und einer Lawine sowie ein Stillleben, das eine Schale voller Blumen zeigte.

Dieses letzte Bild lag Westray wegen seiner Größe, seiner lausigen Machart und seiner grellen, geschmacklosen Farben auf der Seele. Während er beim Frühstück saß, hing es direkt vor ihm, und auch wenn ihn dessen Details einstweilen amüsierten, so hatte er doch das Gefühl, dass es ihm die Augen vergrätzen würde, sollte er das Zimmer weiterhin bewohnen. Darauf war die polierte Fläche eines Mahagonitisches abgebildet, auf welcher eine blau-weiße Porzellanschale stand, die mit unerträglichen Blumen gefüllt war. Die Blumenschale nahm eine Hälfte des Bildes ein, während die andere Seite einer sinnlosen Ausdehnung der Tischplatte überlassen worden war. Der Künstler hatte, offenbar jedoch zu spät, die Unausgewogenheit der Komposition erkannt und versucht, das Gleichgewicht mit ein paar Blumen wiederherzustellen, die lose auf den Tisch geworfen waren. Am äußersten Rand des Tisches, und des Bildes, kroch eine dicke grüne Raupe auf diese Blumen zu.

Das Ergebnis von Westrays Betrachtungen war, dass er die Farnvitrine und das Blumengemälde für gänzlich unhaltbar erachtete. Er würde Miss Joliffe bei erster Gelegenheit um deren Entfernung ersuchen. Beim allmählichen Abändern vieler anderer kleiner Details rechnete er mit weniger Schwierigkeiten, doch seine bisherigen Erfahrungen in möblierten Zimmern hatten ihn gelehrt, dass das Abhängen von Bildern zuweilen ein schwer zu handhabendes und heikles Problem darstellen konnte.

Er öffnete seine Rolle mit den Plänen, und indem er jene auswählte, die er benötigte, traf er Anstalten, sich auf den Weg zur Kirche zu machen, wo er sich mit dem Baumeister über die Errichtung des Gerüsts zu einigen hatte. Bevor er ging, wollte er noch das Mittagessen bestellen und zog an einem dicken Klingelzug aus Kammwolle, um nach seiner Hauswirtin zu rufen. Kurze Zeit schon hatte er den Klang einer Geige wahrgenommen, und während er wartend darauf horchte, dass auf sein Läuten hin jemand erscheine, gaben ihm die Unterbrechung und die Wiederholung der Musik die Gewissheit, dass der Organist gerade Geigenunterricht gab. Auf seinen ersten Ruf hin kam niemand, und als auch ein zweiter Versuch nicht mehr Erfolg hatte, zog er leicht gereizt ein paar Mal kurz hintereinander. Diesmal hörte er die Musik verstummen, und er hatte keinen Zweifel, dass sein ungehaltenes Läuten von den Musikern bemerkt worden war und der Organist sich auf den Weg gemacht hatte, um Miss Joliffe mitzuteilen, dass nach ihr verlangt wurde.

Er war verärgert, dass man es so an Aufmerksamkeit fehlen ließ, und, als es schließlich an seiner Tür klopfte, durchaus gewillt, seine Hauswirtin ob ihrer Nachlässigkeit zurechtzuweisen. Als sie das Zimmer betrat, hob er an, ohne sich von seinen Skizzen abzuwenden: »Klopfen Sie nicht, wenn Sie auf mein Läuten hin kommen, bitte; allerdings wünsche ich schon, dass Sie – «

Hier brach er ab, denn als er aufsah, erkannte er, dass er nicht mit der älteren Miss Joliffe sprach, sondern mit ihrer Nichte Anastasia. Das Mädchen war anmutig, wie er schon am Abend zuvor gesehen hatte, und erneut bemerkte er die ganz eigene Feinheit ihres welligen braunen Haars. Seine Verärgerung war auf der Stelle verflogen, und er spürte die ungeschmälerte Verlegenheit, die einem feinfühligen Geist eingeboren ist, wenn er erkennt, dass die Rolle des Dienstmädchens von einer Dame gespielt wird – denn daran, dass Anastasia Joliffe eine Dame war, hatte er nicht den geringsten Zweifel. Anstatt ihr Vorwürfe zu machen, schien nun er selbst in der nicht untadeligen Situation, eine irgendwie unnatürliche Konstellation herbeigeführt zu haben.

Sie stand mit gesenktem Blick da, sein tadelnder Ton hatte jedoch ihre Wangen leicht erröten lassen, und diese Röte brachte Westray zunächst in eine Verlegenheit, die sich zur Schmach steigerte, als sie zu reden begann.

»Es tut mir sehr leid, ich fürchte, ich habe Sie warten lassen.

Ich habe Ihr Läuten zuerst nicht gehört, da ich in einem anderen Teil des Hauses beschäftigt war, und dann dachte ich, meine Tante kümmere sich bereits darum. Ich wusste nicht, dass sie außer Haus ist.«

Es war eine leise, reizende Stimme, in der mehr Erschöpfung lag als Ergebenheit. Wenn er sich entschied, ihr Vorwürfe zu machen, dann war sie bereit, die Schuld auf sich zu nehmen; doch es war Westray, der nun einige wirre Entschuldigungen stammelte. Ob sie Miss Joliffe freundlicherweise ausrichten könne, dass er um ein Uhr zum Essen komme und dass es ihm ganz gleich sei, was für ihn zubereitet werde. Das Mädchen zeigte einige Erleichterung angesichts seiner ungelenken Höflichkeit, und erst als sie das Zimmer wieder verlassen hatte, erinnerte sich Westray gehört zu haben, dass Cullerne für seine Seebarbe berühmt war; eigentlich hatte er Seebarbe zum Mittagessen bestellen wollen. Jetzt, da er sich selbst kasteite, indem er nur noch Wasser trank, war er entsprechend wählerisch, um seinen Essensgelüsten Genüge zu tun. Und doch tat es ihm nicht leid, dass er den Fisch vergessen hatte; es wäre gewiss geschmacklos gewesen, die Eigenschaften und das Anrichten der Seebarbe mit einer jungen Dame zu besprechen, die sich tragischerweise in einer solch niedrigen Stellung befand.

Nachdem Westray sich zur Kirche aufgemacht hatte, ging Anastasia Joliffe zurück in Mr. Sharnalls Zimmer, denn sie war es gewesen, die auf der Geige gespielt hatte. Der Organist saß am Klavier und hämmerte auf ungeduldige und gereizte Art und Weise Akkorde.

»Nun«, sagte er, ohne sie anzusehen, als sie hereinkam, »was will der gnädige Herr von meinem Mädchen? Weswegen hat er dich jetzt bis hoch unters Dach rennen lassen? Ich würde ihm am liebsten den Hals umdrehen. Hier wären wir also, abgehetzt wie immer und mit zitterigen Händen. Wir

47

werden kaum noch einmal so gut wie vorhin spielen können, und das will nicht viel heißen. Warum«, schrie er, als er sie ansah, »bist du so puterrot im Gesicht? Ich nehme an, er hat mit dir geschlafen.«

»Mr. Sharnall«, entgegnete sie rasch, »ich werde Ihr Zimmer nie wieder betreten, wenn Sie solche Sachen sagen. Ich finde Sie abscheulich, wenn Sie so reden, und möchte meinen, Sie sind nicht Sie selbst.«

Sie nahm ihre Geige, klemmte sie unter den Arm und zupfte energisch Arpeggien.*

»Na«, sagte er, »nimm nicht alles so ernst, was ich sage, es ist nur, weil ich nicht ganz gesund und übel gelaunt bin. Verzeih mir, Kindchen, ich weiß sehr gut, dass du mit niemandem schlafen wirst, bis der richtige Mann kommt, und ich hoffe, er wird niemals kommen, Anastasia – ich hoffe, er kommt nie.«

Weder nahm sie seine Entschuldigungen an, noch lehnte sie diese ab, sondern sie spannte eine Saite, die sich verstimmt hatte.

»Du liebe Güte!«, sagte er, als sie zum Notenständer ging, um zu spielen, »hörst du denn nicht, dass die A-Saite durchhängt wie ein Springseil?«

Sie spannte die Saite erneut, ohne etwas zu sagen, und begann mit dem Satz, bei dem sie unterbrochen worden waren. Doch ihre Gedanken waren nicht bei der Musik und ein Fehler folgte auf den anderen.

»Was *machst* du nur?«, sagte der Organist. »Du bist schlechter als vor fünf Jahren, als du angefangen hast. Es ist reine Zeitverschwendung für dich weiterzumachen, und für mich ganz genauso.«

Dann sah er, dass sie in der Tiefe ihres Kummers weinte, und er fuhr auf seinem Klavierschemel herum, ohne aufzustehen.

»Anstice, meine Liebe, ich habe es nicht so gemeint. Ich wollte nicht so grob sein. Du machst gute Fortschritte – wirklich. Und wegen der Zeitverschwendung, nun, ich habe sonst nichts zu tun und niemanden außer dich zu unterrichten, und du weißt, ich würde mich obendrein Tag und Nacht schinden, wenn ich dir damit irgendeine Freude machen könnte. Weine doch nicht. Warum weinst du denn?«

Sie legte die Geige auf den Tisch, und als sie sich auf den Binsenstuhl setzte, in dem Westray am Abend zuvor gesessen hatte, stützte sie den Kopf in die Hände und brach in Tränen aus.

»Oh«, sagte sie unter Schluchzen mit unkontrollierter, seltsamer Stimme – »oh, ich bin so traurig – *alles* ist so traurig. Da sind Vaters unbezahlte Schulden, noch nicht einmal die Rechnung vom Leichenbestatter für seine Beerdigung ist bezahlt, und kein Geld für nichts, und die arme Tante Euphemia arbeitet sich zu Tode. Und nun sagt sie, sie wird die kleinen Dinge, die wir im Haus haben, verkaufen müssen, und dann, wenn ein anständiger Mieter in Aussicht ist, ein ruhiger, vornehmer Herr, da fangen Sie an, ihn zu beschimpfen, und sagen diese ungehörigen Sachen zu mir, weil er nach uns läutet. Woher soll er wissen, dass meine Tante außer Haus ist? Woher soll er wissen, dass sie mich nicht auf das Läuten gehen lässt, wenn sie da ist? Natürlich glaubt er, dass wir ein Dienstmädchen haben, und dann machen *Sie* mich so traurig. Ich konnte letzte Nacht nicht schlafen, weil ich wusste, dass Sie trinken. Als wir zu Bett gingen, habe ich gehört, wie Sie geschmacklose Sachen spielten, die Ihnen zuwider sind, es sei denn, Sie sind nicht Sie selbst. Mir wird ganz übel, wenn ich daran denke, dass Sie die ganzen Jahre über bei uns waren, und so nett zu mir, und es jetzt so weit mit Ihnen gekommen ist. Oh, lassen Sie das doch sein! Ganz bestimmt sind wir alle unglücklich genug, auch ohne dass Sie dadurch unser Unglück noch vergrößern.«

Er stand vom Schemel auf und nahm ihre Hand.

»Nicht doch, Anstice – nicht doch! Ich habe es mir früher schon einmal abgewöhnt. Und ich werde es mir wieder abgewöhnen. Eine Frau hat mich damals dazu getrieben und mich in den Abgrund gestoßen, und nun wusste ich nicht, ob es irgendeiner Menschenseele etwas ausmachen würde, wenn sich der alte Sharnall ins Grab säuft oder nicht. Wenn ich nur wüsste, dass es jemanden gibt, der in Sorge ist, wenn ich doch wüsste, dass du in Sorge bist.«

»Selbstverständlich bin ich besorgt« – und als sie seine Hand fester zugreifen spürte, zog sie ihre leicht zurück –, »selbstverständlich machen wir uns Sorgen – meine arme Tante und ich –, das heißt, sie würde sich sorgen, wenn sie es wüsste, sie ist nur so gutmütig, dass sie keinen Verdacht hat. Ich finde es unerträglich zu sehen, wie diese scheußlichen Gläser nach dem Abendessen hereingebracht werden. Es war einmal ganz anders, und ich liebte es zu hören, wie die ›Pastorale‹* und ›Les Adieux‹* gespielt wurden, wenn das Haus still war.«

Traurig ist es, wenn das Unglück eines Menschen ihm das lachende Antlitz der Natur verhüllt. Der Tag hielt, was der frühe Morgen versprochen hatte. Der Himmel war von einem durchscheinenden Blau, unterbrochen von kleineren und größeren Wolkeninseln, die strahlend weiß wie Watte waren. Von Westen wehte eine sanfte, warme Brise, in allen Gartensträuchern sangen fröhlich die Vögel und Cullerne war eine Stadt voller Gärten, in denen jedermann unter seiner eigenen Rebe und seinem eigenen Feigenbaum sitzen konnte. Die Bienen strömten aus ihren Bienenstöcken hervor und summten im Chor mit fröhlichem Gebrumme in die Efeubeeren, welche die Mauerköpfe mit dunklem Purpur überzogen. Die alten Wetterfahnen auf den Eckfialen* des Turms der Kirche zum Heiligen Grab leuchteten, als wären sie neu vergoldet worden. Große Schwärme von Regenpfeifern flogen kreisend über dem Sumpf von Cullerne und leuchteten mit einem funkelnden silbernen Flimmer auf, wenn sie plötzlich ihren Kurs änderten. Sogar durch das offene Fenster im Zimmer des Organisten fiel ein Strahl goldenen Sonnenlichts, der die Pfingstrosen auf dem verblassten, schäbigen Teppich erhellte.

Doch drinnen schlugen die armen Herzen zweier Menschen, eines verzagt und eines ohne Hoffnung, und sahen nichts von den goldenen Wetterfahnen oder den purpurnen Efeubeeren oder den Regenpfeifern oder dem Sonnenschein und hörten nichts von den Vögeln oder den Bienen.

»Jawohl, ich werde damit aufhören«, sagte der Organist, wenn auch mit etwas weniger Enthusiasmus als noch zuvor; und als er näher an Anastasia Joliffe heranrückte, stand sie auf und verließ mit einem Lächeln das Zimmer.

»Ich muss die Kartoffeln schälen, oder Sie werden zum Mittag keine bekommen.«

Mr. Westray, der weder von Armut noch vom Alter befallen war, jedoch mit einem guten Denkvermögen und einem vollen Vertrauen in sich und seine Aussichten ausgestattet, konnte die Schönheit des Tages voll und ganz genießen. An diesem Morgen wandelte er wie ein Kind des Lichts,* wobei er den verschlungenen Seitenwegen, auf welchen der Organist ihn am Abend zuvor geführt hatte, entsagte und sich auf seinem Weg zur Kirche für die Hauptstraßen entschied. Dieses Mal gewann er einen anderen Eindruck von der Stadt. Der ausgiebige Regen hatte die Fußwege und die Straße reingewaschen, und als er den Marktplatz betrat, war er eingenommen von der Heiterkeit des Anblicks und der Aura von schlichtem Wohlstand, welche den Platz erfüllte.

Auf zwei Seiten überragten die Häuser das Trottoir und bildeten eine Arkade, die von rundlichen Holzsäulen gestützt wurde. Hier befanden sich einige der besten »Geschäftssitze«, wie ihre Eigentümer sie überschwänglich nannten. Cunstance, der Lebensmittelhändler, Rose & Storey's, die Tuchhändler, die nicht weniger als drei Häuserfronten vereinnahmten und um die Ecke zudem eine »Dependance« besaßen, die sich »ausschließlich der Schneiderei widmet«; Lucy, die Buchhändlerin, die den »Cullerne Examiner« herausgab und verschiedene Predigten von Kanonikus Parkyn veröffentlicht hatte, wie auch ein Traktat von Dr. Ennefer, das die Maßnahmen abhandelte, welche in Cullerne zur Eindämmung der Cholera während des jüngsten Ausbruchs derselben ergriffen worden waren; Clavin, der Sattler, Miss Adcutt mit dem Spielzeugladen und Prior, der Apotheker, der gleichzeitig Postmeister war. Auf mittlerer Höhe der dritten Marktplatzseite stand der Gasthof »Zum Blandamer Wappen«, mit einer langen Fassade verblichener halbhoher grüner Jalousieläden und gemaserten, dem Holz der Eiche nachempfundenen Schiebefenstern. Am Rande des Fußwegs vor dem Gasthaus befanden sich ein paar Steinstufen zum Besteigen der Pferde und dicht an diesen stand ein hoher Mast, an welchem das Grün und Silber des benebelten Wappens schaukelte. Auf beiden Seiten des »Blandamer Wappens« scharten sich noch einige weitere moderne Läden, die sich, in Ermangelung einer Arkade, mit Markisen aus braunem Stoff mit roten Streifen begnügen mussten. Eines dieser Geschäfte führte Mr. Joliffe, der Schweineschlachter. Er grüßte Westray durch das offene Fenster.

»Guten Morgen. Frühzeitig wieder bei der Arbeit, wie ich sehe«, sagte er auf die Skizzenrolle deutend, welche der Architekt unterm Arm trug. »Es ist ein großes Privileg, diese Restaurierung, zu der man Sie berufen hat«, und hierbei schob er ein Kotelett in der Auslage in eine ansprechendere Position – »und ich vertraue darauf, dass Gottes Segen Ihre Mühen begleitet. Es gelingt mir selbst des Öfteren, mich um die Mittagszeit herum dem Trubel des Geschäfts für ein paar Minuten zu entziehen und ein wenig stille Andacht in der Kirche zu suchen. Wenn Sie dann dort sind, würde ich mich Ihnen gern behilflich zeigen, soweit es in meiner Macht steht. Einstweilen müssen wir zwei jedoch unseren eigenen Beschäftigungen nachgehen.«

Er begann die Kurbel einer Wurstfüllmaschine zu drehen, und Westray war froh, seinen frommen Worten, und mehr noch seinem unerträglichen gönnerhaften Gehabe, zu entkommen.

Viertes Kapitel

DIE NORDFASSADE DER KIRCHE, die dem Platz zugewandt war, lag noch im Schatten, doch als Westray eintrat, sah er den Sonnenschein durch die Südfenster strömen, und das ganze Bauwerk badete in einer Flut sanftesten Lichts. Es gibt in England viele Kirchen, die größer sind als die Kirche zum Heiligen Grab, zudem sind ihre Ausmaße bekrittelt worden, weil das Dach niedriger ist als in einigen anderen Kirchenbauten ihrer Größe. Und dennoch ist es fraglich, ob die Architektur jemals ein wahrhaft würdevolleres und imposanteres Bauwerk hervorgebracht hat.

Das Mittelschiff wurde im Jahre 1135 von Walter le Bec begonnen und hat auf beiden Seiten Arkaden mit flachen Rundbogen. Diese Bogen werden von zylindrischen Pfeilern voneinander getrennt, die weder eingravierte Ornamente aufweisen, wie in Durham oder Waltham oder Lindisfarne, noch mit Perpendikularverzierungen überzogen sind, wie im Mittelschiff von Winchester oder im Chor von Gloucester, sondern sich in ihrer Wirkung auf strenge Schlichtheit und einen großen Durchmesser verlassen. Über ihnen sieht man die dunkle und höhlenartige Tiefe des Triforiums* und weiter oben den Lichtgaden* mit winzigen und vereinzelten Öffnungen. Über allem hängt ein Steingewölbe, das quer und diagonal von den Zackenleisten der schweren Gewölberippen zerteilt wird.

Westray nahm nahe der Tür Platz und war so in die Betrachtung des Bauwerks und des seltsamen Spiels der Strahlen des Sonnenlichts auf den wuchtigen Mauern vertieft, dass eine halbe Stunde verging, ehe er aufstand, um durch die Kirche zu gehen.

Ein steinerner Lettner* trennt den Chor vom Mittelschiff, macht mehr oder minder aus einer Kirche zwei; doch als Westray die Durchgangstüren öffnete, hörte er vier Stimmen nach ihm rufen, und als er nach oben sah, erblickte er über sich die vier Turmbogen. »Der Bogen schläft nie«, rief einer. »Man hat uns eine Last aufgebürdet, die zu schwer zu tragen ist«, antwortete ein anderer. »Wir schlafen nie«, sagte der dritte, und der vierte kehrte zurück zu dem alten Refrain: »Der Bogen schläft nie, schläft nie.«

Als er sie bei Tageslicht betrachtete, wunderte er sich noch mehr über deren Ausdehnung und schlanke Beschaffenheit und war umso überraschter, dass sein Vorgesetzter die Senkung und den beunruhigenden Riss in der Südwand so auf die leichte Schulter genommen hatte.

Der Chor ist einhundertvierzig Jahre jünger als das Mittelschiff, prunkvolle englische Frühgotik, mit einer Vielzahl von Lanzettfenstern* mit prächtigen Überschlaggesimsen* in Zweier- und Dreiergruppen, und am östlichen Ende in Siebenergruppen. Hier finden sich unzählige Säulenschafte aus dunkelgrauem Purbeckmarmor,* kunstvolle Kapitelle,* tief eingekerbtes Laubwerk* und Engel mit breiten Flügeln, welche die Dienste* halten, auf denen das spitzwinklige Dach aufliegt.

Den religiösen Bedürfnissen von Cullerne wurde bereits von diesem Teil der Kirche Genüge getan, und außer bei Firmungen oder am Rekrutensonntag* saß die Gemeinde nie bis in das Mittelschiff. Alle, die in die Kirche kamen, fanden hier reichlich Platz und konnten ihr Gebet in der Tat in aller Bequemlichkeit verrichten; denn vor dem von Baldachinen* überragten Chorgestühl, 1530 von Abt Vinnicomb errichtet, waren lange Reihen von Kirchenstühlen aufgebaut, in denen grüner Fries und Messingnägel, Polster und Betkissen sowie Gebetbücher in Kassetten den Insassen bei ihrer Andacht behilflich waren. Jeder, der in Cullerne nach sozialem Status strebte, pachtete einen dieser Kirchenstühle, doch für die vielen, die sich einen solchen Luxus in ihrem Glauben nicht zu leisten vermochten, standen andere, gemeine Sitzplätze zur Verfügung, welche allerdings keinen Fries und keine Betkissen hatten, und auch keine Nummern an den Türen, aber trotz allem überaus angemessen und geräumig waren.

Der Küster war gerade dabei, das Chorgestühl abzustauben, als der Architekt den Chor betrat, und stürzte augenblicklich auf ihn zu wie ein Falke, der auf seine Beute herabstößt. Westray machte keinen Versuch, seinem Schicksal zu entkommen, und hoffte sogar, dass er dem Geschwätz des alten Mannes einige interessante Fakten über das Bauwerk entnehmen könne, welches auf viele Monate hinaus seine Wirkungsstätte sein sollte. Doch der Küster redete lieber über die Leute als über Gegenstände, und die Unterhaltung schweifte so nach und nach zu der Familie ab, bei der Westray seinen Wohnsitz genommen hatte.

Die ungewisse Herkunft von Joliffe, über die Mr. Sharnall in ihrer Unterhaltung so lobenswert geschwiegen hatte, war dem Küster weniger heilig. Er preschte da hinein, wo der Organist nicht gewagt hatte, einen Fuß hinzusetzen, und Westray fühlte sich auch nicht bemüßigt, ihn davon abzuhalten, sondern lenkte vielmehr das Gespräch auf Martin und seine eingebildeten Erbansprüche.

»Mein Gott«, sagte der Küster, »ich war selber noch 'n kleiner Junge, als Martins Mutter mit dem Soldat weggerannt is', doch ich erinner' mich gut dran, wie's in aller Munde war. Aber die Leute in Cullerne mögen Neuigkeiten. Heut is' das alles Gerede von gestern, und's gibt wohl keinen außer mir und dem Pfaffen, der Ihnen *diese* Geschichte erzählen könnt'. Sophia Flannery hieß sie, als Bauer Joliffe sie geheiratet hat, und wo er sie gefunden hat, das wusste keiner. Er lebte oben auf'm Gutshof in Wydcombe, Michael Joliffe, wo vor ihm sein Vater wohnte, und 'n bunter Vogel war er und trug die ganze Zeit gelbe Reiterhosen und 'n blaues Wams.

Nun, eines Tags gab er bekannt, dass er heiraten würde, und er kam nach Cullerne, und dort wartete Sophia auf ihn im ›Blandamer Wappen‹, und in ebendieser Kirche hier wurden sie getraut. Sie hatte damals 'nen dreijährigen Jungen bei sich und tat kund, dass sie Witwe war, obwohl's viele gab, die glaubten, dass sie ihre Heiratsurkunde nicht hätt' herzeigen können, wenn man sie danach gefragt hätt'. Aber vielleicht hat Bauer Joliffe nie verlangt, sie zu sehen, oder vielleicht hat er alles drüber gewusst. 'ne nette, gesunde und kräftige Frau war sie, die für jeden 'n Wort und 'n Lächeln hatte, wie mir mein Vater des Öfteren sagte, und außerdem besaß sie 'n bisschen Geld. Alle Vierteljahr' fuhr sie rauf nach London, um ihre Mieten einzukassieren, so sagte sie, und jedes Mal kam sie mit furchtbar vornehmen neuen Kleidern zurück. Sie kleidete sich so vornehm und hatte 'ne solche Art an sich, dass die Leute sie Königin von Wydcombe nannten. Wo auch immer sie herkam, ihre Bildung hatte sie von 'nem Pensionat, und sie konnte wunderbar musizieren und singen. So manches Mal an 'nem Sommerabend sind wir Kerle rauf nach Wydcombe gelaufen und ham am Zaun nahe beim Gutshof gesessen, um Sophy durch das offene Fenster singen zu hör'n. Sie hatte auch 'n kleines Pianoforte und hat anrührende lange Lieder gesungen von Kapitänen und Schnurrbärten und gebrochenen Herzen, bis die Leute drauf und dran waren, drüber zu weinen. Und wenn sie nich' sang, malte sie. Meine Alte hatte 'n Bild mit Blumen, das sie gemalt hat, und als sie's Gut aufgeben mussten, wurden noch 'ne Menge mehr verkauft. Aber vom größten hat Miss Joliffe sich nich' trennen woll'n, obwohl's viele gab, die's gern gekauft hätt'n. Nein, dieses hat sie behalten, und hat's bis heute – ein Gemälde so groß wie 'n Schild, über und über mit den wundervollsten Blumen bedeckt.«

»Ja, das habe ich gesehen«, warf Westray ein, »es hängt in meinem Zimmer in Miss Joliffes Haus.«

Er sagte nichts über dessen Hässlichkeit, oder dass er beabsichtigte, es zu verbannen, da er nicht das Kunstempfinden des Erzählers verletzen oder eine Geschichte unterbrechen wollte, die ihn gegen seinen Willen zu interessieren begann.

»So, wirklich!«, sagte der Küster. »Früher hing's im besten Salon von Wydcombe über der Anrichte, als Junge hab' ich's dort drin geseh'n, als meine Mutter beim Hausputz auf'm Gutshof mitgeholfen hat. ›Gucke, Tom‹, sagt meine Mutter zu mir, ›hast du jemals solche Blumen geseh'n? Und so 'ne niedliche Raupe, die sie fressen will!‹ Die grüne Raupe unten in der Ecke, Sie erinnern sich?«

Westray nickte, und der Küster fuhr fort: »›Gott nein, Mrs. Joliffe‹, sagt meine Mutter zu Sophia, ›nie wünsch' ich 'n schöneres Bild zu sehen als dieses.‹ Und Sophia lachte und sagte, meine Mutter würde 'n gutes Gemälde erkennen, wenn sie eins seh'n tät. Manche Leute, sagte sie, würden ihr weismachen wollen, dass es nicht viel wert wär', doch sie wusste, sie könnt' jederzeit, wenn sie Lust drauf hätte, es zu verkaufen, fünfzig oder hundert Pfund oder mehr dafür kriegen, wenn sie's zu'n richtigen Leuten bring' tät. *Dann* würde sie bald die auslachen, die sagten, 's wär' nur 'ne Kleckserei, und dabei lachte sie selber, denn sie war immer am Lachen und immer vergnügt.

Michael war sehr erfreut über seine stramme Frau und fand Gefallen dran, dass die Leute gafften, wenn er sie in der Hochkutsche nach Cullerne rein auf'n Markt fuhr und sie mit'n Landmännern, die sie auf'm Weg trafen, ihre Späße machen hörte. Sehr stolz war er auf sie, und noch stolzer, als er eines Samstags jedermann im ›Blandamer Wappen‹ 'n Glas spendierte und sie einlud, auf'n süßes kleines Mädchen zu trinken, das seine Frau ihm geschenkt hatte. Nun hätt' er zwei, sagte er, weil er würd' den andren kleinen Jungen, den Sophia mitgebracht hat, als sie geheiratet ham, behalten, und behandelte diesen ganz und gar, als wär's sein eigner Sohn.

So ging's ein oder zwei Jahre, bis das Übungslager auf der Wydcomber Höhe aufgeschlagen wurde. Ich erinner' mich gut an diesen Sommer, weil's war 'n furchtbar heißer, und Joey Garland und ich brachten uns im Becken, wo die Schafe vorm Scheren gewaschen wurden, unten auf Mayos Wiesen selbst das Schwimmen bei. Und den ganzen Hang hinauf ham die weißen Zelte gestanden, und abends hat die Militärkapelle vorm Essenszelt der Offiziere gespielt. Und bisweilen ham sie auch am Sonntagnachmittag gespielt, und der Pfaffe war schrecklich verärgert und schrieb dem Oberst, um ihm zu sagen, wie die Musik die Leute aus der Kirche holte, und verglich's mit dem Tanz ums Goldene Kalb, wenn ›die Leute sich zum Essen und Trinken hinsetzten und zum Amüsieren wieder aufstanden‹. Doch der Oberst hat sich niemals nich' drum geschert, und wenn's 'n schöner Abend war, latschten eine Menge Leute über die Downs,* und 'n paar arme Mädchen wünschten hinterher, sie hätten niemals nich' 'ne lieblichere Musik gehört als die Klarinette und das Fagott aus der Empore der Kirche von Wydcombe.

Sophia war auch recht häufig dort, zuerst am Arm ihres Mannes umhergehend und hinterher an denen anderer Leute, und manche der Jungs sagten, dass sie geseh'n ham, wie sie mit 'nem Rotrock oben in den Wacholderbüschen saß. 's war am Abend vorm Michaelstag, ehe sie's Lager abbrachen, und das war 'n trauriger Gänsebraten, der zum Michaelisfest auf'm Gutshof in Wydcombe verspeist wurde, weil als die Soldaten gingen, ging auch Sophia und ließ Michael und den Hof und die Kinder zurück und sagte nie jemand auf Wiederseh'n, nich' mal dem Baby in seinem Bettchen. 's hieß, dass sie mit 'nem Feldwebel davongelaufen ist, doch keiner wusst's genau, und falls Bauer Joliffe irgendeine Suche angestrengt und es 'rausgefunden hat, so hat er keiner Seele was erzählt, und sie kam nie wieder nach Wydcombe zurück.

Sie kam nie wieder nach Wydcombe zurück«, murmelte er vor sich hin, und es klang wie ein Seufzer. Vielleicht hatte ihn der lang vergessene Zerfall von Bauer Joliffes Zuhause angerührt, vielleicht dachte er aber auch nur an seinen eigenen Verlust, denn er fuhr fort: »Ja, so manches Mal schenkte sie 'nem armen Burschen 'ne Unze Tabak, und so manches Pfund Tee schickte sie 'nem Arbeiter ins Haus. Wenn sie sich neue Kleider kaufte, gab sie die alten weg. Mein Weib hat noch 'nen Pelzkragen, den ihre Mutter von Sophia Joliffe bekam. Sie war sehr freigebig mit ihr'm Geld, was immer man auch sonst über sie sagen mag. 's gab keinen Arbeiter auf'm Hof, der nich' was Gutes über sie wusste. 's gab keinen, der froh drum war, dass sie's Weite gesucht hatte.

Der arme Michael regte sich fürchterlich auf, aber er war nich' der Mann, der viele Worte machte. Er trug seine gelben Reiterhosen und sein blaues Wams wie gehabt, doch am Hof verlor er die Lust und ging nich' mehr so regelmäßig auf'n Markt, wie er's gesollt hätt'. Nur den Kindern hat er sich, scheint's, mehr zugewandt – Martin, der seinen Vater niemals nich' gekannt hat, und der kleinen Phemie, die ihre Mutter niemals nich' gekannt hat. Soweit ich's erfahren konnte, is' Sophia niemals nich' zurückgekehrt, um sie zu besuchen, doch ein Mal, zwanzig Jahre später, hab' ich sie gesehen, als ich die Pferde zum Jahrmarkt von Beacon Hill brachte, zum Verkaufen.

Das war auch 'n schwarzer Tag, weil's war's erste Mal, dass Michael's nötige Geld mit dem eignen Ausverkauf auftreiben musste. Da war er schon mächtig dünn geworden, der arme Herr, und konnte 's blaue Wams und die gelben Reiterhosen nich' mehr so ausfüllen wie einst, und *sie selber* war'n da auch schon lange nich' mehr so farbenfroh.

›Tom‹, sagte er − das bin ich, wissen Sie − ›bring diese Pferde hier rüber nach Beacon Hill und verkauf sie für so viel, wie du kriegen kannst, weil ich brauche das Geld.‹

›Was, Vater, das beste Gespann verkaufen!‹, sagt Miss Phemie − weil sie stand daneben −, ›du wirst niemals das beste Gespann mit White Face und dem alten Strike-a-light verkaufen!‹ Und die Pferde sahen auf, weil sie erkannten ihre Namen sehr wohl, wenn sie sie aussprach.

›Hab' dich nich' so, Mädchen‹, sagte er, ›zu Mariä Verkündigung kaufen wir sie wieder zurück.‹

Und so brachte ich sie rüber und wusste sehr wohl, warum er's Geld brauchte, weil Mr. Martin nämlich mit 'nem schönen Buckel voll Schulden aus Oxford zurückgekommen war und nich' mit Hand anlegen konnte auf'm Hof, sondern rumging und erzählte, dass er 'n Blandamer is' und Fording und all die Ländereien rechtmäßig ihm gehör'n. Nachforschungen stelle er an, sagte er, und reiste hier und dort umher, wobei er 'n Haufen Zeit und Geld in Nachforschungen steckte, die niemals nich' zu was führten. 's war 'n düstrer Tag, dieser Tag, und 'n dichter Regen fiel in Beacon Hill, und der Torf ließ sich ganz übel stechen. Die armen Viecher waren außerdem triefend nass und's wollt' ihnen nich' gelingen, sich von ihrer besten Seite zu zeigen, weil sie wussten, dass es ans Verkaufen ging, und so wurde es Nachmittag, und nich' ein Gebot für eins von beiden. ›Armer alter Herr!‹, sag' ich zu'n Pferden, ›was wird er sagen, wenn wir zurückkommen?‹ Und doch freute mich der Gedanke, dass ich mich nich' von ihnen trennen musste.

Ja, da standen wir nun im Regen, und die Bauern und die Händler beguckten uns bloß kurz und liefen ohne was zu sagen vorbei, bis ich wen langkommen sehe, und das war Sophia Joliffe. Sie sah nich' ein Jahr älter aus als das letzte Mal, wo ich sie getroffen hab', und ihr Gesicht war das einzig

Heitere, was wir an diesem Nachmittag sahen, und frisch und fröhlich wie eh und je. Sie hatte 'nen gelben Regenmantel an mit großen Knöppen, und jeder drehte sich um, wenn sie vorbeiging, um sie von oben bis unten zu mustern. 'n Pferdehändler ging mit ihr, und wenn die Leute gafften, sah er sie genauso stolz an, wie's Michael gemacht hat, wenn er sie nach Cullerne auf'n Markt fuhr. Sie beachtete die Pferde kein bisschen, sondern sie sah mich ganz genau an, und als sie vorbei war, drehte sie sich rum, um noch mal zu gucken, und dann kam sie zurück.

›Bist du nich' Tom Janaway‹, sagt sie, ›der damals auf'm Hof in Wydcombe gearbeitet hat?‹

›Ja, der bin ich‹, sag' ich, aber schroff, weil's mich ärgerte, dran zu denken, was sie dem Herrn angetan hatte, und bei alledem doch so fröhlich gucken konnte.

Sie nahm's nich' zur Kenntnis, dass ich üble Laune hatte, aber ›Wem seine Pferde sind das?‹, fragt sie.

›Die von Ihrem Ehemann, Madam‹, erdreistete ich mir zu sagen und wollt' ihr 'nen Dämpfer aufsetzen. Aber Herrgottzeiten!, sie scherte sich kein' Pfifferling drum, aber ›Welchem meiner Ehemänner?‹, sagt sie, und lachte sich halb tot und stieß den Pferdehändler in die Seite. Er guckte, als wenn er sie erdrosseln wollte, doch sie schert sich auch da nich' drum. ›Wozu will Michael seine Pferde verkaufen?‹

Und da verlor ich mein' Schneid und dachte nich' mehr dran, sie noch mehr zu erniedrigen, sondern hab' ihr nur erzählt, wie die Dinge lagen und wie ich 'n lieben langen Tag gestanden hab' und kein einziges Angebot gekriegt hab'. Sie stellte nich' eine Frage, doch ich sah, wie ihre Augen funkelten, wenn ich von Master Martin und Miss Phemie sprach. Und dann drehte sie sich plötzlich zu dem Pferdehändler und sagte: ›John, das sind feine Pferde, du kaufst sie billig, und morgen können wir sie wieder verkaufen.‹

Da fluchte und schimpfte er und sagte, die Pferde sind alte Torfklepper und er würde verdammt sein, ehe er solchen Hundsfraß kauft.

›John‹, sagt sie, ziemlich ruhig, ›es is' nicht nett, vor einer Dame zu fluchen. Das sind gute Pferde und ich möchte sie kaufen.‹

Dann fluchte er wieder, doch sie wusste, woran sie bei ihm war, und 'n mächtig entschlossener Ausdruck war in ihr'm Gesicht, obwohl sie so lachte. Und allmählich kriegt er sich wieder ein und lässt sie reden.

›Wie viel willst du für alle vier, junger Mann?‹, sagt sie, und ich hatte achtzig Pfund im Kopf, meinte, sie würde um der alten Zeiten willen vielleicht so hoch gehen, wollte aber nich' so viel sagen, aus Angst, dass ich den Handel vermassle. ›Na los‹, sagt sie, ›wie viel? Bist du taub? Nun, wenn du den Preis nich' bestimmen willst, mach' ich das für dich. Hier, John, du bietest hundert für alle.‹

Er gaffte blöd, sagte aber nichts.

Dann sah sie ihn scharf an.

›Du musst es tun‹, sagt sie, leise, aber sehr bestimmt, und er rückt damit raus: ›Hier, ich geb' dir hundert.‹ Doch noch ehe ich Zeit hatte, ›Einverstanden!‹ zu sagen, machte sie weiter: ›Nein – dieser junge Mann sagt Nein, ich kann's in seinem Gesicht sehen, es is' ihm nich' genug. Versuch's mit einhundertzwanzig.‹

's war, als ob er verhext wär', weil er sagt ganz zahm: ›Gut, ich geb' dir hundertzwanzig.‹

›Ja, das is' besser‹, sagt sie, ›er sagt, das is' besser.‹ Und sie holt 'ne kleine Brieftasche aus Leder aus ihrem Busen hervor, hält sie unter den Schlag ihres Regenmantels, damit der Regen nich' reinlaufen kann, und zählt zwei Dutzend saubere Geldscheine heraus und steckt sie mir in die Hand. Wo sie herkamen, waren noch 'ne Menge mehr, weil ich konnte sehen, dass die Börse voll davon war, und als sie mein' Blick drauf sieht, holt sie noch ein' raus und gibt ihn mir mit den Worten: ›Hier is' einer für dich, und viel Glück. Nimm's und kauf ein Jahrmarktsgeschenk für deine Liebste, Tom Janaway, und sag nie, Sophy Flannery hätte 'nen alten Freund vergessen.‹

›Herzlich Dank, Madam‹, sag' ich, ›herzlich Dank, und möge es Ihnen niemals nich' fehlen! Ich hoffe, Ihre Pachten kommen noch immer regelmäßig rein, Madam.‹

Sie lachte lauthals und sagte, da steht nichts zu befürchten, und dann rief sie 'nen Burschen, und der führte Whiteface und Strike-a-light und Jenny und Cutler davon, und weg waren sie alle, und der Pferdehändler und Sophia auch, noch ehe ich Zeit hatte, 'nen guten Abend zu wünschen. Sie kam nie wieder in diese Gegend – zumindest hab' ich sie nie geseh'n, aber ich hab' gehört, dass sie danach noch zig Jahre gelebt hat und an 'nem geplatzten Blutgefäß beim Pferderennen in Beriton gestorben is'.«

Er lief ein kleines Stück weiter den Chor hinunter und fuhr mit dem Abstauben fort; doch Westray folgte ihm und brachte ihn erneut zum Reden.

»Was geschah, als Sie zurückkamen? Sie haben mir nicht erzählt, was Bauer Joliffe gesagt hat, und auch nicht, weshalb Sie das Gut verlassen haben und Küster geworden sind.«

Der alte Mann rieb sich die Stirn.

»Ich hatte nich' vor, Ihnen das zu erzählen«, sagte er, »weil mir noch immer gehörig der Schweiß ausbricht, wenn ich dran denke, aber Sie sollen's erfahren, wenn Sie mögen. Nun, als sie weg waren, war ich nahezu benommen von so 'nem Glücksfall und sagte das Vaterunser, um zu sehen, ob ich nich' träume. Aber so isses nich' gewesen, also schlitzte ich das Futter meiner Weste auf und stopfte die Scheine rein, alle bis auf den ein', den sie nur mir gegeben hatte, und den steckte ich in meine Uhrentasche. 's wurde schon dunkel und ich fühlte mich klamm vor Kälte und Nässe, wie's so is', wenn man so lange im Regen steht und den ganzen Tag ohne 'nen Bissen oder 'n Abendessen bleibt.

Das is'n trostloser Ort, dieses Beacon Hill, und's war so feucht untern Füßen den Tag, dass mir 's Wasser in die Stiefel lief, bis sie anständig suppten, wenn ich 'nen Schritt machte. Der Regen ging unaufhörlich und zischte in den Petroleumlampen, die sie vor den Marktbuden anfingen anzuzünden. Vor 'nem langen Zelt leuchtete es ordentlich hell, und von drinnen roch's nach gebratenen Zwiebeln, worauf mein' Magen ›Bitte, Herr, bitte!‹ rief.

›Ja, mein Junge‹, sagte ich zu ihm, ›der Teufel hol' mich, wenn ich's dir abschlage, du sollst nich' leer zurück nach Wydcombe gehen.‹ Also geh' ich rein und stelle fest, dass es im Zelt mollig warm und hell is', mit rauchenden Männern und lachenden Frauen drin, und's vorzüglich nach Essen roch. Durchs Zelt standen lange Tische auf Böcken und lange Bänke dran, und die Leute aßen und tranken, und 'n Tresen stand quer am Ende des Raumes, und darauf simmerten in verzinnten Pfannen vorzügliche Speisen – Schweinshaxen und Würste und Kutteln, Speck und Rindfleisch und Blumenkohl, Kohlköpfe und Zwiebeln, Blutwurst und Plumpudding. Sah nach 'ner Gelegenheit aus, mein' Geldschein zu wechseln und zu sehen, ob er echt war und kein Elfengeld, das sich in'n Taschen der Leute in Blätter verwandelt. Also geh' ich vor und bitte drum, dass man mir 'nen Teller Rindfleisch und Blutwurst gibt, und halte mein' Schein für hin. Das Mädchen – weil's stand 'n Mädchen hinterm Tresen – nahm ihn, und dann guckt sie'n sich an und dann mich, weil ich war dolle schmutzig und nass, und dann bringt sie'n zum Alten hin, und der zeigt ihn seiner Frau, die'n hoch ins Licht hält, und dann fing' alle an zu reden und zeigten ihn 'nem Steuereinnehmer,* der grad dabei war, den Fasspreis zu senken.

Die Leute, die nahebei saßen, sahen, was los war, und fing'
an mich anzustarren, bis mir ziemlich heiß wurde und ich
mein' Schein lieber da gelassen hätt', wo er war, und raus und
zurück nach Wydcombe gegangen wär'. Aber der Steuereinnehmer muss gesagt ham, dass er in Ordnung war, weil der
Alte kam mit vier goldenen Sovereigns* und neunzehn Shilling zurück und machte 'ne Verbeugung und sagt: ›Zu Ihren
Diensten, Sir. Kann ich Ihnen was zu trinken geben?‹

Ich guckte mich um, um zu sehen, was es für 'nen Schnaps
gab, die ganze Zeit überglücklich, dass der Schein echt war,
und er sagt: ›Rum und Milch hilft ausgezeichnet, Sir. Probie-
ren Sie den Rum und die Milch heiß.‹

Also nahm ich 'nen haben Liter Rum und Milch und setzte
mich an den nächsten Tisch, und die Leute, die drauf gewartet
ham zu sehen, wie man mich festnimmt, machten jetzt Platz
und guckten, als wär' ich 'n Lord. Ich aß noch 'nen Teller Rindfleisch und trank noch 'nen Rum mit Milch, dann rauchte ich 'ne
Pfeife, mit der Gewissheit, dass sie an diesem Abend in Wydcombe wegen meiner Verspätung kein' Ärger nich' machen
würden, wenn ich zwei Dutzend Geldscheine zurückbrachte.

Das Fleisch und der Trunk munterten mich auf, und die
Pfeife und die Wärme im Zelt schienen meine Sachen zu
trocknen und die Nässe zu vertreiben, und ich spürte 's Wasser nich' mehr in'n Stiefeln. Auch die Gesellschaft war angenehm, und 'n paar wahrlich vornehme Händler saßen ringsum.

›Meine Hochachtung, Sir‹, sagt einer und hebt sein Glas
in meine Richtung — ›meine ganze Hochachtung. Diese
armen Leute sind Papiergeld nich' gewohnt und waren wohl
von Ihrem Schein 'n wenig überrascht, aber gleich wie ich Sie
gesehen hab', sag' ich zu meinen Freunden: »Kameraden, dieser feine Herr is' einer von uns. Wenn mir je 'n vermögender
Mann begegnet is', das hier is' einer.« Von dem Moment an,
da Sie reinkamen, wusste ich, Sie sind 'n feiner Herr.‹

66

Und so fühlt' ich mich geschmeichelt und dachte, wenn sie um ein' Schein schon so viel Wesens machen, was würden sie erst sagen, wenn sie wüssten, dass ich 'ne ganze Tasche voll davon hab'? Aber ich hab' nichts gesagt, bloß leise in mich reingelacht und gedacht, dass ich's halbe Zelt kaufen könnt', wenn ich Lust dazu hätte. Danach gab ich ihnen Getränke aus, und sie mir, und wir verbrachten 'nen sehr angenehmen Abend – umso mehr, als wir vertraulich wurden und ich ja wusste, dass sie Ehrenmänner waren, also bewies ich, dass ich würdig war, mit solchen zu verkehren, indem ich ihnen zeigte, dass ich 'nen Packen Geldscheine zur Hand hatte. Sie brachten noch mehr Prosits aus, und einer von ihnen sagte, wie unangemessen das Gesöff, das wir schluckten, für so 'nen feinen Herrn wie mich wär'. Also holte er 'ne Flasche aus seiner Tasche und füllte mir 'n Glas von sein' eignem ein, den sein Vater im gleichen Jahr wie Waterloo gekauft hatte. Das war 'n mächtig hochprozentiges Zeug, und ich musste blinzeln, ums runterzukriegen, aber ich trank's mit guter Miene, weil ich nich' zeigen wollte, dass ich 'nen alten Tropfen nich' erkenne, wenn ich ihn trinke.

So saßen wir, bis das Zelt ganz stickig war und diese zischenden Petroleumlampen trübe im Tabakrauch brannten. Draußen regnete es noch immer, weil man konnte hör'n, wie's heftig aufs Dach prasselte, und wo's Zeltleinen sich durchwölbte, kam allmählich 's Wasser durch und tropfte rein. Zwischen 'n paar Leuten, die was getrunken hatten, herrschte 'n rauer Ton und 's kam zu Zankereien, und ich wusste, dass ich so viel hatte, wie ich vertragen konnte, weil meine Stimme klang wie die von wem anders und ich musste 'ne gute Weile überlegen, eh' mir die Worte über die Lippen gingen. Und dann hat 'ne Glocke geschlagen und der Steuereinnehmer rief ›Ausschankschluss‹, und der Alte hinterm Tresen sagte: ›Also, Jungs, gute Nacht und angenehmes Flohbeißen. Gott erhalte die Königin und beschere uns morgen ein fröhliches Beieinander.‹ Also standen alle auf und zogen ihre Mäntel über die Ohren, um rauszugeh'n, bis auf'n halbes Dutzend, das zu betrunken war und über Nacht unter den Tischen im Gras liegen gelassen wurde.

Ich konnte selber nich' mehr richtig aufrecht geh'n, aber meine Freunde griffen mir unter die Arme, und das war sehr nett von ihnen, weil als wir rauskamen an die frische Luft, wurde ich schläfrig und mir war 'n bisschen schwindlig. Ich sagte ihnen, wo ich wohne, und sie sagten, keine Bange, sie würden mich heimbringen und wüssten 'nen Weg über die Felder, der uns schneller nach Wydcombe bringen würd'. Wir zogen los und liefen 'n Stück in die Dunkelheit, und das Nächste, an was ich mich erinnere, war, wie mir irgendwas ins Gesicht schlug, und ich wachte auf und merkte, wie 'ne junge Kuh an mir schnuppert. 's war helllichter Tag und ich lag unter 'ner Hecke inmitten von Aronsstäben.* Ich war pitschnass und schmutzig (weil's war 'n lehmiger Graben) und noch 'n bisschen im Tran und schämte mich gehörig, aber als ich an den Handel dachte, den ich für mein' Herrn gemacht hatte, und ans Geld, das in meiner Weste steckte, raffte ich mich auf und griff mit der Hand hinein, um die Scheine rauszuholen und nachzugucken, ob sie von der Nässe nich' was abgekriegt ham.

Aber da waren keine Scheine – nein, nich' 'n Stück Papier, so sehr ich meine Weste auch umkrempelte und das Futter rausriss. 's war nur 'ne halbe Meile weit weg von Beacon Hill, wo ich lag, und's dauerte nich' lange, bis ich den Weg zum Jahrmarktsgelände zurückgelaufen war, aber meine Freunde vom Abend davor konnte ich nich' finden, und der Alte im Festzelt sagte, er könnte sich nich' dran erinnern, dass er dergleichen je geseh'n hätte. Ich brachte den ganzen Tag damit zu, an allen Ecken zu suchen, bis die Leute über mich lachten, weil ich so wüst aussah von der Trinkerei am Abend zuvor und vom Schlafen im Freien und ohne was zu essen zu haben, weil man mir kein' Penny nich' gelassen hatte. Ich erzählte es dem Konstabler, und er schrieb alles auf, aber ich hab' geseh'n, wie er mich anguckte dabei, und das zerrissene Futter, das unter meiner Weste heraushing, und ich wusste, er dachte, dass es bloß 'n belangloses Märchen war und dass ich noch ein' in der Krone hatte. 's war schon dunkel, ehe ich's aufgab und mich auf den Heimweg machte.

Von Beacon Hill bis nach Wydcombe sind's auf'm kürzesten Wege gute sieben Meilen, und ich war hundemüde und hungrig und schämte mich so, dass ich 'ne halbe Stunde auf der Brücke überm Tretwerk von Prouds Rossmühle stehen blieb und mich hineinstürzen wollte und dem ein Ende machen, aber ich hab's nich' übers Herz bringen können, und so lief ich weiter und kam in Wydcombe an, als sie grad zu Bett gehen wollten. Wie wenn ich 'n Geist wär', ham sie mich angestarrt, Bauer Michael und Master Martin und Miss Phemie, als ich ihnen meine Geschichte erzählte, aber mit keinem Wort nich' hab' ich erwähnt, dass es Sophia Joliffe war, die die Pferde gekauft hat. Der alte Michael sagte nichts, hatte aber 'nen verblüfften Ausdruck im Gesicht, und Miss Phemie weinte. Master Martin aber brauste auf, dass alles erfunden wär' und ich 's Geld gestohlen hätt' und sie nach 'nem Konstabler schicken müssten.

›Das is' gelogen‹, sagte er. ›Dieser Bursche is'n Gauner, und obendrein noch zu dumm, sich 'ne zusammenhängende Geschichte einfallen zu lassen. Wer glaubt denn schon, dass 'ne Frau das Gespann kaufen und einhundertundzwanzig Pfund in Scheinen geben würde für'n paar Pferde, die für siebzig Pfund schon teuer wären? Wer war die Frau? Kanntest du sie? Auf dem Jahrmarkt muss es 'ne Menge Leute geben, die so 'ne Frau kennen sollten. So welche sieht man nich' jeden Tag, die mit den Taschen voller Scheine umherlaufen und den doppelten Preis zahlen für die Pferde, die sie kaufen.‹

Ich wusste sehr wohl, wer sie gekauft hat, aber ich wollte ihren Namen nich' sagen, aus Angst, Bauer Joliffe noch mehr zu betrüben, als er's ohnehin schon war, also sagte ich nichts, sondern schwieg.

Und da sagt der Bauer: ›Tom, ich glaub' dir, ich kenne dich seit dreißig Jahren und hab' dich noch nie lügen hör'n, und ich glaub' dir auch jetzt. Aber wenn du ihren Namen weißt, dann sag ihn uns, und wenn du ihn nicht weißt, dann sag uns, wie sie ausgesehen hat, und vielleicht erkennt sie einer von uns.‹

Aber ich sagte noch immer nichts, bis Master Martin wieder anfängt: ›Ihren Namen sollst du sagen. Wenn's die Frau wirklich gab, die die Pferde gekauft hat, dann muss er ihren Namen bestens kennen. Und du, Vater, sei nicht so gutmütig, derartig dumme Geschichten zu glauben. Wir holen 'nen Konstabler her. Ihren Namen, sag' ich!‹

Dass er so rüde sprach, wo der Mann, der Schaden litt, mir verzieh'n hatte, brachte mich auf und ich sagte: ›Ja, ich kenn' ihren Namen bestens, wenn Sie drauf besteh'n. 's war die gnädige Frau.‹

›Die gnädige Frau?‹, sagt er. ›Welche gnädige Frau?‹

›Ihre Mutter‹, sag' ich. ›Sie war mit 'nem Mann da, aber 's war nich' der Mann, mit dem sie von hier weggegangen is', und sie brachte ihn dazu, dass er das Gespann kauft.‹

Master Martin sagte nichts mehr, und Miss Phemie fing an zu weinen. Aber das Gesicht vom alten Herrn hatte 'n noch verblüffteren Ausdruck angenommen, und ganz ruhig sagte er: ›Nun, das genügt, mein Freund. Ich glaub' dir und ich vergebe dir. Was kümmert's mich heute groß, ob ich hundert Pfund verloren hab'. Das ist lediglich mein Schicksal, und wenn's nich' dort verschwunden wär', dann wär's genauso gut irgendwo sonst verschwunden. Geh rein und wasch dich und iss was. Und wenn ich dir dieses Mal auch vergebe, so wirst du nie wieder einen Tropfen anrühren.‹

›Herr‹, sag' ich, ›ich danke Ihnen, und wenn ich je zu 'nem bisschen Geld komme, dann zahle ich Ihnen zurück, was ich kann. Und Sie ham mein Wort drauf, dass ich niemals wieder 'n Tropfen nich' anrühr'n werde.‹

Ich streckte ihm meine Hand hin, und er nahm sie, trotzdem sie so schmutzig war.

›So ist's recht, mein Freund. Und morgen werden wir die Wache hinzuzieh'n, um die Kerle aufzuspür'n.‹

Ich hab' mein Versprechen gehalten, Mr. – Mr. – Mr. – «

»Westray«, erinnerte ihn der Architekt.

»Ich wusst' Ihren Namen nich', weil *mich* hat der Pfarrer gestern nämlich nich' vorgestellt. Ich hab' mein Versprechen gehalten, Mr. Westray, und bin seither gänzlich enthaltsam. Aber er hat nie die Wache drauf angesetzt, weil am nächsten Morgen in aller Frühe hat ihn der Schlag getroffen, und vierzehn Tage später war er tot. Sie ham ihn in Wydcombe neben seinem Vater und Großvater begraben, die grüne Geländer um ihre Gräber ham, und seine gelben Reiterhosen und das blaue Wams kriegte Timothy Foord, der Schäfer, und der trug sie danach über viele Jahre immer am Sonntag. Ich verließ den Hof am selben Tag, als der alte Herr unter die Erde kam, und bin nach Cullerne und machte Gelegenheitsarbeiten, bis der Küster krank wurde, und von da an half ich beim Gräberschaufeln, und als er starb, machten sie mich zum Küster, Pfingsten isses vierzig Jahre her.«

»Hat Martin Joliffe das Gut nach dem Tod seines Vaters behalten?«, fragte Westray nach einer kurzen Stille.

Während ihrer Unterhaltung waren sie an den Stühlen entlanggegangen und kamen nun durch den steinernen Lettner, welcher die Klosterkirche in zwei Teile trennt. Der Chor liegt um einige Fuß höher als der übrige Raum der Kirche von Cullerne, und als sie auf den Stufen standen, die in das Mittelschiff hinunterführten, tat sich vor ihnen die außerordent-

71

liche Länge der Querschiffe zu beiden Seiten hin auf. Das Ende des nördlichen Querschiffs, an dessen Außenseite einst das Domkapitel und die Dormitorien des Mönchsklosters standen, weist lediglich drei hochgelegene Lanzettfenster in der Mauer auf, am südlichen Ende des Kreuzarms jedoch gibt es überhaupt keine Mauer, denn der gesamte Raum wird vom Fenster des Abtes Vinnicomb mit seinen doppelten Querblenden und unzähligen Unterteilungen des Maßwerks eingenommen. So entsteht ein seltsamer Kontrast, da das südliche Querschiff, das Blandamer'sche Schiff, ständig von hellem Tageslicht erfüllt ist, während im übrigen Teil der Kirche das Licht wegen der kleinen Fenster traurig gedämpft und das nördliche Querschiff der dunkelste Teil des gesamten Bauwerks ist. Zudem ist das Südfenster später Perpendikularstil, verwirrend in seiner Anordnung und verschwenderisch in der Ausarbeitung seiner Details, wohingegen das Mittelschiff normannischer Baustil und die Querschiffe und der Chor englische Frühgotik sind. Der Gegensatz ist so außerordentlich, dass er sogar die Aufmerksamkeit jener auf sich zieht, die mit Architektur gänzlich unvertraut sind, und ohne Frage ist er für den Fachmann umso bedeutsamer. Westray stand eine Weile auf den Stufen, als er seine Frage wiederholte: »Hat Martin den Hof behalten?«

»Ja, er hat ihn behalten, aber sein Herz hat nie nich' dran gehangen. Miss Phemie hat die Arbeit gemacht und hätte 'nen besseren Bauern abgegeben als ihr Vater, wenn Martin sie gelassen hätt', aber für jeden halben Penny, den sie erwirtschaftete, hat er 'nen ganzen ausgegeben, bis alles untern Hammer kam. Oxford hat ihn aufgeblasen gemacht, und's gab niemand nich', der ihn zur Besinnung brachte, also musste er wohl 'n Gentleman sein und so vornehm tun, bis die Leute ihn ›Gentleman Joliffe‹ nannten, und später dann, als er nich' mehr ganz so bei Verstand war, den ›Alten Nebler‹. Das da hat seine Sinne verwirrt«, sagte der Küster und zeigte auf das große Fenster, »das Silber und das Grün waren's.«

Westray schaute nach oben, und in der Spitze des Mittelfensters sah er zwischen dem dunkler gefärbten Glas das benebelte Wappen mit einer Helligkeit leuchten, die bei Tageslicht noch auffallender war als in der Dämmerung des vorherigen Abends.

Fünftes Kapitel

kam Westray zu der Überzeugung, dass Miss Joliffes Quartier ihm zusagen würde. Zugegeben befand sich die »Hand Gottes« in einiger Entfernung von der Kirche, doch dafür war sie höher gelegen als die gesamte restliche Stadt, und die Eigenarten des Architekten beschränkten sich nicht etwa aufs Essen und Trinken, sondern maßen einer kräftigenden Luft und der Meidung tiefer Lagen eine übertriebene Bedeutung bei. Überdies genoss er die penible Sauberkeit, welche im ganzen Haus herrschte, sowie Miss Joliffes Kochkünste, die dank einer langen Erfahrung zu einer gewissen Perfektion gelangt waren, zumindest was einfache Gerichte anbelangte.

Er fand heraus, dass kein Dienstmädchen gehalten wurde und dass Miss Joliffe ihrer Nichte niemals gestattete, bei Tisch zu bedienen, solange sie selber im Haus war. Dieser Umstand verursachte ihm gewisse Unannehmlichkeiten, da seine von Natur aus rücksichtsvolle Art ihn darauf achten ließ, einer nicht mehr jungen Wirtin nicht zu viel zuzumuten. Nur ungern läutete er seine Glocke, und wenn er es tat, trat er des Öfteren hinaus auf den Treppenabsatz und rief die Anweisungen die Wendeltreppe hinunter in der Hoffnung, ihr jegliches unnötige Aufsteigen in die tiefe Finsternis der Steintreppe zu ersparen. Diese Rücksichtnahme war an Miss Joliffe nicht verschwendet, und Westray fühlte sich geschmeichelt von einer sichtlichen Sorge, die sie an den Tag legte, ihn als Mieter zu behalten.

Im guten Wissen um den Gefallen, welchen er ihr erwies, ließ er sie also eines Abends um die Teestunde zu sich kommen, um ihr seine Absicht, im »Haus Bellevue« wohnen zu bleiben, mitzuteilen. Als äußerlich sichtbares Kennzeichen* dafür, dass sein Einzug von längerer Dauer sein würde, beschloss er, darum zu bitten, einige der Stücke, die nicht nach seinem Geschmack waren, zu entfernen – insbesondere das große Blumengemälde, welches über der Anrichte hing.

Miss Joliffe saß in ihrem Arbeitszimmer, wie sie es nannte. Es war ein kleiner Raum auf der Rückseite des Hauses (einst die Vorratskammer der alten Herberge), wohin sie sich zurückzog, wenn irgendein Geldproblem ihr Kopfzerbrechen bereitete.

Derartige Probleme waren in der Vergangenheit über viele Jahre in unangenehmer Häufigkeit aufgetaucht, und jetzt führten die lange Krankheit und der Tod ihres Bruders in dem beschwerlichen Kampf, aus zwei und zwei fünf zu machen, so etwas wie eine Misere herbei. Keine durch eine Krankheit entschuldbare Annehmlichkeit hatte sie ihm verwehrt, und Martin war kein Mann gewesen, der in solchen Dingen allzu große Skrupel kannte. Kaminfeuer im Schlafzimmer, Rinder-Consommé,* Champagner – die unzähligen kleinen Dinge, welche von den Reichen kaum zur Kenntnis genommen werden, die Hingabe der Armen jedoch so sehr strapazieren, hatten sich allesamt auf die Schuldensumme niedergeschlagen. Dass derartige Posten in ihrem Haushaltsbuch auftauchten, erschien Miss Joliffe als ein solch grober Verstoß gegen die Regeln, die für ein umsichtiges Wirtschaften maßgeblich sind, dass es der ganzen Not der Situation bedurfte, ihr Gewissen von der Schuld der Verschwendung zu befreien – jener *luxuria* oder Schwelgerei, welche die erste unter den sieben Todsünden ist.

Philpotts, der Fleischer, hatte halb gelächelt, halb geseufzt dabei, Kalbsbries auf Miss Joliffes Liste vorzufinden, und hatte überdies versäumt, so manchen ähnlichen Einkauf zu vermerken; wobei er jene gütige, stille Nachsicht übte, welche der Bedachte gleichwohl spürt und ob ihrer äußerst bescheidenen Art umso mehr zu schätzen weiß. Und auch dem Lebensmittelhändler Custance wurde bange, wenn er Champagnerbestellungen für die schmächtige und abgearbeitete Frau ausführte, und er gab ihr ein volles, gedrücktes, gerütteltes und überfließendes Maß* an Tee und Zucker, um den Preis wieder auszugleichen, den er für die gehobenen Ansprüche beim Wein zu berechnen gezwungen war. Doch trotz aller Nachsichtigkeit war die Summe angewachsen, und in diesem Augenblick wurde Miss Joliffe durch die in Goldfolie geschlagenen Hälse dreier Flaschen der allseits geschätzten Marke »Duc de Bentivoglio«, die noch immer aus einem Regal über ihrem Kopf ragten, an deren Last erinnert. An Dr. Ennefers Rechnung wagte sie kaum zu denken; und womöglich hatte sie auch wenig Anlass dazu, wo er sie doch niemals einsandte, da er genau wusste, dass sie bezahlen würde, was sie nur konnte, und bereit war, sie zu erlassen, sollte Miss Joliffe nie einen Penny davon bezahlen können.

Sie schätzte seine Rücksichtnahme und übersah mit seltener Toleranz einen besonders ärgerlichen Verstoß gegen die guten Sitten, dessen er sich stets schuldig machte. Dabei handelte es sich um nichts Geringeres, als Medikamente an ihr Haus zu adressieren, als sei es noch immer ein Herberge. Bevor Miss Joliffe in die »Hand Gottes« einzog, hatte sie viel von dem Wenigen, das sie für Reparaturen übrig hatte, dafür verwendet, den Namen der Herberge zu übertünchen, der die Fassade zierte. Doch nach kräftigen Regenfällen starrten die großen schwarzen Buchstaben grimmig durch ihren Schleier, und der Organist machte kleine Späße darüber, dass es ein schweres Unterfangen sei, der Hand Gottes Einhalt zu gebieten. Albern und ungehörig nannte Miss Joliffe derartige Witzeleien und ließ in Gold »Haus Bellevue« über das Oberlicht der Tür schreiben. Doch der Maler aus Cullerne schrieb das Wort »Haus« so groß, dass er »Bellevue« viel zu klein schreiben musste, damit es noch hinpasste; und der Organist spottete aufs Neue über das Missverhältnis und sagte, dass es genau andersherum hätte sein müssen, denn dass es ein Haus sei, wisse schließlich jeder, dass aber auch ein Bellevue dazugehöre, hingegen niemand.

Und dann schickte Dr. Ennefer seine Medizin an »Mr. Joliffe, Die Hand« – nicht einmal an »Die Hand Gottes«, sondern einfach »Die Hand«; und Miss Joliffe betrachtete die Fläschchen von der Seite, als sie auf dem Tisch in dem trostlosen Korridor lagen, und riss die Banderolen geschwind ab, wobei sie den Atem anhielt, damit ihr nicht womöglich ein Ausruf der Entrüstung entfuhr. So bekümmerte der freundliche Doktor, ohne es zu wissen, in der Hastigkeit seines Arbeitsalltags das Herz der netten Dame, bis sie sich genötigt sah, die Einsamkeit ihres Arbeitszimmers zu suchen und in den Geboten darüber zu lesen, den Peinigern die andere Wange auch noch hinhalten zu sollen,* ehe es ihr einigermaßen gelang, ihre Gelassenheit wiederzufinden.

Miss Joliffe saß in ihrem Arbeitszimmer und grübelte, wie Martins Rechnungen zu begleichen wären. Ihr Bruder hatte sich sein ganzes ungeregeltes und professionsloses Leben hindurch mit seiner disziplinierten und geschäftsmännischen Lebensweise gebrüstet. Die Wahrheit war, dass sich letztere lediglich in der sorgfältigen und überlegten Sortierung seiner Rechnungen offenbarte, doch darin war er gewiss ein Meister. Er bezahlte nie eine Rechnung; es stand zu vermuten, dass es ihm niemals in den Sinn gekommen war, eine zu bezahlen; doch er faltete jede Rechnung exakt auf dieselbe Breite, wobei er den Deckel einer alten Handschuhschachtel zu Hilfe nahm, schrieb fein säuberlich das Datum, den Namen des Gläubigers und die Schuldensumme auf die Außenseite und vereinigte sie mit einem Gummiband zusammengerollt mit ihren Gefährten. Nach seinem Tod fand Miss Joliffe Schubladen voll mit solchen entmutigenden Bündeln, denn Martin besaß ein Talent dafür, seine Gunst zu verteilen und kleine Schulden weit und breit zu sträuen, bis sie sich dann nach und nach zu einem großen, bedrohlichen Wald auswuchsen.

Miss Joliffes Sorgen wurden durch einen Brief, der sie vor wenigen Tagen erreicht hatte und der eine Gewissensfrage aufwarf, noch um ein Tausendfaches verschlimmert. Er lag geöffnet vor ihr auf dem kleinen Tisch:

139, New Bond Street

Gnädige Frau,
wir sind mit einer Vollmacht zum Kauf verschiedener Stillleben betraut und gehen davon aus, dass Sie ein großes Blumengemälde besitzen, bezüglich dessen Erwerbs wir gern in Verhandlung treten würden. Das Gemälde, von welchem hier die Rede ist, war seinerzeit im Besitz Seiner Wohlgeboren, des verstorbenen Michael Joliffe und zeigt einen Blumenkorb auf einem Mahagonitisch mit einer Raupe in der linken Bildecke. Wir sind so sehr vom Geschmack unseres Klienten und der Vortrefflichkeit des Gemäldes überzeugt, dass wir bereit sind, eine Summe von fünfzig Pfund dafür zu bieten und auf eine vorherige Inaugenscheinnahme zu verzichten.
Wir würden uns freuen, baldmöglichst eine Antwort von Ihnen zu erhalten.
Bis dahin, gnädige Frau, verbleiben wir
Ihre ergebensten Diener
Baunton & Lutterworth

Miss Joliffe las den Brief zum einhundertsten Mal und verweilte mit anhaltendem Wohlgefallen bei »seinerzeit im Besitz Seiner Wohlgeboren, des verstorbenen Michael Joliffe«. In der Wendung lag eine gewisse angestammte Würde und Geltung, welche ihr Genugtuung verschaffte und die bittere Härte ihrer Lebensumstände milderte. »Seiner Wohlgeboren, des verstorbenen Michael Joliffe« – es las sich wie das Testament eines Bankiers; und sie war noch einmal Euphemia Joliffe, ein romantisches Mädchen, das an einem Sonntagmorgen im Sommer in der Kirche von Wydcombe sitzt, stolz auf einen neuen Musselin mit Zweigmuster und stolz auf viele Ahnentafeln der Joliffes an den Wänden über ihr; denn in Southavonshire haben Gutsbesitzer Stammbäume wie Herzöge.

Auf den ersten Blick schien es, als ob ihr der Himmel mit diesem Brief eine besondere Lösung ihrer Probleme angeboten hätte, doch später waren ihr Bedenken gekommen, die diesen Ausweg verbauten. »Ein großes Blumengemälde« — ihr Vater war stolz darauf gewesen, stolz auf das wertlose Bild seiner Frau, und hatte sie, als sie selbst noch ein kleines Kind war, oft in seinen Armen hochgehoben, damit sie die glänzende Tischplatte betrachten und die Raupe berühren konnte. Die Wunden, welche seine Frau ihm zugefügt hatte, mussten damals noch offen geklafft haben, denn es war gerade einmal ein Jahr her, dass Sophia ihn und die Kinder verlassen hatte; dennoch war er stolz auf ihre Begabung, und vielleicht nicht ohne Hoffnung auf ihre Heimkehr. Und als er starb, hinterließ er der armen Euphemia, zu dieser Zeit auf halbem Wege durch die dunkle Schlucht des mittleren Lebensalters, einen alten Schreibtisch voll mit kleinen Andenken an ihre Mutter — das Paar Handschuhe, welches sie zu ihrer Hochzeit getragen hatte, eine auffällige Brosche, ein Paar auffällige Ohrringe und viele andere unbedeutende Kleinigkeiten, die er aufbewahrt hatte. Er hinterließ ihr auch Sophias langen Farbkasten aus Holz, mit seinen kleinen Flaschen farbigen Puders zum Anmischen von Ölfarben, und eben jenen »Blumenkorb auf einem Mahagonitisch mit einer Raupe in der linken Bildecke«.

Die Wertschätzung des Bildes war immer eine Tradition gewesen. Ihr Vater hatte seinen Kindern wenig von seiner Frau erzählt und nur durch Andeutungen und Halbwahrheiten hatte Miss Euphemia, während sie zur Frau heranwuchs,

Stück für Stück die Geschichte von der Schande ihrer Mutter erfahren. Doch von Michael Joliffe wusste man, dass er dieses Gemälde als das Meisterwerk seiner Frau betrachtete, und die alte Mrs. Janaway berichtete, dass Sophia ihr des Öfteren gesagt hatte, es würde einhundert Pfund erzielen. Miss Euphemia selbst hatte nie einen Zweifel an seinem Wert gehegt, und so war das Angebot in diesem Brief für sie keine Überraschung. Sie glaubte vielmehr, dass die genannte Summe erheblich unter dem Marktwert lag, doch es zu verkaufen vermochte sie nicht. Es war ihr heilig und (abgesehen von den Silberlöffeln mit dem eingravierten »J.«) das letzte Bindeglied, welches die armselige Gegenwart mit der komfortablen Vergangenheit verband. Es war ein Familienerbstück und sie würde es niemals übers Herz bringen können, sich davon zu trennen.

Dann läutete die Glocke und sie steckte den Brief in die Tasche, strich die Vorderseite ihres Kleids glatt und stieg die Steintreppe hinauf, um nachzusehen, was Mr. Westray begehrte. Der Architekt teilte ihr mit, dass er sich mit dem Gedanken trug, während seines Aufenthalts in Cullerne ihr Mieter zu bleiben, und als er sah, welche Freude die Bekanntgabe Miss Joliffe bereitete, war er gerührt von seiner eigenen Großmütigkeit. Sie empfand es als eine große Erleichterung und willigte recht schnell ein, die Farne und die Teppiche und die Muschelblumen und die Wachsfrüchte zu entfernen und auch die eine oder andere kleine Umgestaltung hinsichtlich der Möbel vorzunehmen, die er wünschte. Es schien ihr zwar, wenn man bedachte, dass er Architekt war, dass Mr. Westrays Geschmack sonderbarerweise fehlging; doch angesichts seines freundlichen Auftretens und seiner Absicht, bei ihr wohnen zu bleiben, ließ sie ihm alle denkbare Nachsicht zuteilwerden. Dann brachte der Architekt die Entfernung des Blumengemäldes zur Sprache. Behutsam machte er eine

Andeutung, dass es womöglich ein wenig zu groß sei für den Raum und dass er stattdessen gerne einen Grundriss von der Kirche von Cullerne aufgehängt hätte, in welchem er immer wieder würde nachsehen müssen. Die Strahlen der untergehenden Sonne fielen gerade auf das Bild und bestärkten ihn, dessen geschmacklose Protzigkeit erhellend, in seiner Entschlossenheit, es um jeden Preis loszuwerden. Doch der Mut seiner Offensive erlosch ein wenig, als er den bestürzten Ausdruck sah, welcher Miss Joliffes Gesicht überzog.

»Wissen Sie, ich denke, es ist ein wenig zu grell und eine zu große Ablenkung für diesen Raum, der eigentlich mein Arbeitszimmer sein wird.«

Miss Joliffe war nun überzeugt, dass ihrem Mieter jegliches Verständnis fehlte, und sie konnte ihre Überraschung und Traurigkeit darüber nicht ganz verbergen, als sie antwortete: »Sir, ich möchte mich Ihnen ganz bestimmt in jeder Hinsicht gefällig zeigen und es Ihnen recht angenehm machen, denn ich wünsche mir stets, feine Leute als Mieter zu haben, und könnte es niemals über mich bringen, die Zimmer zu entehren, indem ich irgendjemanden darin wohnen ließe, der kein Gentleman ist; doch ich hoffe, Sie bitten mich nicht darum, das Gemälde zu entfernen. Seit ich das Haus übernommen habe, hat es immer an dieser Stelle gehangen, und mein Bruder, ›der verstorbene Martin Joliffe‹« — im Unterbewusstsein war sie von dem Brief beherrscht, den sie in ihrer Tasche hatte, und beinahe hätte sie gesagt: »Seine Wohlgeboren, der verstorbene Martin Joliffe« — »hat es sehr hoch geschätzt und pflegte am Ende seiner Krankheit stundenlang hier zu sitzen und es zu betrachten. Ich hoffe, Sie bitten mich nicht darum, das Gemälde zu entfernen. Es mag Ihnen möglicherweise entgangen sein, dass es sich hier, abgesehen davon, dass es von meiner Mutter gemalt wurde, um ein sehr wertvolles Kunstwerk handelt.«

In ihren Worten lag eine, wenn auch schwache, Spur von Herablassung für den schlechten Geschmack ihres Mieters sowie ein Verlangen, seine Unwissenheit zu erleuchten, was Westray verärgerte; und er wiederum verstand es, einen hochnäsigen Ton in seine Erwiderung zu legen.

»Oh, selbstverständlich, wenn Sie aus Sentimentalität wünschen, dass es hängen bleibt, dann möchte ich nichts weiter sagen, und ich dürfte die Arbeit Ihrer Mutter eigentlich nicht kritisieren, aber – « Hier brach er ab, da er sah, wie sehr sich die alte Dame die Sache zu Herzen nahm, und es ihm leidtat, dass er wegen einer Kleinigkeit so aufbrausend geworden war.

Miss Joliffe schluckte ihren Ärger hinunter. Es war das erste Mal, dass das Gemälde in ihrem Beisein unverhohlen geschmäht wurde, obgleich sie bei mehr als nur einer Gelegenheit schon gefunden hatte, dass es nicht in dem Maße gewürdigt worden war, wie es ihm eigentlich gebührte. Doch in ihrer Tasche trug sie eine Bestätigung seines Wertes und konnte es sich leisten, großmütig zu sein.

»Es ist immer für sehr wertvoll gehalten worden«, fuhr sie fort, »auch wenn ich selber seine Schönheit gewiss nicht in all ihren Details verstehe, da ich in der Kunst nicht hinreichend unterrichtet worden bin. Aber ich bin mir ganz sicher, dass es für sehr viel Geld verkauft werden könnte, wenn ich es nur über mich bringen könnte, mich davon zu trennen.«

Westray ärgerte sich über die Andeutung, dass er wenig von Kunst verstünde, und sein Mitgefühl für die in ihrer familiären Bindung an das Gemälde befangene Hauswirtin wurde durch die bewusste Übertreibung seines Verkaufswertes, um die es sich seines Erachtens handeln musste, sehr geschmälert.

Miss Joliffe las seine Gedanken und zog ein Stück Papier aus ihrer Tasche.

»Hier«, sagte sie, »habe ich ein Angebot über fünfzig Pfund

für das Gemälde von einigen Herren in London. Bitte lesen Sie es, damit Sie sehen, dass nicht ich es bin, die sich irrt.«

Sie hielt ihm den Brief der Kunsthändler hin, und Westray nahm ihn, damit sie ihren Willen hatte. Er las ihn aufmerksam und wunderte sich mit jeder Zeile mehr. Welche Erklärung konnte es dafür geben? War es möglich, dass sich das Angebot auf irgendein anderes Gemälde bezog? Denn von Baunton & Lutterworth wusste er, dass sie sehr angesehen waren unter den Londoner Gemäldehändlern; und der Gedanke daran, dass es sich bei dem Brief um einen Streich handeln könnte, war durch den Briefkopf und den gesamten Stil des Schreibens ausgeschlossen. Er blickte zu dem Bild. Der Sonnenschein fiel noch immer darauf und es stach scheußlicher hervor denn je, doch als er sich erneut an Miss Joliffe wandte, hatte sich sein Ton geändert.

»Glauben Sie«, sagte er, »dass von diesem Gemälde die Rede ist? Haben Sie keine anderen Bilder?«

»Nein, keines dieser Art. Es ist ganz sicher dieses; sehen Sie, sie sprechen von einer Raupe in der Bildecke.« Und sie zeigte auf das dicke grüne Tier, das über die Tischplatte kroch.

»Das tun sie«, sagte er, »doch woher wissen sie überhaupt davon?« – und über dem neu aufgetauchten Problem vergaß er völlig die Frage nach der Beseitigung des Bildes.

»Oh, ich vermute, dass die meisten wirklich guten Gemälde den Kunsthändlern bestens bekannt sind. Das ist nicht die erste Anfrage, die uns erreichte, denn genau an dem Tag, als mein lieber Bruder starb, kam ein Herr deswegen hier vorbei. Niemand von uns außer meinem Bruder war zu Hause, sodass ich ihn nicht gesehen habe; doch ich glaube, er wollte es kaufen, nur hätte mein lieber Bruder niemals in den Verkauf eingewilligt.«

»Mir scheint es ein großzügiges Angebot«, sagte Westray. »Ich würde es mir ernstlich überlegen, ehe ich es ablehnte.«

»Allerdings, in meiner Lage nehme ich es sehr ernst«, antwortete Miss Joliffe, »denn ich bin nicht reich; aber ich könnte dieses Bild nicht verkaufen. Sehen Sie, ich kenne es, seit ich ein kleines Mädchen war, und mein Vater hat es so sehr geschätzt. Ich hoffe, Sie möchten nicht, dass es abgehängt wird, Mr. Westray. Ich denke, wenn Sie es eine Weile dort belassen, werden Sie es allmählich selber sehr mögen.«

Westray ließ die Sache auf sich beruhen. Er sah ein, dass man bei seiner Hauswirtin an diesen Punkt nicht rühren durfte, und überlegte sich, dass er einstweilen einen Grundriss vor das Gemälde hängen könnte, wenn es nicht anders ging. Somit wurde eine stille Übereinkunft geschlossen, und Miss Joliffe schob den Brief von Baunton & Lutterworth wieder in ihre Tasche und kehrte mit immerhin teilweise wiedererlangter Gemütsruhe an ihre Berechnungen zurück.

Als sie den Raum verlassen hatte, untersuchte Westray das Gemälde ein weiteres Mal, und mehr denn je war er von dessen Wertlosigkeit überzeugt. Die ganzen geschmacklosen Farbtöne und harten Linien schlimmster Laienmalerei tauchten darin auf und erweckten den Eindruck, dass es in dem einzigen Bestreben gemalt worden war, einen vorhandenen Raum zu füllen. Diese Ansicht wurde zudem von der Tatsache gestützt, dass der Rahmen außergewöhnlich kunstvoll und gut gearbeitet war, und Westray kam zu dem Schluss, dass Sophia auf irgendeine Weise in den Besitz des Rahmens gekommen sein musste und das Blumenstück gemalt hatte, um ihn zu füllen.

Als er das Fenster aufriss und über die Dächer aufs Meer hinaussah, war die Sonne ein roter Ball am Horizont. Der Abend war sehr ruhig und die Stadt lag versunken in der tiefen Stille. Blau hing der Rauch in langen, flachen Schwaden darüber und in der Luft war ein entfernter Duft verbrennenden Unkrauts wahrzunehmen. Die Glockenstube des

Vierungsturms leuchtete in rosarotem Glanz im Sonnenuntergang und die Dohlen kreisten in einer krächzenden und flatternden Wolke um die goldenen Wetterfahnen, ehe sie schlafen gingen.

»Ein bemerkenswerter Anblick, nicht wahr?«, sagte eine Stimme an seiner Seite. »Es liegt ein seltsam verlockender Duft in dieser Herbstluft, der einen den Atem anhalten lässt.« Es war der Organist, der unerwartet hereingeschlichen war. »Ich habe eine Pechsträhne«, sagte er. »Essen Sie heute in meinem Zimmer zu Abend und lassen Sie uns miteinander plaudern.«

Westray hatte in den letzten paar Tagen nicht viel von ihm gesehen und willigte nur allzu gern ein, den Abend gemeinsam mit ihm zu verbringen; nur der Ort wurde geändert und das Abendessen im Zimmer des Architekten eingenommen. Sie sprachen über viele Dinge und Westray ließ seinen Tischgenossen nach Herzenslust über die Leute und Sitten von Cullerne schwadronieren, denn er war ein aufgeschlossener Mensch und begierig, so viel als möglich über jene zu erfahren, bei denen er seinen Wohnsitz genommen hatte.

Er berichtete Mr. Sharnall von seiner Unterhaltung mit Miss Joliffe und dem erfolglosem Versuch, das Gemälde wegschaffen zu lassen. Der Organist wusste über den Brief von Baunton & Lutterworth ausführlich Bescheid.

»Die Arme hat die letzten zwei Wochen ihr Gewissen mit der Frage gequält«, sagte er, »und so manche schlaflose Nacht hindurch wegen diesem Bild gelitten. ›Soll ich es verkaufen oder nicht?‹ – ›Ja‹, sagt die Armut, ›verkauf es und stelle dich tapfer deinen Gläubigern.‹ – ›Ja‹, sagen Martins Schulden, die lauthals mit offenen Schnäbeln, wie ein Nest junger Rohrspatzen, um sie herum schimpfen, ›verkauf es und tilge uns.‹ – ›Nein‹, sagt der Stolz, ›verkauf es nicht. Ein Ölgemälde im Hause steht für das hohe Ansehen, das man hat.‹ – ›Nein‹, sagt die Liebe zur Familie mit der seltsam leisen, piepsigen Stimme aus ihrer eigenen Kindheit, ›verkauf es nicht. Hast du vergessen, wie sehr der arme Vater es gemocht und wie der gute Martin es gehegt und gepflegt hat?‹ – ›Der gute Martin‹ – pah! Martin hat ihr in seinen ganzen sechzig Jahren alles andere als gutgetan, aber Frauen sprechen ihre Angehörigen heilig, wenn sie sterben. Haben Sie etwa noch nicht erlebt, wie eine der sogenannten frommen Frauen die ganze Welt als Frevler verteufelt, und dann stirbt ihr Mann oder ihr Bruder, die das gleiche lasterhafte Leben geführt haben wie jeder andere auf Erden auch, aber sie verteufelt sie nicht. Die Liebe lässt sie ihren Strafkodex vergessen; sie sucht sich ein Hintertürchen und spricht vor aller Welt von ihrem lieben Hans und lieben Franz, als wären sie doppelte Baxter-Heilige* gewesen. Nein, Blut ist dicker als Wasser; Verdammung gilt nicht für die Ihren. Die Liebe ist stärker als das Höllenfeuer und wirkt Wunder für Hans und Franz; nur muss *sie* die Sache ausgleichen, indem sie die anderen Leute mit einer Extraladung Pech und Schwefel überschüttet.

Zum Schluss sagt die Weltklugheit, oder das, was Miss Joliffe für Klugheit hält, ›Nein, verkauf es nicht, du solltest mehr als fünfzig Pfund für ein solches Prachtexemplar bekommen.‹ Und so ist sie hin- und hergerissen, und wenn sie zu der Zeit gelebt hätte, als es noch Mönche in der Klosterkirche von Cullerne gab, hätte sie wohl ihren Beichtvater gefragt, und er hätte seine ›Summa Angelica‹* heruntergenommen und es unter V. – ›*Vendetur? utrum vendetur an non?*‹* – nachgeschlagen und sie beruhigt. Sie haben nicht gewusst, dass mir in Latein keiner etwas vormachen kann, was? Ha, aber so ist es, nicht einmal der Pfarrer, *nebulus* hin und *nebulum* her; nur dass ich es nicht zu oft zum Besten gebe. Wenn Sie herunter in mein Zimmer kommen, werde ich Ihnen eine Ausgabe der ›Summa‹ zeigen; aber heute gibt es keine Beichtväter mehr und der gute Protestant Parkyn könnte die ›Summa‹ nicht lesen, wenn er sie hätte; also gibt es niemanden, der die Sache für sie aus der Welt schafft.«

Der kleine Mann hatte sich in Rage geredet, und als er von seinem Schulwissen sprach, funkelten seine Augen. »Latein«, sagte er – »verdammt! In Latein kann ich es mit jedem aufnehmen – mit Beza* höchstpersönlich, jawohl – und könnte Ihnen auf Lateinisch Geschichten erzählen, dass Sie sich die Ohren zustopfen würden. Ach ja, ich Dummkopf ich – ich Dummkopf. *Contentus esto, Paule mi, lasciva, Paule, pagina*«,* murmelte er vor sich hin und trommelte nervös mit den Fingern auf dem Tisch.

Westray waren derartige erregte Gefühlsaufwallungen nicht geheuer und er führte die Unterhaltung zum alten Thema zurück.

»Es ist mir unbegreiflich, wie *irgendjemand,* der Augen im Kopf hat, überhaupt auf die Idee kommen kann, dass eine solche Kleckserei wertvoll sein könnte – das ist schon sonderbar; aber wie kommt es, dass diese Leute aus London eine Offerte dafür unterbreitet haben? Ich kenne die Firma recht gut; das sind erstklassige Kunsthändler.«

»Es gibt einige Leute«, sagte der Organist, »die können ›Es geht ein Bi-Ba-Butzemann‹* nicht vom ›Halleluja‹ unterscheiden, und anderen geht's mit Bildern nicht besser. Mir geht es ganz genauso. Alles, was Sie sagen, ist richtig, gewiss, und dieses Gemälde beleidigt das Auge einer jeden achtbaren Person, doch ich lebe nun schon so lange damit, dass ich es inzwischen mag und es mir leidtäte zu sehen, dass sie es verkauft. Und was die Käufer aus London angeht, glaube ich, dass irgendein anderer Ahnungsloser Gefallen daran gefunden hat und es haben möchte. Sehen Sie, es hat *durchaus* gelegentlich Besucher gegeben, die zwischendurch ein oder zwei Nächte in diesem Zimmer verbracht haben – vielleicht sogar

Amerikaner, bei allem, was ich über sie gesagt habe –, und was diese Leute tun, kann man nie ahnen. Just an dem Tag, als Martin Joliffe starb, war jemand hier, wie es hieß, um ihm das Bild abzukaufen. Ich war am Nachmittag in der Kirche und Miss Joliffe beim Dorcas-Treffen,* und Anastasia war zur Apotheke gegangen. Als ich zurückkam, ging ich hinauf in ebendieses Zimmer, um nach Martin zu sehen, und da saß er und erzählte drauflos, dass er gehört habe, wie die Glocke schellte und wie darauf jemand durchs Haus gelaufen sei, bis schließlich seine Tür aufgegangen und ein Fremder herein-gekommen sei. Martin habe in dem Sessel gesessen, den ich jetzt benutze, und war da schon zu schwach, um daraus aufzu-stehen; also habe er notgedrungen sitzen bleiben müssen, bis der Mann hereinkam. Der Fremde redete freundlich mit ihm, so sagte er, und wollte das Gemälde mit den Blumen kaufen, wobei er bis zu zwanzig Pfund dafür bot; doch Martin wollte nichts davon hören und sagte ihm, dass er es ihm auch für das Zehnfache nicht überlassen würde, und der Mann ging davon. Das war die Geschichte, und ich habe damals gedacht, dass alles ein Lügenmärchen war und Martin fantasierte, denn er war sehr geschwächt und schien auch erregt, wie jemand, der gerade aus einem Traum erwacht war. Doch hatte er ver-schmitzt dreingeblickt, als er mir davon erzählte, und gesagt, wenn er noch eine Woche leben würde, wäre er Lord Blanda-mer und dann würde er gar keine Bilder mehr verkaufen wol-len. Er sprach noch einmal davon, als seine Schwester zurück-kam, konnte jedoch nicht sagen, wie der Mann ausgesehen hatte, außer dass sein Haar ihn an Anastasias erinnert hatte.

Doch Martins Zeit war gekommen; er starb noch in jener Nacht, und Miss Joliffe war furchtbar niedergeschlagen, weil sie befürchtete, dass sie ihm vom Schlaftrunk eine Überdosis verabreicht hatte. Ennefer sagte ihr nämlich, dass er zu viel genommen hatte, und sie wusste nicht, woher er es hätte haben sollen, wenn nicht sie es ihm aus Versehen gegeben hatte. Ennefer stellte den Totenschein aus, und so gab es keine Untersuchung; doch das verdrängte den Fremden aus unseren Köpfen, bis es zu spät war, ihn zu finden, falls er tatsächlich jemals mehr war als das Hirngespinst eines kranken Mannes. Niemand sonst hatte ihn gesehen, und alles, wonach wir fragen konnten, war ein Mann mit welligem Haar, da er Martin an Anastasia erinnert hatte. Doch falls es stimmte, dann gab es noch jemand anderen, der sich für das Gemälde interessierte, und der arme alte Michael muss viel davon gehalten haben, dass er es derart hübsch rahmen ließ.«

»Ich weiß nicht«, sagte Westray, »für mich sieht es so aus, als sei das Bild gemalt worden, um den Rahmen zu füllen.«

»Mag sein, mag sein«, antwortete der Organist kühl.

»Was ließ Martin Joliffe glauben, dass er so kurz vor dem Ziel stand?«

»Oh, das kann ich Ihnen nicht sagen. Er hat immer geglaubt, er hätte die Quadratur des Kreises hinbekommen oder das fehlende Teil gefunden, das in das Puzzle passt; doch er hat seine Pläne sehr geheim gehalten. Als er starb, hat er ganze Kisten voll mit Aufzeichnungen hinterlassen, und anstatt sie zu verbrennen, hat Miss Joliffe sie mir gegeben, damit ich sie durchsehe. Irgendwann einmal werde ich sie durchgehen; aber das Ganze ist wohl Unsinn, und falls er jemals etwas wusste, so hat er es mit ins Grab genommen.«

Es entstand eine kurze Pause; das Geläut der Kirche zum Heiligen Grab spielte »Berg Ephraim«, und die große Glocke schlug Mitternacht über der Cullerner Niederung.

»Es ist Zeit, zu Bett zu gehen. Sie haben vermutlich keinen Tropfen Whisky im Haus?«, sagte er, mit einem Blick auf den Wasserkessel, der auf einem Dreifuß vor dem Feuer stand. »Ich habe mich durstig geredet.«

In seiner Bitte lag etwas Mitleiderregendes, das so manches Herz aus Stein erweicht hätte, doch Westrays Prinzipien waren unumstößlich und er blieb unerbittlich.

»Nein, ich fürchte, ich habe keinen«, sagte er. »Wissen Sie, ich selber trinke nie Alkohol. Wollen Sie nicht eine Tasse Kakao mit mir trinken? Der Kessel kocht.«

Mr. Sharnall machte ein langes Gesicht.

»An Ihnen ist eine alte Frau verloren gegangen«, sagte er. »Nur alte Frauen trinken Kakao. Aber, na schön, warum nicht; in der Not frisst der Teufel Fliegen.«

An diesem Abend ging der Organist in einem vorbildlich nüchternen Zustand zu Bett, denn als er hinunter in sein eigenes Zimmer kam, konnte er im Schrank keinen Alkohol finden und erinnerte sich, dass er die letzte Flasche des Branntweins vom alten Martelet zum Tee ausgetrunken hatte und dass er kein Geld besaß, um sich eine neue zu kaufen.

Sechstes Kapitel

hatten die Restaurierungsarbeiten an der Kirche zum Heiligen Grab richtig begonnen und im südlichen Querschiff war ein Holzpodest auf Gerüststangen in einer Höhe errichtet worden, die es den Maurern ermöglichte, von innen an dem Gewölbe zu arbeiten. Dieses Dach war ohne Zweifel der Teil des Baus, der am dringendsten der Restaurierung bedurfte, doch Westray konnte nicht die Augen davor verschließen, dass sich ein noch längeres Zuwarten an anderen Ecken als unheilvoll erweisen könnte, und er machte Sir George Farquhar auf mehr als eine Schwachstelle aufmerksam, die dem großen Architekten bei seiner oberflächlichen Besichtigung entgangen war.

Doch hinter allen Ängsten Westrays lauerte jene dunkle Ahnung hinsichtlich der Turmbogen, und in seinen Fantasien drückte das ungeheure Gewicht des Vierungsturms wie ein Alb auf das gesamte Bauwerk. Sir George Farquhar schenkte den Ausführungen seines Abgesandten genug Beachtung, um Cullerne einen Besuch abzustatten und den Turm einer gesonderten Begutachtung zu unterziehen. Er brachte einen Herbsttag damit zu, Messungen und Berechnungen vorzunehmen, er hörte sich die Geschichte vom unterbrochenen Glockenläuten an und untersuchte die Risse in den Mauern, sah jedoch keine Veranlassung, sein früheres Urteil noch einmal zu überdenken und die Stabilität des Turms in Zweifel zu ziehen. Milde zog er Westray wegen dessen Ängstlichkeit auf und wies, während er ihm beipflichtete, dass an anderen Stellen eine Instandsetzung gewiss vonnöten war, darauf hin, dass fehlende Mittel leider vorerst sowohl den Umfang wie auch das Vorankommen der Arbeiten einschränkten.

Im Jahre 1539 war die Abtei von Cullerne mit den größeren Klöstern aufgehoben worden, als Nicholas Vinnicomb, der letzte Abt, der aufsässig und nicht gewillt war, seinen Orden aufzugeben, vor dem großen westlichen Torhaus als Verräter am Galgen starb. Die gesamten Einkünfte wurden vom Augmentationsgericht des Königs eingezogen und die Ländereien im näheren Umkreis der Abtei bekam Shearman, der Arzt des Königs. In seinem Buch über das Sakrileg führt Spellman* Cullerne als Beispiel an, wie Kirchenland die Familie des neuen Besitzers ins Unglück stürzte, denn Shearman hatte einen verschwenderischen Sohn, der sein väterliches Erbe verprasste und dann, da er sich mit spanischen Intriganten verschwor, zur Zeit der Königin Elisabeth auf dem Schafott endete.

Für Kirchenland in böser Hand,
bös' Schicksal hält bereit;
Dies bleibt der Räuber Erbe nun,
*in alle Ewigkeit.**

Damit war der Name Shearman in der nächsten Generation völlig ausgelöscht; doch Sir John Fynes, der den Besitz erwarb, gründete die Lateinschule und die Armenhäuser, um die Verfehlungen seiner Vorfahren zu sühnen. Dieser Akt der Buße glückte ausgezeichnet, denn Horatio Fynes wurde von James I. in den Adelsstand erhoben und seine Familie, den Titel Blandamer führend, überdauert bis heute.

Am Tage vor der offiziellen Aufhebung ihres Klosters sangen die Mönche ihre letzte Messe in der Abteikirche. Sie wurde spät am Abend abgehalten, zum einen, weil diese Tageszeit einem solchem Abgesang angemessen zu sein schien, und zum anderen, damit man möglichst wenig Aufsehen in der Öffentlichkeit erregte, denn man hegte Zweifel daran, ob die Vasallen des Königs weitere Zeremonien billigen würden. Sechs große Kerzen brannten auf dem Altar und die gewohnten Kerzenhalter beleuchteten die Gesangsbücher, die im Chorgestühl vor den Brüdern lagen. Es war eine traurige Messe, wie jede gute und liebenswerte Sache traurig ist, wenn sie zum letzten Male begangen wird. Unter den Brüdern waren verzweifelte Seelen, besonders unter den alten Mönchen, die nicht wussten, wohin sie am kommenden Tag gehen sollten; und der Subprior* hatte eine von Gram gebrochene Stimme, die ihm versagte, als er die Lesung hielt.

Das Mittelschiff lag in Dunkelheit, bis auf die wärmenden Kohlenbecken, die hier und da einen rötlichen Schein auf die mächtigen normannischen Säulen warfen. Im Dunkel hatten sich kleine Gruppen von Bürgern versammelt. In glücklicheren Zeiten hatte ihnen das Mittelschiff für ihre Gebete stets offen gestanden, und an den Altären seiner verschiedenen Seitenkapellen pflegten sie um die Gnade Gottes zu bitten. An diesem Abend trafen sie sich zum letzten Mal – einige wenige als neugierige Zuschauer, die meisten jedoch verbitterten Herzens und in tiefer Trauer, dass die große Kirche mit ihren prächtigen Gottesdiensten für sie auf ewig verloren war. Sie drängten sich zwischen den Säulen der Arkaden, und da die Türen, die das Mittelschiff vom Chor trennten, offen standen, konnten sie durch den steinernen Lettner hindurch in weiter Entfernung die Sergen* auf dem hohen Altar flirren sehen.

Unter all den bekümmerten Herzen in der Abteikirche war keines so bekümmert wie das von Richard Vinnicomb, dem Kaufmann und Wollhändler. Er war der ältere Bruder des Abts, und zu all der Bitternis, welche mit einem solchen Ereignis naturgemäß verbunden ist, gesellte sich im seinem Falle noch der Kummer darüber, dass sein Bruder in London im Kerker saß und gewiss zum Tode verurteilt würde.

Bedrückt von der Sorge um den Abt und den Untergang der Abtei und unsicher, ob die Verdammung seines Bruders nicht auch sein eigenes Verderben mit sich bringen würde, stand er im tiefen Schatten des Pfeilers, der den Nordwest-Winkel des Turmes trug. Es war der 6. Dezember, Nikolaustag, der Tag des Namenspatrons des Abtes. Er stand nah genug am Chor, um zu hören, wie auf der anderen Seite des Lettners das Altargebet gelesen wurde:

»Deus qui beatum Nicolaeum pontificem innumeris decorasti miraculis: tribue quaesumus ut ejus meritis, et precibus, a gehennae incendiis liberemur, per Dominum nostrum Jesum Christum. Amen.«*

»Amen«, sagte er im Schatten seines Pfeilers. »Heiliger Nikolaus, behüte mich; heiliger Nikolaus, behüte uns alle; heiliger Nikolaus, behüte meinen Bruder, und sollte er sein diesseitiges Leben lassen müssen, dann bete zu Gott, dass Er den Kreis Seiner Auserwählten schon bald vollmachen möge, und führe uns in Seinem ewigen Paradies wieder zusammen.«

In seinem Gram ballte er die Hände zur Faust, und als ein Flackern aus dem Kohlenbecken auf ihn fiel, sahen jene, die in seiner Nähe standen, Tränen über seine Wangen laufen.

»Nicholas qui omnem terram doctrina replevisti, intercede pro peccatis nostris«, sagte der Zelebrant, und die Mönche antworteten im Wechselgesang: *»Iste est qui contempsit vitam mundi et pervenit ad coelestia regna.«*

Ein Ministrant löschte nacheinander die Altarkerzen, und als die letzte erloschen war, erhoben sich die Mönche von ihren Plätzen und gingen in Prozession hinaus, während die Orgel ein Klagelied spielte, so traurig wie der Wind in einem morschen Fenster.

Der Abt wurde vor dem Tor seiner Abtei erhängt, doch Richard Vinnicombs Habe entging der Beschlagnahme, und als die große Kirche, wie sie da stand, als Baumaterial veräußert wurde, kaufte er sie für dreihundert Pfund und übergab sie der Gemeinde. Ein Teil seines Gebets wurde erhört, denn binnen Jahresfrist führte der Tod ihn wieder mit seinem Bruder zusammen; und in seinem frommen Testament vermachte er seine »Seele Gott, dem Allmächtigen, meinem Schöpfer und Erlöser, um mit Unserer Lieben Frau und allen Heiligen die göttliche Erfüllung zu finden, und die Abtey des Heiligen Grabes von Cullerne mit deren Zugehör der Gemeinde von Cullerne, auf dass es besagter Gemeinde auf ewiglich verboten sey, die vorgenannte Kirche oder deren Zugehör oder irgendeinen Theil oder eine Parzelle derselbigen zu verkaufen, zu verändern oder zu übertragen«. So kam es, dass die Kirche, die Westray zu restaurieren hatte, in einer brenzligen Phase ihrer Geschichte erhalten blieb.

Richard Vinnicombs Großzügigkeit ging über den bloßen Kauf des Bauwerks hinaus, denn er hinterließ ferner einen Betrag für die angemessene Abhaltung eines täglichen Gottesdienstes, mit einem Aufgebot von drei Kaplänen, einem Organisten, zehn Sängern und sechzehn Chorknaben. Doch die Nachlässigkeit der Verwalter und der Eifer von gottseligeren Menschen als der arme abergläubische Richard haben diese Gelder jämmerlich schrumpfen lassen. Nachfolgende Pfarrer von Cullerne gelangten zu der Überzeugung, dass den religiösen Belangen der Stadt besser gedient wäre, indem ihnen selbst für gute Taten ein höheres Salär zur freien Verfügung zugeteilt und weniger für die bloßen Lippenbekenntnisse der vielen täglichen Singerei aufgewendet würde. Dementsprechend wurde das Gehalt des Pfarrers nach und nach aufgestockt, und kurz nach seiner Amtseinsetzung fand Kanonikus Parkyn eine Möglichkeit, die Einkünfte aus seinen Pfründen auf rund zweitausend zu erhöhen, indem er die jedes normale Maß überschreitende Vergütung des Organisten kürzte und die Bezüge für diese Stelle von zweihundert auf achtzig Pfund im Jahr senkte.

Zwar schloss diese Form der Sparsamkeit auch die Abschaffung des Frühgottesdienstes unter der Woche ein, um drei

Uhr nachmittags jedoch wurde in der Kirche von Cullerne nach wie vor die Abendandacht abgehalten. Sie war der spärliche und schwindende Schatten des der Klosterkirche angemessenen Hochamts, und Kanonikus Parkyn hoffte, dass auch sie sich nach und nach verlieren möge, bis sie sich in Wohlgefallen aufgelöst hätte. Ein solcher auf bloße Formen bedachter Glaube musste ohne Frage jegliche wahre Hingabe ersticken, und es war bedauerlich, dass er viele der Gebete, in denen seine eigene angenehme Stimme und persönliche Anziehungskraft sicher ergreifend auf seine Zuhörer gewirkt hätten, dauernd durch eitles Psalmodieren verbrämen sollte. Nur indem er mit seinen eigenen hohen Grundsätzen brach, konnte er sich überwinden, die Gehälter hinzunehmen, welche der arme Richard Vinnicomb für einen Grundstock an Sängern gespendet hatte, und er war übertrieben darauf bedacht, an Wochentagen durch strikte Abwesenheit beim Gottesdienst seine Missbilligung derartiger Nichtigkeiten zum Ausdruck zu bringen. Mit diesem Zeremoniell wurde deshalb der weißhaarige Mr. Noot betraut, dessen Eifer für seinen Meister ihm so wenig Gelegenheit gelassen hatte, seine eigenen Interessen zu verfolgen, dass er mit sechzig als unterbezahlter Vikar im Hinterland von Cullerne gestrandet war.

Aus diesem Grund konnte jeder, den es an einem Werktag um vier Uhr nachmittags zufällig in die Kirche zum Heiligen Grab verschlug, einer kleinen Prozession weißer Gewänder ansichtig werden, die aus der Sakristei des südlichen Querschiffs herausströmte und sich in Richtung Chor schlängelte. An ihrer Spitze ging Küster Janaway, der einen Abtsstab mit silberner Krümme trug; dann folgten acht Chorknaben (da die Zahl, welche Richard Vinnicomb festgeschrieben hatte, um die Hälfte verringert worden war); dann fünf Sänger, von denen der jüngste fünfzig war, und die Nachhut bildete

Mr. Noot. Sobald der Zug im Chor angekommen war, schloss der Küster hinter ihm die Türen des Lettners, sodass die Gedanken der Zelebranten ganz und gar der Betrachtung der Außenwelt entzogen waren und die Andacht nicht durch das Eindringen weltlicher Personen aus dem Mittelschiff unterbrochen werden würde. Diese säkulare Außenwelt existierte eher in der Theorie als in Wirklichkeit, denn im Mittelschiff oder irgendeinem anderen Teil der Kirche zeigten sich, außer im Hochsommer, selten Besucher. Cullerne lag weit entfernt von großen Städten und das Interesse an Archäologie war zu jener Zeit so verschwindend gering, dass, von erklärten Altertumsforschern einmal abgesehen, nur wenige von der Großartigkeit der Abteikirche wussten. Wenn schon Fremde sich wenig interessiert an Cullerne zeigten, so war die Anteilnahme der Einwohner am Gottesdienst werktags umso mäßiger, und die Kirchenbänke vor dem von Baldachinen überragten Chorgestühl blieben stets leer.

Also las Mr. Noot und spielte Mr. Sharnall, der Organist, und sangen die Chorsänger und Chorknaben Tag für Tag ausschließlich Küster Janaway zuliebe, denn außer ihm war niemand da, der ihnen hätte zuhören können. Doch immer wenn ein Fremder, der ein Ohr für Musik hatte, die Kirche zur betreffenden Zeit betrat, war er von dem Gottesdienst angetan; denn gleich der Hausfrau bei Homer,* die das Beste aus dem machte, was sie zur Verfügung hatte, holte Mr. Sharnall das Äußerste aus seiner defekten Orgel und dem unzulänglichen Chor heraus. Er war ein Mann mit gutem Geschmack, der sich zu helfen wusste, und ein großzügiger Kritiker störte sich wenig an brüchigen Stimmen und undichten Bälgen und klappernden Abstrakten,* wenn der Gesang von den Gewölbedecken widerhallte, sondern nahm eine harmonische Erinnerung an Sonnenlicht und buntes Glas sowie die Musik des 18. Jahrhunderts mit; und womöglich an eine reine Sopranstimme, denn Mr. Sharnall war berühmt dafür, Knaben zu unterrichten und eine sängerische Begabung zu entdecken.

St. Lukas' kleiner Sommer* im Oktober nach Beginn der Restaurierungsarbeiten wurde seinem Namen ganz und gar gerecht. Mitten im Monat gab es einige so ungewöhnlich schöne Tage, dass sie den echten Sommer wieder wachriefen, und die Luft war so still und der Sonnenschein so warm, dass jeder, der den sanften Schleier über der Cullerner Niederung betrachtete, durchaus hätte glauben können, der August sei zurückgekehrt.

Den warmen Sommer über war die Klosterkirche von Cullerne für gewöhnlich erfrischend kühl, doch an diesen außergewöhnlich warmen Herbsttagen schien etwas von der Schwüle und Hitze draußen in die Kirche gedrungen zu sein. An einem Samstag war der nachmittägliche Gottesdienst von einer noch größeren als der sonstigen Schläfrigkeit befallen. Als die Psalmen zu Ende gesungen waren, sank der Chor auf seine Plätze und gab sich, als Mr. Noot die erste Lesung begann, einem Schlummer hin, ohne es erst verbergen zu wollen. Allerdings gab es löbliche Ausnahmen von der allgemeinen Müdigigkeit. Auf der Cantoris-Seite* führte die ausgediente Altstimme eine lebhafte Unterhaltung mit dem brüchigen Tenor. Unter dem Pult verglichen sie einige besonders edle Zwiebeln, denn beide waren Gärtner und die Porree-Schau im Herbst stand nahe bevor. Auf der Decani-Seite wurde Patrick Ovens, ein kleiner rothaariger Sopran, von dem Bedürfnis wach gehalten, in seinem Exemplar von »Aldrich in G«* »Magnificat«* in »Magnifikatze« zu ändern.

Die Lesung war lang. Mr. Noot, der sanfteste und gutmütigste Mensch, den man sich vorstellen kann, glaubte, dass ihm die denunziatorischen Passagen der Heiligen Schrift am besten lagen. Zwar sieht die Liturgie für den Nachmittagsgottesdienst eine Passage aus dem Buch der Weisheit* vor, doch Mr. Noot nahm es mit den Vorschriften nicht so ernst und las stattdessen ein Kapitel aus dem Buch Jesaja.* Wäre er bezüglich dieses Vorgehens befragt worden, hätte er zu seiner Entschuldigung gesagt, dass er die Apokryphen* ablehnte, selbst was die Sittenregeln betraf (und in ganz Cullerne gab es wohl niemanden, der dieses Recht auf eine eigene Meinung anzweifelte), doch sein wahrer, wenn auch womöglich unbewusster Beweggrund war, eine geeignete Stelle für eine eindrucksvolle Rezitation zu finden. In einer Weise, von der er glaubte, dass sie die Schrecken des göttlichen Urteilsspruchs mit unendlich großem Erbarmen für die Blindheit fehlgeleiteter, gleichwohl längst vergessener Völker vereinte, stieß er donnernd die Wehrufe Gottes hervor. Er besaß in der Tat jene »Bibelstimme«, welche darum bemüht ist, der Heiligen Schrift zusätzliches Pathos zu verleihen, indem sie diese in einem Tonfall rezitiert, der im alltäglichen Leben niemals Gebrauch findet, so wie der unerfahrene Vikar die Litanei mit Ernst versieht, indem er leise »in der Stunde des Todes und am Tag des Jüngsten Gerichts« flüstert.

Mr. Noot, der kurzsichtig war, sah nicht, wie sanft die Bestrafungen dieser alten Völker über die Köpfe seiner schlummernden Zuhörer hinwegstrichen, und brachte die lange Lesung gerade zu einem angemessen dramatischen Ende, als das Unerwartete geschah: Die Durchgangstür ging auf und ein Fremder trat ein. So wie ein Hornstoß des Paladins* den hundertjährigen Schlaf durchbrach und die verzauberte Prinzessin und ihren Hofstaat wieder zum Leben erweckte, so wurden diese schlummernden Diener Gottes von dem Eindringling aus ihren Träumen aufgeschreckt. Die Chorknaben fingen an zu kichern, die Männer machten große Augen, Küster Janaway umklammerte seinen Abtsstab, als wollte er diesem ungestümen Wagehals den Schädel einschlagen, und das allgemeine Gemenge ließ Mr. Sharnall nervös auf seine Register blicken, denn er glaubte, dass er verschlafen hatte und der Chor für das »Magnificat« aufgestanden war.

Der Fremde schien von der Aufmerksamkeit, welche sein Erscheinen erregte, nichts zu ahnen. Er war ohne Zweifel irgendein zufälliger Ausflügler und hatte wahrscheinlich gar nicht bemerkt, dass ein Gottesdienst im Gange war, bis er die Tür des Lettners öffnete. Doch einmal dort, entschied er sich, der Andacht beizuwohnen, und ging zu den Stufen, die zum Chorgestühl hinaufführten, als Küster Janaway von seinem Platz emporschoss und ihn ansprach, indem er – etwas lauter als bühnengerecht flüsternd – die offiziellen Regeln zitierte:

»Während der Zeit des Gottesdienstes können Sie den Chor nich' betreten. Sie können nich' reinkommen.«

Der Fremde war vom Übereifer des alten Mannes belustigt.

»Ich bin schon drin«, flüsterte er zurück, »und da ich drin bin, werde ich mich setzen, bis der Gottesdienst vorüber ist, wenn es Ihnen recht ist.«

Der Küster sah ihn einen Augenblick lang ungläubig an, doch wenn im Gesicht des anderen Belustigung auszumachen war, so auch eine Entschlossenheit, die nicht zum Widerspruch ermutigte. Also besann er sich eines Besseren und öffnete die Tür eines der Kirchenstühle, die unterhalb des Chorgestühls der Kirche von Cullerne verliefen.

Doch der Fremde schien nicht zu bemerken, dass ihm ein Platz zugewiesen wurde, und er ging an dem Kirchenstuhl vorbei und schritt die kleinen, zum Chorgestühl auf der Cantoris-Seite führenden Stufen hinauf. Genau hinter den Sängern befanden sich fünf Chorstühle, die kostbarere und kunstvollere Baldachine besaßen als die anderen, mit aufgemalten Wappenschilden auf den Rücklehnen. Von diesen Plätzen wurde das gemeine Volk durch eine ausgeblichene purpurrote Kordel ferngehalten, doch der Fremde löste die

Kordel von ihrem Haken und ließ sich auf dem ersten reservierten Platz nieder, als ob dieser ihm gehöre.

Küster Janaway war entrüstet und hastete ihm die Stufen hinauf nach wie ein erboster Puter.

»Aber, aber!«, sagte er, den Eindringling an der Schulter fassend, »Sie können hier nich' sitzen; das sind die Plätze derer von Fording und für die Familie von Lord Blandamer reserviert.«

»Wenn Lord Blandamer mit seiner Familie kommt, werde ich Platz machen«, sagte der Fremde, und als er sah, dass der alte Mann erneut zum Angriff ansetzen wollte, fügte er hinzu: »Still! Das reicht.«

Der Küster sah ihn wieder an und ging dann geschlagen an seinen Platz zurück.

»*Und wird über sie brausen zu der Zeit wie das Meer. Wenn man denn das Land ansehen wird, siehe, so ist's finster vor Angst und das Licht scheinet nicht mehr oben über jenen*«,* sagte Mr. Noot und klappte das Buch mit einem allseitig drohenden Blick durch seine große runde Brille zu.

Als die Orgel das »Magnificat« zu spielen begann, erhob sich der Chor, der diese Auseinandersetzung zwischen Gesetzlosigkeit – in Person des Eindringlings – und Amtsgewalt – in Person des Küsters – aufmerksam beobachtet hatte.

Die erwachsenen Sänger tauschten belustigte Blicke, denn sie hatten nicht gänzlich etwas dagegen, den Küster geschlagen zu sehen. Er war ein Despot in seiner eigenen Kirche und verärgerte sie dann und wann mit seiner Wichtigtuerei, wie sie es nannten. Vielleicht stieg es ihm doch ein wenig zu Kopf, wenn er an der Spitze der Prozession ging, denn manchmal vergaß er, dass er ein friedliebender Diener des Gotteshauses war, und wenn er mit dem Abtsstab in der Hand zur Musik der Orgel einherschritt, bildete er sich ein, dass er ein wagemutiger Offizier sei, der ein aussichtsloses Unterfangen anführte. An jenem Nachmittag hatte er mit Mr. Milligan, dem Bass, in der Sakristei eine hitzige Diskussion über Gartenarbeit geführt, und der Sänger, der noch immer unter der herrischen Zunge des Küsters litt, war froh, die Niederlage seines Widersachers zu betonen, indem er dem Eindringling Beachtung schenkte.

Der Tenor auf der Cantoris-Seite hatte an diesem Tag Urlaub genommen, und Mr. Milligan nutzte die Gelegenheit, dem Eindringling, der direkt hinter ihm saß, das Gesangbuch des Abwesenden anzubieten. Er drehte sich herum und legte es, das »Magnificat« aufgeschlagen, mit großer Ehrerbietung vor dem Fremden ab und warf, als er sich wieder umwandte, Janaway einen missbilligenden Blick zu, dessen Bedeutung dieser schnell erkannte.

Diese Nebenhandlung entging dem Fremden, der auf die Höflichkeit hin dankend nickte und sich der Lektüre der Partitur zuwandte, welche man ihm gegeben hatte.

Mr. Sharnalls Bestand an Männerstimmen war so begrenzt, dass es für ihn beileibe nichts Ungewohntes war, auf der einen oder anderen Seite den Ausfall einer Stimmlage zu verzeichnen. Er hatte sein Bestes getan, um das Fehlen in den Psalmen auszugleichen, indem er die ausgefallene Stimme mit seiner linken Hand ersetzte, doch als er das »Magnificat« zu spielen begann, war er erstaunt, einen weichen und recht kräftigen Tenor zu hören, der gefühlvoll und präzise in die Messe einstimmte. Es war der Fremde, der die Lücke füllte, und als die erste Überraschung verflogen war, nahm der Chor ihn gerne an als einen, der sich auf ihre Kunst verstand, und Küster Janaway vergaß die Vermessenheit seines Hereinkommens und sogar das aufsässige Verhalten von Mr. Milligan. Die Männer und Knaben sangen mit neuem Leben; tatsächlich hofften sie, dass eine derart bewanderte Person angenehm berührt wäre, und die Messe wurde auf eine so vortreffliche

Weise wiedergegeben, wie die Kirche von Cullerne es lange Zeit nicht erlebt hatte. Einzig der Fremde blieb völlig unbeeindruckt. Er sang, als sei er sein ganzes Leben lang ein Laienpriester gewesen, und als das »Magnificat« zu Ende gesungen war und Mr. Sharnall durch die Vorhänge der Orgelempore schauen konnte, sah der Organist, wie er mit einer Bibel andachtsvoll Mr. Noots zweiter Lesung folgte.

Er war ein Mann um die vierzig, von etwas mehr als mittlerer Größe, mit dunklen Augenbrauen und dunklem Haar, das allmählich grau zu werden begann. Überhaupt zog sein Haar wegen seiner kräftigen Fülle und den natürlichen welligen Locken sofort die Aufmerksamkeit des Betrachters auf sich. Er war glatt rasiert, seine Züge waren scharf geschnitten ohne hager zu sein, und der straffe Mund hatte etwas Verächtliches. Seine Nase war gerade, und das eindringliche Gesicht vermittelte den Eindruck eines Mannes, der daran gewöhnt war, dass man ihm gehorchte. Jedem, der ihn von der anderen Seite des Chors aus anblickte, bot er ein außergewöhnliches Bild, für welches das schwarze Eichenholz des Chorstuhls von Abt Vinnicomb einen Rahmen abgab. Über seinem Kopf schwang sich der Baldachin in Krabben und Kreuzblumen* empor und auf die Holzarbeit der Rückenlehne war ein Schild gemalt, das bei näherer Betrachtung das Wappen der Blandamers mit seinen welligen grünen und silbernen Balken hätte erkennen lassen. Womöglich war es seine so gebieterische Erscheinung, die den rothaarigen Patrick Ovens veranlasste, eine australische Briefmarke hervorzuholen, die er am selben Tage gekauft hatte, und dem Knaben neben sich das Bildnis der gekrönten Königin Viktoria zu zeigen, die auf einem gotischen Stuhl saß.

Der Fremde schien ganz in der Stimmung der Darbietung aufzugehen; tapfer trug er seinen Part zur Messe bei und leistete, ausgestattet mit einem weiteren Buch, eindrucksvoll Unterstützung beim Singen der Hymne.* Als der Chor nach dem Segen in einer Reihe hinausmarschierte, erhob er sich gebührend und nahm wieder auf seinem Stuhl Platz, um das Orgelsolo zu hören. Mr. Sharnall beschloss, zur Würdigung des unbekannten Tenors etwas Niveauvolles zu spielen, und ließ die Sankt-Anna-Fuge* so gut ertönen, wie der Zustand der Orgel es erlaubte. Zwar klapperten die Abstrakte fürchterlich und ein hängen gebliebener Ton verdarb die Wirkung des zweiten Themas, doch als er am Fuß der kleinen, gewundenen Treppe ankam, die von der Empore hinabführte, wartete dort der Fremde mit einem Lob auf ihn.

»Haben Sie vielen Dank«, sagte er. »Es ist sehr nett von Ihnen, eine solch schöne Fuge für uns zu spielen. Es ist viele Jahre her, dass ich das letzte Mal in dieser Kirche war, und es ist ein Glück, dass ich mir einen so sonnigen Nachmittag ausgesucht habe und rechtzeitig zu Ihrem Gottesdienst hier gewesen bin.«

»Ganz und gar nicht, ganz und gar nicht«, sagte der Organist, »wir sind es, die sich glücklich schätzen, dass Sie gekommen sind und uns ausgeholfen haben. Sie können gut Noten lesen und haben eine beachtliche Stimme, auch wenn ich Sie in der Führungstimme des ›Gloria‹ im ›Nunc dimittis‹* bei einem kleinen Fehler ertappt habe.« Und zur Erinnerung sang er es noch einmal vor. »Sie verstehen sich auf Kirchenmusik und haben schon früher so manche Messe gesungen, da bin ich sicher, auch wenn Sie nicht gerade danach aussehen«, fügte er hinzu, wobei er ihn von oben bis unten musterte.

Der Fremde fühlte sich durch diese unverblümte Kritik eher amüsiert als beleidigt, und die Aushorcherei ging weiter.

»Bleiben Sie länger in Cullerne?«

»Nein«, antwortete der andere höflich, »ich bin nur einen Tag hier, aber ich hoffe, ich werde noch weitere Gelegenheiten finden, die Stadt zu besuchen und Ihren Gottesdienst zu hören. Wenn ich das nächste Mal komme, werden Sie sicher alle Stimmen Ihres Chors beisammen haben, und ich kann etwas entspannter zuhören als heute?«

»O nein, das werden Sie nicht können. Die Chancen stehen zehn zu eins, dass Sie uns in einem noch schlechteren Zustand antreffen. Wir sind ein armseliger Haufen und niemand kommt herüber nach Mazedonien, um uns zu helfen.* Diese verfluchten Priester verschlingen unser Vermögen wie schädliche Raupen und fressen sich fett und seidig an dem Geld, das uns hinterlassen wurde, um die Musik am Leben zu halten. Ich meine nicht das alte Weibsbild, das heute Nachmittag gelesen hat; *er* rackert sich genauso ab wie der Rest von uns – der arme Noot! Er muss sich Packpapier in die Stiefel einlegen, weil er sich's nicht leisten kann, sie neu besohlen zu lassen. Nein, es ist der Barabbas* im Pfarrhaus, der seine Effekten kauft und den Gottesdienst verkümmern lässt.«

Diesem Wortschwall hörte der Fremde nur mit halbem Ohr zu. Er sah aus, als wären seine Gedanken tausend Meilen entfernt, und der Organist hielt inne: »Spielen Sie Orgel? Verstehen Sie was von Orgeln?«, fragte er schnell.

»Nein, leider Gottes! Ich spiele nicht«, sagte der Fremde, der seine Gedanken mit einem Ruck wieder wachrief, um zu antworten, »und verstehe wenig von dem Instrument.«

»Nun, wenn Sie das nächste Mal hier sind, kommen Sie rauf auf die Empore, und ich zeige Ihnen, mit was für einer Klapperkiste ich arbeiten muss. Wir können von Glück sagen, dass wir einen Gottesdienst zu Ende bringen, ohne dass sie den Geist aufgibt; die Pedalklaviatur ist zu kurz und nicht mehr zu bedienen, und jetzt sind die Bälge zerschlissen.«

»Sicher können Sie das ändern lassen«, sagte der Fremde. »Es sollte nicht so viel kosten, die Bälge auszubessern.«

»Sie sind bereits so geflickt, dass sie nicht mehr auszubessern sind. Jene, die gerne neue bezahlen würden, haben das Geld nicht, und die, die das Geld haben, wollen nicht bezahlen.

Aber der Chorstuhl, in dem Sie saßen, gehört einem Mann, der uns neue Bälge geben könnte, und eine neue Orgel, und eine neue Kirche, wenn wir es wollten. Blandamer, das ist sein Name – Lord Blandamer. Wenn Sie hingesehen hätten, dann hätten Sie sein großes Wappen auf der Rückenlehne des Stuhls sehen können; aber er wird keinen halben Penny dafür ausgeben, um zu verhindern, dass uns die Dächer überm Kopf zusammenstürzen.«

»Ach«, sagte der Fremde, »das scheint mir ein sehr trauriger Fall.« Sie hatten die Nordtür erreicht, und als sie hinaustraten, wiederholte er nachdenklich: »Das scheint mir ein sehr trauriger Fall. Wenn wir uns das nächste Mal treffen, müssen Sie mir mehr darüber erzählen.«

Der Organist verstand den Wink und wünschte seinem Begleiter einen guten Tag, dann drehte er ab, hinunter in Richtung der Kais zu einem Spaziergang am Flussufer. Der Fremde lüftete seinen Hut mit einer Art ausländischer Höflichkeit und ging zurück in die Stadt.

Siebentes Kapitel

widmete die Sonntagnachmittage der Dorcas-Gesellschaft der Kirche zum Heiligen Grab. Die Treffen wurden in einem Klassenzimmer der staatlichen Mädchenschule abgehalten und Woche für Woche versammelte sich dort eine Gruppe von aufopfernden Frauen, um Kleider für die Armen anzufertigen. Wenn in Cullerne auch einiger schäbig gekleideter niederer Adel sowie ein beträchtlicher ums Überleben kämpfender Mittelstand lebte, so gab es doch glücklicherweise wenig wirkliche Armut, wie sie in den großen Städten herrscht. Und so konnten es sich die Armen, an welche die von der Dorcas-Gesellschaft gefertigten Kleider schließlich verteilt wurden, mitunter erlauben, einem geschenkten Gaul ins Maul zu schauen und sich darüber zu beklagen, dass bei der Fertigung guter Stoff verschandelt worden sei. »Wenn sie die Kleider und Mäntel herzeigten, die von der Dorcas gemacht worden waren«, sagte der Organist, »heulten sie, weil sie so schlecht geschnitten waren« – aber das war üble Nachrede, denn in der Gesellschaft waren viele ausgezeichnete Näherinnen, und Miss Euphemia Joliffe gehörte zu den allerbesten.

Sie war eine treue Befürworterin der Kirche, und hätten ihre Umstände es zugelassen, wäre sie wohl eine Bibelleserin oder wenigstens eine Gemeindefürsorgerin gewesen. Doch die weltlichen Dinge in Form von häuslichen Pflichten im »Haus Bellevue« nahmen sie so sehr in Beschlag, dass es die Gemeindearbeit unmöglich machte, und so war das Treffen der Dorcas-Gesellschaft die einzige Form regelmäßig praktizierter Nächstenliebe, der zu frönen sie sich erlauben konnte. Doch in der Erfüllung dieser Pflicht war sie die Beständigkeit in Person; weder Regen noch Wind, Hitze oder Schnee, Krankheit oder andere Vergnügungen hielten sie ab, und jeden Sonntagnachmittag wieder, von drei bis fünf, war sie in der Mädchenschule zu finden.

Wenn die Dorcas-Gesellschaft für die kleine alte Dame eine Pflicht war, so war sie ihr doch auch eine Freude – eine ihrer wenigen Freuden, und vielleicht die größte. Sie mochte die Treffen, denn bei diesen fühlte sie sich ihren wohlhabenderen Nachbarn ebenbürtig. Es ist dasselbe Gefühl, welches die Schwachsinnigen veranlasst, an Begräbnissen und Gottesdiensten teilzuhaben. Bei solchen Gelegenheiten fühlen sie sich einmal ihren Mitmenschen gleichgestellt: alle sind einander gleichgemacht, keine Rechnungen, die zusammengezählt werden müssen, keine Ratschläge, die gegeben werden müssen, keine Entscheidungen, die getroffen werden müssen; vor Gott sind alle wie Toren.

Bei dem Treffen der Dorcas-Gesellschaft trug Miss Joliffe ihre »besten Sachen«, mit Ausnahme der Kopfbedeckung, denn das Tragen ihrer besten Haube war eine höchste Zier, die ausschließlich dem Tag des Herrn vorbehalten war. Ihr Kleiderschrank war zu aufgeräumt, als dass ihre »Sonntagskleider« sich den wechselnden Jahreszeiten entsprechend variieren ließen. War ein Teil als bestes Stück für den Winter gekauft worden, konnte es durchaus passieren, dass ihm auch im Sommer diese Rolle beschieden war, und so war es Miss Joliffe zuweilen bestimmt, im Dezember Alpakawolle zu tragen oder, wie an diesem Tag, mit einem Pelzkragen geschmückt zu sein, wo das Wetter nach Musselin verlangte. Aber dennoch hatte sie stets das Gefühl, sich »in ihren Sonntagskleidern sehen lassen zu können«, und wenn es ans Zuschneiden oder Nähen ging, gab es keine, die ihr etwas vormachte.

Die meisten Mitglieder hatten ein freundliches Wort der Begrüßung für sie, denn selbst an einem Ort, wo Neid, Hass und Bosheit von Sonnenauf- bis Sonnenuntergang Arm in Arm durch die Straßen gingen, hatte Miss Euphemia wenige

Feinde. Lügerei und Verleumdung sowie schlecht über ihre Mitmenschen zu reden, das war ein gängiger Zeitvertreib der Damen von Cullerne, wie in so manch anderer Kleinstadt; und Miss Joliffe, die altmodisch und töricht genug war, von niemandem etwas Schlechtes zu denken, hatte es zunächst als den einzigen Nachteil dieser wunderbaren Treffen empfunden, dass man dort jede Menge ausgekochtes Geschwätz zu hören bekam. Doch selbst dieser störende Punkt verlor sich später, denn Mrs. Bulteel – die Frau des Brauers –, die Kleider aus London trug und die mit Abstand modischste Person in Cullerne war, machte den Vorschlag, dass den versammelten Arbeiterinnen an Dorcas-Nachmittagen laut aus einem erbaulichen Buch vorgelesen werden solle. Zwar behauptete Mrs. Flint, dass sie es nur deshalb tat, weil sie glaubte, eine schöne Stimme zu haben; doch wie dem auch sein mochte, sie hatte es vorgeschlagen und niemand wollte ihr widersprechen. Also las Mrs. Bulteel geeignete religiöse Geschichten vor, die so anrührend waren, dass selten einmal ein Nachmittag verging, an dem sie nicht in Tränen aufgelöst war und bei jenen, die in ihrer Gunst zu stehen wünschten, mitfühlendes Schluchzen und Schniefen hervorrief. Wenn Miss Joliffe für imaginäres Leid selbst nicht allzu empfänglich war, so führte sie dies auf einen ihr eigenen Mangel an Barmherzigkeit zurück und beglückwünschte innerlich die anderen für ihre größere Einfühlsamkeit.

Miss Joliffe war beim Dorcas-Treffen, Mr. Sharnall ging am Flussufer spazieren, Mr. Westray war mit den Maurern auf dem Dach des Querschiffs; nur Anastasia Joliffe war im »Haus Bellevue«, als die Klingel an der Haustür schellte. Wenn ihre Tante daheim war, war es Anastasia nicht erlaubt, »die Herren zu bedienen«, und auch nicht, an die Tür zu gehen; doch da ihre Tante nicht zugegen und sonst niemand im Hause war, öffnete sie wie vorgeschrieben einen Flügel der großen Haustür und sah draußen einen Gentleman auf der halbrunden Treppe stehen. Dass er ein Gentleman war, wusste sie mit einem Blick, denn sie besaß eine Gabe für solch unnütze Unterscheidungen, jedoch kam diese Gattung in Cullerne nicht allzu häufig vor, als dass sie sich in ihrer Umgebung viel in deren Erkennung hätte üben können. Es war übrigens der Fremde mit der Tenorstimme, und so flink ist der weibliche Verstand, dass sie, was sein Äußeres betraf, in einem einzigen Augenblick genauso viel wahrnahm wie der Organist und die Chorsänger und der Küster in einer ganzen Stunde; und darüber hinaus noch mehr, denn sie sah, dass er gut gekleidet war. Er ließ jede Art von persönlichem Schmuck vermissen. Er trug keine Ringe und keine Vorstecknadel, sogar seine Uhrkette war lediglich aus Leder. Seine Kleidung war von einem solch dunklen Grau, dass es beinahe schwarz wirkte, doch Miss Anastasia Joliffe wusste, dass der Stoff gut war und der Schnitt vom Feinsten. Um die Seite nicht zu verlieren, während sie die Tür öffnete, hatte sie einen Stift in das Buch »Die Abtei von Northanger« geschoben, und als der Fremde vor ihr stand, war ihr, als wäre er Henry Tilne, und sie war wie Catherine Morland in der Erwartung, dass er etwas Bedeutungsvolles sagen würde, als er die Lippen öffnete. Doch brachten sie nichts sehr Gewichtiges hervor; er fragte nicht einmal nach einem Zimmer, wie sie halb gehofft hatte.

»Wohnt hier der Architekt, der die Arbeiten an der Kirche beaufsichtigt? Ist Mr. Westray zu Hause?«, war alles, was er sagte.

»Er wohnt hier«, gab sie zur Antwort, »aber er ist gerade außer Haus und wir erwarten ihn nicht vor sechs zurück. Ich denke, Sie werden ihn wahrscheinlich in der Kirche finden, wenn Sie ihn sehen wollen.«

»Ich komme gerade aus der Kirche, aber dort habe ich ihn nirgends gesehen.«

Es geschah dem Fremden recht, dass er den Architekten verpasst und die Unannehmlichkeit des weiten Weges bis zum »Haus Bellevue« zu Fuß auf sich hatte nehmen müssen, denn seine Erkundigungen mussten wohl sehr oberflächlich gewesen sein. Wenn er sich die Mühe gemacht hätte, entweder den Organisten oder den Küster zu fragen, hätte er sofort erfahren, wo Mr. Westray steckte.

»Vielleicht erlauben Sie mir, ihm ein paar Zeilen zu schreiben. Wenn Sie mir ein Blatt Papier geben könnten, würde ich gerne eine Nachricht für ihn hinterlassen.«

Anastasia musterte ihn mit raschem Blick von Kopf bis Fuß, wie eine Momentaufnahme. »Landstreicher« waren eine beständige Sorge der Damen von Cullerne, und Anastasia war von ihrer Tante eine gehörige Furcht vor derartigen Übeltätern eingeimpft worden. Überdies war es eine feste Regel des Hauses, dass keine fremden Männer unter irgendeinem Vorwand eingelassen werden durften, es sei denn, ein männlicher Mieter war im Hause, um gegebenenfalls mit ihnen handgemein zu werden. Doch der kurze Blick genügte, um ihr erstes Urteil zu bestätigen – er *war* ein Gentleman; denn landstreichende Gentlemen, nein, die gab es ganz gewiss nicht. Also antwortete sie »Oh, natürlich« und führte ihn in Mr. Sharnalls Zimmer, da dieses sich im Parterre befand.

Der Besucher sah sich flüchtig im Zimmer um. Wenn er jemals zuvor im Haus gewesen wäre, hätte Anastasia geglaubt, er versuche irgendetwas wiederzuerkennen, an das er sich erinnerte; doch außer einem offenen Klavier und der gewohnten Unordnung der Notenbücher und -blätter gab es hier wenig zu sehen.

»Ich danke Ihnen«, sagte er. »Darf ich hier schreiben? Ist das Mr. Westrays Zimmer?«

»Nein, hier wohnt ein anderer Herr, aber Sie können diesen Raum benutzen, um hier zu schreiben. Er ist außer Haus und hätte auf keinen Fall etwas dagegen; er ist ein Freund von Mr. Westray.«

»Ich würde lieber in Mr. Westrays Zimmer schreiben, wenn ich dürfte. Sehen Sie, mit diesem anderen Herrn habe ich nichts zu schaffen, und es wäre unangenehm, wenn er hereinkäme und mich in seinem Zimmer vorfände.«

Es schien Anastasia so, als hätte die Mitteilung, dass das Zimmer, in welchem sie standen, nicht das von Mr. Westray war, auf irgendeine Weise eine gewisse Beklemmung von dem Fremden genommen. Sein Verhalten ließ kaum merklich eine unbestimmte Erleichterung erkennen, sosehr er auch seine Verlegenheit ob der Erkenntnis vorgab. Vielleicht, dachte sie, war er ein guter Freund von Mr. Westray und hatte es bedauert, dessen Zimmer so unaufgeräumt und mit Dingen übersät zu sehen, wie das von Mr. Sharnall es zweifellos war, und war daher froh darüber, als er seinen Irrtum bemerkte.

»Mr. Westray Zimmer ist ganz oben im Haus«, sagte sie abwehrend.

»Ich versichere Ihnen, es macht mir nichts aus, nach oben zu gehen«, antwortete er.

Anastasia zögerte erneut einen kurzen Augenblick. Wenn es keine Gentlemen gab, die herumstreunen, dann gab es vielleicht Gentlemen, die einbrechen, und eilig machte sie in Gedanken eine Bestandsaufnahme von Mr. Westrays Habseligkeiten, konnte darunter aber nichts ausmachen, was einen Anreiz für einen Diebstahl böte. Dennoch würde sie es nicht wagen, einen fremden Mann unter das Dach zu führen, wenn niemand außer ihr zu Hause war.

Der Fremde hätte sie gar nicht fragen dürfen. Er konnte also doch kein Gentleman sein, oder ihm wäre aufgefallen, wie ungebührlich ein solcher Wunsch war, es sei denn, er hätte in der Tat irgendeinen bestimmten Beweggrund, Mr. Westrays Zimmer sehen zu wollen.

Der Fremde bemerkte ihr Zögern und las unschwer ihre Gedanken.

»Ich bitte vielmals um Verzeihung«, sagte er. »Ich hätte Sie natürlich darüber aufklären müssen, wer die Ehre hat, mit Ihnen zu sprechen. Ich bin Lord Blandamer und ich möchte Mr. Westray ein paar Worte schreiben bezüglich einiger Fragen, die im Zusammenhang mit der Restaurierung der Kirche stehen. Hier ist meine Karte.«

Wahrscheinlich gab es in der Stadt keine Dame, die diese Auskunft mit solch großer Gelassenheit aufgenommen hätte, wie Anastasia Joliffe es tat. Seit dem Tod ihres Großvaters war der neue Lord Blandamer regelmäßig Gegenstand von Mutmaßungen und örtlichem Tratsch gewesen. Er war ein Großgrundbesitzer, ihm gehörte die ganze Stadt und die gesamte ländliche Umgebung. An einem klaren Tag konnte man vom Kirchturm aus seinen Herrensitz Fording House sehen. Er galt als ein Mann mit vielen Begabungen und von distinguiertem Aussehen; er war nicht älter als vierzig und er war unverheiratet. Jedoch hatte ihn niemand gesehen, seit er das Mannesalter erreicht hatte; es hieß, dass er seit zwanzig Jahren nicht mehr in Cullerne gewesen sei.

Es gab eine Geschichte um einen rätselhaften Streit mit seinem Großvater, der den jungen Mann aus seinem Zuhause verbannt hatte, und es hatte niemanden gegeben, der seine Partei hätte ergreifen können, denn sein Vater wie auch seine Mutter waren ertrunken, als er ein Baby war. Ein viertel Jahrhundert lang war er im Ausland auf Reisen gewesen: in Frankreich und Deutschland, in Russland, in Italien und Spanien. Man sagte, er habe den Osten bereist, in Ägypten gekämpft, Blockaden in Südamerika gebrochen, unschätzbare Diamanten in Südafrika gefunden. Er hat die grauenvollen Bußetaten der Fakire durchlitten, er hat mit den Mönchen vom Berg Athos* gefastet, er hat das Schweigen von

La Trappe* ertragen und es wurde berichtet, dass Sheich-ül-Islam* persönlich den grünen Turban um Lord Blandamers Kopf gewunden habe. Er konnte schießen, er konnte jagen, er konnte fischen, er konnte kämpfen, er konnte singen, er konnte alle Instrumente spielen, er konnte alle Sprachen so fließend sprechen wie seine eigene, er war der allerweiseste und der allerschönste und – so ließen einige durchblicken – der allerböseste Mann, den es je gegeben hat, doch niemand hatte ihn jemals selbst zu Gesicht bekommen. Hier sah Anastasia sich wahrhaft einer Ballung von Romantik gegenüber, da sie sich Auge in Auge mit einem so rätselhaften und vornehmen Fremden allein unter einem Dach wiederfand; und doch legte sie keinerlei Bedenken, Schauder oder Ohnmachten an den Tag, wie sie die Situation zweifelsohne erforderte.

Martin Joliffe, ihr Vater, war sein ganzes Leben lang ein gut aussehender Mann gewesen, und war sich dessen bewusst. In seiner Jugend war er stolz auf sein gutes Aussehen und im Alter achtete er auf seine äußere Erscheinung. Selbst als es am schlechtesten um seine Lebensumstände bestellt war, hatte er es geschafft, gut geschnittene Kleidung zu bekommen. Es waren nicht immer die neusten Sachen, aber sie saßen gut an seiner groß gewachsenen und aufrechten Figur; »Gentleman Joliffe« nannten ihn die Leute und lachten, wenn auch vielleicht etwas weniger boshaft, als es sonst oftmals in Cullerne der Fall war, und sie fragten sich, woher der Sohn eines Bauern solche Manieren hatte. Für Martin selbst war ein vornehmes Gebaren weniger eine Affektiertheit als eine Pflicht; seine Stellung verlangte danach, denn in seinen Augen war er ein Blandamer, dem seine Rechte versagt wurden.

Es war sein gutes Aussehen, selbst mit fünfundvierzig, welches Miss Hunter of the Grove dazu bewegte, mit ihm durchzubrennen, obwohl Colonel Hunter sein Versprechen gegeben hatte, sie zu verstoßen, wenn sie je so tief unter ihrer Würde heiratete. Sie lebte allerdings nicht lange genug, um die Missgunst ihres Vaters ertragen zu müssen, sondern starb bei der Geburt ihres ersten Kindes. Selbst dieser traurige Ausgang hatte das Herz des Colonels nicht erweichen können. Entgegen allen Vorbildern aus Romanen wollte er nichts mit seiner kleinen Enkelin zu tun haben und suchte eine Ausflucht aus seiner derart unhaltbaren Lage, indem er aus Cullerne wegzog. Und auch Martin selbst war kein Mann, der eine allzu intensive elterliche Verpflichtung verspürte. Also wurde das Kind Miss Joliffe überlassen, um großgezogen und eine weitere ihrer Sorgen zu werden, aber viel mehr noch eine ihrer Freuden. Martin Joliffe war der Meinung, dass er seine Pflichten zur Genüge erfüllt hatte, indem er seine Tochter auf den Namen Anastasia taufen ließ, einen Namen, welchen die Damen der Familie Blandamer seit Generationen getragen hatten, wie es das englische Adelsregister belegt; und nachdem er seine Zuneigung so bemerkenswert unter Beweis gestellt hatte, brach er auf zu einer dieser regelmäßigen Wanderschaften, die mit seinen Stammbaumforschungen zu tun hatten, und wurde fünf Jahre lang nicht mehr in Cullerne gesehen.

Danach zeigte Martin über viele Jahre hinweg nur wenig Interesse an dem Kind. Er kehrte dann und wann nach Cullerne zurück, doch war er jedes Mal in seine Bemühungen vertieft, einen Anspruch auf das benebelte Wappen zu begründen, und begnügte sich damit, die Erziehung und den Unterhalt von Anastasia ganz und gar seiner Schwester zu überlassen. Es dauerte, bis seine Tochter fünfzehn war, ehe er überhaupt etwas väterliche Autorität ausübte; doch bei seiner Rückkehr von einer langen Abwesenheit um diesen Zeitpunkt herum machte er Miss Joliffe senior darauf aufmerksam, dass sie auf beschämende Weise die Bildung ihrer Nichte vernachlässigt habe und einem solch beklagenswerten

Zustand augenblicklich abgeholfen werden müsse. Miss Joliffe gestand voller Kummer ihre Unzulänglichkeiten ein und bat Martin um Vergebung für ihre Nachlässigkeit. Es kam ihr nie in den Sinn, zu ihrer Entschuldigung vorzubringen, dass die Aufgaben in einer Pension und die Notwendigkeit, das täglich Brot für sich und Anastasia zu beschaffen, die Zeit, die ohne Zweifel auf die Bildung hätte verwendet werden sollen, übermäßig in Anspruch nahmen; oder dass ihre Mittellosigkeit sie daran hinderte, Lehrer anzustellen, um ihren eigenen, begrenzten Unterricht zu ergänzen. Abgesehen vom Lesen, Schreiben und Rechnen, ein wenig Geografie, einem bescheidenen Einblick in »Miss Magnalls Fragen«,* einer erstaunlichen Fertigkeit mit Nadel und Faden, einer unstillbaren Liebe zur Poesie und Prosa, Güte gegen ihre Nachbarn, was in Cullerne selten genug war, und einer Gottesfurcht, die leider im Widerspruch zu den besten Traditionen der Blandamers stand, hatte sie Anastasia in der Tat wenig vermitteln können.

Das Mädchen werde nicht so erzogen, wie es sich für eine Blandamer zieme, hatte Martin gesagt; wie solle sie ihre Position ausfüllen, wenn sie einmal die Hochwohlgeborene Anastasia wäre? Sie müsse Französisch lernen, nicht bloß jene Grundkenntnisse, welche Miss Joliffe sie gelehrt hatte, und er parodierte das »Düü, Döllah, Döllapostrof, Deh« seiner Schwester mit einem Gelächter, das ihre faltigen Wangen hochrot anlaufen ließ und Anastasia zum Weinen brachte, während sie unterm Tisch die Hand ihrer Tante hielt; nicht *diese* Art Französisch, sondern eines, das in der Gesellschaft wirklich akzeptiert würde. Und Musik, die *müsse* sie sich aneignen, und Miss Joliffe errötete aufs Neue, als sie sich sehr demütig einiger einfacher Duette erinnerte, in denen sie für Anastasia die Bassstimme gespielt hatte, bis Hausarbeit und Gicht sich dazu verschworen, ihre knotigen Finger aller Geschmeidigkeit zu berauben. Das Spielen dieser Duette mit ihrer Nichte war ihr eine besondere Freude gewesen; doch natürlich waren es sehr einfache Stücke gewesen, und heute ziemlich aus der Mode, denn sie hatte sie gespielt, als sie selbst noch ein Kind war, und zwar auf demselben Klavier im Salon von Wydcombe.

Also hörte sie aufmerksam zu, während Martin seinen Verbesserungsplan enthüllte, und dieser sah nicht weniger vor, als Anastasia auf das Pensionat von Mrs. Howard nach Carisbury, in die Hauptstadt der Grafschaft, zu schicken. Diese Absicht raubte seiner Schwester den Atem, denn Mrs. Howards Pensionat war ein Mädchenpensionat von Ruf, auf welches ihre Töchter zu schicken sich unter den Damen von Cullerne nur Mrs. Bulteel leisten konnte. Doch Martins hehre Großzügigkeit kannte keine Grenzen. »Es war unnütz, das Ganze zweimal durchzuführen – was zu tun gewesen wäre, hätte man besser gleich getan.« Und er beendete die Diskussion, indem er einen Geldbeutel aus Segeltuch aus seiner Tasche hervorholte und einen kleinen Haufen von Sovereigns auf den Tisch schüttete. Miss Joliffes Verwunderung darüber, wie ihr Bruder in den Besitz solchen Reichtums gelangt war, verlor sich in der Bewunderung seines Großmutes, und wenn sie einen Augenblick lang wehmütig über die Erleichterung nachsann, die ein kleiner Teil dieses Reichtums dem verarmten Haushalt des »Hauses Bellevue« verschaffen würde, so erstickte sie derlei Anwandlungen in einem Ausbruch von Dankbarkeit für die Aussicht auf Verbesserung, welche die Vorsehung Anastasia gewährt hatte. Martin zählte die Sovereigns auf den Tisch ab; es sei besser, im Voraus zu zahlen und somit einen Eindruck zu hinterlassen, der sich für Anastasia günstig auswirkte, und darin stimmte Miss Joliffe mit großer Erleichterung überein, denn sie hatte befürchtet, dass Martin bei Schulende wieder verreist sein würde und es dann an ihr gewesen wäre zu bezahlen.

Und so ging Anastasia nach Carisbury, und Miss Joliffe brach mit ihren eigenen Regeln und machte ein paar kleinere Schulden, denn sie konnte den Gedanken nicht ertragen, dass ihre Nichte mit einer so dürftigen Ausrüstung, wie sie sie damals besaß, zur Schule ging, und doch hatte sie keine bare Münze, um eine bessere zu kaufen. Anastasia blieb zwei Halbjahre in Carisbury. Sie machte solche Fortschritte in Musik, dass sie sich nach vielem ermüdenden und starren Üben holprig durch Thalbergs Variationen* zu der Melodie von »Home, Sweet Home« kämpfen konnte; in Französisch jedoch erlangte sie niemals den wahren Pariser Akzent und verfiel zuweilen wieder in das »Düü, Döllah, Döllapostrof, Deh« aus ihrem früheren Unterricht, gleichwohl gibt es keinen Hinweis darauf, dass ihr diese Unzulänglichkeit im späteren Leben jemals ernsthaft zum Nachteil gereicht hat. Über solche Verbesserungsmöglichkeiten hinaus genoss sie das Privileg der Gesellschaft von dreißig Mädchen aus dem gehobenen Mittelstand und aß vom Baum der Erkenntnis von Gut und Böse, dessen Früchte ihr bis dahin entgangen waren. Am Ende ihres zweiten Halbjahres allerdings sah sie sich gezwungen, auf diese Vorteile zu verzichten, denn Martin hatte Cullerne verlassen, ohne eine dauerhafte Vorkehrung für die Ausbildung seiner Tochter getroffen zu haben; und in Mrs. Howards Schulstatuten stand so unerbittlich wie das Gesetz der Schwerkraft, dass es keiner Schülerin, deren Rechnung für das vergangene Halbjahr unbezahlt blieb, erlaubt sei, an die Lehranstalt zurückzukehren.

So ging Anastasias Schulzeit zu Ende. Als Entschuldigung wurde vorgebracht, dass ihr die Luft in Carisbury nicht bekäme, und annähernd zwei Jahre lang kannte sie den wahren Grund nicht, bis Miss Joliffes Arbeitseifer und Selbstverleugnung die größere Hälfte von Martins Verbindlichkeiten gegen Mrs. Howard abgetragen hatte. Das Mädchen blieb gerne in Cullerne, denn sie war Miss Joliffe sehr zugetan; doch sie kehrte mit deutlich gewachsener Erfahrung zurück; ihr Horizont hatte sich geweitet und sie begann das Leben mit einem klareren Blick zu sehen. Dieser größere Weitblick trug sowohl angenehme wie unangenehm Früchte, denn sie gelangte zu einer genaueren Einschätzung des Charakters ihres Vaters, und als er das nächste Mal zurückkehrte, fiel es ihr schwer, seine Selbstsucht und das Ausnutzen der Ergebenheit seiner Schwester zu dulden.

Dass dem so war, war für Miss Joliffe ein Anlass zu großem Kummer. Obwohl sie für ihre Nichte eine Liebe empfand, die etwas von Verehrung an sich hatte, war sie zugleich gewissenhaft genug, um sich daran zu erinnern, dass ein Kind zuallererst seinen Eltern verpflichtet zu sein hatte. Daher zwang sie sich, darüber zu klagen, dass Anastasia ihr mehr zugetan war als Martin, und wenn es Zeiten gab, zu denen sie keine rechte Unzufriedenheit darüber fühlen konnte, dass sie den ersten Platz im Herzen ihrer Nichte einnahm, versuchte sie diese Schwäche wiedergutzumachen, indem sie Gelegenheiten, selbst mit dem Mädchen beisammen zu sein, opferte und jeden Anlass nutzte, sie in die Gesellschaft ihres Vaters zu bringen. Es war ein vergebliches Unterfangen, so wie ein jedes Unterfangen, Zuneigung schaffen zu wollen, wo keine wahre Grundlage für sie existiert, auf immer vergeblich bleiben muss. Martin war die Gesellschaft seiner Tochter leid, denn er bevorzugte es, allein zu sein, und legte keinen Wert auf sie außer als eine Koch-, Putz- und Flickmaschine; und Anastasia ärgerte sich über diese Einstellung und konnte überdies kein Interesse an dem zerrissenen Peerskalender* finden, der die Bibel ihres Vaters war, oder an der genealogischen Forschung und Fachsprache über das benebelte Wappen, die das Hauptthema seiner Konversation bildeten. Später, als er zum letzten Mal zurückkam, befähigte sie ihr Pflichtgefühl dazu, sich mit beispielhafter Geduld um ihn zu kümmern und ihn zu pflegen und ihm all jene liebevollen Gefälligkeiten zu erweisen, welche ihr die zärtlichste Tochterliebe selbst hätte eingeben können. Sie versuchte zu glauben, dass sein Tod ihr Kummer und nicht Erleichterung brachte, und es gelang ihr so gut, dass ihre Tante gar keine Zweifel daran hatte.

Martin Joliffes Krankheit und Tod hatten zu Anastasias Lebenserfahrung beigetragen, indem sie sie mit Ärzten und Geistlichen in Berührung gebracht hatten; und es waren zweifellos diese Übung und der Kontakt zu den besseren Kreisen, welchen Mrs. Howards Lehranstalt gewährt hatte, die sie in die Lage versetzten, den Schrecken von Lord Blandamers Bekanntmachung zu verkraften, ohne ein weiteres erkennbares Anzeichen von Verlegenheit zu zeigen als ein sehr leichtes Erröten.

»Oh, natürlich ist nichts dagegen einzuwenden«, sagte sie, »dass Sie in Mr. Westrays Zimmer schreiben. Ich werde Ihnen den Weg zeigen.«

Sie begleitete ihn zu dem Zimmer, und nachdem sie Schreibutensilien besorgt hatte, ließ sie ihn, bequem in Mr. Westrays Sessel sitzend, allein. Als sie beim Hinausgehen die Tür hinter sich zuzog, wurde sie durch irgendetwas dazu veranlasst, sich umzudrehen – vielleicht war es bloß die unbeschwerte Laune eines Mädchens, vielleicht war es diese unbestimmte Faszination, welche die Gewissheit, dass wir beobachtet werden, manches Mal auf uns ausübt; doch als sie zurückschaute, begegnete ihr Blick dem von Lord Blandamer und sie schloss, verärgert über ihre Torheit, rasch die Tür.

Sie ging zurück in die Küche, denn die Küche der »Hand Gottes« war so groß, dass Miss Joliffe und Anastasia einen Teil davon als ihre Wohnstube nutzten, nahm den Stift aus ihrem Buch »Die Abtei von Northanger« und versuchte sich selbst zurück nach Bath zu versetzen. Vor fünf Minuten war sie noch im Großen Brunnenhaus gewesen und wusste genau, wo Mrs. Allen und Isabella Thorpe und Edward Morland saßen, wo Catherine stand und was John Thorpe zu ihr sagte, als Tilney sich näherte. Aber o weh! Anastasia fand keinen Zugang mehr; die Lichter waren gelöscht, das Brunnenhaus lag in Dunkelheit. Eine traurige Wendung für einen Zeitraum von fünf Minuten, doch zweifelsohne hatte sich der vergnügte Kreis ob der Erkenntnis, dass Miss Anastasias Interesse nicht mehr vordergründig ihm galt, schmollend aufgelöst. Und tatsächlich vermisste sie ihn gar nicht so sehr, denn sie hatte entdeckt, dass sie selbst eine wunderbare romantische Begabung besaß und das erste Kapitel einer hinreißenden Geschichte bereits begonnen hatte.

Beinahe eine halbe Stunde ging dahin, ehe ihre Tante zurückkehrte, und in der Zwischenzeit hatten sich Miss Austens* Kavaliere und Damen noch weiter in den Hintergrund zurückgezogen und Miss Anastasias Held hatte die Bühne gänzlich in Beschlag genommen. Es war zwanzig Minuten nach fünf, als Miss Joliffe vom Dorcas-Treffen zurückkam, »genau zwanzig Minuten nach fünf«, wie sie hinterher viele Male mit der gekünstelten Bedeutung bemerkte, welche der gemeine Geist dem genauen Moment jedes epochalen Ereignisses beimisst.

»Kocht das Wasser, meine Liebe?«, fragte sie, während sie sich an den Küchentisch setzte. »Ich möchte gern eine Tasse Tee trinken, bevor die Herren heimkommen, wenn es dir nichts ausmacht. Das Wetter ist ziemlich drückend und das Schulzimmer war sehr stickig, denn wir hatten nur ein Fenster geöffnet. Die arme Mrs. Bulteel ist so anfällig für Erkältungen bei Durchzug, und ich bin fast eingeschlafen, während sie las.«

»Ich bringe den Tee sofort«, sagte Anastasia; und dann fügte sie mit leichter Unbekümmertheit hinzu: »Oben wartet ein Herr, der Mr. Westray sehen möchte.«

»Meine Liebe«, rief Miss Joliffe missbilligend aus, »wie konntest du jemanden hereinlassen, als ich nicht zu Hause war? Bei so vielen zweifelhaften Gestalten überall ist das ausgesprochen gefährlich. Mr. Westrays Tischschreibzeug ist dort und das Blumengemälde, für das mir so viel Geld geboten wurde. Wertvolle Gemälde werden oft aus ihrem Rahmen geschnitten; man weiß nie, was Diebe so alles tun.«

Auf Anastasias Lippen zeigte sich der leiseste Anflug eines Lächelns.

»Ich denke nicht, dass wir uns darüber beunruhigen müssen, liebe Tante Phemie, denn ich bin mir sicher, er ist ein Gentleman. Hier ist seine Karte. Sieh!« Sie reichte Miss Joliffe das unscheinbare kleine Stück weiße Pappe, das ein so bedeutsames Geheimnis barg, und beobachtete ihre Tante, wie sie ihre Brille aufsetzte, um es zu lesen.

Miss Joliffe nahm die Karte in Augenschein. Gerade einmal zwei Wörter waren darauf gedruckt, lediglich »Lord Blandamer« in den anspruchslosesten und einfachsten Lettern, doch ihre Wirkung war magisch. Argwohn und Zweifel schwanden plötzlich dahin und ein Ausdruck freudiger Überraschung, wie er Konstantin bei der Vision des Labarums* gut gestanden hätte, trat auf ihr Gesicht. Sie war eine völlig weltabgewandte Frau, der die gewöhnlichen Dinge des Lebens wenig bedeuteten und die ihre Hingabe für das aufsparte, was kommen sollte, mit der Ergebenheit und Erfüllung, welche jenen, die über größere weltliche Mittel verfügen, so oft versagt ist. Ihre Ansichten, was Gut und Böse betraf, waren fest umrissen und unumstößlich; eher hätte sie sich mit dem größten Vergnügen kreuzigen lassen, als von ihnen abzuweichen, und unbewusst bedauerte sie womöglich, dass die Zivilisation die Gläubigen um den Luxus des Scheiterhaufens gebracht hatte. Doch mit alldem waren untrennbar gewisse kleine Schwächen verbunden, unter denen eine Vorliebe für große

Namen sowie eine etwas übertriebene Rücksichtnahme auf die Hochmütigen dieser Welt eine Rolle spielten. Hätte sie die Ehre gehabt, sich auf einem Wohltätigkeitsbasar oder bei einem Missionarstreffen in denselben vier Wänden zu befinden wie ein Adliger, hätte sie die Gelegenheit in vollen Zügen genossen; doch Lord Blandamer unter ihrem eigenen Dach zu wissen, war eine so außerordentliche und überraschende Gnade, dass es sie beinahe überwältigte.

»Lord Blandamer«, stammelte sie, sobald sie sich ein wenig gesammelt hatte. »Ich hoffe, Mr. Westrays Zimmer war aufgeräumt. Ich habe heute Morgen gründlich darin staubgewischt, doch ich wünschte, er hätte seine Besuchsabsichten kurz angekündigt. Es täte mich so ärgern, wenn er irgendwo Staub entdeckt hat. Was tut er, Anastasia? Hat er gesagt, er würde warten, bis Mr. Westray zurückkommt?«

»Er sagte, er würde eine Nachricht für Mr. Westray schreiben. Er war gerade dabei, etwas zu schreiben.«

»Ich hoffe, du hast Seiner Lordschaft Mr. Westrays Tischschreibzeug gegeben.«

»Nein, daran habe ich nicht gedacht; aber da stand das kleine schwarze Tintenfass, und es war genügend Tinte darin.«

»Oje, oje!«, sagte Miss Joliffe, über die so außerordentliche Situation grübelnd, »man sollte es nicht für möglich halten, dass Lord Blandamer, den niemals jemand zu Gesicht bekam, schließlich doch nach Cullerne gekommen ist und sich jetzt in genau diesem Hause befindet. Ich werde statt dieser rasch meine Sonntagshaube aufsetzen«, fügte sie, sich im Spiegel betrachtend, hinzu, »und dann Seiner Lordschaft sagen, wie sehr er willkommen ist, und ihn fragen, ob ich ihm irgendetwas bringen kann. An meiner Haube wird er sofort sehen, dass ich gerade erst zurückgekommen bin, andernfalls würde er es wohl für eine grobe Nachlässigkeit meinerseits halten, dass ich ihn nicht schon eher begrüsst habe. Ja, ich glaube, es ist zweifellos angemessener, mit einer Haube zu erscheinen.«

Anastasia war ein wenig beunruhigt bei dem Gedanken an die Unterredung ihrer Tante mit Lord Blandamer. Sie malte sich Miss Joliffes übertriebenen Eifer aus, die Komplimente, von denen sie glaubte, ihn damit überhäufen zu müssen, die ausgeprägte Aufmerksamkeit und Huldigung, welche er vielleicht als Unterwürfigkeit interpretieren würde, obwohl sie lediglich als angemessene Ehrerbietung dem hohem Rang gegenüber gemeint waren. Anastasia war unerklärlicherweise ängstlich darauf bedacht, dass die Familie dem namhaften Besucher in möglichst günstigstem Licht erschien, und dachte einen Augenblick daran, den Versuch zu unternehmen, Miss Joliffe zu überreden, dass sie eigentlich gar nicht zu Lord Blandamer hinaufzugehen brauche, es sei denn, er würde nach ihr rufen. Doch sie war ein philosophisches Temperament, und im Nu hatte sie ihre eigene Torheit gerügt. Was sollte ihr schon irgendein Eindruck von Lord Blandamer bedeuten? Sie würde ihn höchstwahrscheinlich nie wiedersehen, ausgenommen, sie öffnete ihm die Tür, wenn er hinausginge. Warum sollte er überhaupt über eine gewöhnliche Pension und dessen Bewohner nachdenken? Und falls solche trivialen Angelegenheiten jemals in seine Überlegungen traten, dann würde ein so kluger Mann wie er Nachsicht üben mit jenen aus einem anderen Stande als dem seinen und erkennen, welch gute Frau ihre Tante trotz irgendwelcher kleiner Manieriertheiten war.

Also erhob sie keinen Einspruch, sondern saß heldenhaft ruhig in ihrem Sessel und schlug erneut »Die Abtei von Northanger« auf, in der Absicht, Lord Blandamer und die alberne Aufregung, welche sein Besuch bewirkt hatte, ganz und gar zu vergessen.

Achtes Kapitel

musste eine recht ausführliche Unterhaltung mit Lord Blandamer gehabt haben. Anastasia, die in der Küche wartete, schien
es, als ob ihre Tante gar nicht wieder zurückkommen wollte.
Sie widmete sich der »Abtei von Northanger« mit wilder Entschlossenheit, doch obwohl ihr Blick den Zeilen folgte, hatte
sie keinen Schimmer, was sie las, und ertappte sich schließlich
dabei, wie sie die Seiten so häufig und mit solchem Rascheln
umblätterte, dass sie ihre eigenen Träumereien störte. Dann
klappte sie das Buch mit einem Knall zu, erhob sich aus ihrem
Sessel und lief in der Küche auf und ab, bis ihre Tante zurückkam.

Miss Joliffe war ganz erfüllt von der Leutseligkeit des Besuchers.

»So ist es *stets* mit diesen wahrhaft großen Leuten, meine
Liebe«, sagte sie überschwänglich. »Ich habe *stets* bemerkt,
dass der Adel sich gütig herablässt; sie passen sich so vollkommen ihrer Umgebung an.« Indem sie einen Einzelfall
als generelle Gepflogenheit bewertete, verfiel Miss Joliffe
in eine übliche Übertreibung. Noch nie zuvor war sie einem
Adligen von Angesicht zu Angesicht begegnet, aber dennoch
schilderte sie ihren ersten Eindruck von Lord Blandamers
Umgangsformen so, als handele es sich dabei um ein ausge-
reiftes Urteil, das auf langer Erfahrung mit jenen von seinem
Rang und Namen beruhte.

»Ich habe darauf bestanden, dass er das Tischschreibzeug
benutzt, und das schäbige kleine schwarze Ding weggenom-
men, und ich habe sofort sehen können, dass das silberne um
einiges eher dem entsprach, was er zu benutzen gewohnt ist.
Er schien ein bisschen etwas über uns zu wissen und hat sogar
gefragt, ob die junge Dame, die ihn hereingeführt habe, meine
Nichte sei. Das warst du; er hat *dich* gemeint, Anastasia; er

hat gefragt, ob *du* es warst. Ich glaube, er muss den guten Martin irgendwo getroffen haben, aber ich war in der Tat so aufgeregt wegen eines so unerwarteten Besuchs, dass ich kaum alles mitbekommen habe, was er sagte. Doch er war die ganze Zeit über so darauf bedacht, mir meine Befangenheit zu nehmen, dass ich es schließlich wagte, ihn zu fragen, ob er eine kleine Erfrischung annehmen würde. ›Mylord‹, sagte ich, ›dürfte ich wohl so vermessen sein, Eurer Lordschaft eine Tasse Tee anzubieten? Es wäre mir eine große Ehre, wenn Sie unsere bescheidene Gastfreundschaft annehmen würden.‹ Und *was* glaubst du, hat er geantwortet? ›Miss Joliffe‹, – und er hatte einen so gewinnenden Blick – ›es gibt nichts, das ich lieber täte. Ich bin sehr müde vom Umherlaufen in der Kirche und habe noch eine kleine Weile zu warten, denn ich fahre mit dem Abendzug nach London.‹ Der arme junge Mann (denn Lord Blandamer war noch immer jung in Cullerne, wo man nur seinen achtzigjährigen Vorgänger gekannt hatte), gewiss ist er in irgendeiner öffentlichen Angelegenheit nach London berufen worden – das Oberhaus oder der Gerichtshof oder dergleichen! Ich wünschte, er gäbe auf sich selbst so sehr acht, wie er anscheinend auf andere achtgibt. Er sieht so übermüdet aus, und ein trauriges Gesicht hat er dazu, Anastasia, und ist doch so rücksichtsvoll. ›Ich würde nur zu gern eine Tasse Tee haben‹ – das waren seine genauen Worte –, ›aber Sie müssen sich nicht noch einmal den ganzen Weg heraufbemühen, um ihn mir zu bringen. Ich komme herunter und trinke ihn bei Ihnen.‹

›Mit Verlaub, Mylord‹, war meine Antwort, ›aber das kann ich nicht zulassen. Unser Haus ist viel zu bescheiden und ich würde es als besonderes Vergnügen empfinden, Sie zu bedienen, wenn Sie gütigerweise meine Ausgehkleider entschuldigen, da ich gerade erst von einem nachmittäglichen Treffen zurückgekehrt bin. Meine Nichte möchte mir häufig die

Arbeit abnehmen, aber ich sage ihr, meine alten Beine sind noch immer rüstiger als ihre jungen.‹«

Anastasias Wangen waren rot, doch sie sagte nichts, und ihre Tante fuhr fort: »Also werde ich ihm sofort etwas Tee bringen. Du kannst ihn zubereiten, meine Liebe, wenn du magst, aber gib eine ganze Menge mehr hinein, als wir selber verwenden. Die Leute aus der Oberschicht haben keine Veranlassung, in solchen Dingen Sparsamkeit zu üben, und er pflegt seinen Tee ohne jeden Zweifel sehr stark zu trinken. Ich denke, Mr. Sharnalls Teetasse ist die beste, und ich werde die silberne Zuckerzange und einen der Löffel mit dem ›J‹ herausholen.«

Als Miss Joliffe den Tee nach oben trug, traf sie Mr. Westray im Korridor. Er war gerade aus der Kirche zurückgekommen und ziemlich beunruhigt ob der Begrüßung seiner Hauswirtin. Sie stellte ihr Tablett ab und winkte ihn mit einer Unheil verkündenden Geste und einem »Oh, Mr. Westray, können Sie sich das vorstellen?« beiseite in Mr. Sharnalls Zimmer. Seine erste Vermutung war, dass sich ein schlimmer Unglücksfall zugetragen habe, dass der Organist tot war oder Anastasia Joliffe sich den Knöchel verstaucht hatte, und er war erleichtert, den wahren Umstand zu erfahren. Er wartete ein paar Minuten, während Miss Joliffe dem Besucher seinen Tee brachte und ging dann selber hinauf.

Lord Blandamer erhob sich.

»Ich muss um Verzeihung bitten«, sagte er, »dass ich es mir in Ihrem Zimmer bequem gemacht habe; aber ich hoffe, Ihre Hauswirtin hat Sie darüber aufgeklärt, wer ich bin und wie ich dazu komme, mir eine so große Freiheit zu nehmen. Ich interessiere mich von Natur aus für Cullerne und alles, was damit zusammenhängt, und hoffe, den Ort schon bald etwas besser kennenzulernen – und die Leute«, fügte er nachträglich hinzu. »Gegenwärtig weiß ich bedauernswert wenig darüber, doch das rührt daher, dass ich viele Jahre im Ausland weilte; ich bin erst vor wenigen Monaten zurückgekommen. Aber was soll ich Sie mit alledem belästigen. Was ich eigentlich wollte, war, Sie zu fragen, ob Sie mir einen Überblick über die geplanten Restaurierungsarbeiten geben würden, die an der Kirche durchgeführt werden sollen. Bis letzte Woche war mir nichts davon zu Ohren gekommen, dass irgendetwas in der Art erwogen wird.«

Er sprach in gemessenem Ton und eine klare, tiefe Stimme verlieh seinen Worten Gewicht und Lauterkeit. Sein glatt rasiertes Gesicht und olivfarbener Teint, seine regelmäßigen Gesichtszüge und dunklen Augenbrauen ließen Westray, während er sprach, an einen Spanier denken, und der Eindruck wurde durch die ausgesuchte und steife Höflichkeit seines Auftretens noch verstärkt.

»Es wird mir ein Vergnügen sein zu erläutern, was immer ich kann«, sagte der Architekt und nahm einen Packen Pläne und Unterlagen von einem Regal herunter.

»Ich befürchte, ich werde heute Abend nicht mehr viel verrichten können«, sagte Lord Blandamer, »denn ich muss in Kürze den Zug nach London erreichen. Doch falls Sie mir gestatten, werde ich eine baldige Gelegenheit ergreifen, noch einmal vorbeizukommen. Wir könnten dann vielleicht gemeinsam in die Kirche gehen. Sie übt einen besonderen Reiz auf mich aus, nicht nur aufgrund der ihr eigenen Pracht, sondern auch aus alter Verbundenheit heraus. Als ich noch ein Junge war, ein sehr unglücklicher Junge so manches Mal, pflegte ich des Öfteren von Fording herüberzukommen und verbrachte Stunden damit, in der Kirche umherzuwandern. Ihre Wendeltreppen, ihre dunklen Mauergänge, ihre geheimnisvollen Zwischenwände und Stühle bescherten mir romantische Träume, aus denen ich wohl nie wieder richtig erwacht bin. Man sagte mir, die Kirche bedürfe dringend einer umfangreichen Restaurierung, obwohl sie für den Außenstehenden fast genauso aussieht wie eh und je. Sie war schon immer von einer Aura des Verfalls umgeben.«

Westray gab einen knappen Überblick über das, was man letzten Endes für notwendig erachtete, und das, was man vorerst in Angriff zu nehmen gedachte.

»Sie sehen also, wir haben viel zu tun«, sagte er. »Das Dach des Querschiffs ist zweifellos die dringendste Angelegenheit, doch es gibt eine Reihe anderer Dinge, die nicht lange sich selbst überlassen bleiben können. Ich habe ernsthafte Zweifel an der Stabilität des Turms, auch wenn mein Vorgesetzter sie nicht im selben Maße teilt: Und vielleicht ist das auch ganz gut so, denn fehlende Gelder hemmen uns an allen Ecken und Enden. Nächste Woche werden sie einen Wohltätigkeitsbasar veranstalten, um der Sache einen möglichen Aufschwung zu verleihen, aber einhundert Wohltätigkeitsbasare brächten nicht die Hälfte von dem, was gebraucht wird.«

»Ich hörte davon, dass es Schwierigkeiten dieser Art gibt«, sagte der Besucher nachdenklich. »Als ich heute nach dem Gottesdienst aus der Kirche kam, habe ich den Organisten getroffen. Er hatte keine Ahnung, wer ich bin, äußerte sich aber sehr nachdrücklich über die Verantwortung des Lord Blandamer für die Dinge im Allgemeinen und für die Orgel im Besonderen. Da wir es als Begräbnisstätte in Besitz genommen haben, haben wir dem südlichen Querschiff* gegenüber wohl eine gewisse moralische Pflicht. Früher nannte man es das Blandamer'sche Schiff, möchte ich meinen.«

»Ja, so nennt man es immer noch«, antwortete Westray. Er war froh über die Wendung, welche die Unterhaltung genommen hatte, und hoffte, dass ein Deus ex Machina* aufgetaucht war. Lord Blandamers nächste Frage war sogar noch ermutigender.

»Wie hoch schätzen Sie die Kosten für die Restaurierung des Querschiffs?«

Westray blätterte durch seine Unterlagen, bis er einen gedruckten Prospekt mit einer Ansicht der Klosterkirche von Cullerne auf der Außenseite fand.

»Hier sind Sir George Farquhars Zahlen«, sagte er. »Das war ein Rundschreiben, das überallhin versandt wurde, um Spenden zu erbitten, aber es brachte kaum die Druckkosten ein. Niemand gibt heutzutage einen Penny für so etwas. Hier steht es, sehen Sie – siebentausendachthundert Pfund für das südliche Querschiff.«

Es entstand eine kurze Pause. Westray, der sich peinlich bewusst war, dass die Summe größer war, als Lord Blandamer angenommen hatte, und befürchtete, dass eine derart abrupte Bekanntgabe die Großzügigkeit eines willigen Spenders gedämpft haben könnte, sah nicht auf.

Lord Blandamer wechselte das Thema.

»Wer ist der Organist? Mir gefiel seine Art, obwohl er mich, wenn auch nicht *in persona*, in so scharfem Ton ins Gebet nahm. Es scheint ein begabter Musiker zu sein, aber sein Instrument ist in einem miserablen Zustand.«

»Er ist ein sehr begabter Organist«, antwortete Westray. Es war offensichtlich, dass Lord Blandamer sich in einer gebefreudigen Laune befand, und falls seine Großzügigkeit nicht so weit reichte, die Kosten für das Querschiff zu übernehmen, so könnte er zumindest etwas für die Orgel geben. Der Architekt versuchte, seinem Freund Mr. Sharnall einen guten Dienst zu erweisen. »Er ist ein sehr begabter Organist«, wiederholte er, »sein Name ist Sharnall und er wohnt in diesem Haus. Soll ich ihn rufen? Möchten Sie ihn wegen der Orgel etwas fragen?«

»Oh, nein, nicht jetzt, ich habe so wenig Zeit. Wir können uns an einem anderen Tag unterhalten. Ganz bestimmt würde ein klein wenig Geld – verhältnismäßig wenig Geld – die Orgel wieder in Ordnung bringen. Hat man sich in der Geldfrage für diese Restaurierung nie an meinen Großvater, den alten Lord Blandamer, gewandt?«

Westrays Hoffnungen auf eine Spende hatten sich erneut zerschlagen und er fühlte ein wenig Verachtung für solcherlei Ausflüchte. Nach Lord Blandamers unnötig schmeichelnder Lobrede über die Kirche standen sie ihm nicht gut zu Gesicht.

»Ja«, sagte er, »Kanonikus Parkyn, der Pfarrer hier, hat dem alten Lord Blandamer geschrieben und um eine Spende für den Restaurierungsfonds für die Kirche gebeten, aber nie eine Antwort erhalten.«

Westray legte so etwas wie Herablassung in seine Stimme und bereute seine ungehörigen Worte, noch bevor er zu Ende gesprochen hatte. Aber der andere schien keinen Anstoß daran zu nehmen, wo so mancher sich beleidigt gefühlt hätte.

»Ah«, sagte er, »mein Großvater war weiß Gott ein sehr trauriger alter Mann, fürwahr. Ich muss jetzt gehen, sonst verpasse ich meinen Zug. Sie werden mich Mr. Sharnall vorstellen, wenn ich das nächste Mal nach Cullerne komme; und nicht vergessen, ich habe Ihr Versprechen, dass Sie mich mit in die Kirche nehmen. So ist es doch?«

»Ja – o ja, gewiss«, sagte Westray, wenn auch weniger herzlich, als er es zuletzt getan hatte. Er war enttäuscht, dass Lord Blandamer keine Spende zugesichert hatte, und begleitete ihn zum Fuß der Treppe mit ziemlich den gleichen Gefühlen, welche ein Verkäufer für eine Dame hegt, die sich, nachdem sie eine halbe Stunde lang die Waren hin und her begutachtet hat, mit dem Versprechen entfernt, die Sache zu überdenken und noch einmal vorbeizuschauen.

Miss Joliffe hatte an der Küchentreppe gewartet und so gelang es ihr, Lord Blandamer ganz zufällig im Korridor zu begegnen. Mit erneuten Respektsbekundungen geleitete sie ihn zur Haustür hinaus, denn sie wusste nichts von seinen schäbigen Ausflüchten eine Spende anbelangend, und in ihren Augen war ein Lord noch immer ein Lord. Er krönte seine Höflichkeit und Güte, indem er ihr beim Verlassen des Hauses die Hand schüttelte und der Hoffnung Ausdruck verlieh, dass sie die Liebenswürdigkeit besitze, ihm eine weitere Tasse Tee zu reichen, sobald er das nächste Mal in Cullerne weile.

Das Tageslicht schwand bereits dahin, als Lord Blandamer die Freitreppe vor der Tür des »Hauses Bellevue« hinunterging. Der Abend musste früher als sonst hereingebrochen sein, denn schon sehr bald, nachdem der Besucher nach oben gegangen war, hatte Anastasia es als zu dunkel empfunden, um in der Küche zu lesen, also hatte sie ihr Buch genommen und sich auf die Fensterbank in Mr. Sharnalls Zimmer gesetzt.

Es war einer ihrer Lieblingsorte, ganz gleich ob Mr. Sharnall ausgegangen oder zu Hause war, denn er kannte sie von Kindheit an und mochte es, die graziöse mädchenhafte Gestalt zu betrachten, während sie still las und er an seiner Musik arbeitete. Die tiefe Fensterbank war mit gestrichenen Brettern getäfelt und an ihrer Hinterwand hing ein verblichenes Kissen herab, das sich auf den Sims umschlagen ließ, wenn das Schiebefenster hochgeschoben war, sodass es eine Armstütze für jeden bildete, der an einem Sommerabend hinauszusehen wünschte.

Das Fenster stand noch offen, obschon es dämmerte; aber Anastasias Kopf, der gerade über dem Fenstersims auftauchte, war von einer halbhohen Jalousie vor Blicken geschützt. Diese Jalousie war aus einer Anzahl von kleinen grünen Holzlamellen gemacht, ausgeblichen und voller Blasen von der Sonne vieler Sommer, und so angeordnet, dass sie durch das Drehen an einem urnenförmigen Messingknauf geöffnet werden konnten und jedem, der drinnen saß, eine Aussicht auf die Außenwelt gewährten.

Es war Anastasia schon eine ganze Weile zu dunkel gewesen zum Lesen, doch sie saß noch immer auf der Fensterbank, und als sie Lord Blandamer die Treppe hinunterkommen hörte, drehte sie an dem Messingknauf, um einen Blick auf die Straße zu erlangen. Sie fühlte, wie ihr bei den wiederholten und umfangreichen Komplimenten, welche ihre Tante im Korridor machte, in der Dämmerung die Schamesröte ins Gesicht stieg. Sie errötete, weil Westrays Tonfall gegenüber einer so wichtigen Persönlichkeit zu leger und ungezwungen war, um ihrem kritischen Gemüt zu gefallen; und dann schämte sie sich nochmals wegen ihrer Torheit zu erröten. Schließlich schloss sich die Haustür und das Gaslicht fiel auf die rege Gestalt und die aufrechten, straffen Schultern von Lord Blandamer, der die Stufen hinunterstieg. Vor dreitausend Jahren hatte ein anderes Mädchen zwischen Türpfosten und Tür den aufrechten breiten Rücken eines anderen großen Fremden betrachtet, als dieser den Palast ihres Vaters verließ; Anastasia jedoch hatte mehr Glück als einst Nausikaa,* denn es gibt keinen Beleg dafür, dass Odysseus ihr einen Blick zuwarf, als er zum Schiff der Phäaken hinunterlief, aber Lord Blandamer wandte sich um und blickte zurück.

Er wandte sich um und blickte zurück – Anastasia schien es, als sähe er durch die kleinen blasigen Lamellen hindurch direkt in ihre Augen. Gewiss konnte er nicht geahnt haben, dass ein ganz und gar törichtes Mädchen, die Nichte einer ganz und gar törichten Hauswirtin, in einer ganz und gar gewöhnlichen Pension in einem ganz und gar gewöhnlichen Landstädtchen ihn hinter einer Jalousie beobachtete; doch er wandte sich um und blickte zurück, und nachdem er gegangen war, verweilte Anastasia eine halbe Stunde lang und dachte an das strenge und scharf geschnittene Gesicht, welches sie einen Augenblick im flackernden Gaslicht gesehen hatte.

Es war ein strenges Gesicht, und als sie mit geschlossenen Augen im Dunkeln saß und dieses Gesicht wieder und wieder in Gedanken vor sich sah, wusste sie, dass es streng war. Es war streng – es war beinahe grausam. Nein, es war nicht grausam, sondern lediglich rücksichtslos entschlossen, von einer Entschlossenheit, die vor Grausamkeit nicht zurückschrecken würde, wäre Grausamkeit vonnöten, um ihr Ziel zu erreichen. So schlussfolgerte sie nach bewährter Art der Romane. Sie wusste, dass derartige Überlegungen von Heldinnen verlangt wurden. Eine Romanheldin wäre ihrer herausragenden Rolle ausgesprochen unwürdig, wenn sie es nicht vermochte, selbst das rätselhafteste Angesicht auf einen Blick zu durchschauen und die Leidenschaften, die darin geschrieben standen, zu lesen, so deutlich wie eine Seite aus »Lesen ohne Tränen«.* Und sollte sie, Anastasia, etwa einer solch banalen Fertigkeit ermangeln? Nein, sie hatte das Gesicht des Mannes sofort durchschaut; es war entschlossen, selbst zur Grausamkeit. Es war streng, aber ach!, wie schön!, und sie erinnerte sich, wie die grauen Augen den ihren begegnet waren und sie mit Macht geblendet hatten, als sie ihn zum ersten Mal vor der Tür sah. Wundersame Träumereien, wundersame Gedankenleserei einer jungen Dame vom Lande von nicht einmal zwanzig Jahren; doch war es nicht aus dem Munde der jungen Kinder und Säuglinge, woraus die Macht auf ewig gegründet wurde?*

Die Tür, die aufgerissen wurde, weckte sie aus ihrer traumartigen Entrückung, und sie sprang von ihrem Sitzplatz, als Mr. Sharnall den Raum betrat.

»Heida, Heida!«, sagte er, was haben wir denn hier? Das Feuer aus und die Fenster offen; das kleine Fräulein träumt von Sir Arthur Bedevere* und holt sich einen Schnupfen – einen sehr romantischen Schnupfen im Oberstübchen.«

Seine Worte kratzten an ihrer Stimmung wie das Anspitzen eines Schiefergriffels. Sie sagte nichts, sondern rauschte an ihm vorbei, zog die Tür hinter sich zu und ließ ihn murrend in der Dunkelheit zurück.

Die Aufregung über Lord Blandamers Besuch hatte Miss Joliffe überfordert. Sie brachte den Herren ihr Abendessen – und Mr. Westray aß an diesem Tag in Mr. Sharnalls Zimmer zu Abend – und versicherte Anastasia, dass sie nicht im Geringsten müde sei. Doch schon bald gab sie diese Verstellung notgedrungen auf und nahm Zuflucht in einem speziellen Ohrensessel mit hoher Rückenlehne, der in einer Ecke der Küche stand und nur im Falle von Krankheit oder anderen Notlagen in Gebrauch genommen wurde. Die Glocke läutete, damit das Abendessen abgedeckt wurde, Miss Joliffe jedoch schlief tief und fest und hörte es nicht. Unter gewöhnlichen Umständen war es Anastasia nicht erlaubt, »bei Tisch zu bedienen«, aber ihre Tante brauchte Ruhe, wenn sie so müde war, und sie nahm selber das Tablett und ging nach oben.

»Er ist auf alle Fälle ein bemerkenswert aussehender Mann«, sagte Westray gerade, als sie in das Zimmer eintrat. »Ich muss allerdings sagen, in anderer Hinsicht hat er mich nicht positiv beeindruckt. Er redete derart enthusiastisch von der Kirche. Es hätte ihm bestens zu Gesicht gestanden, wenn er hinterher mit fünfhundert Pfund rausgerückt wäre, aber Schwärmereien sind fehl am Platz, wenn jemand keinen halben Penny geben will, um sie in die Tat umzusetzen.«

»Er ist ganz der Vater«, sagte der Organist.

»Alle Schaltjahre im Februar
am dreißigsten zahlt Lord Blandamer.

Das ist ein Sprichwort hier in der Gegend. Nun, ich hab' es ihm heute Nachmittag unter die Nase gerieben, und umso deutlicher, weil ich nicht die leiseste Ahnung hatte, wer er war.«

Anastasias Wangen waren glühend rot, als sie die schmutzigen Teller und Überreste des Abendessens auf das Tablett räumte, aber glühender noch war die Regung in ihrem Herzen. Sie gab sich große Mühe, ihre Verwirrung zu verbergen, und geriet darüber noch mehr aus der Fassung. Der Organist beobachtete sie genau, ohne auch nur einmal den Blick in ihre Richtung zu lenken. Er war ein gerissener kleiner Mann, und noch bevor der Tisch abgeräumt war, hatte er erraten, wer der Held jener Träume war, aus denen er sie vor einer Stunde geweckt hatte.

Westray wedelte mit der Hand eine Rauchwolke davon, die ihm aus Mr. Sharnalls Pfeife ins Gesicht wehte.

»Er hat mich gefragt, ob sich jemals jemand wegen der Restaurierung an den alten Lord gewandt hat, und ich sagte, der Pfarrer habe ihm geschrieben, aber nie eine Antwort erhalten.«

»Nicht dem *alten* Lord«, fuhr Mr. Sharnall dazwischen, »sondern ebenjenem Mann. Haben Sie nicht gewusst, dass er genau ihm geschrieben hat? Niemand hat jemals geglaubt, dass es die Tinte und das Papier wert sei, dem *alten* Blandamer zu schreiben. Ich war der Einzige, der dumm genug war, es zu tun. Ich hatte einst einen Aufruf für die Orgel drucken lassen, ihm ein Exemplar geschickt und gefragt, ob er die Liste anführen wolle. Nach einem Weilchen sandte er mir einen Scheck über zehn Shilling und sechs Pence und daraufhin bedankte ich mich schriftlich bei ihm und sagte, es sei mehr als ausreichend, um ein Bein an der Orgelbank zu ersetzen, falls jemals eins brechen sollte. Doch er behielt das letzte Wort, denn als ich zur Bank ging, um den Scheck einzulösen, war er gesperrt.«

Westray lachte mit einer klaren, beschwingten Heiterkeit, die Anastasia mehr verärgerte als ein ehrliches, schallendes Gelächter.

»Als er vor siebentausendachthundert Pfund für die Kirche zurückschreckte, habe ich versucht, *Ihnen* mit der Orgel zu helfen. Ich sagte ihm, dass Sie hier im Haus wohnen, und fragte, ob er Sie nicht sehen wolle? ›Oh, nein, nicht jetzt‹, hat er gesagt, ›ein anderes Mal.‹«

»Er ist ganz der Vater«, sagte der Organist erneut bitter. »Lies Feigen von Disteln,* wenn du willst, aber erwarte kein Geld von den Blandamers.«

Anastasia Daumen glitt in das Curry, als sie das Essgeschirr hochnahm, doch sie kümmerte sich nicht darum. Sie wollte nur unbedingt entkommen, sich außerhalb der Reichweite dieser verleumderischen Zungen begeben, sich verstecken, wo sie ihr Herz von der Bitternis befreien konnte. Als sie das Zimmer verließ, schoss Mr. Sharnall einen weiteren Pfeil nach ihr.

»Er hat noch mehr von seinem Großvater als nur seine Knauserigkeit. Was Frauen angeht, hatte der alte Mann einen üblen Ruf, und seiner ist noch übler. Sie sind ein jämmerlicher Haufen – samt und sonders.«

Offensichtlich war es ein wenig gelungener Eindruck, den Lord Blandamer im »Haus Bellevue« hinterlassen hatte: Eine junge Dame hatte sein Gesicht für streng und grausam befunden, ein Architekt hatte in seinem Wesen Knauserei ausgemacht und ein Organist war entschlossen, ihn unter allen Umständen als seinen persönlichen Feind zu betrachten. Es war in der Tat ein Glück für seinen Seelenfrieden, dass er sich dessen gänzlich unbewusst war, aber andererseits wäre es ihm womöglich auch egal gewesen, selbst wenn er genau Bescheid gewusst hätte. Die Einzige, die ein gutes Wort für ihn übrig hatte, war Miss Euphemia Joliffe. Sie erwachte erhitzt, aber erholt aus ihrem Schläfchen und fand das Abendgeschirr aufgewaschen und an Ort und Stelle geräumt vor.

»Meine Liebe, meine Liebe«, sagte sie missbilligend, »ich fürchte, ich habe geschlafen und dir die ganze Arbeit überlassen. Du hättest das nicht tun sollen, Anastasia. Du hättest mich wecken müssen.« Das Fleisch war schwach,* und so musste sie einen Augenblick die Hand vor den Mund halten, um ein Gähnen zu verbergen, aber ihr Geist kehrte instinktiv zu den bedeutsamen Ereignissen des Tages zurück, und diese im Nachhinein gelassen betrachtend sagte sie: »Ein sehr außergewöhnlicher Mann, so würdevoll und doch so freundlich, und obendrein sehr gut aussehend, meine Liebe.«

Neuntes Kapitel

welche der Postbote am Morgen nach diesen bemerkenswerten Ereignissen ins »Haus Bellevue« brachte, befand sich ein Umschlag, von dem eine schaurige Faszination ausging. Er trug eine schwarze kleine Krone als Stempel auf der Lasche und auf der Vorderseite stand in auffallender und deutlicher Schrift »Sr. Wohlgeboren Edward Westray, Haus Bellevue, Cullerne« geschrieben. Das war jedoch nicht alles, denn unten in der linken Ecke befand sich ein handschriftliches »Blandamer«. Ein einzelnes Wort, und doch so geheimnisumwittert, dass es Anastasias Herz schneller schlagen ließ, als sie den Brief ihrer Tante gab, um ihn mit dem Frühstück des Architekten nach oben zu bringen.

»Hier ist ein Brief für Sie, Sir, von Lord Blandamer«, sagte Miss Joliffe, als sie das Tablett auf dem Tisch abstellte.

Doch der Architekt knurrte nur und fuhr mit Lineal und Zirkel auf dem Plan fort, mit dem er beschäftigt war. Miss Joliffe wäre keine Frau gewesen, hätte sie nicht eine brennende Neugier verspürt, den Inhalt eines so bedeutenden Schreibens zu erfahren; und den Brief eines Adligen unbeachtet auf dem Tisch liegen zu lassen, schien ihr an ein Sakrileg zu grenzen.

Nie hatte es länger gedauert, den Frühstückstisch einzudecken, und noch immer lag der Brief neben der zinnernen Abdeckung, die (so nah liegen das Sterbliche und die Herrlichkeit beieinander)* einen einfachen Räucherhering verbarg. Bevor sie das Zimmer verließ, unternahm die arme Miss Joliffe einen letzten Versuch, Westray dazu zu bringen, die Situation angemessen zu würdigen.

»Da ist ein Brief für Sie, Sir. Ich glaube, er ist von Lord Blandamer.«

»Ja, ja«, sagte der Architekt in scharfem Ton, »ich sehe ihn mir gleich an.«

Und so zog sie sich, geschlagen, zurück.

Westrays Desinteresse war zum Teil vorgetäuscht gewesen. Er gab sich alle Mühe zu beweisen, dass es ihm immerhin gelang, sich über künstliche Standesunterschiede erhaben zu zeigen, und er von Adligen nicht mehr zu beeindrucken war als von Bauern. Er bewahrte selbst dann noch seine gelassene Gleichgültigkeit, nachdem Miss Joliffe das Zimmer verlassen hatte, denn er nahm das Leben sehr ernst und erachtete seine Verpflichtung sich selbst gegenüber für mindestens genauso wichtig wie die gegenüber seinen Mitmenschen. Der Vorsatz hielt bis zur zweiten Tasse Tee und dann öffnete er den Brief.

Verehrter Herr (begann er),
wie ich gestern von Ihnen erfuhr, belaufen sich die Kosten für die Ausbesserung des südlichen Querschiffs auf geschätzte 7.800 Pfund. Diesen Betrag möchte ich gern selbst übernehmen und somit die bereits gesammelte Geldsumme für andere Restaurierungszwecke freimachen. Darüber hinaus bin ich bereit, alle weiteren Ausgaben zu übernehmen, die notwendig sind, um den gesamten Kirchenbau in einen soliden baulichen Zustand zu versetzen. Wären Sie so freundlich, Sir George Farquhar davon Mitteilung zu machen und ihn zu bitten, den Restaurierungsplan unter diesen veränderten Gegebenheiten noch einmal zu überdenken? Ich werde am Samstag das nächste Mal in Cullerne sein und hoffe, Sie zu Hause anzutreffen, wenn ich am Nachmittag gegen fünf Uhr bei Ihnen vorbeischaue, und Sie dann eventuell die Zeit erübrigen können, mir die Kirche zu zeigen.
Mit aller Hochachtung bin ich
Ihr ergebener
Lord Blandamer

Westray hatte den Brief so schnell überflogen, dass er dessen Inhalt eher intuitiv kannte als durch den nüchternen Vorgang des Lesens. Ebenso wenig las er ihn mehrmals, wie es bei wichtiger Kunde in Romanen gemeinhin üblich ist; er hielt ihn einfach in der Hand und zerknitterte ihn, ohne es zu merken, während er nachdachte. Er war überrascht und er war erfreut – erfreut über die Aussicht auf umfangreichere Maßnahmen, welche Lord Blandamers Angebot eröffnete, und darüber, dass er derjenige sein sollte, der als Überbringer einer Botschaft von solcher Tragweite auserwählt worden war. Kurz gesagt: Er verspürte diese angenehme und wirre Erregung, diesen Seelentaumel, welchen unerwartetes Glück in jedem außer dem stärksten Gemüt auszulösen vermag, und ging hinunter zu Mr. Sharnalls Zimmer, wobei er noch immer den Brief in der Hand zerknitterte. Zurück blieb der Räucherhering, der ungenossen in der Morgenluft duftete.*

»Ich habe soeben einige außergewöhnliche Neuigkeiten erhalten«, sagte er, als er die Tür öffnete.

Mr. Sharnall war nicht völlig unvorbereitet, denn Miss Joliffe hatte ihm bereits vermeldet, dass ein Brief von Lord Blandamer für Mr. Westray angekommen war, und so sagte er lediglich »Ah!« in einem Ton, der Mitleid für das fehlende seelische Gleichgewicht signalisierte, welches zuließ, dass Westray so leicht aus der Fassung zu bringen war, und fügte »Ah, ja?« hinzu als Beweis dafür, dass keine diesseitige Katastrophe ihn, Mr. Sharnall, je in Erstaunen versetzen könnte. Doch Westrays Erregung war unverwüstlich und er las den Brief mit großer Begeisterung laut vor.

»Hm«, sagte der Organist, »ich finde das nicht gerade viel; siebentausend Pfund sind ein Klacks für ihn. Wenn wir alles getan haben, was zu tun war, sind wir unnütze Knechte.«*

»Es sind nicht nur siebentausend Pfund; verstehen Sie denn nicht, dass er eine unbeschränkte Vollmacht für alle Ausbesserungsarbeiten erteilt? Aber das könnten dreißig- oder vierzigtausend werden, oder sogar noch mehr.«

»Das glauben Sie wohl, dass Sie wirklich was bekommen?«, sagte der Organist mit erhobenen Augenbrauen und gesenkten Lidern.

Westray war pikiert.

»Oh, ich denke, dass es schäbig ist, über alles, was der gute Mann tut, zu spotten. Gestern beschimpften wir ihn noch als Geizhals; besitzen wir also heute den Anstand zu sagen, wir haben uns getäuscht.« Er hatte die Übergewissenhaftigkeit eines kultivierten, aber ausgesprochen beschränkten Geistes und nun plagte ihn sein Gewissen. »Ich jedenfalls habe mich getäuscht«, fuhr er fort. »Sein Zögern, als ich die Kosten für die Instandsetzung des Querschiffs erwähnte, habe ich völlig falsch aufgefasst.«

»Ihre ritterliche Gesinnung macht Ihnen alle Ehre«, sagte der Organist, »und ich gratuliere Ihnen zur Ihrer Fähigkeit, Ihre Ansichten so schnell ändern zu können. Ich für meine Person bevorzuge es, an meiner ersten Meinung festzuhalten. Es ist alles Schwindelei; entweder gedenkt er nicht zu zahlen, oder aber er verfolgt irgendeinen Plan. Ich würde sein Geld nicht mit der Mistgabel anfassen.«

»Oh, nein, natürlich nicht«, sagte Westray mit dem übertriebenen Sarkasmus eines Schuljungen. »Wenn er tausend Pfund anböte, um die Orgel wiederherzurichten, Sie würden keinen Penny davon nehmen.«

»Bis jetzt hat er keine tausend angeboten«, erwiderte der Organist, »und wenn er es tut, werde ich ihm eins husten.«

»Das ist eine sehr ermutigende Botschaft für mögliche Spender«, spottete Westray. »Darauf dürften sie sich eigentlich in ganzen Heerscharen melden.«

»Nun, ich muss noch mit einigen Abschriften weitermachen«, sagte der Organist kühl, und Westray ging zurück zu dem Räucherhering.

Auch wenn Mr. Sharnall es somit auf beschämende Art

und Weise an Dankbarkeit für ein generöses Angebot fehlen ließ, so bemühte der Rest von Cullerne sich keinesfalls, seinem Beispiel zu folgen. Westray war in zu großer Hochstimmung, als dass er die erfreuliche Nachricht für sich hätte behalten können, und zudem schien es keinen ersichtlichen Grund zu geben, ein Geheimnis daraus zu machen. Also erzählte er es dem Maurermeister und Mr. Janaway, dem Küster, und Mr. Noot, dem Vikar, und zuletzt Kanonikus Parkyn, dem Pfarrer, dem er es natürlich als Erstem von allen hätte erzählen müssen. Daher wusste die ganze Stadt, noch bevor das Glockengeläut der Kirche zum Heiligen Grab an diesem Nachmittag um drei Uhr »Neuer Sonntag« spielte, dass der neue Lord Blandamer unter ihnen gewesen war und versprochen hatte, die Kosten für die Restaurierung der großen Klosterkirche zu übernehmen, auf die sie alle so stolz waren – umso mehr, wenn dieser Stolz frei war vom unliebsamen Gedanken an eine eigene Spende.

Kanonikus Parkyn war aufgebracht. Mrs. Parkyn bemerkte dies, als er um ein Uhr zum Mittagessen nach Hause kam, doch da sie eine besonnene Frau war, sprach sie seine schlechte Laune nicht unmittelbar an, wenngleich sie versuchte, sie zu vertreiben, indem sie die Unterhaltung auf Themen lenkte, die ihn erfahrungsgemäß besänftigten – darunter zuvorderst der historische Besuch von Sir George Farquhar und der Respekt, welchen er den Vorschlägen des Pfarrers gezollt hatte: Doch die Erwähnung des Namens des großen Architekten veranlasste ihren Mann, seiner Empörung ungezügelt Luft zu machen.

»Ich wünschte«, sagte er, »Sir George würde sich der Arbeiten an der Kirche ein wenig persönlicher annehmen. Sein Vertreter, dieser Mr. – äh – äh – dieser Mr. Westray, nicht nur, dass er, wie ich fürchte, überhaupt keine Erfahrung besitzt und von Architektur nicht viel versteht, ist ein überaus ein-

gebildeter junger Mann und spielt sich pausenlos in unge-
bührlicher Weise in den Vordergrund. Heute Morgen kam
er mit einer höchst sonderbaren Nachricht zu mir – einem
Schreiben von Lord Blandamer.«

Mrs. Parkyn legte Messer und Gabel ab.

»Ein Schreiben von Lord Blandamer?«, sagte sie mit unver-
hohlenem Erstaunen – »ein Schreiben von Lord Blandamer
an Mr. Westray!«

»Ganz recht«, fuhr der Pfarrer fort, der im angenehmen Bewusstsein dessen, dass seine Worte großes Aufsehen erregten, seine Verärgerung ein wenig vergaß – »ein Brief, in dem
Seine Lordschaft sich anerbietet, zunächst die Kosten für die
Ausbesserungsarbeiten des südlichen Querschiffs zu tragen
und später alle Defizite bei den Geldern auszugleichen, welche für die Restaurierung der restlichen Bausubstanz benö-
tigt werden. Selbstverständlich zweifle ich nur sehr ungern
an gleich welchem Tun eines Mitglieds aus dem Oberhaus,
nichtsdestominder sehe ich mich gemüßigt, die Vorgehensweise als höchst unkorrekt zu bezeichnen. Dass eine solche
Nachricht einem bloßen Angestellten bei den Bauarbeiten
überbracht wurde anstatt dem Pfarrer und ordnungsgemäß
ernannten Hüter des Gotteshauses, ist ein so gravierender
Verstoß gegen die guten Sitten, dass ich geneigt bin, der ganzen Angelegenheit Einhalt zu gebieten und das Angebot abzulehnen.«

Sein Gesicht hatte einen Ausdruck erhabener Würde angenommen und er sprach zu seiner Frau, als wäre sie versammelt'
Volk.* *Ruat caelum*,* Kanonikus Parkyn war nicht um Haa-
resbreite von jenem Wege abzubringen, welchen Anstands-
formen und die Einhaltung des Dienstwegs beschrieben. Im
tiefsten Innern wusste er, dass er unter keinen denkbaren
Umständen irgendeine Spende zurückweisen würde, die ihm
angeboten wurde, doch seine eigenen Worte hatten einen so

heroischen Klang, dass er sich für einen Moment Lord Blandamers Geld auf den Boden hinschmeißen sah, so wie die ersten Christen die Prise Weihrauch, welche sie vor den Löwen gerettet hätte, in den Wind geworfen hatten.

»Ich glaube, ich *muss* dieses Angebot ablehnen«, wiederholte er.

Mrs. Parkyn kannte ihren Mann bestens – vielleicht besser, als er sich selbst kannte – und hatte eine zusätzliche Sicherheit, dass die Erörterung rein theoretischer Natur war: ihre Gewissheit nämlich, dass sie ihm, selbst wenn er in der Tat das Angebot abzulehnen gedachte, dies nicht erlauben würde. Doch sie hielt sich an die Spielregeln und gab vor, ihn ernst zu nehmen.

»Ich verstehe deine Skrupel, mein Lieber; sie sind genau das, was alle Leute, die dich kennen, von dir erwarten würden. Dass dieser anmaßende junge Mann dir von einem solchen Angebot erzählt, ist eine ausgemachte Beleidigung; und Lord Blandamer für seinen Teil hat einen so sonderbaren Ruf, dass man schwerlich weiß, inwieweit es recht ist, irgendetwas von ihm für die Verwendung für die Kirche anzunehmen. Ich respektiere deinen Widerwillen. Vielleicht wäre es in der Tat recht von dir, dieses Angebot abzulehnen, oder zumindest dir die Zeit zu nehmen, dich zu bedenken.«

Der Pfarrer blickte seine Frau verstohlen an. Ihre Bereitwilligkeit, ihn so leicht beim Wort zu nehmen, beunruhigte ihn ein wenig. Er hatte gehofft, dass sie es mit Bestürzung aufnehmen würde – dass sie schlagkräftige Argumente hätte aufbieten können, um seine feste Entschlossenheit zu erschüttern.

»Ah, deine Worte haben mich, ohne es zu wollen, an meine größte Schwierigkeit erinnert, die ich damit habe, es abzulehnen. Es ist die Verwendung für kirchliche Zwecke, die mich an meinem Urteil zweifeln lässt. Dass der Tempel dafür büßen muss, dass ich die Opfergabe nicht annehme, wäre ein qualvoller Gedanke. Womöglich beugte ich mich bloß meinem eigenen Trotze und persönlichen Beweggründen, wenn ich ablehnen würde. Ich darf nicht zulassen, dass mein Stolz höheren Verpflichtungen im Wege steht.«

Er beschloss seine Rede in bester Kanzelmanier und die Farce war rasch zu Ende. Man war sich darüber einig, dass die Spende angenommen werden müsse, dass geeignete Maßnahmen ergriffen werden sollten, um Mr. Westrays Vermessenheit zu rügen, da ohne Zweifel *er* es gewesen war, der Lord Blandamer dazu bewegt hatte, einen so unangebrachten Übermittlungsweg zu wählen, und dass der Pfarrer in eigener Person schreiben sollte, um dem edlen Spender zu danken. Folglich zog sich Kanonikus Parkyn nach dem Abendessen in sein »Arbeitszimmer« zurück und verfasste einen mehr als schwülstigen Brief, in welchem er Lord Blandamer alle nur denkbaren edelsten Motive und Eigenschaften zuschrieb und sämtliche in salbungsvollste Worte gekleidete Segen auf dessen Haupt herabflehte. Und zur Teestunde wurde der Brief von Mrs. Parkyn noch einmal durchgelesen und geprüft, die ihm den letzten Schliff verpasste und ihrerseits einige Ergänzungen machte, insbesondere eine Vorbemerkung, die darlegte, dass Kanonikus Parkyn von der zur Baubeaufsichtigung abgesandten Person darüber informiert worden war, dass Lord Blandamer den Wunsch geäußert habe, an Kanonikus Parkyn zu schreiben, um ein gewisses Angebot zu machen, jedoch den aufsichtführenden Architekten gebeten hatte, zunächst herauszufinden, ob ein solches Angebot für Kanonikus Parkyn denn annehmbar sei, sowie ein Schlusswort, welches der Hoffnung Ausdruck verlieh, dass Lord Blandamer bei seinem nächsten Besuch in Cullerne die Gastfreundlichkeit des Pfarrhauses in Anspruch nähme.

Der Brief erreichte Lord Blandamer am nächsten Morgen auf Fording, während dieser, einen aufgeschlagenen Vergil neben seiner Kaffeetasse auf dem Tisch, bei einem späten Frühstück saß. Er las die gespreizten Sätze des Pfarrers ohne ein Lächeln und nahm sich vor, dass er schleunigst ein besonders höfliches Dankschreiben schicken würde. Dann steckte er den Brief sorgfältig in die Tasche und wandte sich wieder dem »*Di patrii indigetes et Romule Vestaque Mater*«* aus dem ersten Buch der »Georgica« zu, welches er gerade im Begriff war auswendig zu lernen, und verbannte die Einladung so restlos aus seinen Gedanken, dass er kein einziges Mal mehr an sie dachte, bis er eine Woche später in Cullerne war.

Lord Blandamers Besuch und das Angebot, welches er für die Restaurierung der Kirche gemacht hatte, bildeten eine Woche lang den Hauptgegenstand aller Gespräche in Cullerne. All jene, die in der glücklichen Lage gewesen waren, ihn zu sehen oder mit ihm zu sprechen, redeten untereinander über ihn und tauschten ihre Erfahrungen aus. Kaum eine Einzelheit seiner äußeren Erscheinung, seiner Stimme oder seines Auftretens entging ihnen; und dieses Interesse war in solchem Maße ansteckend, dass einige, die ihn weiß Gott noch nie zu Gesicht bekommen hatten, sich von ihrer Begeisterung dazu verleiten ließen, davon zu berichten, wie er sie auf der Straße angehalten hätte, um sich nach dem Weg zum Haus des Architekten zu erkundigen, und wie er so viele und bemerkenswerte und glaubwürdige Ausführungen gemacht habe, dass es an ein Wunder grenzte, dass er an diesem Abend überhaupt jemals im »Haus Bellevue« angekommen war. Küster Janaway, der arg niedergeschlagen war, weil er sich eine Gelegenheit zu vornehmer Unterhaltung hatte entgehen lassen, erklärte, dass er gespürt habe, wie die grauen Augen des Fremden ihn wie ein Messer durchbohrt hatten, und dass er nur so getan habe, als ob er ihn am Betreten des Chors hindern würde, um sich anhand der gebieterischen Beharrlichkeit des anderen selbst zu vergewissern, dass ihn sein inneres

Gespür nicht täuschte. Er habe, so sagte er, die ganze Zeit über gewusst, dass er mit niemand anderem als Lord Blandamer sprach.

Westray erachtete die Sache für wichtig genug, um mit gutem Recht nach London zu fahren, damit er Sir George Farquhar hinsichtlich der Änderungen im Restaurierungsplan, welche Lord Blandamers Freigebigkeit ermöglichte, würde zu Rate ziehen können; Mr. Sharnall hingegen blieb es immerhin vorbehalten, sich Miss Joliffes Erinnerungen, Vermutungen und Lobreden anzuhören.

Entgegen all der Gleichgültigkeit, die der Organist vorgegeben hatte, als er das erste Mal von den Neuigkeiten hörte, legte er eine überraschende Bereitschaft an den Tag, die Angelegenheit mit jedem Ankömmling zu diskutieren, und zeigte keine Spur seiner sonstigen Ungeduld mit Miss Joliffe, solange sie von Lord Blandamer sprach. Anastasia erschien es, als könne er von nichts anderem reden, und je mehr sie versuchte, ihn durch ihr Schweigen oder einen Wechsel des Themas zu bremsen, desto erbitterter griff er es von Neuem wieder auf.

Der einzige Mensch, der kein Interesse an diesem unglückseligen Adligen zeigte, der mit seinem Angebot, für die Restaurierung der Kirche spenden zu wollen, in grober Weise gegen die guten Sitten verstoßen hatte, war Anastasia selbst; und die eigentlich nachsichtige Miss Joliffe sah sich veranlasst, die Teilnahmslosigkeit ihrer Nichte in diesem besonderen Falle zu tadeln.

»Ich glaube nicht, meine Liebe, dass es uns ansteht, ob alt oder jung, großen und guten Taten so wenig Beachtung zu schenken. Mr. Sharnall ist, wie ich fürchte, unzufrieden mit demjenigen Stande in seinem Leben, für welchen ihn zu berufen es Gott gefiel,* und es überrascht mich weniger, dass er den Herrn nicht immer preist, wenn es angebracht wäre; aber bei jungen Leuten ist es etwas anderes. Ich bin mir sicher, wenn irgendjemand angeboten hätte, die Kirche von Wydcombe zu restaurieren, als ich ein Kind war – und besonders ein Adliger –, ich hätte mich so gefreut, oder fast so gefreut, als ob er mir – als ob ich ein neues Kleid geschenkt bekommen hätte.« Sie formulierte das »als ob er mir ein neues Kleid geschenkt hätte«, welches ihr auf der Zunge gelegen hatte, um, da die Behauptung, dass ein Adliger ihr jemals ein neues Kleid angeboten haben könnte, auch wenn sie nur der Veranschaulichung diente, etwas Skandalöses und Unschickliches in sich zu bergen schien.

»Ich hätte mich gefreut, aber, ach je!, damals waren die Leute so blind, dass ihnen eine Restaurierung gar nicht erst in den Sinn kam. Früher saßen wir jeden Sonntag in recht *bequemen* Bänken, mit Polstern und Betkissen, und die Gänge waren mit Steinplatten ausgelegt – schlichten abgewetzten Steinplatten, und keinen von diesen bunt glasierten Kacheln, die so viel schöner aussehen; obwohl ich jedes Mal Angst habe, gleich auszurutschen, und froh bin, nicht auf ihnen laufen zu müssen, sie sind so hart und glänzend. In Kirchendingen ging es damals sehr altmodisch zu. Rundherum an der Wand hingen Tafeln, die die Leute für ihre Verwandten angebracht hatten, weiße Särge auf schwarzen marmorierten Schieferplatten, und Urnen und Engelsköpfe, und genau dort gegenüber, wo ich immer saß, eine arme Frau, deren Name mir entfallen ist, weinend unter einer Weide. Zweifellos waren sie in dem Altarraum völlig fehl am Platze, wie der junge Herr vergangenen Winter im Rathaus in seinem Vortrag ›Wie unsere Kirchen schöner werden‹ gesagt hat. Er nannte sie ›Mauerblasen‹, meine Liebe, aber in meiner Jugendzeit war keine Rede davon, sie zu entfernen, und das lag sicher daran, dass es niemanden gab, der das Geld dafür stiftete. Aber jetzt ist da dieser wohlmeinende junge Adlige, der so großzügig seine

Bereitwilligkeit bekundet, und ich habe keine Zweifel, dass sich binnen Kurzem in Cullerne alles sehr gebessert haben wird. Wir sollen bei unseren Gebeten nicht *herumlümmeln,* wie der Vortragende uns sagte. Dieses Wort hat er benutzt, ›herumlümmeln‹, und sie werden es wohl nicht versäumen, den Flies und die Betkissen zu entfernen, auch wenn ich hoffe, dass die Bänke ein bisschen gepolstert sein werden, mit *irgendetwas,* das blanke Holz kann manchmal doch recht wehtun. Ich würde es niemanden auf der Welt sagen außer dir, aber manchmal tut es mir *schon* ein bisschen weh; und wenn die glasierten Kacheln im Gang verlegt werden, hake ich mich bei dir ein, meine Liebe, damit ich nicht ausrutsche. Da ist Lord Blandamer, der all das für uns tun möchte, und du zeigst dich in keiner Weise dankbar. Das schickt sich nicht für ein junges Mädchen.«

»Liebe Tante, was soll ich denn deiner Meinung nach tun? Ich kann nicht hingehen und ihm öffentlich im Namen der Stadt danken. Das schickte sich noch viel weniger, und ich hoffe ganz ehrlich, dass sie all die fürchterlichen Dinge, von denen du sprichst, in der Kirche belassen. Ich mag die alten Grabmale und finde *Herumlümmeln* viel angenehmer als bloßen Benimm.«

So tat sie die Angelegenheit mit einem Lachen ab, doch auch wenn sie nicht dazu zu bewegen war, über Lord Blandamer zu reden, so war sie in Gedanken umso mehr bei ihm und spielte in Tagträumen und Nachtträumen wieder und wieder jede einzelne Episode dieses bedeutsamen Samstagnachmittags durch, von den ersten Takten der Ouvertüre, als er ihr auf so ungezwungene und schlichte Art enthüllt hatte, dass er niemand anderer als Lord Blandamer sei, bis zum Fallen des Vorhangs, als er sich umwandte – bis zu jenem Blick, welcher den ihren zu treffen schien, obwohl sie hinter der Jalousie verborgen war und er nicht hatte ahnen können, dass sie dort stand.

Mit dem unter Berücksichtigung der geänderten Gegebenheiten überarbeiteten und erweiterten Restaurierungsplan sowie einem Brief für Lord Blandamer, in welchem Sir George Farquhar seine Hoffnung zum Ausdruck brachte, dass der großzügige Spender einen Tag anberaumen möge, an dem Sir George nach Cullerne kommen könne, um ihm seine Reverenz zu erweisen und die Angelegenheit persönlich zu besprechen, kehrte Westray aus London zurück. Er hatte sich die ganze Woche auf seine Verabredung mit Lord Blandamer am Samstagnachmittag um fünf Uhr gefreut und war die Route, auf welcher er ihn durch die Kirche führen wollte, sorgfältig im Kopf durchgegangen. Um Viertel vor fünf traf er wieder im »Haus Bellevue« ein und fand seinen Besucher bereits auf ihn wartend vor. Miss Joliffe war, wie gewöhnlich, bei ihrem Samstagstreffen, aber Anastasia berichtete Westray, dass Lord Blandamer schon länger als eine halbe Stunde warte.

»Ich muss mich entschuldigen, Mylord, dass ich Sie habe warten lassen«, sagte Westray, als er hineinging. »Ich hatte schon befürchtet, mich in der Zeit für unser Treffen geirrt zu haben, doch ich sehe, in Ihrem Schreiben stand *fünf* Uhr.« Und er hielt ihm den offenen Brief hin, den er aus seiner Tasche geholt hatte.

»Der Irrtum liegt ganz bei mir«, gestand Lord Blandamer mit einem Lächeln, als er seine eigenen Anweisungen überflog. »Ich nahm an, dass ich vier Uhr geschrieben hätte, aber ich war dankbar für die paar Minuten, in denen ich noch einige Briefe schreiben konnte.«

»Wir können sie auf unserem Weg zur Kirche aufgeben, die Post wird gerade abgeholt.«

»Ach, dann muss ich bis morgen warten. Es fehlen noch einige Anlagen, die ich im Moment nicht griffbereit habe.«

Gemeinsam machten sie sich auf den Weg zur Kirche, und als sie die Straße überquerten, blickte Lord Blandamer sich um.

»Das Haus hat etwas ganz Eigenes an sich«, sagte er, »und mit ein paar kleineren Ausbesserungen könnte es recht komfortabel werden. Ich muss meinen Verwalter fragen, was sich machen lässt; in seinem jetzigen Zustand macht es mir als Eigentümer nicht gerade Ehre.«

»Ja, es hat eine Menge interessanter Eigenschaften«, antwortete Westray. »Sie kennen doch gewiss seine Geschichte – ich meine, dass es eine alte Herberge war.«

Er hatte sich gemeinsam mit seinem Begleiter umgewandt, und einen Augenblick lang glaubte er zu sehen, wie sich hinter der Jalousie in Mr. Sharnalls Zimmer etwas bewegte. Doch er musste sich irren. Nur Anastasia war im Haus, und sie steckte in der Küche, denn beim Herausgehen hatte er ihr zugerufen, dass er möglicherweise zu spät zum Tee käme.

Westray genoss die eineinhalb Stunden, welche das Licht ihm ließ, um die Kirche zu zeigen und zu erklären, ausgesprochen. Lord Blandamer offenbarte das, was man so oft auf beschönigende Weise ein verständiges Interesse nennt, an allem, was er sah, und war weder bemüht, seine überaus passablen Kenntnisse auf dem Gebiet der Architektur zu verheimlichen, noch sie zu offenbaren. Westray fragte sich, wo er diese erworben hatte, wenngleich er keine Fragen stellte; doch noch ehe die Besichtigung zu Ende war, bemerkte er, dass er ganz von selbst mit seinem Begleiter über technische Dinge sprach, als unterhielte er sich mit einem ihm ebenbürtigen Fachmann und nicht mit einem Laien. Unter dem Vierungsturm blieben sie einen Augenblick stehen.

»Besonders dankbar«, sagte Westray, »bin ich für Ihre Großzügigkeit, uns freie Hand bei der ganzen Bauerhaltung zu geben, denn nun sollten wir in der Lage sein, den Turm in Angriff zu nehmen. Nichts wird mich je davon überzeugen zu glauben, dass dort oben alles in Ordnung ist. Die Bogen sind für ihre Entstehungszeit außergewöhnlich weit und schmal. Sie werden lachen, wenn ich Ihnen erzähle, dass ich mir manchmal einbilde zu hören, wie sie um Reparatur flehen, und besonders der auf der Südseite mit dem gezackten Riss im Mauerwerk darüber. Von Zeit zu Zeit, wenn ich allein in der Kirche oder dem Turm bin, glaube ich ihre genauen Worte zu vernehmen. ›Der Bogen schläft nie‹, sagen sie, ›wir schlafen nie.‹«

»Das ist ein romantischer Gedanke«, sagte Lord Blandamer. »Architektur ist zu Stein gewordene Poesie, nach dem alten Aphorismus, und in Ihnen steckt ohne Zweifel ein Poet.«

Während er sprach, blickte er in das schmale und eher bleiche Gesicht und auf die hohen Wangenknochen des Wassertrinkers. Lord Blandamer machte niemals Späße und nur äußerst selten hatte man ihn lachen sehen, doch wäre irgendjemand anderes in seiner Gegenwart gewesen als Westray, er hätte meinen mögen, dass ein humoriger Ton in seinen Worten lag, und eine Spur von Belustigung in den Augenwinkeln. Der Architekt jedoch sah es nicht und errötete leicht, während er fortfuhr:»Hm, vielleicht haben Sie recht. Ich denke, die Architektur ist durchaus inspirierend. Die ersten Verse, die ich jemals schrieb, oder zumindest meine ersten, die jemals gedruckt wurden, waren über die Apsis* der Abtei von Tewkesbury. Sie sind im ›Gloucester Herald‹ erschienen, und es kann gut sein, dass ich eines Tages etwas über die Bogen schreiben werde.«

»Machen Sie das«, sagte Lord Blandamer, »und schicken Sie mir ein Exemplar. Dieser Ort sollte seinen Dichter haben, und es ist viel sicherer, Verse über Bogen zu schreiben als über geschwungene Augenbrauen.«

Westray errötete erneut und schob die Hand in seine Brusttasche. Konnte er so töricht gewesen sein, jene halb fertigen Zeilen für Lord Blandamer oder jeden anderen sichtbar auf seinem Schreibtisch liegen zu lassen? Nein, sie waren sicher aufbewahrt; er konnte die scharfe Kante des längs gefalteten Stück Papiers fühlen, die es von normalen Briefen unterschied.

»Wir haben gerade noch Zeit, hinauf in den Dachraum zu gehen, wenn Sie Lust dazu haben«, schlug er, das Thema wechselnd, vor. »Ich möchte Ihnen gerne den oberen Abschluss des Kreuzgewölbes im Querschiff zeigen und Ihnen erklären, womit wir gerade beschäftigt sind. Es ist immer mehr oder weniger dunkel dort oben, doch wir werden Laternen vorfinden.«

»Aber natürlich, mit großem Vergnügen.« Und sie stiegen die Wendeltreppe hinauf, die in den Nordostpilaster eingelassen war.

Während sie ihre Runde gegangen waren, hatte sich Küster Janaway in sicherer Entfernung von ihnen herumgedrückt. Offiziell war er damit beschäftigt, für den Sonntag »Ordnung zu schaffen«, bevor die Kirche abgeschlossen wurde, und hatte sich so gut wie möglich versteckt gehalten, denn er hatte noch in Erinnerung, wie er Lord Blandamer eine Woche zuvor entgegengetreten war. Dennoch war er darauf aus, ihm, sozusagen zufällig, zu begegnen und darzulegen, dass er in Unkenntnis der wahren Umstände gehandelt hatte; doch es bot sich keine günstige Gelegenheit für eine solche Erklärung. Die beiden waren unters Dach gestiegen, und der Küster schickte sich gerade an abzuschließen – denn Westray hatte einen eigenen Schlüssel –, als er jemanden das Mittelschiff hinaufkommen hörte.

Es war Mr. Sharnall, der einen Stoß Notenbücher unterm Arm trug.

»Hallo!«, sagte er zum Küster, »warum sind *Sie* so spät noch hier? Ich hatte damit gerechnet, mir selbst aufschließen zu müssen. Ich dachte, Sie wären schon seit einer Stunde weg.«

»Na ja, 's Aufräumen hat heute Abend 'n wenig länger gebraucht als sonst.« Er brach ab, denn irgendwo über ihnen im Gerüst gab es ein leises Geräusch, und in einer Lautstärke, die als Flüstern gedacht war, fuhr er fort: »Mr. Westray führt Seine Lordschaft umher; jetzt sind sie oben unterm Dach. Hör'n Sie sie?«

»Lordschaft! Welche Lordschaft? Meinen Sie etwa diesen Burschen Blandamer?«

»Ja, genau den meine ich. Aber ich weiß nich', dass er 'n Bursche is', denn er *is'* eine Lordschaft; drum nenn' ich ihn auch 'ne Lordschaft und kein' Burschen nich'. Und dürft' ich fragen, was er getan hat, um *Sie* wütend zu machen? Warum warten Sie nich' hier auf ihn und sprechen mit ihm über die Orgel? Vielleicht is' er ja grade in der Spendierlaune, dass er sie wieder ganz macht für Sie, oder Ihnen dieses kleine Gebläse schenkt, von dem Sie dauernd reden. Warum laufen Sie eigentlich immer rum und zeigen allen die Zähne? – ich meine sinnbildlich, denn Sie ham nich' mehr so viele echte, um groß was damit herzumachen – warum sind Sie nich' manchmal so wie andere Leute auch? Soll ich's Ihnen sagen? Weil Sie jung sein wollen, obwohl Sie alt sind, und reich, obwohl Sie arm sind. Deshalb. Das macht Sie unglücklich, und dann trinken Sie, um's im Alkohol zu ertränken. Folgen Sie mei'm Rat und machen Sie's wie andere Leute auch. Ich bin beinahe zwanzig Jahre älter wie Sie und hab' 'ne Menge mehr Spaß am Leben als ich's mit zwanzig hatte. Die Nachbarn und ihr Gehabe amüsieren mich heute und meine Pfeife schmeckt süßer, und so viele dumme Dinge gibt's, die 'n junger Mann tut, zu denen 's Alter 'nem alten Mann keine Gelegenheit nich' gibt. Sie ham mit mir Tacheles geredet, und jetzt hab' ich mit Ihnen Tacheles geredet, weil ich bin 'n Mann, der sagt, was er denkt, und hab' keinen Grund nich', mich vor irgendwem zu fürchten – ob Lord oder Bursche oder Organist. Also glauben Sie 'nem alten Mann: Heben Sie Ihre Laune und warten Sie auf Seine Lordschaft und bringen Sie ihn dazu, Ihnen 'ne neue Orgel zu schenken.«

»Pah!«, sagte Mr. Sharnall, der allzu sehr an Janaways Art gewöhnt war, als dass er sich daran stieß oder dieser Beachtung schenkte. »Pah! Ich hasse alle Blandamers. Ich wünschte, sie wären alle tot und begraben. Und ich bin mir nicht mal sicher, ob sie's nicht sogar sind. Ich bin mir noch nicht mal sicher, ob dieser eitle Pfau ein größeres Anrecht auf den Namen Blandamer besitzt als Sie oder ich, merken Sie sich's. Mir stinkt dieser ganze Reichtum. Wer's nicht vermag, eine Kirche oder ein Museum oder ein Krankenhaus zu bauen, zählt gar nichts mehr heutzutage. ›Und man preiset's, wenn einer sich gütlich tut.‹* Wenn du das nötige Geld hast, bist du alle Herrlichkeit auf Erden, und hast du's nicht, kannst du getrost vor die Hunde gehen. Ich wünschte, alle Blandamers lägen in ihren Grüften«, sagte er, seine dünne und schrille Stimme erhebend, bis diese oben vom Gewölbe widerhallte, »und ihr benebeltes Wappen gleich mit ihnen. Gerne würde ich einen Stein durch ihr verdammtes Emblem werfen.« Und er deutete auf den seegrünen und silbernen Schild hoch oben im Fenster des Querschiffs. »Ob Sonnenlicht oder Mondschein, es ist immer da. Früher bin ich gerne herunterkommen und hab' hier bei Vollmond für die Fledermäuse gespielt, bis ich verstand, dass *das da* alle Zeit in die Empore hineinsehen und mich verfolgen würde.«

Er donnerte seinen Stoß Bücher auf eine Bank und stürzte aus der Kirche. Zweifellos hatte er getrunken, und auch der Küster, der darauf bedacht war, nicht mit Gefühlsäußerungen in Verbindung gebracht zu werden, die derart laut hervorgebracht worden waren, dass er befürchtete, jene unterm Dach könnten sie mitbekommen haben, machte sich im selben Augenblick davon.

Lord Blandamer wünschte Westray an der Kirchtür einen schönen Abend und lehnte eine Einladung zum Tee ab, da eine geschäftliche Angelegenheit seine Rückkehr nach Fording erforderte.

»Wir müssen einen weiteren Nachmittag in der Kirche verbringen«, sagte er. »Sie gestatten mir hoffentlich, dass ich Ihnen schreibe, um einen Termin zu verabreden. Ich befürchte, es wird sich wohl wieder um einen Samstag handeln, da ich zurzeit während der Woche sehr beschäftigt bin.«

Küster Janaway wohnte nicht weit von der Kirche entfernt, in der Governor's Lane. Niemand wusste, woher sie ihren Namen hatte, doch Dr. Ennefer glaubte, dass der Militärgouverneur wohl irgendwo dort sein Quartier gehabt haben müsse, als Cullerne ein Stützpunkt der Parlamentarier* war. Als Verbindung zwischen zwei kleinen stillen Seitenstraßen war sie selbst noch ruhiger als diese, und doch wirkte sie gerade deswegen in gewisser Weise beschaulich und behaglich. An beiden Enden versperrte jeweils eine alte Kanone den Fuhrwerken die Durchfahrt. Ihre Geschützverschlüsse waren im Boden vergraben und ihre Mündungsrohre standen aufrecht als feste Eisenpfosten, während die braunen Kopfsteine des Pflasters zu einem flachen Rinnstein hin abfielen, der in der Mitte der Straße verlief. Der Brauch bestimmte, dass die Häuser rosa getüncht zu sein hatten, und die Fensterläden, welche für die Straße typisch waren, strahlten in solch leuchtenden Farben, dass alles an eine holländische Stadt erinnerte.

Das Streichen der Fensterläden war in der Governour's Lane in der Tat ein recht bedeutendes Ereignis. Eine ganze Reihe Bewohner hatte als Fischer oder Eigner von Fischkuttern das Meer beschifft, und als ihnen das Glück so lachte, dass sie sich zur Ruhe setzen konnten und es keine Boote mehr zu streichen gab, erwiesen sich Fensterläden, Türen und Fensterrahmen als geeignet, um diese Lücke auszufüllen. Und so konnte man an einem schönen Morgen, wenn das aus den Ritzen quellende Terpentin und der warme Geruch des Blasen werfenden Lacks den wiederkehrenden Sommer in der Governour's Lane ankündigten, unter Umständen Sechzig- und Siebzigjährige und einige, die so gut bei Kräften waren, dass sie die achtzig erreicht hatten, mit Farbtopf und Pinsel in Händen sehen, wie sie dem Holz ihrer Häuser einen neuen Anstrich verpassten.

Sie waren freundliche Leute, offenherzig und mit frischer Gesichtsfarbe, breit gebaut und in dunkelblaue Pijacken* mit Messingknöpfen gekleidet. Als unverbesserliche Raucher, die unermüdlich ihr Seemannsgarn spannen, hatten sie Janaway längst als verwandte Seele aufgenommen – umso mehr, da in ihren Augen ein Küster und Totengräber gewissermaßen ein Fachmann war in überweltlichen Dingen, der ihnen schon bald auf der letzten Bootsfahrt, für welche einige bereits den Blauen Peter* im Vortopp gehisst hatten, das Geleit geben könnte.

Ein Strauch Immergrün, der aus einem Loch im Kopfsteinpflaster wuchs, war akkurat zur Front eines Häuschens in der Mitte der Straße hin gezüchtet, und ein Messingschild an der Tür informierte den Wandersmann und Unwissenden darüber, dass »T. Janaway, Kirchendiener« darin wohnte. Gegen acht Uhr am Samstagabend, knapp zwei Stunden, nachdem Lord Blandamer und Westray sich verabschiedet hatten, stand die Tür des Häuschens mit dem Immergrün davor offen und der Küster, seine Pfeife rauchend, auf der Schwelle, während von drinnen ein angenehmes, rötliches Licht und ein eindeutiger Geruch nach Essen herausdrangen; denn Mrs. Janaway war gerade dabei, das Abendessen zu kochen.

»Tom«, rief sie, »mach die Tür zu und komm ans Futter.«

»Ja«, antwortete er, »ich bin gleich da. Aber wart' noch 'n Minütchen. Ich will sehen, wer da die Straße raufkommt.«

Jemand, den der Küster sogleich als Fremden erkannte, hatte am unteren Ende die kleine Straße betreten. Es war Halbmond und hell genug, um zu erkennen, dass er irgendein bestimmtes Haus suchte, denn er ging von einer Straßenseite auf die andere und schaute prüfend auf die Nummern an den Türen. Als er näher herankam, sah der Küster, dass er von hagerer Statur war und einen offenen Mantel oder Umhang trug, der in der Brise wehte, welche abends vom Meer her kam. Einen Moment später wusste Janaway, dass der Fremde Lord Blandamer war, und er trat instinktiv zurück, um ihn vorbeigehen zu lassen. Doch die offene Tür hatte die Aufmerksamkeit des Passanten erregt; er blieb stehen und grüßte vergnügt den Herrn des Hauses.

»Ein herrlicher Abend, wenn auch ein wenig kühl, wogegen Ihre warme Stube sehr wohlig erscheint.« Während er redete, erkannte er das Gesicht des Küsters und fuhr fort: »Ah, ha! Wir sind bereits alte Freunde. Wir haben uns vor einer Woche in der Kirche getroffen, so war es doch?«

Mr. Janaway war ein wenig verstört ob der unerwarteten Begegnung und erwiderte verlegen den Gruß. Den Versuch, welchen er unternommen hatte, um Lord Blandamer am Betreten des Chors zu hindern, war ihm noch frisch im Gedächtnis und er stammelte einige unfertige Entschuldigungen.

Lord Blandamer lächelte mit aller Höflichkeit.

»Sie haben mich mit gutem Recht aufgehalten; hätten Sie es nicht getan, hätten Sie Ihre Pflicht vernachlässigt. Ich war mir gar nicht bewusst, dass gerade ein Gottesdienst abgehalten wurde, sonst wäre ich nicht hereingekommen. Sie können diesbezüglich ganz unbesorgt sein. Ich hoffe, Sie werden noch häufiger die Gelegenheit dazu haben, mir in der Kirche von Cullerne einen Platz zu suchen.«

»'s tut gar nicht not, *Ihnen* einen Platz zu suchen, Mylord. Sie haben Ihren eigens für Sie eingerichteten und zugewiesenen Stuhl, so sicher wie Pfarrer Parkyn, und Ihr persönliches Wappen ist deutlich auf die Rückenlehne aufgemalt. Machen Sie sich deswegen keine Sorgen. Es is' alles in den Statuten festgelegt, und ich werde Eurer Lordschaft genau dieselbe Reverenz erweisen, wenn Sie Ihren Platz einnehmen, wie meinem Lordbischof. ›Zwei Verbeugungen des Oberkörpers, den Abtsstab in der rechten Hand haltend und auf dem linken Arm ruhend.‹ 'n besseres Angebot kann ich nich' machen, denn nur Mitglieder des Königshauses erhalten drei Verbeugungen, und zu meiner Zeit war keiner von ihnen jemals in der Kirche – nein, und auch kein Lord Blandamer, seit dem Tag, an dem Ihr werter Vater und Ihre gute Mutter, die Sie nie gekannt haben, beerdigt wurden.«

Fassungslos darüber, wie ihr Mann es wagen konnte, plaudernd an der Tür zu stehen, wo sie ihm doch gesagt hatte, dass das Essen fertig sei, klopfte Mrs. Janaway mit ihren Fingerknöcheln auf den Abendbrottisch. Doch als die Unterhaltung allmählich die Identität des Fremden offenbarte, packte sie die Neugier, den Mann zu sehen, dessen Name in Cullerne in aller Munde war, und sie kam mit einem Knicks an die Tür.

Lord Blandamer warf die flatternde Pelerine seines Mantels auf eine Art über die linke Schulter, die den Küster an einen Ausländer denken ließ und an Holzschnitte einer italienischen Oper in einer gebundenen Ausgabe der »Illustrierten Londoner Nachrichten«,[*] in der er an Sonntagabenden las.

»Ich muss weiter«, sagte der Besucher mit einem Frösteln. »Sie sollten nicht meinetwegen hier stehen bleiben. Es herrscht eine sehr kühle Luft heute Abend.«

Da wurde Mrs. Janaway von einer plötzlichen Kühnheit ergriffen.

»Möchten Eure Lordschaft nicht hereinkommen und sich einen Augenblick aufwärmen?«, warf sie ein. »Wir haben ein helles Feuer brennen, wenn Sie über den Essensgeruch hinwegsehen.«

Dem Küster war einen Augenblick bange ob der Dreistigkeit seiner Frau, doch Lord Blandamer nahm die Einladung mit großer Bereitwilligkeit an.

»Haben Sie vielen Dank«, sagte er. »Es wäre mir eine große Freude, ein paar Minuten zu verweilen, ehe mein Zug fährt. Und wegen des Essensgeruchs müssen Sie sich gar nicht entschuldigen, es riecht äußerst appetitlich, gerade zur Abendbrotzeit.«

Er redete, als ob auch er jeden Tag ein leichtes frühes Abendessen zu sich nahm und noch nie von spätabendlichen Diners gehört hätte; und fünf Minuten später saß er mit Mr. und Mrs. Janaway am Tisch. Das Tischtuch war aus dem grobfädigsten Wollstoff, aber sauber, die Messer und Gabeln hatten alte hellbraune Horngriffe, und das Hauptgericht waren Rindsflecke;* aber der Gast ließ es sich vortrefflich schmecken.

»Manche Leute halten viel vom Pansen oder der Wamme«, sagte der Küster nachdenklich auf den leeren Teller blickend, »aber für meinen Geschmack sind sie mit dem Fettmagen nich' zu vergleichen.« Die moralische Erbauung, welche jeder gute Gastgeber darin findet, wenn ein Gast tüchtig von den ihm vorgesetzten Speisen gegessen hat, hatte ihn dazu ermutigt, diese kulinarische Bemerkung zu machen.

»Nein«, sagte Lord Blandamer, »dass der Fettmagen das Beste ist, daran kann es keinen Zweifel geben.«

»Fast genauso wie auf die Rindsflecke selbst kommt es auf die Zubereitung an«, bemerkte Mrs. Janaway, die sich an dem

Gedanken störte, dass ihre Künste bei der Betrachtung außen vor gelassen worden waren. »Eine schlechte Köchin verdirbt auch die besten Rindsflecke. Man kann sie auf vielerlei Art machen, aber mit ein bisschen Milch und Porree mag ich's am liebsten.«

»Unübertrefflich«, stimmte Lord Blandamer zu, »unübertrefflich«, und fuhr darauf vielsagend fort: »Haben Sie es schon einmal mit Muskatblüte probiert?«

Nein, Mrs. Janaway hatte noch nie davon gehört – und wäre man näher darauf eingegangen, Lord Blandamer eigentlich auch nicht –, doch sie versprach, es gleich beim nächsten Mal zu verwenden, und hoffte, dass der erlauchte Besucher sie dann wieder beehren würde, wenn es zu verkosten wäre.

»Wir können den Fettmagen nur samstagabends kriegen«, fuhr sie fort, »und es is' gut so, dass es ihn nich' öfter gibt, denn wir könnten ihn uns nich' leisten. Keine Frau hatte je Grund, sich 'nen besseren Ehemann zu wünschen als Thomas, der nich' viel für sich selbst ausgibt. Er rührt nichts anderes an außer Tee, Sir, aber am Samstagabend gönnen wir uns 'n paar Kutteln, was umso praktischer is', weil sie sind sehr stärkend und die sonntäglichen Aufgaben meines Mannes so vordringlich. Wenn Eure Lordschaft also Kutteln mögen und 'n andermal am Samstagabend vorbeikommen und uns die Ehre erweisen, werden Sie jederzeit 'n paar fertige vorfinden.«

»Haben Sie vielen Dank für Ihre freundliche Einladung«, sagte Lord Blandamer, »ich werde Sie gewiss beim Wort nehmen, umso mehr, da der Samstag der Tag ist, an dem ich am häufigsten in Cullerne bin, oder vielmehr in letzter Zeit gewesen bin.«

»Es gibt arm und arm«, sagte der Küster nachdenklich, »und *wir sind* arm, aber wir sind glücklich. Doch unser Mr. Sharnall: arm und unglücklich. ›Mr. Sharnall‹, sag' ich zu ihm, ›viele Male hab' ich meinen Vater über 'nem Krug Bier für zehn Pence sagen hör'n: »Auf die Armut und 'nen Mann mit Holzbein, der sie in den Ausguss tritt«; aber Sie verstecken Ihre Armut niemals, und in den Ausguss treten tun Sie sie noch viel weniger. Sie kehr'n sie ständig hervor und tragen sie zur Schau und gräm'n sich, indem Sie dran denken. Nich' weil Sie arm sind, sind Sie grämlich, sondern weil Sie *denken,* dass Sie arm sind, und so viel drüber reden. Sie sind nich' so arm wie wir, Sie ergeh'n sich bloß in endlosem Kummer.‹«

»Ah, Sie reden von dem Organisten?«, fragte Lord Blandamer. »Ich nehme an, dass er es war, der heute Nachmittag mit Ihnen in der Kirche gesprochen hat, nicht wahr?«

Der Küster war abermals verlegen, da ihm Mr. Sharnalls ungestüme Rede wieder einfiel und wie dessen Fluch gegen alle Blandamers in der Kirche ertönt war.

»Ja«, sagte er, »der arme Organist hat etwas wild drauflosgeredet; er wird manchmal so, wegen seinem Kummer und 'nem Schlückchen von dem Bier, was er trinkt, um ihn runterzuspülen. Dann redet er laut. Aber ich hoffe, Eure Lordschaft hat von seinem ganzen Unsinn nichts gehört.«

»Oh, nein. Ich war zu der Zeit mit dem Herrn Architekten beschäftigt«, sagte Lord Blandamer, aber sein Ton ließ Janaway glauben, dass Mr. Sharnalls Stimme weiter zu hören gewesen war als angemessen. »Ich habe nicht verstanden, was er gesagt hat, aber er schien sehr entrüstet zu sein. Vor ein paar Tagen habe ich mich in der Kirche mit ihm unterhalten. Er wusste nicht, wer ich bin, aber ich erfuhr, dass er meiner Familie keineswegs wohlgesonnen ist.«

Mrs. Janaway sah den Moment für ein bedachtes Wort gekommen. »Wenn ich mich so weit erdreisten darf, Eurer Lordschaft einen Ratschlag zu geben, dann schenken Sie ihm keinerlei Beachtung«, sagte sie. »Gegen meinen Mann redet er ganz genauso. Er is' vernarrt in seine Orgel und glaubt, er müsste 'ne neue haben, oder wenigstens 'ne Wasserpresse, um sie anzublasen, so eine, wie sie sie in Carisbury haben. Schenken Sie ihm keine Beachtung. Niemand in Cullerne kümmert's, was Sharnall sagt.«

Der Küster war erstaunt über die Schläue seiner Frau, gleichwohl besorgt darüber, wie diese aufgenommen würde. Doch Lord Blandamer neigte freundlich den Kopf zum Dank für den klugen Ratschlag und fuhr fort: »Gab es hier in Cullerne nicht einen verschrobenen Mann, der glaubte, dass man ihm seine Rechte vorenthielt und er eigentlich auf meinen Platz gehörte – ich meine, der glaubte, dass er eigentlich Lord Blandamer sein müsste?«

Die Frage war völlig gleichgültig gestellt und ein mitleidiges Lächeln spielte um seinen Mund, aber der Küster erinnerte sich, wie Mr. Sharnall etwas von einem eitlen Pfau gesagt hatte und dass es keine echten Blandamers mehr gebe, und ihm war ausgesprochen unbehaglich zumute.

»O ja«, antwortete er nach einer kurzen Pause, »'s gab da 'nen bedauernswerten Schwachsinnigen, der, mit Verlaub gesagt, 'n paar Macken dieser Art hatte, und Mr. Sharnall wohnte noch dazu mit ihm im selben Haus, und daher nehm' ich an, dass ihn derselbe Wahn befallen hat.«

Lord Blandamer nahm instinktiv eine Zigarre heraus und dann, als ihm wieder einfiel, dass eine Dame anwesend war, steckte er sie zurück in sein Etui und fuhr fort: »Oh, er wohnte mit Mr. Sharnall im selben Haus, ist das wahr? Ich würde gerne mehr von dieser Geschichte hören; sie interessiert mich natürlich. Wie hat er denn geheißen?«

»Er hieß Martin Joliffe«, sagte der Küster schnell, dessen Eifer von der Gelegenheit, eine Geschichte zum Besten geben zu können, angestachelt worden war. Und dann wurde die ganze Geschichte von Martin und Martins Vater und Mutter und Tochter, so wie er sie Mr. Westray erzählt hatte, noch einmal für Lord Blandamer wiederholt.

Der Abend war weit fortgeschritten, ehe die Erzählung zu Ende ging, und der Wachtmeister lief mehrere Male die Governour's Lane auf und ab, und vor Mr. Janaways Haus blieb er jedes Mal stehen, erstaunt darüber, ein Fenster zu so später Stunde noch erleuchtet zu sehen. Lord Blandamer musste seine Absicht, mit dem Zug zu fahren, geändert haben, denn die Tore von Cullernes Bahnstation waren vor Stunden geschlossen worden und der Dampfkessel der altersschwachen Lokomotive, welche die Nebenstrecke bediente, kühlte in ihrem Schuppen.

»Das ist eine interessante Geschichte, und Sie sind ein guter Erzähler«, sagte er, als er sich erhob und seinen Mantel anzog. »Wenn's am schönsten ist, sollte man gehen, aber ich hoffe, Sie schon bald wiederzusehen.« Er schüttelte der Gastgeberin und dem Gastgeber die Hand, leerte den Bierseidel, der aus einer Gastwirtschaft geholt worden war, mit einem »Auf die Armut und einen Mann mit Holzbein, der sie in den Ausguss tritt« und war verschwunden.

Eine Minute später ging der Wachtmeister, der für eine weitere Kontrolle des erleuchteten Fensters zurückkam, an einem Mann von mittlerer Größe vorüber, der einen offenen Mantel trug, dessen Pelerine leicht über die linke Schulter geworfen war. Der Fremde lief flotten Schrittes und summte eine Melodie dabei, das Gesicht hoch zu den Sternen und in den vom Wind bewegten Himmel gewandt, als gingen ihn alle Dinge unter dem Mond nichts an. Ein Fremder in der Governour's Lane zu mitternächtlicher Stunde war sogar noch verwunderlicher als ein erleuchtetes Fenster es war, und der Wachtmeister dachte daran, ihn anzuhalten und nach seinem Anliegen zu fragen. Doch noch ehe er sich zu einer solch forschen Vorgehensweise entschließen konnte, war der Augenblick vorüber und die Schritte verloren sich in der Ferne.

Der Küster war mit sich selbst zufrieden und stolz auf seinen Erfolg als Geschichtenerzähler.

»Das is'n gescheiter, verständiger Bursche«, sagte er zu seiner Frau, als sie zu Bett gingen. »Er weiß, wann er 'ne gute Geschichte hört.«

»Sei bloß nich' zu stolz auf dich, mein Lieber«, antwortete sie. »An der Geschichte is' mehr dran, was Seiner Lordschaft zu denken gibt, als deine Erzählkunst, das schwör' ich dir.«

Zehntes Kapitel

DIE ERWEITERUNG DES RESTAURIERUNGSPLANS, welche Lord Blandamers Großzügigkeit mit sich brachte, machte es notwendig, dass Westray Sir George Farquhar in London mehr als einmal konsultieren sollte. Als er an einem Samstagabend von einem dieser Besuche nach Cullerne zurückkehrte, fand er sein Abendessen in Mr. Sharnalls Zimmer angerichtet.

»Ich dachte, es würde Ihnen nichts ausmachen, wenn wir zusammen zu Abend essen«, sagte Mr. Sharnall. »Ich weiß nicht, was es ist, immer dann, wenn der Winter anbricht und es so früh dunkel wird, bin ich in gedrückter Stimmung. Später ist es in Ordnung, ich genieße sogar die langen Abende und ein gemütliches Feuer, wenn ich mir eins leisten kann, aber anfangs ist es doch ein wenig bedrückend. Also kommen Sie und essen Sie mit mir. Heute Abend *habe* ich ein gemütliches Feuer und etwas Treibholz, dass ich eigens zu Ihrem Wohl besorgt habe.«

Während des Essens redeten sie über belanglose Dinge, doch ein oder zwei Mal schien es Mr. Westray, dass der Organist abwegige Antworten gab, so als wäre er mit seinen Gedanken ganz woanders. Das war zweifellos der Fall, denn nachdem sie sich vor dem Feuer niedergelassen und die züngelnden blauen Flammen des Treibholzes ausreichend Bewunderung gefunden hatten, setzte Mr. Sharnall mit einem zögerlichen Hüsteln an: »Heute Nachmittag ist etwas recht Merkwürdiges passiert. Als ich nach dem Abendgottesdienst wieder herkam, wartet doch ausgerechnet dieser Bursche Blandamer in meinem Zimmer. Es brannte kein Licht und kein Feuer, denn ich hatte mir gedacht, wenn wir das Feuer erst später anmachen, könnten wir uns ein besseres gönnen. Er saß am einen Ende der Fensterbank, der Teufel soll ihn holen!« – Auslöser dieses Fluchs war Mr. Sharnalls Gedanke daran, dass es sich hier um den Lieblingsplatz von Anastasia handelte, sowie sein Bedürfnis, keinesfalls zu dulden, dass irgendjemand anders sich dort hinsetzte – »aber als ich hereinkam, stand er natürlich auf und führte lauter höfliche Reden. Er müsse sich selbstverständlich für ein derartiges Eindringen entschuldigen. Er sei gekommen, um Mr. Westray zu besuchen, habe jedoch erfahren, dass Mr. Westray leider nach London gerufen worden sei. Er habe sich die Freiheit genommen, ein paar Minuten in Mr. Sharnalls Zimmer zu warten. Ihm wäre sehr daran gelegen, sich einen Augenblick lang mit Mr. Sharnall zu unterhalten, und so weiter und so weiter. Sie wissen, wie sehr ich Palaver hasse und wie wenig ich den Mann leiden konnte – leiden kann« (korrigierte er sich), »aber er hat meine ungünstige Lage ausgenutzt, verstehen Sie, denn hier war er nun in meinem Zimmer, und in seinem eigenen Zimmer kann man nicht so unhöflich sein, wie man es in denen anderer Leute sein kann. Auch fühlte ich mich in gewissem Maße dafür verantwortlich, dass er ohne Feuer und Licht hatte warten müssen, warum er allerdings nicht selber das Leuchtgas angezündet hat, weiß ich schlichtweg nicht. Also redete ich höflicher, als es meine Absicht war, und dann, ausgerechnet in dem Augenblick, als ich ihn loszuwerden hoffte, muss Anastasia hereinkommen, die anscheinend als Einzige zu Hause war, um mich zu fragen, ob ich nun meinen Tee haben wolle. Sie können sich vorstellen, wie es mir widerstrebte, aber es blieb mir nichts anderes übrig, als ihn zu fragen, ob er gern eine Tasse Tee möchte. Nicht im Traum hätte ich gedacht, dass er annimmt, aber er tat es; und somit, siehe da!, saßen wir plaudernd beim Tee, als wären wir alte Freunde.«

Westray war erstaunt. Erst vor so kurzer Zeit hatte Mr. Sharnall ihn gerügt, weil er Lord Blandamers Annäherungsversuche nicht abgewiesen hatte, dass Westray eine solche gravierende Abkehr von all den höheren Prinzipien des

Hasses und Grolls, wie sie in diesem Teetrinken lag, schwerlich nachvollziehen konnte. Seine Lebenserfahrung war bislang zu beschränkt gewesen, um ihn davon zu überzeugen, dass die meisten Abneigungen und Feindseligkeiten, die eher im Kopf als konkret existieren, dazu tendieren, beim persönlichen Aufeinandertreffen zu verblassen oder gar ganz zu verfliegen – dass es in Wahrheit überaus schwer ist, den Hass auf Kammertonhöhe zu halten oder zu jemandem von Angesicht zu Angesicht durchweg unhöflich zu sein, der eine angenehme Art hat und ein Bedürfnis nach Vermittlung.

Möglicherweise las Mr. Sharnall Westrays Überraschung von dessen Gesicht ab, denn er fuhr in noch kleinlauterer Manier fort: »Es kommt noch schlimmer: Er hat mich in eine höchst peinliche Lage gebracht. Ich muss zugeben, dass ich die Unterhaltung mit ihm durchaus amüsant fand. Wir redeten recht viel über Musik und er bewies ein erstaunliches Fachwissen und einen tadellosen Geschmack. Ich hab' keine Ahnung, woher er beides hat.«

»Mir ging es ganz genauso mit seinem Wissen über Architektur«, sagte Westray. »Wir begannen unsere Runde durch die Kirche als Meister und Schüler, doch noch bevor wir sie beendeten, hatte ich den unangenehmen Eindruck, dass er mehr davon verstand als ich – zumindest in archäologischer Hinsicht.«

»Ah!«, sagte der Organist mit jener Gleichgültigkeit, mit der jemand, der seine eigenen Erlebnisse erzählen will, sich die eines anderen anhört, wie aufregend sie auch immer sein mögen. »Nun, sein Geschmack war außerordentlich subtil. Er zeigte sich recht vertraut mit den Kontrapunktikern* des letzten Jahrhunderts und er kannte einige meiner eigenen Werke. Eine äußerst kuriose Tatsache. Er sagte, er wäre in irgendeiner Kathedrale gewesen – ich habe vergessen, welche –, habe die Messe gehört und sei so beeindruckt davon gewesen, dass er im Anschluss daran hinging, um sie auf dem Plakat nachzulesen, und fand heraus, dass es ›Sharnall in Des‹ war. Bis zu unserer Unterhaltung hatte er nicht den leisesten Schimmer, dass sie von mir ist. Ich habe diese Messe seit Jahren nicht mehr bei mir gehabt. Ich hab' sie in Oxford geschrieben für den Gibbons-Preis,* im ›Gloria‹ hat sie einen fugenartigen Charakter und sie endet mit einem tonischen Orgelpunkt,* der Ihnen gefallen würde. Ich muss sie heraussuchen.«

»Ja, das würde ich gern hören«, sagte Westray, vielmehr um die Pause zu füllen, während der Redner Atem holte, als aus irgendeinem größerem Interesse an der Sache.

»Das sollten Sie — das sollten Sie«, fuhr der Organist fort, »Sie werden sehen, der Orgelpunkt verstärkt die Wirkung ungemein. Nun, so langsam kamen wir also auf die Orgel zu sprechen. Zufällig hatten wir am ersten Tag, als ich ihn in der Kirche traf, über sie geredet, obwohl Sie wissen, dass ich niemals über mein Instrument rede, nicht wahr? Zu diesem Zeitpunkt hatte ich nicht den Eindruck, dass er so bewandert auf dem Gebiet ist, doch nun schien er alles darüber zu wissen, und daher schilderte ich ihm meine Vorstellungen von dem, was gemacht werden müsste. Und dann, ehe ich mich versah, fiel er mir ins Wort: ›Mr. Sharnall, was Sie sagen, interessiert mich außerordentlich; Sie erklären die Dinge auf solch leicht verständliche Weise, dass selbst ein Außenstehender wie ich sie verstehen kann. Es wäre jammerschade, wenn die Verwahrlosung von Dauer wäre und dieses wohlklingende Instrument, das Father Smith vor so langer Zeit gebaut hat, ruinierte. Es ist unnütz, die Kirche ohne die Orgel zu restaurieren, Sie müssen also eine genaue Liste der erforderlichen Reparaturen und zusätzlichen Anschaffungen aufstellen und dürfen davon ausgehen, dass alles, was Sie vorschlagen, in die Tat umgesetzt wird. Bis dahin bestellen Sie doch bitte unversehens die Wasserpresse und die neue Pedalklaviatur, die Sie erwähnten, und lassen Sie mich wissen, was es kostet.‹ Er hat mich mächtig verblüfft und war verschwunden, bevor ich Zeit hatte, etwas zu sagen. Das bringt mich in eine sehr heikle Lage: Ich habe eine solche Abneigung gegen diesen Mann. Ich werde sein Angebot glattweg ablehnen. Ich werde mich so einem Mann zu keinerlei Dank verpflichten. Sie an meiner Stelle würden doch ablehnen? Sie würden auf der Stelle einen Brief schreiben, in dem Sie entschieden ablehnen, oder etwa nicht?«

Westray war ein Mensch ohne Argwohn und neigte dazu zu glauben, dass die Leute meinen, was sie sagen. Er fand es tief bedauerlich, dass Mr. Sharnalls Unabhängigkeit, wie selbstgefällig sie auch sein mochte, einer solch großzügigen Spende im Wege stehen sollte, und er gab sich Mühe, alle Argumente, die er ins Feld führen konnte, ausführlich und mit Nachdruck geltend zu machen, um den Organisten von seinem Entschluss abzubringen. Das Angebot war gut gemeint; er war sich sicher, dass Mr. Sharnall sich ein falsches Bild von Lord Blandamers Charakter machte – dass Mr. Sharnall sich irrte, wenn er Lord Blandamer ein Eigeninteresse unterstellte. Welche Motive konnte er schon haben, wenn nicht die edelsten? – und wie sehr Mr. Sharnall es auch persönlich ablehnen mochte, wie sollte man einen Mann letzten Endes davon abhalten, eine Orgel zu reparieren, die einer Instandsetzung so offensichtlich bedurfte?

Westray redete bestimmt und registrierte mit Genugtuung die Wirkung, welche seine Wortgewandtheit bei Mr. Sharnall hinterließ. So selten gelingt es, eine Auffassung durch Argumente zu ändern, dass der junge Mann sich geschmeichelt fühlte zu sehen, wie seine Überlegungen, die er anzustellen vermochte, immerhin schlüssig genug waren, um Mr. Sharnalls Urteil zu beeinflussen.

Schön, womöglich war etwas dran an dem, was Mr. Westray sagte. Mr. Sharnall würde darüber nachdenken. Er würde den Ablehnungsbrief heute Abend nicht schreiben; er könnte die Ablehnung genauso gut am nächsten Tag schreiben. Bis dahin würde er sich tatsächlich um die neue Pedalklaviatur kümmern und die Wasserpresse bestellen. Von dem Tage an, als er die Wasserpresse in Carisbury gesehen hatte, war er davon überzeugt gewesen, dass man in Cullerne früher oder später ebenfalls eine solche haben musste. Sie musste bestellt werden; man würde später darüber entscheiden können, ob sie von Lord Blandamer bezahlt werden sollte oder man den allgemeinen Restaurierungsfonds damit belastete.

Dieser Entschluss, wenngleich noch so schwankend, war zweifellos ein Triumph der überzeugenden Rhetorik von Westray, doch wurde seine Zufriedenheit von einigen Zweifeln gedämpft, inwieweit es ihm zustand, die übertriebene Unabhängigkeit anzufechten, welche Mr. Sharnall ursprünglich dazu bewogen hatte, nicht das Geringste von Lord Blandamers Angebot wissen zu wollen. Wenn Mr. Sharnall bei der Sache Bedenken hatte, hätte er, Westray, nicht Rücksicht auf diese nehmen müssen? Sie mit einer allzu überzeugenden Rhetorik überwunden zu haben, hatte er damit nicht der Rechtschaffenheit hineingeredet?

Seine Zweifel wurden auch durch die Bemerkung nicht gemindert, dass die Last dieses Seelenkonflikts Mr. Sharnall selbst schwer bedrückt hatte, denn der Organist sagte, dass eine so schwierige Frage ihn aus dem Gleichgewicht bringe, und er goss sich ein randvolles Glas Whisky ein, um seine Nerven zu beruhigen. Im selben Augenblick nahm er aus einem Regal zwei oder drei Notizbücher und eine Unmenge von losen Blättern herunter, die er auf dem Tisch vor sich ausbreitete. Westray betrachtete sie unbewusst mit einem prüfenden Blick.

»Ich muss mich unbedingt wieder hinter diese Sachen klemmen«, sagte der Organist. »In letzter Zeit war ich schrecklich nachlässig. Das sind eine Menge Papiere und Aufzeichnungen, die Martin Joliffe hinterlassen hat. Die arme Miss Euphemia hat es nie übers Herz gebracht, sie durchzusehen. Sie wollte sie verbrennen, so wie sie waren, aber ich habe gesagt: ›Das dürfen Sie nicht tun; geben Sie sie mir. Ich werde sie sichten und sehen, ob etwas dabei ist, das es wert ist, aufgehoben zu werden.‹ Also nahm ich sie, aber ich habe nicht annähernd so viel geschafft, wie ich hätte sollen, bei all den Unterbrechungen. Es ist jedes Mal eine traurige Angelegenheit, die Papiere eines Toten durchzusehen, eine umso traurigere jedoch, wenn sie alles sind, was von den Mühen eines Lebens geblieben ist – vergebliche Mühen, was Martin anbelangte, denn er wurde abberufen, gerade als ihm ein Licht aufzugehen begann. ›Denn wir haben nichts in die Welt gebracht, darum ist es offenbar, dass wir auch nichts hinausbringen werden.‹* Wenn mir das durch den Sinn geht, sind es eher die *kleinen* Dinge, an die ich denke, als an Gold und Ländereien. Persönliche Briefe, die ein Mann höher schätzte als Geld; kleine Andenken, deren Erinnerungswert mit ihm gestorben ist; die unerledigte Arbeit, an die er wieder gehen wollte und doch nie ging; sogar die unbeglichenen Rechnungen, die ihn drückten; denn der Tod verklärt alles und verleiht dem Alltäglichem etwas Pathetisches.«

Er hielt einen Moment lang inne. Westray, überrascht von dieser augenblicklichen Besänftigung des Gemüts bei seinem Gegenüber, sagte nichts.

»Ja, es ist schon traurig«, fuhr der Organist fort, »diese Papiere hängen alle mit dem benebelten Wappen zusammen – dem Seegrün und Silber.«

»Er war wohl ziemlich verrückt?«, sagte Westray.

»Jeder außer mir wird Ihnen das sagen«, antwortete der Organist. »Ich habe da allerdings so meine Zweifel, ob nicht doch viel mehr dahintersteckte als nur Verrücktheit. Mehr kann ich im Moment nicht sagen, aber diejenigen von uns, die es noch erleben, werden schon sehen. In der Gegend hier gibt es dazu eine sonderbare Überlieferung. Ich weiß nicht, vor wie langer Zeit es anfing, aber die Leute sagen, dass es um die Abstammung der Blandamers tatsächlich ein Geheimnis gibt, und dass jene im Besitz des Titels kein Recht haben, ihn zu führen. Aber da ist noch etwas. Viele haben versucht, das Rätsel zu lösen, und einige, verlassen Sie sich drauf, waren der Sache dicht auf die Spur gekommen. Doch sowie sie der Lösung nahekommen, rafft sie irgendwas dahin; genau das ist Martin widerfahren. Ich habe ihn am Tag seines Todes gesehen. ›Sharnall‹, sagte er zu mir, ›wenn ich noch achtundvierzig Stunden überlebe, dann können Sie den Hut vor mir ziehen und »Mylord« zu mir sagen.‹

Aber das benebelte Wappen war zu viel für ihn – er musste sterben. Wundern Sie sich also nicht, wenn ich eines schönen Tages den Löffel abgebe; falls nicht, werde ich der Sache auf den Grund kommen, und Sie werden schon in Kürze sehen, wie sich hier einige Dinge wandeln.«

Er setzte sich an den Tisch und sah sich eine Minute lang zum Schein die Papiere an.

»Armer Martin!«, sagte er und erhob sich erneut, öffnete den Schrank und nahm die Flasche heraus. »Sie nehmen doch einen Schluck?«, fragte er Westray.

»Nein, danke, ich nicht«, sagte Westray beinahe mit Verachtung, so gut seine dünne Stimme diese auszudrücken imstande war.

»Nur einen Schluck – kommen Sie! Ich brauch' selber nur einen Tropfen. Mich mit diesen Papieren zu beschäftigen, macht mir doch sehr zu schaffen. Bei der Lektüre steht womöglich mehr auf dem Spiel, als ich mir vorstellen mag.«

Er schenkte sich ein halbes Glas ein. Westray zögerte einen Augenblick und dann zwangen ihn sein Gewissen und eine frühe puritanische Erziehung dazu, etwas zu sagen.

»Sharnall«, sagte er, »stellen Sie sie weg. Diese Flasche ist Ihr böser Geist. Seien Sie ein Mann und stellen Sie sie weg. Sie zwingen mich dazu, etwas zu sagen. Ich kann nicht die Hände in den Schoß legen und tatenlos zusehen, wie es mit Ihnen bergab geht.«

Der Organist warf ihm einen kurzen Blick zu, dann füllte er das Glas bis zum Rand mit purem Hochprozentigem.

»Passen Sie auf«, sagte er, »eigentlich wollte ich ein halbes Glas trinken, jetzt werde ich ein ganzes trinken. So viel zu Ihrem Ratschlag! Bergab, das kann man wohl sagen! Gehen Sie zum Teufel mit Ihren Unverschämtheiten! Sie sollten besser bei jemand anderem zu Abend essen, wenn es Ihnen nicht gelingt, Ihre lose Zunge im Zaum zu halten.«

Eine augenblickliche Verärgerung holte Westray vom hohen Podium der richterlichen Rüge hinab in die Arena der Replik.

»Nur keine Sorge«, sagte er in scharfem Ton, »Sie können sich darauf verlassen, dass ich Sie mit meiner Gesellschaft nicht wieder behelligen werde.« Und er stand auf und öffnete die Tür. Als er sich umwandte, um hinauszugehen, lief Anastasia auf ihrem Weg zu Bett durch den Korridor.

Ihr flüchtiger Anblick, während sie vorüberging, schien Mr. Sharnall noch weiter zu verbittern. Er bedeutete Westray zu bleiben, wo er war, und die Tür wieder zu schließen.

»Der Teufel soll Sie holen!«, sagte er. »Deswegen habe ich Sie zurückgerufen, um Ihnen das zu sagen. Zum Teufel mit Ihnen! Zum Teufel mit Blandamer! Zum Teufel alle miteinander! Zum Teufel mit der Armut! Zum Teufel mit dem Reichtum! Nicht einen Heller seines Geldes für die Orgel werde ich anrühren. Jetzt können Sie gehen.«

Westray hatte eine reine Erziehung im Geiste der Unverdorbenheit genossen. Er war weder das Vulgäre der Übellaunigkeit noch die gröbere Unverschämtheit der persönlichen

Kränkung gewöhnt. Aus natürlicher Gewohnheit heraus scheute er sogar unanständige Adjektive, das »Unflätige« und »Obszöne«, welches die Etikette von heute zu oft verzieh, und mehr noch den schändlichen Akt des Fluchens. Daher verletzten ihn Sharnalls Beschimpfungen zutiefst. Ganz aufgelöst vor Erregung ging er zu Bett und lag die halbe Nacht wach, einer Freundschaft nachtrauernd, die so unwiederbringlich zerbrochen war, in bitterem Groll über einen ungerechtfertigten Affront, nicht ohne sich jedoch den Vorwurf zu machen, dass er sich durch seinen Mangel an Umsichtigkeit alles selbst eingebrockt haben könnte.

Am Morgen war er unausgeruht und niedergeschlagen, doch während er beim Frühstück saß, kam strahlend die Sonne heraus und er begann die Situation weniger verzagt zu betrachten. Es war durchaus möglich, dass Mr. Sharnalls Freundschaft doch nicht so unwiederbringlich verloren war; falls doch, täte es ihm leid, denn er hatte den alten Mann, trotz all seiner Schwächen im Leben wie im Benimm, lieb gewonnen. Er, Westray, war es, den die ganze Schuld traf. Er hatte dem anderen in dessen eigenen vier Wänden eine Strafpredigt gehalten. Er, ein junger Kerl, hatte dem anderen, einem alten Mann, Vorhaltungen gemacht. Zwar hatte er dies mit den edelsten Motiven getan – nur aus quälendem Pflichtbewusstsein heraus hatte er etwas gesagt. Doch er hatte kein Taktgefühl bewiesen, das Wort viel zu heftig erhoben; durch die unbedachte Art, mit der er vorgegangen war, hatte er seine gute Absicht gefährdet. Auf die Gefahr jedweder Abweisung hin würde er sein Bedauern zum Ausdruck bringen. Er würde hinuntergehen und sich bei Mr. Sharnall entschuldigen und, erforderlichenfalls, dem Peiniger auch die andere Wange darbieten.

Gute Vorsätze, sofern sie in der ernsthaften Absicht gefasst wurden, sie auch in die Tat umzusetzen, versäumen es nur selten, der geplagten Seele ein gewisses Maß an Ruhe wiederzugeben. Lediglich dann, wenn sich ein gleichmäßiges und furchtbares Hin und Her von Vergehen und Reue eingestellt hat und wenn es dem Verstand nicht mehr gelingt, sich selbst die Aussicht auf dauernde Rechtschaffenheit im Leben vorzutäuschen, büßen die guten Vorsätze ihre beruhigende Wirkung ein. Ein solches Hin und Her muss nach und nach sein Gleichmaß verlieren; der Hang zur Verderbtheit wird immer bestimmender, die Rückkehr zur Tugendhaftigkeit seltener und kürzer. Die verlorene Hoffnung auf das Anhalten der Gottesfurcht folgt als Nächstes, und dann ist es so weit, dass der günstige Einfluss der guten Vorsätze, welche zur reinen inneren Reflexhandlung werden, versagt und diese keine Ruhe mehr bringen. Dieser Zustand kann freilich kaum vor Erreichung des mittleren Lebensalters eintreten, und Westray, der jung war und ein Mann mit einem ausgeprägten Gewissen, fühlte die ganze Friedfertigkeit seiner edlen Absicht ihn überkommen, als die Tür aufging und der Organist hereintrat.

Der Wutausbruch und eine durchzechte Nacht hatten ihre Spuren in Mr. Sharnalls Gesicht hinterlassen. Er sah abgekämpft aus, und die Säcke unter den Augen, die sein schwaches Herz hatte wachsen lassen, waren dunkler und geschwollener. Unbeholfen trat er ein und lief eilends mit vorgestreckter Hand auf den Architekten zu.

»Verzeihen Sie mir, Westray«, sagte er, »ich habe mich gestern Abend wie ein Idiot und gemeiner Kerl benommen. Sie hatten vollkommen recht, so mit mir zu reden; das rechne ich Ihnen hoch an. Bei Gott, ich wünschte, es hätte jemanden gegeben, der schon vor Jahren so mit mir geredet hätte.«

Seine ausgestreckte Hand war nicht so weiß, wie sie hätte sein sollen, die Fingernägel waren nicht so gut geschnitten, wie eine geruhsamere Stimmung es vielleicht verlangt hätte, doch Westray nahm davon keine Kenntnis. Er ergriff die zittrige alte Hand und drückte sie herzlich, ohne etwas zu sagen, da die Stimme ihm versagte.

»Wir *müssen* Freunde sein«, fuhr der Organist nach einer kurzen Pause fort, »wir müssen Freunde sein, denn ich kann es mir nicht erlauben, Sie zu verlieren. Ich kenne Sie noch nicht lange, aber Sie sind der einzige Freund, den ich auf der Welt habe. Ist es nicht furchtbar, das zuzugeben?«, sagte er mit einem zaghaften Lächeln. »Keinen anderen Freund hab' ich auf der Welt. Sagen Sie die Sachen, die Sie gestern Abend gesagt haben, wann immer Sie wollen; je öfter Sie es tun, desto besser.«

Er setzte sich, und da die Situation zu angespannt war, um noch länger auf diesem hohen Grad zu verweilen, glitt die Unterhaltung, wenn auch noch so ungelenk, zu weniger persönlichen Gesprächsthemen ab.

»Es gibt da eine Sache, über die ich gestern Abend mit Ihnen reden wollte«, sagte der Organist. »Die arme alte Miss Joliffe steckt in arger Geldnot. Sie hat es mir gegenüber mit keinem Wort erwähnt – nie und nimmer würde sie es irgendwem sagen –, aber ich weiß es ganz bestimmt: Sie ist knapp bei Kasse. Geldmangel ist bei ihr ein Dauerzustand, wie bei uns allen; aber das ist eine akute Notlage – sie steht mit dem Rücken zur Wand. Es ist der letzte Rest von Martins Schulden, der sie plagt. Die Händler, diese Blutsauger, fordern das Geld von ihr zurück, und sie hat nicht den Mut, ihnen zu sagen, sie mögen ihr gestohlen bleiben, wo sie doch ganz genau wissen, dass sie nicht das Geringste dafür kann. Sie hat sich in den Kopf gesetzt, dass sie kein Recht darauf habe, dieses Gemälde mit den Blumen und der Raupe zu behalten, solange Martins Schulden nicht beglichen sind, da sie es zu Geld machen könnte. Sie wissen ja, dass diese Leute, Baunton und Lutterworth, ihr fünfzig Pfund dafür geboten haben.«

»Ja, ich weiß«, sagte Westray, »solche Dummköpfe.«

»Solche Dummköpfe, ohne Frage«, erwiderte der Organist, »aber ihr Gebot steht nach wie vor, und ich glaube, unsere arme alte Hauswirtin wird es wohl verkaufen. ›Umso besser für sie‹, werden Sie sagen, und jeder, der nur einen Funken Verstand hat, würde es schon längst für fünfzig Pfund oder fünfzig Pence verkauft haben. Aber nun, sie kann nicht klar denken, und ich glaube gar, es würde ihren Stolz brechen und sie krank machen vor Kummer, wenn sie sich davon trennte. Nun ja, ich habe mir die Mühe gemacht herauszufinden, welche Summe sie über den Berg bringen würde, und ich möchte meinen, so um die zwanzig Pfund würden ihr wohl über die Krise hinweghelfen.«

Er hielt einen Augenblick inne, als würde er ein wenig erwarten, dass Westray etwas sagte, doch da der Architekt keine Anstalten machte, fuhr er fort.

»Ich wusste nicht recht«, sagte er schüchtern, »ich war mir nicht ganz sicher, ob Sie lange genug hier gewesen sind, um der Sache großes Interesse beizumessen. Ich hatte die Idee, das Gemälde selbst zu kaufen, sodass wir es trotzdem hierbehalten könnten. Es wäre vergebens, Miss Euphemia *geschenktes* Geld anzubieten – sie würde es unter keinen Umständen annehmen. Ich kenne sie gut genug, um das zu wissen. Doch wenn ich ihr zwanzig Pfund dafür bieten und ihr sagen würde, dass es für immer hierbleiben müsse und dass sie es von mir zurückkaufen könne, wenn sie dazu in der Lage ist, dann, glaube ich, würde sie dieses Angebot als ein Geschenk des Himmels betrachten und es gerne annehmen.«

»Ja«, sagte Westray zweifelnd. »Es könnte fälschlich als Versuch verstanden werden, sie über den Tisch zu ziehen, oder nicht? Auf den ersten Blick erscheint es doch recht sonderbar, sie dazu zu bringen, ein Bild für zwanzig Pfund zu verkaufen, für das andere fünfzig Pfund geboten haben.«

»Nein, das glaube ich nicht«, erwiderte der Organist. »Es wäre ja gar kein richtiger Verkauf, verstehen Sie, sondern lediglich ein Vorwand, um ihr zu helfen.«

»Nun, da Sie so nett waren, mich um Rat zu fragen, ich sehe keine weiteren Bedenken und finde es ausgesprochen gutherzig von Ihnen, sich der armen Miss Joliffe gegenüber so rücksichtsvoll zu zeigen.«

»Danke«, sagte der Organist zögerlich – »vielen Dank. Ich hatte gehofft, dass Sie die Sache so sehen würden. Es gibt da noch eine weitere kleine Schwierigkeit: Ich bin arm wie eine Kirchenmaus. Ich lebe wie ein alter Geizhals und gebe niemals einen Penny aus, aber ich habe ja auch keinen Penny, den ich ausgeben könnte, und so kann ich nichts auf die Seite legen.«

Westray hatte sich bereits gefragt, woher Mr. Sharnall über eine derartig große Summe wie zwanzig Pfund verfügen konnte, es jedoch für klüger gehalten, nichts zu sagen.

Der Organist packte den Stier bei den Hörnern.

»Ich habe mich gefragt«, sagte er, »ob Sie bereit wären, sich an dem Kauf zu beteiligen. Ich habe zehn Pfund gespart. Wenn Sie also die anderen zehn Pfund zusammenbrächten, könnten wir uns das Gemälde teilen; letzten Endes würde das keine große Rolle spielen, da Miss Euphemia es mit ziemlicher Sicherheit sehr bald von uns zurückkauft.«

Er hielt inne und sah Westray an. Der Architekt war verblüfft. Er war ein vorsichtiger Mensch, der gerne alles durchkalkulierte, und ein natürlicher Hang zum Sparen war durch die Überzeugung bestärkt worden, dass jede unnötige Ausgabe per se strikt zu verdammen sei. So wie die Bibel für ihn das Fundament des Jenseits bildete, so bildeten das akribische Buchführen und Beiseitelegen auch noch so geringer Summen das Fundament des Diesseits. Er hatte ein derart sparsames Leben geführt, dass er es sich bereits hatte leisten können, über einhundert Pfund in Eisenbahnanleihen zu investieren, und das von einem spärlichen Gehalt. Er maß dem Empfang eines dürftigen Zinsschecks alle halbe Jahre großen Wert zu und erlangte eine gewisse Würde und das Gefühl geschäftlicher Stabilität aus Briefumschlägen, die mit »Große Südeisenbahn« überschrieben waren und ihm von Zeit zu Zeit ein Vollmachtsformular oder eine Benachrichtigung über Zusammenkünfte der Anteilseigner überbrachten. Eine kürzliche Prüfung seines Bankbuches hatte ihn mit der Hoffnung erfüllt, binnen Kurzem in der Lage zu sein, weitere einhundert Pfund zu investieren, und einige Tage lang hatte er hin und her überlegt, welche Aktien er wohl wählen sollte; es schien finanziell unklug, eine solch große Summe in nur einem einzelnen Wertpapier anzulegen.

Dieser plötzlich unterbreitete Vorschlag, einen nicht unerheblichen Eingriff in seine Ersparnisse tätigen zu sollen, erfüllte ihn mit Bestürzung – es war dasselbe, wie ein Darlehen über zehn Pfund ohne irgendeine greifbare Sicherheit zu gewähren. Niemand, der auch nur einen Funken Verstand besaß, könnte dieses armselige Gemälde als Sicherheit betrachten, und als er es über den Frühstückstisch hinweg betrachtete, schien die dicke grüne Raupe wie zum Hohn kurz zu zappeln. Es lag ihm auf der Zunge, Mr. Sharnalls Bitte mit der verständnisvollen, aber klaren Bestimmtheit abzuschlagen, mit welcher alle hochgesinnten Leute es ablehnten, etwas zu leihen. Es gibt für solcherlei Situationen einen besonders passenden Tonfall trauriger Entschlossenheit, der dem Borgenden vermitteln soll, dass es ausnahmslos hohe moralische Beweggründe seien, die uns augenblicklich dazu zwingen, einem dringenden Verlangen, uns von unserem Gelde zu trennen, zu widerstehen. Wäre es nicht aus Sorge um das Wohl der Allgemeinheit gewesen, hätten wir nur zu gerne das Zehnfache von dem gegeben, worum man uns bat.

Westray war gerade im Begriff, Gedanken dieser Art zu äußern, als er in das Gesicht des Organisten blickte und in dessen Runzeln und Falten eine so große und mitleiderregende Angst geschrieben sah, dass seine Entschlossenheit wankte. Er erinnerte sich an den Streit vom Vorabend und daran, wie Mr. Sharnall, als er heute Morgen gekommen war, um ihn um Verzeihung zu bitten, sich vor einem jüngeren Mann erniedrigt hatte. Er erinnerte sich daran, wie sie ihre Meinungsverschiedenheiten beigelegt hatten – vor einer Stunde hätte er sicher ohne Zögern zehn Pfund für die Gewissheit bezahlt, dass sie ihre Differenzen würden ausräumen können. Vielleicht war er letztendlich doch bereit, dieses Darlehen als Sühneopfer für eine geflickte Freundschaft zu gewähren. Womöglich war das Bild am Ende ja *doch* eine Sicherheit: Jemand hatte dafür fünfzig Pfund geboten.

Der Organist hatte den Sinneswandel Westrays nicht verfolgt; er behielt lediglich den ersten, widerstrebenden Ausdruck im Gedächtnis und war sehr besorgt – auf merkwürdige Weise besorgt, hätte man meinen können, sollte sein einziger Beweggrund, das Bild zu erwerben, der sein, Miss Euphemia eine Gefälligkeit zu erweisen.

»Es *ist* eine beträchtliche Summe, ich weiß«, sagte er leise. »Es tut mir sehr leid, Sie darum zu bitten. Es ist nicht für mich. Nie im Leben habe ich um einen Penny gebeten, und werde es auch nicht tun, bis ich ins Arbeitshaus* gehe. Warten Sie mit Ihrer Antwort, wenn Sie unschlüssig sind. Lassen Sie es sich durch den Kopf gehen. Nehmen Sie sich Zeit, es zu überdenken – aber bitte, Westray, versuchen Sie in dieser Sache zu helfen, wenn es geht. Es wäre jammerschade zuzulassen, dass das Bild ausgerechnet jetzt aus dem Haus kommt.«

Der Eifer, mit dem er sprach, überraschte Westray. War es möglich, dass Mr. Sharnall andere Beweggründe hatte als bloße Liebenswürdigkeit? War es möglich, dass das Gemälde also doch wertvoll war? Er ging durch das Zimmer, um die kitschigen Blumen und die Raupe aus der Nähe zu betrachten. Nein, es war unmöglich. Das Bild war vollkommen wertlos. Mr. Sharnall war ihm gefolgt und sie standen, aus dem Fenster schauend, nebeneinander. Westray durchlebte einen sehr kurzen Moment der Unschlüssigkeit. Sein Gefühl und womöglich besseres Ich sagten ihm, dass er der Bitte Mr. Sharnalls eigentlich entsprechen müsste; die Vorsicht und sein Hamsterinstinkt erinnerten ihn daran, dass zehn Pfund ein nicht unbeträchtlicher Teil seines gesamten verfügbaren Kapitals waren.

Strahlender Sonnenschein hatte den Regen abgelöst. Auf dem Gehsteig glänzten die Pfützen, die langen Regentropfenketten glitzerten an den Gesimsen, welche über die Ladenfenster hinausragten, und ein warmer Dunst stieg von der sandigen Straße auf, während sie in der Sonne trocknete. Unter ihnen schloss sich die Vordertür des »Hauses Bellevue« und Anastasia lief, mit breitkrempigem Strohhut und in einem rosa Kattunkleid, behände die Treppe hinab. An diesem strahlenden Morgen, als sie mit einem Korb überm Arm flink zum Markt ging, nicht ahnend, dass zwei Herren sie von einem der oberen Fenster aus beobachteten, überstrahlte sie alles andere.

Es war dieser Augenblick, in dem Westrays Gefühle der Sparsamkeit schließlich einen Stoß versetzten und diese aus seinem Kopf verdrängten.

»Ja«, sagte er, »meinetwegen kaufen wir das Bild. Sie verhandeln die Sache mit Miss Joliffe, und ich gebe Ihnen heute Abend zwei Fünfpfundscheine.«

»Danke, danke«, sagte der Organist mit großer Erleichterung. »Ich werde Miss Euphemia sagen, dass sie es von uns zurückkaufen kann, wann immer es ihr lieb ist; und falls sie es nicht tut, bevor einer von uns stirbt, dann soll es allein dem gehören, der noch am Leben ist.«

Und so wurde noch am selben Tag in einer privaten Abmachung zwischen Miss Euphemia Joliffe auf der einen und den Herren Nicholas Sharnall and Edward Westray auf der anderen Seite der Kauf eines seltenen Kunstwerks abgeschlossen. Die grellen Blumen mit der sich schlängelnden grünen Raupe in der Bildecke kamen nie unter den Hammer, und die Herren Baunton und Lutterworth erhielten von Miss Joliffe eine freundliche Mitteilung, die besagte, dass das Gemälde, zuletzt im Besitz Seiner Wohlgeboren, des verstorbenen Martin Joliffe, unverkäuflich sei.

Elftes Kapitel

und ein neuer Bischof von Carisbury führte das Amt an seiner Stelle. Die Ernennung hatte für einigen Verdruss in niederkirchlichen Kreisen gesorgt, denn Dr. Willis, der neue Bischof, war ein Anhänger der Hochkirche* mit entschiedenen Ansichten. Doch er galt als ein Mann von tiefer Frömmigkeit, und ein sehr kurzes Ereignis genügte, um zu beweisen, dass er von christlicher Toleranz und taktvoller Barmherzigkeit erfüllt war.

Eines Tages, als Mr. Sharnall nach der sonntäglichen Frühmesse gerade ein Orgelsolo spielte, stahl sich ein Chorknabe die kleine Wendeltreppe hinauf und tauchte genau in dem Augenblick auf der Orgelempore auf, als sein Lehrer eine Handvoll Register gezogen hatte und sich in die Stretta* stürzte. Der Organist hatte den Jungen auf der Treppe nicht gehört und schrak fürchterlich zusammen, als er plötzlich das weiße Chorhemd erblickte. Für einen Moment verloren seine Hände und Füße die Orientierung und die Musik kam einem Abbruch gefährlich nah. Es dauerte nur einen kurzen Augenblick; er riss sich zusammen und spielte die Fuge bis zu Ende.

»Kanonikus Parkyn lässt Sie grüßen«, setzte der Junge daraufhin an, brach jedoch ab, denn der Organist begrüßte ihn mit einer saftigen Ohrfeige und einem »Freundchen, wie oft habe ich dir schon gesagt, dass du nicht die Treppe raufschleichen sollst, wenn ich mitten in einem Orgelsolo bin? Ich kriege einen Riesenschreck, wenn du wie ein Geist um die Ecke erscheinst.«

»Es tut mir sehr leid, Sir«, sagte der Junge wimmernd. »Das habe ich bestimmt nicht gewollt – ich hätte nie gedacht – «

»Du denkst nie«, sagte Mr. Sharnall. »Nun hör schon auf zu heulen. In deinem Alter kann man eben nicht alles wissen;

mach es nicht wieder, und hier hast du einen Sixpence.* Jetzt erzähl schon, was du zu sagen hast.«

Sixpencemünzen waren bei den Jungen von Cullerne etwas Seltenes, und das Geschenk linderte den Schmerz schneller als es eine Salbe aus Gilead* hätte tun können.

»Kanonikus Parkyn lässt Sie grüßen, Sir, und er würde Sie gerne kurz in der Sakristei sprechen.«

»Alles zu seiner Zeit. Sag ihm, ich komme herunter, sobald ich meine Bücher zusammengeräumt habe.«

Mr. Sharnall gab sich keiner Eile hin. Für den Nachmittag mussten der Psalter und das Gesangsbuch aufgeschlagen aufs Pult gelegt werden; die Messe und das Chorbuch vom Morgengottesdienst mussten weggeräumt und für den Abendgottesdienst herausgelegt werden.

Die Kirche hatte sich einst gute Notenbücher leisten können, und in der dünnen Bestellerliste der ersten Ausgabe des Boyce* kann man bis zum heutigen Tage lesen: »Der Pfarrer und die Stiftung der Klosterkirche zu Cullerne (6 Exemplare).« Mr. Sharnall liebte den großen Boyce, mit seinem Pergamentpapier und breitesten aller Buchränder. Er liebte das spröde Geräusch der Seiten, wenn er sie umblätterte, und er liebte die altertümlichen Notenschlüssel, die er nun in neun Liniensystemen auf einmal lesen konnte, so leicht wie in einem Klavierauszug.* Er warf einen Blick auf das Wochenprogramm, um sein Gedächtnis zu prüfen – »Wache auf, meine Ehre«.* Nein, es war im dritten statt im zweiten Band. Er hatte den falschen Band heruntergenommen – ein dummer Fehler für jemanden, der die Ausgabe so gut kannte. Wie die rauen, in Kalbsleder gebundenen Rücken zerbröckelten! Der rostfarbene Staub des roten Leders hatte sich an seinen Rockärmeln gesammelt; so konnte er sich wahrlich nicht sehen lassen, und er nahm sich noch ein paar Minuten Zeit, um alles abzuwischen. Und so geschah es, dass Kanonikus Parkyn sich ärgerte, weil man ihn in der Sakristei warten ließ, und er Mr. Sharnall bei dessen Erscheinen mit einer gewissen Schroffheit begrüßte: »Ich wünschte, Sie wären ein wenig schneller, wenn man nach Ihnen verlangt. Ich bin gerade außerordentlich beschäftigt, und Sie haben mich mindestens eine Viertelstunde warten lassen.«

Da dies genau das war, was Mr. Sharnall bezweckt hatte, störte er sich nicht an den Äußerungen des Pfarrers, sondern sagte lediglich: »Verzeihen Sie, eine volle Viertelstunde war es wohl kaum.«

»Schön, verlieren wir keine unnötigen Worte. Was ich Ihnen sagen wollte, ist, dass der Lordbischof von Carisbury dafür gewonnen werden konnte, am achtzehnten des nächsten Monats in der Kirche eine Firmung zu erteilen, nachmittags um drei Uhr. Wir brauchen einen Gottesdienst mitsamt Musik, und ich wäre Ihnen dankbar, wenn Sie mir eine Übersicht mit Ihren Vorschlägen zur Billigung vorlegen könnten. Auf einen Punkt muss ich Sie ganz besonders aufmerksam machen. Da Seine Lordschaft das Mittelschiff hinaufgeht, brauchen wir einen gebührenden Marsch auf der Orgel – nichts von diesem altmodischen Zeug, über das ich mich schon so oft habe beklagen müssen, sondern etwas wirklich Würdevolles und mit einer richtigen Melodie.«

»O ja, das lässt sich leicht einrichten«, sagte Mr. Sharnall ergeben – »»Seht, er kommt mit Preis gekrönt‹* von Händel wäre sehr passend, oder es gibt da eine Arie aus einer von Offenbachs Opern, von der ich glaube, sie angemessen arrangieren zu können. Wenn man es mit dem richtigen Gefühl spielt, ist es ein äußerst bezauberndes Stück. Oder ich könnte einen langsamen »Danse macabre«* spielen mit allen Registern.«

»Ah, das ist doch aus ›Judas Makkabäus‹«,* sagte der Pfarrer, ein wenig besänftigt, da man sich seinem Vorhaben so unverhofft beugte. »Nun, ich sehe, Sie verstehen, was ich will, ich hoffe also, dass ich diese Angelegenheit Ihnen überlassen darf. Nebenbei«, sagte er sich umwendend, als er die Sakristei verließ, »was war *das* denn eigentlich für ein Stück, das Sie da grade eben nach dem Gottesdienst gespielt haben?«

»Oh, nur ein Fugensatz – eine Fuge von Kirnberger,* sonst nichts.«

»Es wäre mir wirklich lieb, wenn Sie uns ein wenig mit diesem Fugenstil verschonten. Aus musiktheoretischer Sicht mag das alles sehr schön sein, aber den meisten von uns erscheint es einfach nur konfus. Diese Fugen sind alles andere als eine Unterstützung für mich und den Chor, wenn wir würdevoll hinausgehen sollen, sondern behindern uns förmlich in unseren Bewegungen. Wir möchten etwas mit Pathos und Würde, so wie es sich für das Ende eines feierlichen Gottesdienstes geziemt, wenngleich mit einem markanten Rhythmus, der uns möglichst das Schritttempo vorgibt, wenn wir den Chor verlassen. Entschuldigen Sie diese Vorschläge, aber der *praktische* Nutzen der Orgel wird heutzutage so sehr außer Acht gelassen. Wenn Mr. Noot den Gottesdienst abhält, ist es nicht so wichtig, aber wenn ich hier bin, dann bitte ich Sie, spielen Sie keine Fugen mehr.«

Der Besuch des Bischofs von Canterbury in Cullerne war ein bedeutendes Ereignis, für das vorweg einige Vorbereitungen getroffen werden mussten.

»Der Bischof muss natürlich mit uns zu Mittag essen, versteht sich«, sagte Mrs. Parkyn zu ihrem Mann. »Du wirst ihn selbstverständlich dazu einladen, mein Lieber.«

»O ja, gewiss«, entgegnete der Kanonikus, »ich habe ihm gestern geschrieben, um ihn zum Mittagessen einzuladen.«

Er gab sich unbekümmert, jedoch mit mäßigem Erfolg, da ihm schwante, dass er einen unverzeihlichen Verstoß gegen die Etikette begangen hatte, indem er in einer so bedeutenden Angelegenheit geschrieben hatte, ohne seine Frau zu fragen.

»Ich muss schon sagen, mein Lieber!«, erwiderte sie – »also

wirklich! Ich hoffe doch, dass du in deinem Brief wenigstens die angemessen Worte gefunden hast.«

»Pah!«, sagte er, nun seinerseits ein wenig aufgebracht, »glaubst du etwa, ich hätte vorher noch nie an einen Bischof geschrieben?«

»Darum geht es gar nicht, *jede* Einladung dieser Art sollte stets durch mich ausgesprochen werden. Der Bischof, sofern er *Manieren* hat, wird sehr erstaunt darüber sein, eine Einladung zum Mittagessen zu erhalten, die nicht von der Dame des Hauses kommt. So handhaben es zumindest Leute mit *Manieren.*« Auf der Wiederholung des letzten gewichtigen Wortes lag ausreichend Betonung, um einen *Casus Belli** zu liefern, hätte dem Pfarrer der Sinn nach einem Streit gestanden – doch er war ein friedliebender Mensch.

»Du hast ganz recht, meine Liebe«, war die sanfte Antwort, »es war ein Fehler von mir, von dem wir hoffen wollen, dass der Bischof darüber hinwegsieht. Gestern Nachmittag, gleich nachdem ich die amtliche Mitteilung von seinem Kommen erhielt, habe ich etwas eilig zum Stift gegriffen. Du warst einen Besuch machen, falls du dich erinnerst, und ich musste die Post aufgeben. Man kann ja nie wissen, wozu gesellschaftliche Ambitionen die Leute so treiben; und wenn ich es nicht rechtzeitig in die Post gegeben hätte, dann wäre uns womöglich die eine oder andere streberische Person zuvorgekommen. Ich wollte dir natürlich davon erzählen, aber dann habe ich's wohl vergessen.«

»Ich wüsste wirklich nicht, wer *außer uns* den Bischof sonst fragen sollte«, sagte sie mit leichter Missbilligung, nur leidlich versöhnt. »Wo, wenn nicht in der Pfarrei, sollte der Bischof von Carisbury zu Mittag essen?« Mit dieser unbeantwortbaren Frage löschte sie die letzten Funken ihres lodernden Zorns. »Ich habe nicht den geringsten Zweifel, mein Lieber, dass du nur das Beste wolltest, und diese vulgären streberischen Niemande, die versuchen, jeden von noch so geringer Stellung für sich zu gewinnen, sind mir genauso zuwider wie dir. Überlegen wir uns also, wen *wir* einladen sollten, die Bekanntschaft des Bischofs zu machen. Es sollte eine kleine Gesellschaft sein. Er würde es als eine größere Ehre empfinden, wenn die Gesellschaft klein bliebe.«

Sie war von jener beschränkten Kleingeistigkeit, welche instinktiv davor zurückscheut, jemand anderem auch nur ein wenig Schönheit oder Verstand zuzugestehen, und es nur ungern irgendwem gönnte, in den Genuss von Vorzügen zu kommen, ganz gleich, in welch reichlichem Maße diese für alle vorhanden sein mochten. Folglich galt es, nicht zu viele zum Treffen mit dem Bischof einzuladen, damit es sich nach Möglichkeit umso deutlicher herausstellte, dass neben dem Pfarrer und Mrs. Parkyn in der Tat nur wenige es wert waren, mit einem so vornehmen Manne zu verkehren.

»Ich bin ganz deiner Meinung«, sagte der Pfarrer, der spürbar erleichtert war, dass seine Unbesonnenheit, den Bischof gefragt zu haben, nun wohl als verziehen betrachtet werden konnte. »Unsere Gesellschaft muss unbedingt erlesen sein. Allerdings wüsste ich auch gar nicht, wie es uns gelänge, sie *nicht* klein, sehr klein zu halten; es gibt so wenige Leute, die wir überhaupt fragen können, den Bischof zu treffen.«

»Lass mich überlegen«, sagte seine Frau, die mit übertriebener Geste die Honoratioren von Cullerne an den Fingern abzählte. »Da haben wir – « Sie brach ab, als ihr ein plötzlicher Gedanke kam. »Ja, natürlich, wir müssen Lord Blandamer fragen. Er hat sich so sehr für die Kirche interessiert, dass er bestimmt den Bischof kennenlernen möchte.«

»Eine glänzende Idee – bewundernswert in jeder Hinsicht! Es könnte ihn in seinem Interesse für die Kirche bestärken; und ganz gewiss muss es sehr wohltuend für ihn sein, nach seinem unsteten und unbürgerlichem Leben in gebührlicher

Gesellschaft zu verkehren. Ich bekomme allerlei seltsame Geschichten darüber zu hören, wie er mit diesem Mr. Westray, dem aufsichtführenden Architekten, und mit anderen Leuten verkehrt, die ganz und gar nicht seinem Stande entsprechen. Mrs. Flint, die gerade eine arme Frau in einer Seitengasse besuchte, versichert mir, es sähe ganz so aus, als hätte der Lord eine volle Stunde oder länger im Haus des Küsters zugebracht, und ist sogar zum Essen dort geblieben. Es heißt in der Tat, er habe dort Rindsflecke gegessen.«

»Nun, es wird ihm zweifellos guttun, den Bischof zu treffen«, sagte die Gattin. »Das wären, uns mitgerechnet, vier Personen. Und wir können Mrs. Bulteel fragen. Ihren Mann brauchen wir nicht einzuladen – er ist über die Maßen grobschlächtig, und der Bischof mag womöglich keinem Brauer begegnen. Es wird keineswegs ungewöhnlich erscheinen, sie allein zu fragen. Es lässt sich jederzeit damit entschuldigen, dass man nur ungern einen Geschäftsmann mitten am Tag von seiner Arbeit abhalten möchte.«

»Das wären fünf. Sechs sollten wir schon sein. Diesen Architekten oder Mr. Sharnall zu fragen, kommt wohl nicht in Betracht.«

»Mein Lieber! Wo denkst du hin? Auf gar keinen Fall! Derartige Gäste wären *gänzlich* fehl am Platz.«

Bei dieser Rüge schaute der Pfarrer so arg gedemütigt und niedergeschlagen drein, dass seine Frau ein wenig Mitleid zeigte.

»Nicht, dass irgendetwas *Schlimmes* daran wäre, sie zu fragen, aber ich fürchte, sie selber würden sich in einer solchen Umgebung doch sehr unbehaglich fühlen. Wenn du meinst, dass die Anzahl der Gäste gerade sein sollte, könnten wir vielleicht noch den alten Noot fragen. Er ist wirklich ein Gentleman und würde als dein Kaplan akzeptiert werden und das Tischgebet sprechen.«

Somit stand die Gesellschaft fest, und Lord Blandamer sagte zu, und Mrs. Bulteel sagte zu, und um die Zusage des Vikars brauchte man sich nicht zu sorgen – er erhielt lediglich die Order, zum Mittagessen zu erscheinen. Doch nachdem bis dahin alles so gut geklappt hatte, trat das Unerwartete ein – der Bischof konnte nicht kommen. Er bedauerte, dass er die ihm von Kanonikus Parkyn so freundlich angebotene Gastfreundschaft nicht annehmen könne, aber er habe eine Verabredung, die all seine freie Zeit, welche ihm in Cullerne bliebe, in Anspruch nehme; für das Mittagessen habe er schon anderweitige Vorkehrungen getroffen und er werde eine halbe Stunde vor dem Gottesdienst am Pfarrhaus sein.

Der Pfarrer und seine Frau saßen im »Arbeitszimmer«, einem dunklen Raum auf der Nordseite des Pfarrhauses, den von außen feuchte Steinlorbeersträucher und von innen Glaskästen mit schlecht ausgestopften Vögeln verfinsterten. Auf dem Tisch vor ihnen lag ein Bradshaw.*

»Er kann *unmöglich* mit der Kutsche von Carisbury kommen«, sagte Mrs. Parkyn. »Dr. Willis' Stallungen sind weit entfernt vom Zustand, den sie zu Zeiten seines Vorgängers hatten. Als Mrs. Flint das jährliche Treffen der *Christian Endeavourer** in Carisbury besuchte, hat man ihr erzählt, dass Dr. Willis nichts davon hält, dass ein Bischof für die Unterhaltung von Kutschen mehr tut, als für kirchliche Belange unbedingt vonnöten ist. Sie sagte, sie sei selbst an der Kutsche des Bischofs vorbeigegangen, und dass der Kutscher ein ungepflegter Kerl und die Pferde zwei erbärmliche alte Klepper gewesen seien.«

»Mir ist so ziemlich dasselbe zu Ohren gekommen«, pflichtete der Pfarrer bei. »Es heißt, er habe nicht einmal gewollt, dass man der Kutsche sein Wappen aufpinselt, weil ihm der Wagen so, wie er war, gut genug erschien. Er kann unmöglich mit der Kutsche von Carisbury herkommen; es sind gute zwanzig Meilen.«

»Nun, wenn er nicht mit der Kutsche anreist, dann muss er mit dem Zug um 12.15 Uhr kommen – somit bleiben ihm noch zwei und eine dreiviertel Stunde bis zum Gottesdienst. Welche Angelegenheit kann er in Cullerne zu erledigen haben? Wo kann er nur zu Mittag essen? Was kann er bloß zwei und eine dreiviertel Stunde lang anfangen?«

Ein Rätsel also, dessen Lösung höchstwahrscheinlich nur eine Person in ganz Cullerne hätte liefern können, und das war Mr. Sharnall. Just am selbigen Tag war ein Brief für den Organisten eingetroffen:

Bischofspalais, Carisbury

Mein lieber Sharnall,

(fast hätte ich geschrieben »Mein lieber Nick« – vierzig Jahre haben meine Feder ein wenig steif werden lassen, aber Du musst mir erlauben, beim nächsten Mal »Mein lieber Nick« schreiben zu dürfen.) wenn Dir auch meine Handschrift inzwischen fremd erscheinen mag, mich wirst Du wohl nicht vergessen haben. Weißt Du, dass ich es bin, Willis, Dein neuer Bischof? Erst vor zwei Wochen habe ich erfahren, dass Du ganz in meiner Nähe bist –

»Quam dulce amicitias,

Redintegrare nitidas«* –

und das Allererste, was ich darum tun werde, ist, Deine Gastfreundschaft zu missbrauchen und mich bei Dir zum Mittagessen einzuladen. Heute in vierzehn Tagen werde ich für die Firmung um 12.45 Uhr in Cullerne eintreffen und muss um 14.30 Uhr am Pfarrhaus sein, doch bis dahin wird mir ein alter Freund, Nicholas Sharnall, Essen und Unterschlupf gewähren, nicht wahr? Mach jetzt bitte keine Ausflüchte, da ich sie nicht akzeptieren werde, sondern gib mir Nachricht, dass Du in dieser Sache Deine Pflicht nicht versäumen wirst. Und so verbleibe ich auf immer

Dein John Carum

Eine seltsame innere Regung ergriff Sharnalls mitgenommenen Körper, als er den Brief las – ein Gefühlsumschwung: das Kinderherz in der Brust des Mannes, sein junges, hoffnungsvolles Ich, welches sein altes hoffnungsloses anrief. Er lehnte sich in seinem Sessel zurück und schloss die Augen, und die Orgelempore in einer kleinen Schulkapelle kam ihm wieder ins Bewusstsein und lange, lange Stunden des Übens, und Willis, der sich damit begnügte, dabeizustehen und so lange zuzuhören, wie er spielte. Welches Vergnügen Willis daran gefunden hatte, dabeizustehen und die Register zu ziehen, und sich dabei zu fühlen, als verstünde er etwas von Musik! Nein, Willis hatte nie etwas von Musik verstanden, und doch besaß er einen guten Geschmack und liebte Fugen.

Streifzüge durch die Gegend und die kleinen Dorfkirchen im Umland fielen ihm wieder ein, und wie Willis mit einem »ABC der gotischen Architektur«* versuchte, eine Zierleiste der englischen Frühgotik von einer der Hochgotik zu unterscheiden. Unvergleichlich lange Sommerabende mit einem Himmel von klarstem Gelb im Norden, Stunden nach dem Sonnenuntergang traten ihm wieder vor Augen; staubig weiße Straßen mit breiten seitlichen Reitpfaden, von schwerem Tau benetzt; das dunkle, geheimnisvolle Dickicht von Stow Wood; der Duft des Flieders in der Gasse in Beckley; der weiße Nebel, welcher das Tal von Cherwell einhüllt. Und das Abendessen, wenn sie nach Hause kamen – denn die Erinnerung besitzt eine solch zauberische Kraft, dass sie sowohl Sonnenuntergänge wie auch Abendessen in neuer Gestalt wieder heraufbeschwören kann. Und was für Abendessen! Apfelweinbowle mit schwimmendem Gurkenkraut darin, kaltes Lamm mit Pfefferminzsoße, Brunnenkresse und ein dreieckiger Stilton,* der beste Käse Englands. Seit vierzig Jahren hatte er keinen mehr gegessen!

Nein, Willis hatte nie etwas von Musik verstanden, aber er liebte Fugen. Ach, was hatten sie nicht für Fugen zusammen gespielt! Doch dann durchkreuzte eine Stimme Mr. Sharnalls Erinnerung, die sagte: »Aber wenn ich hier bin, dann bitte ich Sie, spielen Sie keine Fugen mehr.« – »Keine Fugen mehr« – die Worte hatten etwas von der absoluten Endgültigkeit aus der Offenbarung des Johannes, wo es heißt: »das Meer ist nicht mehr«.* Sie verursachten bei Mr. Sharnall ein bitteres Lächeln; er erwachte aus seinem Tagtraum und war zurück im Heute.

O ja, er wusste sehr wohl, dass es sich um seinen alten Freund handelte, als er hörte, auf wen die Wahl der Bischofs-würde gefallen war. Er freute sich, dass Willis ihn besuchen kam. Willis wusste alles über den Zwist, und wie es dazu gekommen war, dass Sharnall Oxford hatte verlassen müssen. Ja, doch der Bischof war zu großherzig und tolerant, um sich heute daran zu erinnern. Willis musste nur allzu gut wissen, dass er nichts als ein armer, alter auf den Hund gekommener Kerl war, und doch wollte er vorbeischauen und mit ihm zu Mittag essen. Aber wusste Willis, dass er noch immer –? Er verfolgte den Gedanken nicht weiter, sondern blickte in den Spiegel, rückte seine Halsbinde zurecht, schloss den obers-ten Knopf seines Rocks und strich mit unsicheren Händen sein Haar zu beiden Seiten des Kopfes nach hinten. Nein, das wusste Willis nicht. Er sollte es niemals erfahren; es war *nie* zu spät, sich zu bessern.

Er ging zum Schrank und nahm eine Flasche und ein Glas heraus. Es war nur noch ein kleiner Rest Branntwein darin und er goss alles in das Glas. Er zögerte einen Augenblick, ein Augenblick, in welchem die geschwächte Willenskraft für die Anstrengung sammelte. Er war anscheinend damit beschäf-tigt, sicherzugehen, dass auch ja kein Quäntchen dieses so kostbaren Branntweins verschwendet wurde. Er hielt die

Flasche sorgfältig verkehrt herum und sah zu, wie sich das allerletzte und kleinste Tröpfchen löste und in das Glas fiel. Nein, seine Willenskraft war noch nicht gänzlich erlahmt – noch nicht; und er schleuderte den Inhalt des Glases ins Feuer. Eine große hellblaue Stichflamme schoss hervor und verpuffte in der Luft, dass die Fensterscheiben zitterten, doch die Heldentat war vollbracht, und im Geiste hörte er eine Fanfare und die triumphierende Stimme des *Victor Sui** ertönen. Willis sollte niemals erfahren, dass er noch immer – denn er würde nie wieder.

Er läutete die Glocke, und als Miss Euphemia daraufhin erschien, lief er flotten Schrittes, ja beinahe beschwingt, im Zimmer auf und ab. Als sie eintrat, blieb er stehen, schlug die Hacken zusammen und machte einen tiefen Diener vor ihr.

»Seid gegrüßt, Holdeste aller Burgherrinnen! Heißt die Knappen die Zugbrücke herablassen und das Fallgatter öffnen. Lasst Pasteten und Pökelfisch kommen und ein Fass Malvasier;* sorgt dafür, dass der Rittersaal gebührlich hergerichtet sei für Euer Gnaden, den Lordbischof von Carisbury, welcher gedenkt, auf dieser Burg sein *Festmahl* einzunehmen und seine Rösser zu stärken.«

Miss Joliffe machte große Augen. Sie sah eine Flasche und ein leeres Glas auf dem Tisch und roch den starken Geruch von Whisky, und die Heiterkeit schwand aus Mr. Sharnalls Gesicht, als er ihre Gedanken las.

»Nein, falsch«, sagte er – »ausnahmsweise einmal falsch. Ich bin stocknüchtern, wohl aber aufgeregt. Ein Bischof kommt mich zum Mittagessen besuchen. Sie sind aufgeregt, wenn Lord Blandamer – nicht mehr als ein würdeloser, weltlicher Adliger – Tee mit Ihnen trinkt; darf ich nicht aufgeregt sein, wenn mir ein echter Bischof seinen Besuch abstattet? O, so hören Sie doch, Teuerste! Der Bischof von Carisbury hat in einem Brief nicht etwa darum gebeten, dass ich mit ihm, sondern dass er mit mir zu Mittag essen darf. Ein Bischof wird in Ihrem ›Haus Bellevue‹ zu Mittag speisen.«

»Oh, Mr. Sharnall, bitte, Sir, reden Sie verständlich! Ich bin so alt und dumm, ich weiß nie, wann Sie gerade scherzen oder es ernst meinen.«

Also legte er seine Begeisterung ab und schilderte ihr die Tatsachen.

»Ich weiß ganz bestimmt nicht, Sir, was Sie ihm zum Mittag anbieten wollen«, sagte Miss Joliffe. Sie achtete stets darauf, eine angemessene Anzahl von »Sirs« anzubringen, denn auch wenn sie stolz war auf ihre Herkunft und fand, dass sie, was ihre Abstammung anbelangte, einen Vergleich mit anderen Damen aus Cullerne nicht zu scheuen brauchte, so hielt sie es doch für ihre christliche Pflicht, ihre Position als Hauswirtin, in welche die Umstände sie gebracht hatten, voll und ganz zu akzeptieren. »Ich weiß ganz bestimmt nicht, Sir, was Sie ihm zum Mittag anbieten wollen; es ist jedes Mal so kompliziert, den Geistlichen ein Mahl zu richten. Tafelt man zu viel der guten Dinge dieser Welt auf, erweckt es den Anschein, als sei man sich ihrer göttlichen Berufung nicht hinlänglich bewusst; man nähme sich aus wie Martha,* zu beschäftigt mit dem vielen Bewirten, zu emsig und besorgt, um allen geistlichen Vorteil zu erlangen, den die Gesellschaft von Gottesmännern bringen muss. Aber natürlich müssen selbst die vergeistigsten Menschen ihre *Körper* nähren, anders wären sie nicht imstande, so viel Gutes zu tun. Doch ist einmal weniger zur ihrer Beköstigung aufgetischt worden, habe ich einige Male erlebt, wie die Geistlichen alles aufgegessen haben und in Erschöpfung versanken, die Armen, weil es ihnen an Essen mangelte! So war es, ich weiß es noch, als Mrs. Sharp die Gemeinde einlud, um nach dem Kirchenmissionstreffen den Abgesandten zu treffen. Noch bevor dieser erschien, waren alle Pastetchen aufgegessen, und er war so müde – der arme

Mann! – von seiner langen Rede, dass er sich sehr darüber ärgerte, als er sah, dass es nichts zu essen gab. Natürlich nur kurz, aber ich hörte, wie er zu jemandem, dessen Name mir entfallen ist, sagte, dass er sich wohl besser auf ein Schinkenbrot im Wartesaal am Bahnhof hätte einlassen sollen.

Und wenn es mit dem Essen schon kompliziert ist, so ist es mit den Getränken umso schlimmer. Einige Geistliche hegen eine solche Abneigung gegen Wein und andere wiederum meinen, diesen vor den Anstrengungen des Redens zu brauchen. Erst letztes Jahr, als Mrs. Bulteel zu einem Salon in ihr Wohnzimmer lud, und vorher Sekt mit Keksen gereicht wurde, sagte Dr. Stimey in aller Öffentlichkeit, dass er im Alkohol, obwohl er natürlich nicht alle, die trinken, für verkommen halten würde, doch das Malzeichen des Tieres* sehen müsse und dass die Leute nicht zu einem Salon gingen, um sich vor dem Vortrag schläfrig zu trinken. Mit Bischöfen muss es noch schlimmer sein. Also ich weiß wirklich nicht, was wir ihm anbieten sollen.«

»Machen Sie sich nur keine allzu großen Sorgen«, sagte der Organist, der endlich eine Lücke in dem dichten Wortschwall ausgemacht hatte. »Ich habe herausgefunden, was Bischöfe essen; es steht alles in einem kleinen Büchlein. Wir müssen ihm kaltes Lamm servieren – kalte Lammkoteletts – und eine Pfefferminzsoße, gekochte Kartoffeln, und im Anschluss daran einen Stilton.«

»Einen Stilton?«, fragte Miss Joliffe leicht bestürzt. »Ich befürchte, der wird sehr teuer sein.«

Wie bei einem Ertrinkenden, dessen ganzes Leben in einem einzigen Augenblick noch einmal an ihm vorüberzieht, so verschaffte sie sich im Geiste einen blitzschnellen Überblick über alle Käsesorten, welche zu Wydcombes Glanzzeiten jemals in der Käseschale gelegen hatten, als Schinken und Plumpuddings in Säcken von den Sparren hingen, als es in der Milchkammer Rahm und im Keller Bier gab. Blue Vinny,* kleine Gloucesterkäse,* Double Besants,* manches Mal sogar ein Rahmkäse mit Binsen auf der Unterseite, aber einen Stilton – niemals!

»Ich fürchte, es ist ein *sehr* teurer Käse. Ich glaube nicht, dass ihn in Cullerne irgendjemand auf Lager hat.«

»Das ist schade«, sagte Mr. Sharnall, »aber wir können's nicht ändern, denn Bischöfe müssen zu Mittag *unbedingt* einen Stilton essen; so steht es in dem Büchlein. Sie müssen Mr. Custance bitten, Ihnen ein Stück zu besorgen, und ich werde Ihnen später sagen, wie es aufzuschneiden ist, denn auch dafür gibt es Regeln.«

Er lachte sich leise ins Fäustchen. Kaltes Lamm und Pfefferminzsoße, mit einem Stück Stilton hinterher – sie würden ein Mittagessen haben wie in Oxford; sie würden noch einmal jung sein und reinen Herzens.

Der Ansporn, welchen der Brief des Bischofs Mr. Sharnall geliefert hatte, war bald verflogen. Er war ein launenhafter Mensch und in seiner nervösen Natur folgte die Melancholie dem Überschwang auf dichtem Fuße. In den darauffolgenden Tagen war Westray davon überzeugt, dass sein Freund übermäßig trank, und befürchtete angesichts des aufgeregten und wunderlichen Verhaltens des Organisten, welches seiner Beobachtung nicht entgehen konnte, schon etwas Ernsthafteres als nur ein seelisches Tief.

Eines Nachts, als er spät über seiner Arbeit saß, öffnete sich die Tür zum Zimmer des Architekten und Mr. Sharnall trat herein. Sein Gesicht war bleich und in seinen weit aufgerissenen Augen lag ein entgeisterter Blick, der Westray nicht gefiel.

»Ich hätte gern, dass Sie eine Minute mit hinunter in mein Zimmer kommen«, sagte der Organist. »Ich möchte mein Klavier an einen anderen Platz stellen und schaffe es nicht alleine, es zu verrücken.«

»Ist es heute nicht schon reichlich spät?«, sagte Westray, der an seiner Uhr zog, während das tiefe und langsame melodische Glockengeläut der Kirche zum Heiligen Grab der traumversunkenen Stadt und den stillen Meeressümpfen verriet, dass es nur noch eine Viertelstunde bis Mitternacht war. »Machten wir es nicht besser morgen früh?«

»Könnten Sie nicht heute Abend mit nach unten kommen?«, fragte der Organist. »Es dauert nicht mal eine Minute.«

Westray spürte die Enttäuschung in seiner Stimme.

»Na schön, meinetwegen«, sagte er und legte sein Zeichenbrett beiseite. »Ich habe lange genug hieran gearbeitet; wollen wir also Ihr Klavier verrücken.«

Sie stiegen hinab ins Parterre.

»Ich möchte das Klavier genau andersrum drehen«, sagte der Organist, »mit der Rückseite ins Zimmer und der Klaviatur zur Wand – möglichst dicht an die Wand, sodass gerade noch Platz für mich zum Sitzen bleibt.«

»Eine seltsame Aufstellung«, beanstandete Westray. »Ist so etwa die Akustik besser?«

»Oh, ich habe keine Ahnung; aber wenn ich mich ein wenig ausruhen möchte, kann ich mich mit dem Rücken an die Wand lehnen, wissen Sie.«

Das Umstellen war schnell geschafft und sie setzten sich einen Augenblick vor den Kamin.

»Ein hübsches Feuer haben Sie da«, sagte Westray, »wenn man bedenkt, dass es Schlafenszeit ist.« Und in der Tat waren die Holzscheite hoch gestapelt und brannten lodernd.

Der Organist stieß mit dem Schürhaken hinein und sah sich um, als wollte er sich vergewissern, dass sie auch allein waren.

»Sie werden mich für einen Narren halten«, sagte er, »und der bin ich. Sie werden denken, ich hätte getrunken, und das habe ich. Sie werden glauben, ich sei betrunken, aber das bin ich nicht. Hören Sie zu: Ich bin nicht betrunken – ich bin bloß ein Feigling. Erinnern Sie sich noch an den allerersten Abend, als Sie und ich gemeinsam hierher nach Hause gegangen sind? Wissen sie noch, die Dunkelheit und der strömende Regen, und welche Angst ich hatte, als wir am Alten Zollhaus vorbeigingen? Nun, damals hat es angefangen, aber heute ist es weit schlimmer. Schon damals hatte ich die grauenhafte Vorstellung, dass mich irgendetwas auf Schritt und Tritt verfolgt – dichtauf. Ich wusste nicht, was es war – ich wusste nur, dass *irgendetwas* ganz dicht hinter mir war.«

Sein Benehmen und sein Anblick beunruhigten Westray. Das Gesicht des Organisten war ungewöhnlich bleich und die merkwürdig hochgezogenen Brauen, welche das Weiße über den Pupillen hervorleuchten ließen, verliehen ihm den entsetzten Blick von jemandem, der urplötzlich einer gespenstischen Erscheinung ins Auge sieht. Westray erinnerte sich, dass die Einbildung, von feindlichen Mächten verfolgt zu werden, eines der häufigsten Anzeichen einer beginnenden Geisteskrankheit ist, und legte dem Organisten sanft die Hand auf den Arm.

»Regen Sie sich nicht auf«, sagte er, »das ist doch alles Unsinn. Nur keine Aufregung so spät am Abend.«

Mr. Sharnall schob die Hand beiseite.

»Früher hatte ich dieses Gefühl nur, wenn ich im Freien war, aber jetzt häufig auch drinnen – sogar hier in diesem Raum. Zuerst hatte ich keine Ahnung, was mich verfolgt – ich wusste nur, dass da etwas war. Aber heute weiß ich, was es ist: Es ist ein Mann – ein Mann mit einem Hammer. Lachen Sie nicht. Sie *wollen* eigentlich gar nicht lachen. Sie lachen nur, weil Sie glauben, dass es mich beruhigt, aber das wird es nicht. Ich glaube, es ist ein Mann mit einem Hammer. Ich habe sein Gesicht noch nie gesehen, aber eines Tages werde ich es sehen. Ich weiß lediglich, dass es ein böses Gesicht ist – nicht abscheulich, wie die Bilder von Teufeln oder etwas Derartiges, sondern schlimmer – ein furchtbares, maskiertes Gesicht, das ganz normal aussieht, nur eben hinter einer Maske. Er läuft mir unaufhörlich nach, und jeden Augenblick habe ich das Gefühl, dass mir der Hammer gleich den Schädel einschlägt.«

»Aber ich bitte Sie!«, sagte Westray in einem Ton, den man gemeinhin als besänftigend bezeichnet, »lassen Sie uns das Thema wechseln, oder zu Bett gehen. Ich bin gespannt, wie zufrieden Sie mit der neuen Position Ihres Klaviers sein werden.«

Der Organist lächelte.

»Wissen Sie, warum ich es in Wirklichkeit so gestellt habe?«, sagte er. »Es liegt daran, dass ich so ein Feigling bin. Ich habe gern die Wand im Rücken, und dann weiß ich, dass hinter mir niemand sein kann. An vielen Abenden, zu später Stunde, kann ich nur mit großer Selbstüberwindung hier sitzen. Ich werde so ängstlich, dass ich besser sofort ins Bett gehen sollte, nur sage ich zu mir: ›Nick‹ – so wurde ich nämlich früher zu Hause gerufen, als ich ein Junge war –, ›Nick, niemand wir dich erschlagen, du wirst dich ganz bestimmt nicht von irgendwelchen Geistern aus deinem eigenen Zimmer scheuchen lassen.‹ Und dann bleibe ich ruhig sitzen und spiele weiter, sehr oft jedoch, ohne groß darüber nachzudenken, was ich gerade spiele. Ein trauriger Zustand für einen Mann, nicht wahr?« Und Westray konnte diese Feststellung nicht bestreiten.

»Sogar in der Kirche«, fuhr Mr. Sharnall fort, »fehlt mir häufig die rechte Lust, abends allein zu üben. Früher, als Cutlow da war, um für mich anzublasen, ließ es sich noch ertragen. Er ist ein verrückter Kerl, aber immerhin bot er etwas Gesellschaft. Jetzt aber, wo die Wasserpresse eingebaut ist, fühle ich mich einsam dort und ich habe keine Lust mehr, so oft hinzugehen wie früher. Irgendetwas hat mich veranlasst, Lord Blandamer zu erzählen, wie seine Wasserpresse es geschafft hat, mich zu verängstigen, und er sagte, er müsste wohl selber hin und wieder mal rauf auf die Empore kommen, um mir Gesellschaft zu leisten.«

»Na schön, sagen Sie mir Bescheid, wenn Sie das nächste Mal abends üben möchten«, sagte Westray, »und ich werde ebenfalls kommen und mich auf die Empore setzen. Schonen Sie sich, und Sie werden schon bald von keinerlei Einbildungen mehr befangen sein und genauso darüber lachen wie ich.« Und er lächelte gezwungen. Doch es war spät am Abend, er war selber äußerst nervös und reizbar, und die Tatsache, dass Mr. Sharnall in einen derartig bedauernswerten Zustand geistiger Schwäche geraten war, betrübte ihn.

Das Gerücht, dass der Bischof am Tage der Firmung mit Mr. Sharnall zu Mittag essen würde, machte in Cullerne schnell die Runde. Miss Joliffe hatte es, als dessen Base, dem Schweineschlachter Mr. Joliffe erzählt, und Mr. Joliffe hatte es, als Kirchenvorsteher, Kanonikus Parkyn erzählt. Es war das zweite Mal innerhalb weniger Wochen, dass eine wichtige Neuigkeit den Pfarrer aus zweiter Hand erreichte. Doch empfand er hierbei wenig von jenem Ärger, welcher ihn ergriffen hatte, als Lord Blandamer über Westray sein großzügiges Angebot zum Restaurierungsfonds machte. Gegen Mr. Sharnall hegte er keinen Groll – die Angelegenheit war von zu ernster Bedeutung, als dass sie Platz ließ für derlei persönliche und belanglose Befindlichkeiten. Jede bischöfliche Tat war eine Tat im Namen Gottes, und über diesen Erlass in Zorn zu geraten, wäre ebenso unangebracht, wie sich über einen Schiffbruch oder ein Erdbeben zu erbosen. Die Tatsache, vom Bischof von Carisbury als Gastgeber auserwählt worden zu sein, verlieh Mr. Sharnall in den Augen des Pfarrers eine Würde, die sich unmöglich durch bloßen Verstand oder berufliche Kunstfertigkeit oder aufopfernde Schinderei erlangen ließe. Der Organist wurde *ipso facto** jemand, der Beachtung verdiente.

Im Pfarrhaus hatte man gemutmaßt und diskutiert, und diskutiert und gemutmaßt, wie es nur dazu hatte kommen können, kommen dürfen, dass der Bischof mit Mr. Sharnall zu Mittag äße. Hatte der Bischof etwa geglaubt, dass Mr. Sharnall ein Gasthaus führe, oder nahm er vielleicht eine spezielle Kost zu sich, die nur Mr. Sharnall zuzubereiten wusste? Wollte der Bischof Mr. Sharnall womöglich zum Organisten in seiner Privatkapelle machen, da in der Kathedrale von Carisbury keine Stelle frei war? Mit geballter Kraft versuchten die Mutmaßungen die undurchdringlichen Mauern des Rätsels zu durchbrechen und kehrten doch zerschlagen von dem Vorstoß zurück. Nachdem mehrere Stunden über nichts anderes geredet worden war, erklärte Mrs. Parkyn, dass die Angelegenheit für sie von keinerlei Interesse sei.

»Was mich betrifft, so kann ich nicht behaupten, dass sich mir derartige Vorgänge erschließen«, sagte sie in jenem überzeugenden und überzeugten Ton, der darauf hindeutet, dass jemand weitaus mehr weiß, als er zugeben möchte, und dass die Auflösung des Rätsels ohnehin nur alle Beteiligten in Verruf bringen konnte.

»Ich frage mich, meine Liebe«, sagte der Pfarrer zu seiner Frau, »ob Mr. Sharnall in der Lage ist, den Bischof angemessen zu bewirten.«

»Angemessen!«, sagte Mrs. Parkyn. »Angemessen! Ich halte die ganze Angelegenheit für völlig unangemessen. Glaubst du, dass Mr. Sharnall ausreichend Geld besitzt, um ein angemessenes Mahl zu kaufen? Mitnichten. Oder dass er angemessene Teller oder Gabeln oder Löffel hat, oder einen angemessenen Raum, um darin zu essen? Natürlich nicht. Oder glaubst du, dass er sich aufs Kochen versteht? Wer soll es richten? Da wären nur die schwache alte Miss Joliffe und ihre hochnäsige Nichte.«

Die Vision der Unannehmlichkeiten, welche seine Frau entworfen hatte, beunruhigte den Kanonikus doch sehr.

»Dem Bischof soll so *viel als möglich* erspart bleiben«, sagte er. »Wir müssen tun, was wir können, um ihn vor Unmut zu bewahren. Was meinst du? Sollten wir nicht ein kleines Übel in Kauf nehmen und Mr. Sharnall bitten, den Bischof hierher zu bringen und selbst auch mitzuessen? Ihm muss doch völlig klar sein, dass die Bewirtung eines Bischofs in einer Pension unvorstellbar ist, und er würde es als Sechster anstelle des alten Noot ja auch tun. Wir könnten Noot einfach sagen, dass er nicht erwünscht ist.«

»Sharnall ist derart verrufen«, antwortete Mrs. Parkyn, »höchstwahrscheinlich käme er mit einem Schwips und falls nicht, so besitzt er weder *Manieren* noch Bildung und wäre wohl kaum imstande, Konversation zu machen.«

»Du vergisst, meine Liebe, dass der Bischof bereits daran gebunden ist, mit Mr. Sharnall zu Mittag zu essen, sodass man nicht uns die Schuld geben sollte, ihn eingeführt zu haben. Und Sharnall ist es gelungen, ein bisschen Bildung aufzuschnappen – ich habe keine Ahnung, wo; aber bei einer Gelegenheit habe ich herausgefunden, dass er ein wenig Latein versteht. Es war das Motto der Blandamers: ›*Aut Fynes, aut finis*‹.* Mag sein, dass man ihm erzählt hat, was es bedeutet, aber er schien es offensichtlich zu wissen. Natürlich ist es unmöglich, wahre Lateinkenntnisse ohne eine *Universitäts*ausbildung zu erlangen« – und der Pfarrer rückte seinen Kragen nach oben – »aber sogar Apothekern und derartigen Leuten gelingt es, sich ein paar Brocken anzueignen.«

»Schon gut, wir werden ja wohl nicht das ganze Essen über Latein reden«, unterbrach ihn seine Frau. »Tu ganz, wie es dir beliebt, und frag ihn.«

Der Pfarrer gab sich mit der, wenn auch ungnädig erteilten, Erlaubnis zufrieden, und wenig später stand er im Zimmer von Mr. Sharnall.

»Mrs. Parkyn hatte gehofft, Sie vielleicht dazu überreden

zu können, am Tag der Firmung mit uns gemeinsam zu Mittag zu essen. Sie wollte lediglich noch die Zusage des Bischofs abwarten, um Ihnen eine Einladung zu übermitteln; doch nun kam uns zu Ohren«, sagte er auf ungläubige und zögerliche Art – »nun kam uns zu Ohren, dass der Bischof möglicherweise mit Ihnen zu Mittag essen werde.«

Die Mundwinkel des Kanonikus Parkyn zuckten. Die Situation, dass ein Bischof mit Mr. Sharnall in einer gewöhnlichen Pension zu Mittag äße, war so über die Maßen grotesk, dass er sein Lachen nur mit Mühe zurückhalten konnte.

Mr. Sharnall nickte beipflichtend.

»Mrs. Parkyn war sich nicht ganz sicher, ob Sie in Ihrer Unterkunft auch alle Dinge haben, die man eventuell braucht, um Seine Lordschaft zu bewirten.«

»O ja«, sagte Mr. Sharnall, »im Augenblick sieht es noch ein wenig armselig aus, da die Stühle beim Polsterer sind, um die Goldfarbe aufzubessern. Wir bringen selbstverständlich noch neue Vorhänge an und die Haushälterin hat bereits begonnen, das beste Silber zu putzen.«

»Mrs. Parkyn kam der Gedanke«, fuhr der Pfarrer fort, der zu sehr darauf bedacht war, das zu sagen, was er zu sagen hatte, um den Worten des Organisten große Beachtung zu schenken – »Mrs. Parkyn kam der Gedanke, dass es vielleicht bequemer für Sie wäre, wenn Sie den Bischof zum Mittag ins Pfarrhaus brächten. So blieben Ihnen die ganzen Mühen der Vorbereitung erspart und Sie würden selbstverständlich mit uns essen. Es würde uns keine Umstände bereiten. Mrs. Parkyn würde sich freuen, wenn auch Sie mit uns äßen.«

Mr. Sharnall nickte, dieses Mal missbilligend.

»Sie sind sehr freundlich. Es ist äußerst entgegenkommend von Mrs. Parkyn, aber der Bischof hat seine Absicht bekundet, in *diesem* Haus Mittag essen zu wollen. Ich könnte es kaum wagen, mich den Wünschen Seiner Lordschaft zu widersetzen.«

»Der Bischof ist ein Freund von Ihnen?«, fragte der Pfarrer.

»Das kann man wohl kaum sagen. Ich glaube nicht, dass ich den Mann in den letzten vierzig Jahren einmal zu Gesicht bekommen habe.«

Der Pfarrer war verwirrt.

»Vielleicht hat der Bischof eine falsche Vorstellung; vielleicht glaubt er, dass dieses Haus noch immer ein Gasthaus sei – ›Die Hand Gottes‹, wissen Sie.«

»Vielleicht«, sagte der Organist; und es entstand eine kurze Pause.

»Ich hoffe, Sie überlegen sich die Sache. Soll ich Mrs. Parkyn nicht doch sagen, dass Sie den Bischof bitten werden, mittags im Pfarrhaus zu speisen – dass Sie beide«, und er brachte das Wort tapfer heraus, obwohl es ihm einen Stich versetzte, den Bischof mit einem so unwürdigen Gefährten als Gespann zu betrachten und Mr. Sharnall die Tür zu exklusiver Gastlichkeit aufzutun – »dass Sie beide mit uns zu Mittag essen?«

»Ich fürchte nicht«, sagte der Organist, »ich muss wohl Nein sagen. Ich werde sehr beschäftigt damit sein, mich auf den zusätzlichen Gottesdienst vorzubereiten, und wenn ich ›Seht, er kommt mit Preis gekrönt‹ spielen soll, während der Bischof zur Kirche hereinkommt, so werde ich Zeit zum Üben brauchen. Ein Stück wie dieses spielt sich nämlich nicht aus der kalten Lamäng, wie Sie wissen müssen.«

»Ich hoffe, Sie werden sich bemühen, es in allerbester Manier zu spielen«, sagte der Pfarrer und zog seine Heerscharen unverrichteter Dinge ab.

Die Geschichte von Mr. Sharnalls Fantasievorstellungen und besonders seine Einbildung, von jemandem verfolgt zu werden, war Westray unangenehm aufs Gemüt geschlagen. Er war besorgt um seinen Mietgenossen und gab sich Mühe, gut auf ihn aufzupassen, da er es für möglich hielt, dass ein Mensch in einem solchem Zustand sich durchaus etwas antun könnte. In der sicheren Annahme, dass diese wirren Fantasien vor allem der Einsamkeit zuzuschreiben waren, welche das Junggesellenleben mit sich brachte, ging er an den meisten Abenden entweder hinunter in Mr. Sharnalls Zimmer oder lud den Organisten zu sich hinauf ein. Des Nachts war Mr. Sharnall damit beschäftigt, jene Papiere zu lesen und zu sortieren, welche einst Martin Joliffe gehört hatten. Es waren unheimlich viele, sie stellten die Anhäufung eines ganzen Lebens dar und bestanden aus losen Notizen, Auszügen aus Kirchenbüchern, Notizbüchern voll mit handschriftlichen Ahnenreihen und ähnlichen Unterlagen. Gleich als er damit begonnen hatte, sie auf ihren Inhalt und ihren Zerfall hin durchzusehen, war ihm anzumerken gewesen, dass ihm die Aufgabe heftig widerstrebte. Er war froh über jeden Anlass, der sich zur Unterbrechung bot oder ihn Westray um Hilfe ersuchen ließ. Der Architekt hingegen war archäologischen und genealogischen Forschungen von Natur aus zugetan und wäre nicht böse darüber gewesen, wenn Mr. Sharnall die Durchsicht der Papiere ganz und gar ihm überlassen hätte. Er hätte gern den Ursprung dieses Hirngespinstes gefunden, welches ein ganzes Leben vergeudet hatte – wäre gern dahintergekommen, was Martin ursprünglich glauben gemacht hatte, dass er einen Anspruch auf den Adelstitel der Blandamers besaß. Ein zusätzlicher Anreiz für Westray war womöglich ein besonderes Interesse, das er unterbewusst für Anastasia Joliffe zu entwickeln begann, deren Schicksal von diesen Nachforschungen womöglich betroffen sein konnte.

Doch innerhalb kurzer Zeit registrierte Westray einen Sinneswandel bei Mr. Sharnall, was das Durchsehen der Papiere anging. Der Organist hegte eine offene Abneigung dagegen, dass der Architekt sich weiter in diese vertiefte. Er selbst fing an, ihrer Erforschung deutlich mehr Zeit und Aufmerksamkeit zu widmen, und er hielt sie argwöhnisch unter Verschluss. Westray war dergestalt veranlagt, dass er alles vermied, was Misstrauen hervorrufen könnte; er hörte sofort auf, sich mit der Angelegenheit zu befassen, und war darum bemüht, Mr. Sharnall zu zeigen, dass ihm in keiner Weise danach verlangte, mehr von den Papieren zu sehen.

Was Anastasia anging, so belustigte sie der Gedanke, dass irgendeine Grundlage existieren sollte, welche die Fantasien untermauern würde. Sie lachte über Mr. Sharnall und sie hänselte Westray, indem sie sagte, sie seien wohl beide Schatzsucher im Zeichen des benebelten Wappens. Miss Euphemia fand das alles nicht zum Lachen.

»Meine Liebe«, sagte sie zu ihrer Nichte, »ich denke, all dieses Streben nach Glück und Reichtum ist nicht in Gottes Sinne. Ich glaube, Dinge herausfinden zu wollen« – und sie gebrauchte das Wort »Dinge« mit der gemessenen Gelassenheit des weiblichen Verstands – »ist meistens schlecht für die Menschen. Wenn es gut für uns ist, adlig und reich zu sein, dann wird die Vorsehung uns in diesen Stand berufen. Aber selbst beweisen zu wollen, dass man ein Adliger ist, kommt der Sterndeuterei und der Wahrsagerei gleich. Schwärmerei ist wie die Sünde der Hexerei. Das kann keinen *Segen* bringen, und ich mache mir Vorwürfe, Mr. Sharnall die Papiere des guten Martin überhaupt jemals gegeben zu haben. Ich habe es nur getan, weil ich es nicht ertragen konnte, sie selbst durchzusehen, und dachte, dass sich möglicherweise Schecks oder etwas Wertvolles darunter befinden könnten. Ich wünschte, ich hätte alles im ersten Moment verbrannt, und nun sagt Mr. Sharnall, dass er es nicht zulasse, dass die Papiere vernichtet werden, ehe er sie nicht durchgesehen hat. Ich bin mir sicher, sie waren kein Segen für Martin. Hoffentlich verwirren sie nicht auch diesen beiden Herren den Kopf.«

Zwölftes Kapitel

IN ANBETRACHT DER FREIGEBIGKEIT
von Lord Blandamer war der Restaurierungsplan noch einmal hinlänglich überarbeitet worden und die Arbeiten gingen nun so systematisch voran, dass Westray es sich gelegentlich erlauben konnte, die strenge persönliche Beaufsichtigung, welche zu Anfang so beschwerlich gewesen war, ein wenig zu lockern. Mr. Sharnall spielte des Öfteren eine halbe Stunde oder länger nach dem Abendgottesdienst, und bei solchen Gelegenheiten fand Westray hin und wieder Zeit, auf die Orgelempore zu gehen. Der Organist sah ihn gern dort. Er war dankbar für die Interessenbezeigung, die in diesen Besuchen lag, wie gering sie auch sein mochte, und Westray, dem zwar das Fachwissen fehlte, fand in der ungewohnten Umgebung der Empore doch vieles, das seine Neugier weckte. Es war ein eigenes seltsames kleines Königreich, über dem großen steinernen Lettner gelegen, welcher in Cullerne den Chor vom Mittelschiff trennt, jedoch so entlegen und von der Außenwelt abgeschnitten wie eine einsame Insel. Hinein gelangte man über eine enge runde Treppe, die am südlichen Ende des Lettners aus dem Mittelschiff hinaufführte. Hatte sich die untere Tür zu diesem fensterlosen Treppenaufgang geöffnet und wieder geschlossen, war jeder, der hinaufging, für einen Augenblick in verwirrender Dunkelheit gefangen. Mit den Füßen nach den Stufen suchend und mit der Hand an der steinernen Mittelsäule, welche die zahllosen anderen Hände vergangener Zeiten glatt wie Marmor poliert hatten, musste er sich vorwärtstasten.

Doch nach einem halben Dutzend Schritten löste sich die Dunkelheit auf; zuerst dämmerte es düster und bald darauf, sobald er den obersten Treppenabsatz erreichte und hinaus auf die Empore trat, traf ihn wuchtig strahlend ein angenehmes Licht. Dann waren es zwei Dinge, die er vor allen anderen gewahrte – die Wölbung dieses riesigen normannischen Bogens mit seinen hohen und schmalen zierlichen Rund- und Hohlkehlen, welcher den Durchgang in das südliche Querschiff überspannte, und dahinter die Spitze des Blandamer-Fensters, wo in der Mitte der vielfachen Verästelung des Maßwerks das Seegrün und Silber des benebelten Wappens leuchteten. Danach würde er etwa das lang gezogene Dach des Mittelschiffs und die Zackenrippen des normannischen Gewölbes betrachten, welche die einzelnen Felder mit einem Schrägkreuz* voneinander abgrenzten, wenn sie sich schnitten, oder sein Blick mochte hinauf zur Laterne des Vierungsturms gelenkt werden und den grazileren aufsteigenden Linien von Abt Vinnicombs perpendikularer Täfelung folgen, bis er sich weit oben in den Fenstern verlor.

Auf der Empore war es mehr als geräumig. Sie war großzügig angelegt und bot neben der Orgelbank Platz für einen oder zwei Stühle, während entlang der Seiten flache Bücherregale verliefen, welche die Musikbibliothek beherbergten. In diesen Regalen ruhten die dicken Folianten* von Boyce und Croft und Arnold, Page und Greene, Battishill und Crotch* – all jene prächtigen und großzügigen Bände, welche die »Pfarrer und die Stiftung von Cullerne« in früheren und begüterten Tagen bestellt hatten. Und doch waren diese nur die jünger Geborenen. Um sie herum standen ältere Brüder, denn die Klosterkirche von Cullerne war noch immer im Besitz ihrer Notenbücher aus dem 17. Jahrhundert. Es war eine berühmte Sammlung, einhundert oder mehr Bände, eingebunden in ihr altes schwarzes, glänzendes Kalbleder mit einem großen goldenen Medaillon darauf, ein jeder in der Mitte des Buchdeckels mit einem Aufdruck, »Tenor: Decanti«, »Contratenor: Cantoris«, »Bass« oder »Sopran« versehen. Und innen war Pergament mit rotlinierten Seitenrändern, und auf das Pergament waren Messen und »Hymnen für Solostimmen«

und »Hymnen für den Chor« geschrieben, alle in Kanzleischrift* und mit der unnachgiebigsten schwarzen Tinte. Darin gab es ein großzügiges Inhaltsverzeichnis – mit Mr. Batten und Mr. Gibbons, Mr. Mundy und Mr. Tomkins, Doktor Bull und Doktor Giles, alle fein säuberlich aufgelistet und paginiert, und Mr. Byrd* animierte Sänger, die längst zu Friedhofsmoder geworden waren, »die Schellentrommel, die wohlklingende Harfe und die Gambe hervorzuholen«, und dann, noch fordernder, sechsstimmig und mit einem roten Initial, »die wohlklingende Harfe und die Gambe«.

Sie war für Staub wie gemacht, die Orgelempore – Staub, der herabrieselte, und Staub, der aufstob, der Staub wurmstichigen Holzes, der Staub brüchigen Leders, der Staub zerrissener, von Motten zerfressener Vorhänge, die sich in ihre Bestandteile auflösten, der Staub verblühten grünen Frieses – doch Mr. Sharnall hatte den Staub vierzig Jahre lang eingeatmet und fühlte sich an diesem Ort mehr zu Hause als irgendwo sonst. Wäre es die Insel von Robinson Crusoe gewesen, so wäre er Robinson, Herrscher, so weit das Auge späht.*

»Hier, Sie können diesen Schlüssel haben«, sagte er eines Tages zu Westray, »er passt an der Treppentür. Aber sagen Sie mir entweder, wann ich mit Ihrem Kommen rechnen kann, oder machen Sie sich bemerkbar, sobald Sie die Treppe hochgehen. Ich mag es nicht, wenn man mich erschreckt. Stoßen Sie auf jeden Fall die Tür hinter sich zu; sie schließt von allein. Ich bin immer sehr hinterher, dass die Tür verschlossen ist, man weiß ja sonst nie, welcher Fremde es sich in den Kopf setzt, heraufzusteigen. Ich hasse es, erschreckt zu werden.« Und er schaute sich mit einem merkwürdigen Blick um.

Einige Tage vor dem Besuch des Bischofs war Westray mit Mr. Sharnall auf der Orgelempore. Er war fast den gesamten Gottesdienst lang dort gewesen, und während er auf sei-

212

nem Stuhl in der Ecke saß, hatte er die seltsamen rautenförmigen Hell-Dunkel-Muster beobachtet, welche die Fenster des Lichtgadens mit den Gewölberippen bildeten. Draußen hätte jedermann weiße Wolkeninseln über den blauen Himmel ziehen sehen, und drinnen ließ jede Wolke im Vorüberziehen die wuchtigen winkelförmigen Diagonalrippen deutlich hervortreten und hob das redende Wappen* mit dem von einem Kranz aus Weinblättern eingefassten Kratzkamm* hervor, welches Nicholas Vinnicomb anstelle einer Gewölbeverzierung hatte einsetzen lassen.

Der Architekt hatte gelernt, das überhängende Dach mit einer nahezu abergläubischen Ehrfurcht zu betrachten, und war an diesem Tage so von dem ungewohnten Effekt fasziniert, dass er das Ende des Gottesdienstes erst richtig mitbekam, als Mr. Sharnall sprach.

»Sie sagten doch, dass Sie gern meine Messe in Des hören würden – ›Sharnall in Des‹, nicht wahr? Wenn Sie zuhören mögen, spiele ich sie Ihnen jetzt vor. Natürlich kann ich Ihnen nur einen groben Gesamteindruck vermitteln, ohne Gesang, obwohl ich im Grunde nicht glaube, dass Sie eine weniger gute Vorstellung davon bekommen werden, als es mit irgendwelchen der Stimmen, die wir hier zur Verfügung haben, der Fall wäre.«

Westray erwachte aus seinen Träumen und nahm eine angemessene teilnehmende Haltung an, während Mr. Sharnall die Messe von einem verblassten Manuskript spielte.

»Jetzt«, sagte er, als er sich dem Finale näherte, »hören Sie hin. Das ist der beste Teil – ein fugenartiges ›Gloria‹, das mit einem Orgelpunkt endet. So, sehen Sie – ein tonischer Orgelpunkt, dieses Des, die allerletzte erhöhte Taste auf meiner neuen Pedalklaviatur, ausgehalten bis zum Schluss.« Und er setzte den linken Fuß auf das Pedal. »Wie gefiele Ihnen *das* als ›Magnificat‹?«, sagte er, als es zu Ende war, und Westray hatte all die üblichen Worte der Bewunderung parat. »Es ist nicht schlecht, wie?«, fragte Mr. Sharnall. »Aber das Bravourstück daran ist das ›Gloria‹ – keine echte Fuge, aber fugenartig, mit einem Orgelpunkt. Haben Sie die Wirkung dieses Tons mitbekommen? Ich werde die Note eine Sekunde für sich allein halten, damit Sie diese genau im Ohr haben, und das ›Gloria‹ dann noch einmal spielen.«

Er hielt das Des, und die offene Pfeife drang dröhnend und donnernd durch die langen Bogengänge des Mittelschiffs und in die dunklen Nischen des Triforiums und unter das überhängende Gewölbe und verlor sich vibrierend hoch oben in der Laterne, bis es klang wie das Stöhnen eines sterbenden Riesen.

»Lassen Sie los«, sagte Westray, »das Dröhnen halte ich nicht aus.«

»Sehr gut, jetzt hören Sie hin, während ich Ihnen das ›Gloria‹ vorspiele. Nein, ich glaube, ich sollte besser noch einmal die ganze Messe spielen – wissen Sie, das führt viel natürlicher auf das Finale hin.«

Er begann die Messe erneut und spielte sie mit all der gewissenhaften Aufmerksamkeit und Hingabe, welche der kreative Künstler seinem eigenen Werk zwangsläufig zuteilwerden lassen muss. Er genoss zudem die angenehme Überraschung, welche einen bei der Entdeckung erwartet, dass eine Komposition, die viele Jahre weggelegt und fast vergessen war, besser und kraftvoller ist, als man gedacht hatte, gerade so, wie uns ein ungetragenes Kleid, das wir aus dem Kleiderschrank holen, manches Mal mit seiner Originalität und seinem Wert erstaunt.

Westray stand auf einem Podium am Ende der Empore, was es ihm erlaubte, über den Vorhang hinweg in die Kirche zu sehen. Während er zuhörte, streifte sein Blick durch das Bauwerk, doch würdigte er die Musik deshalb nicht weniger. Nein, er würdigte sie sogar umso mehr, so wie manche Schriftsteller, deren literarische Wahrnehmungskraft und Ausdrucksstärke durch den Einfluss der Musik angeregt werden. Die große Kirche war leer. Janaway war zum Tee gegangen, die Türen waren verschlossen, kein Fremder konnte stören, kein Geräusch war zu hören, kein Gemurmel, keine Stimme, bis auf die Pfeifen der Orgel. Also hörte Westray zu. Halt, waren da keine anderen Stimmen? War da nichts, das er hörte – nichts, das in ihm sprach? Anfangs nahm er lediglich etwas Unbestimmtes wahr – etwas, das seine Aufmerksamkeit von der Musik ablenkte, und dann verwandelte sich der störende Einfluss in eine andere Stimme, die sich leise, aber sehr deutlich über »Sharnall in Des« hinweghob. »Der Bogen schläft nie«, sagte die sanfte und unheilvolle Stimme. »Der Bogen schläft nie. Man hat uns eine Last aufgebürdet, die zu schwer zu tragen ist. Wir verschieben sie, wir schlafen nie.« Und sein Blick wanderte zu den Kreuzbogen unterhalb des Turms. Dort, über der Wölbung des südlichen Querschiffs, zeigte sich der große Riss, schwarz und gezackt wie ein Blitz, so wie er sich ein Jahrhundert lang zu jeder Zeit gezeigt hatte – unverändert für den gewöhnlichen Beobachter, nicht jedoch für den Architekten. Unverwandt betrachtete er ihn für einen Augenblick und verließ dann die Empore, wobei er Mr. Sharnall und die Musik vergaß, und machte sich auf den Weg zu dem Holzpodest, welches die Maurer unter dem Dach errichtet hatten.

Mr. Sharnall bemerkte nicht einmal, dass Westray nach unten gegangen war, und stürzte sich *con furore** in das »Gloria«. »Geben Sie mir das ganze Hauptwerk«, rief er dem Architekten zu, den er hinter sich glaubte, »geben Sie mir das ganze Hauptwerk, bis auf das Zungenregister«,* und zog die Registerzüge selbst heraus, als eine Reaktion ausblieb. »Diesmal ging es besser – deutlich besser«, sagte er, während die letzte Note ausklang, und drehte sich dann um, um Westrays Kommentar zu hören; doch die Empore war leer – er war allein.

»Der Teufel soll den Burschen holen!«, sagte er. »Er hätte mir wenigstens Bescheid sagen können, dass er geht. Ach, was soll's, es ist alles schlechtes Zeug, gar kein Zweifel.« Und er schloss das Manuskript mit zögernder und liebevoller Hand, die ganz im Widerspruch zu einer solch harschen Kritik stand. »Es ist schlechtes Zeug. Wie komme ich dazu, zu denken, dass es sich irgendwer anhören will?«

Es war ganze zwei Stunden später, als Westray schnell in das Zimmer des Organisten im »Haus Bellevue« kam.

»Ich bitte vielmals um Verzeihung, Sharnall«, sagte er, »dass ich Sie einfach so habe sitzen lassen. Sie müssen mich für unhöflich und undankbar gehalten haben; tatsächlich aber war ich so erschrocken, dass ich darüber vergessen habe, Ihnen zu sagen, warum ich gehen muss. Während Sie spielten, habe ich zufällig einen Blick hinauf auf diesen großen Riss über dem Bogen des südlichen Querschiffs geworfen und etwas gesehen, das sehr nach danach aussah, als hätte es dort in jüngster Zeit Bewegung gegeben. Ich bin sofort hinauf auf das Gerüst gegangen und seitdem die ganze Zeit dort gewesen. Das Ganze gefällt mir gar nicht. Mir scheint, dass der Riss sich öffnet und länger wird. Es könnte ein großes Unheil drohen, und ich habe beschlossen, heute Abend mit dem letzten Zug nach London zu fahren. Ich muss sofort Sir Georges Farquhars Meinung einholen.«

Der Organist knurrte. Die Wunde, welche seinen Gefühlen zugefügt worden war, hatte tief geschwärt, und der Groll war liebevoll genährt worden. Westray gehörten eigentlich Mores gelehrt, und er bedauerte, dass die Erklärung so einleuchtend war und ihn seiner Gelegenheit beraubte.

»Bitte, Sie müssen sich nicht entschuldigen«, sagte er, »mir ist gar nicht aufgefallen, dass Sie gegangen sind. Genau gesagt habe ich ganz vergessen, dass Sie da gewesen sind.«

Westray war zu sehr von seiner Entdeckung eingenommen, um die Verärgerung des anderen zur Kenntnis zu nehmen. Er war einer jener leicht erregbaren Menschen, die Eile mit Geistesgegenwart verwechseln.

»Ja«, sagte er, »ich muss in einer halben Stunde nach London aufbrechen. Die Angelegenheit ist viel zu ernst, um sie auf die leichte Schulter zu nehmen. Es ist durchaus möglich, dass wir die Orgel stilllegen müssen, oder sogar gänzlich die Benutzung der Kirche verbieten, bis wir den Bogen mit Streben abstützen können. Ich muss los und meine Sachen zusammenpacken.«

Und so warf er sich, mit heldenhafter Bereitwilligkeit und Entschlossenheit, in den letzten Zug und verbrachte den Großteil der Nacht damit, an jeder kleinen Wegstation Halt zu machen, wo doch ein Brief oder der Schnellzug von Cullerne Road am nächsten Morgen seinem Zweck ebenso genügt hätten.

Dreizehntes Kapitel

wurde nicht zum Schweigen gebracht und auch der Gottesdienst wurde nicht ausgesetzt. Sir George kam herunter nach Cullerne, nahm den Bogen in Augenschein und hänselte den ihm Unterstellten wegen einer Besorgnis, die man für ungerechtfertigt halten durfte. Ja, die Mauer über dem Bogen *habe* sich ein wenig verschoben, jedoch nicht mehr, als es infolge der Ausbesserungsarbeiten, welche an dem Gewölbe durchgeführt wurden, zu erwarten gewesen wäre. Die alte Mauer fände lediglich ihre richtige Position – ganz ehrlich gesagt hätte es ihn sogar überrascht, wenn sich nichts verschoben hätte –, so sei sie viel sicherer.

Kanonikus Parkyn war bester Laune. Er erfreute sich daran, den unverschämten und übereifrigen jungen Bauleiter in seine Schranken zurückverwiesen zu sehen; und Sir George hatte im Pfarrhaus zu Mittag gegessen. Der scherzhafte Vorschlag, dass Sir George auf die Begleichung seines Honorars warten solle, bis der Turm einstürze, welcher durch den Umstand, dass alle Zahlungen nun von Lord Blandamer geleistet wurden, eine neue Pointe erfuhr, wurde ein weiteres Mal unterbreitet. Das Hahaha, das mit dieser Witzelei einherging, ermüdete schließlich selbst den robusten Sir George, und er zuckte unter einem Stoß in die Rippen zusammen, den ihm der Kanonikus, ermutigt durch ein Extraglas Portwein, versetzte.

»Schon gut, Herr Pfarrer«, sagte er, »die Erfahrung kommt eben mit dem Alter. Mr. Westray hat ganz recht daran getan, mich in dieser Angelegenheit zu konsultieren. Es sieht in der Tat beunruhigend aus; man muss schon *erfahren* sein, um solche Dinge zu durchschauen.« Und er zog seinen Kragen hoch und richtete seine Krawatte.

Westray gab sich damit zufrieden, die Entscheidung seines Vorgesetzten als Glaubensfrage zu akzeptieren, doch überzeugt war er nicht. Der schwarze Blitz hatte sich auf die Netzhaut seines geistigen Auges gebrannt, stets hatte er das ruhelose Schreien der Bogen im Ohr und nur selten lief er durch die Vierung, ohne es zu hören. Doch er ertrug die Rüge mit beispielhafter Ergebenheit − umso mehr noch zeigte er großes Interesse an einigen Besuchen, welche Lord Blandamer ihm in dieser Zeit abstattete. Mehr als einmal kam Lord Blandamer abends im »Haus Bellevue« vorbei, selbst zu so später Stunde wie neun Uhr, und saß zwei Stunden mit Westray beisammen, blätterte in den Plänen und besprach mit ihm die Restaurierung. Der Architekt lernte seine charmante Art schätzen und wunderte sich jedes Mal wieder über die Kenntnisse in Architektur und die Urteilskraft, welche er bewies. Mr. Sharnall gesellte sich manches Mal für einige Minuten hinzu, doch Lord Blandamer schien nie ganz unbefangen, wenn der Organist anwesend war, und Westray konnte sich des Eindrucks nicht erwehren, dass Mr. Sharnall zuweilen taktlos und sogar unhöflich war, bedachte man, dass er Lord Blandamer für die neuen Pedale und neuen Blasebalge und eine Wasserpresse und womöglich sogar für die vollständige Reparatur der Orgel zu Dank verpflichtet war.

»Ich kann gar nicht anders, als ihm ›zu Dank verpflichtet zu sein‹, wie Sie es so vornehm ausdrücken«, sagte Mr. Sharnall eines Abends, als Lord Blandamer gegangen war. »Ich kann ihn nicht davon abhalten, neue Blasebalge oder eine neue Pedalklaviatur zu spenden. Und wir wollen die neue Klaviatur und die zusätzlichen Pfeifen ja wirklich haben. In ihrem jetzigen Zustand kann ich keine deutsche Musik darauf spielen, kann einen Großteil von Bachs Orgelwerk nicht anschlagen. Wer kann zu diesem Mann schon Nein sagen, wenn er beschließt, die Orgel umzubauen? Aber ich werde vor niemandem zu Kreuze kriechen, und am allerwenigsten vor ihm. Wollen Sie, dass ich vor ihm auf dem Bauch rutsche, weil er ein Lord ist? Pah! Wir alle könnten ein Lord sein wie er. Geben Sie mir noch eine Woche mit Martins Papieren und ich werde Ihnen die Augen öffnen. Ja, gucken Sie nur und rümpfen Sie von mir aus die Nase, aber dann werden Sie die Augen schon noch aufmachen. *Ex oriente lux** – von dort kommt das Licht, aus Martins Papieren. Wenn diese Firmung erst einmal vorbei ist, werden Sie sehen. Ich kann mich den Papieren nicht widmen, solange diese nicht vorüber ist. Wozu wollen die Leute diesen Jungs und Mädchen die Firmung erteilen? Damit macht man aus natürlichen Kindern nur Heuchler. Ich hasse das ganze Theater. Wenn die Leute ihre Ansichten kundtun wollen, sollen sie es mit fünfundzwanzig tun; dann würden wir glauben, dass sie halbwegs wissen, wovon sie reden.«

Der Tag des Bischofsbesuchs war herangekommen, der Bischof selbst war eingetroffen, er hatte die Tür des »Hauses Bellevue« betreten, er war von Miss Euphemia Joliffe aufgenommen worden wie von jemandem, der wissentlich einen Engel beherbergt,* er hatte in Mr. Sharnalls Zimmer zu Mittag gegessen und das kalte Lamm zu sich genommen und den Stilton und sogar die Apfelweinbowle, in dem Maße, wie es sich für einen gesunden und gutherzigen Bischof mit Rücksicht auf seinen Gastgeber geziemt.

»Das war ein Mittagessen ganz so wie in Oxford, das du mir da serviert hast«, sagte er. »Deine Hauswirtin ist in guter Tradition erzogen worden.« Und er lächelte, keinen Zweifel daran hegend, dass er die übliche Kost des Hauses zu sich genommen hatte und dass Mr. Sharnall alle Tage so üppig speiste. Er ahnte nicht, dass das Mahl in gleicher Weise inszeniert war wie ein Essen auf einer Theaterbühne, und dass da anstelle des kalten Lamms und des Stiltons und der Apfelweinbowle für gewöhnlich eine fast leere Dose Schmalzfleisch stand und – ein Viertelpint billiger Whisky.

»Ein Mittagessen ganz so wie in Oxford.« Und dann fingen sie an, über die alten Zeiten zu reden, und der Bischof nannte Mr. Sharnall »Nick« und Mr. Sharnall nannte den Bischof von Carisbury »John«; und sie liefen durch das Zimmer, wobei sie sich Bilder von Collegegruppen und Collegeachtern ansahen, und der Bischof nahm sehr liebevoll das kleine Aquarell in Augenschein, welches Mr. Sharnall einst von dem Innenhof gemalt hatte; und sie erkannten darauf ihre eigenen alten Zimmer und die verschiedener anderer ihnen bekannter Männer.

Die Unterhaltung tat Mr. Sharnall gut – er fühlte sich mit jedem Augenblick wohler. Er hatte sich vorgenommen, dem Bischof gegenüber sehr ehrfürchtig und zurückhaltend zu sein – besonders würdevoll und unaufdringlich höflich. Er hatte zeigen wollen, dass Nicholas Sharnall in der Lage war, sich seine entschlossene Unabhängigkeit zu bewahren, und sich nicht einschmeicheln oder eingestehen würde, irgendjemandem geistig unterlegen zu sein, auch wenn John Willis die Gamaschen tragen mochte. Er hatte eine Tirade gegen die Firmung ablassen wollen, gegen die Vernachlässigung der Musik, gegen die Pfarrer, vielleicht mit einem Seitenhieb auf die Bischöfe im Oberhause. Doch nichts von dem hatte er getan, denn weder Ehrfurcht noch Zurückhaltung noch Rechthaberei waren in der Gesellschaft von John Willis denkbar. Er hatte einfach nur ein gutes Mittagsmahl zu sich genommen und sich mit einem liebenswürdigen, freisinnigen Mann von Welt unterhalten, lange genug, um sein abgestumpftes Herz zu erwärmen und ihm das Gefühl zu geben, dass das Leben noch Hoffnungen bot.

Es gibt eine Glocke, die eine Dreiviertelstunde vor jedem Gottesdienst in Cullerne einige Mal läutet. Sie wird Burgess Bell genannt – die »Bürgerglocke« –, weil sie, so sagen manche, jene Bürger, die in einiger Entfernung wohnten, darauf hinweisen sollte, dass es an der Zeit sei, sich auf den Weg in die Kirche zu machen; während andere darauf bestehen, dass »Burgess« lediglich eine verkommene Form von *expergiscere* ist – »Erwachet!, erwachet!« –, damit jene, die schliefen, sich zum Gebet erheben mochten. Die ruhige Nachmittagsluft vibrierte noch von den Schlägen der Burgess Bell, und der Bischof stand auf, um sich zu verabschieden.

War es zu Beginn ihres Gespräches noch der Organist von Cullerne gewesen, der sich unwohl gefühlt hatte, so war es nun an dessen Ende der Bischof von Carisbury, der in Verlegenheit geriet. Er hatte sich mit einer bestimmten Absicht bei Mr. Sharnall zum Mittagessen eingeladen, doch hatte er nichts unternommen, um diese zu erfüllen. Er hatte erfahren, dass sein alter Freund schlimme Zeiten durchmachen musste und, umso schlimmer, üble Gewohnheiten angenommen hatte – dass jenes Laster, welches seine Laufbahn in Oxford zerstört hatte, im fortgeschrittenen Alter mit neuer Leidenschaft abermals ausgebrochen war, dass Nicholas Sharnall die göttliche Strafe eines Trunkenboldes drohte.

Es hatte lichte Augenblicke im Leben des Organisten gegeben; die Seuche ruhte über Jahre und brach dann aus, um alle einmal gemachten Fortschritte rückgängig zu machen. Es war wie beim »Pferderennspiel«, in dem das kleine Bleipferdchen stetig vorgerückt wird, bis zu guter Letzt der Würfel die schicksalhafte Zahl zeigt und das Rennpferd einmal aussetzen oder sechs Felder zurückgehen oder, und zwar im schlimmsten Falle, wieder ganz von vorne beginnen muss. Es war in der verzweifelten Hoffnung gewesen, etwas zu tun, wie wenig es auch sein mochte, um einen Mann auf seinem Weg nach unten aufzuhalten, dass der Bischof ins »Haus Bellevue« gekommen war; er hoffte, das Wort, welches helfen sollte, zu seiner Zeit* zu sagen. Doch bisher hatte er nichts gesagt. Er fühlte sich wie ein Kirchendiener, der bei seinem Vorsteher um ein Gespräch ersucht hatte, um eine Aufstockung seiner Bezüge zu erbitten, und dann aus Angst, die Sache zur Sprache zu bringen, vorgibt, wegen einer anderen Angelegenheit gekommen zu sein. Er fühlte sich wie ein Sohn, der arg in der Klemme sitzt und sich danach sehnt, den Rat seines Vaters zu erfragen, oder wie eine ausschweifende Ehefrau, die auf ihre Gelegenheit wartet, eine schwere Schuld zu bekennen.

»Viertel nach drei«, sagte der Bischof, »ich muss gehen. Es war mir eine große Freude, sich der alten Zeiten zu erinnern. Ich hoffe, wir treffen uns bald wieder – aber denk daran, dass du nun an der Reihe bist, mich zu besuchen. Carisbury ist nicht so weit entfernt, also komm auch. Es steht immer ein Bett für dich bereit. Begleitest du mich jetzt die Straße hinauf? Ich muss zum Pfarrhaus gehen, und ich vermute, dass du zur Kirche gehst, nicht wahr?«

»Ja«, sagte Mr. Sharnall, »wenn du einen Augenblick wartest, komme ich mit dir. Ich nehme nur noch ein Schlückchen, bevor ich gehe, wenn du mich entschuldigst. Ich fühle mich ziemlich mitgenommen, und der Gottesdienst ist lang. Du trinkst natürlich nichts mit?« Und er ging zu dem Schrank.

Die Gelegenheit des Bischofs war gekommen.

»Nicht, Sharnall. Nicht, Nick«, sagte er, »trink dieses Zeug nicht. Verzeih mir, dass ich so offen spreche, die Zeit ist so kurz. Ich spreche hier nicht als Bischof oder von geistlicher Warte aus, sondern lediglich als ein irdischer Mann zum anderen, lediglich als ein Freund zum anderen, denn ich kann es nicht ertragen, dich so weitermachen zu sehen, ohne den Versuch zu unternehmen, dich aufzuhalten. Sei nicht gekränkt, Nick«, fügte er hinzu, als er den veränderten Gesichtsausdruck des anderen sah, »unsere Freundschaft gibt mir das Recht zu sprechen; die Geschichte, die du dir selbst ins Gesicht schreibst, gibt mir das Recht zu sprechen. Gib es auf. Noch ist es Zeit, sich zu wandeln – gib es auf. Lass mich dir helfen. Gibt es denn nichts, das ich tun kann, um dir zu helfen?«

Der verärgerte Blick, welcher auf Mr. Sharnalls Gesicht lag, war Traurigkeit gewichen.

»Dir fällt alles sehr leicht«, sagte er, »du hast alles getan im Leben und hast eine lange Reihe von Meilensteinen hinter dir, die zeigen, wie du vorangekommen bist. Ich habe nichts getan, außer rückwärts zu gehen, und habe all die Meilensteine vor mir, die zeigen, wie ich versagt habe. Es ist leicht, mir Vorwürfe zu machen, wenn man alles hat, was man begehrt – Rang und Namen, Reichtum, einen lebendigen Glauben, der dich daran festhalten lässt. Ich bin niemand, bettelarm, habe keine Freunde und glaube nicht die Hälfte von dem, was wir in der Kirche sagen. Was soll ich tun? Niemand schert sich einen Deut um mich. Welchen Lebensinhalt habe ich denn? Zu trinken ist die einzige Möglichkeit, die ich habe, ein wenig Lebensfreude zu empfinden, für einige Augenblicke die schreckliche Gewissheit zu verlieren, ein Außenseiter zu sein, für einen Moment die Erinnerung an glückliche, längst vergangene Tage zu verlieren: Das ist von allen die schlimmste Qual, Willis. Mach es mir nicht zum Vorwurf, wenn ich trinke, es ist genauso mein *elixir vitae** wie das von Paracelsus.«* Und er drehte den Knauf der Schranktür.

»Nicht«, sagte der Bischof abermals und legte seine Hand auf den Arm des Organisten, »tu es nicht, rühr es nicht an. Mach den Erfolg nicht zu einem Lebensmaßstab; sprich nicht vom ›Vorwärtskommen‹. Wir werden nicht danach gerichtet, wie wir vorwärtsgekommen sind. Komm mit mir mit. Zeig, dass du deine alte Entschlossenheit besitzt, deine alte Willenskraft.«

»Mir fehlt einfach die Kraft«, sagte Mr. Sharnall, »ich kann mir nicht helfen.« Doch er nahm seine Hand von der Schranktür.

»Dann lass mich dir helfen«, sagte der Bischof und er öffnete den Schrank, fand eine halb ausgetrunkene Flasche Whisky, trieb den Korken fest hinein und klemmte sich die Flasche im Rockschoß seines Mantels unter den Arm. »Komm schon.«

Und so lief der Bischof von Carisbury mit einer Whiskyflasche unterm linken Arm die Hauptstraße von Cullerne hinauf. Doch niemand konnte es sehen, denn sie war unter seinem Mantel versteckt; man sah lediglich, dass er seinen rechten Arm in Mr. Sharnalls eingehängt hatte. Einige hielten dies für einen Akt christlicher Nachsicht, andere jedoch priesen die vergangenen Zeiten; Bischöfe verlören zunehmend an gesellschaftlichem Ansehen, sagten sie, und ein trauriger Tag sei es für die Kirche, wenn man in aller Öffentlichkeit zu sehen bekam, wie sie mit Leuten verkehrten, die ihnen so offensichtlich untergeben waren.

»Wir müssen einander öfter sehen«, sagte der Bischof, als sie unter der Arkade vor den Läden entlanggingen. »Du musst diesem Sumpf irgendwie entkommen. Du darfst nicht erwarten, es alles auf einmal zu bewältigen, aber wir müssen einen Anfang machen. Deine Verlockung habe ich dir genommen, hier unter meinem Mantel, und du musst jetzt sofort den ersten Schritt tun. Du musst mir nun ein Versprechen geben. In sechs Tagen muss ich wieder in Cullerne sein, und ich werde zu dir kommen. Du musst mir versprechen, dass du in diesen sechs Tagen keinen Tropfen anrührst, und wenn ich dann heimreise, musst du mit mir nach Carisbury zurückfahren und ein paar Tage mit mir verbringen. Versprich mir das, Nick. Die Zeit drängt und ich muss los, aber zuerst musst du mir dein Versprechen geben.«

Der Organist zögerte einen Augenblick, doch der Bischof packte ihn am Arm.

»Versprich mir das. Ich gehe nicht, bevor du es mir versprochen hast.«

»Ja, ich verspreche es.«

Und die verlogene und zwieträchtige Mrs. Flint, die gerade vorbeiging, erzählte hinterher, dass sie zufällig mitbekommen habe, wie der Bischof mit Mr. Sharnall die besten Wege erörtert hätte, den Ritualismus* in der Klosterkirche einzuführen, und wie der Organist versprochen hätte, sein Allerbestes zu tun, um ihm dabei behilflich zu sein, soweit es den musikalischen Teil der Messe betraf.

Die Firmung ging ohne ein Malheur zu Ende, außer dass zwei Jungen der Lateinschule von ihrem Lehrer einen offenen und wohlverdienten Tadel erhielten, weil sie mit Handschuhen von viel hellerem Schiefergrau erschienen waren, als es in irgendeiner Weise schicklich gewesen wäre, und dieser Umstand die jüngste Miss Bulteel in einen Zustand hysterischen Gekichers versetzt hatte, sodass ihre Mutter gezwungen war, sie aus der Kirche zu entfernen, und ihr somit die geistlichen Privilegien ein weiteres Jahr lang vorenthielt.

Mr. Sharnall ertrug seine Probezeit tapfer. Drei Tage waren vergangen, und er hatte sein Versprechen nicht gebrochen — nein, nicht das kleinste Bisschen. Es waren Tage mit herrlichem Wetter gewesen, klare Herbsttage mit blauem Himmel und einer erfrischenden Luft. Es waren heitere Tage für Mr. Sharnall gewesen; er selbst war erheitert — er spürte neues Leben in seinen Adern fließen. Die Worte des Bischofs hatten ihm gutgetan; er war ihm von Herzen dankbar dafür. Das Trinken aufzugeben hatte ihm nicht geschadet. Seine Abstinenz bekam ihm gut. Sie war ihm überhaupt nicht aufs Gemüt geschlagen, im Gegenteil, er war besser gelaunt, als er es seit Jahren gewesen war. Seit diesem Gespräch waren ihm die Augen aufgegangen; er hatte seine rechte Orientierung wiedergefunden, er begann die Wahrheiten des Lebens zu erkennen. Wie er seine Zeit vergeudet hatte! Warum war er nur so mürrisch gewesen? Warum nur hatte er seiner

Übellaunigkeit gekrönt? Warum hatte er dem Leben bloß so feindselig gegenübergestanden? Er würde allen Neid und alle Scheelsucht begraben, er würde keine Feindschaften pflegen, er würde toleranter sein – oh, um so vieles toleranter, er würde die ganze Menschheit umarmen – ja, sogar Kanonikus Parkyn. Vor allem würde er einsehen, dass er in recht fortgeschrittenem Alter war, er würde besonnener sein, würde bleiben lassen, was kindisch war,* würde entschieden seine absurde Vernarrtheit in Anastasia aufgeben. Welch lächerlicher Gedanke – ein alter, griesgrämiger Sechzigjähriger, der eine Zuneigung für ein junges Mädchen hegte! Von nun an sollte sie ihm nichts mehr bedeuten. Nein, das wäre töricht. Es wäre nicht gerecht ihr gegenüber, ihr jegliche Freundschaft zu entziehen; er könnte ihr in väterlicher Weise zuneigt sein – wie ein Vater, und nicht mehr. Er würde all den Torheiten Lebewohl sagen und sein Leben sollte kein bisschen leerer sein ob des Verlusts. Er würde es mit Interessen füllen – allen möglichen Interessen, und seine Musik käme an erster Stelle. Er würde das Oratorium wieder aufgreifen – »Absalom« –, welches er sich über Jahre durch den Kopf hatte gehen lassen, und es zu Ende bringen. Er hatte einige Verse zur Hand; er würde das Basssolo ausarbeiten, »O Absalom, mein Sohn, mein Sohn!«,* und den daran anschließenden zweichörigen Refrain, »Macht euch bereit, ihr Helden, auf und entblößt eure Schwerter!«

So hielt er freudig Zwiesprache mit seinem Herzen und fühlte sich über die Maßen beschwingt von der großen und plötzlichen Wandlung, welche in ihm vorgegangen war, ohne zu erkennen, dass die Wolken nach dem Regen zurückkehren und dass die Katze das Mausen genauso schnell wieder anfangen kann, wie ein Mann seine Gewohnheiten ändert. Eine Gewohnheit mit fünfundfünfzig oder fünfundvierzig oder fünfunddreißig ändern, den Flüssen heißen, bergauf zu fließen, die strenge Folge von Ursache und Wirkung umkehren – wie oft wagen wir zu sagen, dass dies geschieht? *Nemo repente** – niemand ist je von heute auf morgen tugendhaft geworden. Eine kurze Seelenqual kann unsere Triebe zähmen und das Böse in uns lähmen – für eine Weile, gerade so, wie Chloroform unsere körperlichen Sinne betäuben kann, doch kann ein plötzlicher Sinneswandel nie von Dauer sein; plötzliche Reue ist im Leben wie im Tode gleichermaßen unmöglich.

Auf drei glückliche Tage folgte einer jener dunklen und finsteren Morgen, an denen das trostlose Leben noch trostloser erscheint und die düstere Stimmung der Natur sich nur zu genau im unsteten Wesen eines Menschen widerspiegelt. Auf die gesunde Jugend bleiben klimatische Einflüsse ohne Wirkung, und das robuste mittlere Alter, so es diese wahrnimmt, geht unverwandt oder gleichmütig mit einem *cela passera, tout passera** weiter seines Wegs. Den Schwachen und Gescheiterten aber legen sich Tage wie diese schwer aufs Gemüt und erzeugen bei ihnen eine mürrische Niedergeschlagenheit, und so geschah es bei Mr. Sharnall.

Um die Mittagessenszeit war er sehr unruhig. Vom Meer her zog ein dichter, düsterer Nebel heran, der sich in großen Ballen über die Cullerner Niederung wälzte, bis seine Ausläufer den Stadtrand erreichten. Danach ließ er sich in den Straßen nieder und nahm sich seine bevorzugte Bleibe im »Haus Bellevue«, bis Miss Euphemia so sehr hustete, dass sie zwei Ipekakuanha-Pastillen* einnehmen musste und Mr. Sharnall genötigt war, sich eine Lampe bringen zu lassen, damit er sein Essen sehen konnte. Er ging hinauf in Westrays Zimmer, um zu fragen, ob er seine Mahlzeit oben einnehmen könne, erfuhr jedoch, dass der Architekt nach London gefahren war und erst mit dem Abendzug wieder zurück sein würde, und so blieb er sich selbst überlassen.

Er aß ein wenig, und als das Essen vorüber war, machte ihm

seine Depression so sehr zu schaffen, dass er sich vor einem wohlvertrauten Schrank stehen sah. Möglicherweise war es die Enthaltsamkeit der letzten drei Tage, welche sich bei ihm bemerkbar gemacht hatte und ihn trieb, Zuflucht zu seinem gewohnten Tröster zu nehmen. Es war rein instinktiv, dass er zu dem Schrank ging, er war sich dessen nicht einmal bewusst, bis er die geöffnete Tür in der Hand hielt. Dann kehrte seine Entschlossenheit zurück, womöglich bestärkt von der Vorstellung, dass der Schrank leer war (denn der Bischof hatte den Whisky mitgenommen), und er schloss rasch die Tür. War es möglich, dass er sein Versprechen so schnell vergessen hatte, er dem Sumpf wieder so gefährlich nah gekommen war und erneut darin zu versinken drohte, nach den glänzenden Aussichten der letzten Tage, nach einem so lichten Augenblick? Er ging an sein Schreibpult und vergrub sich in Martin Joliffes Papieren, bis die Burgess Bell den Nachmittagsgottesdienst ankündigte.

Allmählich wichen die Düsterkeit und der Nebel einem Nieselregen, der sich im Laufe des Nachmittags in einen anhaltenden Regenschauer auflöste. So heftig war er, dass Mr. Sharnall das undeutliche Rauschen von Millionen von Regentropfen auf den schmalen Blechdächern hören konnte und ihr lauteres Rasseln und Prasseln, wenn sie gegen die Fenster in der Laterne des nördlichen Querschiffs schlugen. Er war in schlechter Laune, als er von der Empore herunterkam. Die Chorjungen hatten einschläfernd und zu tief gesungen, Jaques hatte mit seiner rauen und gepressten Stimme das Tenorsolo verschandelt, und der alte Janaway erinnerte sich hinterher daran, dass Mr. Sharnall ihn keines Grußes gewürdigt hatte, als er zornig und mit großen Schritten den Gang hinabgegangen war.

Seine Stimmung war nicht besser, als er im »Haus Bellevue« ankam. Er war nass und durchgefroren und im Kamin brannte kein Feuer, denn es war noch zu früh im Jahr, um sich einen solchen Luxus zu leisten. Er würde in die Küche gehen und dort seinen Tee trinken. Es war Samstagnachmittag. Miss Joliffe würde beim Dorcas-Treffen sein, doch Anastasia würde da sein, und dieser Gedanke ereilte ihn wie ein Sonnenstrahl in einer dunklen und finsteren Zeit. Anastasia würde da sein, und zwar allein; er würde am Feuer sitzen und eine Tasse Tee trinken, während Anastasia mit ihm reden und sein Herz erfreuen würde. Er klopfte sacht an die Küchentür, und als er sie öffnete, fuhr ihm eine Böe feuchter Luft wie ein Backenstreich ins Gesicht – der Raum war leer. Durch ein halb offenes Schiebefenster war der Regen eingedrungen und hatte die Platte des Kiefernholztisches, welcher unter dem Fenster stand, dunkel gefärbt; vom Feuer war nicht mehr als glimmende Asche übrig. Während er überlegte, schloss er instinktiv das Fenster. Wo konnte Anastasia sein? Sie musste die Küche schon vor geraumer Zeit verlassen haben, anderenfalls wäre das Feuer nicht so heruntergebrannt und sie hätte gesehen, dass es hereinregnete. Sie musste oben sein. Sicherlich hatte sie sich Westrays Abwesenheit zunutze gemacht, um dessen Zimmer herzurichten. Er würde zu ihr hinaufgehen; vielleicht gab es ja in Westrays Zimmer ein Feuer.

Er stieg die gewundene Steintreppe hinauf, die wie ein breiter Quell von oben nach unten durch die alte »Hand Gottes« floss. Die steinernen Stufen und der steinerne Boden des Korridors, die mit Stuck verzierten Wände und das gewölbte Stuckdach, in welchem sich das Oberlicht befand, machten die karge Treppe zu einem Flüstergewölbe, und noch ehe Mr. Sharnall halb hinaufgestiegen war, vernahm er Stimmen.

Es waren Stimmen, die sich miteinander unterhielten; Anastasia hatte Gesellschaft. Und dann hörte er, dass eine davon einem Mann gehörte. Mit welchem Recht befand sich ein Mann in Westrays Zimmer? Welcher Mann besaß ein

Recht, sich mit Anastasia zu unterhalten? Eine böse Ahnung ging ihm durch den Kopf – nein, das war ganz unmöglich. Er würde nicht den Lauscher machen oder sich näher heranschleichen, um heimlich zuzuhören, doch während er so überlegte, war er ein oder zwei Stufen höher gestiegen und die Stimmen waren nun deutlicher. Anastasia hatte zu Ende geredet und der Mann fing wieder an. Für einen Moment, in welchem die Hoffnung, dass dem nicht so sei, die Befürchtung, dass dem so war, zerstreute, war Mr. Sharnall unsicher; und dann wichen die Zweifel, und er wusste, dass es die Stimme Lord Blandamers war.

Der Organist sprang sehr schnell zwei oder drei Stufen hinauf. Er würde direkt zu ihnen gehen – direkt in Westrays Zimmer. Er würde ... Und dann hielt er inne. Er würde *was* tun? Welches Recht hatte er eigentlich, dort hineinzugehen? Was hatte er mit ihnen zu schaffen? Was hatte überhaupt irgendwer dort zu schaffen? Er blieb stehen, dann machte er kehrt und ging wieder nach unten, wobei er sich sagte, dass er ein Narr war – dass er aus einer Mücke einen Elefanten machte, dass es im Grunde nicht einmal eine Mücke gab – jedoch verspürte er die ganze Zeit über ein ungutes Gefühl in der Brust, als ob eine Hand sein Herz umklammert hielte und es zusammendrückte. Als er in sein Zimmer zurückkehrte, sah dieses noch düsterer aus denn je zuvor, doch das machte jetzt nichts, denn er würde nicht dort bleiben. Er kam nur kurz herein, um die ganzen losen Blätter von Martin Joliffe wieder in das Schreibpult zurückzuschieben, die durcheinander auf der aufgeklappten Schreibplatte lagen. Er lachte grimmig, als er sie zurücktat, und verschloss sie. *Le jour viendra qui tout paiera.** Diese Papiere bargen eine Rache, die alles Unrecht wiedergutmachen würde.

Im Korridor nahm er seinen schweren und durchnässten Mantel vom Haken und dachte mit einiger Genugtuung darüber nach, dass das schlechte Wetter diesem nicht ernsthaft

etwas anhaben konnte, da er vom Tragen schon grün geworden war und ersetzt werden musste, sobald er sein nächstes
vierteljährliches Gehalt bekäme. Der Regen fiel noch immer
in Strömen, doch er *musste* hinausgehen. Vier Wände waren
zu eng, um seine gereizte Stimmung zu ertragen, und die
Traurigkeit der äußeren Natur passte gut zu einer bedrück-
ten Seele. Also schloss er lautlos die Haustür und stieg die
halbrunde Steintreppe der »Hand Gottes« hinab, genauso
wie Lord Blandamer diese an jenem bedeutsamen Abend, als
Anastasia ihn zum ersten Mal gesehen hatte, hinabgestiegen
war. Er blickte sich nach dem Haus um, genauso wie Lord
Blandamer sich damals umgeblickt hatte, aber er hatte nicht
dasselbe Glück wie sein illustrer Vorgänger, denn Westrays
Fenster war fest verschlossen und niemand dort zu sehen.

»Ich wünschte, ich müsste dieses Haus nie wieder betrachten«, sagte er zu sich selbst, halb im Ernst und halb mit jenem
Zynismus, zu welchem die Menschen neigen, weil sie wissen,
dass das Schicksal sie selten beim Wort nimmt.

Eine Stunde oder länger wanderte er ziellos umher und
fand sich bei Einbruch der Nacht am westlichen Rande der
Stadt wieder, wo eine kleine Gerberei den letzten Anschein
von gewerblicher Tätigkeit in Cullerne wahrt. Hier ist es,
wo der Cull, welcher über Meilen unter Weiden und Erlen
dahingeflossen ist, durch niederes, von Sumpfdotterblumen
goldenes oder nach Mädesüß* duftendes Weideland, vorbei
an Kuckucksblumen und Kannenpflanzen und Schwertlilien
und wippenden Seebinsen, mit besseren Traditionen bricht
und ein gewöhnlicher Stadtkanal wird, ehe er sich an den Kai-
anlagen verbreitert und in die sandige Gischt des Priels mün-
det. Mr. Sharnall hatte gemerkt, dass er müde war, und er
blieb stehen und beugte sich über das eiserne Geländer, welches die Straße vom Fluss abgrenzt. Bis er stehen geblieben
war, hatte er nicht geahnt, wie müde er war, und auch nicht,

wie sehr der Regen ihn durchnässt hatte, bis er den Kopf ein wenig vorneigte und ein Wasserfall von der Krempe seines abgewetzten Hutes stürzte.

Es war ein einsamer und trostloser Strom, auf den er da sah. Die flachen Holzhäuser der Gerberei ragten teilweise über das Wasser und wurden von Eisenpfählen gestützt, an denen wassergebleichte Häute und widerliche Gebinde von Innereien befestigt waren, die langsam von einer Seite zur anderen schwangen, wenn der Fluss sie erfasste. Das Wasser ist hier etwas mehr als drei Fuß tief, und unter der schmutzigen Strömung kann man den sandigen Grund sehen, auf dem Geflechte von derbem Entenkraut wachsen. Mr. Sharnall erschienen diese Geflechte, die von einem so dunklen und vom Abwasser schmutzigen Grün waren, dass es im schwächer werdenden Licht nahezu schwarz wurde, wie untergegangene Haarzöpfe, und in Gedanken ersann er Geschichten um sie herum, während die Strömung sie jetzt hin und her schlingern ließ, und spann diese nun lang und breit aus.

Er beobachtete die Dinge mit jener entrückten Wahrnehmung, welche der Körper zuweilen beharrlich aufrechterhält, wenn der Geist sich mit einer erdrückenden Sorge plagt. Er beobachtete die belanglosesten Kleinigkeiten; er machte eine Bestandsaufnahme von den Gegenständen, die er im schmutzigen Flussbett unter dem schmutzigen Wasser liegen sehen konnte. Da lag eine Blechbüchse mit einem Loch im Boden, dort war eine braune Teekanne ohne Schnabel, da lag eine Steingutflasche für Eisenschwärze, die zu robust war, um zu Bruch zu gehen, dort waren andere zerbrochene Glasflaschen und Scherben von Töpfergeschirr, da waren der Rand eines Zylinderhuts und mehr als ein Stiefel ohne Kappen. Er wandte sich ab und sah die Straße hinunter in Richtung der Stadt. Gerade wurde damit begonnen, die Laternen anzuzünden, und die Spiegelungen zeigten ein Gewirr von weißen Linien auf der schlammigen Straße, wo das Wasser in den Wagenspuren stand. Jetzt kam ein dunkles Fuhrwerk die Straße herunter, welches beim Fahren eine frische Spur in den Schlamm zog und zwei schimmernde Linien hinter sich zurückließ. Als es näher kam, schreckte er ein wenig zusammen, und er erkannte, dass es der Wagen des Leichenbestatters war, welcher für irgendeinen Armen im Arbeitshaus einen Sarg auslieferte.

Er fuhr zusammen und fröstelte. Die Nässe war durch seinen Mantel gedrungen, er konnte sie an seinen Armen spüren, seine Kleider lagen von Nässe an und er merkte, wie die feuchte Kälte seinen Knien zusetzte. Er war steif vom langen Stehen, und als er sich aufzurichten versuchte, hemmte ihn plötzlich ein rheumatischer Schmerz. Er würde schnell gehen, um sich aufzuwärmen – würde schleunigst nach Hause gehen – welches *Zuhause* hatte er? Die große, düstere »Hand Gottes«. Er verabscheute sie und alles innerhalb ihrer Mauern. Das war kein Zuhause. Und doch lief er flotten Schrittes darauf zu, weil er nirgendwo anders hingehen konnte.

Er befand sich gerade in den ärmlichen kleinen Straßen fünf Minuten von seinem Ziel entfernt, als er Gesang vernahm. Er kam an derselben kleinen Schenke vorbei, an welcher er schon am Abend von Westrays Ankunft vorbeigekommen war. Drinnen sang dieselbe Stimme, die auch an jenem Abend gesungen hatte, als Westray eingetroffen war. Westray hatte Unannehmlichkeiten gebracht; Westray hatte Lord Blandamer gebracht. Seither war nichts mehr wie zuvor. Er wünschte, Westray wäre niemals gekommen, er wünschte sich – oh, wie sehr er sich das wünschte! –, dass alles wieder so wäre wie vorher, dass alles wieder seinen ruhigen Gang ginge so wie eine Generation lang zuvor. Sie hatte zweifellos eine schöne Stimme, diese Frau. Es wäre bestimmt lohnenswert, zu sehen, wer sie war; er wünschte, er könnte einfach zur Tür hineinschauen. Halt, er könnte durchaus unter einem Vorwand hineingehen: Er würde einen kleinen, heißen Whisky mit Wasser bestellen. Er war so durchnässt, es war vernünftig, einen Schluck zu trinken. Es mochte einer schlimmen Erkältung vorbeugen. Ganz wenig würde er nur trinken, und selbstverständlich nur als Medizin, *das* dürfte doch nicht schaden – es war nur vernünftig.

Er nahm den Hut vom Kopf, schüttelte den Regen von ihm ab, drückte ganz langsam, mit der Rücksicht eines Musikers, der einen anderen um nichts in der Welt während seiner Musik unterbrechen möchte, die Türklinke herunter und ging hinein.

Er befand sich in der mit Sand ausgestreuten Gaststube, welche er durch das Fenster schon einmal gesehen hatte. Es war ein langer, niedriger Raum mit schweren, quer über die Decke laufenden Balken, und am Ende war eine offene Feuerstelle, über deren schwelenden Flammen ein Kessel hing. In einer Ecke saß ein alter Mann und spielte auf einer Fiedel, und dicht bei ihm stand die Kreolin und sang; ringsum im Raum standen einige Tische mit Bänken dahinter, auf denen ein Dutzend Männer saßen. Unter ihnen war nicht ein junger Mann und die meisten hatten die Mitte des Lebens längst überschritten. Ihre Gesichter waren braun gebrannt und mahagonifarben, einige trugen Ringe in den Ohren und seltsame graue Haarlocken an den Seiten. Sie sahen aus, als würden sie seit Jahren dort sitzen – als wären sie die Mannschaft eines vor langer Zeit gesunkenen Schiffs, denen ein Nirwana gewährt worden war, das sie bis in alle Ewigkeit in einer Schenke vereinte. Keiner von ihnen bemerkte Mr. Sharnall, denn die magische Kraft der Musik trug sie geradewegs hinfort und ihre Gedanken waren weit entrückt. Einige weilten bei den alten Cullerner Walfängern, der Harpune und dem Treibeis, andere träumten von den Holzbriggs mit ihren vierkantigen

Bugspriets, von der Ostsee und den weißen Memeler Baumstämmen,* von stürmischen Nächten auf See und noch stürmischeren Nächten an Land, und einige, die sich an violette Himmel und den durch Haine von Mangobäumen fallenden Mondschein erinnerten, betrachteten die Kreolin und versuchten sich in ihren verblassten Gesichtszügen an liebliche, dunkelhäutige Antlitze zu erinnern, welche vor einem Menschenalter jugendliche Feuer entfacht hatten.

»*Und nun den Grog, Männer – für den Grog, Männer, ist's Zeit,*«

sang die Kreolin.

»*Aus randvollen Kelchen trinkt!*
Auf dass Nelson in uns'rem Gedächtnis stets bleibt
Und sein ruhmreicher Stern niemals sinkt.«

Auf den Tischen standen Römer,* und dann und wann zerbrach ein Trinkbruder mit einem Rührlöffel die Zuckerstückchen in seinem Getränk oder nahm einen tiefen Zug von dem braunen Punsch, der vor ihm dampfte. Niemand redete mit Mr. Sharnall; der Wirt stellte ihm lediglich, ohne zu fragen, was er gern gehabt hätte, ein Glas mit dem gleichen heißen Seelenwärmer hin, den auch die anderen Gäste tranken.

Der Organist fügte sich seinem Schicksal weniger widerstrebend, als er es vielleicht hätte tun sollen, und wenige Minuten später trank und rauchte er mit den anderen. Das Getränk schmeckte ihm, und schon bald spürte er die wiederbelebende Wirkung des warmen Raumes und des Alkohols. Er hängte seinen Mantel an einen Haken, und in seinem triefenden Zustand und nass bis auf die Haut, wie er war, sah er Rechtfertigung genug, um ohne Bedenken ein zweites randvolles

Glas anzunehmen, mit welchem der Wirt sein leeres Glas ersetzte. Ein Römer folgte auf den nächsten, und noch immer sang in Abständen die Kreolin, und noch immer rauchte und trank die Gesellschaft der Gäste.

Auch Mr. Sharnall trank, doch allmählich, da der Raum immer heißer und vom Tabakqualm immer vernebelter wurde, sah er alles weniger deutlich. Dann sah er die Kreolin vor sich stehen und eine Schale für einen Obolus hinhalten. Er hatte lediglich eine einzelne Münze in der Tasche – eine halbe Krone, die als Taschengeld für zwei Wochen gedacht war; aber er war erregt und zögerte nicht.

»Hier«, sagte er in einem Ton, als gebe er ein Königreich, »hier, nehmen Sie das, Sie haben es verdient, aber singen Sie ein Lied für mich, das ich Sie schon einmal habe singen hören, etwas über das wogende Meer.«

Sie nickte, um zu zeigen, dass sie verstanden hatte, und als sie mit dem Einsammeln fertig war, gab sie das Geld dem blinden Mann und hieß ihn, für sie zu spielen.

Es war eine lange Ballade, mit vielen Strophen und dem Refrain:

»Oh, führ' mich heim zu meinen Lieben
Oder bring' sie zu mir her!
Ich wag' es nicht, zu zieh'n, zu zieh'n
Hinweg übers wogende Meer.«

Am Ende kam sie zurück und setzte sich zu Mr. Sharnall auf die Bank.

»Wollen Sie mir nicht etwas zu trinken geben?«, sagte sie in sehr gutem Englisch. »Ihr alle trinkt, warum sollte ich es nicht auch tun?«

Er winkte dem Wirt, ihr ein Glas zu bringen, und sie trank daraus auf das Wohl des Organisten.

»Sie singen gut«, sagte er, »und mit ein wenig Ausbildung würden Sie sogar sehr gut singen. Was hat sie hierher verschlagen? Sie sind doch hierfür viel zu schade; wenn ich Sie wäre, würde ich nicht in einer derartigen Gesellschaft singen.«

Sie sah ihn verärgert an.

»Was *mich* hierher verschlagen hat? Was hat *Sie* hierher verschlagen? Wenn ich ein wenig Ausbildung hätte, würde ich besser singen, und wenn ich Ihre Ausbildung hätte, Mr. Sharnall« –, und sie sprach seinen Namen mit höhnischer Betonung aus – »dann würde ich gar nicht hier sein und mich sinnlos an einem Ort wie diesem betrinken.«

Sie stand auf und ging zurück zu dem alten Fiedler, doch ihre Worte wirkten ernüchternd auf den Organisten und gaben ihm einen Stich ins Herz. All seine guten Vorsätze waren also dahin. Sein Versprechen dem Bischof gegenüber war gebrochen; der Bischof würde am Montag wieder zurück sein und ihn in demselben schlimmen Zustand vorfinden wie eh und je – würde ihn schlimmer vorfinden, denn der Teufel war zurückgekehrt und wütete im geschmückten Haus.* Er schickte sich an, seine Rechnung zu bezahlen, doch seine halbe Krone war an die Kreolin gegangen; er hatte kein Geld, notgedrungen musste er es dem Wirt erklären, sich erniedrigen, seinen Namen und seine Adresse nennen. Der Mann murrte und wiegelte ab. Ein Gentleman, der in guter Gesellschaft trinke, sagte er, sollte darauf vorbereitet sein, seine Zeche auch wie ein solcher zu bezahlen. Mr. Sharnall habe genug getrunken, dass es eine ernste Sache sei für einen armen Mann, wenn er sein Geld nicht bekäme. Mr. Sharnalls Geschichte möge ja vielleicht wahr sein, allerdings sei es schon seltsam für einen Organisten, ins Wirtshaus »Zum Guten Schluck« zu kommen und zu trinken, ohne Geld einstecken zu haben. Es habe aufgehört zu regnen; er könnte seinen Mantel als Pfand für seine Glaubwürdigkeit dalassen und später wiederkommen und ihn abholen. Also sah Mr. Sharnall sich gezwungen, diesen Teil seiner Kleidung dazulassen, und wurde von einem abgetragenen Mantel getrennt, der ihm über Jahre ein Begleiter gewesen war. Als er sich der offenen Tür zuwandte und seinen Mantel noch immer triefend am Haken hängen sah, lächelte er traurig in sich hinein. Würde er jemals genug einbringen, um seine Zeche zu begleichen, falls er zur Versteigerung käme?

Der Regen hatte tatsächlich aufgehört, und obwohl der Himmel noch immer verhangen war, schimmerte ein diffuses Licht hinter den Wolken, welches den aufgehenden Mond verriet. Was sollte er bloß tun? Wohin sollte er gehen? Er konnte nicht zurück in die »Hand Gottes« gehen; dort waren einige, die seiner nicht bedurften – deren er nicht bedurfte. Westray würde nicht zu Hause sein, und wenn er da wäre, würde Westray bemerken, dass er getrunken hatte. Es wäre ihm unerträglich, würden sie sehen, dass er wieder getrunken hatte.

Und dann kam ihm ein anderer Gedanke: Er würde zur Kirche gehen, die Wasserpresse sollte für ihn die Orgel anblasen und er würde sich nüchtern spielen. Halt, sollte er *wirklich* zur Kirche gehen – allein zu der großen Heiligen Grabeskirche? Würde er dort allein sein? Wenn er wüsste, dass er allein wäre, würde er sich sicherer fühlen; aber war es nicht möglich, dass noch jemand anderes dort wäre, oder etwas anderes? Ihn schauderte ein wenig, aber der Alkohol kreiste in seinen Adern; mutig vom Trinken lachte er und bog in eine Gasse ein, die auf den Mittelturm zuführte, welcher sich in dem feuchten, nebeligen Weiß des von Wolken verdeckten Mondes dunkel abzeichnete.

Vierzehntes Kapitel

nach Cullerne. Es war kurz vor zehn Uhr und er beendete gerade sein Abendessen, als jemand an die Tür klopfte und Miss Euphemia Joliffe hereinkam.

»Verzeihen Sie bitte die Störung, Sir«, sagte sie. »Ich mache mir ein wenig Sorgen wegen Mr. Sharnall. Er war zur Teestunde nicht zu Hause und ist seitdem noch nicht wiedergekommen. Ich dachte mir, Sie wüssten vielleicht, wo er ist. Es ist Jahre her, dass er zum letzten Mal so spät am Abend noch unterwegs war.«

»Ich habe nicht die geringste Ahnung, wo er steckt«, sagte Westray ziemlich gereizt, da er müde war von einem langen Arbeitstag. »Er wird wohl irgendwohin gegangen sein, um zu Abend zu essen.«

»Niemand lädt Mr. Sharnall jemals ein. Ich glaube nicht, dass er zum Abendessen ausgegangen ist.«

»Ah was, er wird sicher zu gegebener Zeit auftauchen. Lassen Sie mich wissen, ob er zurückgekommen ist, bevor Sie zu Bett gehen« – und er goss sich eine Tasse Tee nach, denn er war einer jener dünnblütigen und altweiberhaften Männer, die das Trinken von Tee anstelle anderer Getränke zu einem besonderen Vorzug aufwerten. Er könne nicht verstehen, sagte er, warum nicht jeder Tee trinke. Er sei um so vieles erfrischender – man könne so viel besser arbeiten, nachdem man einen Tee getrunken habe.

Er wandte sich einigen Berechnungen zur Positionierung eines Querbalkens zu, denen Sir George Farquhar zu guter Letzt zugestimmt hatte, um die Südseite des Turmes zu stabilisieren, und bemerkte gar nicht, wie die Zeit verging, bis es ein weiteres Mal störend klopfte und seine Hauswirtin abermals hereinkam.

»Es ist bald zwölf Uhr«, sagte sie, »und Mr. Sharnall ist

noch immer nicht aufgetaucht. Ich mache mir solche Sorgen! Ich bedauere es wirklich sehr, Sie zu stören, Mr. Westray, aber meine Nichte und ich sind in solcher Sorge.«

»Ich weiß nicht so recht, was ich tun soll«, sagte Westray, der nun aufsah. »Könnte er mit Lord Blandamer ausgegangen sein? Glauben Sie, Lord Blandamer könnte ihn nach Fording eingeladen haben?«

»Lord Blandamer war heute Nachmittag hier«, antwortete Miss Joliffe, »aber er hat Mr. Sharnall gar nicht gesehen, denn Mr. Sharnall war nicht zu Hause.«

»Oh, Lord Blandamer war also hier?«, fragte Westray. »Hat er keine Nachricht für mich hinterlassen?«

»Er fragte, ob Sie da seien, aber er hat Ihnen keine Nachricht hinterlassen. Er hat eine Tasse Tee mit uns getrunken. Ich glaube, es war lediglich ein Höflichkeitsbesuch, auf den er vorbeikam«, sagte Miss Joliffe recht würdevoll. »Ich glaube, er kam vorbei, um mit mir eine Tasse Tee zu trinken. Leider war ich gerade beim Dorcas-Treffen, als er kam, aber sobald ich zurück war, trank er einen Tee mit mir.«

»Es ist merkwürdig, er scheint grundsätzlich am Samstagnachmittag vorbeizukommen«, sagte Westray. »Sind Sie denn *jeden* Samstagnachmittag bei dem Dorcas-Treffen?«

»Ja«, sagte Miss Joliffe, »ich bin jeden Samstagnachmittag bei dem Treffen.«

Es herrschte eine kurze Pause – sowohl Westray als auch Miss Joliffe überlegten.

»Schon gut«, sagte Westray, »ich werde noch einige Zeit arbeiten und Mr. Sharnall hereinlassen, falls er kommt – aber ich vermute, dass er eingeladen wurde, die Nacht auf Fording zu verbringen. Wie auch immer, Sie können ruhigen Gewissens zu Bett gehen, Miss Joliffe; Sie sind schon viel zu lange über Ihre gewohnte Stunde hinaus aufgeblieben.«

Also ging Miss Euphemia zu Bett und ließ Westray allein, und ein paar Minuten später erklang das Geläut zur vollen Stunde und die Tenorglocke schlug zwölf, und dann begannen die Glocken eine Melodie zu spielen, wie sie es alle drei Stunden Tag und Nacht taten. Jene, die in der Nähe der Kirche zum Heiligen Grab wohnen, nehmen die Glocken gar nicht wahr. Die Ohren gewöhnen sich so sehr an sie, dass es ungehört Viertelstunde um Viertelstunde und Stunde um Stunde schlägt. Wenn Fremde im Schatten der Kirche Quartier nehmen, so stört der laute Klang ihren Schlaf in der ersten Nacht, und danach hören auch sie nichts mehr. Und so saß Westray Nacht für Nacht spät bei der Arbeit und konnte nicht sagen, ob die Glocken nun geläutet hatten oder nicht. Nur wenn er einmal sehr aufmerksam war, nahm er sie wahr, und in dieser Nacht hörte er sie und lauschte, während sie die feierliche Melodie »Berg Ephraim« spielten.

Er stand auf, riss sein Fenster hoch und sah hinaus. Das Unwetter war vorüber; der Mond, der binnen weniger Stunden voll werden würde, schwebte gelassen im blauen Himmel über einer langen, gesprenkelten weißen Wolkenbank, deren Saum bernsteinfarben schillerte. Er blickte über die gedrängten Dächer und Schornsteine der Stadt; das aufsteigende Leuchten vom Marktplatz zeigte, dass die Laternen noch brannten, auch wenn er sie nicht sehen konnte. Dann, als das Leuchten allmählich schwächer wurde und schließlich verglomm, wusste er, dass die Lichter gelöscht wurden, da es nach Mitternacht war. Das Mondlicht schillerte auf den Dächern, die noch nass waren, und über allem ragte in gewaltiger, finsterer Größe der Mittelturm der Kirche zum Heiligen Grab.

Westray verspürte eine seltsame körperliche Anspannung. Er war erregt, er konnte nicht sagen, warum; er wusste, dass er unmöglich würde einschlafen können, wenn er zu Bett ginge.

Dass Sharnall nicht nach Hause gekommen war, war merkwürdig; Sharnall *musste* nach Fording gegangen sein. Er hatte vage von einer Einladung nach Fording gesprochen, die er erhalten hatte; aber wenn er dorthin gegangen war, so musste er ein paar Sachen für die Nacht mitgenommen haben, und er hatte nichts mitgenommen, sonst hätte Miss Euphemia es erwähnt. Moment, er würde hinunter in Sharnalls Zimmer gehen und nachsehen, ob er irgendeinen Hinweis darauf finden konnte, dass Sharnall Gepäck mit sich genommen hatte – womöglich hatte er eine Nachricht hinterlassen, die seine Abwesenheit erklärte. Er zündete eine Kerze an und ging hinunter, die große Wendeltreppe hinab, deren steinerne Stufen unter seinen Füßen widerhallten. Durch das Oberlicht am Ende der Treppe fiel ein Flecken hellen Mondscheins auf die Stufen, und das Getöse von jemand, der in der Mansarde zugange war, sagte ihm, dass Miss Joliffe noch immer nicht schlief. Im Zimmer des Organisten fand sich nichts, was irgendeine Erklärung für dessen Abwesenheit geliefert hätte. Das Licht der Kerze spiegelte sich in dem Klavier, und unwillkürlich schauderte Westray bei der Erinnerung an die Unterhaltung, welche er wenige Wochen zuvor mit seinem Freund geführt hatte, und an Mr. Sharnalls befremdliche Halluzinationen bezüglich des Mannes, der ihn mit einem Hammer verfolgte. In der kurzen Befürchtung, dass sein Freund vielleicht krank geworden sein könnte und die ganze Zeit über ohne Bewusstsein dalag, sah er ins Schlafzimmer, doch dort war niemand – das Bett war unberührt. Also ging er die Treppe hinauf zurück zu seinem Zimmer, aber die Nacht war so kühl geworden, dass er es nicht länger bei offenem Fenster aushalten konnte. Ehe er es herunterzog, stand er, die Hand am Schiebefenster, da und sah einen Moment lang hinaus und gewahrte, wie der Mittelturm die ganze Stadt überragte und beherrschte. Es war schier unmöglich, dass dieser felsenartige Brocken instabil sein könnte; wie schwach und unzulänglich erschienen da die Querbalken, deren Positionierung er momentan berechnete, um einen solchen schwankenden Riesen zu stützen. Und dann dachte er an den Riss über dem Bogen des südlichen Querschiffs, welchen er von der Orgelempore aus gesehen hatte, und ihm fiel ein, wie »Sharnall in Des« durch die Entdeckung gestört worden war. Womöglich war Mr. Sharnall ja in der Kirche; vielleicht war er hinuntergegangen, um zu üben, und man hatte ihn eingeschlossen. Vielleicht war sein Schlüssel abgebrochen und er kam nicht wieder heraus. Er wunderte sich, dass er nicht früher an die Kirche gedacht hatte.

Sofort hatte er den Entschluss gefasst, zur Kirche zu gehen. Als Architekt vor Ort besaß er einen Hauptschlüssel, der an allen Türen passte; er würde eine Runde machen und schauen, ob er den verschollenen Organisten irgendwo entdecken konnte, ehe er zu Bett ginge. Zügig lief er durch die einsamen Straßen. Alle Laternen waren gelöscht, da Cullerne bei Vollmond Gas sparte. Nichts rührte sich, seine Schritte hallten auf dem Trottoir und echoten von Wand zu Wand. Er nahm die Abkürzung die Kais entlang und nach ein paar Minuten erreichte er das alte Zollhaus.

Die Schatten hingen wie schwarzer Samt in den Nischen zwischen den Strebepfeilern aus Backstein, welche die Mauer zum Kai hin abstützten. Er lächelte in sich hinein, als ihm die Angst des Organisten einfiel, jene seltsamen Einbildungen, dass jemand in den schwarzen Schlupflöchern auf der Lauer läge, dass Bauwerke in irgendeinem Zusammenhang mit dem Schicksal eines Menschen stünden. Und doch wusste er, dass sein Lächeln aufgesetzt war, denn er spürte die ganze Zeit über die Beklemmung angesichts der Einsamkeit, der Traurigkeit eines halb verfallenen Gebäudes, der gurgelnden Laute des Flusses, und beschleunigte instinktiv seinen Schritt.

Er war froh, als er den Ort hinter sich gelassen hatte, und als er sich umwandte, sah er auch in dieser Nacht die sonderbare Wirkung von Licht und Dunkel, welche den Eindruck entstehen ließ, jemand stünde im Schatten der Nische der letzten Mauerstrebe. Die Täuschung war so echt, dass er meinte, die Gestalt eines Mannes ausmachen zu können, in einem langen, offenen Umhang, der im Wind flatterte.

Jetzt hatte er die schmiedeeisernen Tore passiert – er war auf dem Kirchhof, und hier hörte er zum ersten Mal einen leisen, tiefen, dröhnenden Ton, der die Luft überall um ihn herum zu erfüllen schien. Er blieb kurz stehen, um zu lauschen. Was war das? Woher kam das Geräusch? Als er den mit Steinplatten belegten Weg entlangging, der zum Nordeingang führte, nahm es an Deutlichkeit zu. Ja, es kam ohne jeden Zweifel aus der Kirche. Was konnte es sein? Was konnte jemand um diese nächtliche Stunde in der Kirche zu schaffen haben?

Nun befand er sich im Nordportal, und da wusste er, was es war. Es war ein tiefer Ton der Orgel – ein Pedalton. Er war sich fast sicher, dass es genau jener Orgelpunkt war, welchen der Organist ihm so stolz erklärt hatte. Der Ton bestätigte ihm, dass Mr. Sharnall nichts zugestoßen war – er übte in der Kirche, es war lediglich eine seiner verrückten Launen, so spät noch auf der Orgel zu spielen, er übte gerade diese Messe »Sharnall in Des«.

Er holte seinen Schlüssel hervor, um die ins Portal eingelassene kleine Pforte aufzuschließen, und war überrascht, dass diese bereits offen war, da er um die Angewohnheit des Organisten wusste, sich einzuschließen. Er ging hinein in die große Kirche. Es war seltsam, es erklang keine Musik; niemand spielte, nur das unerträglich monotone Dröhnen einer einzelnen Bassnote war zu hören, gelegentlich von einem dumpfen Windstoß begleitet, wenn die Wasserpresse die sich leerenden Blasebalge stoßweise wieder aufzufüllen begann.

»Sharnall!«, rief er – »Sharnall, was tun Sie da? Wissen Sie denn nicht, wie spät es ist?«

Er hielt inne und glaubte zunächst, dass ihm jemand antwortete – er glaubte, im Chor Leute murmeln zu hören, doch es war lediglich das Echo seiner eigenen Stimme, seine eigene Stimme, die von Säule zu Säule und von Bogen zu Bogen geworfen wurde, bis sie als klagender Schrei »Sharnall, Sharnall!« in der Laterne verklang.

Es war das erste Mal, dass er sich nachts in der Kirche befand, und für einen Augenblick stand er, von der Rätselhaftigkeit des Ortes überwältigt, da, während er die Säulen des Mittelschiffs anstarrte, welche weiß im Mondlicht standen wie eine Reihe riesiger verschleierter Figuren. Er rief abermals nach Mr. Sharnall und wieder erhielt er keine Antwort, und dann ging er das Mittelschiff hinauf zu der kleinen Türöffnung, die zur Treppe der Orgelempore führte.

Auch diese Tür war offen, und nun war er davon überzeugt, dass Mr. Sharnall gar nicht auf der Orgelempore war, denn wäre er dort gewesen, hätte er sich gewiss eingeschlossen. Der Pedalton musste lediglich von einer defekten Pfeife herrühren, oder möglicherweise war etwas auf das Pedal gefallen, ein Buch vielleicht, und drückte dieses nun nach unten. Jetzt brauchte er nicht mehr hinauf auf die Empore zu gehen. Er würde nicht hinaufgehen. Das Dröhnen des tiefen Tons übte auf ihn dieselbe unangenehme Wirkung aus wie schon einmal zuvor. Er versuchte sich zu beruhigen, doch hatte er die ganze Zeit über eine zunehmende Vorahnung, dass hier vielleicht etwas nicht stimmte, dass hier vielleicht etwas ganz und gar nicht stimmte. Die späte Stunde, die Abgeschiedenheit von allem Leben, das gespenstische Mondlicht, das die Dunkelheit noch düsterer erscheinen ließ – dieses Zusammenspiel der vollkommenen Stille mit dem Vibrieren des Pedaltons erfüllte ihn mit einer Art Panik. Es schien ihm, als sei der

Ort voller Gespenster, als seien die Mönche der Kirche zum Heiligen Grab von unter ihren Grabsteinen auferstanden, als befänden sich unter ihnen weitere grauenvolle Gesichter, die fortwährend böser Taten harrten. Er unterdrückte seine Angst, bevor sie ihn beherrschen konnte. Komme, was wolle, er würde hinauf auf die Orgelempore gehen, und er stürmte auf die Treppe, die aus dem Mittelschiff nach oben führte.

Es ist eine Spindeltreppe, die sich um eine Mittelsäule windet, von der bereits die Rede war, und obwohl sie kurz ist, ist sie selbst bei hellem Tageslicht sehr dunkel. Doch nachts ist die Finsternis tiefschwarz und undurchdringlich, und Westray tastete eine beträchtliche Zeit lang herum, ehe er weit genug hinaufgestiegen war, um oben den schwachen Schein des Mondlichts zu erkennen. Schließlich trat er hinaus auf die Empore und sah, dass die Orgelbank leer war. Das große Fenster am Ende des südlichen Querschiffs leuchtete direkt vor seinen Augen; es schien, als müsse es Tag sein und nicht Nacht – so grell war das Licht vom Fenster im Gegensatz zu der Dunkelheit, aus der er gekommen war. Ein matter Schimmer schillerte in dem Maßwerk, wo die Glasmalereien durchsichtig glänzten – Amethyst und Topas, Chrysopras und Jaspis,* ein Dutzend Edelsteine wie in den Grundsteinen der Heiligen Stadt. Und mitten darin, in der Spitze des mittleren Teilfensters, leuchtete heller als alles andere, mit einem ihm innewohnenden strahlenden Glanz, das Kennzeichen der Blandamers, das Seegrün und Silber des benebelten Wappens hervor.

Westray machte einen Schritt nach vorn auf die Empore, dann stieß sein Fuß gegen etwas und er stürzte beinahe. Es war etwas Weiches und Nachgebendes, gegen das er gestoßen war, etwas, bei dessen bloßer Berührung ihn eine schreckliche Vermutung befiel. Er bückte sich, um nachzusehen, was es war, und etwas Weißes sah ihn an. Es war das weiße, ins

Gewölbe blickende Gesicht eines Mannes. Er war über den Körper von Mr. Sharnall gestolpert, der mit dem Hinterkopf auf dem Pedal am Boden lag. Westray hatte sich tief nach unten gebeugt, und er sah genau in die Augen des Organisten, doch diese waren glasig und starr.

Das Mondlicht, welches das tote Gesicht anstrahlte, schien durch jene hellere Stelle in der Spitze des Mittelfensters zu fallen. Es war, als hätte das benebelte Wappen das Leben des Mannes, der so reglos auf dem Boden lag, ausgelöscht.

Fünfzehntes Kapitel

der Todesursache wurde keine einzige Zeugenaussage von Bedeutung gemacht, abgesehen von Westrays und der des Doktors, und in der Tat bedurfte es keiner anderen Aussage. Dr. Ennefer hatte eine Obduktion vorgenommen und herausgefunden, dass die unmittelbare Todesursache ein Schlag auf den Hinterkopf gewesen war. Doch die Organe wiesen Spuren von Trunksucht auf und das Herz war ganz offensichtlich krank. Es war wahrscheinlich, dass Mr. Sharnall einen Ohnmachtsanfall erlitten hatte, als er die Orgelbank verließ, und rückwärts mit dem Kopf auf die Pedalklaviatur gefallen war. Er musste mit großer Wucht gefallen sein, und das Pedal hatte ihn böse verletzt, etwa wie ein stumpfer Gegenstand es getan hätte.

Die Untersuchung war nahezu abgeschlossen, als Westray sich aus heiterem Himmel, wie einer Eingebung folgend, fragen hörte: »Sie meinen also, die Verletzung war von der Art, wie ein Schlag mit einem Hammer sie hätte verursachen können?«

Der Arzt schien verblüfft, die Geschworenen und die kleine Zuhörerschaft blickten erstaunt, doch von allen am meisten überrascht über diese Frage war Westray selbst.

»Sie haben kein Recht, gehört zu werden, Sir«, sagte der Coroner* streng, »eine solche Befragung ist unzulässig. Sie sollten es als einen Akt der Gnade ansehen, wenn ich dem Doktor gestatte zu antworten.«

»Ja«, sagte Dr. Ennefer mit einer Zurückhaltung in der Stimme, die durchblicken ließ, dass er nicht hier war, um auf jede belanglose Frage, die törichte Personen ihm zu stellen beliebten, eine Antwort zu geben – »ja, eine Verletzung von der Art, wie ein Schlag mit einem Hammer sie hätte verursachen können, oder jeder andere stumpfe Gegenstand, mit dem Gewalt ausgeübt wird.«

»Auch mit einem Knüppel?«, deutete Westray an.

Der Doktor schwieg würdevoll und der Coroner mischte sich ein: »Ich denke, Sie verschwenden nur unsere Zeit, Mr. Westray. Ich bin der Letzte, der eine begründete Untersuchung hintertreibt, aber in diesem Falle ist eine solche wirklich nicht nötig. Es ist ganz offensichtlich, dass dieser arme Mann infolge eines schweren Sturzes den Tod fand, bei dem er mit dem Kopf auf dieses Holzpedal schlug.«

»*Ist* es denn so offensichtlich?«, fragte Westray. »Ist Dr. Ennefer sich ganz sicher, dass die Verletzung von einem bloßen *Sturz* herrühren könnte. Ich möchte nur wissen, dass Dr. Ennefer sich ganz sicher ist.«

Der Coroner sah den Doktor mit einem missbilligenden Blick an, der um Entschuldigung bat, dass so viel unnötiges Aufhebens gemacht wurde, und die Hoffnung ausdrückte, dass er geruhen möge, diesem mit einer verlässlichen Aussage ein Ende zu setzen.

»Oh, ich bin mir ganz sicher«, entgegnete der Doktor. »Ja«, – und er zögerte für den Bruchteil einer Sekunde – »o ja, es besteht kein Zweifel, dass eine solche Verletzung von einem Sturz herrühren könnte.«

»Ich möchte nur darauf hinweisen«, sagte Westray, »dass das Pedal, auf das er fiel, in gewissem Maße ein nachgebender Gegenstand ist; Sie dürfen nicht vergessen, dass es beim ersten Aufprall nachgeben würde.«

»Das ist wohl wahr«, sagte der Doktor, »ich habe das bedacht und gebe zu, dass man eine solch ernsthafte Verletzung als Folge des Sturzes nicht gerade erwarten würde. Aber genau *so* ist es passiert, jawohl, denn es gibt keine andere Erklärung. Sie wollen nicht etwa andeuten, dass irgendein Verbrechen vorliegt? Es handelt sich zweifellos um einen Unfall oder ein Verbrechen.«

»O nein, ich möchte gar nichts andeuten.«

Der Coroner runzelte die Stirn. Er war müde und konnte eine solche Zeitverschwendung nicht verstehen. Aber der Doktor schien merkwürdigerweise Zwischenfragen gegenüber toleranter geworden zu sein.

»Ich habe die Verletzung sehr sorgfältig untersucht«, sagte er, »und bin zu dem wohlüberlegten Schluss gekommen, dass diese von dem Holzpedal verursacht worden sein muss. Wir müssen außerdem bedenken, dass ein schwacher Gesundheitszustand die Wirkung eines jeden Schlages verstärken würde. Ich möchte nichts aufrühren, was dem Andenken des armen Mannes schadet, oder auch nur ein Wort sagen, das Ihnen, Mr. Westray, als seinem Freund, Schmerz bereitet, aber eine Untersuchung des Leichnams ließ Spuren einer chronischen Trunksucht erkennen. Das dürfen wir nicht vergessen.«

»Der Mann war also ein unheilbarer Trinker«, sagte der Coroner. Er lebte in Carisbury, und da ihm Cullerne und seine Einwohner fremd waren, hatte er keine Bedenken, offen zu sprechen; und außerdem war er aufgebracht über die Einmischung des Architekten. »Sie wollen sagen, der Mann war ein unheilbarer Trinker«, wiederholte er.

»Das war er keineswegs«, sagte Westray heftig. »Ich sage nicht, dass er niemals mehr getrunken hat, als gut für ihn war, aber er war in keiner Hinsicht ein Gewohnheitstrinker.«

»*Sie* habe ich nicht um Ihre Meinung gebeten«, erwiderte der Coroner scharf, »wir wollen hier nicht die Mutmaßungen eines Laien hören. Was sagen Sie, Mr. Ennefer?«

Der Arzt war seinerseits darüber verärgert, nicht mit dem herkömmlichen Doktortitel angesprochen zu werden, umso mehr, da er wusste, dass er keinen rechtlichen Anspruch darauf besaß. »Mister« genannt zu werden, so fand er, erniedrigte ihn in den Augen seiner jetzigen oder zukünftigen Patienten, und er nahm prompt eine streitlustige Haltung an.

»O nein, Sie verstehen mich völlig falsch, Mr. Coronor. Ich meinte nicht, dass unser armer Freund ein Gewohnheitstrinker war. Ich kann mich nicht erinnern, ihn je wirklich betrunken gesehen zu haben.«

»Hm, wie meinen Sie das? Sie sagen, der Körper zeigt Spuren von Trunksucht, aber er war kein Trinker?«

»Haben wir irgendeinen Beweis für den Zustand, in dem sich Mr. Sharnall am Abend seines Todes befand?«, fragte ein Geschworener, sich darin gefallend, dass er einen unvoreingenommenen Standpunkt vertrat und ein wichtiges Argument anbrachte.

»Ja, wir haben einen hinlänglichen Beweis«, sagte der Coroner. »Rufen Sie Charles White auf.«

Ein kleiner Mann mit einem roten Gesicht und blinzelnden Augen trat nach vorn. Sein Name war Charles White. Er war der Wirt des »Zum Guten Schluck«. Der Verstorbene sei am fraglichen Abend Gast in seinem Wirtshaus gewesen. Vom Sehen habe er den Verstobenen nicht gekannt, hinterher aber erfahren, wer er war. Ein hässlicher Abend sei es gewesen, der Verstorbene sei mächtig nass gewesen und habe etwas getrunken, eine ordentliche Menge, aber nicht *so* viel, nicht mehr, als ein Gentleman trinken sollte. Der Verstorbene sei nicht betrunken gewesen, als er ging.

»Er war betrunken genug, um seinen Mantel dazulassen, nicht wahr?«, fragte der Coroner. »Haben Sie etwa nicht seinen Mantel gefunden, nachdem er gegangen war?«, und er zeigte auf ein trauriges herrenloses Kleidungsstück, das grüner und abgetragener aussah denn je, wie es da so über der Rückenlehne eines Stuhls hing.

»Ja, der Verstorbene hat gewiss seinen Mantel dagelassen, aber betrunken war er nicht.«

»Für Betrunkenheit, meine Herren, gibt es unterschiedliche Maßstäbe«, sagte der Coroner, der die schelmische Über-

zeugungskraft eines echten Richters so gut er konnte nach-
ahmte, »und ich bilde mir ein, dass im ›Guten Schluck‹ möglicherweise ein höherer Maßstab angelegt wird als in einigen
anderen Wirtshäusern. Ich glaube nicht« – und er sah mit sar-
kastischem Blick zu Westray – »ich glaube *nicht*, dass wir diese
Untersuchung weiterführen müssen. Wir haben einen Mann,
der trinkt, keinen Gewohnheitstrinker, sagt Mr. Ennefer,
aber einen, der genug trinkt, um sich in einen völlig krankhaf-
ten Zustand zu bringen. Dieser Mann sitzt den ganzen Abend
zechend in einer billigen Wirtschaft und ist so sehr vom Alkohol benebelt, dass er beim Gehen seinen Mantel dalässt. Er
lässt seinen Mantel sogar da, obwohl wir eine völlig verreg-
nete Nacht haben. Im beschwipsten Zustand geht er auf die
Orgelempore, rutscht aus, als er auf seine Bank steigt, fällt
mit dem Hinterkopf hart auf ein Stück Holz und wird einige
Stunden später von einem untadeligen und umsichtigen Zeugen tot aufgefunden« – und er rümpfte etwas die Nase –, »mit
seinem Kopf noch immer auf diesem Stück Holz. Nehmen
Sie das zur Kenntnis – als er gefunden wurde, lag sein Kopf
noch immer auf ebenjenem Pedal, welches die tödliche Verletzung verursacht hat. Meine Herren, ich glaube nicht, dass wir
noch weiterer Beweise bedürfen. Ich denke, Ihr Fall ist ziemlich eindeutig.«

Es war in der Tat alles sehr eindeutig. Mit ihrem einstim-
migen Verdikt, Tod durch Unfall, beschlossen die Geschworenen die traurige Geschichte von Mr. Sharnall und entschieden, dass dieselbe Schwäche, die sein Leben überschattet hatte, ihm zu guter Letzt das Ende eines Trunkenboldes
beschert hatte.

Mit dem bedauernswerten alten Mantel über dem Arm
ging Westray zurück in die »Hand Gottes«. Der Coroner hatte
ihm diesen offiziell überreicht. Er sei offensichtlich ein enger
Freund des Verstorbenen und würde dessen Kleidungsstück

vermutlich in Verwahrung nehmen. Die Gedanken des Architekten waren zu beschäftigt, als dass er sich über den Hohn, der in dieser Bemerkung mitschwang, hätte ärgern können. Voller Sorge und dunkler Vorahnungen ging er davon.

Ein rätselhafter Todesfall war Gesprächsthema in den Schenken von Cullerne und hätte nur noch von einem Mord übertroffen werden können. Seit Mr. Leveritt, der Holzhändler, vor einer Generation im »Blandamer Wappen« eine Bardame erschossen hatte, hatte sich eine solche dramatische Handlung auf den Brettern der Bühne von Cullerne nicht mehr abgespielt. Die Eckensteher ließen sich fluchend bis ins Kleinste darüber aus, während sie am Marktplatz auf das Pflaster spuckten. Mr. Smiles, der Abteilungsleiter in der Hauptfiliale von Rose & Storey's Textilgeschäft, erörterte es vornehm mit den Damen, die vor dem Ladentisch auf den hohen Stühlen mit aus Korb geflochtenen Sitzflächen saßen.

Dr. Ennefer ließ sich während des Rasierens zu einer unbedachten Unterhaltung hinreißen und wurde am Kinn geschnitten. Mr. Joliffe gab mit jedem Pfund Wurst einen Packen moralischer Betrachtungen als kostenlose Dreingabe und verdrehte die Augen, dass man das Weiße darin sah, über die Sünde der Trunksucht, welche seinen armen Freund so furchtbar unvorbereitet dahingerafft hatte. Eine ziemliche Menschenmenge folgte dem Sarg zu seiner letzten Ruhestätte, und am Sonntagmorgen nach dem Unglück war die Kirche ungewöhnlich gut besucht. Die Leute erwarteten, dass Kanonikus Parkyn eine entsprechende Kanzelrede liefern würde, und es gab die zusätzlichen, wenn auch minderen, Anreize wie das Spielen des »Todesmarsches« und die Aussicht auf einen Laienspieler an der Orgel, der in der Hymne hängen blieb.

Ein Kirchenbesuch, der solch niederen Beweggründen entsprang, wurde gehörig enttäuscht. Kanonikus Parkyn würde in seiner Predigt, so sagte er, nicht durch irgendwelche Anspielungen die Sensationslust nähren, und außerdem, gab er zur Kenntnis, schickte es sich nicht, unter solch höchst unerfreulichen Umständen den »Todesmarsch« zu spielen. Der neue Organist brachte die Messe mit unerträglich fader Mittelmäßigkeit hinter sich und die Gemeinde kam enttäuscht aus der Kirche zum Heiligen Grab, wie Leute, die um ihre Rechte betrogen worden waren.

Damit endete die kurzlebige Sensation und Mr. Sharnall folgte den verstorbenen Bürgersleuten ins tiefe Reich der Vergessenheit. Sein Nachfolger wurde nicht sofort ernannt. Kanonikus Parkyn sorgte dafür, dass der stellvertretende Rektor der staatlichen Schule, der einiges von Musik verstand und Mr. Sharnalls Schüler gewesen war, freigestellt werden sollte, um die offene Stelle zu besetzten. So wie Königin Elisabeth seligen Angedenkens die königliche Privatschatulle wieder auffüllte, indem sie unbesetzte Bischofsämter selbst führte, so verdingte der Pfarrer die Stelle des Organisten an der Klosterkirche von Cullerne. Auf diese Weise gelang es ihm, die schäbige Entlohnung dieses Amtes so weit herunterzudrücken, dass er vor Ablauf eines Jahres fünf Pfund gutgemacht hatte.

Doch auch wenn die Öffentlichkeit Mr. Sharnall vergessen hatte, Westray hatte es nicht. Der Architekt war ein Mann von geselliger Natur. So wie es an Universitäten, und in geringerem Maße in der Armee, bei der Marine, an Privatschulen und in Berufsständen, eine Tradition und eine gemeinsame Lebenswelt gibt, die deren Angehörige vereint und entsprechend prägt, so existiert unter Mietern eine Art Geheimwissen und eine Verbundenheit, die niemand verstehen kann außer jene, denen diese Gemeinschaft offensteht.

Das Leben als Untermieter, man nenne es verkommen, armselig, trist, wenn es denn sein muss, hat durchaus seine

Annehmlichkeiten und Vorzüge. Es ist zumeist ein jugendliches Leben, denn Mieter in Mr. Sharnalls Alter sind vergleichsweise selten; es ist ein Leben der einfachen Bedürfnisse und des einfachen Geschmacks, denn möblierte Zimmer sind weder geschmackvoll noch begünstigen sie die Ausbildung übertriebener Vornehmheit; es ist kein wohlhabendes Leben, denn in der Regel schaffen sich die Leute ihr eigenes Haus an, sobald sie dazu in der Lage sind; es ist ein arbeitsames Leben voller Erwartungen, in dem die Menschen sich für den Kampf wappnen und den Grundstein für das Glück legen oder sich die Fallgrube der Armut schaufeln. Derartige Bedingungen erzeugen und fördern gute Kameradschaft, und jene, die eine Zeit lang in möblierten Zimmern verbracht haben, können auf aufrichtige und selbstlose Freundschaften zurückblicken, als alle noch gleich waren vor Gott, gesellige Menschen, die keine künstlichen Rangunterschiede kannten – als alle den ersten Abschnitt der Lebensreise zusammen in glücklicher Gemeinschaft gingen und noch nicht an jenem Punkt angekommen waren, wo der sichere Weg sich gabelt und die sich trennenden Pfade des Erfolgs und des Scheiterns alte Kameraden so endlos weit auseinanderführen. Ach, welche Freundschaft und Kameradschaftlichkeit, eng geknüpft in dem Wunsch, dass beider Pfade am Ende zusammenlaufen mögen, gefestigt durch die Notwendigkeit, habgierigen oder nachlässigen oder tyrannischen Hauswirtinnen standzuhalten, versüßt durch die Aufmerksamkeiten und Gefälligkeiten, welche den Gebenden wenig kosten, dem Empfänger jedoch viel bedeuten! Wurde der Zimmerherr im Parterre von einer vorübergehenden Krankheit befallen (denn ernsthafte Erkrankungen sind in möblierten Zimmern wenig bekannt), kam dann etwa nicht der Zimmerherr aus dem ersten Stock herunter, um ihn an den Abenden Trost zu spenden? Der Zimmerherr aus dem ersten Stock mochte müde sein nach einem langen Arbeitstag und nach seinem bescheidenen Mahl bemerken, dass es ein schöner Abend war, oder in Erfahrung bringen, dass ein gutes Ensemble im Theater der Stadt auftrat; und doch täte es ihm nicht leid um seine freie Zeit, sondern er würde hinuntergehen und bei dem Zimmerherrn im Parterre sitzen und ihm die Neuigkeiten des Tages berichten, und vielleicht würde er ihm sogar ein paar Orangen oder eine Büchse Sardinen mitbringen. Und jener im Parterre, der sich den ganzen Tag darüber geärgert hatte, eingesperrt zu sein, und wie betäubt war vom vielen Lesen, da es nichts anderes gab, was er hätte tun können, wie froh war dieser, jenen aus dem ersten Stock zu sehen, und wie viel besser bekam ihm die Unterhaltung als alle Medizin!

Und später, wenn einige Damen am Tage der Blumenschau kamen, um mit dem Zimmerherrn im ersten Stock zu Mittag zu essen, ging da der Zimmerherr im Parterre etwa nicht aus und stellte seine Wohnstube seinem Mitbewohner ganz zur Verfügung, damit die Gesellschaft nach dem Essen größere Behaglichkeit vorfinden und andere Luft schmecken möge? Es waren beängstigende Vergnügen, diese Frauenbesuche, wenn Damen, die so liebeswürdig waren, einen jungen Mann zu bitten, einen Sonntag mit ihnen zu verbringen, ihre Liebenswürdigkeit noch steigerten, indem sie mit allem erdenklichen Überschwang die Einladung annahmen, welche er sich eines Tages auszusprechen getraute. Es war ein beängstigendes Vergnügen und kostete den Gastgeber mehr bange Vorbereitung, als es ein Staatsbegräbnis dem Großzeremonienmeister verursacht. Zu allem musste eine möglichst gute Miene gemacht werden, so viele Details wollten durchdacht sein, so viele kleine Unzulänglichkeiten mussten überdeckt werden. Aber entschädigte das Ergebnis ihn nicht für alles? War sich der junge Mann etwa nicht bewusst, dass seine Zimmer, wenn sie auch klein sein mochten, eine vornehme Note besaßen, die vieles aufwog, dass alles, von den Fotografien und dem silbernen Palmweinlöffel auf dem Kaminsims bis zu den Gedichten von Rossetti* und dem Roman »Marius der Epikureer«,* welche einen Fleck auf dem grünen Tischtuch verdeckten, Kultiviertheit ausstrahlte? Und diese liebenswerten Damen kamen in heiterer Stimmung, sich all seiner kleinen Sorgen und Vorbereitungen wohlbewusst, und doch ließen sie es sich in keiner Weise anmerken; fest entschlossen, seine Zimmer, seine kümmerlichen Schätze, sogar seine Kochkünste und den gefährlichen Wein zu loben, und geschickt darin, ein kleines Malheur wie etwas noch nie Dagewesenes von besonderem Reiz aussehen zu lassen. Hausherren, ihr seid ein erlauchter Kreis, ja, ihr seid die Leute, mit euch wird die Weisheit sterben.* Doch habt kein zu tiefes Mitleid mit dem, der zur Untermiete wohnt, auf dass er sich nicht wendet und euch zerreißt,* und wiederum euch bemitleidet, die ihr solch schwere Bürden auf euch genommen habt, welche ihm völlig fremd sind, und euch sagt, dass die Zeit der Aussaat ergiebiger ist als die Ernte und die Wanderjahre als die Erfahrung des Lehrmeisters. Spart euch euer Mitleid und lasst euch sagen, dass die Einsamkeit nicht immer einsam ist.

Westray war von geselliger Natur und vermisste seinen Mitbewohner. Der verschrobene kleine Mann samt seinen verbitterten Ansichten musste noch immer eine gewisse Gabe besessen haben, Zuneigung zu wecken, irgendetwas Anziehendes, das sein Wesen barg. Hinter scharfen Worten und mürrischer Bitterkeit hatte er es versteckt, aber es musste nach wie vor da gewesen sein, denn Westray spürte den Verlust mehr, als er es für möglich gehalten hätte. Ein Jahr lang hatten sich der Organist und er zwei-, dreimal am Tag getroffen. Sie hatten über die Kirche gesprochen, die sie beide so sehr liebten, innerhalb deren Mauern sie beide zu tun hatten; über das benebelte Wappen hatten sie geredet und die Blandamers und

Miss Euphemia. Nur über eines hatten sie sich nicht ausgetauscht – und zwar über Miss Anastasia Joliffe, wenngleich sie sehr häufig in ihrer beiden Gedanken gewesen war.

Damit war jetzt Schluss, doch jeden Tag ertappte sich Westray dabei, wie er sich vornahm, Mr. Sharnall von diesem zu erzählen oder Mr. Sharnall in jenem um dessen Rat zu fragen, und sich dann daran erinnern musste, dass im Grabe keine Antworten ruhen. Die düstere »Hand Gottes« war zehnmal düsterer, nun, da es im Parterre keinen Mieter mehr gab. Des Nachts klangen die Schritte auf den steinernen Stufen der Treppe nun noch hohler, und Miss Joliffe und Anastasia gingen früh zu Bett.

»Gehen wir hoch, meine Liebe«, pflegte Miss Euphemia zu sagen, wenn die Glocken eine Viertelstunde vor zehn schlugen. »Diese langen Abende sind so einsam, findest du nicht? Und vergiss nicht, nachzusehen, ob die Fensterhaken ordentlich verschlossen sind.« Und dann eilten sie durch den Korridor und stiegen gemeinsam Seite an Seite die Treppe hinauf, als befürchteten sie, der Abstand von nur einer einzelnen Stufe könnte sie trennen. Selbst Westray war dieses Gefühl nicht ganz fremd, wenn er spät abends in das höhlenartige große Haus zurückkehrte. So schnell er konnte, versuchte er, seine Hand auf die Streichholzschachtel zu legen, welche für ihn auf der Marmorplatte der Anrichte in dem dunklen Korridor bereitlag, und manches Mal, wenn er die Kerze angezündet hatte, warf er unwillkürlich einen kurzen Blick zur Tür von Mr. Sharnalls Zimmer, fast als erwarte er, dass diese sich öffnete und das alte Gesicht heraussähe, welches ihn bei derartigen Gelegenheiten so oft begrüßt hatte. Miss Joliffe hatte keinen Versuch unternommen, einen neuen Mieter zu finden. Kein Schild »Zimmer zu vermieten« wurde ins Fenster gestellt, und die bewegliche Habe, welche Mr. Sharnall gehörte, blieb genauso stehen, wie er sie zurückgelassen hatte.

Lediglich eine Sache wurde weggeräumt – die Sammlung von Martin Joliffs Papieren, und diese hatte Westray mit hinauf in sein Zimmer genommen.

Als sie das Schreibpult des Toten mit den Schlüsseln, die sie in seiner Tasche gefunden hatten, öffneten, um nachzusehen, ob er irgendein Testament oder irgendwelche Verfügungen hinterlassen hatte, kam in einer der Schubladen eine Nachricht zum Vorschein, die für Westray bestimmt war. Sie war zwei Wochen vor seinem Tod verfasst und sehr kurz:

Falls ich verschwinde und man nichts mehr von mir hört, oder falls mir irgendetwas zustößt, nehmen Sie schleunigst Martin Joliffes Papiere an sich. Bringen Sie sie hinauf in ihr Zimmer, schließen Sie sie weg und geben Sie sie nicht aus den Händen. Sagen Sie Miss Joliffe, es sei mein Wunsch, und sie wird sie Ihnen geben. Geben Sie größte Obacht, dass kein Feuer ausbricht oder die Papiere auf irgendeine andere Art und Weise vernichtet werden. Lesen Sie sich die Papiere sorgfältig durch und ziehen Sie Ihre eigenen Schlüsse; in dem kleinen roten Notizbuch finden Sie einige Anmerkungen von mir.

Der Architekt hatte diese Worte viele Male gelesen. Sie waren ohne Zweifel die Folge der Wahnvorstellungen, von denen Mr. Sharnall mehr als einmal gesprochen hatte – jener Angst, von einem Feind verfolgt zu sein, die die letzten Tage des Organisten getrübt hatte. Diese Dinge jedoch, nach dem, was geschehen war, schwarz auf weiß geschrieben zu lesen, ließ durchaus seltsame Gedanken aufkommen. Es war ein so merkwürdiger Zufall, ein so furchtbar merkwürdiger Zufall. Ein Mann, der ihn mit einem Hammer verfolgte – das war es, was der Organist sich eingebildet hatte; die Vision eines Angreifers, der sich von hinten anschleicht und ihn mit einem entsetzlichen Hieb heimtückisch zum Tode befördert. Und die Wirklichkeit – ein plötzliches und unerwartetes Ende, ein Schlag auf den Hinterkopf als Folge eines schweren Sturzes. War es bloßer Zufall, war es eine unerklärliche Vorahnung oder war es mehr als beides? Hatte der Organist tatsächlich Grund zu glauben, dass jemand einen Groll gegen ihn hegte, dass man vermutlich über ihn herfallen würde? Hatte sich in jener Nacht in der Einsamkeit der großen Kirche wirklich eine schreckliche Szene abgespielt? War der Organist überrascht worden, oder hatte er in der Stille eine Bewegung gehört, sich umgedreht und sich allein mit seinem Mörder wiedergefunden? Und wenn es ein Mörder war, wessen Gesicht war es, in welches das Opfer blickte? Und während Westray dies dachte, schauderte er; es schien, als könnte es gar kein menschliches Gesicht gewesen sein, sondern ein grauenhafter Dämon, eine sichtbare Erscheinung des Bösen, die im Finstern umgeht.

Dann wischte der Architekt derartig törichte Gedanken weg wie Spinnennetze und überlegte aufs Neue, wem an einer solchen Tat gelegen haben könnte. Vor wem nur mahnte ihn der Tote, unbedingt auf der Hut zu sein, aus Furcht, dass Martins Papiere verschwinden könnten? Gab es etwa einen anderen Anwärter auf diesen fluchbeladenen Adelstitel, von dem er nichts wusste, oder war es – Westray unterdrückte den Gedanken, welcher ihm bereits Hunderte Male zuvorgekommen war, und verwarf ihn als einen bösartigen und unbegründeten Verdacht.

Falls es irgendeinen Anhaltspunkt gab, so musste dieser in ebenjenen Papieren zu finden sein, und er befolgte die Anweisung, welche er erhalten hatte, und brachte sie in sein Zimmer. Er unterließ es, Miss Joliffe die Nachricht zu zeigen; diese hätte sie nur noch mehr erschüttert, und sie hatte schon zu schwer unter dem Schock gelitten. Er berichtete ihr lediglich vom Wunsch des Organisten, die Papiere ihres Bruders vorübergehend Westray zu übergeben. Sie flehte ihn an, diese nicht zu nehmen.

»Verehrter Mr. Westray«, sagte sie, »rühren Sie sie nicht an, lassen Sie uns nichts damit zu tun haben. Ich wollte, dass der arme gute Mr. Sharnall die Finger davon lässt, und nun sehen Sie, was geschehen ist. Vielleicht ist es ja eine Strafe Gottes« – und sie sagte die Worte ganz leise, da sie von einem mittelalterlichen Glauben an die nach Rache gierende Launenhaftigkeit des Schicksals erfüllt war und in jedem unglücklichen Ereignis, vom Umkippen eines Tintenfasses bis zum Todesfall eines Mieters, einen Beweis dafür sah. »Vielleicht ist es ja eine Strafe Gottes und womöglich wäre er jetzt noch am Leben, wenn er es unterlassen hätte. Was wäre für uns damit gewonnen, wenn sich alles, was der gute Martin sich erhoffte, bewahrheiten sollte? Er sagte immer, dass er eines Tages ein ›Mylord‹ sein würde, der Ärmste, aber nun, da er nicht mehr ist, gibt es niemanden außer Anastasia, und sie würde sich niemals wünschen, eine ›Mylady‹ zu sein, da bin ich sicher, das arme Mädchen. Liebes, du würdest dir doch nicht wünschen, eine ›Mylady‹ zu sein, selbst wenn du es sein könntest, oder?«

Anastasia sah mit einem missbilligenden Lächeln von ihrem Buch auf, das sich in einer gequälten Miene verlor, als sie bemerkte, dass die Augen des Architekten fest auf sie geheftet waren und dass sich ein verständnisvolles Lächeln über dessen Gesicht breitete. Sie errötete leicht und wandte sich, ganz zu Unrecht verärgert über das Interesse an ihrem Tun und Treiben, welches der Blick des jungen Mannes ausdrücken sollte, unversehens wieder ihrem Buch zu. Welches Recht hatte er, wenn auch nur mit einem Gesichtsausdruck, Interesse zu bekunden an Dingen, die *sie* betrafen? Beinahe wünschte sie sich, wirklich eine Adlige zu sein und ihn mit ihrer edlen Geburt umbringen zu können, so wie es eine Lady Clara* dereinst getan hatte. Erst vor Kurzem war ihr dieser interessierte, interessant sein sollende Blick bewusst geworden, den

Westray in ihrer Gegenwart aufsetzte. Bestand etwa die Möglichkeit, dass *er* sich in sie verliebte? Und bei diesem Gedanken tauchten in ihrer Fantasie die Gesichtszüge eines anderen auf, hochmütig, hart, vielleicht boshaft, aber ach, so kraftvoll, und überlagerten die leblose Liebenswürdigkeit dieses jungen Mannes, der an ihren Lippen hing, und stellten sie in den Schatten.

Konnte es sein, dass Westray die Absicht hatte, sich in sie zu verlieben? Es war unmöglich, jedoch wie er sie mit seinen Blicken verfolgte und die honigsüße Art, die er an den Tag legte, wenn er mit ihr sprach, deuteten durchaus darauf hin. Hastig ließ sie in Gedanken die Entwicklung ihrer Beziehung Revue passieren, wie sie es in letzter Zeit des Öfteren getan hatte. War sie schuld daran? Konnte irgendetwas, das sie jemals getan hatte, als Zuneigung oder gar Bewunderung gedeutet werden? Waren natürliche Freundlichkeit und Höflichkeit so gänzlich missverstanden worden? Vor diesem inneren Gericht wurde sie erfolgreich freigesprochen, und sie verließ den Saal mit fleckenloser Weste. Sie hatte ihn keinesfalls auch nur im Geringsten ermutigt. Auch auf die Gefahr hin, rüde zu erscheinen, sie *musste* diese Aufmerksamkeiten im Keim ersticken. Ohne dabei wirklich unhöflich zu sein, musste sie ihm zeigen, dass diese innige Anteilnahme an ihrem Tun, diese einfühlsamen Blicke, ihr ausgesprochen unangenehm waren. Nie wieder würde sie ihn näher ansehen, sie würde den Blick strikt gesenkt halten, wann immer er in der Nähe war, und während sie diesen überlegten Entschluss fasste, sah sie, ganz ohne es zu wollen, auf und fand seinen beharrlichen Blick erneut auf sich gerichtet.

»Oh, Sie sind zu streng, Miss Joliffe«, sagte der Architekt, »wir sollten alle hocherfreut darüber sein, dass Miss Anastasia einen Adelstitel erlangt, und«, fügte er sanft hinzu, »ich bin mir sicher, niemandem stünde dieser besser zu Gesicht.«

Er sehnte sich danach, den förmlichen Zusatz »Miss« wegzulassen und von ihr einfach als Anastasia zu sprechen. Vor wenigen Monaten noch hätte er dies ganz natürlich und ohne Überlegung getan, doch war da etwas an dem Benehmen des Mädchens, das ihn in letzter Zeit dazu veranlasste, auf dieses Vergnügen zu verzichten.

Dann erhob sich die mögliche Adlige und verließ den Raum. »Ich gehe eben mal nach dem Brot sehen«, sagte sie. »Es müsste inzwischen durchgebacken sein, denke ich.«

Miss Joliffes Bedenken wurden schließlich überwunden und Westray behielt die Papiere, einerseits, weil ihr vor Augen geführt wurde, dass, wenn er sie nicht durchsehen würde, dies eine schamlose Missachtung des letzten Willens eines Toten gewesen wäre – etwas, das in den Kreisen, denen Miss Joliffe angehörte, mehr als alles andere als heilig galt –, und andererseits, weil der Besitzende fast immer das Gesetz auf seiner Seite hat, und der Architekt hatte die Papiere bereits in seinem Zimmer unter Verschluss. Jedoch war er nicht imstande, ihnen umgehend seine Aufmerksamkeit zu widmen, denn in seinem Leben bahnte sich eine Krise an, die seine Gedanken vorerst völlig in Anspruch zu nehmen drohte.

Eine Zeit lang hatte er eine Zuneigung zu Anastasia Joliffe empfunden. Als er sich zum ersten Mal dieses Gefühls bewusst geworden war, hatte er energisch dagegen angekämpft, und anfänglich waren seine Anstrengungen von leichtem Erfolg gekrönt gewesen. Ihm war völlig bewusst, dass jede Verbindung mit den Joliffes unter seiner Würde war; er befürchtete, dass der Unterschied zwischen ihrem jeweiligen Rang bezeichnend genug war, um Aufmerksamkeit zu erregen, wenn nicht gar Anfeindungen hervorzurufen. Gewiss würden die Leute sagen, dass ein Architekt, der die Nichte einer Hauswirtin auserwählte, aus unverständlichen Gründen unter seinen Möglichkeiten heiratete. Wenn er dies tun sollte, würde er sich ohne Frage gesellschaftlich wegwerfen. Sein Vater, der bereits tot war, war ein methodistischer Pfarrer gewesen, und seine Mutter, die noch lebte, hatte eine solche Hochachtung vor diesem hohen geistlichen Amt, dass sie Westray von Kindheit an die Privilegien und Pflichten seiner Herkunft eingeschärft hatte. Abgesehen von diesem Einwand gab es allerdings noch den weiteren Nachteil, dass ihm eine frühe Heirat über die Maßen häusliche Pflichten aufbürden könnte und so sein berufliches Fortkommen stoppen würde. Derartige Überlegungen waren nicht ohne Bedeutung für einen bedachtsamen Menschen, und es dauerte nicht lange, bis Westray sich selbst dazu beglückwünschen konnte, etwaige gefährliche Neigungen durch die bloße Kraft der eigenen Vernunft erfolgreich begraben zu haben.

Dieser glückliche und philosophische Stand der Dinge war nicht von langer Dauer. Seine Bewunderung schwelte lediglich und war nicht erloschen, doch war es ein rein äußerer Einfluss und nicht das ununterbrochene Betrachten der Schönheit und Vorzüge Anastasias, welcher das Feuer erneut zum Auflodern brachte. Dieser äußere Umstand war das Eintreten Lord Blandamers in den kleinen Kreis des »Hauses Bellevue«. Seit einiger Zeit war Westray in Zweifel über den wahren Zweck der Besuche von Lord Blandamer geraten und hegte den unterschwelligen Gedanken, dass er die Kirche und die Restaurierung und Westray selbst benutzte, um sich im »Haus Bellevue« zur Verfolgung anderer Pläne einzunisten. Die langen Unterhaltungen, denen sich der Architekt und der großzügige Spender noch immer hingaben, das Durchsehen der Pläne, die Erörterung von Details, all das hatte etwas von seinem alten Reiz verloren. Westray hatte sich mit aller Kraft einzureden versucht, dass seine Verdächtigungen jeder Grundlage entbehrten; immer wieder hatte er sich selbst darauf hingewiesen und vor sich selbst beteuert, dass die bloße Tatsache, dass

Lord Blandamer solche Summen zu der Restaurierung bei-
trug, wie er es bereits getan und noch versprochen hatte, den
Beweis dafür lieferte, dass die Kirche tatsächlich sein vorran-
giges Anliegen war. Es war unvorstellbar, dass ein Mann, wie
wohlhabend er auch immer sein mochte, viele Tausend Pfund
spenden würde, um sich Zugang zum »Haus Bellevue« zu verschaffen; zudem war es unvorstellbar, dass Lord Blandamer
Anastasia jemals heiraten würde – die Kluft bei einer solchen
Heirat, gestand Westray sich ein, wäre eine noch größere als
in seinem Falle. Nichtsdestoweniger war er davon überzeugt,
dass Anastasia oft in Lord Blandamers Gedanken war. Gleichwohl ließ sich der Master von Fording nach außen hin nichts
von seiner Vorliebe anmerken, wenn Westray zugegen war.
Niemals schenkte er Anastasia bei derartigen Gelegenheiten
besondere Beachtung oder zog die Unterhaltung mit ihr vor,
wenn der Zufall es wollte, dass sie in seine Gesellschaft geriet.
Zuweilen wandte er sich sogar demonstrativ von ihr ab, igno-
rierte geflissentlich ihre Anwesenheit.

Doch Westray spürte, dass da etwas war.

Ein zarter Hauch der Liebe umgibt jene, die eine große
Zuneigung für einen anderen hegen. Die Blicke mögen gut
versteckt sein, die Worte so gewählt, dass sie in die Irre führen, doch jene durchdringende Aura der Zuneigung um sie
herum ist schwer zu verbergen, wo Eifersucht die Wahrnehmung schärft.

Dann und wann redete sich der Architekt ein, dass er sich
täuschte; er schalt sich für seine misstrauische Art, für seine mangelnde Großzügigkeit. Doch dann ereignete sich eine
belanglose Begebenheit, eine völlig unscheinbare Kleinigkeit, die sein besonneneres Urteil hinwegfegte und seine Eifersucht über alle Maßen erregte. So erinnerte er sich etwa
der Tatsache, dass Lord Blandamer für ihre Unterhaltungen gewöhnlich einen Samstagnachmittag ausgewählt hatte.

Lord Blandamer hatte dies damit erklärt, dass er während der Woche beschäftig sei – aber schließlich war ein Lord kein Schuljunge mit einem freien halben Samstag. Welche Angelegenheiten sollten das sein, die ihn die ganze Woche über vereinnahmten und ihm samstags dann freie Zeit ließen? Es war schon merkwürdig, und umso merkwürdiger deshalb, weil Miss Euphemia Joliffe an genau diesem Nachmittag stets beim Dorcas-Treffen weilte; und noch merkwürdiger deshalb, weil es zwischen Lord Blandamer und Westray einige unerklärliche Missverständnisse hinsichtlich der verabredeten Uhrzeiten für ihre Unterhaltungen gegeben hatte, und weil der Architekt, wenn er um fünf Uhr zu ihrem Treffen nach Hause gekommen war, mehr als einmal hatte feststellen müssen, dass Lord Blandamer von vier Uhr ausgegangen war und bereits eine Stunde wartend im »Haus Bellevue« zugebracht hatte.

Auch dem armen Mr. Sharnall musste aufgefallen sein, dass etwas im Gange war, denn ungefähr zwei Wochen vor seinem Tod hatte er Westray gegenüber entsprechende Andeutungen gemacht. Westray war sich über die Gefühle Lord Blandamers nicht im Klaren. Bei dem Architekten erweckte er den Eindruck eines Mannes, der mit einem ganz bestimmten Ziel Anastasias Aufmerksamkeit zu gewinnen versuchte, während seine eigene Zuneigung gar nicht auf dem Spiel steht. Dieses Ziel konnte gewiss nicht die Vermählung sein, und wenn es nicht die Vermählung war, was war es dann? Normalerweise wäre die Antwort ganz leicht gewesen, doch Westray zögerte, sie sich zu geben. Es war schwer zu glauben, dass dieser ernste, wohlhabende Mann von hohem Rang, der durch die Welt gekommen war und Menschen und ihre Sitten kennengelernt hatte, sich dazu herablassen könnte, ganz gewöhnlichen Verlockungen nachzugeben. Und doch glaubte Westray, dass dem so war, und seine eigenen Gefühle für Anastasia wuchsen mit dem Entschluss, ihr ritterlicher Verteidiger gegen alle niederträchtigen Absichten zu sein.

Kann die innigste Liebe eines Mannes noch gesteigert werden? Falls ja, dann durch die Gewissheit, dass er sowohl Beschützer wie auch Liebhaber ist, durch die Gewissheit, dass er ihre Unschuld rettet, und zwar für – sich. Derartige Gedanken bescheren selbst dem Bescheidensten erhebende Gefühle, und sie beschleunigten den langsamen Fluss des dünnen Blutes, welches in den Adern des Architekten floss.

Eines Abends war er müde von einem langen Arbeitstag aus der Kirche heimgekehrt und saß gerade in allerlei schläfrige und halb bewusste Gedanken versunken – mal an den Riss im Vierungsturm, mal an die Tragödie auf der Orgelempore, mal an Anastasia – am Kamin, als die ältere Miss Joliffe hereinkam.

»Ach je, Sir«, sagte sie, »ich hatte keine Ahnung, dass Sie da sind! Ich wollte nur nachsehen, ob das Feuer brennt. Möchten Sie Ihr Abendessen? Wünschen Sie heute Abend etwas Besonderes? Sie sehen so müde aus. Ich bin mir sicher, Sie arbeiten zu viel. Das ganze Hoch und Runter auf Leitern und Gerüsten muss sehr anstrengend sein. Wenn ich mir erlauben darf, Sir, ich glaube, dass Sie wirklich einmal Urlaub machen sollten; seit Sie bei uns wohnen, haben Sie noch nicht einen freien Tag gehabt.«

»Es ist nicht ausgeschlossen, Miss Joliffe, dass ich Ihren Rat schon sehr bald befolgen werde. Es ist nicht ausgeschlossen, dass ich über kurz oder lang in Urlaub gehen werde.«

Er redete mit jener unnatürlichen Feierlichkeit, welche die Leute gewöhnlich in ihre Antwort legen, wenn ihnen eine belanglose Frage gestellt wird, während ihre eigenen Gedanken insgeheim mit einer Angelegenheit befasst sind, die sie als äußerst bedeutungsvoll erachten. Woher sollte diese gewöhnliche Frau ahnen, dass er an Liebe und Tod dachte? Er musste sanft mit ihr umgehen und ihr die Störung verzeihen. Jawohl, das Schicksal mochte ihn tatsächlich dazu veranlassen, Urlaub zu nehmen. Sein Entschluss, Anastasia einen Heiratsantrag zu machen, war so gut wie gefasst. Dass sie ihn ohne Umschweife annehmen würde, stand kaum in Zweifel, doch Halbheiten ließ er nicht gelten, ein Zaudern würde er nicht dulden, falsches Spiel nicht mit sich treiben lassen. Sie musste ihn entweder ganz und aus freien Stücken annehmen, und das auf der Stelle, oder er würde seinen Antrag zurückziehen, und umso mehr noch, sollte der gänzlich unwahrscheinliche Fall eintreten, dass sie ihn ablehnte, das »Haus Bellevue« unverzüglich verlassen.

»Ja, ich werde wohl tatsächlich bald in Urlaub gehen müssen.«

Das Bewusstsein, wie nachsichtig es war, überhaupt zu antworten, verlieh seinem Ton eine gemessene Würde, und ein unwillkürliches Seufzen, das seine Worte begleitete, blieb von Miss Joliffe nicht unbemerkt. Ihr erschien diese Ausdrucksweise rätselhaft und beunruhigend. Ein düsteres Geheimnis lag in einer derart vagen Äußerung. Er werde wohl in Urlaub gehen *müssen*. Was konnte das bedeuten? War dieser junge Mann am Verlust seines Freundes Mr. Sharnall völlig zerbrochen, oder wusste er vom Keim irgendeiner tödlichen Krankheit, von der sonst niemand etwas ahnte? Er werde wohl in Urlaub gehen *müssen*. Ah, es war kein bloßer Urlaub, von dem er sprach – er meinte etwas, das ernster war als das; sein ernstes, melancholisches Benehmen konnte nur auf eine lange Abwesenheit hindeuten. Möglicherweise wollte er Cullerne verlassen.

Ihn zu verlieren, wäre für Miss Joliffe aus materieller Sicht eine sehr ernste Angelegenheit; er war ihr Notanker, der letzte Anker, welcher das »Haus Bellevue« davor bewahrte, in den Ruin zu treiben. Mr. Sharnall war tot, und mit ihm war die magere Beihilfe gestorben, welche er zum Erhalt des Hauses beigesteuert hatte, und Mieter waren in Cullerne dünn gesät. Miss Joliffe hätte durchaus an diese Dinge denken können, aber sie tat es nicht. Der einzige Gedanke, welcher ihr durch den Kopf ging, war, dass sie noch einen Freund verlieren würde, wenn Mr. Westray fortginge. Sie ging die Sache nicht unter finanziellen Gesichtspunkten an, sie sah ihn lediglich als Freund; sie betrachtete ihn nicht als einträgliche Geldquelle, sondern lediglich als den kostbarsten aller Schätze – einen letzten Freund.

»Ich werde Sie wohl für eine Weile verlassen müssen«, sagte er erneut mit der gleichen unheilvollen Feierlichkeit.

»Ich hoffe nicht, Sir«, unterbrach sie ihn, als könne sie mit ihrem bloßen Eifer drohendes Unglück abwenden – »ich hoffe nicht. Wir würden Sie schrecklich vermissen, Mr. Westray, wo schon der gute Mr. Sharnall nicht mehr da ist. Ich weiß nicht, was wir ohne einen Mann im Hause machen sollen. Es ist so einsam hier, selbst wenn Sie nur für eine Nacht weg sind. Ich bin inzwischen eine alte Frau und mir macht es nicht viel aus, aber Anastasia hat seit dem furchtbaren Unglück nachts solche Angst.«

Westray Gesicht erhellte sich ein wenig, als Anastasias Name fiel. Ja, seine Zuneigung musste zweifellos eine sehr innige sein, dass die bloße Erwähnung ihres Namens ihm eine solche Freude bereitete. Es war also *sein* Schutz, auf welchen sie sich verließ; sie betrachtete *ihn* als ihren Beschützer. Die Muskeln seiner nicht gerade gewaltigen Arme schienen in seinen Rockärmeln zum Bersten anzuschwellen. Diese Arme sollten seine Liebste vor allem Bösen bewahren. Perseus* und Sir Galahad* und König Cophetua* schwirrten vor seinem geistigen Auge; es fehlte nicht viel und er hätte Miss Euphemia zugerufen: »Sie brauchen sich nicht zu ängstigen, ich liebe Ihre Nichte. Ich werde mich herabbeugen und sie auf meinen Thron heben. Wer ihr etwas zuleide tut, tut dies nur über meine Leiche«, als die zögerliche Vernunft ihn am Ärmel zupfte – er musste erst seine Mutter zurate ziehen, ehe er diesen ernsten Schritt wagte.

Es war gut, dass sein gesunder Verstand ihn davon abhielt, denn eine solche Erklärung hätte Miss Joliffe in eine Ohnmacht stürzen können. So aber sah sie, wie sich die Wolke aus seinem Gesicht verzog, und erfreute sich an dem Gedanken, dass ihre Unterhaltung ihn aufmunterte. Ein wenig Gesellschaft tat ihm ohne Zweifel gut, und sie kramte in ihrem Kopf nach weiteren Gesprächsthemen, welche ihn interessieren könnten. Ja, natürlich, sie hatte es gefunden.

»Am Nachmittag war Lord Blandamer hier. Er kam genauso vorbei, wie jeder andere es hätte tun können, um sich auf so nette, wohlwollende Art und Weise nach mir zu erkundigen. Er war in Sorge, dass der Tod des guten Sharnall für uns beide ein zu großer Schock gewesen sein könnte, und es war in der Tat ein furchtbarer Schlag. Er war so mitfühlend und blieb beinahe eine ganze Stunde – siebenundvierzig Minuten, würde ich nach der Uhr denken, und hat mit uns in der Küche Tee getrunken, als gehörte er zur Familie. Niemals hätte ich eine solches Wohlwollen erwartet, und als er ging, hat er eine überaus höfliche Nachricht für Sie hinterlassen, Sir, um zu sagen, wie leid es ihm tue, dass Sie nicht da waren, doch hoffe er, schon bald wieder vorbeizukommen.«

Die Wolke war in Westrays Gesicht zurückgekehrt. Wäre er der Held eines Romans gewesen, seine Miene wäre schwarz wie die Nacht gewesen; so aber sah er nur ziemlich mürrisch drein.

»Ich werde heute Abend nach London fahren müssen«, sagte er steif, ohne auf Miss Joliffes Bemerkungen einzugehen. »Ich bin morgen noch nicht zurück und werde wohl ein paar Tage wegbleiben. Ich schreibe Ihnen, um Sie wissen zu lassen, wann ich zurückkomme.«

Miss Joliffe schreckte auf, als hätte sie einen elektrischen Schlag bekommen.

»Nach London, am Abend«, fing sie an – »noch heute Abend?«

»Ja«, sagte Westray so trocken, dass die Unterhaltung allein dadurch für beendet erklärt gewesen wäre, selbst wenn er nicht hinzugefügt hätte: »Ich wäre jetzt gern allein. Ich muss noch einige Briefe schreiben, ehe ich aufbrechen kann.«

Also zog sich Miss Euphemia zurück, um der Jungfrau, die sich *ex hypothesi** auf den starken Arm des Architekten stützte, diese merkwürdige Angelegenheit mitzuteilen.

»Was *hältst* du davon, Anastasia?«, sagte sie. »Mr. Westray fährt noch heute Abend nach London, womöglich für einige Tage.«

»Tut er das?«, war alles, was ihre Nichte dazu bemerkte; doch in ihrer Stimme lag eine Ungerührtheit und Gleichgültigkeit, die das Thermometer der Leidenschaft des Architekten wohl vom Siedepunkt auf unter Körpertemperatur hätte fallen lassen, wenn er sie hätte reden hören können.

Nachdem die Hauswirtin gegangen war, blieb Westray noch ein paar Augenblicke lang verdrossen sitzen. Zum ersten Mal in seinem Leben wünschte er sich, er wäre Raucher. Er wünschte sich, er hätte eine Pfeife im Mund und könnte daran ziehen und den Rauch ausstoßen, so wie er es Sharnall hatte tun sehen, wenn *er* verdrossen war. Er wollte eine Beschäftigung für seinen ruhelosen Körper, während sein ruheloser Geist hin und her überlegte. Es war der Besuch Lord Blandamers an genau diesem Nachmittag, welcher schwelende Gedanken entfachte. Soweit Westray wusste, war es das erste Mal, dass Lord Blandamer ins »Haus Bellevue« gekommen war, ohne dies zumindest formal mit geschäftlichen Dingen zu entschuldigen. Mit der quälenden Mühe, die wir aufbringen, um uns Dinge einzureden, an die wir trotz aller Schwierigkeiten glauben wollen, mit der verzweifelten blinden, schwankenden Hoffnung, mit der wir versuchen, unvereinbare Dinge miteinander in Einklang bringen, da es uns einzig auf diese Weise gelingt, einen lastenden Spuk wegzuzaubern oder einen bitteren Verdacht zur Ruhe kommen zu lassen, hatte der Architekt bis jetzt zu glauben beschlossen, dass, wenn Lord Blandamer mit ziemlicher Häufigkeit ins »Haus Bellevue« kam, er dies nur aus dem Wunsche heraus tat, um hinsichtlich der Restaurierung auf dem Laufenden zu bleiben, um Einsicht zu erhalten in die Verwendung des Geldes, welches er so freigebig zur Verfügung stellte. Es war Westray umso leichter gefallen, sich einzureden, dass Lord Blandamers Absichten redlich waren, als er das Gefühl hatte, dass der andere sich von der Gesellschaft eines begabten jungen Mannes vom Fach naturgemäß angezogen fühlen müsse. Eine gelegentliche Unterhaltung mit einem gescheiten Architekten über architektonische Belange oder andere Angelegenheiten von allgemeinem Interesse (denn Westray achtete darauf, nicht zu ausgiebig bei ein und demselben Thema zu verweilen) musste für Lord Blandamer ohne Frage eine Abwechslung von der Monotonie des Junggesellendaseins auf dem Lande darstellen; und unter derartigen Erwägungen hatte Westray ein gewisses, und manchmal, wie er zu glauben neigte, höchstes Interesse an diesen Besuchen im »Haus Bellevue« gefunden.

Den Gedanken daran, ob in letzter Zeit nicht verschiedene Umstände dazu beigetragen hatten, die Angemessenheit dieser Absichten in Zweifel zu ziehen, hatte Westray kaum zugelassen, und wenn er beunruhigt gewesen war, hatte er sich stets versichert, das Besorgnis fehl am Platze sei. Nun aber hatte ihn die Ernüchterung ereilt. Lord Blandamer hatte sozusagen eigens dem »Haus Bellevue« seinen Besuch abgestattet; er hatte sich ohne Frage von dem Vorwand getrennt, wegen Westray gekommen zu sein; er hatte Tee mit Miss Joliffe getrunken; er hatte eine Stunde mit Miss Joliffe in der Küche zugebracht – und mit Anastasia. Das konnte nur eines bedeuten, und Westrays Entschluss stand fest.

Ein Objekt, das allenfalls halbwegs begehrenswert erschienen war, bekam einen unersetzlichen Wert, da er glaubte, dass jemand anderes davon Besitz zu ergreifen versuchte; Eifersucht hatte die Liebe beflügelt, Pflicht und Gewissen verlangten, dass er das Mädchen vor der Falle, welche man ihr gestellt hatte, bewahren sollte. Die große Entsagung musste erfolgen; er, Westray, musste unter seinem Stand heiraten, doch zuvor würde er seine Mutter ins Vertrauen ziehen, auch wenn es nicht überliefert ist, dass Perseus dergleichen tat, ehe er Andromeda* befreite.

Derweil galt es, keine Zeit zu verlieren – er würde noch heute Abend aufbrechen. Der letzte Zug nach London war bereits gegangen, aber er würde zur Bahnstation Cullerne Road laufen und von dort den Nachtpostzug nehmen. Er machte gerne einen Fußmarsch und benötigte kein Reisegepäck, da sich im Haus seiner Mutter Sachen befanden, die er nutzen konnte. Es war sieben Uhr abends, als er diesen Entschluss fasste, und eine Stunde später hatte er das letzte Haus von Cullerne hinter sich gelassen und begab sich auf seinen nächtlichen Ausflug.

Die heutige Straße folgt noch immer dem Verlauf der Römerstraße, welche Carauna (Carisbury) mit ihrem Hafen Culurnum (Cullerne) verband, und führt fast die gesamten sechzehn Meilen, die diese beiden Orte trennen, geradeaus. Ungefähr auf halber Strecke schneidet die Hauptstrecke der Großen Südeisenbahn die Landstraße im rechten Winkel, und hier liegt die Bahnstation Cullerne Road.

Die erste Hälfte des Wegs führt durch ein flaches, sandiges Gebiet namens Mallory-Heide, wo der kurze Rasentorf* bis auf die Straße wächst und wo der umherschweifende Blick im Osten, Westen oder Norden nichts auszumachen vermag außer eine grenzenlose Fläche Heidekraut, die hier und da von einem Flecken Stechginster und Adlerfarn oder einer Gruppe zerzauster und vom Wind ausgedünnter Kiefern und schottischer Fichten unterbrochen wird. Der gelbbraune, sandige Pfad lässt sich im Dunkeln nur schwer verfolgen, und am Rande sind in Abständen Pfähle eingeschlagen, um dem Reisenden den Weg zu weisen. Diese Pfähle zeichnen sich weiß gegen eine sternenlose Nacht ab und dunkel gegen den Schnee, der zu manchen Zeiten die Heide mit einer silbrigen Schicht bedeckt.

In einer klaren Nacht kann der Reisende, wenn er eine Meile aus der alten Hafenstadt hinausgegangen ist, die weit entfernten Laternen der Bahnstation Cullerne Road sehen. Wie eine dünne Lichtlinie heben sie sich in der fernen Finsternis ab, eine durchgehende Linie zunächst, die sich später jedoch in einzelne Lichtpunkte auflöst, wenn er weiter die gerade Straße entlanggeht. So mancher müde Wandersmann hat diese Laternen unveränderlich in der Ferne hängen sehen und sich über ihre Regungslosigkeit geärgert. Es scheint ihm, als kämen sie nicht näher, ungeachtet all der Meilensteine, welche er hinter sich gelassen hat, auf deren von Flechten bewachsene Vorderseite die Entfernung von Hyde Park Corner* in alten Ziffern eingraviert ist. Lediglich das lauter werdende Geräusch der Züge sagt ihm, dass er sich seinem Ziel nähert, und allmählich wird aus dem dumpfen Rumpeln ein rasselndes Tosen, wenn die schnellen Züge vorbeirasen. An einem frostigen Wintertag ziehen sie einen Schweif weißester Wolle hinter sich her, und bei Nacht, wenn die offene Ofentür einen prächtigen Glanz auf die Dampfwolke wirft, folgt ihnen eine feuerrote Schlange. Doch in der sengenden Hitze des Hochsommers trocknet die Sonne den Dampf aus, und sie sausen auf umso wundersamere Weise dahin, denn es fehlt jede Spur, die verrät, von welcher Kraft sie getrieben sind.

Von alldem sah Westray nichts. Ein weicher weißer Nebel hatte sich über alles gesenkt. In feinen, kreisenden Ringen, welche eine ihnen eigene innere Bewegung zu haben schienen, zog er dahin, wo noch eine Minute zuvor alles still und ruhig gewesen war. Er bedeckte seine Kleider mit einem Film von feinster pulvriger Feuchtigkeit, die bei Berührung in schweren Tropfen zu laufen begann, er hing als tropfender Tau in seinem Schnurrbart und Haar und Augenbrauen, er machte ihn blind und ließ ihn den Atem anhalten. Er war vom Meer herübergekommen wie in jener Nacht, als Mr. Sharnall ins Jenseits abgerufen wurde, und Westray konnte das entfernte Stöhnen von Nebelhörnern im Kanal hören; und als er zurück auf Cullerne schaute, erkannte er an einem verschwommenen Licht, erst grün, dann wieder rot, dass ein Schiff auf offener See Zeichen an einen Küstenlotsen gab. Er ging mühsam immer weiter, blieb von Zeit zu Zeit stehen, wenn seine Füße die Grasnarbe betraten, um auf die Straße zurückzufinden, und freute sich, wenn einer der weißen Pfähle ihn versicherte, dass er noch immer die richtige Richtung einhielt. Der undurchsichtige Nebel isolierte ihn auf seltsame Weise, er schnitt ihn ab von der Natur, denn er konnte nichts von ihr sehen, er schnitt ihn ab von der Menschheit, denn selbst wenn er von einer Legion von Soldaten umzingelt gewesen wäre, hätte er diese nicht sehen können. Das Abhandenkommen äußerlicher Einflüsse ließ ihn zu sich selbst zurückkehren und in Selbstbetrachtung verfallen; zum hundertsten Male begann er seine Lage abzuwägen, darüber nachzudenken, ob der folgenschwere Schritt, welchen er unternahm, notwendig war, damit er Ruhe fand, ob er richtig war und überlegt.

Einen Heiratsantrag zu machen, ist eine Sache, die selbst den Willensstärksten ins Grübeln bringen mag, und Westrays Willensstärke war nicht die größte. Er war gescheit, einfallsreich, hartnäckig, übergewissenhaft, doch er verfügte nicht über jenen Weitblick, der aus Erfahrung erwächst, und auch nicht über die Stärke und Entschlossenheit, in schwierigen Lebenslagen kurzerhand eine Entscheidung zu fällen und an dieser festzuhalten, wenn er sie einmal getroffen hatte. Und so geschah es, dass sein gegenwärtiger Entschluss zum Spielball seiner Überlegung wurde, und ein halbes Dutzend Mal blieb er auf der Straße stehen und gedachte, seine Absicht aufzugeben und nach Cullerne umzukehren. Doch ein halbes Dutzend Mal setzte er seinen Weg fort, wenngleich langsamen Schrittes und stets mit sich Rat haltend: War es richtig, was er tat, war es richtig? Und der Nebel wurde dichter; beinahe schien er ihn zu ersticken; er konnte die Hand vor Augen nicht sehen, wenn er sie auf Armeslänge vom Gesicht weghielt. War es richtig, gab es überhaupt ein Richtig oder ein Falsch, gab es irgendetwas Wahres, war nicht alles subjektiv – ein Produkt seiner eigenen Vorstellungskraft? Existierte er, war er er selbst, war er im Leib oder außer dem Leib?* Und dann ergriff ihn ein wildes Entsetzen, ein Horror vor der Dunkelheit und dem Nebel. Er streckte die Arme aus und tastete suchend in dem Dunst, als hoffte er, jemanden oder etwas zu fassen zu bekommen, der oder das ihn seiner eigenen Identität versicherte, und schließlich packte ihn eine panische Angst – er wandte sich um und machte sich auf den Weg zurück nach Cullerne.

Es währte nur einen Moment, und dann gewann allmählich die Vernunft die Oberhand zurück; er blieb stehen und setzte sich auf das Heidekraut am Rande der Straße, ohne sich darum zu scheren, dass jeder Zweig triefend nass war, und sammelte seine Gedanken. Sein Herz schlug wie verrückt, wie bei jemandem, der aus einem Albtraum erwacht, aber nun schämte er sich seiner Schwäche und des mentalen Zusammenbruchs, obgleich niemand deren Zeuge geworden war. Was konnte nur in ihn gefahren sein, welche Art Wahnsinn war das? Nach ein paar Minuten war er imstande, erneut umzukehren, und mit festem, flottem Schritt, welcher ihm zu seiner eigenen Genugtuung beweisen sollte, dass er Herr seiner Sinne war, nahm er seinen Weg in Richtung der Eisenbahnstation wieder auf.

Für den Rest seines Weges verbannte er verwirrende Fragen nach Richtig oder Falsch, Überlegtheit und Unüberlegtheit, indem er ein für alle Mal festlegte, dass sein Unternehmen sowohl richtig wie auch überlegt war, und widmete sich wesentlicheren und schlichteren Überlegungen zu Mitteln und Wegen. Er vertrieb sich die Zeit mit dem Versuch, die Summe festzusetzen, die es ihm und Anastasia ermöglichen würde, einen Haushalt zu führen, und in Gedanken die ihm zur Verfügung stehenden Mittel bis zum Äußersten zu dehnen, sodass diese sich seiner Schätzung annäherten. Ein anderer Mann in ähnlichen Umständen hätte sich womöglich der nochmaligen Prüfung der Erfolgsaussichten seines Antrages hingegeben, aber Westray hielt sich in diesem Punkt nicht mit irgendwelchen Zweifeln auf. Es stand von vornherein fest, dass, wenn er sich ihr anbot, Anastasia ihn akzeptieren würde; sie konnte gar nicht so blind sein gegen die Vorteile, welche eine solche Heirat ihr zu bieten hätte, sowohl in materieller Hinsicht wie auch im Hinblick auf die Verbindung mit einer höher gestellten Familie. Er betrachtete die Angelegenheit lediglich von seiner Warte aus — sobald er davon überzeugt war, dass *er* Anastasia hinreichend mochte, um ihr einen Heiratsantrag zu machen, war er sich sogleich sicher, dass sie ihn akzeptieren würde.

Zwar konnte er sich ganz spontan nicht vieler Gelegenheiten erinnern, in denen sie offen eine Zuneigung für ihn bekundet hatte, doch er war überzeugt, dass sie eine gute Meinung von ihm hatte, und zweifellos war sie zu bescheiden, um Gefühle zu offenbaren, von denen sie unter gewöhnlichen Umständen niemals erwarten konnte, dass diese erwidert würden. Und doch *war* er ermutigt worden, auf stille und zurückhaltende Art, genügend, um die vielversprechendsten Schlussfolgerungen zu rechtfertigen. Er erinnerte sich, wie viele, viele Male sich ihre Blicke getroffen hatten, wenn sie sich miteinander in Gesellschaft befanden. Sie musste ohne Frage die Zärtlichkeit gedeutet haben, von der seine Blicke erfüllt waren, und indem sie diese erwiderte, hatte sie ihm womöglich die größte Ermutigung zukommen lassen, welche wahre Bescheidenheit erlaubte. Wie feinfühlig und unendlich liebenswürdig ihre Erwiderung doch gewesen war, wie oft hatte sie ihn wie im Verborgenen angesehen und dann, als sie seinen leidenschaftlichen Blick auf sich ruhen sah, sogleich die Augen schüchtern zu Boden gesenkt! Und in seinen Träumereien ließ er die Tatsache außer Betracht, dass er in jenen späteren Wochen kaum einmal den Blick von ihr gelassen hatte, solange sie mit ihm im selben Raum war. Es wäre seltsam gewesen, wenn sich ihre Blicke nicht gelegentlich getroffen hätten, denn dann und wann musste sie sehr wohl dem Impuls folgen, welcher uns zwingt, jene anzusehen, die uns ansehen. Ganz gewiss, überlegte er, hatten ihre Blicke ihn ermutigt, und dann hatte sie dankbar einen Strauß Maiglöckchen angenommen, der ihm geschenkt worden war, wie er sagte, den er jedoch in Wirklichkeit eigens zu diesem Zweck in Carisbury gekauft hatte. Doch wiederum hätte es ihm vielleicht in den Sinn kommen müssen, dass es ihr wohl schwergefallen wäre, den Strauß abzulehnen. Wie hätte sie ihn ablehnen können? Wie hätte irgendein Mädchen unter diesen Umständen etwas anderes tun können, als dankend ein paar Maiglöckchen anzunehmen? Sie abzulehnen wäre eine Affektiertheit; lehnte sie diese ab, so würde sie einer höflichen Geste womöglich eine falsche und lächerliche Bedeutung beimessen. Ja, im Falle der Maiglöckchen hatte sie ihn ermutigt, und wenn sie nicht, wie er es gehofft hatte, einige davon am Busen getragen hatte, dann ohne Zweifel, weil sie befürchtete, ihre Vorliebe sonst zu offensichtlich zu bekunden. Ihm war besonders ihre Anteilnahme aufgefallen, die sie gezeigt hatte, als eine schlimme Erkältung ihn für ein paar Tage ans Haus gefesselt hatte. Und hatte er nicht just am heutigen Abend davon erfahren, dass sie ihn vermisste, wenn er nicht da war, und sei es nur für eine Nacht? Bei diesem Gedanken lächelte er unsichtbar im Nebel; und hatte ein Mann, von dessen Anwesenheit im Hause der Frieden und die Sicherheit eines schönen Mädchens abhingen, nicht ein Recht auf ein klein wenig Selbstzufriedenheit? Miss Joliffe hatte gesagt, dass Anastasia Angst empfinde, wenn er, Westray, nicht da sei; es war gut möglich, dass Anastasia ihrer Tante einen Wink gegeben hatte, dass sie gern hätte, dass man ihm dies erzähle, und er lächelte erneut im Nebel; er musste wirklich keine Bange haben, dass sein Heiratsantrag abgelehnt würde.

Er war so sehr in diese beruhigenden Betrachtungen vertieft gewesen, dass er unbeirrt vorangeschritten war, ohne irgendwelche Dinge und Gegebenheiten um sich herum wahrzunehmen, bis er die verschleierten Laternen der Bahnstation erblickte und wusste, dass er sein Ziel erreicht hatte. Seine Bedenken und sein Wankelmut hatten ihn übrigens so sehr aufgehalten, dass es nach Mitternacht und der Zug bereits fällig war. Es waren keine anderen Reisenden auf dem Bahnsteig oder in dem kleinen Wartehäuschen, wo eine Petroleumlampe mit schwarz gewordenem Zylinder zaghaft mit dem Nebel rang. Es war kein erfreulicher Raum, und er war froh, durch das Hereinkommen eines verschlafenen Beamten, der die Pflichten des Stationsvorstehers, des Schaffners und des Gepäckträgers in einer Person erfüllte, von der Betrachtung einer Schriftrolle, die an der Wand hing, und einer Flasche schalen Wassers auf dem Tisch zurück zu menschlichen Dingen gerufen zu werden.

»Warten Sie auf den Zug nach London, Sir?«, fragte er in einem überraschten Ton, der verriet, dass der Nachtpostzug an der Cullerne Road wenige Reisende fand. »Er wird in wenigen Minuten hier sein. Haben Sie Ihre Fahrkarte?«

Sie gingen gemeinsam zum Fahrkartenschalter. Der Stationsvorsteher reichte ihm eine Dritte-Klasse-Fahrkarte, ohne sich auch nur danach zu erkundigen, wie er denn zu reisen wünsche.

»Ah, haben Sie vielen Dank«, sagte Westray, »aber ich glaube, ich werde heute Nacht erster Klasse reisen. Ich möchte lieber ein Abteil für mich alleine haben und weniger von den Leuten gestört werden, die ein- und aussteigen.«

»Gewiss, Sir«, sagte der Stationsvorsteher mit deutlich gestiegenem Respekt, wie er einem Reisenden der ersten Klasse geschuldet war, »gewiss, Sir. Bitte geben Sie mir die andere Fahrkarte wieder. Ich muss Ihnen eine von Hand ausstellen – wir halten sie nicht bereit. Wir werden an dieser Station so selten nach Fahrkarten für die erste Klasse gefragt.«

»Ja, das kann ich mir denken«, sagte Westray.

»Es ist schon komisch«, bemerkte der Stationsvorsteher, während er seinen Stift hervorholte. »Vor einem Monat habe ich eine für ebendiesen Zug ausgestellt, und davor haben wir, so glaube ich, nicht eine einzige verkauft, seit die Station eröffnet wurde.«

»Ah«, sagte Westray, ohne dem große Beachtung zu schenken, denn er war in eine neuerliche gedankliche Auseinandersetzung verwickelt, ob er wirklich zu Recht erster Klasse reiste. Er hatte gerade beschlossen, dass es in einer solchen persönlichen Krise, in die er nun geraten war, notwendig sei, dem Körper Strapazen zu ersparen, damit der Geist so stark wie möglich bliebe, um mit so einer schwierigen Situation umgehen zu können, und dass die zusätzlichen Kosten daher gerechtfertigt waren, als der Stationsvorsteher fortfuhr: »Ja, vor nicht einmal einem Monat habe ich eine Fahrkarte für Lord Blandamer ausgestellt, so wie für Sie. Vielleicht kennen Sie ja Lord Blandamer?«, fügte er kühn hinzu, nicht ohne aber anklingen zu lassen, dass selbst die Verbundenheit Erster-Klasse-Reisender nicht per se der Schlüssel zu einer solch vornehmen Bekanntschaft war. Die Erwähnung von Lord Blandamers Namen versetzte Westrays nachlassender Aufmerksamkeit einen elektrisierenden Schock.

»O ja«, sagte er, »ich kenne Lord Blandamer.«

»Ach wirklich, Sir« – und der Respekt war um einen Intervallsprung gestiegen, der größer war als jeder in der Kontrapunktik erlaubte. »Also vor nicht einmal einem Monat habe ich Seiner Lordschaft eine Fahrkarte für ebendiesen Zug ausgestellt – nein, es ist keinen Monat her, denn es war just in jener Nacht, als der arme Organist von Cullerne zu Tode kam.«

»Ja«, sagte Westray, der gleichgültig erscheinen wollte. »Woher ist Lord Blandamer denn gekommen?«

»Ich weiß es nicht«, gab der Stationsvorsteher zurück – »ich weiß es *wirklich* nicht«, wiederholte er mit der unnötigen Betonung, die allen ungebildeten und dummen Leuten gemein ist.

»Kam er gefahren?«

»Nein, er kam zu dieser Station gelaufen, genauso wie Sie womöglich. Entschuldigen Sie mich, Sir«, brach er ab, »da kommt der Zug.«

Sie hörten das entfernte Donnern des herannahenden

Zuges, und jeden Augenblick würden sie sehen, wie die Tore des Bahnübergangs am Ende des Bahnsteigs lautlos wie von Geisterhand aufschwangen, bis ihre roten Lichter die Cullerne Road versperrten.

Niemand stieg aus, und niemand außer Westray stieg ein; im Nebel wurden einige Postsäcke ausgetauscht und dann schwenkte der schaffnernde und gepäcktragende Stationsvorsteher eine Laterne, und der Zug dampfte davon. Westray fand sich in einem höhlenartigen Waggon, dessen Stoffsitze kalt und klamm waren wie die Auskleidung eines Sarges. Er stellte den Kragen seines Mantels auf, verschränkte die Arme in einer napoleonischen Haltung und warf sich zurück in eine Ecke, um nachzudenken. Es war merkwürdig – es war sehr merkwürdig. Er war der Annahme gewesen, dass Lord Blandamer an jenem Abend, als der arme Sharnall seinen Unfall hatte, früh aus Cullerne abgereist sei. Im »Haus Bellevue« hatte Lord Blandamer ihnen beim Abschied gesagt, dass er mit dem Nachmittagszug fahren wolle. Doch nun war er um Mitternacht hier an der Cullerne Road gewesen, und wenn er nicht von Cullerne gekommen war, woher dann? Von Fording konnte er nicht gekommen sein, denn von dort hätte er sicherlich den Zug ab Lytchett genommen. Es war merkwürdig, und während er so darüber nachdachte, schlief er ein.

Sechzehntes Kapitel

EINEN ODER ZWEI TAGE SPÄTER
sagte Miss Joliffe zu Anastasia: »Hast du nicht heute Morgen
einen Brief von Mr. Westray bekommen, meine Liebe? Hat
er irgendetwas von seiner Rückkehr erwähnt? Hat er gesagt,
wann er zurückkommen wird?«

»Nein, liebe Tante, er hat gar nichts von seiner Rückkehr
gesagt. Er hat lediglich ein paar geschäftliche Zeilen geschrieben.«

»O ja, ganz recht«, sagte Miss Joliffe trocken, die sich durch
das allem Anschein nach fehlende Vertrauen ihrer Nichte
leicht verletzt fühlte.

Normalerweise hätte Miss Joliffe gesagt, dass sie Anastasias
Inneres so gut kenne, dass es keine Geheimnisse vor ihr gab.
Anastasia hätte gesagt, dass ihre Tante alles wisse, abgesehen
von ein paar *kleinen* Geheimnissen, und tatsächlich wusste die
eine vielleicht gerade so viel über die andere, wie es für das die
Jugend kennende Alter angebracht ist. »Es ist der Geist sein
eigner Raum, er kann in sich selbst einen Himmel aus der
Hölle und aus dem Himmel eine Hölle schaffen.«* Von allem
weltlichen Trost ist dieser, dass der Geist sein eigener Raum
ist, der größte. Der Geist ist eine uneinnehmbare Festung, die
gegen alle Eindringlinge gehalten werden kann, der Geist ist
ein Zufluchtsort, der den Verfolgten Tag und Nacht offen
steht, der Geist ist ein Lustgarten voller Blumen, der selbst
in Sommerdürren kühlen Schatten spendet. Manch gutem
Freund versuchen wir den Weg durch dieses Labyrinth zu
weisen, doch der Faden des Wollknäuels ist zu kurz, um noch
jemand anderen außer uns ganz hindurchzuführen. Da gibt
es sonnige Bergkuppen, da gibt es unschuldige grüne Lauben
oder Gärten voller zu stark duftender Blumen oder feuchte
Verliese der Verzweiflung, oder röhrende Höhlen der Schuld
so schwarz wie die Nacht, wo wir auf uns allein gestellt sind,

wohin wir niemanden bei der Hand nehmen und mit uns führen können.

Miss Euphemia Joliffe hätte die Sache mit Westrays Brief gerne gänzlich auf sich beruhen lassen und keine weitere Bemerkung darüber verloren, doch die Neugier einer Frau ist mächtiger als ihr Stolz, und Neugier war es, welche sie auf den Brief zurückkommen ließ.

»Danke für die Aufklärung, meine Liebe. Ich bin sicher, du wirst es mir sagen, falls irgendwelche Nachrichten für mich darin stehen.«

»Nein, ich glaube, es stand keine einzige Nachricht für dich darin«, sagte Anastasia. »Ich geh' ihn dir sogleich holen, und dann wirst du alles sehen, was er schreibt« – und damit verließ sie das Zimmer, als wolle sie den Brief herbeischaffen. Es war nur eine Ausflucht, denn die ganze Zeit über hatte sie das Gefühl, als würde ihr Westrays Brief ein Loch in die Tasche brennen, doch sie wollte unbedingt vermeiden, dass ihre Tante den Brief zu sehen bekam, bevor sie diesen beantwortet und ihre Antwort abgesendet hatte, und sie hatte die Hoffnung, dass die Sache in Vergessenheit geraten würde, sobald sie dem Zimmer erst einmal entflohen war. In dem Versuch, ihrer Nichte den Kopf zurechtzusetzen, schickte Miss Joliffe ihr beim Hinausgehen eine boshafte Bemerkung hinterher: »Ich bin mir nicht sicher, meine Liebe, ob ich Mr. Westray zu irgendwelchen Briefen ermuntert hätte, wenn ich du wäre. Es ziemte sich womöglich eher, dass er in jeder noch so kleinen geschäftlichen Angelegenheit an mich schriebe und nicht an dich.« Doch Anastasia tat so, als hörte sie ihre Tante nicht, und setzte ihren Weg fort.

Sie begab sich in das Zimmer, das einst Mr. Sharnalls gewesen, nun jedoch bedauernswert leer und verlassen war, und setzte sich, nachdem sie dort Schreibutensilien gefunden hatte, daran, eine Antwort auf Westrays Brief zu verfassen.

Dessen Inhalt war ihr bestens vertraut, sie kannte die Formulierungen beinahe auswendig, und dennoch breitete sie ihn vor sich auf dem Tisch aus und las ihn so oft wieder und wieder, als handelte es sich dabei um das schwierigste aller Kryptogramme.

»Liebste Anastasia«, begann er, und bereits das erste Wort, »Liebste«, ließ einen Groll in ihr aufsteigen. Welches Recht hatte er, sie »Liebste« zu nennen? Sie war eine jener rätselhaften Frauen, die nicht jede Zufallsbekanntschaft mit Superlativen überhäuften. Nach heutigen Maßstäben musste sie ohne Zweifel gefühllos sein, oder zumindest außerordentlich fantasielos, denn unter ihren wenigen Briefbekanntschaften war nicht eine, die sie mit »Liebste« oder »Liebster« ansprach. Nein, nicht einmal ihre Tante, denn während ihrer äußerst seltenen Aushäusigkeiten, bei denen sie Gelegenheit hatte, Miss Joliffe zu schreiben, lautete die Anrede: »Meine liebe Tante Euphemia.«

Es war seltsam, dass ebendieses Wort »Liebste« auch Westray beträchtliche Grübeleien und Zweifel bereitet hatte. Sollte er sie »Liebste Anastasia« oder »Verehrte Miss Joliffe« nennen? Ersteres klang zu impertinent, zweites zu formell. Er hatte diese und andere Kleinigkeiten mit seiner Mutter besprochen und letzten Endes war die Entscheidung auf »Liebste« gefallen. Im schlimmsten Falle konnte man eine solche Anrede lediglich als vorwegnehmend kritisieren, da sie beinahe unmittelbar darauf durch Anastasias Annahme seines Antrages ihre Berechtigung finden musste.

Liebste Anastasia – denn die Liebste sind Sie mir und werden es auf ewig bleiben –, ich bin mir sicher, dass Ihr Herz mir entgegenschlagen wird in dem, was ich sage; dass Ihre Liebenswürdigkeit mir Mut geben wird für den wichtigen Schritt, den ich nun tun muss.

Anastasia schüttelte den Kopf, obwohl niemand da war, der sie sehen konnte. In Westrays Worten klang so etwas wie Schicksal an, das schwerer wog als die Vernunft, eine Andeutung, dass er in einer misslichen Lage des Mitgefühls bedurfte, was für sie kaum zu ertragen war.

Ich kenne Sie nun ein Jahr und weiß, dass Sie der Mittelpunkt meines Glücks sind. Auch Sie kennen mich nun ein Jahr, und ich hoffe, ich habe die Botschaft recht verstanden, welche Ihre Augen mir gesandt haben.

> *Denn der Glücklichste wird aus mir,*
> *Oder der Traurigste allhier;*
> *Kann ich der Botschaft trau'n,*
> *Ihrer Augen so haselnussbraun?*

In ihrer Verärgerung musste Anastasia doch kurz lachen. Es war mehr als ein Lächeln, es war ein Lachen, ein kleines, leises In-sich-hinein-Lachen, welches man bei einem Mann als ein Glucksen bezeichnet hätte. Ihre Augen waren nicht haselnussbraun, sie waren kein bisschen braun, aber »braun« reimte sich nun einmal auf »trau'n«, und letzten Endes handelte es sich bei dem Vers womöglich um ein Zitat und musste wohl so genommen werden, um lediglich ganz allgemein auf die Situation zu passen. Sie las den Satz noch einmal: »Ich kenne Sie nun ein Jahr ... auch Sie kennen mich nun ein Jahr.« Westray hatte geglaubt, diese poetische Art des Insistierens würde dem Satz eine romantische Note verleihen und ihn ausgewogen erscheinen lassen, doch für Anastasia war es nichts als die Wiederholung einer Phrase. Wenn er sie seit einem Jahr kannte, dann kannte auch sie ihn ein Jahr, und damit war für den weiblichen Verstand der logische Schluss gezogen.

Habe ich die Botschaft recht verstanden, Liebste? Ist Ihr Herz mein?

Botschaft? Von welcher Botschaft redete er? Welche Botschaft, bildete er sich ein, hatte sie *ihm* mit ihren Augen senden wollen? Er hatte sie während der letzten Wochen unentwegt angestarrt, und wenn ihr Blick dann und wann auf seinen getroffen war, dann nur, weil sie es nicht hatte vermeiden können – außer wenn sie ihn zwischendurch einmal absichtlich ansah, weil es sie amüsierte, wie dümmlich ein verliebter Mann aussehen konnte.

Sagen Sie, dass es so ist. Sagen Sie mir, dass Ihr Herz mir gehört.

(und die Bitte erschien ihr so absurd, dass sich jeder Kommentar erübrigte).

Liebe Anastasia, ich beobachte Ihr Dasein mit Sorge. Manches Mal glaube ich, dass Ihnen gerade in diesem Augenblick Gefahren drohen, von denen Sie nicht einmal ahnen, dass sie überhaupt existieren. Und manches Mal blicke ich angstvoll in die so ungewisse Zukunft, falls ein unglückliches Schicksal oder der Tod Ihre Tante ereilen sollten. Lassen Sie mich Ihnen helfen, dieses ungewisse Rätsel zu ergründen. Erlauben Sie mir, nun Ihr Schild zu sein, und Ihr Halt in künftigen Tagen. Werden Sie meine Frau und lassen Sie mich Ihr rechtmäßiger Beschützer sein. Ich werde noch einige Tage geschäftlich in London weilen, doch werde ich hier Ihre Antwort voll zügelloser Ungeduld, gleichwohl, darf ich es sagen?, nicht ohne Hoffnung erwarten.
Ihr Sie über alles liebender und verehrender
Edward Westray

Sehr sorgfältig faltete sie den Brief zusammen und steckte ihn zurück in den Umschlag. Falls Westray überall nach Wegen gesucht hatte, um seiner eigenen Sache zu schaden, so hätte er kaum etwas finden können, das diesem Zwecke besser diente als diese letzten Absätze. Sie minderten in großem Maße das Bedürfnis, schonend vorzugehen und das Unangenehme, mit dem eine Absage im Allgemeinen verbunden ist, so wenig unangenehm wie möglich zu machen. Seine schulmeisterliche Art war unerträglich. Welches Recht hatte er, ihr Ratschläge zu geben, ehe er überhaupt wusste, ob sie ihn anhört? Was waren das für Gefahren, in denen sie selbst jetzt schwebte und vor denen Mr. Westray sie beschützen müsste? Sie stellte sich diese Frage anstandshalber, obwohl sie die Antwort von Anfang an kannte. Ihr Herz hatte ihr in letzter Zeit genug gesagt, um mühelos zwischen Mr. Westrays Zeilen lesen zu können. Ein eifersüchtiger Mann ist möglicherweise niederträchtiger als eine eifersüchtige Frau. Die Stärke des Mannes verlangt mehr Großzügigkeit und weitere Voraussicht; und wenn er darin versagt, so ist sein Versagen offensichtlicher als das einer Frau. Anastasia hatte die rätselhaften Bemerkungen Westrays auf dessen Eifersucht zurückgeführt; doch auch wenn sie stark genug war, sich wegen seines Kummers über ihn lustig zu machen, so war sie auch schwach genug, um sich als Frau daran zu erfreuen, das Interesse des Mannes erweckt zu haben, den sie verlachte.

Sie lachte noch einmal über das Angebot, dass sie gemeinsam mit ihm irgendwelchen Rätseln auf den Grund gehen solle, noch dazu solchen, die ergründlich waren; und die Gönnerhaftigkeit in seinem Verlangen danach, für ihre Zukunft vorzusorgen, war umso unangenehmer, da sie hehre Vorstellungen davon hatte, dies selber zu tun. Hunderte Male hatte sie sich gesagt, dass es nur die Zuneigung zu ihrer Tante war, welche sie im Hause hielt. Sollte Miss Joliffe »irgendetwas zustoßen«, würde sie sich auf der Stelle einen eigenen Lebensunterhalt suchen. Oft hatte sie die Fähigkeiten zusammengezählt, welche ihr in einem solchen Unterfangen behilflich sein würden. Sie hatte ihre Bildung – wenn auch ein wenig oberflächlich und unzusammenhängend – an guten Schulen erhalten. Sie war stets eine unersättliche Leserin gewesen und besaß umfangreiche Kenntnisse der englischen Literatur, besonders der großen Meister der Erzählkunst. Sie konnte leidlich Klavier und Geige spielen, auch wenn Mr. Sharnall ihre Einschätzung herabgemindert hätte. Sie konnte einen leichten Pinselstrich mit Öl- und Wasserfarben führen, was sie ihrem Vater nach von ihrer Mutter – jener Sophia Joliffe, die das prächtige Gemälde mit den Blumen und der Raupe gemalt hatte – geerbt haben musste, und ihre lebendigen Karikaturzeichnungen hatten für nicht wenig Belustigung unter ihren Schulkameraden gesorgt. Sie nähte sich ihre Sachen selbst und war sich sicher, dass sie in Kleiderfragen einen guten Geschmack hatte, der sie von anderen unterschiede, wenn sie nur die Gelegenheit bekäme, sich dessen zu bedienen. Sie glaubte, dass sie Kinder mochte und eine natürliche Begabung besaß, diese zu erziehen, obwohl sie in Cullerne niemals welche zu sehen bekam. Mit derlei Fähigkeiten, die anderen ebenso offensichtlich sein mussten wie ihr, würde es gewiss nicht schwierig werden, eine exzellente Anstellung als Kindermädchen zu finden, falls sie sich jemals dazu entschließen sollte, diesen Broterwerb für sich zu wählen; und manchmal neigte sie dazu, mit dem Schicksal zu hadern, welches sie vorerst dazu bestimmte, der Welt diese Vorzüge vorzuenthalten.

Tief in ihrem Herzen jedoch zweifelte sie daran, ob sie sich wirklich mit gutem Recht der Erziehung verschreiben konnte, denn sie war davon überzeugt, möglicherweise zu Höherem berufen zu sein und sich vielmehr mit der Feder als mündlich mitzuteilen. So wie jeder Soldat den Marschallstab in seinem Tornister trägt,* so weiß ein jedes halbwüchsiges Mädchen, dass in den Nischen ihres Schrankes die Gewänder und die Krone und alle Insignien einer Schriftstellerin ersten Ranges versteckt liegen. Sie mag es vorziehen, sie nicht herauszuholen und zur Schau zu tragen, es mag sein, dass die Krone ungetragen stumpf wird, die faulen Motten sie fressen,* doch dort liegt die vollständige Rüstung, in welcher sie jederzeit zur Verwunderung einer erwachenden Welt in vollem Schmuck in Erscheinung treten könnte. Jane Austen und Maria Edgeworth* sind Heldinnen, deren Aureolen in den bemalten Fenstern solch himmlischer Schlösser scheinen; Charlotte Brontë* schrieb ihre Meisterwerke in ebenso tiefer Abgeschiedenheit wie die des »Hauses Bellevue«, und so manches Mal dachte Anastasia Joliffe an den Tag, an welchem sie, weit weg von ihrem Wachtturm im stillen Cullerne, dem triumphalen Fortgang eines epochalen Liebesromans folgen würde.

Natürlich ließe sie ihn unter einem *Nom de Plume* veröffentlichen, ihren eigenen Namen würde sie so lange nicht verwenden, wie sie sich ihrer selbst nicht sicher war; und die Wahl des Pseudonyms war der einzige entschiedene Schritt in Richtung dieses Unterfangens, den sie bisher getan hatte. Die Zeit der Handlung war noch ungewiss. Manchmal sollte sie im achtzehnten Jahrhundert angelegt sein, mit großen silbernen Teebehältern und Tischen mit Storchenbeinen und hochtaillierten Kleidern, manchmal während der Rosenkriege,* als Barone nach einem blutigen Kampf in voller Rüstung in Flüssen schwammen; manchmal im Bürgerkrieg,* als Van Dyck* die geschwungenen Augenbrauen und spitz zulaufenden Hände malte und über allem der Schatten des Todes lag.

Am häufigsten wanderte ihre Fantasie in den Bürgerkrieg, und zuweilen, wenn sie vor ihrem Spiegel saß, bildete sie sich ein, dass sie selbst ein Van-Dyck-Gesicht besäße. Und tatsächlich war es so — und wenn der Spiegel auch beschlagen und trübe und blind war und das Kleid, welches sich darin spiegelte, nicht von pflaumenblauem oder bernsteinfarbenem Samt, so mochte man sie noch immer für die Tochter eines Loyalisten halten, die das Glück gemeinsam mit dem ihres Herrn verlassen hatte. Dem Hofmaler des Königs wäre es eine Freude gewesen, dieses liebliche, junge, ovale Gesicht und den kleinen Mund zu malen; ihm hätte der Abstand zwischen den Augenbrauen und den Lidern gefallen.

Wenn auch die Handlung noch schemenhaft war, ihre Charaktere waren stets bei ihr, im Harnisch oder in mit Zweigmuster bedruckten Stoffen; und da der Geist sein eigner Raum ist, schuf sie sich einen eigenen kleinen Hof, an dem sich schreckliche Tragödien abspielten und Heldentaten vollbracht wurden, wo leidenschaftliche junge Liebe litt und weinte und wo ein Mädchen von nur achtzehn Jahren mit äußerster Entschlossenheit, Wagemut, Schönheit, Geist und Körperstärke stets die Situation bereinigte und schließlich Frieden brachte.

Mit derartigen Begabungen ausgestattet, zeigte sich Anastasia die Zukunft nicht in düsteren Farben; auch erschien ihr das Rätsel nicht annähernd so unergründlich, wie Mr. Westray angenommen hatte. Mit der ganzen Zuversicht der Unerfahrenheit hätte sie *jeden* Versuch übel genommen, sie mit Zukunftsaussichten zu versehen, und sie verübelte Westray seinen Antrag umso heftiger, da in diesem die Unterstellung ihrer auswegslosen Lage mitzuschwingen schien, und ihr Glück, einen solchen Antrag zu erhalten, und seine Gönnerhaftigkeit, diesen zu machen, über Gebühr betont wurden.

Es gibt Frauen, für die im Leben die Ehe an erster Stelle steht, deren Gedanken ständig darum kreisen und für die eine vorteilhafte oder, falls dies misslingen sollte, irgendeine

Heirat das oberste Ziel ist. Es gibt andere, die die Heirat als eine Möglichkeit betrachten, die man weder eifrig suchen noch vermeiden sollte, die man hinnimmt oder ablehnt, je nachdem, ob deren Umstände vorteilhaft oder unvorteilhaft sein mögen. Andererseits gibt es einige, die, selbst von jungen Jahren an, den Ehebund entschieden aus ihren Gedanken zu verbannen scheinen, um gar nicht erst zuzulassen, dass sie sich darüber den Kopf zerbrechen. Auch wenn ein Mann beteuert, er werde niemals heiraten, so hat doch die Erfahrung gezeigt, dass er des Öfteren seinen Entschluss noch einmal überdenkt. Bei unverheirateten Frauen allerdings verhält es sich anders, und die meisten von ihnen bleiben unverheiratet, denn Männer sind in Herzenssachen oftmals so feige Geschöpfe, dass sie ihr Sinnen und Trachten sofort einstellen, wo sie von einem unsentimentalen Geist entmutigt werden. Es mag sein, dass einige dieser Frauen ihre Entscheidung ebenfalls gern noch einmal überdenken würden, jedoch feststellen müssen, ein Alter erreicht zu haben, in dem ihre Reue zu spät kommt; doch zumeist ist der Frauen Entschluss in derlei Dingen beständiger als beim Manne, was daher rührt, dass die in einer Ehe auf dem Spiel stehenden Interessen für sie wesentlicher sind, als dies beim Mann jemals der Fall sein könnte.

Anastasia gehörte zur Gruppe der Gleichgültigen: weder suchte noch vermied sie eine Änderung des Familienstandes, sondern betrachtete die Ehe als ein zufälliges Ereignis, welches ihre Aussichten in beträchtlichem Maße verändern mochte, wenn es ihr widerfuhr. Ohne Zweifel würde es ein Leben als Kindermädchen unmöglich machen; häusliche oder mütterliche Pflichten würden wohl selbst die literarische Betätigung in gewissem Grade einschränken (denn verheiratet oder nicht, sie war entschlossen, ihre schriftstellerische Berufung zu erfüllen), aber keinesfalls neigte sie zu der

Ansicht, die Ehe als Flucht vor Schwierigkeiten zu betrachten, als die Lösung eines so banalen Problems wie das der Existenzsicherung.

Sie las Westrays Brief noch einmal von Anfang bis Ende. Er war langweiliger denn je. Er war das Spiegelbild seines Verfassers, sie hatte ihn stets für unromantisch gehalten, und nun erschien er ihr unerträglich prosaisch, eitel, borniert, utilitär. Seine Frau sein! Lieber würde sie sich ein Leben lang als Kindermädchen plagen! Und wie könnte sie Romane schreiben mit einem solchen Ratgeber und in einer solchen Gesellschaft? Er würde von ihr erwarten, dass sie planvoll handelte, sich darum kümmerte, dass die Eier frisch und die Betten gut gelüftet wären. Während sie darüber nachdachte, gelangte sie innerlich zu einer solchen Missbilligung seiner Bemühungen um sie, dass sie seinen Antrag als ein schändliches Verbrechen empfand. Wenn sie ihm kurz, schroff, nein unhöflich antwortete, wäre es genau das, was er dafür verdiente, sie mit einem so absurden Antrag vor sich selbst lächerlich zu machen, und sehr bestimmt und entschlossen öffnete sie ihr Schreibkästchen.

Es war ein kleines, mit Kunstleder bezogenes Holzkästchen, auf dessen Deckel in goldenen Buchstaben »Papeterie« aufgedruckt war. Sie hatte keine übertriebenen Vorstellungen, was seinen eigentlichen Wert anging, doch war es in ihren Augen wertvoll, weil es sich um ein Geschenk ihres Vaters handelte. Genau genommen war es das einzige Geschenk, welches er ihr jemals gemacht hatte, doch hatte er dafür in einer Anwandlung von ungewohnter Großzügigkeit mindestens eine halbe Krone ausgegeben, als er sie mit großem Trara an Mrs. Howards Schule in Carisbury geschickt hatte. Sie erinnerte sich seiner Worte. »Nimm dies, mein Kind«, sagte er, »du gehst nun an eine erstklassige Schule, und es ist recht, dass du angemessenes Arbeitszeug hast«, und gab ihr das Schreibkästchen. Dieses musste vieles aufwiegen, und die arme Anastasia bedauerte, dass es nicht eine neue Haarbürste, ein halbes Dutzend Taschentücher oder sogar ein intaktes Paar Schuhe gewesen war.

Doch es hatte ihr gute Dienste geleistet, denn seither hatte sie alle ihre Briefe damit geschrieben, und da das Schreibkästchen die einzige Möglichkeit für sie war, etwas unter Verschluss zu halten, hatte Anastasia es als kleine Truhe zur Aufbewahrung bestimmter Mädchenschätze benutzt. Mit solchen war es derart vollgestopft, dass sie daraus hervorquollen, als sie das Kästchen öffnete. Da waren einige Briefe, denen etwas Romantisches anhaftete, Andenken an die wunderbare, aber viel zu kurze Schulzeit in Carisbury; da war ihre Tanzkarte* mit wirr hingekritzelten Namen von Partnern für den prächtigen Jahresabschlussball, zu welchem einige ausgewählte Brüder von anderen Mädchen eingeladen gewesen waren; eine gepresste Rose, die ihr jemand geschenkt hatte und die sie zu diesem historischen Anlass am Busen getragen hatte, und viele andere ähnlich unersetzliche Andenken. Irgendwie erschienen diese Dinge heute weder so romantisch noch so kostbar wie bei früheren Gelegenheiten; sie fühlte sich sogar bewogen, zu schmunzeln und sie zu belächeln, aber dann flatterte ein kleines Stück Papier vom Tisch auf den Boden hinunter. Sie bückte sich und hob die Lasche eines Briefumschlages mit dem schwarzen Aufdruck der Krone und des Namens »Fording« auf, die sie eines Tages gefunden hatte, als Westrays Papierkorb geleert worden war. Es war nur ein einfaches Emblem, doch es muss sie nachdenklich gestimmt haben, denn es lag mindestens zehn Minuten vor ihren Augen auf dem Tisch, ehe sie es sorgfältig zurück in die »Papeterie« tat und ihren Brief an Westray begann.

Es fiel ihr nicht schwer zu antworten, doch die nachdenkliche Pause hatte ihre Verärgerung gemildert und ihre Feindseligkeit gedämpft. Ihre Antwort war weder schroff noch unhöflich, sie neigte eher zum Althergebrachten als einfallsreich zu sein, und schließlich verwendete Anastasia jene leeren Redensarten, die in solchen Situationen alltäglich sind, seit ein Mann zum ersten Mal einer Frau einen Antrag machte und sie diesen ablehnte. Sie dankte Mr. Westray für dessen höfliches Interesse, welches er an ihr gezeigt habe, sie sei sich der Beachtung, welche er ihr entgegengebracht habe, zutiefst bewusst. Sie sei traurig – wirklich traurig –, ihm mitteilen zu müssen, dass die Dinge nicht so würden sein können, wie er sie sich wünschte. Sie sei so besorgt, dass ihr Brief unfreundlich klingen könnte; sie wollte nicht, dass er unfreundlich klinge. Wie schwer es jetzt auch fallen mochte, sie glaubte, es sei am gütigsten, ihm nicht zu verschweigen, dass die Dinge *niemals* so würden sein können, wie er sie sich wünschte. Sie hielt kurz inne, um diesen letzten Gedanken noch einmal abzuwägen, doch sie ließ ihn stehen, denn ihr lag daran, jedes Wiederaufleben der Leidenschaft des Bittstellers zu vermeiden und zu zeigen, dass ihre Entscheidung endgültig war. Sie werde stets die größte Wertschätzung für Mr. Westray empfinden; sie sei der Hoffnung, dass ihre Freundschaft unter den gegebenen Umständen keinen Abbruch erleide. Sie hoffe, dass ihr Verhältnis wie in der Vergangenheit weiterbestehe, und in dieser Hoffnung verbleibe sie mit vorzüglicher Hochachtung.

Als der Brief beendet war, stieß sie einen Seufzer der Erleichterung aus und las ihn sorgfältig durch, wobei sie an Stellen, die ihr geeignet schienen, Kommas und Semikolons und Doppelpunkte einfügte. Diese peinliche Genauigkeit machte ihr Freude – sie war der Ansicht, für jemanden, der einen literarischen Stil anstrebte und darauf aus war, vom Schreiben zu leben, gehöre es sich so. Obwohl dies die erste Antwort auf einen Heiratsantrag war, die sie selbst verfasst hatte, war sie

nicht gänzlich ungeübt in derlei Dingen, hatte sie doch andere
für ihre Heldinnen, die sich in der gleichen Situation befunden hatten, formuliert. Ihr Stil war zudem möglicherweise
unbewusst von der Lektüre des Buches »Umfassender Correspondent und Handweiser für junge Leute zum Verfassen
von Antwortschreiben, welche in allen möglichen Lagen des
Lebens auf eines andern Brief zu ertheilen sind«* beeinflusst,
welches, in einem ramponierten Ledereinband, zum Bestand
von Miss Euphemias Bibliothek gehörte.

Erst als das Schreiben ordnungsgemäß versiegelt und abgesendet war, berichtete sie ihrer Tante davon, was geschehen
war. »Hier ist Mr. Westrays Brief«, sagte sie, »falls du ihn
lesen möchtest«, und reichte Miss Joliffe den weißen Bogen
Papier, in welchen ein Mann sein Schicksal gelegt hatte.

Miss Joliffe nahm den Brief, wobei sie den Versuch machte,
gleichgültig zu erscheinen, was ihr misslang, denn ein Heiratsantrag verbreitet einen bestimmten Hauch, eine gewisse
Atmosphäre, die dessen Bedeutung selbst dem Arglosesten
offenbart. Sie war eine langsame Leserin, und nachdem sie
ihre Brille geputzt und zurechtgerückt hatte, setzte sie sich,
um sich die Angelegenheit vor ihr in Ruhe und Geduld zu
betrachten.

Doch das erste Wort, das sie entzifferte, »Liebste«, raubte
ihr die Fassung, und sie las den Brief in einer Eile, die nicht
ihre Art war. Ihr Mund wurde runder, während sie las, und
dann und wann seufzte sie »Liebste«, und »Liebe Anastasia«
und »Liebes Kind«, um ihren Gefühlen Erleichterung zu verschaffen.

Anastasia stand bei ihr und folgte den geschriebenen Zeilen, die sie auswendig kannte, mit all der Ungeduld dessen,
der zehn Mal schneller liest als jener, der die Seiten umblättert.

Miss Joliffes Gedanken waren voller widersprüchlicher
Gefühle. Sie war froh über die Aussicht auf eine sicherere

Zukunft, die sich vor ihrer Nichte auftat, sie fühlte sich verletzt, dass sie nicht früher ins Vertrauen gezogen worden war, denn Anastasia musste ohne Frage von Westrays Absicht, ihr einen Heiratsantrag machen zu wollen, gewusst haben, sie war gekränkt darüber, das Liebeswerben nicht bemerkt zu haben, welches sich direkt vor ihren Augen abgespielt hatte, und der Gedanke daran, dass die Heirat die Trennung bedeuten würde von einem Menschen, der wie ihr eigenes Kind war, beunruhigte sie.

Als wie trostlos würde sie es empfinden, die langen Wege des Alters alleine zu beschreiten! Wie schwer war es, den geliebten Arm entbehren zu müssen, auf dessen Unterstützung sie gezählt hatte, wenn »die langsamen, dunklen Stunden beginnen«!* Doch sie schob diesen Gedanken als egoistisch beiseite, und die Reue darüber, ihn gehegt zu haben, zeigte sich in einer von stetiger Arbeit runzligen und rauen Hand, die sich in Anastasias hineinschob.

»Meine Liebe«, sagte sie, »ich freue mich so über dein Glück. Etwas Großes ist dir widerfahren.« Eine allgemeine Zufriedenheit, dass Anastasia einen Heiratsantrag erhalten hatte, brachte ihre Ängste zum Schweigen.

Seiner Empfängerin verschafft ein Heiratsantrag eine gewisse genießerische Genugtuung, ganz gleich ob es gut, schlecht oder einerlei ist, ihn anzunehmen oder abzulehnen. Sie mag vorgeben, den Antrag nicht ernst zu nehmen, darüber ungehalten zu sein, ihn übel zu nehmen, so wie Anastasia es tat, doch in ihrem tiefsten Inneren verbirgt sich der selbstgefällige Gedanke, dass sie die ganze Bewunderung eines Mannes gewonnen hat. Und sei es ein Mann, den sie unter keinen Umständen heiraten würde, sei es ein Gimpel oder ein Verschwender oder ein Schurke, so ist er noch immer ein Mann, und sie hat ihn erobert. Ihre Angehörigen teilen sich die gleichen angenehmen Gedanken. Wird der

Antrag angenommen, dann ist für jemandes Zukunft, dessen Zukunft möglicherweise recht ungewiss war, vorgesorgt;
wird er abgelehnt, dann beglückwünschen sie sich gegen-
seitig zu der guten Moral oder dem ausgeprägten gesunden
Menschenverstand einer Verwandten, die es ablehnt, sich mit
Gold gewinnen zu lassen oder ihr Schicksal mit einem untaug-
lichen Ehemann zu verknüpfen.

»Etwas Großes ist dir widerfahren, meine Liebe«, wiederholte Miss Joliffe. »Ich wünsche dir alles Glück, liebe
Anastasia, und möge dir in dieser Ehe aller Segen beschieden
sein.«

»Tante«, unterbrach sie ihre Nichte, »bitte sag das nicht.
Ich habe ihn natürlich *abgewiesen*. Wie kannst du annehmen,
dass ich Mr. Westray heiraten würde? Ich habe nie auch nur
daran gedacht. Ich hatte zu keiner Zeit die leiseste Ahnung
davon, dass er so etwas schreiben würde.«

»Du hast ihn abgewiesen?«, sagte die ältere Dame mit er-
schrockener Betonung. Erneut kam ihr ein selbstsüchtiger
Gedanke in den Sinn – sie würden doch nicht getrennt werden – und erneut schob sie ihn entschlossen beiseite. In Gedanken ging sie alle möglichen Einwände durch, die ihre
Nichte bewogen haben mochten, eine solche Entscheidung zu
treffen. Die Religion war das Wesentliche in Miss Joliffes
Leben, zur Religion kehrten ihre Gedanken zurück, so wie
die Kompassnadel sich zum Nordpol hin einpendelt, und nun
suchte sie in ihr eine Erklärung. Es musste irgendein religiö-
ser Umstand sein, der sich für Anastasia als Hindernis erwiesen hatte.

»Ich glaube nicht, dass du irgendwelche Bedenken deswegen haben musst, weil er als Wesleyaner* erzogen worden ist«,
sagte sie in der festen Überzeugung, dass sie damit den Nagel
auf den Kopf getroffen hatte, und war sich dabei ihrer eigenen Scharfsinnigkeit einigermaßen bewusst. »Sein Vater ist

seit einiger Zeit tot, und auch wenn seine Mutter noch lebt, so würdest du nicht mit ihr zusammenleben müssen. Ich glaube nicht einmal, dass sie überhaupt den Wunsch hat, meine Liebe, dass du Methodistin* wirst. Was unseren Mr. Westray betrifft, deinen Mr. Westray, sollte ich nun wohl sagen«, und sie setzte jene verschmitzte Miene auf, die bei solchen Gelegenheiten als angebracht gilt, »so bin ich sicher, dass er ein gutes Mitglied der Kirche ist. Er geht regelmäßig am Sonntag in die Kirche, und da er als Architekt oft auch wochentags in der Kirche ist, hat er sicherlich erkannt, dass die anglikanische Kirchenordnung befriedigender ist als die jeder anderen Religionsgemeinschaft. Trotzdem will ich ganz bestimmt kein Wort gegen die Wesleyaner sagen. Sie sind ohne Frage wahre Protestanten und eine Bastion gegen ernsthaftere Irrtümer. Ich bin froh, dass die frühe Erziehung deines Geliebten ihn vor jeder Neigung zum Ritualismus bewahrt haben dürfte.«

»Meine liebe Tante«, fuhr Anastasia dazwischen, wobei sie eine ernsthaft missbilligende Betonung auf »liebe« legte, die ihre Tante erschreckte, »bitte hör auf, so zu reden. Nenne Mr. Westray nicht meinen Geliebten. Ich habe dir gesagt, dass ich nichts mit ihm zu tun haben will.«

Miss Joliffes Gedanken hatten einen weiten Bogen geschlagen. Nun, da dieser Heiratsantrag so gut wie abgelehnt war, nun, da diese Verlobung nicht sein sollte, traten die Vorteile, welche sie mit sich brachte, deutlich hervor. Es erschien zu bitter, dass der Vorhang fallen sollte, gerade als sich ein mitreißendes Drama zu entspinnen begann, dass ihnen das Glück durch die Finger gleiten sollte, gerade als sie im Begriff waren, es zu ergreifen. Keinen Gedanken verschwendete sie nun an die Angst vor der Einsamkeit im Alter, welche sie noch vor wenigen Minuten gequält hatte; sie sah nur die Vorsorge für die Zukunft, die Anastasia eigensinnig opferte. Unweigerlich verkrampfte sich ihre Hand und zerknüllte ein längliches Stück Papier, das sie darin hielt. Es war lediglich die Rechnung des Milchmanns, aber dennoch hätte es ihren Gedanken unterbewusst etwas Materialistisches verleihen können.

»Wir sollten keine Gunst, die uns gewährt wird, zurückweisen«, sagte sie ein wenig steif, »ohne uns ganz sicher zu sein, dass wir recht daran tun. Ich weiß nicht, was aus dir würde, Anastasia, sollte mir etwas geschehen.«

»Genau das sagt er auch, das ist dasselbe Argument, das er gebraucht. Warum musst du die Dinge so schwarz sehen? Warum muss es immer gleich etwas Schlimmes sein, wenn etwas *geschieht.* Hoffen wir, dass etwas Gutes geschieht, dass mir jemand anderes einen besseren Antrag macht.« Sie lachte und fuhr nachdenklich fort: »Ich frage mich, ob Mr. Westray zurückkommen wird, um weiter hier zu wohnen – ich hoffe, er tut es nicht.«

Kaum waren diese Worte ihrem Munde entglitten, tat es ihr leid, sie ausgesprochen zu haben, denn sie sah die Traurigkeit, welche sich über Miss Joliffes Gesicht ausbreitete.

»Liebe Tante«, rief sie, »es tut mir leid. Das habe ich nicht sagen wollen. Ich weiß, was es ausmachen würde; wir können es uns nicht leisten, unseren letzten Mieter zu verlieren. Ich *hoffe,* er kommt zurück, und ich werde alles mir Mögliche tun, um die Situation erträglich zu gestalten, außer ihn heiraten. Ich werde selber etwas Geld verdienen. Ich werde *schreiben.*«

»Wie, du willst schreiben? Wen gibt es denn, dem du schreiben könntest?«, sagte Miss Joliffe, und dann wurde der verdutzte Ausdruck auf ihrem Gesicht noch fassungsloser, und sie holte ihr Taschentuch hervor. »Es gibt niemanden, der uns hilft. Alle, die sich je um uns gesorgt haben, sind längst tot. Es gibt niemanden mehr, dem wir schreiben könnten.«

Siebzehntes Kapitel

MR. WESTRAY
spielte die Rolle des zurückgewiesenen Liebhabers sehr
gewissenhaft. Dem Vorfall seiner Zurückweisung begegnete
er auf ganz hergebrachte Weise. Er versicherte sich und seiner
Mutter, dass sein Lebenslicht erloschen und er der unglück-
lichste aller Menschen sei. Dies war der Zeitpunkt, zu welchem er unter dem Titel »Herbst« einige Verse verfasste, mit
dem Refrain:

> *Denn erkaltet und tot sind all meine Hoffnungen,*
> *In welken Kleidern wie gefallene Blätter,*

die im »Clapton Methodist« veröffentlicht und im Nachhinein von einer jungen Dame vertont wurden, deren Wunsch es
war, ein weiteres wundes Herz zu verbinden. Er mühte sich
mit mäßigem Erfolg, des Nachts wach zu liegen, und machte
in Gesprächen Andeutungen über den bedrückenden Einfluss,
den die Schlaflosigkeit auf seine Opfer ausübe. Zu mehreren
Mahlzeiten in Folge weigerte er sich, bei jenen Gerichten,
die er ohnehin nicht mochte, herzhaft zuzulangen, und seine
Mutter war um seinen allgemeinen Gesundheitszustand in
ernsthafter Sorge. Sie empörte sich unmäßig über Anastasia,
dass sie ihren Sohn zurückgewiesen hatte, andererseits wäre
ihre Empörung noch unmäßiger ausgefallen, hätte Anastasia
ihn tatsächlich zum Mann genommen. Sie ermüdete ihn mit
der unheilvollen Stimmung, die sie in seiner Gegenwart vorgab, und führte die Grausamkeit der Lady Clara Vere de Veres
an, mit welcher diese ehrliche Herzen brach,* bis selbst der
Verschmähte gezwungen war, über einen so unpassenden
Vergleich bitter zu lächeln.

Obwohl die alte Mrs. Westray die Schalen ihres Zornes
über Anastasia ausgoss,* weil diese es abgelehnt hatte, die junge

Mrs. Westray zu werden, so freute sie sich im Innersten doch inständig über die Wendung, welche die Ereignisse genommen hatten. Westray hätte aus seinem Innersten heraus nicht sagen können, ob er froh oder traurig war. Er sagte sich, dass er sehr in Anastasia verliebt war und dass diese Liebe noch veredelt wurde durch den ritterlichen Wunsch, sie vor Bösem zu beschützen, doch konnte er nicht ganz vergessen, dass dieses unglückliche Ereignis ihn zumindest vor der Ungewöhnlichkeit bewahrt hatte, die Nichte seiner Hauswirtin zu heiraten. Er sagte sich, dass sein Kummer aufrichtig und tief war, doch es war gut möglich, dass letzten Endes Verdruss und verletzter Stolz seine vorherrschenden Gefühle waren. Es gab andere Gedanken, die er in dieser akuten Phase der Tragödie als fehl am Platz verdrängte, welche aber dennoch im Hintergrund eine tröstende Wirkung auszuüben vermochten. Die Sorgen einer frühen und mittellosen Heirat würden ihm erspart bleiben, seine berufliche Laufbahn würde nicht durch familiäre Pflichten erschwert, die ganze Welt stand ihm wieder offen und er hatte eine reine Weste. Dies waren Betrachtungen, die aus gutem Grunde nicht übersehen werden konnten, gleichwohl wäre es unangebracht gewesen, sie zu stark in den Vordergrund zu rücken, wenn doch der bittere Schmerz jedes andere Gefühl beherrschen sollte.

Er schrieb an Sir George Farquhar und bekam zehn Tage Urlaub wegen Unpässlichkeit; und er schrieb an Miss Euphemia Joliffe, um ihr mitzuteilen, dass er beabsichtige, sich eine andere Bleibe zu suchen. Von Anfang an hatte er beschlossen, dass letzterer Schritt unumgänglich war. Er konnte die tägliche Erneuerung des Schmerzes nicht ertragen, das tägliche Aufreißen der Wunde, welches der Anblick Anastasias oder der gelegentliche Umgang mit ihr, wie es ein weiterer Aufenthalt im »Haus Bellevue« mit sich bringen musste, verursachen würde. Es ist unnötig zu spekulieren, ob seine Entscheidung teilweise von einem Eingeständnis seines verletzten Stolzes beeinflusst war – Männer finden keinen Gefallen daran, die Schauplätze einer verheerenden Niederlage nochmals aufzusuchen, und man muss zugeben, dass die Möglichkeit, eine verlorene Liebe zu sich zu rufen, wenn er nach kochendem Wasser verlangte, schon etwas Groteskes in sich barg. Es war nicht schwer für ihn, per Brief eine andere Unterkunft zu finden, und er ersparte sich die Notwendigkeit, noch einmal in seine ehemalige Bleibe zurückkehren zu müssen, indem er an Küster Janaway schrieb und ihn bat, seine Habseligkeiten zu holen.

Einen Monat später saß Miss Joliffe morgens in jenem Zimmer, welches der verstorbene Mr. Sharnall bewohnt hatte. Sie war allein, denn Anastasia war mit einer Anzeige, in welcher eine gewisse A. J. ihre Bereitwilligkeit äußerte, eine Stelle als Kinderfräulein anzunehmen, zum Büro des »Stadtanzeigers« von Cullerne gegangen. Es war ein heiterer, aber kalter Morgen und Miss Joliffe zog einen alten weißen gestrickten Schal enger, denn es brannte kein Feuer im Kamin. Sie konnte es sich nicht leisten, ein Feuer zu machen, doch die Sonne, die durch die Fenster hereindrang, machte den Raum wärmer als die Küche, wo sie die Glut seit dem Frühstück hatte verglimmen lassen. Um Kohlen zu sparen, verzichteten Miss Joliffe und Anastasia an diesen strahlenden Herbsttagen auf ein Feuer, sie aßen ein kaltes Mittagessen und gingen aus demselben Grund früh zu Bett, und doch schwand nach und nach der Kohlenvorrat im Keller. Miss Joliffe hatte ihn an ebendiesem Morgen geprüft und festgestellt, dass er erschreckend klein war; auch waren weder Geld noch irgendein Guthaben vorhanden, um den Vorrat wieder aufzufüllen.

Vor ihr auf dem Tisch lag ein Stapel Papiere, einige gelb, einige rosa, einige weiß, einige blau, aber alle ordentlich gefaltet. Sie waren längs und auf die gleiche Breite gefaltet, denn es handelte sich um Martin Joliffes Rechnungen, und dieser war in seinen Gewohnheiten peinlich auf Ordnung bedacht gewesen. Zwar waren darunter auch einige wenige Rechnungen, die sie gemacht hatte, aber dann hatte sie stets darauf geachtet, dass sie aufs Genauste die Vorgehensweise ihres Bruders befolgte, sowohl was das Falten als auch das Beschriften auf der Außenseite betraf. Ja, ohne Frage, für einige war sie unmittelbar selbst verantwortlich, und allein von außen konnte sie genau sagen, welche es waren, ohne sie öffnen zu müssen. Sie nahm eine davon: »Rose & Storey's, Importeure von französischen Hüten, Blumen, Federn, Borten etc. Salon für Mäntel und Jacken.« O weh, o weh, wie schwach ist doch die menschliche Natur! Sogar inmitten ihres Unglücks, sogar im Schatten des Alters, weckten derartige Worte Miss Joliffes Leidenschaft – Blumen, Federn, Borten, Mäntel und Jacken; sie sah den herrlichen Salon vor sich, Marktplatz 19, 20, 21 und 22, Cullerne – sah ihn in der würdevollen Einsamkeit eines Sommermorgens, als ein Kleid anprobiert werden sollte, sah ihn im Gedränge und der glorreichen Balgerei eines Resteverkaufs. »Trauerkleidung für nächste und ferne Verwandte, Kostümkleider, Röcke etc.; ausländische und englische Seide, Garantieware.« Hierauf nahm sich der handschriftliche Eintrag geradezu lächerlich aus: »Material und Besetzen einer Haube, 11 s. 9 p.; ein Hut, 13 s. 6 p. Insgesamt £ 1 5 s. 3 p.« Es lohnte sich wirklich nicht, viel Aufhebens davon zu machen, und die Kirschtraube und der kleine glitzernde Netzbesatz waren den einen Shilling und die neun Pence durchaus wert, welche Anastasias Hut mehr gekostet hatte als ihre Haube.

Hole, Apotheker: »Tropfen, 1 s. 6 p.; Einreibemittel, 1 s.; Mixtur, 1 s. 9 p.«, und das viele Male. »Lebertran, 1 s. 3 p., und 2 s. 6 p., und wieder 1 s. 3 p. £ 2 13 s. 2 p., mit 4 s. 8 p. Zinsen«, denn die Rechnung war vier Jahre alt. Das war für Anastasia in einer kritischen Zeit, als ihr nichts zu bekommen schien und Dr. Ennefer eine Schwindsucht befürchtete. Doch die gesamte Medizin für den armen Martin hingegen war in Dr. Ennefers eigener Auflistung eingetragen.

Auch Pilkington, der Schuster, hatte seine Geschichte zu erzählen: »Miss Joliffe: Halbleinen-Schnürstiefel, Dreifachsohle, £1 1s. op., Miss A. Jol.: Halbleinen-Schnürstiefel, Dreifachsohle, £1 1s. op. 6 Paar Mohair-Schnürsenkel, 9 p. 3 dito, Seide, 1s.« Ja, sie war tatsächlich eine mit Schuld befleckte Frau. Sie war es, die *diese* Rechnungen hatte »auflaufen lassen«, und sie errötete bei dem Gedanken daran, dass ihre eigenen Hände dabei geholfen hatte, einen solch erdrückenden Stapel aufzuhäufen.

Wie jede andere Angewohnheit, die dem Gemeinwohl entgegenläuft, so hat auch die Schuldenmacherei ihre eigene Strafe zur Folge, denn die Gemeinschaft schützt sich, indem sie die Wege derer erschwert, die ihren Nachbarn Unannehmlichkeiten bereiten. Zwar gibt es einige, die von Geburt an mit einer besonderen Begabung und Schuldnernatur ausgestattet sind – sie leben davon, und das obendrein unbeschwert –, die meisten Schuldner jedoch spüren die Last ihrer Ketten und durchleiden größere Qualen als jene, die sie irgendeinem ihrer geprellten Gläubiger bereiten. Wenn der Mühlstein langsam mahlt, mahlt er fein, und unbeglichene Rechnungen bringen größere Pein als die entsprechenden Waren je an Vergnügen gebracht haben. Den wohl größten Verdruss solcher Bitterkeiten bereiten gewiss jene Rechnungen für Dinge, die keine Freude mehr bringen – für abgetragenen Schmuck, für verwelkte Blumen, für getrunkenen Wein. Die Stiefel von Pilkington, mochten sie auch dreifach besohlt sein, konnten nicht ewig halten, und Miss Joliffes Blick wanderte unbewusst unter den Tisch, dorthin, wo jeweils ein Längsriss an der Seite beider Stiefel das weiße Futter sehen ließ. Wo sollten jetzt neue Stiefel herkommen, woher Kleidung zum Anziehen und Brot zum Essen?

Ja, schlimmer noch, die Tage des untätigen Abwartens waren vorbei; man hatte zu handeln begonnen. Die Wassergesellschaft von Cullerne drohte damit, das Wasser abzustellen, die Cullerner Gasgesellschaft drohte mit der Sperrung des Gases. Eaves, der Milchmann, drohte mit einer Vorladung, sollte seine lange, lange Liste (angewachsen aus dürftigen kleinen Krügen) nicht unverzüglich bezahlt werden. Nun mussten die Triarier* fechten, Miss Joliffes vorderste Schlachtlinie war besiegt, die letzte Reihe wankte. Was sollte sie tun, wohin sollte sie sich wenden? Sie musste einige der Möbel verkaufen, doch wer würde solchen alten Kram kaufen wollen? Und wenn sie Möbel verkaufte, welcher Mieter würde halb leere Zimmer nehmen? Sie blickte wild um sich, sie stieß die Hände in den Stapel Papiere, wie im Fieber drehte sie alle um, bis sie wieder jenes kleine Mädchen zu sein schien, das auf den Wiesen von Wydcombe das Heu wendet. Dann hörte sie Schritte draußen auf dem Fußweg und glaubte für einen Moment, dass es Anastasia sei, die vor der erwarteten Zeit zurückkehrte, bis ein schwerer Gang ihr sagte, dass ein Mann sich näherte, und sie sah, dass es Mr. Joliffe war, ihr Vetter, Kirchenvorsteher und Schweineschlachter. Seine massige und unbeholfene Gestalt lief auf gleicher Höhe an den Fenstern vorbei; er blieb stehen und sah am Haus hinauf, als wollte er sichergehen, dass er sich nicht geirrt hatte, und dann stieg er gemächlich die halbrunde Steintreppe hinauf und läutete.

Er war von hohem Wuchs, für seine Größe jedoch unverhältnismäßig gedrungen. Sein Gesicht war breit und sein schlaffes Doppelkinn ließ es schwammig aussehen. Ein blasser Teint und grau-schwarzes Haar, welches dort, wo er keine Glatze hatte, glatt nach unten gekämmt war, erweckten den Eindruck von Scheinheiligkeit, der durch eine schmeichlerische Redeweise noch verstärkt wurde. Mr. Sharnall hatte ihn gewöhnlich einen Heuchler genannt, doch die Beschimpfung war, wie das in solchen Fällen gemeinhin so ist, nicht zutreffend.

Heuchler, im wahren und eigentlichen Sinne, gibt es außerhalb der dichterischen Welt nur wenige. Außer in den unteren Schichten, wo die Falschheit unter dem Anreiz der kirchlichen Protektion gedeiht, ziehen sich die Männer nur selten die Kirchentracht mit dem Vorsatz an, sich irdische Vorteile zu verschaffen oder einen eigenen Nutzen daraus zu ziehen. In neun von zehn Fällen, wo die Religionsausübung nicht ausreichend mit dem Glaubensbekenntnis übereinstimmt, um die Krittler zufriedenzustellen, ist der Widerspruch wahrscheinlich einer angeborenen Willensschwäche geschuldet, der Dualität unserer Natur, und nicht irgendeiner bewussten Täuschung. Wenn ein Mann, der das Leben der einfachen Leute führt, sich in einer religiösen oder hochgesinnten oder lauteren Gesellschaft befindet und sich so verhält oder redet, als wäre er religiös oder hochgesinnt oder lauter, so tut er dies in neun von zehn Fällen nicht mit dem bestimmten Wunsch zu täuschen, sondern weil er vorübergehend dem Einfluss einer besseren Gesellschaft ausgesetzt ist. Für den Augenblick glaubt er, was er sagt, oder bildet sich ein, es zu glauben. Wenn er stur ist mit den Sturen, so ist er gerecht mit den Gerechten, und je sympathischer und empfindsamer sein Gemüt ist, umso empfänglicher ist er für vorübergehende Einflüsse. Diese Anpassungsfähigkeit eines Chamäleons ist es, welche für Heuchelei gehalten wird.

Vetter Joliffe war kein Heuchler, er handelte nach bestem Wissen und Verstand, und selbst wenn dieser Verstand nicht heller war als eine schlecht geputzte, schmierige, übel riechende Petroleumlampe, so war der Mann, der danach handelte, umso bedauernswerter. Vetter Joliffe war einer jener Laiengeistlichen, die von religiösen Dingen reden, die sich für Kirchenfragen interessieren und die ihren Beruf verfehlt zu haben scheinen, indem sie keine Weihe empfingen. Wäre Kanonikus Parkyn ein Anhänger der Hochkirche gewesen, wäre Vetter Joliffe es auch gewesen, doch da der Kanonikus der Niederkirche angehörte, war Vetter Joliffe ein Evangelikaler, wie er sich selbst gern beschrieb. Er war der Kirchenvorsteher des Pfarrers, übernahm eine führende Rolle in Gebetsversammlungen, mit einem lebhaften Interesse für Schulfeste, Schinkenvesper und Zauberlaternen,* und war besonders stolz darauf, dass man ihn nicht nur ein Mal darum gebeten hatte, im Missionshaus von Carisbury auszuhelfen, wo der Vikar von Christ Church* in der schläfrigen Umgebung einer große Kathedrale Erweckungsarbeit leistete. Er verfügte über keinerlei Sinn für Humor noch irgendwelches Feingefühl — war wichtigtuerisch, von an Geiz grenzender Sparsamkeit, erfüllt von der Würde seines Amtes, doch er handelte nach bestem Wissen und Verstand und war kein Heuchler.

In jenem kleinen, von Engstirnigkeit und großspuriger Dünkelhaftigkeit geprägten Mittelstand, welcher das Leben in Cullerne wesentlich bestimmte, besaß er beträchtlichen Einfluss und Autorität. In seinem unmittelbaren Umfeld hatte ein Wort des Kirchenvorstehers Joliffe mehr Gewicht, als ein Außenstehender vermutet hätte, und die lange Gewohnheit hatte ihm das heikle Amt des *Censor morum** der Gemeinde eingetragen. Wagte sich die Frau eines Gemeindemitglieds an einen solchen Ort der Verführung wie das Theater in Carisbury oder wurde sie gesehen, wie sie sich an einem Sommerabend vom jungen Bulteel in dessen neuer Barke umherrudern ließ, betraute man den Kirchenvorsteher damit, eine Unterredung mit ihrem Ehemann zu führen, um diesem unter vier Augen den Skandal deutlich zu machen, der sich daraus ergab, und ihn auf seine Pflichten hinzuweisen, die darin lagen, seine Angehörigen zu etwas mehr Sittlichkeit anzuhalten. Versuchte ein Mann bei einer Tändelei am Tresen des »Blandamer Wappens« Feuer in seinem Busen zu tragen,* so bekam seine Frau einen Wink, doch ihren Einfluss geltend zu machen, um sicherzustellen, dass die Abende daheim verbracht werden. Verschwendete ein junger Mann den Sonntagnachmittag bei einem Spaziergang mit seinem Hund in den Wiesen der Cullerner Niederung, so würde er »Die Warnung des Propheten Elia,* eine Abhandlung über die Nothwendigkeit der Heilighaltung des Tages des Herrn« erhalten. Kicherte eine Göre mit Flechtzöpfen aus ihrer Kirchenbank den Jungs von der Lateinschule zu, so wurde die Ungehörigkeit vom Kirchenvorsteher ihrer Mutter berichtet.

Zu solchen Anlässen achtete er peinlich auf das Anlegen von Gehrock und Zylinder. Beides war abgetragen und dem Zeitgeschmack vergangener Tage entsprungen, doch in seinen Augen waren es Insignien seines Amtes, und wenn er die Schöße des Rockes um die Knie spürte, schien es ihm, als wären es die Säume vom Obergewand Aarons.* Miss Joliffe brauchte nicht lange, um zu bemerken, dass er an diesem Morgen derart gekleidet war. Sie wusste, dass er gekommen war, um ihr einen förmlichen Besuch abzustatten, und wischte ihre Papiere eilig in eine Schublade. Sie hatte das Gefühl, als wären diese Rechnungen mit Sünde behaftet, als hätte sie sündhaft gehandelt, indem sie diese auch nur »durchgegangen« war, als wäre sie dabei ertappt worden, wie sie etwas tat, das sie nicht tun durfte, und am sündigsten von allem erschien die große Eile, mit der sie solch verfängliche Papiere versteckte.

Sie versuchte sich in jener Kunst der Geistesanstrengung, welche man »die Fassung bewahren« nennt, jene verzweifelte und erzwungene Fassung, welche der Falschmünzer vorgibt, wenn er der Wache die Tür öffnet, jene Fassung, welche eine Frau heuchelt, wenn sie mit den prickelnden Küssen eines Liebhabers auf den Lippen zu ihrem Ehemann zurückkehrt.

Es *ist* eine Kunst, seine Gedankenströme zu ändern, den brennenden Gedanken, der uns aufs Herzlichste oder Schmerzlichste zusetzt, fallen zu lassen, verständlich auf die Banalitäten der Unterhaltung zu antworten, den hämmernden Puls zu kontrollieren. Diese Kunst überstieg Miss Joliffes Kräfte. Sie war eine schlechte Schauspielerin, und als sie die Tür öffnete, sah der Kirchenvorsteher, dass ihr unbehaglich zumute war.

»Guten Morgen, Base«, sagte er mit einem jener fragenden Blicke, die oftmals irritierender und schwerer abzuwehren sind als eine direkte Frage. »Sie sehen heute Morgen gar nicht so aus, als seien Sie auf dem Posten. Sie fühlen sich hoffentlich nicht unwohl. Ich hoffe, ich störe nicht.«

»Oh, nein«, sagte sie, wobei sie versuchte, so flüssig zu sprechen, wie ihr rasendes Herz es erlaubte. »Es ist nur, dass Ihr Besuch etwas überraschend kommt. Ich bin ein bisschen nervös. Ich bin nicht mehr ganz so jung wie früher.«

»Ja«, sagte er, als sie ihn in Mr. Sharnalls Zimmer führte, »wir alle werden älter; es geziemt sich für uns, vorsichtig zu wandeln,* denn wir wissen nie, wann wir aus diesem Leben abberufen werden.« Er sah sie so fest und mitfühlend an, dass sie sich in der Tat sehr alt fühlte. Es schien wirklich so, als sollte sie auf der Stelle »abberufen« werden, als entziehe sie sich ihrer Pflicht, indem sie nicht augenblicklich starb. Sie zog ihr gestricktes Umhängetuch fester um ihren hageren und zitternden Körper.

»Ich befürchte, Sie werden dieses Zimmer als ein wenig kalt empfinden«, sagte sie. »Wir machen gerade den Küchenkamin sauber, daher habe ich hier gesessen.« Sie warf einen eiligen Blick auf das Schreibpult, da sie den Verdacht hegte, dass sie möglicherweise die Schublade nicht ganz geschlossen hatte oder dass eine der Rechnungen irgendwie draußen geblieben sein könnte. Nein, alles war in Sicherheit, doch der Kirchenvorsteher hatte sich durch ihre Ausflucht nicht täuschen lassen.

»Phemie«, sagte er, nicht unfreundlich, gleichwohl trieb das Wort ihr Tränen in die Augen, denn es war das erste Mal seit jener Nacht, als Martin starb, dass jemand sie bei ihrem alten Namen aus Kindertagen genannt hatte – »Phemie, du solltest nicht am Feuer sparen. Das ist Sparsamkeit am falschen Ende. Du musst mir erlauben, dir eine Kohlenkarte zu schicken.«

»Oh, nein, vielen Dank, wir haben genügend«, rief sie, wobei sie schnell redete, denn lieber wäre sie auf der Stelle verhungert, als dass es geheißen hätte, ein Mitglied der Dorcas-Gesellschaft habe eine Kohlenkarte von der Gemeinde genommen. Er drängte sie nicht weiter, sondern setzte sich auf den Stuhl, den sie ihm anbot, wobei er sich angesichts der Armut ein wenig unbehaglich fühlte, wie es sich für einen gut gekleideten und wohlgenährten Mann gehörte. Zugegeben, er hatte sie eine ganze Weile nicht besucht, aber schließlich war das »Haus Bellevue« so weit ab gelegen und er war so sehr mit den Sorgen der Gemeinde und seines Geschäfts befasst gewesen. Abgesehen davon war ihre gesellschaftliche Stellung so unterschiedlich, und selbstverständlich hegte er eine heftige Abneigung gegen jede Verwandte, die eine Pension führte. Nun tat es ihm leid, dass sein Mitgefühl ihn dazu verleitet hatte, sie »Base« und »Phemie« zu nennen; gewiss, sie *war* eine entfernte Verwandte, jedoch *keine* Base, sagte er noch einmal zu sich selbst. Er hoffte, dass ihr seine Vertraulichkeit entgangen war. Er wischte sich das Gesicht mit einem Taschentuch, welches bereits einige Dienste geleistet hatte, und gab einen einleitenden Huster von sich.

»Es gibt da eine kleine Angelegenheit, wegen der ich gern ein paar Worte mit Ihnen geredet hätte«, sagte er, und Miss Joliffe schlug das Herz bis zum Halse; er *hatte* also von diesen furchtbaren Schulden und den angedrohten Vorladungen gehört.

»Verzeihen Sie, wenn ich so unumwunden zur Sache komme. Ich bin Geschäftsmann und ein ehrlicher Mensch, und ich mag offene Worte.«

Es ist erstaunlich, welche Grobheiten und Unhöflichkeiten und Unwahrheiten mit Worten wie diesen im Allgemeinen eingeleitet werden und wie wenige dieser offenherzigen Leute es mögen, wenn man im Gegenzug ganz offen zu ihnen spricht.

»Wir haben gerade«, fuhr er fort, »über die Pflicht gesprochen, unsere Schritte mit Bedacht zu wählen, aber es ist unsere Pflicht, Miss Joliffe, darauf achtzugeben, dass auch jene, die unter unsere Obhut gestellt sind, ihre Schritte ebenso bedacht wählen. Ich möchte Ihnen keinen Vorwurf machen, aber ich bin nicht der Einzige, der es für angebracht hielte, dass Sie Ihre Nichte besser in Obacht nehmen. Es gibt da einen Adligen von hohem Rang, der diesem Haus viel zu häufig seinen Besuch abstattet. Ich werde *keinerlei* Namen nennen« – und das in einem Ton großherziger Nachsicht –, »aber Sie werden ahnen, wen ich meine, denn der Adel ist in dieser Gegend nicht so zahlreich. Es tut mir leid, über solcherlei Dinge reden zu müssen, welche Frauen gemeinhin schnell genug selber erkennen, doch als Kirchenvorsteher kann ich meine Ohren nicht verschließen vor einer Angelegenheit, die Stadtgespräch ist – schon gar nicht, wenn eine Namensschwester von mir betroffen ist.«

Bei den Worten des Schweineschlachters gewann Miss Joliffe ihre Fassung, um die sie vergebens gerungen hatte, zurück, teils aus Erleichterung, dass er nicht die Sache mit den Schulden angesprochen hatte, welche sie an erster Stelle im Sinn gehabt hatte, teils aus der Überraschung und Entrüstung, die sein Gerede über Anastasia erregt hatte. Ihr Auftreten und ihre ganze Erscheinung änderten sich, und in der Schärfe ihrer Erwiderung hätte niemand die entmutigte und niedergeschlagene alte Dame wiedererkannt.

»Mr. Joliffe«, apostrophierte sie scharf und würdevoll, »Sie müssen mir verzeihen, wenn ich meine, weitaus mehr über den fraglichen Adligen zu wissen als Sie, und ich kann Ihnen versichern, *er* ist ein tadelloser Gentleman. Wenn er diesem Haus seinen Besuch abgestattet hat, dann um mit Mr. Westray über die Restaurierung der Kirche zu reden. Ich hätte gedacht, dass jemand, der Kirchenvorsteher ist, es besser wissen würde, als herumzugehen und Skandalgeschichten über Leute zu verbreiten, die über ihm stehen. Es ist wenig aufmunternd für einen Adligen, sich der Kirche anzunehmen, wenn der Kirchenvorsteher ihn dafür in Verruf bringt.«

Sie sah, dass ihr Vetter ein wenig bestürzt war, und sie verlagerte den Krieg ins Feindesland und startete einen weiteren Vorstoß.

»Aber abgesehen von Mr. Westray hat Lord Blandamer auch mich zu sehen gewünscht. Und was haben Sie *dazu* zu sagen? Wenn Seine Lordschaft es für angebracht hielt, mir seine Ehre zu erweisen, indem er eine Tasse Tee in meinem Haus trinkt, dann gibt es viele in Cullerne, die gerne ihr bestes Porzellan herausgeholt hätten, wenn er sich nur bei *ihnen* daheim eingeladen hätte. Und es gibt einige, die seinem Beispiel durchaus folgen und sich ein wenig öfter bei ihren Freunden und Verwandten blicken lassen könnten.«

Der Kirchenvorsteher wischte sich erneut das Gesicht und schnaufte ein wenig.

»Es liegt mir fern«, sagte er, wobei er die Wendung gedehnt und mit aller Genugtuung aussprach, die ein Mann von geringer Bildung bei einer Redensart empfindet, die er verinnerlicht hatte – »es liegt mir fern, Skandalgeschichten in die Welt zu setzen – *Sie* sind es gewesen, die das Wort gebraucht haben –, aber ich habe selber Töchter, auf die ich achten muss. Ich sage nichts gegen Anastasia, die, so glaube ich, ein gutes Mädchen ist« – und seine gönnerhafte Art schmerzte Miss

Joliffe furchtbar –, »obwohl ich es gern sähe, dass sie sich mehr für die Sonntagsschule begeisterte, dennoch will ich Ihnen nicht verhehlen, dass sie eine Art hat, sich aufzuführen und gekünstelt zu reden, die *mitnichten* ihrem Stande entspricht. Es fällt den Leuten auf, und es stünde ihr besser, sie würde diese ablegen, in Anbetracht dessen, dass sie ihren eigenen Lebensunterhalt als Dienstmädchen wird verdienen müssen. Auch gegen Lord Blandamer möchte ich nichts sagen – er scheint gute Absichten zu haben, was die Kirche betrifft –, aber wenn wahr ist, was man sich erzählt, dann war auch der *alte* Lord nicht gerade ein Heiliger, und schon früher haben sich auf Ihrer Seite der Familie Dinge ereignet, Miss Joliffe, welche die Verwandten mit ungutem Gefühl an Anastasia denken lassen. Es heißt, dass der Väter Missetaten* an der dritten und vierten Generation vergolten werden.«

»Nun«, sagte Miss Joliffe und machte eine eindrucksvolle Pause auf diesem Adverb, »wenn es die Art Ihrer Seite der Familie ist, herzugehen und die Leute in ihrem eigenen Haus zu beleidigen, so bin ich froh, dass ich zur anderen Seite gehöre.«

Sie war sich der ganzen Schwere einer solchen Gefühlsäußerung bewusst, doch sie war entschlossen, ihren Standpunkt zu vertreten und erwartete einen neuen Angriff des Kirchenvorstehers mit einer Würde und Zuversicht, die der Alten Garde gut zu Gesicht gestanden hätte. Aber es folgte kein weiterer erbitterter Waffengang; es herrschte Pause, und wenn ein würdevolles Ende gewünscht gewesen wäre, so hätte die Unterredung an dieser Stelle enden müssen. Doch den gewöhnlichen Sterblichen erscheint der Klang ihrer eigenen Stimme so melodiös, dass jedes Gespür für den Umschlag ins Triviale betäubt wird. Das Gerede wird um des Geredes willen fortgesetzt und heroische Worte ersterben in einer belanglosen Unterhaltung. Beide Seiten wussten, dass sie ihre Gefühle überbetont hatten, und begnügten sich damit, Hauptstreitpunkte offen zu lassen.

Miss Joliffe holte die Rechnungen nicht wieder aus ihrer Schublade, nachdem der Kirchenvorsteher gegangen war. Ihre Gedanken waren nun woanders, und im Augenblick konnte sie an nichts anderes denken als an die Andeutungen ihres Besuchers. Im Kopf zählte sie ohne Mühe die Anlässe der Besuche Lord Blandamers auf, und obwohl sie völlig davon überzeugt war, dass etwaiges Misstrauen hinsichtlich seiner Motive gänzlich jeder Grundlage entbehrte, musste sie zugeben, dass er *in der Tat* mehr als einmal während ihrer Abwesenheit im »Haus Bellevue« gewesen war. Ohne Zweifel handelte es sich dabei um reinen Zufall, doch ist uns geboten, klug zu sein wie die Schlangen und ohne Falsch wie die Tauben,* und sie würde dafür Sorge tragen, dass es keinen weiteren Anlass für leichtes Geschwätz geben würde.

Bei ihrer Rückkehr traf Anastasia ihre Tante ungewohnt reserviert und wortkarg an. Miss Joliffe hatte beschlossen, sich Anastasia gegenüber genauso zu verhalten wie immer, denn ihre Nichte war frei von jeder Schuld, doch sie war verärgert über das, was der Kirchenvorsteher gesagt hatte, und ihr Verhalten war so rätselhaft und von kühler Würde, dass Anastasia davon überzeugt war, dass es einen Anlass für ein ernsthaftes Ärgernis gegeben hatte. Bemerkte Anastasia, es sei ein schwüler Morgen, so blickte ihre Tante finster und geistesabwesend drein und erwiderte nichts; verkündete Anastasia, sie habe nicht eine 14er Stricknadel bekommen können, sie hätten einfach keine mehr gehabt, so sagte ihre Tante: »Oh«, in einem rügenden und resignierten Ton, der ausdrückte, dass es in der Welt weitaus ernstere Dinge gab als Stricknadeln.

Diese Nichtbeachtung hielt eine ganze halbe Stunde an, doch um eine angemessene Arroganz länger aufrechtzuerhalten, dafür war das gütige alte Herz nicht gemacht. Die liebliche Wärme ihres Gemüts brachte das kühle Äußere zum Schmelzen; sie schämte sich für ihre Übellaunigkeit und bemühte sich bei Anastasia um »Wiedergutmachung«, indem sie besondere Zuneigung zeigte. Doch wich sie den Versuchen ihrer Nichte aus, der Angelegenheit auf den Grund zu gehen, und für sie stand fest, dass das Mädchen nichts von den Andeutungen ihres Vetters Joliffe oder gar dem Umstand seines Besuches erfahren sollte.

Doch falls Anastasia nichts von diesen Dingen wusste, so war sie wohl allein in ihrer Unwissenheit. Ganz Cullerne wusste davon; die Spatzen zwitscherten es von den Dächern. Der Kirchenvorsteher hatte einige der Ältesten ins Vertrauen gezogen und sie hinsichtlich der Angemessenheit seines Beschwerdebesuchs um ihren Rat gebeten. Die Ältesten, Männer und Frauen, stimmten seinem Vorgehen von ganzem Herzen zu und hatten ihrerseits einige ihrer engen und honorigsten Freunde ins Vertrauen gezogen. Dann hatte es die boshafte und klatschsüchtige Miss Sharp der verlogenen und zweiträchtigen Mrs. Flint erzählt, und die verlogene und zweiträchtige Mrs. Flint besprach die Angelegenheit lang und breit mit dem Pfarrer, der jede Art von Gerücht liebte, besonders Gerüchte der höchst pikanten Sorte. Rasch war es allgemein bekannt, dass Lord Blandamer zu *jeder* Tages- *und* Nachtzeit in der »Hand Gottes« weilte (wie albern von einer Pensionswirtin, eine Wirtschaft in »Haus Bellevue« umzutaufen!) und dass Miss Joliffe damit vorliebnahm, bei solchen Anlässen an die Decke zu schauen, und schlimmer noch, sich bei Treffen zu verabschieden, um das Feld zu räumen (welch unerträgliche Scheinheiligkeit, die Treffen der Dorcas-Gesellschaft als Entschuldigung anzubringen!); dass Lord Blandamer dieses unverschämte und nichtsnutzige Mädchen mit Geschenken überhäufte – ja, schlicht überhäufte; dass selbst der junge Architekt genötigt war, sich aufgrund solch zwielichtiger Geschehnisse eine andere Unterkunft zu suchen. Die Leute fragten sich, wo Miss Joliffe und ihre Nichte die Unverschämtheit hernahmen, sich sonntags in der Kirche sehen zu lassen, zumindest die Jüngere musste sich immerhin noch einen *Rest* Schamgefühl bewahrt haben, denn niemals wagte sie es, die feinen Kleider oder die Schmuckstücke, welche sie von ihrem Liebhaber geschenkt bekam, in der *Öffentlichkeit* zur Schau zu tragen.

Solcherlei Geschichten kamen Westray zu Ohren und weckten in ihm das Quäntchen Ritterlichkeit, welches den meisten Männern das ganze Leben versäuert.* Er litt noch immer unter seiner Zurückweisung, doch er hätte sich entehrt gefühlt, wenn er es zugelassen hätte, dass der Skandal unwidersprochen umgegangen wäre, und er begehrte mit einer solchen Inbrunst dagegen auf, dass die Leute die Achseln zuckten und Andeutungen machten, zwischen *ihm* und Anastasia sei ebenfalls etwas gewesen.

Küster Janaway war geneigt, die Angelegenheit furchtbar angepasst und sachlich zu betrachten. Weder verurteilte er das Ganze, noch verteidigte er es. Seiner Meinung nach war das adlige Gottesgnadentum unanfechtbar. Solange sie reich waren und ihr Geld freimütig spendeten, sollten wir es nicht zu genau mit ihm nehmen. Sie müssten nach anderen Maßstäben beurteilt werden als gewöhnliche Menschen – er für seinen Teil sei froh darüber, dass sie anstelle eines alten Griesgrams einen Mann bekommen hatten, der sich der Kirche annehmen und Geld für diese und die Leute spenden würde. Wenn er Gefallen an einem hübschen Gesicht fand, was war daran schlimm? Es ging ihresgleichen nichts an, am besten ließ man es gut sein; und dann pflegte er das Gejammere und fromme Wehgeschrei des Kirchenvorstehers zu beenden, indem er die Herrlichkeit von Fording »besang« und welcher Segen es für die Gegend und ihre Bewohner sei, dass das Anwesen wieder unterhalten wurde.

»Mit Ihren Gedanken können Sie keine Ehre einlegen, Küster Janaway«, sagte der Schweineschlachter bei einer dieser Gelegenheiten, denn er neigte dazu, sich von oben herab mit dem Kirchendiener auf Plaudereien einzulassen. »Ich habe Fording selbst gesehen, als ich mit dem Naturkundeverein von Carisbury dorthin fuhr, und war gleich überzeugt, dass es ein Hort der Versuchung sein muss, wenn man sich nicht davor hütet. Dass ein einzelner Mann in einem solchen Haus lebt, ist eine Gottlosigkeit. Es muss ihn dazu verleiten, sich zu ergehen wie Nebukadnezar* und zu sagen: ›Ist das nicht das große Babel, welches ich erbaut habe?‹«

»*Er* hat's nie erbaut«, sagte der Küster etwas belanglos, »'s is' vor Jahrhunderten erbaut worden. Mir kam zu Ohren, 's is' so alt, dass niemand weiß, *wer's* erbaut hat. Ihre Eltern war'n Dissenter,* Mr. Joliffe, und ham Ihnen nie den Katechismus nich' gelehrt, als Sie jung war'n. Aber ich für mein' Teil ordne mich denjenigen unter, die mir vorgesetzt sind,* wie's meine Pflicht is', solange sie sich mir unterordnen. 's nützt nichts, zu behaupten, wir wär'n alle gleich, da bräuchte man bloß mal zu 'nem Müttertreffen zu geh'n, um das zu sehen, sagt meine Alte. 's bringt weder was, sich zu viel zu erhoffen, noch sollt' man seinen Pökelhering mit Salz essen.«

»Schon gut«, versuchte der andere abzuwehren, »ich tadle Seine Lordschaft nicht so sehr wie jene, die ihn verführen.«

»Sie sollten auch's Mädchen nich' zu sehr tadeln. Vergehen gibt's auf beiden Seiten. Sein Großvater war nich' immer anständig, und auf ihrer Seite ham auch einige 'n schlechtes Vorbild abgegeben. Ich hab' schon so manche verrückte Sache erlebt, dass ich inzwischen denke, Blut is' Blut, und dass die Vorfahren mehr Schuld ham als die Kinder. Wenn die Väter saufen, dann saufen auch die Söhne und Enkel, bis sich's ausgesoffen hat, und wenn die Mütter ehebrechen, dann wer'n wohl auch die Töchter ihre Äpfel verkaufen. Nee, nee, der

Allmächtige hat uns nich' gleich erschaffen, und erwarten Sie bloß nich', wir wär'n alle Kirchenvorsteher. 'n paar von uns stammen von rechtschaffenen Vorfahren ab und sin' mit Flügeln auf'n Schultern geboren so wie Sie« – und er warf einen neckischen Blick auf die klobige Gestalt seines Zuhörers –, »um uns rauf in'n Himmel zu tragen, und 'n paar von uns ham unsre Väter die Stiefelsohlen mit Blei ausgegossen, damit wir auf'm Boden bleiben.«

Samstagnachmittag war die Zeit Lord Blandamers, und drei Samstage hintereinander versäumte Miss Joliffe das Dorcas-Treffen, um daheim Wache zu halten. Es erfreute die tugendsamen Herzen der boshaften und klatschsüchtigen Miss Sharp und der verlogenen und zwieträchtigen Mrs. Flint, dass die übel beleumundete alte Frau zumindest den Anstand besaß, sich nicht unter den Leuten sehen zu lassen, die ehrenwerter waren als sie, doch für Miss Joliffe war eine solche Abkehr eine arge Qual. Bei jedem Mal sagte sie sich, dass sie ein solches Opfer unmöglich noch einmal bringen könne, und dennoch zwang ihre Liebe zu Anastasia sie dazu. Ihrer Nichte gegenüber brachte sie die praktische Entschuldigung hervor, sich nicht wohlzufühlen, aber das Mädchen betrachtete sie mit Erstaunen und Bestürzung und ärgerte sich heftig die zwei Stunden über, welche seit undenklichen Zeiten diesen Treffen geweiht waren. Die regelmäßige Wiederkehr eines wöchentlichen Vergnügens, die in jungen und mittleren Jahren so endlos erscheint, wird überschaubarer, wenn man den Herbst des Lebens erreicht. Mit dreißig nimmt man den Verzicht auf ein samstägliches Treffen, das nicht angemessene Verbringen eines Sonntags recht gelassen, aber mit siebzig kann man das Ende der Kette sehen und es tut einem leid um jedes einzelne Mal von dem Ganzen, das noch bleibt.

Drei Samstage wachte Miss Joliffe, und an drei Samstagen tauchte kein verdächtiger Besucher auf.

»Wir haben Lord Blandamer in letzter Zeit gar nicht mehr gesehen«, bemerkte sie dann immer wieder mit so viel Gleichgültigkeit, wie die Sache zuließ.

»Es gibt nichts, was ihn herführen könnte, nun, da Mr. Westray ausgezogen ist. Warum sollte er kommen?«

Warum, in der Tat, und was würde es für sie schon ausmachen, wenn er nie wieder kommen würde? Dies waren Fragen, welche Anastasia sich gestellt hatte, zu jeder Stunde an jedem Tag dieser drei unausgefüllten Wochen. Sie hatte reichlich Zeit für die Erörterung solch törichter Fragen, für solch unnütze Fantasien, denn sie war viel sich selbst überlassen, da sie keinen Seelenverwandten hatte, weder in ihrem Alter noch in irgendeinem anderen. Sie war eine jener unglücklichen Personen, deren Bildung und Begabungen sie für ihre Stellung ungeeignet machen. Die Zerstreuungen der Jugend waren ihr verwehrt geblieben, die Freuden der Kleidermode oder der Geselligkeit waren für sie nie erreichbar gewesen. Als Zeitvertreib war sie stets in ihre eigenen Gedanken verfallen, und eine rege Fantasie und eine Menge belangloser Lektüre hatten ihr eine Schule der Romantik angedeihen lassen, die im Leben von Cullerne keine Entsprechung fand. Sie war voll Stolz (und es ist merkwürdig, dass oftmals jene die Stolzesten sind, die in den Augen ihrer Nachbarn den geringsten Anlass dazu haben), jedoch ohne blasiertes Benehmen, ungeachtet des Tadels von Mr. Joliffe an ihrem gezierten Gerede. Gleichwohl war es nicht ihr Stolz, der sie daran hinderte, Freunde zu finden, sondern lediglich die Unvereinbarkeit der geistigen Natur, welche eine Barriere errichtet nicht so sehr zwischen Bildung und Unwissenheit, als vielmehr zwischen Zartgefühl und Materialismus, zwischen Romantik und Alltäglichkeit.

Diese Barriere ist so unüberwindlich, dass jeder Versuch scheitern muss, ein Scheitern, das angesichts seiner vollkommenen Hoffnungslosigkeit oftmals mitleiderregend ist; selbst der Wärme inniger Zuneigung ist es bisher nicht gelungen, eine Seelenverwandtschaft zwischen solch gegensätzlichen Materialien zu schaffen. Durch eine wohlmeinende Fügung der Natur bleibt die Breite der Kluft jenen, die sie nicht überwinden können, freilich verborgen. Sie wissen, sie ist da, sie haben eine dunkle Ahnung von den unterschiedlichen Sehweisen, doch sie glauben, dass die Liebe eine Brücke hinüberbauen werde oder dass sie mit der Zeit einen anderen Weg auf die gegenüberliegende Seite finden mögen. Manchmal bilden sie sich ein, dass sie dem Ziel näher seien, dass sie Schritt um Schritt mit denen gingen, die sie lieben, aber das wird, leider Gottes!, nicht eintreten, denn die geistige Verwandtschaft, der Hauch der Erleuchtung, welcher Seelen zusammenschweißt, der fehlt.

So verhielt es sich mit der älteren Miss Joliffe – sie sehnte sich danach, ihrer Nichte nah zu sein, und war doch so weit weg; sie glaubte, dass sie Hand in Hand gingen, während eine unterschiedliche Geisteshaltung sie die ganze Zeit über Welten voneinander entfernt sein ließ. Mit all ihren tausend guten, ehrlichen Eigenschaften war sie dem Mädchen völlig fremd, und Anastasia hatte das Gefühl, als lebe sie inmitten von Leuten einer anderen Nation, unter Leuten, die ihre Sprache nicht verstanden, und sie flüchtete sich in Schweigen.

Die Ödnis von Cullerne war im Laufe des letzten Jahres bedrückender für sie geworden. Sie sehnte sich nach einem etwas vielseitigeren Leben, sie sehnte sich nach Zuneigung. Sie hatte Sehnsucht nach dem, was sich ein großes und gut aussehendes Mädchen in ihrem Alter von Natur aus am meisten wünscht, ganz gleich, wie wenig ihr dieser Wunsch bewusst sein mochte. Sie sehnte sich nach jemandem, der sie verehrte und sie liebte, sie sehnte sich nach jemandem, um den sie eine Romanze ersinnen konnte.

Der jüngere Mitinhaber des Rose & Storey's erkannte womöglich ihr Verlangen und versuchte es zu stillen. Er machte ihr so widerwärtige Komplimente über den »Sitz ihrer Kleider«, dass sie das Geschäft nie wieder betreten hätte, wäre das »Haus Bellevue« nicht ganz und gar auf Rose & Storey's angewiesen gewesen, denn diese waren sowohl Leichenbestatter wie auch Hut- und Putzmacher, und außerdem waren die kleine Angelegenheit mit den Hüten und die Kosten für Martins Beerdigung noch nicht beglichen. Es gab einen jungen Milchbauern mit einem Gesicht wie ein roter Vollmond, der auf dem Weg zum Markt am Haus ihrer Tante Halt machte. Er pflegte Miss Joliffe Eier und Butter zum Handelspreis zu verkaufen und grinste auf höchst unangenehme Art, wann immer er Anastasia erblickte. Der Pfarrer begönnerte sie auf unerträgliche Weise, und auch wenn der alte Mr. Noot freundlich zu ihr war, so behandelte er sie doch wie ein kleines Kind und tätschelte ihr das eine oder andere Mal die Wange, was sie mit achtzehn als peinlich empfand.

Und dann tauchte mit Lord Blandamer der romantische Prinz auf. In dem Augenblick, da sie ihn zum ersten Mal auf der Treppe sah, an jenem windigen Herbstnachmittag, als gelbe Blätter umherflogen, erkannte sie in ihm einen Prinzen. In dem Augenblick, da er mit ihr sprach, wusste sie, dass er in ihr eine Dame erkannte, und sie war unsagbar glücklich darüber und dankbar dafür. Seitdem war das Wunder immer größer geworden. Die Zurückhaltung des Helden ließ es umso schneller größer werden. Er hatte Anastasia nur selten gesehen, er sprach nur wenig mit ihr, nie warf er ihr auch nur einen interessierten Blick zu, noch weniger solche Blicke, wie Westray sie ihr so überschwänglich zuwarf. Und dennoch wurde das Wunder größer. Er war so anders als die anderen Männer, die sie gesehen hatte, so anders als all die anderen Leute, denen sie je begegnet war. Sie hätte nicht zu sagen vermocht, woher sie dies wusste, und doch wusste sie es. Es musste eine Aura sein, die ihm folgte, wohin auch immer er ging – jener helle Schein, mit dem die Götter die Helden umgeben –, die ihr sagte, dass er anders war.

Die Eröffnungszüge im großen Spiel der Liebe sind merkwürdig begrenzt und es gibt wenige Varianten im Spiel danach. Wäre es nicht wegen des persönlichen Anteils, den wir daran nehmen, niemand würde einem solchen Treiben Beachtung schenken aufgrund seiner Eintönigkeit, seiner zu großen Ähnlichkeit mit dem uralten Muster. Deshalb ist das Spiel für die Zuschauer so unglaublich langweilig – die Gleichgültigkeit, mit der sie unsere Verzückung betrachten, schreckt uns ab. Deshalb beginnt dieses simple Spiel gelegentlich nach einer Weile auch die Spieler selbst zu langweilen, und das bringt sie dazu, sich aus der Eintönigkeit zu flüchten, indem sie Probleme lösen und dabei die vertrackten Wege des Springers* gehen.

Anastasia hätte gelächelt, wenn man ihr gesagt hätte, dass sie sich verliebt habe. Es wäre wohl ein schmales Lächeln gewesen, fahl wie der Sonnenschein im Winter, aber sie hätte gelächelt. Es war *unmöglich*, dass sie sich verliebte, denn sie wusste, dass Könige keine Bettelmägde mehr heiraten, und sie war viel zu gut erzogen, um sich zu verlieben, außer als Vorbereitung auf eine Heirat. Keine der Heldinnen von Jane Austen hätte es zugelassen, sich zu einem Kreis auch nur hingezogen zu fühlen, aus dem kein Heiratsantrag denkbar war – folglich konnte Anastasia sich nicht verliebt haben. Sie war ganz gewiss nicht im Geringsten verliebt, doch stimmte es, dass Lord Blandamer sie interessierte. Er interessierte sie sogar so sehr, dass er zu jeder Tageszeit in ihren Gedanken war. Es war seltsam, dass, ganz gleich, mit welchen Dingen ihr Geist beschäftigt war, sein Bild ständig vor ihr auftauchte. Sie fragte sich, warum dies so war; vielleicht war es seine Macht – sie

glaubte, es war seine Macht, die sie spürte, eine sehr anmaßende Macht, die all diese kleinen Leute beherrschte, deren
größte Kraft jedoch in ihrer wohldosierten Zurückhaltung
lag. Sie mochte es, sich den stämmigen, gut gebauten Körper
vor Augen zu rufen, das lockige, eisengraue Haar, die grauen
Augen und das strenge, markante Gesicht. Ja, sie mochte das
Gesicht, *weil* es streng war, weil ein entschlossener Ausdruck
darin lag, der besagte, dass er dorthin gehen wird, wo immer
er hinzugehen wünscht.

Es gab keinen Zweifel daran, dass sie ein beachtliches Interesse an ihm gefunden haben musste, denn sie ertappte sich
dabei, wie sie sich davor fürchtete, selbst in der gewöhnlichs-
ten Unterhaltung seinen Namen auszusprechen, weil es ihr
schwerfiel, ihre Stimme völlig gleichgültig klingen zu lassen. Sie fürchtete sich davor, wenn andere von ihm sprachen,
und doch gab es kein anderes Thema, das sie so sehr beschäftigte. Und gelegentlich, wenn sie von ihm redeten, hatte sie
ein sonderbares Gefühl der Eifersucht, ein Gefühl, dass niemand außer ihr selbst das Recht besaß, auch nur über ihn zu
sprechen; und dann schmunzelte sie in sich hinein, ein leicht
verächtliches Schmunzeln, weil sie glaubte, mehr über ihn zu
wissen, ihn besser verstehen zu können als sie alle. Vielleicht
war es ein Glück, dass nicht Anastasia es war, die darüber zu
entscheiden hatte, über was man sich in Cullerne unterhielt,
sonst wäre zu dieser Zeit nur wenig geredet worden – denn
wenn es absurd erschien, dass andere es wagen sollten, über
Lord Blandamer zu sprechen, so erschien es ebenso absurd,
dass sie sich dafür erwärmen sollten, über irgendetwas anderes zu reden.

Sie war ganz gewiss *nicht* verliebt; es sei lediglich das ganz
natürliche Interesse, sagte sie sich, welches ein jeder Mensch –
jeder gebildete und kultivierte Mensch – an einem fremden
und bemerkenswerten Charakter haben müsse. Jede Einzel-

heit an ihm interessierte sie. Seine Stimme übte einen Reiz aus, in seiner leisen, hellen Stimme lag eine Melodie, die verzauberte und selbst die nebensächlichsten Bemerkungen bedeutungsvoll erscheinen ließ. Wenn er lediglich sagte, es sei ein regnerischer Nachmittag, wenn er lediglich fragte, ob Mr. Westray im Hause sei, lag etwas so Geheimnisvolles in seiner Stimme, dass kein rabbinischer Kabbalist* jemals mehr zwischen den Zeilen gelesen hat, als Miss Anastasia Joliffe es tat. Selbst in ihren Gebeten wanderten ihre Gedanken weit weg aus der Bank der Kirche von Cullerne, in welcher sie und ihre Tante saßen. Sie ertappte sich dabei, wie ihr Blick das Seegrün und Silber, das benebelte Wappen in Abt Vinnicombs Fenster suchte, und das helle, leuchtende Gelb des Heiligenscheins um das Haupt von Johannes dem Täufer verwandelte ihre Fantasie in einen Wirbel verblasster zitronenfarbener Akazienblätter, welche an jenem Tag, als der Held zum ersten Mal auftauchte, durch die Luft geschwebt waren.

Aber wenn auch das Herz wankte, der Kopf blieb standhaft. Er sollte niemals von ihrem Interesse an ihm erfahren; kein Wort, kein Erröten oder Erblassen sollte sie je verraten; er sollte niemals bemerken, dass die Aufregung ihr gelegentlich so sehr den Atem nahm, dass sie kaum mehr ein kurzes »Gute Nacht« erwidern konnte.

An drei Samstagen saß also die ältere Miss Joliffe im »Haus Bellevue« Wache, drei Samstagnachmittage in Folge saß sie da und ärgerte sich, als die Stunden des Dorcas-Treffens kamen und gingen. Doch nichts geschah. Der Himmel blieb an seinem gewohnten Platz, der Kirchturm stand sicher, und dann wusste sie, dass der Kirchenvorsteher einer Täuschung unterlegen war, dass ihre Einschätzung richtig gewesen war, dass Lord Blandamers einziger Beweggrund, welcher ihn in ihr Haus geführt hatte, der war, Mr. Westray zu besuchen, und nun, da Mr. Westray ausgezogen war, würde Lord

Blandamer nicht mehr kommen. Der vierte Samstag kam und Miss Joliffe war fröhlicher, als ihre Nichte sie seit einem ganzen Monat gesehen hatte.

»Heute Nachmittag fühle ich mich weitaus besser, meine Liebe«, sagte sie. »Ich glaube, ich werde zum Dorcas-Treffen gehen können. In dem Raum wird es so eng, dass ich es in letzter Zeit vermieden habe, hinzugehen, aber ich glaube, heute werde ich es nicht so sehr merken. Ich ziehe mich kurz um und setze meine Haube auf; es macht dir doch nichts aus, zu Haus zu bleiben, während ich fort bin, nicht wahr?« Und damit ging sie.

Anastasia saß auf der Fensterbank im unteren Zimmer. Das Schiebefenster stand offen, denn die Frühlingstage wurden länger und bei Sonnenuntergang wehte eine milde, süße Luft. Sie redete sich ein, an einem Mieder zu nähen; neben ihr stand ein offener Nähkasten und drum herum verstreut lagen allerlei Schnittmuster, Futterstoffe, Scheren, Baumwollgarne und Knöpfe, wie man sie für die angemessene und würdevolle Ausübung der »Arbeit« benötigte. Allein, sie arbeitete nicht. Das Mieder selbst, der eigentliche Grund und Anlass für all diese Vorbereitungen, lag auf ihrem Schoß, und dahin waren auch ihre Hände gesunken. Halb saß, halb lag sie auf der Fensterbank und ließ ihre Gedanken weit schweifen, während sie den Duft des Frühlings in sich aufsog und einen kleinen Flecken lichten gelben Himmels zwischen den Häusern dabei beobachtete, wie er mit Fortschreiten des Sonnenuntergangs immer rötlicher und goldener wurde.

Dann kam ein Mann die Straße herunter und stieg die Treppenstufen vor dem »Haus Bellevue« hinauf, doch sie sah ihn nicht, weil er vom Lande her kam und so nicht an ihrem Fenster vorbeilief. Es war die Türglocke, die sie aus ihren Träumen riss. Sie glitt von ihrem Sitzplatz und beeilte sich, ihre Tante hereinzulassen, denn sie hatte keinen Zweifel daran, dass es sich um Miss Joliffe handelte, die von dem Treffen zurückgekehrt war. Das Öffnen der Vordertür war keine Sache, die schnell vonstatten ging, denn auch wenn es im »Haus Bellevue« fürwahr wenig gab, was Einbrecher angelockt hätte, und obwohl, falls doch welche kämen, sie ganz sicher einen anderen Weg hinein wählen würden als durch den Haupteingang, bestand Miss Joliffe während ihrer Abwesenheit darauf, dass die Tür gesichert sein sollte, als gelte es, einer Belagerung standzuhalten. Also schob Anastasia den oberen Riegel zurück und löste die Kette und schloss das Schloss auf. Der untere Riegel machte ein wenig Schwierigkeiten und sie musste nach draußen rufen: »Entschuldige, dass ich dich warten lasse, aber diese Sperre will nicht aufgehen.« Doch schließlich gab sie nach. Anastasia zog die schwere Tür auf und stand Auge in Auge mit Lord Blandamer.

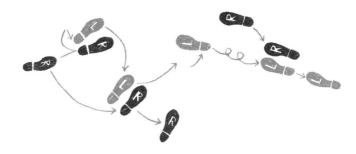

Achtzehntes Kapitel

SIE STANDEN AUGE IN AUGE

und sahen einander eine Sekunde lang an. Jeder, der diese beiden Gestalten sah, die sich als Silhouette gegen den gelben Himmel des Sonnenuntergangs abhoben, hätte sie wohl für Vetter und Cousine gehalten, oder sogar für Bruder und Schwester. Sie waren beide in Schwarz gekleidet, waren beide dunkel und von nahezu derselben Größe, obwohl der Mann nicht klein war, sondern das Mädchen hoch aufgeschossen.

Die Pause, die Anastasia machte, resultierte aus der Überraschung. Noch vor einer kurzen Weile wäre es ganz normal gewesen, die Tür zu öffnen und Lord Blandamer zu sehen, aber der Monat, der verstrichen war, seit er das letzte Mal ins »Haus Bellevue« gekommen war, hatte die Situation verändert. Sie hatte das Gefühl, geständig vor ihm zu stehen, als wüsste er, dass sie in all den Wochen an ihn gedacht hatte, sich gefragt hatte, warum er nicht kam, sich danach gesehnt hatte, dass er käme, als wüsste er um ihre Freude, welche sie erfüllte, nun, da er wiedergekommen war. Und wenn er all dies wusste, so hatte auch sie etwas erfahren, und zwar, welch großen Teil ihrer Gedanken er einnahm. Vom Baum der Erkenntnis zu essen hatte sie in Verlegenheit gebracht, denn nun stand ihre Seele entblößt vor ihr. Stand sie ebenso entblößt auch vor ihm? Sie war entsetzt, dass sie diese Anziehung verspürte, wo ein Gedanke an eine Heirat unmöglich war; sie glaubte sterben zu müssen, falls er jemals herausbekommen sollte, dass jemand von so tiefem Stand die Sonne angestarrt hatte und geblendet worden war.

Die Pause, die Lord Blandamer machte, resultierte nicht aus der Überraschung, denn er wusste sehr wohl, dass es Anastasia sein würde, die die Tür öffnet. Es war eher jene Pause, die ein Mann macht, der ein schwieriges Vorhaben begonnen hat und einen Moment lang zögert, wenn es zur

Begegnung kommt. Sie senkte den Blick zu Boden; er sah sie offen an, musterte sie von Kopf bis Fuß und wusste, dass seine Entschlossenheit groß genug war, um die Angelegenheit, die ihn hergeführt hatte, zum Abschluss zu bringen. Sie sprach als Erste.

»Meine Tante ist leider nicht zu Hause«, und sie behielt ihre rechte Hand an der geöffneten Tür, dankbar für jeden Halt. Als die Worte herauskamen, war sie erleichtert, dass tatsächlich sie es war, die sprach, dass es ihre eigene Stimme war und dass sie fast wie sonst klang.

»Das ist schade, dass sie nicht da ist«, sagte er, und auch er sprach trotz allem mit jener selben leisen, hellen Stimme, die sie so gewohnt war – »Wirklich schade, aber ich bin gekommen, um *Sie* zu sehen.«

Sie sagte nichts. Ihr Herz schlug so schnell, dass sie nicht einmal in einzelnen Silben hätte antworten können. Sie rührte sich nicht, sondern behielt ihre Hand weiter an der Türkante, da sie fürchtete zu fallen, wenn sie losließe.

»Es gibt da etwas, was ich Ihnen gerne sagen würde. Darf ich hineinkommen?«

Sie zögerte einen Augenblick, so wie er es erwartet hatte, dass sie zögern würde, und dann ließ sie ihn herein, so wie er es erwartet hatte, dass sie ihn hereinließe. Er schloss die schwere Vordertür hinter ihnen, und keine Rede war nun mehr davon, Schlösser oder Riegel vorzulegen; das Haus war auf Gedeih und Verderb allen Einbrechern ausgeliefert, die zufällig in der Nähe sein mochten.

Anastasia ging voraus. Sie führte ihn nicht in Mr. Sharnalls altes Zimmer, einerseits, weil sie dort halb fertige Kleider herumliegen hatte, und andererseits wegen der romantischeren Vorstellung, dass es Westrays Zimmer gewesen war, in welchem sie sich damals begegnet waren. Anastasia ging durch den Korridor und die Stufen hinauf, sie vorneweg und er folgte ihr, und sie war froh über den kurzen Aufschub, welchen ihr die langen Treppen verschafften. Sie betraten das Zimmer, und wieder schloss er die Tür hinter ihnen. Es brannte kein Feuer und das Fenster stand offen, doch sie fühlte sich, als wäre sie in einem glühenden Ofen. Er sah ihr ihre missliche Lage an, doch tat so, als sähe er nichts, und bedauerte sie wegen der heftigen Erregung, welche er auslöste. Die letzten sechs Monate hindurch hatte Anastasia ihre Gefühle so gut verborgen, dass er sie gelesen hatte wie in einem offenen Buch. Er hatte die Entwicklung der Handlung ohne Stolz verfolgt, ohne ein Gefühl des Triumphes, ohne höhnische Belustigung, ohne Mitgefühl; mit gewissem Widerwillen gegen eine Rolle, welche ihm durch den Zwang der Umstände aufgedrängt wurde, jedoch mit felsenfester Entschlossenheit, den Weg zu beschreiten, der vor ihm lag. Er wusste genau, an welchem Punkt die Handlung des Stückes angelangt war, er wusste, dass Anastasia alles tun würde, was immer er auch von ihr verlangte.

Wieder standen sie sich Auge in Auge gegenüber. Dem Mädchen erschien dies alles wie ein Traum. Sie wusste nicht, ob sie wachte oder schlief; sie wusste nicht, ob sie im Leib oder außer dem Leib war. Alles war ein Traum, aber es war ein wunderbarer Traum; ohne schmerzlichen Gedanken war sie nun, ohne Angst, dachte weder an die Vergangenheit noch an die Zukunft, sondern ging vollkommen auf in dem jetzigen Augenblick. Sie war zusammen mit jenem Mann, der ihre Gedanken einen Monat lang beherrscht hatte; er war zu ihr zurückgekehrt. Sie musste sich nicht fragen, ob sie ihn jemals wiedersehen sollte – er war nun bei ihr. Sie musste nicht darüber nachdenken, ob er im Guten oder Bösen gekommen war, sie hatte all ihren Willen an den des Mannes verloren, der vor ihr stand, sie war die Sklavin seines Ringes,* die sich an ihrer sklavischen Abhängigkeit erfreute und zu tun bereit war, was er ihr befahl, so wie alle anderen Sklaven dieses Ringes.

Er bedauerte die Gefühle, welche er ausgelöst hatte, die Zuneigung, welche er erweckt hatte, die reine Liebe für ihn, welche ihr ins Gesicht geschrieben stand. Er nahm ihre Hand in seine, und seine Berührung erfüllte sie mit einer heftigen Befriedigung. Ihre Hand lag weder leblos noch völlig teilnahmslos in der seinen, sondern erwiderte nur leicht den sanften Druck seiner Finger. Für sie war die Situation der unvergleichlichste Augenblick ihres Lebens, für ihn war sie so leidenschaftslos wie die Verlobungsszene in einem Flämischen Fenster.[*]

»Anastasia«, sagte er, »Sie ahnen es wohl, was ich Ihnen zu sagen habe. Sie ahnen, welche Frage ich Ihnen stellen muss.«

Sie hörte ihn reden, und seine Stimme war wie wunderbare Musik in ihrem wunderbaren Traum; sie wusste, dass er sie um etwas bitten wollte, und sie wusste, dass sie ihm alles und jedes geben würde, um das er sie bat.

»Ich weiß, dass Sie mich lieben«, fuhr er, die richtige Reihenfolge des Antrages umkehrend und mit einer Überheblichkeit, die bei jedem anderen unerträglich gewesen wäre, fort, »und Sie wissen, dass ich Sie von ganzem Herzen liebe.« Es war ein besonderes Kompliment für ihre Scharfsinnigkeit, dass sie bereits um seine Liebe wisse, doch er schmunzelte innerlich, als er daran dachte, wie unzureichend die Wissensgrundlagen doch zuweilen sind. »Ich liebe Sie von ganzem Herzen und bin gekommen, Sie zu bitten, meine Frau zu werden.«

Sie hörte, was er sagte, und verstand es; sie war auf jede Bitte von ihm vorbereitet gewesen, außer auf diese eine, die er ausgesprochen hatte. Die Überraschung darüber überwältigte sie, die Freude darüber übermannte sie. Sie war weder in der Lage zu sprechen noch sich zu rühren. Er sah, dass sie kraft- und sprachlos war, und zog sie näher zu sich heran. Die Handlung hatte nichts von der stürmischen Leidenschaft eines Liebhabers; er zog sie behutsam an sich, weil es dem

Anlass angemessen erschien, es zu tun. Einen Moment lang lag sie in seinen Armen, den Kopf nach unten gesenkt und das Gesicht verborgen, während er weniger sie an- als vielmehr über sie hinwegschaute. Sein Blick wanderte über ihr fülliges, dunkelbraunes Haar, von welchem Mrs. Flint sagte, dass es nicht von Natur aus gewellt, sondern so frisiert sei, damit sie wie eine Blandamer aussähe und so die unsinnigen Ansprüche ihres Vaters unterstütze. Seine Augen nahmen die Wellung und die seidene Feinheit ihrer dunkelbraunen Haare genau wahr und sahen dann ausdruckslos darüber hinweg, bis sie auf das große Blumengemälde fielen, welches an der gegenüberliegenden Wand hing.

Mit Mr. Sharnalls Tod war das Gemälde an Westray übergegangen, doch er hatte es noch nicht abgenommen, und Lord Blandamers Blick ruhte nun so starr darauf, dass es den Eindruck hatte, als seien seine Gedanken mehr bei den kitschigen Blumen und der sich schlängelnden Raupe als bei dem Mädchen in seinen Armen. Seine Aufmerksamkeit kehrte zurück zu den Erfordernissen der Situation.

»Werden Sie mich heiraten, Anastasia – werden Sie mich heiraten, liebste Anstice?« Der Kosename schien einen Hauch von Zärtlichkeit hinzuzufügen, und er benutzte ihn ganz bewusst. »Anstice, wollen Sie, dass ich Sie zu meiner Frau mache?«

Sie sagte nichts, sondern schlang ihre Arme um seinen Hals und hob zum ersten Mal ein wenig das Gesicht. Es war eine Zustimmung, die jeden Mann zufriedengestellt hätte, aber für Lord Blandamer kam sie als eine Selbstverständlichkeit; er hatte nie auch nur einen Augenblick daran gezweifelt, dass sie ihm ihr Jawort geben würde. Wenn sie das Gesicht gehoben hatte, um geküsst zu werden, so wurde ihre Hoffnung erfüllt. Er küsste sie tatsächlich, doch lediglich sanft auf die Augenbraue, so wie ein Schauspieler eine Schauspielerin auf der

Bühne küssen mochte. Hätte irgendjemand das Geschehen beobachtet, so hätte er an den Augen von Lord Blandamer gesehen, dass seine Gedanken weit weg waren, dass sie mit jemandem oder etwas beschäftigt waren, der oder das ihm wichtiger war als jene Handlung, in welche er gerade verwickelt war. Doch Anastasia sah nichts – sie wusste nur, dass er sie gebeten hatte, ihn zu heiraten, und dass sie in seinen Armen lag.

Er wartete einen Augenblick, als fragte er sich, wie lange die gegenwärtige Position andauern würde und welcher Schritt als Nächstes zu unternehmen sei, doch es war das Mädchen, welches die Spannung löste. Der wilde Rausch der ersten Überraschung verflog allmählich, und mit dem wiederkehrenden Denkvermögen war ein Zweifel aufgetaucht, der ihre Freude einer Wolke gleich überschattete. Sie befreite sich aus seinen Armen, die sich bemühten, sie auf althergebrachte Art festzuhalten.

»Nicht doch«, sagte sie, »nicht. Wir waren zu übereilt. Ich weiß, worum Sie mich gebeten haben. Ich werde es nie vergessen und Sie mein Lebtag dafür lieben, doch es darf nicht sein. Es gibt Dinge, die Sie wissen müssen, bevor Sie um meine Hand anhalten. Ich glaube nicht, dass Sie um meine Hand anhalten würden, wenn Sie alles wüssten.«

Zum ersten Mal schien er ein wenig ernster zu sein, ein bisschen mehr wie ein Mann, der am Leben war, ein bisschen weniger wie ein Mann, der eine Rolle probte, die er auswendig kannte. Das war eine unerwartete Handlung des Stücks, eine Episode, die nicht in seiner Bühnenfassung stand, die ihn vorläufig in Verlegenheit brachte; gleichwohl wusste er, dass sie die zentralen Themen des Stücks in keiner Weise würde beeinflussen können. Er protestierte, er versuchte erneut, ihre Hand zu ergreifen.

»Sagen Sie mir, was es ist, mein Kind, das Sie bedrückt«, sagte er. »Zwischen Himmel und Erde kann es nichts geben, das mich wünschen ließe, zurückzunehmen, was ich gesagt habe, nichts, das uns wünschen ließe, ungeschehen zu machen, was wir getan haben. Nichts kann mich mehr der Gewissheit berauben, dass Sie mich lieben. Sagen Sie mir, was es ist.«

»Ich kann es Ihnen nicht sagen«, antwortete sie ihm. »Es ist etwas, das ich nicht sagen kann. Fragen Sie mich nicht. Ich werde es Ihnen schreiben. Gehen Sie jetzt – bitte gehen Sie jetzt. Niemand soll wissen, dass Sie hier gewesen sind, niemand darf erfahren, was zwischen uns geschehen ist.«

Miss Joliffe kehrte ein wenig niedergeschlagen und schlecht gelaunt von dem Dorcas-Treffen zurück. Die Dinge waren nicht so gut gelaufen wie sonst. Niemand hatte sich nach ihrer Gesundheit erkundigt, obwohl sie drei Treffen in Folge versäumt hatte, auf ihre kleinen Komplimente und ihr fröhliches Geplauder hatten die Leute trocken mit Ja oder Nein reagiert. Sie hatte das unbehagliche Gefühl, dass sie geschnitten wurde. Diese hochmoralische Person, Mrs. Flint, hatte absichtlich ihren Stuhl von der armen Dame weggerückt, und schließlich sah sich Miss Joliffe von allen abgeschnitten außer von Mrs. Purlin, der Frau des Baumeisters, die viel zu dick und träge war, als in ihrer Unwissenheit irgendetwas anderes zu sein als gutmütig. Außerdem hatte sich Miss Joliffe, in einem Anfall von gequälter Geistesabwesenheit dermaßen vertan, dass sie einen Flanellunterrock mit Rheumagürtel und Kräuterkissen* völlig ruiniert hatte, den sie für eine Art *chef d'oeuvre** gehalten hatte.

Doch als sie ins »Haus Bellevue« zurückkam, verflog ihr Ärger und wurde ganz von der Sorge um ihre Nichte verschlungen.

Anstice ging es nicht gut, Anstice fühlte sich krank, sie war ganz rot im Gesicht und klagte über Kopfweh. Wenn Miss Joliffe an drei Samstagen Unpässlichkeit als Entschuldigung vorgetäuscht hatte, um das Haus nicht zu verlassen, so brauchte Anastasia an diesem vierten Samstag kaum krank zu spielen. Sie war tatsächlich von dem Ereignis, welches sich zugetragen hatte, so benommen und so mit ihren Gedanken beschäftigt, dass sie auf die Fragen ihrer Tante nur schwerlich klare Antworten zu geben vermochte. Miss Joliffe hatte geläutet und niemand hatte reagiert, sie hatte entdeckt, dass die Vordertür nicht verschlossen war, und schließlich Anastasia gefunden, wie sie verzweifelt bei offenem Fenster in Mr. Westrays Zimmer saß. Eine Erkältung war angezeigt und Miss Joliffe steckte sie unverzüglich ins Bett.

Das Bett ist eine erste Hilfe, auf die zu verzichten uns selbst die Samariterschulen* nicht ausdrücklich gelehrt haben. Es ist vielmehr ein Arme-Leute-Heilmittel, das ausgesprochen billig ist, sofern die armen Leute reich genug sind, um überhaupt im Besitz eines Bettes zu sein. Wäre Anastasia Miss Bulteel gewesen, oder gar Mrs. Parkyn oder die verlogene und zwieträchtige Mrs. Flint, so wäre unverzüglich nach Dr. Ennefer gerufen worden, doch da sie lediglich Anastasia war und die Vorstellung der Schulden vor Augen hatte, überredete sie ihre Tante, doch abzuwarten, was die Nacht bringen werde, ehe sie den Arzt kommen ließen. In der Zwischenzeit wurde Dr. Bett zurate gezogen, der bei Weitem gescheiteste und bei Weitem zuverlässigste aller Ärzte, und ihm zur Seite stand jener exzellente praktische Arzt Dr. Abwarten. Heiße Waschlappen, heiße Bettflaschen, heiße Biermolke* und ein Schlafzimmerfeuer wurden verabreicht, und als Miss Joliffe um neun Uhr ihrer Nichte einen Kuss gab und sich für die Nacht zurückzog, war sie durchaus nicht ohne Hoffnung, dass sich die Patientin schnell von einer solch plötzlichen und unerklärlichen Attacke erholen werde.

Anastasia war allein, welch eine Erlösung, wieder allein zu sein, obwohl sie das Gefühl hatte, dass ein solcher Gedanke verräterisch und lieblos war gegenüber der warmherzigen alten Seele, die sie gerade verlassen hatte, diese warmherzige alte Seele, die eine so tiefe Zuneigung für sie empfand, mit der sie jedoch ihre Geschichte nicht geteilt hatte! Sie war allein und sie lag, ein Weilchen das Feuer zufrieden durch die Eisenstäbe am Fußende ihres Bettgestells betrachtend, da. Es war ihr erstes Schlafzimmerfeuer seit zwei Jahren und sie genoss den Luxus mit einem der Seltenheit angemessenen Behagen. Sie war nicht müde, wurde jedoch allmählich ruhiger und war in der Lage, sich auf den Brief zu besinnen, welchen sie zu schreiben versprochen hatte. Es würde schwierig werden, und sie versicherte sich mit großem Nachdruck, dass darin unüberwindliche Hindernisse aufgeworfen werden müssten, dass es Hindernisse wären, von denen jemand von Lord Blandamers Rang würde zugeben müssen, dass sie völlig unüberwindbar seien. Ja, in diesem Brief würde sie den Schluss einer so wundersamen Romanze schreiben, den Epilog einer so unglaublichen Tragödie. Doch es war ihr Gewissen, welches dieses Opfer verlangte, und sie fand umso mehr Gefallen daran, es zu erbringen, da sie im Innersten glaubte, dass ihr das Pfund Fleisch* letztlich wohl nie wirklich aus dem Herzen geschnitten würde.

Wie sehr genießen wir diese Opfer, welche wir unserm Gewissen bringen, das Befolgen des strengen Ehrenkodexes, wenn wir wissen, dass niemand so gemein sein wird, uns beim Wort zu nehmen! In welch moralische Höhen schwingen wir uns mit Leichtigkeit auf, wenn wir protestieren, wir könnten das Geschenk, welches uns zu guter Letzt in unsere abwehrenden Hände gedrückt wird, auf keinen Fall annehmen, wenn wir darauf bestehen, dass wir das Geld, welches man niemals von uns zurückverlangen wird, als lediglich kurz geborgt betrachten. So ungefähr verhielt es sich bei Anastasia. Sie sagte sich, dass sie mit ihrem Brief ihrer Liebe den Todesstoß versetzen würde, und glaubte womöglich daran, was sie sagte, hielt jedoch die ganze Zeit über die Hoffnung auf dem Boden der Büchse* verborgen, genauso wie wir in den wahrhaftigsten Gefahren eines Traumes zuweilen Beistand finden in dem halb wachen Bewusstsein, dass wir *träumen*.

Ein wenig später saß Anastasia vor ihrem Schlafzimmerfeuer und schrieb. Es hat seinen ganz eigenen Zauber, so ein Schlafzimmerfeuer. Nicht etwa ein solches, welches Nacht für Nacht die Schlafzimmer in den warmen Häusern der Reichen wärmt, sondern ebenjenes, das nur ein oder zwei Mal im Jahr brennt. Wie die Kohlen zwischen dem Gitter glühen, wie das rote Licht auf den schwarzen Grafitsteinen schimmert, wie die Biermolke auf dem Kaminvorsprung dampft! Milch oder Tee, Kakao oder Kaffee, bescheidene, alltägliche Getränke, verwandeln sie sich nicht im Alambik* eines Schlafzimmerfeuers in einen Zaubertrank gegen den Kummer oder einen Liebestrunk für ein amouröses Abenteuer? Ah, jene Romantik, wenn die Jugend die Eroberung von morgen voraussieht, wenn das mittlere Lebensalter vergisst, dass Gestern für immer Vergangenheit ist, wenn selbst das quengelige hohe Alter glaubt, es habe noch immer seine »Würde und Bestimmung«!*

Ein alter blauer Umhang, der seinen Zweck als Morgenrock erfüllte, war in Fetzen gegangen, sodass er einer dringenden Ausbesserung bedurfte, und ließ darunterliegende Streifen eines weißen Nachthemdes erkennen. Weiter unten fiel der Schein des Feuers auf bloße Füße, die auf dem Rand des Kaminvorsetzers aus Messing standen, bis die Hitze sie ihre Zehen zusammenrollen ließ, und weiter oben umriss der Schein des Feuers gewisse volle Rundungen. Sie hatte die Rundheit und die Blüte der Jungfräulichkeit, jene so vergängliche, so unwiederbringliche Blüte, die jeden Versuch, sie vorzutäuschen, so überaus lächerlich macht. Das füllige dunkle Haar, welches die verlogene und zwiträchtige Mrs. Flint so neidisch machte, war mit einem schwarzen Band in einer Schleife nach hinten zusammengebunden und hing locker über die Stuhllehne. Sie saß da und schrieb, formulierte um, strich, überschrieb, zerriss, bis die Nacht weit vorangeschritten war, bis sie fürchtete, dass die bescheidenen Reserven aus der »Papeterie« erschöpft sein würden, ehe die mühselige Arbeit Früchte trüge.

Endlich war es vollbracht, und wenn der Brief auch ein wenig förmlich oder hochtrabend klang, oder gestelzt, verlangen Angelegenheiten von großer Tragweite denn nicht nach einer gewissen Förmlichkeit? Wer würde schon schreiben, dass er »erfreut« sei, eine Bischofswürde zu empfangen? Welcher Mann würde schon mit einem Strohhut zu einer Nachmittagsaudienz am Hof gehen?

Verehrter Lord Blandamer (begann der Brief),
ich weiß nicht, wie ich Ihnen schreiben soll, habe ich doch wenig Lebenserfahrung, die mich dabei anleiten könnte. Ich danke Ihnen von ganzem Herzen für das, was Sie mir gesagt haben. Es macht mich froh, wenn ich daran denke, und das wird immer so bleiben. Ich glaube, dass es eine Menge guter Gründe dafür geben muss, warum Sie nicht daran denken sollten, mich zu heiraten, und wenn es sie gibt, so müssen Sie diese weitaus besser kennen als ich, und dennoch haben Sie darüber hinweggesehen. Doch gibt es da einen Grund, von dem Sie nicht wissen können, denn nur sehr wenige kennen ihn; ich hoffe, nur einigen meiner Verwandten ist er bekannt. Vielleicht sollte ich über all dies gar nicht schreiben, doch ich habe niemanden, der mir einen Rat geben könnte. Ich will das Rechte tun, und wenn ich falsch handle, so werden Sie mir verzeihen, nicht wahr, und diesen Brief verbrennen, sobald Sie ihn gelesen haben.

Ich habe kein Recht, den Namen zu führen, bei dem man mich nennt; meine Verwandten am Marktplatz sind der Meinung,

wir sollten einen anderen benutzen, jedoch wissen wir nicht ein-
mal, welcher denn unser wirklicher Name wäre. Als meine Groß-
mutter den alten Mr. Joliffe heiratete, hatte sie bereits einen Sohn
im Alter von zwei oder drei Jahren. Dieser Sohn war mein Vater
und Mr. Joliffe nahm ihn an Kindes statt an; doch meine Groß-
mutter hatte kein anderes Namensrecht außer ihrem Mädchen-
namen. Wir haben nie erfahren, welcher das war, obwohl mein
Vater sein ganzes Leben lang versuchte, es herauszufinden, und
sich kurz davor wähnte, als seine letzte Krankheit ihn ereilte. Wir
denken, dass sein Verstand gelitten haben musste, denn er pflegte
seltsame Dinge über seine Herkunft zu sagen. Vielleicht quälte ihn
der Gedanke an seine Schande, so wie mich des Öfteren, wenn ich
auch niemals gedacht hätte, dass er mich so sehr quälen würde wie
heute.
Ich habe meiner Tante nichts erzählt von dem, was Sie gesagt
haben, und niemand anders soll es je erfahren, doch wird es mir
die süßeste Erinnerung meines ganzen Lebens bleiben.
Ihre aufrichtige Freundin
Anastasia Joliffe

Endlich war es vollbracht – sie hatte all ihre Hoffnungen
begraben, sie hatte ihre Liebe begraben. Er würde sie nie heiraten, er würde sich ihr nie wieder nähern; doch sie hatte sich
von ihrem Geheimnis befreit, und sie hätte ihn nicht zu heiraten vermocht, wäre dieses Geheimnis behütet geblieben. Es
war drei Uhr, als sie wieder zurück ins Bett kroch. Das Feuer
war erloschen, ihr war sehr kalt und sie war froh, wieder in
ihr Bett zu kommen. Dann kam ihr die Natur zu Hilfe und
ließ sie in einen angenehmen Schlaf sinken, und wenn es kein
traumloser Schlaf war, so träumte sie von Kleidern und Pferden und Kutschen, von Dienern und Dienstmädchen, von
Lady Blandamers großem Haus auf Fording und von Lady
Blandamers Gatten.

Auch Lord Blandamer blieb in dieser Nacht lange wach. Während er vor einem anderen Schlafzimmerfeuer las, blätterte er mit äußerster Regelmäßigkeit die Seiten seines Buches um. Nichts ließ erkennen, dass er seine Gedanken schweifen ließ, nichts, dass ihn irgendetwas anderes beschäftigte. Er las Eugenids »Aristeia«* über die Heiden, welche unter Honorius* den Märtyrertod starben, und wägte das Für und Wider der Argumentation ab, als hätten sich die Ereignisse vom Nachmittag niemals zugetragen, als hätte es eine solche Person wie Anastasia Joliffe auf der ganzen Welt niemals gegeben.

Anastasias Brief erreichte ihn folgenden Tags zur Mittagszeit, doch er beendete erst sein Mahl, ehe er ihn öffnete. Gleichwohl musste er gewusst haben, woher der Brief kam, denn auf der Umschlagklappe des Kuverts war dick und rot »Haus Bellevue« aufgeprägt. Martin Joliffe hatte vor Jahren geprägtes Papier und Briefumschläge bestellt, denn er sagte, dass jene Leute, bei denen er Nachforschungen zum Stammbaum anstellte, geprägtem Papier mehr Aufmerksamkeit entgegenbrachten als gewöhnlichem Papier – es sei ein Zeugnis von Ehrbarkeit. In Cullerne hatte man dies als ein treffendes Beispiel für seine Verstiegenheit betrachtet; allein für Mrs. Bulteel und Kanonikus Parkyn schickte es sich, Briefpapier mit Briefkopf zu benutzen, und selbst die Pfarrei druckte diesen lediglich auf und verwendete keine Prägung. Martin hatte seinen Vorrat vor Jahren aufgebraucht und nie eine zweite Lieferung bestellt, denn die erste war noch immer nicht bezahlt; Anastasia jedoch hatte ein halbes Dutzend dieser schicksalhaften Kuverts bewahrt. Sie hatte sie entwendet, als sie noch ein Schulmädchen gewesen war, und für sie waren sie nach wie vor ein geschätztes Überbleibsel einer vornehmen Herkunft, jenes Pallium,* unter welchem so viele von uns gern ihre Lumpen verbergen würden. Für diesen bedeutsamen Anlass hatte sie eines dieser Kuverts verwendet – es schien ein angemessener Umschlag für Nachrichten nach Fording und mochte die Aufmerksamkeit von dem Strohpapier,* auf welchem ihr Brief geschrieben war, auf sich lenken.

Lord Blandamer hatte das »Haus Bellevue« gesehen, die Herkunft der aufgeprägten Schrift erkannt, alle Gedanken erraten, welche Anastasia dazu bewogen hatten, es zu benutzen, ließ den Brief jedoch liegen, bis er sein Mittagessen beendet hatte. Als er ihn anschließend las, bekrittelte er ihn, wie er es wohl mit dem Schriftstück eines Fremden getan hätte, als ein Dokument, das ihn nicht sonderlich anging. Gleichwohl wusste er die Mühe zu schätzen, welche es das Mädchen gekostet haben musste, ihn zu schreiben, war von ihren Worten berührt und empfand ein gewisses aufrichtiges Mitleid mit ihr. Doch es war die sonderbare Täuschung der Umstände, die tragische Ironie einer Situation, zu der nur er allein den Schlüssel besaß, welche sich am meisten auf seine Stimmung legte.

Er ließ sich sein Pferd bringen und nahm die Straße nach Cullerne, doch ehe er das erste Gärtnerhaus passiert hatte, traf er auf seinen Bevollmächtigten, der ihn um weitere Anweisungen für die Pflanzungen am oberen Ende des Parks bat. Also machte er kehrt und ritt hinauf zu dem breiten Buchenstreifen, der gerade gepflanzt wurde, und war so lange dort beschäftigt, dass ihn die Abenddämmerung zwang, seinen Ausflug in die Stadt aufzugeben. Er ritt im Trott zurück nach Fording, nahm Umwege und genoss den Sonnenuntergang in den herbstlichen Waldungen. Er würde Anastasia schreiben und verschob seinen Besuch auf den nächsten Tag.

In seinem Falle kam es nicht zu einer solchen Vernichtung von Schreibpapier, mit der am Abend zuvor Anastasias Versuche einhergegangen waren. Einen einzigen Bogen benötigte er für seinen Brief, eine viertel Stunde genügte, um seine

Empfindungen fein säuberlich auf Papier zu bringen; er warf seine Sätze mit Leichtigkeit hin, mit einer solchen Leichtigkeit, wie Odysseus seinen schweren Stein weit über alle Zeichen der Phäaken* warf:

Mein liebstes Kind,
ich brauche nunmehr nicht von den beschwerlichen Stunden zu erzählen, die ich damit verbrachte, auf Ihren Brief zu warten. Sie sind gezählt, und nach all den Wolken liegt die Welt voll Sonnenschein. Ich brauche Ihnen nicht zu sagen, wie sehr mein Herz schlug, als ich das Kuvert mit Ihrer Adresse sah, auch nicht, wie ungeduldig meine Finger es aufrissen, denn nun ist alles nur noch Glück. Haben Sie Dank, tausend Dank für Ihren Brief. Er ist wie Sie, die Ehrlichkeit, die Güte und die Wahrheit selbst. Schieben Sie Ihre Bedenken beiseite: alles, was Sie sagen, fällt leichter in die Waagschale als eine Feder. Machen Sie sich keine Gedanken über Ihren Namen in der Vergangenheit, denn Sie werden einen neuen haben in der Zukunft. Nicht ich bin es, der über Hindernisse hinwegsieht, sondern Sie, denn haben Sie nicht über all die Jahre hinweggesehen, die uns trennen? Mir bleibt nur ein Augenblick, diese Zeilen zu schreiben; Sie müssen deren Schwäche verzeihen und alles, was zu sagen wäre, als gesagt betrachten. Morgen früh werde ich bei Ihnen sein, und bis dahin bin ich in aller Liebe und Hingebung
Ihr Lord Blandamer

Er las sich den Brief noch nicht einmal durch, bevor er ihn versiegelte, denn er hatte es eilig damit, sich wieder Eugenid und der »Aristeia« über die Heiden, welche unter Honorius den Märtyrertod starben, zuzuwenden.

Zwei Tage später zog sich Miss Joliffe mitten in der Woche ihren Sonntagsmantel über und setzte ihre Haube auf und lief hinunter zum Marktplatz, um ihren Vetter, den Schweineschlachter zu besuchen. Ihre Kleidung erregte sofort Aufmerksamkeit. Die einzige Rechtfertigung für eine solche Extravaganz wäre eine kirchliche Veranstaltung oder Feierlichkeit gewesen, und nichts dieser Art konnte ohne das Wissen der Familie des Kirchenvorstehers vonstatten gehen. Darüber hinaus waren es nicht nur die Sachen, die sie trug, sondern die Art, wie sie diese trug, die so auffallend war. Als sie das Wohnzimmer im hinteren Teil des Ladens betrat, wo die Frau und die Töchter des Schweineschlachters saßen, meinten diese, ihre Verwandte noch nie so gut gekleidet gesehen zu haben. Sie hatte das verkniffene, verwirrte, geknechtete Aussehen verloren, welches ihre letzten Jahren überschattet hatte; in ihrem Gesicht lag eine Gelassenheit und Genugtuung, die sich auf unerfindliche Weise selbst auf ihre Kleidung übertrug.

»Unsere Tante Euphemia sieht heute Morgen ganz respektierlich aus«, flüsterte die jüngere der älteren Tochter zu, und sie mussten sie schon genau in Augenschein nehmen, ehe sie davon überzeugt waren, dass lediglich ein Stück malvenfarbiges Band an ihrer Haube neu war und dass der Mantel und das Kleid genau dieselben waren, welche sie in den vergangenen zwei Jahren jeden Sonntag gesehen hatten.

Mit »Nicken und Winken und lieblich ausgebreitetem Lächeln«* nahm Miss Euphemia Platz. »Ich bin nur mal eben hereingeplatzt«, begann sie, und in der ganzen Redensart lag etwas so Leichtes und Vorlautes, dass ihre Zuhörer aufschreckten — »ich bin nur mal eben hereingeplatzt, um euch kurz einige Neuigkeiten mitzuteilen. Ihr habt immer sehr viel Wert darauf gelegt, meine Lieben, dass in dieser Stadt niemand außer eurem Zweig das Recht hätte, den Namen Joliffe zu führen. Du kannst es nicht leugnen, Maria«, sagte sie missbilligend zur Frau des Kirchenvorstehers, »dass ihr stets darauf bestanden habt, die wahren Joliffes zu sein, und auf mich und Anstice ein wenig böse ward, weil wir den Namen führten, auf den wir ein Recht zu haben glaubten. Tja, nun wird es eine weniger sein, die außerhalb eurer Familie den Namen Joliffe trägt, denn Anstice wird ihn ablegen. Jemand hat sich angeboten, sie mit einem anderen Namen auszustatten.«

Die wahren Joliffes tauschten Blicke aus und dachten an den jüngeren Mitinhaber im Textilgeschäft, der einen Eid darauf geschworen hatte, dass Anastasia Joliffe seinen Wünschen ebenso gerecht werde wie jedes andere Mädchen in Cullerne; und dachten ferner an den jungen Bauern, der unbestritten dafür bekannt war, Miss Euphemia die Eier für einen Penny weniger zu überlassen als allen anderen.

»Ja, Anstice wird ihren Namen ändern, womit es einen Grund weniger zur Klage gibt. Und da ist noch eine Sache, Maria, die es zwischen uns etwas leichter macht: Ich kann dir versprechen, dass das bisschen Silber immer in der Familie bleiben wird. Du weißt, wovon ich spreche – dem Teekessel und den Löffeln mit dem eingravierten ›J‹, die du immer als euer rechtmäßiges Eigentum zurückgefordert hast. Sobald meine Zeit gekommen ist, werde ich es alles euch übermachen. Anstice wird solchen Krimskrams nicht mehr haben wollen in ihrem Stand, für den sie nun berufen ist.«

Die wahren Joliffes sahen sich erneut untereinander an und dachten an den jungen Bulteel, der Anastasia mit den Gaskandelabern* geholfen hatte, als die Kirche zu Weihnachten ausgeschmückt worden war. Oder war es möglich, dass sie mit ihrer gekünstelten Stimme und ihrem Gehabe einer feinen Dame zu guter Letzt Mr. Westray gefangen hatte, diesen recht gut aussehenden und interessanten jungen Mann, auf den Eindruck zu machen beide Töchter des Kirchenvorstehers nicht ohne Hoffnung waren?

Miss Joliffe genoss ihre Neugierde. Sie war in einer Stimmung, andere aufzuziehen und zu necken, die ihr dreißig Jahre lang fremd gewesen war.

»Ja«, sagte sie, »ich bin jemand, der es gerne zugibt, wenn er einen Fehler macht, und ich sage, ich *habe* einen Fehler gemacht. Ich muss mir wohl eine Brille zulegen; es scheint, ich kann Dinge, die sich direkt vor meinen Augen abspielen, nicht sehen – nein, nicht einmal, wenn man mich mit dem Kopf darauf stößt. Ich bin vorbeigekommen, Maria, um dir – und allen anderen – zu sagen, dass ich mich in jeder Hinsicht geirrt habe, als ich dem Herrn Kirchenvorsteher sagte, es sei nicht wegen Anstice gewesen, weswegen Lord Blandamer das ›Haus Bellevue‹ besucht habe. Es sieht so aus, als wäre er nur deshalb gekommen, und der Beweis dafür ist, dass er sie heiraten wird. In drei Wochen wird sie Lady Blandamer sein, und wenn ihr euch von ihr verabschieden wollt, dann kommt ihr jetzt besser mit mir zurück nach Hause zum Tee, denn sie hat ihren Koffer gepackt und bricht morgen nach London auf. Mrs. Howard, die in Carisbury jene Schule führt, die Anstice besuchte, als der gute Martin noch lebte, wird sie dort treffen und sich um sie kümmern und ihre Mitgift besorgen. Lord Blandamer hat alles arrangiert und er wird Anstice heiraten und sie mitnehmen auf eine lange Reise auf das europäische Festland, und ich weiß bestimmt nicht, wohin sonst noch.«

Es war alles wahr. Lord Blandamer machte kein Geheimnis aus der Angelegenheit, und seine Verlobung mit Anastasia, dem einzigen Kind des verstorbenen Martin Joliffe, Wohlgeboren zu Cullerne, wurde in den Londoner Zeitungen entsprechend bekannt gegeben. Es war ganz natürlich, dass Westray, ehe er sich dazu entschloss, einen Heiratsantrag zu machen, Zerrissenheit und Zweifel kannte. Bei einem Mann, dessen Familie oder Rang nicht gefestigt genug sind, um eine zusätzliche Belastung zu ertragen, spielt die öffentliche Meinung unter derartigen Umständen eine solch große Rolle. Wenn er nicht standesgemäß heiratet, sinkt er auf die Stufe seiner Frau, denn er besitzt keine überschüssigen Reichtümer, um sie in seinen eigenen Stand zu heben. Bei Lord Blandamer war es etwas anderes: Sein Vertrauen in sich selbst war so groß, dass es den Anschein hatte, als würde er es eher genießen, der Öffentlichkeit mit seiner Heirat den Fehdehandschuh hinzuwerfen.

Das »Haus Bellevue« wurde zu einem Anziehungspunkt. Die Damen, welche die Tochter einer Pensionswirtin verdammt hatten, hofierten die Verlobte eines Adligen. Vor sich selbst verbargen sie die Motive ihres Sinneswandels nicht, sie versuchten noch nicht einmal, in der Öffentlichkeit eine Ausrede dafür zu finden. Sie vollzogen einfach gleichzeitig und mit lobenswertester Regelmäßigkeit ihre Kehrtwendung und empfanden dabei nicht mehr Skrupel oder Scham als eine Katze, die dem Menschen hinterherläuft, der ihr Futter trägt. Wenn sie darüber enttäuscht waren, nicht Anastasia selbst zu sehen (da sie nach dem öffentlichen Bekanntwerden ihrer Verlobung nahezu unverzüglich nach London aufgebrochen war), so wurden sie in gewissem Maße durch die ausgesprochene Bereitwilligkeit entschädigt, mit welcher Miss Euphemia die Angelegenheit in ihrer ganzen Tragweite erörterte. Jedes kleinste Detail wurde eingehend beleuchtet und sich darüber ausgelassen, von den Knöpfen an Lord Blandamers Stiefeln bis zum Verlobungsring an Anastasias Finger. Und Miss Joliffe wurde nie müde zu erklären, das Letzterer mit einem Smaragden besetzt war – »Ein sehr großer Smaragd, meine Liebe, eingerahmt von Diamanten, da Grün und Weiß die Farben des Wappenschilds Seiner Lordschaft sind, welches man das benebelte Wappen nennt.«

Verschiedene Hochzeitsgeschenke fanden ihren Weg ins »Haus Bellevue«. »Große Ereignisse wie Hochzeiten und Todesfälle erwecken offensichtlich auf wundersame Weise das Mitgefühl unserer Nachbarn«, sagte Miss Joliffe mit aller Ernsthaftigkeit eines naiven Glaubens an das Gute im Menschen. »Bis Anstice verlobt war, wusste ich gar nicht, wie viele Freunde ich in Cullerne habe.« Sie zeigte »die Geschenke« einem nach dem anderen Besucher, und diese beäugten sie mit umso größerem Interesse, als sie die meisten davon bereits in den Ladenfenstern von Cullerne gesehen hatten und daher den genauen Anschaffungswert einzuschätzen vermochten, den ihre Bekannten für angebracht erachteten, um die Gunst von Fording zu gewinnen. Darunter waren alle Formen von nutzloser Hässlichkeit reichlich vertreten – Gewöhnlichkeit getarnt als guter Geschmack, Geiz als Großzügigkeit daherkommend –, und wenn Miss Joliffe stolz auf sie war, als sie die Geschenke von Cullerne nachsandte, so schämte sich Anastasia derer zutiefst, als sie sie in London erreichten.

»Wir müssen die Vergangenheit ruhen lassen«, sagte Mrs. Parkyn mit wahrer christlicher Nachsicht zu ihrem Gatten, »und wenn die Wahl dieses jungen Mannes auch nicht so ausgefallen ist, wie wir uns das gern gewünscht hätten, so dürfen wir bei allem nicht vergessen, dass er Lord Blandamer ist, und müssen uns ihm zuliebe mit der Lady abfinden. Wir müssen ihr ein Geschenk machen. In deinem Amt als Pfarrer kannst du es dir nicht erlauben zurückzustehen. Jeder gibt etwas, wie ich höre.«

»Also gut, lass es nichts Verschwenderisches sein«, sagte er und legte seine Zeitung zur Seite, erregte doch jede Kostenfrage seine Aufmerksamkeit. »Ein zu teures Geschenk wäre unter den Umständen recht unangebracht. Es sollte vielmehr ein Ausdruck des Wohlwollens für Lord Blandamer sein als irgendetwas von wirklich großem Wert.«

»Aber ja, ja. Du kannst mir vertrauen, dass ich keine Dummheit mache. Ich habe genau das Richtige im Auge. Es gibt da vier wunderschöne Salzfässchen im Satz mit dazugehörigen Löffelchen bei Laverick's, in einem mit gebauschtem Satin gefütterten Kästchen. Sie kosten gerade einmal dreiunddreißig Shilling und sehen aus, als wären sie wenigstens drei Pfund wert.«

Neunzehntes Kapitel

DIE HOCHZEIT VERLIEF IM STILLEN, und da es zu jener Zeit keine Zeitungen gab, die sich solchen Ereignissen widmeten, mussten die Cullerner ihre Neugier mit der knappen Ankündigung befriedigen: »In St. Agatha zu Bow,* Horatio Sebastian Fynes, Lord Blandamer, mit Anastasia, einziges Kind des verstorbenen Martin Joliffe, Wohlgeboren zu Cullerne Wharfe.« Mrs. Bulteel hatte man sagen hören, sie könne es nicht zulassen, dass der gute Lord Blandamer heirate, ohne dass sie dabei anwesend sei. Kanonikus Parkyn und Mrs. Parkyn fanden, dass auch ihre Anwesenheit *ex officio** angebracht sei, und Küster Janaway behauptete mit etwas überströmender Wortfülle, dass auch er sehen müsse, »wie sie unter die Haube kommen«. Er wär' seit zwanzig Jahren nich' mehr in London gewesen. Und wenn's 'ne Zwanzigshillingmünze kostet, na wennschon, 's war 'n armes Herz, das nie fröhlich war, und er würd' nie erleben, dass 'n andrer Lord Blandamer heiratet. Doch niemand von ihnen fuhr hin, denn Ort und Zeit wurden nicht bekannt gegeben.

Aber Miss Joliffe war dort, und bei ihrer Rückkehr nach Cullerne gab sie verschiedene Empfänge im »Haus Bellevue«, bei denen einzig und allein über die Hochzeit und die damit verbundenen Ereignisse gesprochen wurde. Für diese Empfänge war sie in einem neuen Kleid aus kaffeefarbener Seide gekleidet, und wenn man an den zischenden Teebehälter in Mr. Sharnalls Zimmer und an Hefeteigsemmeln, geröstetes Weißbrot und Zuckerkuchen denkt, so ging es in dem Haus zu, wie man es nicht mehr gesehen hatte, seit vor dreißig Jahren die letzte Kutsche von der alten »Hand Gottes« davonrollte. Die Gesellschaft war sehr angenehm und sogar herzlich, und im Hochgefühl des Anlasses vergaß Miss Joliffe all die scheelen Blicke und kalten Schultern, die sie vor nur wenigen Wochen bei einem gewissen Dorcas-Treffen noch bekümmert hatten.

Bei diesen Zusammenkünften wurden viele wichtige Einzelheiten bekannt. Die Hochzeit hatte auf besonderen Wunsch der Braut am frühen Morgen stattgefunden; lediglich Mrs. Howard und Miss Euphemia selbst waren anwesend. Anstice hatte ein Reisekleid aus dunkelgrünem Stoff getragen, sodass sie von der Kirche unmittelbar zum Bahnhof gehen konnte. »Und, meine Lieben«, sagte sie mit einem Blick allumfassender Güte, »sie sah aus wie eine vollkommene junge Adlige.«

Die nette und dankbare Zuhörerschaft, welche in den vergangen sechs Wochen ausnahmslos in der Erwartung und Hoffnung gewesen war, dass ein Blitz aus heiterem Himmel herabschießen möge, um Anastasia ihres Triumphes zu berauben, war so erstaunt darüber, dass die Hochzeit schließlich stattgefunden hatte, dass sie untereinander nicht eine höhnische Bemerkung fertigbrachten. Lediglich die verlogene und zweiträchtige Mrs. Flint fand den Mut, die Nase zu rümpfen, und brummelte ihrem nächsten Nachbarn etwas von Scheinheiraten zu, die es geben solle.

Die Hochzeitsreise war äußerst ausgedehnt. Lord und Lady Blandamer fuhren zunächst an die italienischen Seen und reisten von dort in so kurzen Etappen, über München, Nürnberg und den Rhein, in Richtung Heimat zurück, dass es Herbst geworden war, als sie Paris erreichten. Dort blieben sie den Winter über, und dort wurde im Frühling ein Sohn und Erbe allen Blandamer'schen Besitzes geboren. Die Neuigkeiten lösten rings um den Herrensitz große Freude aus; und als verkündet wurde, dass die Familie nach Cullerne heimkehre, wurde beschlossen, das Ereignis mit einem Glockenläuten im Turm der Kirche zum Heiligen Grab zu feiern. Es war Kanonikus Parkyn, von dem der Vorschlag stammte.

»Es ist ein angemessener Gruß«, sagte er, »an den Edelmann, dessen Großzügigkeit die Restaurierung zum großen

Teil zu verdanken ist. Wir müssen ihm zeigen, wie viel stabiler wir unseren alten Turm gemacht haben, nicht wahr, Mr. Westray? Wir müssen die Glockenläuter von Carisbury herholen, um den Leuten in Cullerne zu zeigen, wie so etwas gemacht wird. Sir George wird länger denn je ohne sein Honorar auskommen müssen, wenn er nun warten möchte, bis der Turm einstürzt. Nicht wahr, nicht wahr?«

»Ach, ich liebe die alten Bräuche so sehr«, pflichtete seine Frau bei. »Es ist so bezaubernd, ein fröhliches Glockenläuten. Ich bin der Meinung, man sollte diese guten alten Bräuche stets pflegen.« Es war der geringe Preis der Vergnügung, der ihr daran besonders gefiel. »Aber bei aller Liebe«, äußerte sie ihre Bedenken, »ist es denn nötig, die Glockenläuter aus Carisbury herzuholen? Sie sind ein trauriger Haufen Betrunkener. Ich bin mir sicher, es finden sich reichlich junge Männer in Cullerne, die gerne dabei helfen, die Glocken zu einem solchen Anlass zu läuten.«

Doch Westray wollte es auf keinen Fall zulassen. Es stimme zwar, sagte er, dass die Querbalken verankert seien und der Turm nun um vieles stabiler war, doch er könne ein Läuten nicht gutheißen, solange der große Südostpfeiler nicht ordentlich abgestützt sei.

Seine Einwände fanden wenig Anklang. Lord Blandamer würde eine solche Unhöflichkeit darin sehen. Lady Blandamer zähle freilich recht wenig – es sei in der Tat lächerlich, zu erwägen, die Kirchenglocken für die Nichte einer Pensionswirtin zu läuten, aber Lord Blandamer wäre gewiss beleidigt.

»Ich halte diesen Bauleiter für einen eingebildeten jungen Emporkömmling«, sagte Mrs. Parkyn zu ihrem Gatten. »Ich begreife gar nicht, wie du bei einem solchen dahergelaufenen Laffen ruhig bleiben kannst. Ich hoffe nur, dass du dich nicht wieder bedrängen lässt. Du bist so sanftmütig und nachsichtig, dass ein *jeder* dich ausnutzt.«

Auf diese Weise rührte sie ihn auf, bis er ihr mit aller Beherztheit versicherte, dass er sich keine Vorschriften machen ließe; die Glocken *sollten* geläutet werden, und er würde Sir Georges Meinung einholen, um seine eigene zu bestärken. Darauf schrieb Sir George eine jener heiteren kleinen Botschaften, für die er berühmt war, mit einer gehörigen Beimengung mittelmäßiger Wortspielchen und einer gesuchten klassischen Metapher: dass nämlich, wenn die Dankbarkeit die Stufen des Tempels hinaufsteigt, um auf dem Altar des Hymenäus* ein Opfer abzulegen, die Vernunft schweigend am Fuße warten muss, bis sie wieder hinabgestiegen ist.

Sir George hätte Arzt werden sollen, sagten seine Freunde, seine Art sei stets so wohltuend und beruhigend. Nachdem er also diese geglückten Sätze geformt hatte, verbannte er, sich von den drängenden Aufgaben seiner großen Firma über die Maßen in Anspruch genommen fühlend, den Turm der Kirche zum Heiligen Grab aus seinen Gedanken und überließ den Pfarrer und die Glockenläuter sich selbst.

So kam es, dass eines Nachmittags im Herbst in Cullerne ein Klang ertönte, den nur wenige der Einwohner jemals zuvor gehört hatten, und die kleine Stadt hielt in ihren Geschäften inne, um dem lieblichsten Glockengeläut von ganz Südwestengland zu lauschen. Wie sie schwangen und zusammen klangen und sangen, die kleinen Glocken und die großen Glocken, von Beata Maria, der lieblichen, silberhellen Sopranglocke, bis zur Taylor John, der tiefen Bassglocke, welche die Londoner Schneidergilde* vor dreihundert Jahren gespendet hatte. In der Luft lag ein Zauber wie das Singen von unzähligen Vögeln; die Leute rissen ihre Fenster auf, standen in den Türen der Läden, um zuzuhören, und die Melodie trieb fort über die Salzsümpfe, bis die Fischer, die ihre Hummerkörbe nach oben holten, völlig verwundert über eine Musik, die sie nie zuvor gehört hatten, innehielten.

Es schien, als seien die Glocken froh darüber, ihr langes Schweigen zu brechen; sie jubelten miteinander wie die Morgensterne, sie jauchzten gemeinsam wie die Söhne Gottes.* Sie erinnerten sich der vergangenen Zeiten – daran, wie sie geläutet hatten, als Abt Harpingdon seinen roten Hut bekam, und erneut geläutet hatten, als Heinrich VIII. den Glauben bewahrte, indem er die Abtei aufhob, und wieder, als Königin Maria den Glauben bewahrte, indem sie die katholische Messe wieder einführte, und wieder, als Königin Elisabeth ein Paar bestickte Handschuhe geschenkt bekam, als sie auf ihrem Weg nach Fording den Marktplatz passierte. Sie erinnerten sich des langen Wechselspiels von Leben und Tod, welches sich unter den roten Dächern zu ihren Füßen vollzogen hatte, sie erinnerten sich der ungezählten Geburten und Hochzeiten und Begräbnisse früherer Zeiten; sie jubelten miteinander wie die Morgensterne, sie jauchzten gemeinsam wie die Söhne Gottes, sie jauchzten vor Freude.

Die Glockenläuter von Carisbury kamen schließlich doch, und Mrs. Parkyn ertrug ihr Kommen mit einem weniger unguten Gefühl in der Hoffnung, dass Lord Blandamer, sobald er davon erführe, welche Ehre man ihm erwies, eine großzügige Spende für die Glockenläuter senden würde, so wie er bereits dem Armenhaus und den alten Leuten und den Schulkindern von Cullerne eine solche hatte zukommen lassen. Die Läuteseile und der Glockenstuhl sowie die Zapfen und Seilräder waren allesamt sorgfältig überholt worden, und als der Tag kam, da machten die Läuter ihre Arbeit wie Männer und läuteten einen vollen Zyklus in »Grandsire Triples«* in zwei Stunden und neunundfünfzig Minuten.

Es gab ein kleines Fass von Bulteels hellstem Zehn-Penny-Bier, das irgendjemand durch das Treppenauge des Glockenturms hinaufgezaubert hatte: Und Küster Janaway betrachtete, obwohl er Abstinenzler war, wehmütig die schäumenden

Krüge, als er diese herumreichte, nachdem die Arbeit vollbracht war.

»Nun«, sagte er, »diesmal wurd's Läuten nich' abgebrochen, wie? Die alten Glocken hier ham noch nie 'ne bessre
Glöcknermannschaft unter sich geseh'n, und ich wette, ihr
habt noch nie 'n bessres Geläut über euren Köppen gehabt,
was, Jungs? Ich hab' die Glocken im Turm von Carisbury viele
Male schlagen hör'n und hab' sie gehört, als die Königin auf
ihr'n Thron gesetzt wurde, aber bei Gott!, sie sind nich' so tief
und auch nich' so lieblich wie dies' alte Geläut hier. Vielleicht
sind sie umso lieblicher geworden, weil sie 'ne Weile gelegen
ham, wie der Portwein in den Kellern vom ›Blandamer Wappen‹, obwohl ich Dr. Ennefer hab' sagen hör'n, dass 'n Teil
davon so ähnlich wie Sherry geworden is', dass kein Mensch
'n Unterschied nich' erkennen kann.«

Westray hatte sich wie ein treuer Untergebener dem Urteil
seines Vorgesetzten gebeugt. Sir Georges Entscheidung, dass
die Glocken getrost geläutet werden könnten, nahm zwar die
Verantwortung von den Schultern des jungen Mannes, seine
Sorge jedoch nahm sie ihm nicht. Während die Glocken läuteten, verließ er keinen Augenblick die Kirche. Anfangs war
er in der Glockenstube, wo er an den Balken des Gerüsts Halt
suchte, während er auf die Glocken achtete, welche erst mit
ihren weit aufgerissenen Mäulern gen Himmel starrten, dann
plötzlich wieder hinunter in die Dunkelheit tauchten. Dann
kletterte er, taub von dem lauten Schallen, die Treppen hinunter in den Glockenturm, saß auf dem Sims eines Fensters und
sah den Glockenläutern zu, wie sie bei ihrer Arbeit auf- und
abstiegen. Er fühlte den Turm unruhig schwanken unter der
Last des schwingenden Metalls, doch war nichts Ungewöhn-
liches an der Bewegung; es fiel kein Mörtel herab, nichts, was
besondere Aufmerksamkeit erregt hätte. Dann stieg er hinunter in die Kirche und wieder hinauf auf die Orgelempore, von

wo aus er die weite Wölbung des spätnormannischen Bogens sehen konnte, der das südliche Querschiff überspannte.

Über dem Bogen verlief, zickzackförmig wie ein unheilvoller Blitz, der alte Riss hinauf in die Laterne, welcher ihm so große Sorge bereitet hatte. Es war ein trüber Tag und gewaltige Wolkenmassen, die am Himmel hinzogen, verfinsterten die Kirche. Doch dort, wo die schwersten Schatten hingen, unter einem steinernen Rundgang, der auf der Innenseite der Laterne verlief, ließ sich einer jener mächtigen Querbalken erkennen, mit denen der Turm jüngst abgestützt worden war. Westray war froh zu wissen, dass die Verstrebungen da waren. Er hoffte, dass sie die Belastung, welche dieses Glockenläuten für den Turm bedeutete, tatsächlich aushalten würden; er hoffte, dass Sir George recht hatte und dass er, Westray, falsch lag. Gleichwohl hatte er einen Papierstreifen über den Spalt geklebt, sodass dieser, sollte er reißen, als Warnung diente, falls der Turm in Bewegung geriete.

Als er sich über die Absicherung der Orgelempore beugte, dachte er an jenen Nachmittag, als er zum ersten Mal Anzeichen davon beobachtet hatte, dass das Turmgewölbe seine Lage veränderte, an jenen Nachmittag, als der Organist »Sharnall in Des« spielte. Wie vieles war seitdem geschehen! Er dachte an jenen Vorfall, welcher sich hier auf der Empore ereignet hatte, an Sharnalls Tod, an den seltsamen Unfall, der in jener stürmischen Nacht einem traurigen Leben ein Ende gesetzt hatte. Welch ein seltsamer Unfall war es doch, welch sonderbare Bewandtnis hatte es damit, dass Sharnall, den die wirre Vorstellung geplagt hatte, von einem Mann mit einem Hammer verfolgt zu werden, dann hier auf der Empore gefunden wurde, mit der entsetzlichen Wunde, die ihm das Pedal zugefügt hatte! Wie vieles war passiert – sein Antrag an Anastasia, seine Zurückweisung und nun dieses Ereignis, zu dessen Anlass die Glocken läuteten! Wie schnell sich das Geschehen doch änderte! Welch flüchtiges Wesen war er, war jeder Mensch, angesichts dieser grimmigen Mauern, die beharrlich, unveränderlich, Generation um Generation, Jahrhundert um Jahrhundert standhielten! Und dann lächelte er bei dem Gedanken daran, dass diese ewigen Realien aus Stein allesamt vom vergänglichen Menschen erschaffen wurden, dass er, ein vergänglicher Mensch, selbst jetzt mit Plänen für ihre Aufrechterhaltung befasst war, mit der Sorge, dass sie nicht einstürzten und alles unter sich zu Staub zermalmten.

Im Innern der Kirche klangen die Glocken leiser und weiter entfernt. Wenn sie jetzt durch das schwere Steindach an seine Ohren drangen, waren sie wohlklingender, alle Grellheit war gemildert; die Sordine* des Gewölbes erzeugte den Effekt eines gedämpften Geläuts.* Er konnte die tiefe Taylor John durch ihre singenden Kameraden in den komplizierten »Treble Bob Triples«* hindurch schwingen hören, und dennoch war da eine andere Stimme in Westrays Ohren, die sich selbst über das Dröhnen der Bassglocke hinweg Gehör verschaffte. Es war das Rufen der Turmbogen, jene leise Stimme, welche ihn verfolgt hatte, seitdem er in Cullerne war. »Der Bogen schläft nie«, sagten sie – »der Bogen schläft nie«, und wieder: »Man hat uns eine Last aufgebürdet, die zu schwer zu tragen ist, doch wir verschieben sie. Der Bogen schläft nie.«

Die Glockenläuter näherten sich dem Ende. Annähernd drei Stunden waren sie nun schon bei der Arbeit, die fünftausendundvierzig Wechsel waren fast geschafft. Westray stieg von der Orgelempore hinab, und als er durch die Kirche lief, wurde gerade der allerletzte Wechsel geläutet. Noch ehe das Brummen und Grummeln in der Luft verklungen war und während die Glockenläuter mit roten Gesichtern im Glockenturm in großen Zügen ihre Krüge leerten, hatte der Architekt das Gerüst erreicht und stand vor dem zickzackförmigen Spalt. Er betrachtete ihn aufmerksam, so wie ein Arzt eine

Wunde begutachten würde; er legte seine Hand in den dunklen Spalt wie Thomas die seine in die Herzwunde Jesu.* Nein, alles war unverändert, der Papierstreifen war unbeschädigt, die Querbalken hatten ihre Aufgabe vortrefflich erfüllt. Sir George hatte doch völlig recht gehabt.

Und während er den Riss besah, war dort das leiseste aller Geräusche zu hören – ein Flüstern, ein Murmeln, ein Geräusch so leise, dass es wohl hundertmal ungehört geblieben wäre. Doch in das Ohr des Architekten drang es so laut wie ein Donnerschlag. Er wusste genau, was es war und woher es kam, und als er auf den Spalt schaute, sah er, dass der breite Papierstreifen halb durchgerissen war. Es war nichts Großes; der Papierstreifen war nicht ganz gerissen, er war lediglich halb zerrissen. Obwohl Westray eine Stunde lang darüber wachte, gab es keine weitere Veränderung. Die Glockenläuter hatten den Turm verlassen, die kleine Stadt war zum Alltag zurückgekehrt. Küster Janaway durchquerte gerade die Kirche, als er den Architekten an einer Querstange des Gerüsts lehnen sah, hoch oben auf dem Podest unter dem Bogen des südlichen Querschiffs.

»Ich schließ' eben nur ab«, rief er. »Sie ham ja gewiss Ihr'n eignen Schlüssel, Sir?«

Westray nickte kaum erkennbar.

»Nun, diesmal ham wir 'n Turm nich' zum Einsturz gebracht«, fuhr der Küster fort. Doch Westray gab keine Antwort, seine Augen waren auf den halb durchgerissenen Papierstreifen geheftet und er hatte keinen Gedanken für irgendetwas anderes. Eine Minute später stand der alte Mann, schnaufend von den Leitern, die er hinaufgeklettert war, neben ihm auf dem Podest. »Diesmal wurd's Läuten nich' abgebrochen«, sagte er. »Nun ham wir's benebelte Wappen doch noch nach allen Regeln der Kunst besiegt. Lord Blandamer is' zurück und 'n Erbe, um die Familie fortzuführ'n.

Sieht so aus, als hätt's benebelte Wappen 'n bissel was eingebüßt von seiner Macht, wie?« Doch Westray war übellaunig
und sagte nichts. »Nanu, was is' los? Sie sind doch nich' etwa
krank?«

»Lassen Sie mich in Frieden«, sagte der Architekt schroff.
»Ich wünschte bei Gott, man *hätte* das Läuten abgebrochen.
Ich wünschte, Ihre Glocken wären nie geläutet worden. Sehen
Sie hier« – und er wies auf den Papierstreifen.

Der Küster ging näher an den Spalt heran und betrachtete
den stillen Beweis mit scharfem Blick. »Du lieber Gott! Das is'
nichts«, sagte er. »Das war nur's Klirren der Glocken gewesen.
Sie erwarten doch nich' etwa, dass 'n Schnippel Papier was
aushält wie 'n Ambossstein, wenn sich hoch oben die Taylor
John aufschwingt.«

»Schauen Sie mal«, sagte Westray, »Sie waren heute Morgen in der Kirche. Erinnern Sie sich an die Lesung über den
Propheten, der seinen Diener auf den Gipfel eines Ber-
ges schickte,* um aufs Meer zu blicken? Der Mann ging so
viele Male hinauf und sah nichts. Am Ende sah er eine kleine
Wolke wie eine Menschenhand aus dem Meer aufsteigen,
und danach wurde der Himmel schwarz und der Sturm brach
los. Ich bin mir nicht sicher, ob dieses Stück zerrissenes Papier
für diesen Turm nicht diese Menschenhand ist.«

»Zerbrechen Sie sich mal nich' Ihr'n Kopp«, entgegnete
der Küster. »Die Menschenhand hat angekündigt, dass der
Regen kommt, und Regen war genau das, was sie wollten. Ich
werd' nie begreifen, warum die Leute die Bibelstelle verdre-
hen und aus der Menschenhand was Böses machen. Sie war
was *Gutes*, also sei'n Sie getrost und geh'n Sie heim und essen
was. Von Ihr'm ewigen Draufgestarre wird's Stück Papier
auch nich' wieder heile.«

Westray schenkte seinen Bemerkungen keinerlei Beachtung, und der alte Mann wünschte ihm recht steif ein gute

Nacht. »Also«, sagte er, als er die Leiter hinabstieg, »ich bin weg. Ich muss in mei'm Garten sein, eh's dunkel wird, weil sie heut' Abend die Lauchblätter zusamm'binden komm' und's Siegel drantun für die Porree-Schau nächste Woche. Letztes Jahr hat mein Enkel den ersten Preis bekommen und sein alter Großvater musste sich als Elfter zufriedengeben, aber dies' Jahr hab' ich 'n halbes Dutzend Pflanzen, die jeden Porree schlagen, der in Cullerne gewachsen is'.«

Am nächsten Morgen war der Papierstreifen ganz gerissen. Westray schrieb an Sir George, doch die Geschichte wiederholte sich lediglich, denn sein Vorgesetzter verharmloste die Sache und winkte dem jungen Mann mit dem Zaunpfahl, dass er aus einer Mücke einen Elefanten mache, dass er übermäßig ängstlich sei, dass es seine Aufgabe sei, gewissenhaft die Anweisungen auszuführen, die er erhalten habe. Ein weiterer Streifen Papier wurde über den Spalt geklebt – und blieb ganz. Es schien, als wäre der Turm wieder zur Ruhe gekommen, doch waren Westrays Bedenken dieses Mal nicht so leicht zu zerstreuen und er ergriff Maßnahmen, die Untermauerung des Südostpfeilers mit aller erdenklichen Eile voranzutreiben.

Zwanzigstes Kapitel

Westrays für Anastasia, von welcher er sich eingeredet hatte,
es sei Liebe gewesen, war gewichen. Sein innerer Friede
war nun wieder ganz hergestellt und Westray schmälerte
die durch die Ablehnung erlittene Demütigung, indem er
sich überlegte, dass die Gefühle des Mädchens zum Zeitpunkt seines Antrages bereits vergeben gewesen sein mussten. Er war bereit anzuerkennen, dass er in Lord Blandamer
durchaus einen ernst zu nehmenden Konkurrenten gehabt
hatte, doch wenn sie zur gleichen Zeit ins Rennen gegangen
wären, so wäre er bestens darauf vorbereitet gewesen, seine
eigenen Möglichkeiten zu nutzen. Gegen den Reichtum und
Besitz seines Rivalen hätte man gewiss seine eigene Jugend,
sein geregeltes Leben und seine beruflichen Fähigkeiten setzen können, doch ein Herz zu gewinnen, das bereits jemand
anderem gehörte, war ein bloßer Kampf gegen Windmühlen.
Und somit schwanden die störenden Einflüsse allmählich und
er konnte sich mit ungeteilter Aufmerksamkeit seiner beruflichen Arbeit widmen.

Als die Winterabende einzusetzen begannen, hatte er eine
angenehme Beschäftigung in dem Versuch gefunden, die
heraldischen Symbole des großen Fensters am Ende des südlichen Querschiffs zu durchschauen. Er fertigte Skizzen von
den verschiedenen Wappenschilden an, mit denen es verziert
war, und mithilfe einer Geschichte der Grafschaft und eines
Handbuchs, das Dr. Ennefer ihm geliehen hatte, gelang es ihm,
die meisten der Verschwägerungen, die in den verschiedenen Quartieren* dargestellt waren, zu deuten. All diese bezogen sich auf Heiraten der Familie der Blandamers, denn Van
Linge hatte das Fenster nach der Anordnung des dritten Lord
Blandamer verglast, und das Seegrün und Silber des benebelten Wappens tauchte, neben der dominierenden Darstellung

am oberen Ende des Fensters, immer wieder auf. Westray war froh, für diese Studien auf Martin Joliffes Papiere zurückgreifen zu können. Darin fand sich eine Fülle von Informationen, die mit dem Gegenstand der Untersuchungen des Architekten im Zusammenhang standen, denn Martin hatte die veröffentlichte Ahnentafel der Familie Blandamer hergenommen und diese anhand aller möglichen Nachforschungen hinsichtlich der Ehen und Seitenverwandten* bis ins Einzelne ausgearbeitet und berichtigt.

Die Geschichte von Martins Wahn, die Vorstellung von dem versponnenen Graubart, den die Jungen »Alter Nebler« riefen, hatte sich Westray so tief eingeprägt, dass er beim ersten Durchblättern der Papiere darin nicht viel mehr als die Hirngespinste eines geistig Verwirrten zu finden erwartete. Doch nach und nach merkte er, dass, wie konfus viele von Martins Einträgen auch erscheinen mochten, diese durchaus von Interesse waren und jenen Zusammenhang aufwiesen, welcher entsteht, wenn man ein bestimmtes Ziel mehr oder weniger kontinuierlich im Auge behält. Neben endlosen Ahnentafeln und aus Büchern entnommenen Teilen der Familiengeschichte waren persönliche Eindrücke und Erfahrungen aller Art darin festgehalten, die Martin auf seinen Reisen gemacht hatte. Doch bei all seinen Nachforschungen und Erkundungen beteuerte er, ausnahmslos das eine Ziel zu verfolgen – den Namen seines Vaters herauszufinden; welchen Beleg er jedoch zu finden hoffte, oder wo und wie er dieses zu tun hoffte, ob als Urkunde oder in Tauf-, Heirats- oder Sterbebüchern oder als Grabinschrift, war nirgends beschrieben.

Es war offensichtlich, dass die alte Einbildung, er sei der rechtmäßige Eigentümer von Fording, die sich ihm während seiner Zeit in Oxford aufgedrängt hatte, so fest von seinen Gedanken Besitz ergriffen hatte, dass keine spätere Erfahrung sie hatte vertreiben können. Zur einen Hälfte bestand über seine Abstammung kein Zweifel. Seine Mutter war jene Sophia Flannery, die Bauer Joliffe geheiratet, das berühmte Gemälde mit den Blumen und der Raupe gemalt und viele andere, weniger anständige Dinge getan hatte; doch über seinem Vaters hing der Schleier der Verborgenheit, den Martin sein Leben lang zu lüften versucht hatte. Westray hatte diese frühen Geschichten ein Dutzend Mal von Küster Janaway zu hören bekommen, wie Sophia, als Bauer Joliffe sie zur Kirche führte, ihm einen vier Jahre alten Sohn aus einer früheren Ehe mitbrachte. Aus einer früheren *Ehe*, hatte Martin stets energisch wie pflichteifrig behauptet, denn mit jeder anderen Theorie hätte er Schande über sich gebracht. Mit der Ehre seiner Mutter hatte er wenig am Hut, denn welchen Zweck hatte es, das Andenken einer Mutter zu verteidigen, die ihren eigenen Ruf mit Soldaten und Pferdehändlern ruiniert hatte? Es war diese frühere Ehe, welche Martin so hartnäckig zu beweisen versucht hatte, umso hartnäckiger, da andere Leute den Kopf geschüttelt und gesagt hatten, dass es keine Ehe zu entdecken gebe, dass Sophia weder Ehefrau noch Witwe gewesen sei.

Zum Schluss seiner Aufzeichnungen hin schien es, als hätte er eine Spur gefunden – als hätte er sie gefunden oder als glaubte er, sie gefunden zu haben. Er hatte sich bei dieser Pantoffeljagd* dem Ziel näher und näher gewähnt, bis ihm kurz davor der Tod dazwischenkam. Westray erinnerte sich daran, wie Mr. Sharnall mehr als einmal gesagt hatte, dass Martin drauf und dran war, das Rätsel zu lösen, als ihn das Ende ereilte. Und Sharnall, hatte er nicht auch beinahe das Phantom zu fassen bekommen, als das Schicksal *ihm* ein Bein stellte in jener stürmischen Nacht? Viele Gedanken kamen Westray in den Sinn, als er in diesen Papieren blätterte, viele Erinnerungen an andere, die vor ihm darin geblättert hatten. Er dachte an den klugen, nichtswürdigen Martin, der seine Tage damit verschwendet hatte, sie zu schreiben, der ihretwegen sein Zuhause und seine Familie vernachlässigt hatte; er dachte an den kleinen Organisten, der sie in seinen fiebrigen Händen gehalten und gehofft hatte, durch eine aufsehenerregende Entdeckung die Finsternis aufzuhellen, die sein eigenes Leben umgab. Und während Westray las, wuchs auch sein Interesse, bis es gefangen war von der Heraldik des Blandamer'schen Fensters, wo die ganze Sache ihren Anfang genommen hatte. Er fing an, die Vision zu verstehen, von der Martin besessen gewesen war, die das Gemüt des Organisten so aufgerührt hatte; langsam glaubte er, dass es ihm vorbehalten war, die lang gesuchte Entdeckung zu machen, und dass er den Schlüssel zu der unglaublichsten aller Geschichten in Händen hielt.

Eines Abends, als er mit einem Plan in Händen neben einem kleinen Tisch, der mit Martins Papieren übersät war, am Kamin saß, klopfte es an der Tür und Miss Joliffe trat herein. Sie waren nach wie vor vertraut miteinander, obwohl er aus dem »Haus Bellevue« ausgezogen war. Wie sehr sie es seinerzeit auch bedauert hatte, ihren Mieter zu verlieren, so hatte sie doch eingesehen, dass der Weg, den er eingeschlagen hatte, der richtige und in der Tat unumgänglich war. Sie war froh, dass er darin seine Pflicht gesehen hatte; für jeden Mann mit normalen menschlichen Regungen wäre es ganz unmöglich gewesen, unter derartigen Umständen weiterhin im selben Haus zu wohnen. Um Anastasias Hand angehalten zu haben und zurückgewiesen worden zu sein, war ein Schlag, der ihr tiefstes Mitleid erregte, und sie bemühte sich in vielem, Rücksicht gegenüber dem Leidtragenden zu zeigen. Das Schicksal hatte ohne Zweifel alles zum Besten gekehrt, indem es bestimmte, dass Anastasia Mr. Westray zurückweisen sollte, doch Miss Joliffe hatte seinen Antrag gutgeheißen und es hatte ihr damals leidgetan, dass er nicht erfolgreich war. Zwischen ihnen herrschte also jene merkwürdige

Sympathie, welche für gewöhnlich zwischen einem abgewiesenen Liebhaber und einer Frau herrscht, die ihr Bestes getan hat, seinen Heiratsantrag zu unterstützen. Sie hatten sich seither nicht selten getroffen, und das Jahr, welches verstrichen war, hatte Westrays Enttäuschung so weit gemildert, dass er voller Gleichmut über die Angelegenheit zu sprechen vermochte. Er fand ein trauriges Gefallen daran, mit Miss Joliffe die Gründe zu erörtern, welche wohl zu einer solch unerklärlichen Absage beigetragen haben mochten, und an der Frage, ob sein Antrag wohl angenommen worden wäre, wäre er ein wenig früher oder in anderer Form vorgebracht worden. Auch Miss Joliffe war das Thema nicht unangenehm, denn sie empfand es als doppelt glanzvoll, dass ihre Nichte zunächst einen durchaus akzeptablen Heiratsantrag abgelehnt und danach einen unfassbar besseren angenommen hatte.

»Verzeihen Sie mir, Sir – verzeihen Sie mir, Mr. Westray«, korrigierte sie sich, als ihr einfiel, dass ihr beider Verhältnis nun nicht mehr das einer Hauswirtin und ihres Mieters war. »Es tut mir leid, dass ich Sie so spät noch störe, aber es ist schwer, Sie tagsüber anzutreffen. Es gibt da eine Sache, die mich in letzter Zeit sehr beschäftigt. Sie haben nie das Blumengemälde abgehängt, welches Sie und Mr. Sharnall von mir gekauft haben. Ich hatte es nicht eilig damit, da ich dachte, ich warte ab, bis Sie sich hübsch eingerichtet haben, ehe es umzieht. Aber nun ist es an der Zeit, dass alles an seinen Platz kommt, und deshalb habe ich es heute Abend mitgebracht.«

Wenn ihr Kleid auch nicht mehr schäbig war, so war es doch nach wie vor von gediegenstem Schwarz, und wiewohl sie dazu übergegangen war, jeden Tag die Moosachatbrosche* zu tragen, welche früher den Sonntagen vorbehalten war, so war sie doch nach wie vor genau dieselbe alte sanftmütige, unprätentiöse Miss Joliffe wie in vergangen Tagen. Westray betrachtete sie mit einer gewissen Zuneigung.

»Nehmen Sie Platz«, sagte er und bot ihr einen Stuhl an. »Haben Sie gesagt, Sie hätten das Gemälde mitgebracht?« Und er sah sie an, als erwarte er, dass sie es aus ihrer Tasche holte.

»Ja«, sagte sie, »mein Mädchen bringt es gerade herauf« — und lediglich ein kaum merkbares Zögern bei dem Wort »Mädchen« offenbarte, dass der Luxus, bedient zu werden, noch ungewohnt für sie war.

Nur mit großer Mühe war sie davon zu überzeugen gewesen, eine solche Zuwendung vonseiten Anastasias anzunehmen, die es ihr ermöglichte, weiter im »Haus Bellevue« zu wohnen und sich ein Dienstmädchen zu halten; und wenn es ihr auch unendliche Erleichterung verschaffte, dass Lord Blandamer alle Rechnungen von Martin innerhalb einer Woche nach der Verlobung beglichen hatte, so kamen ihr im selben Augenblick angesichts einer derartigen Großzügigkeit doch eine Reihe von Bedenken. Lord Blandamer hatte den Wunsch geäußert, dass sie bei ihnen auf Fording wohnen solle, doch er war viel zu rücksichtsvoll und empfänglich für die Situation, um auf seinem Vorschlag zu beharren, als er sah, dass eine solche Veränderung ihr nicht zusagen würde. Also blieb sie in Cullerne und verbrachte ihre Zeit damit, würdevoll die Besuche der zahllosen Freunde zu empfangen, die sie nun auf einmal hatte, und mit dem größten Vergnügen Gottesdiensten, Zusammenkünften, der Gemeindearbeit und anderen Ehren zu frönen.

»Das ist sehr nett von Ihnen, Miss Joliffe«, sagte Westray. »Es ist sehr freundlich von Ihnen, dass Sie an das Gemälde gedacht haben. Jedoch«, fuhr er mit nur allzu lebhafter Erinnerung an das Bild fort, »weiß ich, wie viel es Ihnen stets bedeutet hat, und ich könnte es nicht ertragen, es aus dem ›Haus Bellevue‹ zu entfernen. Sehen Sie, Mr. Sharnall, der ja Mitbesitzer war, ist tot; ich schenke Ihnen also nur die Hälfte davon. Deshalb müssen Sie es als eine kleine Erkenntlichkeit meinerseits für all die Freundlichkeit, welche Sie mir erwiesen haben, annehmen. Sie waren *sehr* nett zu mir, wissen Sie«, sagte er mit einem Seufzer, der an Miss Joliffes Wohlwollen, und seinen eigenen Kummer, bei der Geschichte mit dem Heiratsantrag erinnern sollte.

Miss Joliffe nahm das Stichwort schnell auf und ihre Stimme war voller Mitgefühl. »Lieber Mr. Westray, Sie wissen, wie glücklich es mich gemacht hätte, wenn alles nach Ihren Wünschen ausgegangen wäre. Doch wir sollten versuchen, die Ordnung des Schicksals anzuerkennen, und den Kummer in Demut ertragen. Aber was das Gemälde angeht, so müssen Sie es mich dieses eine Mal auf meine Weise machen lassen. Es wird eine Zeit kommen, und es wird nicht sehr lange dauern, da ich in der Lage sein werde, es von Ihnen zurückzukaufen, so wie wir es vereinbart haben, und dann werden Sie es mir gewiss überlassen. Aber vorläufig muss es bei Ihnen bleiben, und falls mir irgendetwas zustoßen sollte, möchte ich, dass Sie es ganz und gar behalten.«

Eigentlich hatte Westray darauf bestehen wollen, dass sie das Gemälde behielt. Er würde kein zweites Mal klein beigeben, um dann ständig die knallbunten Blumen und die grüne Raupe um sich zu haben. Doch während er redete, befiel ihn einer jener ungestümen Sinneswandel, zu denen er eigenartigerweise neigte. Jene seltsame Beharrlichkeit fiel ihm ein, mit welcher Sharnall ihn angefleht hatte, das Bild unter allen Umständen zu behalten. Es schien, als ob irgendeine geheimnisvolle Macht existierte, die soeben Miss Joliffe herbeigesandt hatte, und dass er womöglich sein Vertrauen in Sharnall betrügen würde, wenn er das Gemälde wieder zurückgehen ließe. Also blieb er nicht hartnäckig, sondern sagte: »Nun gut, wenn es Ihr unbedingter Wunsch ist, dann behalte ich das Gemälde einige Zeit lang, und wann immer Sie es haben wollen, können Sie es sich wieder abholen.« Während er sprach, gab es draußen auf der Treppe ein stolperndes Geräusch und einen heftigen Krach, als hätte jemand etwas Schweres fallen lassen.

»Schon wieder dieses dumme Mädchen«, sagte Miss Joliffe. »Sie ist ständig am Rumstolpern. In den sechs Monaten, die sie bei mir ist, hat sie bestimmt mehr Porzellan zerbrochen, als vorher in ganzen sechs Jahren zu Bruch gegangen ist.«

Sie gingen zur Tür, und als Westray sie öffnete, kam die große rotgesichtige und lächelnde Anne Janaway, das prächtige Gemälde mit den Blumen und der Raupe tragend, herein.

»Was hast du jetzt wieder angestellt?«, fragte ihre Herrin schroff.

»Tut mir wirklich leid, Madam«, sagte sie, wobei sie ihrer Entschuldigung etwas Entrüstung beigab, »aber das große Bild hier kam mir in die Beine. Ich hab's bestimmt nich' kaputt gemacht, hoff' ich« – und sie stellte das Gemälde auf den Fußboden gegen den Tisch.

Miss Joliffe untersuchte das Gemälde mit einem Auge, das geübt darin war, die feinste abgebrochene Schuppe an einer Untertasse, den leichtesten Kratzer an einer Teetasse zu entdecken.

»Ach jemine!«, sagte sie. »Der wunderschöne Rahmen ist ruiniert. Die untere Einfassung ist beinahe ganz und gar abgebrochen.«

»Ach was«, sagte Westray in besänftigendem Ton, während er das Bild anhob und es flach auf den Tisch legte, »so schlimm ist es auch wieder nicht.«

Er sah, dass die Einfassung, die den unteren Abschluss des Rahmens bildete, sich tatsächlich an beiden Ecken gelöst hatte und abzubrechen drohte, doch er drückte sie mit der Hand zurück in ihre Position, bis sie wieder an Ort und Stelle saß, ohne dass für den flüchtigen Betrachter ein größerer Schaden sichtbar blieb.

»Sehen Sie«, sagte er, »es ist fast wieder heil. Mit ein bisschen Leim ist der Schaden morgen so gut wie behoben. Ich frage mich sowieso, wie Ihr Dienstmädchen es überhaupt geschafft hat, es hier heraufzubringen – bei dem Gewicht und der Größe.«

In der Tat hatte Miss Joliffe Anne dabei geholfen, das Gemälde bis auf den letzten Absatz der Grands Mulets* zu tragen. Der Schlussanstieg, meinte sie, könne gefahrlos von dem Mädchen allein bewältigt werden, alldieweil es ihrer neuen Stellung als unabhängige Dame unwürdig gewesen wäre, vor Westray zu treten und dabei das Gemälde selbst zu tragen.

»Ärgern Sie sich nicht«, flehte Westray. »Sehen Sie, da ist ein Nagel in der Wand unterhalb der Decke, wo es sich hervorragend aufhängen lässt, bis ich einen besseren Platz gefunden habe. Die alte Kordel hat genau die richtige Länge.« Er stieg auf einen Stuhl und richtete das Gemälde aus, trat zurück, als ob er es bewunderte, bis Miss Joliffes Zufriedenheit wieder weitgehend hergestellt war.

In dieser Nacht war Westray noch lange, nachdem Miss Joliffe ihn verlassen hatte, zugange und die Zeiger der laut tickenden Uhr auf dem Kaminsims zeigten an, dass es beinahe Mitternacht war, ehe er seine Arbeit beendet hatte. Danach saß er ein Weilchen vor dem verglimmenden Kaminfeuer, vorwiegend in Gedanken an Mr. Sharnall, den das Gemälde ihm in Erinnerung gerufen hatte, bis die schwarz werdende Glut ihn ermahnte, dass es Zeit war, zu Bett zu gehen. Er erhob sich gerade von seinem Stuhl, als er hinter sich ein Geräusch vernahm, als fiele etwas herunter, und als er sich umdrehte, sah er, dass die untere Einfassung des Bilderrahmens, die er notdürftig in ihre Position zurückgedrückt hatte, aufgrund ihres Gewichts erneut herausgebrochen und auf den Boden gefallen war. Der Rahmen war ansehnlich mit einer eigentümlich verflochtenen Leiste verziert, wie ihm schon oft aufgefallen war. Es kam ihm merkwürdig vor, dass ein so schlechtes Bild eine so prachtvolle Umrahmung bekommen sollte, und er hatte immer wieder überlegt, dass Sophia Flannery den Rahmen bei einem Ausverkauf erstanden haben musste und hinterher das Blumenbild gepinselt hatte, um ihn damit zu füllen.

Im Zimmer war es mit einem Mal kühl geworden von der Kälte, die einem verglimmenden Kaminfeuer in einer frühen Winternacht auf dem Fuße folgt. Ein eisiger Hauch wehte unter der Tür hindurch hinein und ließ etwas aufflattern, das gleich bei dem gebrochenem Rahmen auf dem Boden lag. Westray bückte sich, um es aufzuheben, und stellte fest, dass er ein Stück gefaltetes Papier in der Hand hielt.

Er empfand eine seltsame Abneigung, es anzufassen. Jene absurden Bedenken, deren Opfer er so häufig wurde, befielen ihn. Er fragte sich, ob er irgendein Recht dazu hatte, sich dieses Stück Papier anzusehen. Es konnte ein Brief sein; er wusste weder, wann er gekommen war, noch wem er gehörte, und er wollte ganz bestimmt nicht die Schuld auf sich laden, den Brief eines anderen geöffnet zu haben. Er ging sogar so weit, dass er ihn ernst auf den Tisch legte, wie ein Kapitän, an dessen Deck das Gespensterschiff des Walfängers »Der Fliegende Holländer«* ein Paket Briefe hinterlassen hat. Nach ein paar Minuten wurde er sich jedoch der Albernheit der Situation bewusst und mühsam entfaltete er die geheimnisvolle Botschaft.

Es war ein langes, schmales Stück Papier, über die Jahre vergilbt und gefurcht von den Knicken, die eine Generation alt waren, und darauf standen sowohl geschriebene als auch gedruckte Buchstaben. Sofort erkannte er darin eine Heiratsurkunde – jene »Trauscheine«, an denen so oft das Gesetz und die Propheten hängen.* Hier war sie also, mit all den kleinen vorschriftsgemäß ausgefüllten Zwischenräumen und der

Bekanntmachung, dass am »15. März 1800, in der St.-Medard-Kirche, Horatio Sebastian Fynes, ledig, Alter einundzwanzig Jahre, Sohn des Edelmanns Horatio Sebastian Fynes, sich verehelichte mit Sophia Flannery, ledig, Alter einundzwanzig Jahre, Tochter des Kaufmanns James Flannery«, von Zeugen ordnungsgemäß beglaubigt. Und darunter hatte jemand in schwer leserlicher, geschwungener Schrift mit Tinte einen Nachsatz gesetzt, der nun braun und verblasst war: »Martin am 2. Januar 1801 um zehn Minuten nach zwölf Uhr nachts geboren.« Er legte das Schriftstück auf den Tisch und breitete es aus und wusste, dass vor seinen Augen die Urkunde der ersten Heirat (der einzig wahren Heirat) von Martins Mutter lag, welche zu sehen Martin sich ein Leben lang ersehnt und die er doch nicht zu Gesicht bekommen hatte – jener Ehebrief, dem Martin sich zum Greifen nahe gewähnt hatte, als der Tod ihn ereilte, jener Schlüssel, dem Sharnall sich zum Greifen nahe gewähnt hatte, als auch ihn der Tod ereilte.

Am 15. März 1800 wurden Sophia Flannery und der Edelmann Horatio Sebastian Fynes mit Dispens* getraut, und am 2. Januar 1801, um zehn Minuten nach zwölf Uhr nachts, wurde Martin geboren. Horatio Sebastian – die Namen waren Westray gut vertraut. Wer war dieser Horatio Sebastian Fynes, Sohn des Edelmanns Horatio Sebastian Fynes? Er stellte sich die Frage lediglich pro forma, denn er kannte die Antwort ganz genau. Dieses Dokument, das vor ihm lag, mochte kein rechtsgültiger Beweis sein, doch alle Rechtsanwälte der gesamten Christenheit zusammen konnten ihn nicht von seiner Überzeugung, seiner Erkenntnis abbringen, dass der »Edelmann«, den Sophia Flannery geheiratet hatte, kein anderer war als der vor drei Jahren verstorbene achtzigjährige Lord Blandamer. Dieses vergilbte schmale Stück Papier besaß in seinen Augen eine Gültigkeit, die durch nichts und niemanden erschüttert werden konnte, und das in geschwungener

Schrift unten auf der Seite angegebene Datum von Martins Geburtstag stimmte genau mit seinen Informationen überein. Er setzte sich wieder in die Kälte, die Ellenbogen auf den Tisch gestützt und den Kopf zwischen den Händen, um einige logische Folgen der Situation zu durchschauen. Wenn der alte Lord Blandamer Sophia Flannery am 15. März 1800 geheiratet hatte, dann war seine zweite Heirat gar nicht gültig, denn Sophia hatte noch lange danach gelebt und es hatte keine Scheidung gegeben. Wenn seine zweite Heirat nun aber gar nicht gültig war, dann war sein Sohn, Lord Blandamer, der in der Bucht von Cullerne ertrank, unehelich gewesen, und sein Enkel, Lord Blandamer, der nun auf Fording thronte, war gleichermaßen unehelich. Und Martins Traum war Wirklichkeit. Der selbstsüchtige, verschwenderische, saumselige Martin, den die Jungs den »Alten Nebler« riefen, war doch nicht verrückt, sondern tatsächlich Lord Blandamer gewesen.

Es hing alles an diesem schmalen Stück Papier, diesem Blitz aus heiterem Himmel, dieser Botschaft, von der niemand wusste, woher sie kam. Wie war sie hierhergekommen? War es möglich, dass Miss Joliffe sie fallen gelassen hatte? Nein, das war ausgeschlossen, sie hätte ihm gewiss davon erzählt, wenn sie irgendeinen derartigen Hinweis gehabt hätte, denn sie wusste, dass er seit Monaten versuchte, Ordnung in das Wirrwarr von Martins Papieren zu bekommen. Das Papier musste hinter dem Bild versteckt gewesen und herausgerutscht sein, als die untere Einfassung des Rahmens zu Boden gefallen war.

Er ging zu dem Gemälde. Da war die Vase mit den protzigen, schlecht gemalten Blumen, da war die grüne Raupe, die sich über die Tischplatte schlängelte, aber ganz unten, da war etwas, das ihm zuvor noch nie ins Auge gefallen war. Dort, wo der Rahmen weggebrochen war, war nun ein langer schmaler Rand eines anderen Bildes zu sehen. Es schien, als ob das Blumenbild über ein anderes gemalt worden war, als ob Sophia Flannery sich nicht einmal die Mühe gemacht hatte, die Leinwand herauszunehmen, und ihre Kleckserei einfach nur bis an den Rand des Bilderrahmens ausgeführt hatte. Es war gar keine Frage, dass die Blumen irgendein besseres Bild überdeckten, ohne Zweifel ein Porträt, denn der untere Rand gab genügend frei, um Westray den Streifen eines braunen Samtrocks und sogar den Perlmuttknopf einer braunen Samtweste erkennen zu lassen. Er starrte auf die Blumen, er hielt eine Kerze dicht an sie heran, in der Hoffnung, irgendeinen Umriss auszumachen, irgendetwas von dem zu entdecken, was dahinter lag. Doch die Farbe war nicht mit sparsamer Hand aufgetragen worden, der Schleier war undurchdringlich. Selbst die grüne Raupe schien seiner zu spotten, denn als er sie genau betrachtete, sah er, dass Sophia in ihrer Böswilligkeit dort ein paar minutiöse Farbtupfer gesetzt hatte, welche dem Raupenkopf zwei Augen und einen grinsenden Mund verliehen.

Er setzte sich wieder an den Tisch, wo die Urkunde noch immer ausgebreitet vor ihm lag. Dieser Eintrag zu Martins Geburt musste die Handschrift von Sophia Flannery sein, der untreuen, verantwortungslosen Sophia Flannery, protzig wie ihre eigenen Blumen, spöttisch wie das Gesicht ihrer Raupe.

Es lag eine Totenstille über allem, jene vollkommene tiefe Stille, welche sich in den frühen Morgenstunden über einem Landstädtchen ausbreitet. Lediglich die laut tickende Uhr auf dem Kaminsims kündete weiterhin vom Vergehen der Zeit, bis das Glockenspiel der Kirche zum Heiligen Grab die Stille mit »Neuer Sonntag« störte. Es war drei Uhr und das Zimmer war eisig kalt, doch diese Kälte war nichts im Vergleich zu der Kälte, die jetzt in seinem Herzen aufstieg. Nun wusste er alles, sagte er zu sich — er kannte das Geheimnis um Anastasias Heirat, und um Sharnalls Tod, und um Martins Tod.

Einundzwanzigstes Kapitel

AM NÄCHSTEN MORGEN UM NEUN UHR kam der Meister der Maurer, die an der Untermauerung des Südostpfeilers arbeiteten, um Westray zu sprechen. Er wollte unbedingt, dass der Architekt sofort zur Kirche hinuntergehe, denn die Arbeiter hatten bei ihrem Eintreffen am Turm kurz nach Tagesanbruch Spuren einer neuerlichen Bewegung entdeckt, zu der es über Nacht gekommen war. Doch Westray war nicht zu Hause, da er Cullerne mit dem ersten Zug nach London verlassen hatte.

Gegen zehn Uhr am selben Vormittag stand Westray im Geschäft eines kleinen Gemäldehändlers in Westminster. Die Leinwand mit dem Blumen- und Raupenbild lag auf dem Ladentisch, denn der Mann hatte sie soeben aus dem Rahmen herausgenommen.

»Nein«, sagte der Händler, »da ist weder eine Auskleidung mit Papier noch irgendeine andere in dem Rahmen – nur eine einfache Holzrückwand, sehen Sie. Es ist überhaupt ungewöhnlich, dass man auf der Rückseite verstärkt, aber hin und wieder wird es gemacht« – und er klopfte den losen Rahmen ringsherum ab. »Es ist ein teurer Rahmen, gut gearbeitet und mit einer schönen Vergoldung. Es würde mich nicht überraschen, wenn sich das Bild unter dieser Kleckserei als ein recht ansehnliches herausstellt. Man hätte niemals einen solchen Rahmen um etwas gemacht, das nicht ziemlich gut ist.«

»Glauben Sie, dass Sie die obere Schicht wegbekommen, ohne das Bild darunter zu beschädigen?«

»Ach Gott, ja«, sagte der Mann, »ich hatte schon weitaus schwierigere Aufgaben. Sie lassen es mir für ein paar Tage hier und wir schauen mal, was wir damit machen können.«

»Ließe es sich nicht schneller machen?«, sagte Westray. »Ich bin gewissermaßen etwas in Eile. Es ist schwierig für mich, nach London zu kommen, und mir wäre es lieber, dabei zu sein, wenn Sie anfangen, es zu reinigen.«

»Machen Sie sich keine Sorgen«, sagte der andere, »Sie können es mir ruhigen Gewissens anvertrauen. Wir sind mit diesem Geschäft bestens vertraut.«

Westray sah noch immer unzufrieden drein. Der Händler warf einen Blick durch den Laden. »Also gut«, sagte er, »es scheint heute Morgen nicht sehr viel los zu sein. Wenn Sie es so eilig haben, soll's mir nichts ausmachen, es gleich einmal an einer kleinen Stelle zu versuchen. Wir legen es auf den Tisch im Hinterzimmer. Wenn jemand in den Laden kommt, sehe ich es.«

»Fangen Sie da an, wo sich das Gesicht befinden müsste«, sagte Westray. »Wir wollen sehen, wessen Porträt es ist.«

»Nein, nein«, sagte der Händler, »ans Gesicht wollen wir uns noch nicht wagen. Versuchen wir es an einer Stelle, die nicht so wichtig ist. Wir werden ja sehen, wie sich dieses Zeug ablöst; das gibt uns einen Anhaltspunkt für den wichtigeren Teil. Hier, ich fange mit der Tischplatte und der Raupe an. Mit der Raupe stimmt irgendetwas nicht, abgesehen von dem Gesicht, das ihr irgendein Spaßvogel verpasst hat. Bei der Raupe habe ich so meine Bedenken. Sieht so aus, als ob sie ein Teil des echten Bildes war, den man hat durchschimmern lassen, auch wenn ich nicht genau weiß, was eine Raupe auf einem Porträt zu suchen haben soll.« Der Händler fuhr sachte mit dem Nagel seines Zeigefingers über die Oberfläche des Bildes. »Es scheint, als wäre sie eingesunken. Ringsherum lassen sich die rauen Ränder dieser fett aufgetragenen Schmiererei erfühlen.«

Es war, wie er behauptet hatte: Die grüne Raupe schien ganz sicher ein Detail des darunterliegenden Bildes zu sein. Der Mann nahm eine Flasche hervor und strich mit einem Pinsel irgendeine Lösung auf das Bild. »Sie müssen warten, bis es getrocknet ist. Es wird Blasen werfen und die obere Farbschicht kräuseln, dann können wir sie vorsichtig mit einem Tuch abwischen, und Sie werden sehen, was Sie sehen wollen.«

»Der Bursche, der diese Tischplatte gemalt hat, hat nicht mit Farbe geknausert«, sagte der Händler eine halbe Stunde später, »und das ist umso besser für uns. Sehen sie, es löst sich ab wie eine Haut« – und er arbeitete eifrig mit einem weichen Lappen drauflos. »Hol mich der Teufel«, fuhr er fort, »wenn hier weiter oben nicht noch eine Raupe ist! Nein, es ist keine Raupe. Aber wenn es keine Raupe ist, was ist es dann?«

Da war in der Tat eine andere wellenförmige grüne Linie, und Westray wusste, was es war, sobald er sie sah. »Seien Sie vorsichtig«, sagte er, »es sind keineswegs Raupen, sondern Bestandteile eines Wappens – eine Art Balken auf einem Wappenschild, wissen Sie. Weiter unten wird noch eine weitere, kürzere grüne Linie sein.«

Es war, wie er sagte, und eine Minute später leuchtete das silberne Feld mit den drei seegrünen Balken des benebelten Wappens hervor und darunter der Spruch »*Aut Fynes aut finis*«, genauso wie es im Oberlicht des Blandamer'schen Fensters leuchtete. Es war der mittlere Balken, den Sophia in eine Raupe verwandelt und aus reiner Boshaftigkeit hatte durchschimmern lassen, als sie den Rest des Bildes zu ihrem eigenen Zwecke übermalt hatte. Westrays Aufgeregtheit machte ihm schwer zu schaffen – er konnte nicht stillhalten. Er stand erst auf einem Bein und dann auf dem anderen und trommelte mit den Fingern auf den Tisch.

Der Händler legte die Hand auf Westrays Arm. »Bleiben Sie um Gottes willen ruhig!«, sagte er. »Regen Sie sich nicht auf. Sie brauchen nicht glauben, Sie hätten eine Goldgrube gefunden. Es ist kein Zehntausend-Guineen-Van-Dyck. Wir können noch nicht genug sehen, um zu sagen, was es ist, aber ich verwette mein Leben, dass Sie nie und nimmer eine Zwanzigpfundnote dafür bekommen.«

Doch ungeachtet der Ungeduld Westrays war der Nachmittag schon weit fortgeschritten, ehe sie am Kopf des Porträts angelangt waren. Sie waren so selten unterbrochen worden, dass der Händler sich bemüßigt fühlte, das Fehlen von Kundschaft zu entschuldigen, indem er mehr als einmal erklärte, dass es eine sehr flaue Saison sei. Er war offensichtlich an seiner Aufgabe interessiert, denn er arbeitete mit Eifer, bis es zu dämmern anfing. »Das macht nichts«, sagte er, »ich hole eine Lampe. Jetzt sind wir so weit gekommen, da können wir auch noch ein bisschen weitermachen.«

Es war ein *en face** gemaltes Bild, wie sie wenige Minuten später sahen. Westray hielt die Lampe und spürte, wie ihn ein Schauder überfiel, als er die jugendliche und glatte Stirn zu erkennen begann. Selbstverständlich kannte er diese hohe Stirn – es war Anastasias dunkles, welliges Haar darüber. »Aber das ist ja eine Frau«, sagte der Händler. »Nein, doch nicht – natürlich nicht, wie denn auch, mit einem braunen Samtrock und einer Weste? Es ist ein junger Mann mit gelocktem Haar.«

Westray sagte nichts. Er war zu aufgeregt, zu gebannt, um ein Wort zu sagen, denn durch den Schleier starrten ihn zwei Augen an. Dann hob sich der Schleier unter dem Tuch des Händlers und die Augen strahlten mit einem erschreckenden Glanz. Es waren hellgraue Augen, klar und stechend, welche ihn durchbohrten und seine Gedanken just in diesem Augenblick errieten. Anastasia war verschwunden. Es war Lord Blandamer, der ihn aus dem Bild heraus ansah.

Es waren Lord Blandamers Augen, unergründlich und wachsam wie heute, gleichwohl noch mit jugendlichem Glanz in ihnen, und das Gesicht, ohne die Spuren des mittleren Alters, bewies, dass das Bild vor längerer Zeit gemalt worden war. Westray stützte die Ellenbogen auf den Tisch und den

Kopf in die Hände, während er auf das Gesicht starrte, das so wieder lebendig geworden war. Die Augen verfolgten ihn, er konnte ihnen nicht entfliehen, selbst auf das benebelte Wappen, welches sich kunstgerecht ausgemalt in der Ecke befand, vermochte er kaum einen flüchtigen Blick zu werfen. In seinem Kopf kreisten Fragen, auf die er augenblicklich keine Antworten fand. Es gab irgendein Geheimnis, zu dem dieses Bildnis womöglich der Schlüssel war. Er war kurz davor, eine furchtbare Entdeckung zu machen. Er erinnerte sich an alle möglichen Ereignisse, die mit diesem Gemälde im Zusammenhang zu stehen schienen, und fand dennoch keinen Faden, um sie aneinanderzureihen. Selbstverständlich musste dieser Kopf gemalt worden sein, als Lord Blandamer jung gewesen war, aber wie konnte Sophia Flannery es jemals gesehen haben? So lange Miss Euphemia denken konnte, war es das Gemälde mit den Blumen und der Tischplatte und der Raupe gewesen, und das waren sechzig Jahre. Aber Lord Blandamer war nicht älter als vierzig, und als Westray das Gesicht betrachtete, fand er kleine Unterschiede, die sich nicht allein mit dem Übergang vom jugendlichen ins mittlere Alter erklären ließen. Dann vermutete er, dass dies nicht der Lord Blandamer war, den er kannte, sondern ein früherer – der achtzigjährige, der vor drei Jahren gestorben war, jener Edelmann Horatio Sebastian Fynes, der Sophia Flannery geheiratet hatte.

»Es ist nicht gerade von allererster Güte«, sagte der Händler, »aber es ist nicht übel. Würde mich nicht überraschen, wenn es ein Lawrence* wäre, und es ist in jedem Fall hübscher anzusehen als die Blumen. Ist mir unbegreiflich, wie jemand dazu kommt, solche Dinger über diesen passablen jungen Herrn zu kleistern.«

Westray war am nächsten Abend wieder in Cullerne. Unter der Last vieler Gedanken hatte er vergessen, seine Hauswirtin über seine Rückkehr zu unterrichten, und er rubbelte sich warm, während ein Stubenmädchen das widerwillige Feuer anzufachen versuchte. Das Reisig war spärlich und feucht, die Zeitung darunter war feucht, und die klamme Kohle lag schwer obenauf, sodass der dicke gelbe Qualm nicht in den Rauchfang steigen wollte, sondern in Kringeln unter der kaputten Kamineinfassung hervor in den kalten Raum quoll. Westray war über die Unannehmlichkeiten umso ungehaltener, als er diese seiner eigenen Vergesslichkeit verdankte, keine Nachricht gegeben zu haben bezüglich seiner Rückkehr.

»Warum in aller Welt brennt das Feuer nicht?«, sagte er schroff. »Du hättest wissen müssen, dass ich an einem kalten Abend wie diesem hier nicht ohne Feuer sitzen kann«; und der Wind pfiff düster in den Fensterfugen, um die Trostlosigkeit der Situation zu betonen.

»Ich kann gar nichts dafür«, antwortete der kohlenbeschmierte Wildfang mit roten Armen von den Knien aufsehend, »sondern die gnä' Frau. ›Er hat letztes Mal seine Kohlenrechnung vorgestreckt bekommen‹, sagt sie, ›und ich werd's nicht riskieren, sein Feuer anzuzünden, wo der Eimer Kohle sechs Pence kostet, wenn ich nicht weiß, ob er heute Abend zurückkommt.‹«

»Nun, du hättest auf jeden Fall dafür sorgen können, dass das Feuer ordentlich angerichtet ist«, sagte der Architekt, als das Anzünden ganz offensichtlich zum dritten Mal zu misslingen schien.

»Ich tue mein Bestes«, sagte sie in einem weinerlichen Ton, »aber ich kann nicht alles machen, wo ich zu kochen und zu putzen habe, mit Nachrichten die Treppen hoch und runter hetze und jede Minute einem Lord die Tür öffnen muss.«

»Ist etwa Lord Blandamer hier gewesen?«, fragte Westray.

»Ja, er war gestern und heute zwei Mal da, um Sie zu sehen«, sagte sie, »und dann hat er eine Nachricht hinterlassen. Hier ist sie« – und sie zeigte auf das Ende des Kaminsimses.

Westray drehte sich um und erblickte einen schwarz geränderten Umschlag. Er kannte die markante, kühne Handschrift darauf nur zu gut, und in seiner augenblicklichen Verfassung rief sie in ihm so etwas wie einen Schauder des Entsetzens hervor.

»Du brauchst nicht zu warten«, sagte er schnell zu dem Stubenmädchen, »es ist nicht deine Schuld wegen des Feuers. Ich bin sicher, es wird jetzt brennen.«

Das Mädchen erhob sich, warf einen erstaunten Blick in den Kamin, der abermals in ohnmächtige Finsternis gehüllt war, und verließ das Zimmer.

Eine Stunde später, als es draußen dämmerte, saß Westray in dem kalten und dunkel werdenden Raum. Vor ihm auf dem Tisch lag der geöffnete Brief von Lord Blandamer:

Verehrter Mr. Westray,
ich habe Sie gestern besuchen wollen, musste jedoch leider feststellen, dass Sie nicht zu Hause waren, und schreibe Ihnen daher diese Zeilen. In Ihrem Wohnzimmer im »Haus Bellevue« hing stets ein altes Blumengemälde, welches für meine Frau von einiger Bedeutung ist. Ihre Vorliebe dafür rührt natürlich von frühen Bindungen her und nicht etwa von den Vorzügen des Gemäldes als solchem. Ich war in dem Glauben, es gehöre Miss Joliffe, doch auf meine Nachfrage hin war von ihr zu erfahren, dass sie es vor nicht langer Zeit an Sie verkauft habe und es sich nun bei Ihnen befände. Ich nehme an, dass Sie dem Gemälde keinen großen Wert beimessen, und tatsächlich vermute ich, dass Sie es Miss Joliffe aus Barmherzigkeit abgekauft haben. Sollte dem so sein, wäre ich Ihnen verbunden, wenn Sie mich wissen ließen, ob Sie bereit sind, sich wieder davon zu trennen, da meine Gattin es gern hier haben möchte.

Mit Bedauern habe ich gehört, dass sich der Turm erneut bewegt hat. Es wäre mir ein bitterer Gedanke, wenn sich herausstellte, dass das Geläut, welches uns bei unserer Rückkehr begrüßte, an dem Bauwerk Schaden angerichtet haben sollte, doch ich bin sicher, Sie wissen, dass keine Kosten gespart werden dürfen, damit alles so bald als möglich richtig abgestützt wird.

Mit vorzüglicher Hochachtung

Ihr

Blandamer

Westray war eilfertig, leicht zu beeindrucken, neigte noch immer zu jugendlicher Euphorie und Melancholie. Die Gedanken sammelten sich in seinem Kopf mit verwirrender Geschwindigkeit; sie folgten so dicht aufeinander, dass keine Zeit blieb, sie zu ordnen; die Aufregung hatte ihn schwindlig gemacht. War er etwa zum Diener der Gerechtigkeit berufen? War er als Geißel Gottes ausersehen? War es seine Hand, die den Schlag gegen den Schuldigen führen musste? Die Entdeckung hatte sich ihm unmittelbar offenbart. Welch beiläufiges Indiz waren doch diese Zeilen, die offen auf dem Tisch lagen, so verschwommen und unleserlich in der Dunkelheit, die den Raum erfüllte! Und doch ein deutlicher und erdrückender Beweis für den, der den Schlüssel zu allem besaß.

Dieser Mann, der auf Fording waltete, war ein Heuchler, der sich an Gütern erfreute, die anderen gehörten, ein schamloser Frevler, der nicht davor zurückgeschreckt war, Anastasia Joliffe zu heiraten, um durch diese Herablassung gegebenenfalls die Spuren seiner Hochstapelei zu verwischen. Es gab keinen Lord Blandamer, es gab keinen Adelstitel; mit einem Lufthauch könnte er alles hinwegfegen wie ein Kartenhaus. Und war das alles? War da nicht noch mehr?

Die Nacht war hereingebrochen. Westray saß allein in der Dunkelheit, die Ellenbogen auf den Tisch gestützt, den Kopf noch immer zwischen den Händen. Es brannte kein Feuer, kein Licht, nur der schwache Schimmer einer entfernten Straßenlaterne vermittelte ein Gefühl von der Dunkelheit. Es war dieses sanfte, diffuse Leuchten, welches ihm eine andere Nacht in Erinnerung rief, als der nebelumhüllte Mond durch die Lichtgaden der Kirche zum Heiligen Grab geschienen hatte. Er war, als ginge er noch einmal den Weg durch das gespenstische Mittelschiff, vorbei an den Säulen, die dastanden wie riesige Gestalten in weißen Leichentüchern, und weiter unter den großen Turmbogen hindurch. Noch einmal tastete er sich durch die völlige Dunkelheit der Wendeltreppe, noch einmal kam er auf der Orgelempore heraus und sah das unheilvolle Silber und Seegrün des benebelten Wappens im Fenster des Querschiffs leuchten. Und in den Ecken des Zimmers lauerten Erscheinungen der Finsternis, und ein schmächtiger, fahler Schatten Sharnalls rang die Hände und schrie, dass man ihn vor dem Mann mit dem Hammer retten möge. Dann hatte das grausige Phantom, welches ihn in jenen letzten Tagen verfolgt hatte, Gestalt angenommen und starrte aus der Dunkelheit hervor, und Westray sprang, von einem kalten Schauer ergriffen, auf und steckte eine Kerze an.

Eine Stunde, zwei Stunden, drei Stunden vergingen, ehe er eine Antwort auf den Brief geschrieben hatte, der vor ihm lag, und in der Zwischenzeit hatte ihn ein neuerlicher Geistesumschwung ereilt. Er, Westray, war als Instrument der Rache ausersehen worden; der Schlüssel war in seinen Händen; aus seinem Munde sollte das Urteil ergehen. Doch er würde nicht hinterhältig handeln, er würde niemanden überrumpeln. Er würde Lord Blandamer seine Entdeckung mitteilen und ihn warnen, ehe er weitere Schritte unternahm. Also schrieb er: »Mylord«, und von den vielen Blättern, die begonnen und weggeworfen wurden, ehe der Brief geschrieben war, wurden zwei dadurch ruiniert, dass die gewohnte Anrede »Verehrter Lord Blandamer« wie von selbst aus Westrays Feder floss. Er vermochte es nun nicht mehr, sich zu diesen Worten durchzuringen, auch nicht als reine Förmlichkeit, und daher begann er:

Mylord,
ich habe soeben Ihre Nachricht bezüglich des Gemäldes, welches ich von Miss Joliffe erwarb, erhalten. Ich kann nicht sagen, ob ich dazu bereit gewesen wäre, mich von diesem zu trennen, wären die Umstände ganz gewöhnliche gewesen. Es war von keinem erkennbaren wirklichen Wert, doch für mich knüpfte sich daran die Erinnerung an meinen verstorbenen Freund Mr. Sharnall, den Organisten der Kirche zum Heiligen Grab. Wir haben es gemeinsam gekauft, und nur durch seinen Tod kam ich in dessen alleinigen Besitz. Die mysteriösen Umstände seines Todes sind Ihnen sicher noch erinnerlich, und auch ich habe sie nicht vergessen. Jenen, die mit ihm verkehrten, war es allgemein bekannt, dass mein Freund Mr. Sharnall sehr an dem Gemälde interessiert war. Er glaubte, es habe eine größere Bedeutung, als es schien, und er äußerte sich in meiner Anwesenheit, und einmal auch in Ihrer, wie ich mich erinnere, sehr entschieden zu diesem Eindruck.

Wäre sein frühzeitiger Tod nicht gewesen, so hätte er wohl schon viel eher die Entdeckung gemacht, zu welcher mich nun der Zufall führte. Die Blumen entpuppten sich als eine bloße Übermalung, die ein unverkennbares Bildnis des letzten Lord Blandamer verdeckten, und hinter der Leinwand fanden sich die Abschriften gewisser Einträge aus Kirchenbüchern, die ihn betrafen. Ich wünschte nichts sehnlicher, als dass ich an dieser Stelle enden und diese Dinge in Ihre Hände legen könnte, doch scheint es mir, dass sie ein so sonderbares Licht auf bestimmte Ereignisse der Vergangenheit werfen, dass ich die Verantwortung dafür tragen muss und sie an keine Privatperson übergeben kann. Gleichwohl fühle ich mich nicht berechtigt, Ihnen zu verwehren, das Bild und die Dokumente zu sehen, falls Sie dies wünschen, und selbst über

deren Bedeutung zu urteilen. Ich weile unter obiger Adresse und
bin gerne bereit, einen Termin vor kommendem Montag zu ver-
einbaren, nach dem ich mich gemüßigt sehe, weitere Schritte in die-
ser Angelegenheit zu unternehmen.

Westrays Schreiben erreichte Lord Blandamer am nächsten
Morgen. Es lag auf dem Frühstückstisch ganz zuunterst eines
kleinen Briefstapels, wie das letzte, Unheil bringende Los,
bereit, aus der geschüttelten Urne zu springen, ein Ephedrus,*
wie jener Ehebrecher, der am Schluss den Eroberer von Troja*
ermordete. Er las den Brief mit einem Blick, wobei er dessen
Tragweite eher instinktiv erfasste als sklavisch den geschriebenen Buchstaben folgend. Wenn die Erde in ihrem Innersten
finster war und es nichts gab außer Staub und Asche, so
war ihm dies in keiner Weise anzumerken. Er plauderte unbekümmert, er erfüllte seine gastgeberischen Pflichten mit seiner vollkommenen charmanten Art, er verabschiedete zwei
Gäste, die an diesem Morgen abreisten, mit all seiner gekann-
ten Höflichkeit. Danach ließ er sich sein Pferd bringen, sagte
Lady Blandamer, dass er wohl nicht zum Mittagessen zurück
sein werde, und brach zu einem jener gemächlichen, einsamen
Ausritte auf dem Anwesen auf, welche seine Stimmung oftmals zu heben schienen. Er ritt schmale Landsträßchen und
Reitwege entlang, vergaß dabei nicht, freundlich die Männer
zu grüßen, die an ihre Hüte tippten, oder die Frauen, die einen
Knicks machten, doch die ganze Zeit über dachte er nach.
    Der Brief hatte in ihm die Erinnerung an einen anderen
schwarzen Tag wachgerufen, an dem er sich mit seinem
Großvater gestritten hatte. Es war während seines zweiten
Jahres in Oxford gewesen, da er es als Student zum ersten Mal
als seine Pflicht erachtete, die ganze Welt in Ordnung zu bringen. Er vertrat harte Ansichten, was die schlechte Verwaltung
von Gut Fording anging, und als Studierender und Mann von

Welt hatte er es als Schwäche erachtet, sich davor zu scheuen, diese zu äußern. Die Waldungen wurden vernachlässigt, es wurde weder gelichtet noch angepflanzt. Die altertümlichen Gutshäuser wurden dem Verfall überlassen und dann durch armselige Gebäude ohne Dachgesimse ersetzt; die ganze Weidefläche im Wildpark war verpachtet und die Dam- und Rothirsche mussten sich mit den Schafen und gewöhnlichen Mischlingskühen drängeln. Die Sache mit den Kühen hatte ihn so lange verärgert, bis er sich getrieben sah, seinem Großvater schwere Vorhaltungen zu machen. Beide hatten nie viel füreinander übrig gehabt, und nun erlebte der junge Mann, dass der alte Mann an Verbesserungsvorschlägen überraschenderweise keinen Gefallen fand.

»Ich danke dir«, hatte der alte Lord Blandamer gesagt. »Ich habe alles gehört, was du zu sagen hast. Du hast dich erleichtert, und nun kannst du in Frieden zurück nach Oxford gehen. Ich habe Fording vierzig Jahre lang verwaltet und fühle mich vollkommen in der Lage, es zu noch weitere vierzig Jahre zu verwalten. Ich verstehe nicht ganz, was du mit der Sache zu schaffen hast. Was kümmert es dich?«

»Sie verstehen nicht, was ich damit zu schaffen habe«, sagte der Verbesserer stürmisch, »Sie wissen nicht, was es mich kümmert? Nun, hier wird ein Schaden angerichtet, den wiedergutzumachen es ein ganzes Leben braucht.«

Ein Mann muss in guter Beziehung zu seinem Erben stehen, um den Gedanken daran, für ihn Platz zu machen, nicht unerträglich zu finden, und der alte Lord geriet in einen jener Wutanfälle, die ihn im Alter immer öfter überkamen.

»Nun sieh dich aber vor«, sagte er. »Du brauchst dir weder weitere Sorgen um Fording zu machen, noch glauben, dass du der ach so große Leidträger meiner schlechten Verwalterschaft sein wirst. Es ist nämlich gar nicht gesagt, dass ich dir jemals die Verantwortung für diesen Ort aufbürden werde.«

Daraufhin war der junge Mann seinerseits zornig. »Drohen Sie mir nicht, Sir«, sagte er in scharfem Ton, »ich bin kein kleiner Junge mehr, den man mit harschen Worten einschüchtern kann, also sparen Sie sich Ihre Drohungen für andere auf. Sie würden Schande über die Familie und über sich selbst bringen, wenn Sie das Besitztum nicht mit dem Titel vermachen.«

»Mach dir darüber keine Gedanken«, sagte der andere, »das Besitztum wird beim Lord bleiben. Geh jetzt, ich will nichts mehr hören, oder es könnte sein, dass du von beidem nichts erbst.«

Die Worte waren leichtfertig dahingesagt, vielleicht aus bloßem Trotz, weil er von einem Jungen in den Senkel gestellt worden war, vielleicht wegen der ärgerlichen Gichtschmerzen, doch sie hatten einen bitteren Klang und gruben sich tief in das jugendliche Herz. Die Drohung mit anderen möglichen Erben war neu, und doch war sie es auch wieder nicht. Es kam ihm vor, als ob er schon einmal so etwas gehört hatte, auch wenn er sich nicht mehr entsinnen konnte, wo; es schien ihm, als ob auf Fording schon immer ein vager, ungewisser Verdacht in der Luft gelegen hatte, welcher ihn, seit er zu denken fähig war, daran zweifeln ließ, ob der Titel wirklich jemals sein wäre.

Lord Blandamer erinnerte sich gut an all dies, als er mit Westrays Brief in der Brusttasche sein Pferd im Schritt durch die Buchenblätter gehen ließ. Er erinnerte sich daran, dass er nach den Worten seines Großvaters mit einem traurigen Gesicht davongegangen war, und daran, wie seine Großmutter den Grund dafür geahnt hatte. Er hatte sich gefragt, woher sie ihre Vermutung nahm; aber auch sie hatte wohl diese Drohungen früher schon zu hören bekommen und deshalb die Ursache leichter herausgefunden. Doch als sie ihn dazu gebracht hatte, sich ihr zu offenbaren, hatte sie nur wenig Trost zu bieten.

Er konnte sie jetzt vor sich sehen, eine stattliche Frau mit kalten blauen Augen, noch immer gut aussehend, obwohl sie damals schon fast sechzig war.

»Da wir schon darüber sprechen«, sagte sie mit kühler Gelassenheit, »lass uns offen reden. Ich werde dir alles erzählen, was ich weiß, nämlich nichts. Vor vielen Jahren hat dein Großvater mir auch einmal gedroht, so wie dir heute, und bis heute ist es weder vergessen noch verziehen.« Sie setzte sich in den Sessel und eine leichte Röte zeigte sich auf ihren Wangen. »Es war um die Zeit, als dein Vater geboren wurde; wir hatten auch vorher schon gestritten, aber dies war unser erster böser Streit, und der letzte. Dein Vater war anders als ich, wie du weißt; er stritt nie und er erfuhr nie etwas von dieser Geschichte. Was mich anging, so nahm ich es auf mich, zu schweigen, und das war auch das Klügste.« Als sie fortfuhr, schaute sie finsterer denn je drein. »Nie habe ich mehr darüber gehört oder herausgefunden. Die Absichten deines Großvaters machen mir keine Angst. Er achtet den Namen und er gedenkt, alles dir zu vererben, der du jedes Recht darauf hast, es sei denn, es bestünde tatsächlich ein anderes Vorrecht. Es gibt da aber noch eine Sache, die mich vor Langem besorgte. Du weißt doch von einem Bildnis deines Großvaters, das kurz nach der Geburt deines Vaters aus der Galerie gestohlen wurde? Es gab keinen bestimmten Verdacht. Nun ja, wenn das Kind in den Brunnen gefallen ist, deckt man ihn zu, und wir hatten eine Zeit lang einen Nachtwächter auf Fording, doch viel Aufhebens wurde nicht gemacht und ich glaube nicht, dass dein Großvater die Angelegenheit jemals der Wache übergeben hat. Es sei ein boshafter Trick, sagte er; er würde niemandem, ganz gleich, wer es gewesen sein mochte, die Ehre zuteilwerden lassen, auch nur das Geringste zur Wiederbeschaffung des Bildnisses zu unternehmen. Das Bild zeigte ihn selbst. Er konnte sich jederzeit ein anderes malen lassen.

Wie auch immer das Gemälde verschwand, ich habe wenig Zweifel, dass dein Großvater durchaus ahnte, was daraus geworden ist. Existiert es noch? War es gestohlen worden? Oder hatte er es entfernen lassen, um zu verhindern, dass es gestohlen wird? Obwohl wir ziemlich im Ungewissen sind über diese Leute, dürfen wir nicht vergessen, dass es sich durch nichts verhindern lässt, dass sie wie alle anderen Fremden auch durchs Haus geführt werden.« Dann richtete sie sich auf und faltete die Hände im Schoß, und er sah die großen Ringe an ihren weißen Fingern funkeln. »Das ist alles, was ich weiß«, schloss sie, »und nun wollen wir uns darauf einigen, die Rede nicht wieder auf dieses Thema kommen zu lassen, es sei denn, einer von uns sollte mehr dazu herausfinden. Das Vorrecht mag erloschen sein, oder es wurde darauf verzichtet, oder es hat es nie gegeben; ich jedenfalls glaube, wir können beruhigt sein, dass zu deines Großvaters Lebzeiten diesbezüglich keine Anstalten mehr gemacht werden. Ich rate dir, nicht mit ihm zu streiten. Du hättest deine langen Ferien besser fern von Fording verbringen sollen, und wenn du von Oxford abgehst, kannst du auf Reisen gehen.«

Und so verließ der junge Mann Fording und ging auf eine Wanderschaft, die halb so lange dauern sollte wie die des Volkes Israel in der Wüste.* In langen Abständen kam er auf einen kurzen Besuch nach Hause, doch blieb er mit seiner Großmutter im ständigen Briefwechsel, solange sie lebte. Lediglich ein Mal, und das im letzten Brief, den er je von ihr erhielt, spielte sie auf die unliebsame Unterredung von früher an. »Bis heute«, schrieb sie, »habe ich nichts herausgefunden. Wir können also weiterhin hoffen, dass es nichts herauszufinden gibt.«

In all den langen Jahren tröstete er sich mit dem Gedanken, dass er die Verbannung um der Familienehre willen ertrug, dass er in der Ferne blieb, damit sein Großvater weniger versucht sein möge, das benebelte Wappen in den Schmutz zu ziehen. Die Familie abgöttisch zu verehren war eine Tradition im Hause Blandamer, und der Erbe, also er, begab sich, jugendliche Romantik im Herzen tragend, auf seine Reisen, weihte sein Leben dem benebelten Wappen und gelobte, so treu wie einst jeder der Templer,* »ihm zu dienen und es zu beschützen«.

Zu guter Letzt starb der alte Lord. Er machte seine Drohung der Enterbung niemals wahr, doch starb er, ohne ein Testament zu hinterlassen, und so kam der Enkel zu seinem Erbe. Der neue Lord Blandamer war nicht mehr jung, als er zurückkehrte; die Jahre ruhelosen Umherreisens hatten sein Gesicht verhärtet und sein Herz stolz gemacht, doch er kehrte so romantisch heim, wie er fortgegangen war. Denn hat die Natur einen Mann oder eine Frau erst einmal mit Romantik ausgestattet, dann beschert sie ihnen so reichlich davon, dass sie ein Leben lang, bis ans Ende aller Tage hält. In Gesundheit oder Krankheit, in Armut oder Wohlstand, in den mittleren Jahren oder im Alter, wenn man die Haare verliert oder die Zähne, Falten im Gesicht hat und Gicht in den Gliedern, Krähenfüße und Doppelkinn, unter all den unromantischsten und widrigsten Unpässlichkeiten des Lebens – die Romantik überdauert bis zum Schluss. Dabei ist sie wertvoller als Rubine: Sie lässt sich denen, die sie haben, niemals nehmen, und jene, die sie nicht haben, werden sie weder für Geld kaufen noch durch die allergrößten Mühen erlangen können – nein, und nie werden sie auch nur annähernd einen Begriff davon bekommen.

Der neue Lord war voll guter Absichten nach Fording zurückgekehrt. Er war des Reisens müde; er würde heiraten; er würde sich niederlassen und es sich gut gehen lassen; er würde das Gute im Menschen suchen und aus seinem großen Gut ein Vorbild für Landbesitzer machen. Und dann hatte er innerhalb von drei Wochen erfahren, dass es einen Prätendenten auf den Titel gab, dass es in Cullerne einen Träumer gab, der behauptete, Lord Blandamer zu sein. Einmal auf der Straße hatte er sich diesen unglücklichen Mann zeigen lassen – ein heruntergekommener Bursche, der das Kennzeichen aller Blandamers durch den Schmutz zog, bis die kleinsten Jungen ihn den »Alten Nebler« riefen. Sollte er mit so einem Mann um Land und Haus und Adelstitel, um alles kämpfen? Und dennoch würde es wohl dazu kommen, denn innerhalb kurzer Zeit wusste er, dass dieser Mann jener Erbe war, jener Schatten der Ungewissheit, welcher auf dem Leben seiner Mutter und seinem eigenen gelegen hatte – und dieser Martin konnte jeden Tag über den fehlenden Beweis stolpern. Und dann machte der Tod Martins Hoffnungen ein Ende, und Lord Blandamer war wieder frei.

Jedoch nicht für lange, denn bald hörte er von einem alten Organisten, der Martins Rolle übernommen hatte – ein aufdringlicher Topfgucker, der um des lieben Ärgers willen im Trüben fischte. Was hatte ein Mann wie dieser mit Ländereien und Adelstiteln und Familienwappen am Hut? Und dennoch sprach dieser Mann in Cullerne hinter vorgehaltener Hand von Verbrechen und Hinweisen und baldiger Rache. Und dann machte der Tod Sharnalls Gerede ein Ende, und Lord Blandamer war wieder frei.

Für längere Zeit dieses Mal, und schließlich frei für immer; und er heiratete, und die Ehe besiegelte seine Gewissheit, und der Erbe wurde geboren und das benebelte Wappen war außer Gefahr. Doch nun war jemand Neues aufgetaucht, der ihn des Betrugs überführte, um ihm alles zu nehmen. Kämpfte er denn mit einer Drachenbrut?* Wuchsen etwa neue Feinde aus dem ... Das Gleichnis bereitete ihm Missbehagen, und er erstickte es im Keim. Sollte dieser junge Architekt, dessen Kost und Lohn in Cullerne allein von jenem Geld bezahlt wurden, welches er, Lord Blandamer, als Spende für die Kirche für angebracht hielt, tatsächlich der Rächer sein? Sollte sich seine eigene Kreatur wenden und ihn zerreißen? Er lächelte über die pure Ironie des Ganzen, und dann schob er die Gedanken an die Vergangenheit beiseite und unterdrückte sogar erste Anzeichen aufsteigender Reue, falls von einer solchen tatsächlich die Rede sein konnte. Er würde das Hier und Heute betrachten, er würde herausfinden, wie genau die Dinge lagen.

Lord Blandamer war bei Einbruch der Dunkelheit zurück auf Fording und verbrachte die Stunde vor dem Abendessen in der Bibliothek. Er schrieb einige geschäftliche Briefe, die sich nicht verschieben ließen, doch nach dem Abendessen las er seiner Frau vor. Er hatte eine angenehme und geschulte Stimme und unterhielt Lady Blandamer, indem er aus einer neuen Serie von »Ingoldsbys Legenden«* las, die jüngst erschienen war.

Während er las, arbeitete Anastasia an einigen Wandbehängen, die von der letzten Lady Blandamer liegen geblieben waren. Die Gemahlin des alten Lords war selten ausgegangen, hatte aber die meiste Zeit in ihren Gärten und mit merkwürdigen Handarbeiten verbracht. Über Jahre hatte sie von Motten zerfressene Reste eines Stuartteppichs* nachgearbeitet und die Arbeit nach ihrem Tod unvollendet zurückgelassen. Die Haushälterin hatte diese halb fertigen Wandteppiche hergezeigt und erklärt, worum es sich dabei handelte, und Anastasia hatte Lord Blandamer gefragt, ob er einverstanden sei, wenn sie damit weitermache. Der Gedanke gefiel ihm, und so mühte sie sich Abend für Abend ab, sehr gewissenhaft und langsam, wobei sie oft an die einsame alte Lady dachte, deren Hände zuletzt mit derselben Aufgabe beschäftigt gewesen waren. Diese Großmutter ihres Mannes schien die einzige Verwandte gewesen zu sein, zu der er jemals ein vertrautes Verhältnis gehabt hatte, und Anastasias Interesse wurde angeregt durch ein von Lawrence gemaltes Bildnis, das in der langen Galerie hing und sie als junges Mädchen zeigte. Hätte die alte Lady nur noch einmal den Schauplatz ihrer Arbeiten besuchen können, so hätte sie keinen Anlass gehabt, mit ihrer Nachfolgerin unzufrieden zu sein. Anastasia sah durchaus vornehm aus, wie sie da an ihrem Teppichrahmen saß, mit den Knäueln farbiger Seide in ihrem Schoß und dem gewellten dunkelbraunen Haar auf ihrer hohen Stirn; und ein sattgelbes Samtkleid hätte die Illusion genährt, dass das Bildnis einer früheren Lady der Blandamers aus seinem Rahmen herabgestiegen war.

An diesem Abend sagte ihr ihr Instinkt, dass etwas nicht stimmte, trotz aller Selbstbeherrschung ihres Mannes. Etwas sehr Ärgerliches musste sich unter den Stallburschen, Gärtnern, Wildhütern oder anderen Bediensteten zugetragen haben. Er war ausgeritten, um die Sache aus der Welt zu schaffen, und es handelte sich ohne Zweifel um eine Angelegenheit, die er ihr gegenüber nicht erwähnen wollte.

Zweiundzwanzigstes Kapitel

verbrachte einen Tag in quälender Unruhe. Er hatte eine üble Sache angefasst und die Bürde war zu schwer, als dass er sie zu tragen vermochte. Er spürte dieselbe nagende Angst, die jemand hat, den die Ärzte zu einer Operation verurteilt haben, die möglicherweise mit dem Tod endet. Der eine mag sich unter solchen Umständen mutiger betragen als der andere, doch von Natur aus sind alle Menschen Feiglinge und die Gewissheit, dass die Stunde naht, in welcher das Messer des Chirurgen ihn zwingt, einen letzten Kampf um Leben und Tod zu ringen, lässt sich nicht verdrängen. So ging es Westray; er hatte eine Aufgabe übernommen, der er nicht gewachsen war, und lediglich seine hohen Prinzipien und ein Gefühl moralischer Verantwortung verhinderten, dass er panisch wurde und die Flucht ergriff. Am Morgen ging er zur Kirche und bemühte sich, seine Aufmerksamkeit auf die Arbeit zu konzentrieren, doch das Bewusstsein dessen, was ihm bevorstand, wollte nicht weichen. Der Maurermeister sah, dass die Gedanken seines Vorgesetzten immer wieder abschweiften, und bemerkte den abwesenden Ausdruck in seinem Gesicht.

Am Nachmittag nahm seine Unruhe zu und er lief teilnahmslos durch die Straßen und engen Durchschlupfe der Stadt, bis er sich kurz vor Einbruch der Dunkelheit an jener Stelle an den Ufern des Cull wiederfand, wo der Organist am letzten Abend seines Lebens Halt gemacht hatte. Er stand über das Eisengeländer gelehnt da und sah auf den schmutzigen Fluss, genauso wie Mr. Sharnall es getan hatte. Dort schlingerten die Geflechte von dunkelgrünem Entenkraut in den seichten Strudeln hin und her, dort war die schäbige Ansammlung von kaputten und nutzlosen Dingen, die auf dem Grund lagen, und er starrte auf sie, bis die Dunkelheit eins nach dem anderen verhüllte und nur noch das Weiß eines zerbrochenen Tellers unter Wasser flimmerte.

Dann schlich er zurück in sein Zimmer, als ob er ein Verbrecher wäre, und obwohl er frühzeitig zu Bett ging, verwehrte sich ihm der Schlaf, bis der Tag hereinzubrechen begann. Mit dem Morgengrauen fiel er in einen unruhigen Halbschlaf und träumte, dass er sich vor einem überfüllten Gerichtssaal im Zeugenstand befand. In der Anklagebank stand, in vollem Adelsgewand und mit einer Krone auf dem Kopf, Lord Blandamer. Alle Augen waren auf ihn, Westray, gerichtet, voll erbitterter Feindseligkeit und Verachtung, und er war es, Westray, den ein Richter mit strengem Gesicht als einen Verleumder und Lügner verurteilte. Dann trampelten die Leute in den Reihen in ihrer Wut mit den Füßen und johlten gegen ihn, und aus dem Schlaf aufschreckend wusste er, dass es das energische Klopfen des Postmannes an der Haustür war, welches seinen Schlummer unterbrochen hatte.

Als er herunterkam, lag der Brief, den er gefürchtet hatte, auf dem Tisch. Er empfand einen heftigen Widerwillen, ihn zu öffnen. Beinahe wunderte er sich darüber, dass die Handschrift aussah wie immer; es war, als hätte er erwartet, dass die Buchstaben zittrig aussehen würden oder die Tinte blutrot. Lord Blandamer bestätigte dankend den Erhalt von Mr. Westrays Brief. Er würde natürlich gerne das Bild und die Familiendokumente sehen, von denen Mr. Westray sprach; ob Mr. Westray ihm den Gefallen tun würde, das Bild nach Fording zu bringen? Er entschuldigte sich dafür, ihm solche Umstände zu bereiten, aber es gebe da ein anderes Gemälde in der Galerie auf Fording, welches mit dem jüngst entdeckten zu vergleichen sich durchaus als interessant erweisen könnte. Er würde eine Kutsche schicken, die ihn jederzeit vom Zug abholen könne; Mr. Westray würde es ohne Zweifel angenehmer finden, die Nacht auf Fording zu verbringen.

Kein Ausdruck der Überraschung, Neugier, Entrüstung oder Besorgnis lag darin; absolut nichts, außer äußerste Höflichkeit, vielleicht ein wenig distanzierter als sonst, aber auch dies nicht merklich.

Westray war vorab zu keiner einhelligen Vermutung gelangt, welcherart Lord Blandamers Antwort würde sein können. Er hatte an viele Möglichkeiten gedacht, dass der Schwindler fliehen, ihm großzügiges Schweigegeld anbieten, ihn heftig um Vergebung anflehen, alles verächtlich und entrüstet leugnen würde. Doch in all seinen Vorstellungen hatte er zu keiner Zeit mit so etwas gerechnet. Seit er seinen Brief abgeschickt hatte, waren ihm Zweifel gekommen, ob das so klug gewesen war, und dennoch hatte er sich keine andere Vorgehensweise denken können, die ihm lieber gewesen wäre. Er wusste, dass der Schritt, welchen er unternommen hatte, um den Verbrecher zu warnen, eine Donquichotterie* war, und gleichwohl schien es ihm, dass Lord Blandamer ein gewisses Recht darauf hatte, sein eigenes Familienporträt und das Schriftstück zu sehen, ehe diese gegen ihn verwandt werden würden. Es konnte ihm nicht leidtun, dass er Lord Blandamer diese Möglichkeit angeboten hatte, obwohl es natürlich seine Hoffnung gewesen war, dass dieser keinen Gebrauch davon machen würde.

Aber nach Fording würde er nicht gehen. Kein noch so übertrieben hohes Maß an Anständigkeit konnte das von ihm verlangen, das nicht. In diesem Punkt wusste er, was er wollte; er würde sofort antworten, und er nahm einen Bogen Papier für seine abschlägige Antwort hervor. Es war leicht, die Hausnummer und die Straße und Cullerne und das förmliche »Mylord« zu schreiben, welches er erneut als Anrede benutzte. Doch was dann? Welchen Grund sollte er für seine Absage angeben? Er konnte keine geschäftliche Verabredung oder irgendeine andere wichtige Verpflichtung als Hinderungsgrund vorgeben, denn er selber hatte gesagt, dass er eine ganze Woche frei habe, und hatte Lord Blandamer angeboten, für gleich welchen Tag einen Termin zu vereinbaren. Er selber hatte eine Unterredung angeboten; jetzt einen Rückzieher zu machen, wäre höchst unredlich und schändlich. Je länger er an dieses Treffen dachte, umso mehr scheute er sich davor. Doch ließ es sich nun nicht mehr vermeiden. Es war im Grunde der leichteste Teil der Aufgabe, die er sich gestellt hatte, nur eine Einführung in die Tragödie, die er zu Ende zu spielen hatte. Lord Blandamer verdiente ohne Zweifel alles Übel, das über ihn kommen sollte, doch bis dahin war er, Westray, außerstande, einem Mann, der ihm auf Gedeih und Verderb ausgeliefert war, diese kleine Gefälligkeit abzuschlagen.

Dann schrieb er mit sinkendem Mut, aber mit neuer Entschlossenheit, dass er das Gemälde folgenden Tags nach Fording bringen werde. Er bevorzuge es, nicht vom Bahnhof abgeholt zu werden; er werde irgendwann im Laufe des Nachmittags eintreffen, könne jedoch längstens eine Stunde bleiben, da er geschäftehalber noch am selben Abend nach London reisen müsse.

Der nächste Tag war ein schöner Herbsttag, und als sich der Morgennebel verzogen hatte, kam die Sonne überraschend warm heraus und trocknete den Tau auf den Rasen des an Gärten reichen Cullerne. Gegen Mittag brach Westray von seiner Unterkunft in Richtung Bahnhof auf, unter dem Arm trug er das Gemälde, welches leicht in Gitterleisten verpackt war, und in seiner Tasche das aus dem Rahmen gefallene Schriftstück. Er wählte einen Weg durch die Hintergassen und lief zügig, doch als er an Quandrills Laden vorbeikam, dem hiesigen Macher von Büchsen und Angelruten, durchzuckte ihn ein Gedanke. Er blieb stehen und betrat das Geschäft.

»Guten Morgen«, sagte er zu dem Büchsenmacher, der hinter dem Ladentisch stand, »haben Sie irgendwelche Pistolen?

Ich suche eine, die klein genug ist, um sie in die Tasche zu stecken, aber etwas durchschlagkräftiger als ein Spielzeug.«

Mr. Quandrill setzte die Brille ab.

»Ah«, sagte er, wobei er nachdenklich mit ihr auf den Ladentisch klopfte. »Warten Sie mal. Mr. Westray, nicht wahr, der Architekt aus der Kirche?«

»Ja«, antwortete Westray. »Ich benötige eine Pistole für einige Experimente. Sie sollte schon mit einigermaßen großen Kugeln schießen.«

»Oh, ganz recht«, sagte der Mann mit einiger Erleichterung, da Westrays Gelassenheit ihn davon überzeugte, dass er nicht an einen Selbstmord dachte. »Ganz recht, ich verstehe, einige Versuche. Nun, in diesem Falle brauchen Sie wohl keine besonderen Vorrichtungen, um schnell nachladen zu können, nehme ich an, anderenfalls hätte ich Ihnen eine von diesen empfohlen«, und er nahm eine Waffe vom Ladentisch. »Das sind neumodische Dinger aus Amerika, Revolver nennt man sie. Sie können sie viermal hintereinander abfeuern, sehen Sie, so schnell Sie wollen«, und er klickte die Waffe, um zu zeigen, wie gut sie funktionierte.

Westray hantierte mit der Pistole und besah sich die Läufe.

»Ja«, sagte er, »diese würde meinen Zwecken bestens genügen, aber sie ist ziemlich groß, wenn man sie in die Tasche stecken will.«

»Oh, Sie möchten sie in die Tasche stecken«, sagte der Büchsenmacher mit neuerlicher Überraschung in der Stimme.

»Ja, das sagte ich Ihnen doch bereits. Es kann sein, dass ich sie eventuell bei mir tragen muss. Aber ich glaube, diese hier wird gehen. Wären Sie so freundlich, sie jetzt für mich zu laden?«

»Sie sind sicher, dass es ungefährlich ist«, sagte der Büchsenmacher.

»Das müsste ich *Sie* fragen«, entgegnete Westray mit einem Lächeln. »Glauben Sie, dass sie versehentlich in meiner Tasche losgehen könnte?«

»Oh, nein, was das angeht, besteht keine Gefahr«, sagte der Büchsenmacher. »Sie geht nicht los, es sei denn, Sie drücken ab.« Und er lud die vier Läufe, maß vorsichtig das Schießpulver ab und stopfte die Ladepfropfen hinein. »Sie werden mehr Schießpulver brauchen als das, nehme ich an«, sagte er.

»Höchstwahrscheinlich«, erwiderte der Architekt, »aber das kann ich später holen kommen.«

Eine schwere Landdroschke erwartete ihn bei Lytchett, dem kleinen Haltepunkt, der manches Mal von Leuten genutzt wurde, die nach Fording unterwegs waren. Von der Station bis zu dem Haus sind sieben Meilen zu fahren, doch er war so sehr in Gedanken versunken, dass er nichts davon wahrnahm, bis die Kutsche am Eingang des Parks vorfuhr. Hier machte sie einen Augenblick Halt, während der Parkwächter den Riegel zurücklegte, und Westray erinnerte sich im Nachhinein, dass ihm die kunstvolle Eisenverzierung und das benebelte Wappen, welches über den großen Toren angebracht war, aufgefallen waren. Er befand sich nun auf der langen Allee und er wünschte sich, dass sie noch länger gewesen wäre, er wünschte sich, dass sie niemals enden möge; und dann hielt die Droschke erneut an, und vom Pferd herab sprach Lord Blandamer zu ihm durch das Fenster des Wagens.

Eine Sekunde lang herrschte Pause, während die beiden Männer einander direkt in die Augen sahen, und mit diesem Blick war beim einen wie beim anderen jeder Zweifel ausgeräumt. Westray war, als hätte er einen heftigen Schlag abbekommen, als er der nackten Wahrheit ins Auge sah, und Lord Blandamer las Westrays Gedanken und wusste um das Ausmaß seiner Enthüllung.

Lord Blandamer ergriff als Erster das Wort.

»Ich freue mich, Sie wiederzusehen«, sagte er mit ausgesuchter Höflichkeit, »und bin Ihnen für Ihre Mühe sehr verbunden, die Sie auf sich genommen haben, um das Gemälde hierher zu bringen.« Und er blickte flüchtig auf die Lattenkiste, die Westray mit der Hand auf dem gegenüberliegenden Sitz festhielt. »Ich bedaure lediglich, dass Sie mir nicht gestatten wollten, Ihnen eine Kutsche nach Lytchett kommen zu lassen.«

»Ich danke Ihnen«, sagte der Architekt, »aber in der heutigen Angelegenheit zog ich es vor, völlig unabhängig zu sein.« Seine Worte waren kalt und waren auch so gemeint, aber als er des anderen freundliches Gebaren sah und dessen ernstes Gesicht, auf welchem die Traurigkeit wie ein Zauber lag, sah er sich genötigt, die Wirkung seiner Äußerung teilweise abzumildern, und fügte etwas unbeholfen hinzu: »Ich war mir nicht ganz sicher wegen der Züge, müssen Sie wissen.«

»Ich werde über die Weide zurückreiten«, sagte Lord Blandamer, »aber wohl noch vor Ihnen am Haus sein«, und als er davongaloppierte, wusste Westray, dass er ausgesprochen gut reiten konnte.

Dieses Aufeinandertreffen, so vermutete er, war arrangiert gewesen, um die Verlegenheit eines förmlicheren Auftakts zu vermeiden. Es war offensichtlich, dass sie ihren früheren freundschaftlichen Umgang miteinander nicht länger pflegen konnten. Nichts hätte ihn dazu gebracht, ihm die Hand zu geben, und Lord Blandamer musste das wissen.

Als Westray die Vorhalle durch den von Inigo Jones* erbauten ionischen Säulenvorbau* betrat, kam Lord Blandamer durch eine Seitentür herein.

»Sie werden sicher durchgefroren sein nach der langen Fahrt. Mögen Sie nicht einen Keks und ein Glas Wein?«

Westray lehnte die Erfrischung, welche ihm von einem Diener angeboten wurde, mit einem Wink ab.

»Nein, vielen Dank«, sagte er, »ich nehme nichts.« Es war ihm unmöglich, in diesem Haus zu essen oder zu trinken, und doch milderte er seine Worte ein weiteres Mal ab, indem er hinzusetzte: »Ich habe unterwegs etwas gegessen.«

Die Ablehnung des Architekten ließ Lord Blandamer nicht gleichgültig. Er hatte schon bevor er es aussprach gewusst, dass sein Angebot nicht akzeptiert werden würde.

»Ich befürchte, es erübrigt sich, Sie zu bitten, die Nacht bei uns zu verbringen«, sagte er, und Westray hatte sich seine Erwiderung zurechtgelegt: »Nein, ich muss mit dem Zug um fünf nach sieben von Lytchett fahren. Ich habe die Droschke angewiesen zu warten.«

Er hatte den letztmöglichen Zug nach London genannt, und Lord Blandamer erkannte, dass sein Besucher alles so arrangiert hatte, damit die Unterredung sich nicht über eine Stunde hinaus in die Länge ziehen ließ.

»Sie *könnten* natürlich den Nachtpostzug von Cullerne Road nehmen«, sagte er. »Man ist recht lange unterwegs, aber zuweilen fahre ich selbst auf dieser Strecke nach London.«

Seine Worte riefen Westray plötzlich jenen Nachtspaziergang in Erinnerung, als die Stationslichter von Cullerne Road schwach durch den Nebel hindurch zu sehen gewesen waren, und die Geschichte des Stationsvorstehers, dass Lord Blandamer in der Todesnacht des armen Sharnall mit dem Postzug gereist sei. Er sagte nichts, doch fühlte er sich in seiner Entschlossenheit bestärkt.

»Die Galerie wird vielleicht der geeignetste Platz sein, um das Gemälde auszupacken«, sagte Lord Blandamer, und Westray, der dem Verhalten des anderen entnahm, dass dies wohl ein Ort war, an dem sie nicht fürchten mussten, gestört zu werden, pflichtete ihm sofort bei.

Sie gingen, von einem Diener angeführt, der das Gemälde trug, ein paar weitläufige und flache Treppen hinauf.

»Sie müssen nicht warten«, sagte Lord Blandamer zu dem Mann, »wir können es selbst auspacken.«

Als die Verpackung entfernt war, stellten sie das Bild auf den schmalen Sims, welchen der Abschluss des Lambris* formte, mit dem die Galerie verkleidet war, und von der Leinwand betrachtete sie der alte Lord mit durchdringenden hellgrauen Augen, genau denselben Augen wie die seines Enkels, der vor ihm stand.

Lord Blandamer trat ein wenig zurück und besah sich lange das Gesicht dieses Mannes, welcher der Schrecken seiner Kindheit gewesen war, der seine mittleren Lebensjahre verdüstert hatte, der nun aus dem Grab zurückgekehrt zu sein schien, um ihn zugrunde zu richten. Er wusste, dass er sich in einer hoffnungslosen Lage befand. Hier musste er sich zum letzten Gefecht stellen, denn die Entscheidung fiel zwischen ihm und Westray. Niemand sonst war hinter das Geheimnis gekommen. Er kannte Westrays verstiegene Auffassung von Ehrenhaftigkeit und verließ sich ganz auf sie. Westray hatte geschrieben, dass er bis kommenden Montag keine weiteren Schritte unternehmen werde, und Lord Blandamer war davon überzeugt, dass vor diesem Tag niemand davon erfahren würde und dass bisher auch niemand davon erfahren hatte. Wenn Westray zum Schweigen gebracht werden konnte, wäre alles gerettet; wenn Westray redete, wäre alles verloren. Wenn es eine Frage der Waffen gewesen wäre, oder der Körperkraft, so hätte es keinen Zweifel gegeben, wie der Kampf ausgegangen wäre. Das war Westray nun allzu bewusst, und er schämte sich zutiefst wegen der Pistole, welche die Brusttasche auf der Innenseite seines Mantels wölbte. Wäre es zu einem körperlichen Angriff gekommen, so wusste er nun, dass er niemals die Zeit oder die Möglichkeit gehabt hätte, von der Waffe Gebrauch zu machen.

Lord Blandamer hatte den Norden und den Süden, den

Osten und den Westen bereist; er hatte seltsame Dinge gesehen; er hatte um sein Leben gerungen in Kämpfen, aus denen nur einer lebend hervorgehen konnte; aber hier ging es nicht um Fleisch und Blut – er musste den Prinzipien ins Auge sehen, jenen Prinzipien, von denen der Aufschub seines Schicksals abhing; er musste sich der Redlichkeit Westrays stellen, welche sowohl Überredung wie auch Bestechung unmöglich machte. Er hatte dieses Bild noch nie zuvor gesehen und er betrachtete es aufmerksam einige Minuten lang, doch seine Aufmerksamkeit war die ganze Zeit über auf den Mann gerichtet, der neben ihm stand. Dies war seine letzte Chance – er konnte es sich nicht erlauben, einen Fehler zu begehen; und seine Seele, oder wie auch immer man jenen Teil nennen möchte, der ganz gewiss nicht der Körper ist, geriet mit Westrays Seele in einen verzweifelten Kampf um die Vormacht.

Westray sah das Bild nicht zum ersten Mal, und nachdem er es kurz betrachtet hatte, stand er abseits. Die Unterredung wurde sogar noch quälender, als er erwartet hatte. Er vermied es, Lord Blandamer ins Gesicht zu sehen, doch kurz darauf, auf eine leichte Bewegung hin, wandte er sich um und ihre Blicke trafen sich.

»Ja, das ist mein Großvater«, sagte der andere.

Die Worte besagten gar nichts und dennoch war es Westray, als ob ihm plötzlich gegen seinen Willen ein schreckliches Geständnis gemacht würde, als ob Lord Blandamer alles Bemühen zu täuschen aufgegeben hatte und stillschweigend alles zugab, das gegen ihn verwendet werden konnte. Den Architekten beschlich allmählich das Gefühl, dass er nun als ein persönlicher Feind betrachtet wurde, wenn er sich selber auch nie als solchen gesehen hatte. Zwar waren ihm das Gemälde und die Dokumente in die Hände gefallen, doch er wusste, dass sein Pflichtgefühl der einzige Grund war für jeden seiner Schritte, den er unternahm.

»Sie versprachen, mir einige Dokumente zu zeigen«, sagte Lord Blandamer.

Äußerst gequält übergab Westray ihm die Papiere – um deren Inhalt zu wissen, war, als teile er eine gewollte Beleidigung aus. Er wünschte sich sehnlichst, dass er dieses Treffen niemals vorgeschlagen hätte; er hätte alles den zuständigen Behörden übergeben und die Bombe einfach in den Topf fallen lassen sollen. Eine solche Unterredung konnte nur in Verbitterung enden: Ihr augenblickliches Ergebnis war, dass er, Westray, Lord Blandamer hier in dessen Haus Beweise für die Unehelichkeit seines Vaters vorlegte, Beweise dafür, dass er keinen Anspruch auf dieses Haus hatte – weder darauf, noch auf irgendetwas anderes.

Es war ein bitterer Moment für Lord Blandamer, derartige Informationen im Besitz eines jüngeren Mannes zu finden, doch auch wenn er mehr Farbe im Gesicht haben sollte als sonst, bestand seine Selbstbeherrschung die Prüfung und er schob den Groll beiseite. Es blieb keine Zeit, unnütze Dinge zu sagen, es blieb keine Zeit für Emotionen; seine volle Aufmerksamkeit musste auf diesen einen Mann da vor ihm gerichtet sein. Er stand still, schien die Dokumente gründlich zu prüfen, und tatsächlich nahm er den Namen, den Ort und das Datum zur Kenntnis, welche so viele sorgfältige Nachforschungen vergeblich aufzudecken versucht hatten. Doch derweil überlegte er entschlossen den nächsten Zug und gab Westray Zeit, zu denken und zu fühlen. Als er aufsah, trafen sich ihre Blicke erneut, und dieses Mal war es Westray, der errötete.

»Ich nehme an, Sie haben diese Schriftstücke überprüft?«, fragte Lord Blandamer sehr leise.

»Ja«, sagte Westray, und Lord Blandamer gab sie ihm wortlos zurück und ging langsam davon, die Galerie hinunter.

Westray stopfte die Dokumente in seine Tasche, in der

die Pistole den meisten Platz einnahm. Er war froh, sie Lord Blandamers Blicken zu entziehen; er konnte es nicht ertragen, sie in der Hand zu behalten. Es war, als ob ein geschlagener Krieger sein Schwert überhändigt hätte. Mit diesen Dokumenten schien Lord Blandamer seinem Widersacher all das zu überlassen, was er sein Eigen nannte, seine Ländereien, sein Leben, die Ehre dieses Hauses. Er unternahm nichts zu seiner Verteidigung, leugnete nichts, leistete keinen Widerstand und erhob erst recht keinen Einspruch. Westray blieb Herr der Lage und musste tun, was immer er für angemessen erachtete. Diese Tatsache war ihm nun bewusster, als sie es je zuvor gewesen war, es war einzig und allein sein Geheimnis; auf ihm lastete die Verantwortung, es öffentlich zu machen. Stumm stand er vor dem Gemälde, aus dem der alte Lord ihn mit bohrendem Blick ansah. Er hatte nichts zu sagen; er konnte Lord Blandamer nicht nachgehen; er fragte sich, ob dies tatsächlich das Ende der Unterredung war, und ihm wurde ganz unwohl bei dem Gedanken daran, welcher Schritt als nächster erfolgen müsse.

In einigen Metern Entfernung hielt Lord Blandamer im Gehen inne und drehte sich um, und Westray verstand die Bitte, oder den Befehl, ihm zu folgen. Vor dem Bildnis einer Dame blieben sie stehen, doch es war der Rahmen, auf welchen Lord Blandamer die Aufmerksamkeit lenkte, indem er die Hand darauf legte.

»Das war meine Großmutter«, sagte er, »die beiden Bilder waren Gegenstücke. Sie haben eine Größe, die Verzierung auf dem Rahmen ist die gleiche, eine verflochtene Leiste, und das Familienwappen befindet sich an derselben Stelle. Sehen Sie?«, fügte er hinzu, während Westray noch immer schwieg.

Westray musste ein weiteres Mal seinen Blick erwidern.

»Ja, ich sehe es«, sagte er höchst widerstrebend. Nun war ihm klar, dass die ungewöhnliche Verzierung und die Größe des Gemäldes, das in Miss Joliffes Haus hing, seine Identität dem Mann, der vor ihm stand, schon vor Langem verraten haben mussten; dass während all der Besuche, bei denen Pläne für die Kirche begutachtet und besprochen worden waren, Lord Blandamer gewusst haben musste, was sich hinter den Blumen verbarg, dass die sich schlängelnde grüne Raupe in Wirklichkeit ein Balken des benebelten Wappens war. Westray wurde mit Geständnissen überhäuft, die er nicht vergessen konnte und auch nicht bekannt machen. Es drängte ihn, herauszuschreien: »Um Himmels willen, verschweigen Sie mir diese Dinge; liefern Sie mir nicht diese Beweise gegen sich selbst!«

Es entstand eine weitere kurze Pause, und dann wandte Lord Blandamer sich um. Er schien erwartet zu haben, dass Westray es ihm gleichtat, und in einer Stille, die man hätte hören können, gingen sie über den weichen Teppich zurück durch die Galerie. Die Luft war unheilschwanger. Westray hatte das Gefühl zu ersticken. Er hatte die Kontrolle über sich verloren, seine Gedanken versanken in einem entsetzlichen Chaos. Einzig eine Empfindung stach daraus hervor, das Gefühl der alleinigen Verantwortung. Es war nicht etwa so, als füge er pflichtschuldig ein Glied an eine lange Kette anderer Beweise: Die ganze Sache ruhte; sie wieder aufzurühren, wäre allein seine Tat, ganz allein seine. In seinen Ohren klang ein Refrain, ein Vers, den er vor einigen Sonntagen während der Messe in der Kirche von Cullerne gehört hatte: »Bin ich denn Gott, dass ich töten und lebendig machen könnte? Bin ich denn Gott, dass ich töten und lebendig machen könnte?«* Und trotz alledem befahl ihm die Pflicht, voranzuschreiten, und voranschreiten musste er, auch wenn der Ausgang gewiss war: Er würde die Rolle des Henkers spielen.

Der Mann, dessen Schicksal er besiegeln musste, lief still neben ihm, Schritt für Schritt. Wenn er doch nur ein paar Augenblicke für sich hätte, dann könnte er sich wieder fassen. Er blieb, so als würde er es begutachten, vor einem anderen Gemälde stehen, doch Lord Blandamer blieb ebenfalls stehen und sah ihn an. Er wusste, dass Lord Blandamers Blick auf ihm ruhte, doch er weigerte sich, diesen zu erwidern. Es schien, als sei Lord Blandamer aus reiner Höflichkeit stehen geblieben. Mr. Westray könnte ja für eines der Gemälde besonderes Interesse zeigen, und für den Fall, dass er etwas darüber erfahren wollte, so war es die Aufgabe des Gastgebers, dafür zu sorgen, dass er diese Auskunft bekam. Westray blieb noch ein- oder zweimal stehen, doch immer mit demselben Ergebnis. Er wusste nicht, ob er auf Landschaften oder Porträts schaute, doch irgendwie nahm er wahr, dass auf halbem Wege die Galerie hinunter etwas mit dem Gesicht zur Wand auf dem Boden stand, das ein unvollendetes Gemälde zu sein schien.

Außer wenn Westray stehen blieb, sah Lord Blandamer weder nach rechts noch nach links. Er ging, die Hände leicht hinterm Rücken verschränkt, mit auf den Boden gerichtetem Blick, doch tat er keinesfalls so, als hätte er all seine Gedanken aufgegeben. Sein Begleiter schreckte vor jedem Versuch zurück, zu verstehen oder zu ergründen, welcherart diese Gedanken sein konnten, doch bewunderte er, gegen seinen Willen, die beherrschte und entschlossene Haltung. Westray kam sich wie ein Kind an der Seite eines Riesen vor, doch zweifelte er nicht an seiner Pflicht oder daran, sie zu tun. Aber wie schwer dies war! Warum war er so töricht gewesen, sich an dem Gemälde zu schaffen zu machen? Warum hatte er die Schriftstücke gelesen, welche ihm nicht gehörten? Und warum vor allem war er nach Fording gekommen, um seinen Verdacht bestätigt zu wissen? Was ging ihn das an, diese Dinge herauszufinden? Er empfand die ganze unaussprechliche Abneigung, die ein rechtschaffener Mann dagegen hat, die Rolle des Detektivs zu spielen; ja, die tiefste Verachtung für eine noch so geringe Niedertracht wie die, die es einem gestattet, die Handschrift oder den Poststempel von Briefen zu überprüfen, die an jemand anderen adressiert sind. Gleichwohl kannte er das Geheimnis, und nur er – er konnte dieses schreckliche Wissen nicht loswerden.

Das Ende der Galerie war erreicht. Sie machten geschlossen kehrt und gingen langsam, schweigend zurück, und die Zeit verstrich im Fluge. Es war Westray unmöglich, im Augenblick irgendetwas zu überdenken, doch er hatte seine Entscheidung getroffen, noch bevor er nach Fording gekommen war; jetzt musste er es zu Ende führen; es gab nun kein Entrinnen mehr, weder für *ihn* noch für Lord Blandamer. Er würde sein Wort halten. Am Montag, dem Tag, welchen er genannt hatte, würde er reden, wenn er mit der Sprache erst einmal heraus war, würde ihm die Angelegenheit aus den Händen genommen sein. Aber wie sollte er dies dem Mann sagen, der neben ihm herging und schweigend auf sein Urteil harrte? Er konnte ihn nicht im Ungewissen lassen; das wäre grausam und feige. Er musste seine Absicht deutlich machen, aber wie? Mit welchen Worten? Es blieb keine Zeit für Überlegungen; schon liefen sie wieder an dem Gemälde vorbei, das mit dem Gesicht zur Wand stand.

Die Spannung, die undurchdringliche Stille schlug sich auf Westray nieder; er versuchte abermals, seine Gedanken neu zu ordnen, doch sie kreisten einzig und allein um Lord Blandamer. Wie gelassen er schien, mit den Händen hinterm Rücken verschränkt, und es zuckte nicht einmal auch nur ein Finger! Was gedachte *er* zu tun – zu fliehen, oder sich umzubringen, oder seinen Mann zu stehen und seinen Prozess als letzte Chance zu ergreifen? Es würde ein aufsehenerregender Prozess werden. Abscheuliche und unausweichliche Details tauchten vor Westrays geistigem Auge auf: der überfüllte Gerichtssaal voller Neugieriger, wie er ihn im Traum gesehen hatte, mit Lord Blandamer auf der Anklagebank, und dieser letzte Gedanke verursachte ihm Übelkeit. Sein eigener Platz wäre der im Zeugenstand. Ereignisse, welche er zu vergessen wünschte, würden wieder wachgerufen, diskutiert, aufgewühlt werden; er würde in seinem Gedächtnis nach ihnen suchen, sie schildern, sie beschwören müssen. Aber das war noch nicht alles. Er würde über die Vorkommnisse an ebendiesem Nachmittag berichten müssen. Es würde sich nicht vertuschen lassen. Jeder Diener im Hause würde davon wissen, wie er mit einem Gemälde nach Fording gekommen war. Er hörte, wie er zu »jener äußerst außergewöhnlichen Unterredung« ins Kreuzverhör genommen würde. Wie sollte er diese rechtfertigen? Was für ein Vertrauensbruch wäre es, wenn er sich *egal wie* dazu erklärte. Und doch würde er es tun müssen und er würde seine Beweise erbringen unter den Augen von Lord Blandamer auf der Anklagebank. Lord Blandamer würde auf der Anklagebank sitzen und ihn ansehen. Es war unerträglich, unmöglich; eher würde er sich das Leben nehmen, er würde die Pistole, welche seine Tasche wölbte, gegen sich selbst richten.

Lord Blandamer waren Westrays ängstliche Bewegungen, seine Blicke nach rechts und links, als suche er einen Weg zur Flucht, nicht entgangen. Während sie die Galerie auf und ab durchschritten, sah er die zur Faust geballten Hände und den sorgenvollen Blick. Er wusste, dass jedes Stehenbleiben vor einem Gemälde ein Versuch war, ihn abzuschütteln, aber er würde sich nicht abschütteln lassen; Westray spürte die Umklammerung und durfte dabei keine Sekunde Zeit bekommen, um sich Luft zu verschaffen. Er konnte genau sagen, wie die Minuten vergingen, er wusste, worauf zu hören war, und vermochte den fernen Klang einer Standuhr auszumachen, welche die Viertelstunden schlug. Sie waren wieder am Ende der Galerie angelangt. Es blieb keine Zeit, sie noch einmal abzulaufen. Westray musste nun gehen, wenn er seinen Zug erreichen wollte.

Sie blieben vor dem Bildnis des alten Lords stehen. Die Stille hüllte Westray ein, so wie der weiße Nebel ihn eingehüllt hatte in jener Nacht auf seinem Weg nach Cullerne Road. Er wollte etwas sagen, aber sein Kopf war verwirrt, seine Kehle war trocken; er fürchtete den Klang seiner eigenen Stimme.

Lord Blandamer nahm seine Uhr hervor.

»Ich möchte Sie keinesfalls drängen, Mr. Westray«, sagte er, »aber Ihr Zug fährt in etwas über einer Stunde von Lytchett ab. Um zur Bahnstation zu fahren, werden Sie ungefähr diese Zeit brauchen. Soll ich Ihnen dabei behilflich sein, das Gemälde wieder einzupacken?«

Seine Stimme war klar, ruhig und höflich wie an dem Tag, als Westray ihn zum ersten Mal im »Haus Bellevue« getroffen hatte. Das Schweigen war gebrochen und Westray hörte sich überhastet antworten: »Sie haben mich eingeladen, über Nacht hierzubleiben. Ich habe meine Meinung geändert und werde Ihr Angebot annehmen, wenn Sie gestatten.« Er zögerte einen Augenblick und fuhr dann fort: »Ich wäre Ihnen dankbar, wenn Sie das Gemälde und diese Dokumente behielten. Ich weiß jetzt, dass sie mich nichts angehen.«

Er holte die zerknitterten Papiere aus seiner Tasche und hielt sie ihm ohne aufzusehen hin.

Dann schwiegen sie erneut und Westrays Herz stand still – bis nach einer Sekunde, die eine Ewigkeit schien, Lord Blandamer die Dokumente mit einem kurzen »Danke« an sich nahm und ein kleines Stück weiter ans Ende der Galerie ging. Der Architekt lehnte sich gegen die Randeinfassung eines gegenüberliegenden Fensters, und während er hinausblickte, ohne etwas zu sehen, hörte er plötzlich Lord Blandamer zu einem Diener sagen, dass Mr. Westray über Nacht bleibe und man ihnen Wein in die Galerie bringen solle. Nach wenigen Minuten kam der Mann mit einer Karaffe auf einem Tablett zurück, und Lord Blandamer schenkte für Westray und sich selbst ein Glas ein. Wahrscheinlich glaubte er, dass beide etwas in der Art nötig hatten, aber für den anderen war es mehr als das. Westray erinnerte sich, dass er es vor einer Stunde noch abgelehnt hatte, unter diesem Dach etwas zu essen oder zu trinken. Vor einer Stunde – wie sich seine Laune in so kurzer Zeit gewandelt hatte! Wie er Pflicht und Maxime in den Wind geschlagen hatte! Dieses Glas Wein war zweifellos ein wahres Sakrament des Teufels, welches ihn zum Komplizen der Schandtat machte.

Als er das Glas an die Lippen hob, schoss ein schräger Sonnenstrahl durchs Fenster und ließ den Wein rot wie Blut schimmern. Die Trinkenden hielten, die Gläser in Händen, inne, und als sie aufschauten, sahen sie die rote Sonne hinter den Bäumen des Parks untergehen. Dann fing das Bildnis des alten Lords das Abendlicht ein, die grünen Balken des benebelten Wappens tanzten vor Westrays Augen, bis es schien, als wären sie abermals als drei sich schlängelnde Raupen zum Leben erwacht, und die durchdringenden grauen Augen starrten aus dem Gemälde, als beobachteten sie die Aufführung dieser Schlussszene. Lord Blandamer prostete ihm mit vollem Glas zu und Westray erwiderte es ohne zu zögern, denn er hatte seine Loyalität bekundet und hätte Gift getrunken zum Beweis, dass es nun kein Zurück mehr geben sollte.

Aufgrund einer Verabredung war Lady Blandamer an diesem Abend nicht zu Hause. Lord Blandamer hatte sie eigentlich begleiten wollen, hatte ihr jedoch später mitgeteilt, dass Mr. Westray in einer wichtigen Angelegenheit komme, und so war sie allein gegangen. Nur Lord Blandamer und Westray setzten sich zum Abendbrot, und eine fast unmerkliche Verhaltensänderung machte dem Architekten bewusst, dass ihn sein Gastgeber zum ersten Mal seit ihrer Bekanntschaft ganz wie jemanden seines Ranges behandelte. Lord Blandamer hielt eine lockere und geistreiche Konversation im Gange, ohne dabei das Thema Architektur auch nur zu berühren, um gar nicht erst den Eindruck zu erwecken, dass er es zu umgehen versuche. Nach dem Abendbrot führte er Westray hinauf in die Bibliothek, wo er ihm einige alte Bücher zeigte und seine ganze Kunst anwandte, um ihn zu unterhalten und zu entspannen. Für einen kurzen Augenblick war Westray durch das Verhalten des anderen beruhigt und gab sein Bestes, die ihm entgegengebrachte Höflichkeit zu erwidern; doch alles hatte seinen Reiz verloren und er wusste, dass die schwarze Sorge* nur darauf wartete, bis er alleine war, um sich aufs Neue seiner zu bemächtigen.

Ein Wind, der nach Sonnenuntergang aufgefrischt hatte, fing zur Schlafenszeit an, mit ungewohnt heftiger Wucht zu wehen. Die plötzlichen Böen schlugen gegen die Fenster der Bibliothek, bis diese klapperten, und aus dem Kamin wirbelten dicke Rauchwolken in das Zimmer.

»Ich werde noch aufbleiben und auf Lady Blandamer warten«, sagte der Gastgeber, »aber ich nehme an, Sie sehnen sich danach, zu Bett zu gehen«, und Westray, der auf seine Uhr schaute, sah, dass es bereits zehn Minuten vor Mitternacht war.

Als sie durch die Vorhalle und die Treppe hinauf nach oben gingen, hatte das kalte Brausen des Windes noch weiter zugenommen.

»Es ist eine stürmische Nacht«, sagte Lord Blandamer, als er einen Augenblick vor dem Barometer stehen blieb, »aber ich befürchte, es wird noch schlimmer werden. Das Barometer ist außergewöhnlich gefallen. Ich hoffe, der Turm in Cullerne ist gewappnet. Dieser Sturm wird Schwachstellen nicht verschonen.«

»Ich glaube nicht, dass er der Kirche etwas anhaben wird«, antwortete Westray halb abwesend. Wie es schien, konnte er seine Gedanken noch nicht einmal auf seine Arbeit richten.

Sein Schlafzimmer war groß und trotz eines hellen Feuers kalt. Er verriegelte die Tür, zog sich einen Sessel vor den Kamin und saß eine ganze Weile versonnen da. Es war das erste Mal in seinem Leben, dass er mit Bedacht gegen seine innere Überzeugung gehandelt hatte, und nun folgten das Grübeln und die Gewissensbisse, welche untrennbar mit derartigen Momenten verbunden sind.

Gibt es eine Niedergeschlagenheit so tief wie diese? Gibt es eine Nacht so dunkel wie die erste Verfinsterung der Seele, dieses *erste* bewusste Unterdrücken des Gerechtigkeitsgefühls? Er hatte dazu beigetragen, die Wahrheit zu verschleiern, er hatte sich zum Mittäter des Verbrechens eines anderen Mannes gemacht und dadurch seinen moralischen Halt verloren, seine Selbstachtung, sein Selbstvertrauen. Zwar hätte er sich jetzt, selbst wenn er die Möglichkeit dazu gehabt hätte, nicht anders entschieden, gleichwohl wog die Last des Geheimnisses seiner Schuld, das er nun ein ganzes Leben lang bewahren musste, schwer auf ihm. Es musste etwas geschehen, das diese Last von ihm nahm, er musste etwas tun, das seinem gepeinigten Geist Linderung verschaffte. Er befand sich in jener niedergedrückten Stimmung, für deren Heilung das Mittelalter das Kloster bereithielt; er empfand das dringende Bedürfnis der Aufopferung und Entsagung, um sich von einer Schuld reinzuwaschen. Und dann wusste er, welches Opfer er bringen musste: Er musste seine Arbeit in Cullerne aufgeben. Er war heilfroh, dass ihm noch so viel Gewissen geblieben war, dass es ihm dies sagte. Er konnte unmöglich länger mit einer Arbeit fortfahren, für die das Geld von diesem Mann gestiftet wurde. Er würde sein Amt in Cullerne aufgeben, auch auf die Gefahr hin, dass er damit die Bindung an seinen Dienstherrn aufgab, selbst wenn es die Aufgabe seines Lebensunterhalts bedeutete. Ihm war, als sei selbst England nicht groß genug für ihn und für Lord Blandamer. Er durfte den Komplizen seiner Schuld nie wiedersehen; er mochte seinem Blick kein weiteres Mal begegnen, aus Furcht, der Wille des anderen könnte den seinen zu weiterem Unrecht zwingen. Gleich morgen würde er schreiben, um seinen Dienst zu quittieren; das wäre ein angemessenes Opfer, ein klarer Punkt, von dem aus er seinen Weg mühsam würde neu gehen können, ein Wendepunkt, der ihn hoffen ließ, mit der Zeit vielleicht ein gewisses Maß an Selbstachtung und Seelenfrieden wiederzuerlangen. Gleich morgen würde er seinen Dienst quittieren – und dann fuhr ein noch heftigerer Windstoß in die Fenster seines Zimmers, und er dachte an das Gerüst am Turm der Kirche zum Heiligen Grab. Es war eine furchtbare Nacht! Würden die schmächtigen Turmbogen eine solche Nacht überstehen, mit der schwankenden Last des großen Turmes über ihnen? Nein, er konnte morgen nicht kündigen. Sein Posten bliebe unbesetzt. Er musste sich zur Verfügung halten, bis der Turm gesichert wäre, *das* war seine oberste Pflicht. *Danach* würde er sein Amt sofort aufgeben.

Dann ging er zu Bett, und in jenen düsteren Stunden der Nacht, über welche die Vernunft nicht wacht, überkamen ihn Gedanken, die wüster waren als der Wind draußen. Er hatte sich zum Gewährsmann Lord Blandamers gemacht, er hatte dem anderen die Bürde des Verbrechens abgenommen. Er war es, dem das Kainsmal* aufgebrannt worden war, und er musste es stillschweigend vor den Augen aller verbergen. Er musste aus Cullerne fliehen und den Rest seines Lebens allein mit dieser Bürde umherwandern, ein Sündenbock in der Einsamkeit der Wüste.

Im Schlaf lag das Grauen, welches im Finstern lauert, ihm schwer auf der Brust. Er war in der Kirche zum Heiligen

Grab, und von oben aus der Orgelempore tropfte Blut auf ihn herab. Als er hinaufblickte, um herauszufinden, woher es kam, sah er die vier Turmbogen auf sich herabstürzen und ihn zu Staub zermalmen. Er schnellte in seinem Bett hoch und riss ein Streichholz an, um sicherzugehen, dass keine roten Flecken auf ihm waren. Mit Tagesanbruch wurde er ruhiger. Die bösen Träume schwanden, die nackten Tatsachen allerdings blieben: Er war in seiner eigenen Wertschätzung gesunken, er hatte sich in ein böses Geheimnis gedrängt, welches ihn nichts anging, und nun musste er es auf ewig bewahren.

Im Frühstückszimmer traf Westray auf Lady Blandamer. Lord Blandamer hatte sie am vorigen Abend bei ihrer Rückkehr in der Vorhalle empfangen, und obwohl er blass gewesen war, hatte sie, noch ehe ihm ein halbes Dutzend Worte über die Lippen gegangen waren, gewusst, dass die dunkle Wolke der Angst, welche in den vergangenen Tagen drückend über seinem Haupt gelastet hatte, wieder verzogen war. Er hatte ihr berichtet, dass Mr. Westray in einer geschäftlichen Angelegenheit vorbeigekommen sei und sich in Anbetracht des tobenden Sturms hatte überreden lassen, über Nacht zu bleiben. Der Architekt habe ein Gemälde mitgebracht, welches ihm zufällig in die Hände gefallen sei, ein Bildnis des alten Lord Blandamer, das schon seit vielen Jahren auf Fording vermisst werde. Es sei äußerst befriedigend, dass es sich wieder angefunden habe und sie seien Mr. Westray zu großem Dank verpflichtet für die Umstände, welche er diesbezüglich auf sich genommen habe.

Über den Ereignissen der vorangegangenen Tage hatte Westray beinahe vergessen, dass Lady Blandamer existierte, und wenn ihm seit der Entdeckung des Bildes ihr Gesicht erschienen war, so war es das einer Frau gewesen, die schweres Unrecht litt. Doch an diesem Morgen erschien sie mit einem zufrieden strahlenden Blick, der ihn verwunderte und erschaudern ließ, wenn er daran dachte, dass er sie vor nur einem Tag um ein Kleines ins Verderben gestürzt hätte. Die sorgsamere Verköstigung in dem Jahr, welches seit ihrer Heirat vergangen war, hatte ihrem Gesicht und ihrer Figur mehr Weichheit verliehen, ohne dabei der feinen Mimik zu schaden, die ihr stets zu eigen gewesen war. Er wusste, dass sie hier an ihrem Platz war, und wunderte sich nun darüber, dass ihre vornehme Art ihn nicht schon früher auf ihre wahre Geburt hatte schließen lassen. Sie machte ein erfreutes Gesicht, ihn zu sehen, und reichte ihm, ohne jede Spur von Befangenheit, mit einem offenherzigen Lächeln, das ihre frühere Bekanntschaft anerkannte, die Hand. Es erschien unglaublich, dass sie ihm jemals seine Mahlzeiten und Briefe hinaufgebracht hatte.

Sie erwähnte freundlich, dass er ihnen ein bemerkenswertes Familiengemälde zurückgegeben habe, und wechselte ob seiner unerwarteten Verlegenheit das Thema, indem sie fragte, was er von ihrem eigenen Bildnis halte.

»Ich denke, Sie müssten es gestern gesehen haben«, fuhr sie fort, als er nicht zu verstehen schien. »Es ist gerade erst gebracht worden und steht in der langen Galerie auf dem Boden.«

Lord Blandamer sah den Architekten kurz an und antwortete an dessen Stelle, dass Mr. Westray es nicht gesehen habe. Dann erklärte er mit einer Ruhe, die sich auf den ganzen Raum übertrug: »Es war zur Wand gedreht. Es wäre schade, es unaufgehängt und ohne Rahmen zu zeigen. Wir sollten es alsbald rahmen lassen und einen Platz dafür auswählen. Ich denke, wir werden einige Bilder in der Galerie umhängen müssen.«

Er redete von Snyders und Wouverman,* und Westray gab sich aufmerksam, konnte jedoch an nichts anderes denken als an das ungerahmte Gemälde auf dem Boden, welches ihm in der gestrigen Unterredung dazu gedient hatte, das Verstreichen der Zeit zu bemessen. Er glaubte nun, dass es

416

Lord Blandamer selbst gewesen war, der das Bild mit dem Gesicht zur Wand gedreht und sich somit vorsichtig einer Waffe entledigt hatte, die ihm im Kampf wahrscheinlich gute Dienste geleistet hätte. Lord Blandamer musste ganz bewusst darauf verzichtet haben, Erinnerungen zu begünstigen, welche das Bildnis Anastasias bei seinem Widersacher wohl hervorgerufen hätte. *Non tali auxilio nec defensoribus istis.**

Westrays erschöpftes Aussehen blieb seinem Gastgeber nicht verborgen. Der Architekt sah aus, als hätte er die Nacht in einem Zimmer verbracht, in dem es spukte, und Lord Blandamer, der wusste, dass die Bedenken des anderen sich nicht so leicht hatten begraben lassen und wohl auch nicht zur Ruhe kommen würden, war keineswegs überrascht. Er hielt es für angebrachter, die kurze Zeit, welche bis zu Westrays Abreise noch verblieb, nicht im Hause zu verbringen, und schlug einen Spaziergang auf dem Anwesen vor. Der Gärtner, so sagte er, habe berichtet, dass der Sturm der vergangenen Nacht den Bäumen erheblichen Schaden zugefügt habe. Die Spitze der Zeder auf dem Südrasen sei abgebrochen. Lady Blandamer bat darum, sie begleiten zu dürfen, und als sie die Stufen der Terrasse in den Garten hinabgingen, brachte ein Kindermädchen ihr den kleinen Erben.

»Es muss ein Wirbelsturm gewesen sein«, sagte Lord Blandamer. »So plötzlich, wie er aufkam, hat er sich auch wieder gelegt.«

Der Morgen war in der Tat ruhig und sonnig, und im Gegensatz zu dem Getose der vorherigen Nacht erschien er umso schöner. Nach dem Regen war die Luft klar und kühl, doch die Wiesen und Wege waren übersät mit abgebrochenen Ästen und Zweigen und von einem Teppich aus vor ihrer Zeit herabgefallenen Blättern bedeckt.

Lord Blandamer erläuterte die Umgestaltungen, welche er gerade vornahm oder ins Auge fasste, und wies auf die alten

Fischteiche hin, die wieder besetzt werden sollten, auf das Bowlinggreen* und den Damengarten, welcher nach einem altmodischen Entwurf seiner Großmutter angelegt und seit ihrem Tod unverändert erhalten worden war. Westray hatte ihm eine große Gefälligkeit erwiesen, und er würde diese nicht unhöflich in Anspruch nehmen oder gering schätzen. Indem er den Architekten über das Anwesen führte, ihm diesen Ort zeigte, der über so viele Generationen hinweg seinen Vorfahren gehört hatte, von seinen Plänen sprach für eine Zukunft, deren er gerade erst versichert worden war, drückte er in gewisser Weise seinen Dank aus, und Westray wusste dies.

Lady Blandamer war besorgt um Westray. Sie sah, dass er niedergeschlagen war und sich unbehaglich fühlte, und in ihrer Freude darüber, dass die dunkle Wolke über ihrem Mann sich verzogen hatte, wollte sie, dass alle Welt sich mit ihr freue. Und als sie zurück zum Haus gingen, fing sie denn in der Güte ihres Herzens an, über die Kirche von Cullerne zu reden. Sie habe große Lust, sagte sie, die alte Kirche wiederzusehen. Es wäre ihr ein solches Vergnügen, wenn Mr. Westray sie eines Tages einmal herumführen würde. Ob die Restaurierung ihn denn noch sehr lange in Anspruch nehme?

Sie befanden sich auf einem Weg, der zu schmal war, um zu dritt nebeneinander zu gehen. Lord Blandamer hatte sich ein Stück zurückfallen lassen, war jedoch in Hörweite.

Westray antwortete schnell, ohne zu wissen, was er sagen würde. Er sei sich nicht sicher, was die Restaurierungsarbeiten betreffe – das heiße, sie seien keinesfalls abgeschlossen; sie würden in der Tat noch einige Zeit dauern, doch würde er, wie er glaube, dann nicht mehr da sein, um sie zu beaufsichtigen, will sagen, er gebe seinen jetzigen Posten auf.

Er unterbrach sich, und Lady Blandamer wusste, dass sie wiederum ein unliebsames Thema gewählt hatte. Sie ließ es fallen und sagte, sie hoffe, er werde sie wissen lassen, wann er das nächste Mal Muße habe und sie mit einem längeren Besuch beehre.

»Ich befürchte, dies wird mir nicht mehr möglich sein«, sagte Westray, und dann, da er spürte, dass er auf eine wohlgemeinte Einladung eine schroffe und unfreundliche Antwort gegeben hatte, wandte er sich ihr zu und erklärte mit unverkennbarer Aufrichtigkeit, dass er seine Bindung an Farquhar & Farquhar aufgab. Auch dieses Thema ließ sich also nicht weiterführen, und so sagte sie lediglich, dass es ihr leidtue, und ihr Blick bestätigte ihre Worte.

Was er gehört hatte, schmerzte Lord Blandamer. Er kannte Farquhar & Farquhar und wusste um Westrays Stellung und Aussichten – dass er ein gutes Einkommen hatte und eine vielversprechende Zukunft in dem Unternehmen. Dieser Entschluss musste ein sehr plötzlicher gewesen sein, eine Folge der gestrigen Unterredung. Westray wurde wie ein Sündenbock hinaus in die Wüste getrieben, mit der Schuld eines anderen Mannes auf der Stirn geschrieben. Der Architekt war jung und unerfahren. Lord Blandamer wünschte, er hätte in Ruhe mit ihm reden können. Er konnte verstehen, dass es Westray unmöglich erschien, die Restaurierung in Cullerne weiterzuführen, wo alles auf Kosten Lord Blandamers geschah. Aber warum trennte er sich von einem führenden Unternehmen? Warum schützte er nicht schlechte Gesundheit vor, einen Nervenzusammenbruch, jene ärztlichen Anordnungen, welche einen rettenden Ausweg aus den geistigen wie körperlichen Sackgassen boten? Eine archäologische Reise durch Spanien, eine Segelfahrt im Mittelmeer, ein Winter in Ägypten – all diese Dinge wären nach Westrays Geschmack; das Unschuldskraut der Nepenthes* konnte man überall am Wegesrande wachsend finden. Er musste Zerstreuung suchen und vergessen. Er wünschte, er hätte Westray die *Gewissheit* geben können, dass er vergessen würde, oder sich an das Erinnern gewöhnen; dass die Zeit ein verwundetes Gewissen genauso verlässlich heilte, wie sie verwundete Herzen und Fleischwunden heilte; dass Reue das vergänglichste aller Gefühle ist. Aber andererseits wollte Westray womöglich noch gar nicht vergessen. Er hatte all seinen Prinzipien zuwidergehandelt. Es konnte sein, dass er entschlossen war, die Konsequenzen zu tragen wie ein härenes Büßergewand, als der einzige Weg, seine Selbstachtung zurückzugewinnen. Nein, ganz gleich, welche Buße Westray tun würde, ob aus freien Stücken oder unfreiwillig, Lord Blandamer konnte nur stillschweigend zusehen. Sein Ziel war erreicht. Wenn Westray es für nötig hielt, den Preis zu zahlen, so musste man ihn lassen. Lord Blandamer konnte sich weder darüber erkundigen noch etwas dagegen einwenden. Er konnte keine Wiedergutmachung anbieten, denn wie diese auch aussähe, sie würde nicht angenommen werden.

Die kleine Gesellschaft näherte sich dem Haus, als ihnen ein Diener entgegentrat.

»Mylord, da ist jemand aus Cullerne«, sagte er. »Er verlangt unverzüglich Mr. Westray in einer wichtigen geschäftlichen Angelegenheit zu sprechen.«

»Führen Sie ihn in meinen Salon und sagen Sie ihm, dass Mr. Westray gleich bei ihm sein wird.«

Einige Minuten später traf Westray Lord Blandamer in der Vorhalle.

»Leider gibt es schlechte Neuigkeiten aus Cullerne«, sagte der Architekt eilig. »Der Sturm der vergangenen Nacht hat dem Turm schwer zugesetzt. Er ist sehr stark in Bewegung geraten. Ich muss sofort zurück.«

»Tun Sie das unbedingt. Eine Kutsche wartet vor der Tür. Sie können den Zug ab Lytchett nehmen und gegen Mittag in Cullerne sein.«

Der Vorfall war eine Erlösung für Lord Blandamer. Die Aufmerksamkeit des Architekten war nun zweifellos von dem Turm gefangen genommen. Es war gut möglich, dass er das Unschuldskraut, welches am Wegesrande wuchs, bereits gefunden hatte.

Auf dem Beschlag der Kutschentür strahlte das benebelte Wappen. Lady Blandamer hatte mitbekommen, dass ihr Ehemann Westray besondere Aufmerksamkeit gewidmet hatte. Er war stets höflich, aber er hatte diesen Gast behandelt, wie er nur wenige behandelte. Doch nun, im letzten Augenblick, war er verstummt; es kam ihr vor, als hätte er bewusst Abstand genommen. Er hielt die Hände hinter dem Rücken und es schien ihr, als habe diese Pose eine gewisse Bedeutung. Vonseiten Lord Blandamers war es jedoch ein Zeichen der Rücksichtnahme. Bislang hatten beide sich nicht die Hand gegeben. Er wollte Westray keinesfalls dazu drängen, seine Hand zu nehmen, indem er ihm diese vor den Augen seiner Frau und den Dienern bot.

Lady Blandamer spürte, dass etwas vor sich ging, was sie nicht durchschaute, doch sie verabschiedete sich von Westray mit besonderer Liebenswürdigkeit. Sie erwähnte das Gemälde nicht ausdrücklich, sagte jedoch, wie verbunden sie ihm für alles seien, und blickte zur Bestätigung zu Lord Blandamer. Dieser sah Westray an und sagte betont: »Ich denke, Mr. Westray weiß, wie sehr ich seine Großherzigkeit und sein Entgegenkommen schätze.«

Es entstand eine kurze Pause, und dann reichte ihm Westray die Hand. Lord Blandamer schüttelte sie herzlich, und ihre Blicke trafen sich zum letzten Mal.

Dreiundzwanzigstes Kapitel

war am Nachmittag desselben Tages in Cullerne. Er ging in die Kanzlei von Mr. Martelet, dank ersessener Rechte der Familienanwalt derer von Fording, und verweilte eine Stunde mit dem Prinzipal hinter verschlossenen Türen.

Das Haus, in dem der Anwalt seine Kanzlei führte, war eine verfallene Villa am unteren Ende der Stadt. Davor stand noch immer ein Löschhut für Straßenfackeln und über der Tür war ein eiserner Lampenhalter mit lädierten Schnörkeln angebracht. Es war ein heruntergekommenes Haus, doch Mr. Martelet war in der Grafschaft höchst angesehen und es ging das Gerücht, dass hier mehr wichtige Familienangelegenheiten verhandelt wurden als in Carisbury selber. Lord Blandamer saß hinter den staubigen Fenstern.

»Ich denke, ich habe das Ansinnen des Kodizills* verstanden«, sagte der Anwalt. »Ich werde Eurer Lordschaft morgen eine Ausformulierung zukommen lassen.«

»Nein, nein, es ist ganz kurz. Setzen wir es gleich auf«, sagte sein Klient. »Jetzt ist der beste Augenblick. Es kann hier beglaubigt werden. Ihr Kanzleivorsteher ist verschwiegen, wie ich annehme?«

»Mr. Simpkin arbeitet seit dreißig Jahren für mich«, sagte der Anwalt missbilligend, »und ich habe bisher keinen Grund gehabt, an seiner Diskretion zu zweifeln.«

Die Sonne stand tief, als Lord Blandamer die Kanzlei von Mr. Martelet verließ. Seinem langen Schatten vor sich auf dem Trottoir folgend, lief er die sich windende Straße entlang, die zum Marktplatz führte. Über den Häusern in der nahen Ferne erhob sich, rosarot in den Sonnenstrahlen, der große Turm der Kirche zum Heiligen Grab. Welch ein aussterbender Ort war doch dieses Cullerne! Wie menschenleer die Straßen waren! Die Straßen waren zweifellos merkwürdig ausgestorben. Noch nie hatte er sie so verlassen gesehen. Über allem lag Grabesstille. Er nahm seine Uhr hervor. Der kleine Ort wird beim Tee sitzen, dachte er sich und ging leichten Herzens und befreiter, als er sich jemals zuvor in seinem Leben gefühlt hatte, weiter.

Er kam um eine Biegung und sah mit einem Mal eine große Menschenmenge vor sich, zwischen ihm und dem Marktplatz, über den die große Klosterkirche wachte, und er wusste, dass sich dort irgendetwas ereignen musste, was die Leute aus den anderen Vierteln angezogen hatte. Als er näher herankam, sah es aus, als sei die gesamte Stadt dort versammelt. Nicht zu übersehen war der aufgeblasene Kanonikus Parkyn, und bei ihm stand Mrs. Parkyn, und der hoch aufgeschossene Mr. Noot mit den hängenden Schultern. Der wohlgenährte nonkonformistische Pfarrer war da und der freundliche, rundgesichtige katholische Priester. Dort, mitten auf der Straße, stand Joliffe, der Schweineschlachter, in Hemdsärmeln und weißer Schürze; und dort standen Joliffes Frau und seine Töchter, hintereinander auf den Treppenstufen des Ladens, und reckten ihre Hälse in Richtung Marktplatz. Der Postmeister und sein Schalterangestellter sowie zwei Briefträger waren aus dem Postamt gekommen. All die jungen Damen und jungen Herren des Personals aus dem Rose & Storey's waren vor ihrem großen, verlockenden Schaufenster versammelt, und mitten unter ihnen glänzten die hellen Locken von Mr. Storey, dem jüngeren Mitinhaber, selbst. Ein kleines Stück weiter unten stand eine Gruppe von Maurern und Männern, die an der Restaurierung mitarbeiteten, und nicht weit von ihnen, auf seinen Stock gestützt, Küster Janaway.

Viele dieser Leute kannte Lord Blandamer bestens vom Sehen, und es stand dort auch eine große Schar von einfachen Leuten, doch niemand schenkte ihm auch nur die geringste Beachtung.

An der Menschenmenge war irgendetwas sehr merkwürdig. Alle blickten zum Marktplatz und alle Gesichter waren nach oben gerichtet, als beobachteten sie einen Vogelflug. Der Platz war leer und niemand unternahm den Versuch, weiter dorthin vorzudringen; nein, die meisten standen in einer angespannten Haltung da, als wären sie bereit, jederzeit in die andere Richtung davonzulaufen. Doch alle verharrten wie gebannt, sahen nach oben, die Köpfe in Richtung des Marktplatzes gewandt, über den die Kirche zum Heiligen Grab wachte. Kein Schreien, kein Lachen, kein Schwatzen war zu hören, lediglich das aufgeregte Murmeln einer Menge von Leuten, die im Flüsterton sprachen.

Der Einzige, der sich bewegte, war ein Fuhrmann. Er versuchte, sein Gespann und den Karren die Straße hinaufzubekommen, weg vom Marktplatz, doch kam er nur langsam voran, denn die Menge war zu gebannt, um ihm Platz zu machen. Lord Blandamer sprach den Mann an und fragte ihn, was hier vor sich gehe. Der Fuhrmann starrte ihn einen Augenblick lang wie benommen an, dann erkannte er den Fragenden und sagte eilig: »Gehen Sie bloß nicht weiter, Mylord! In Gottes Namen, gehen Sie bloß nicht weiter – der Turm stürzt ein.«

Da geriet auch Lord Blandamer in den Bann, unter dem all die anderen standen. Eine schreckliche Anziehungskraft zog seinen Blick auf den großen Turm, der den Markplatz überblickte. Das Strebewerk* mit seinen breiten Vorsprüngen, die doppelten Fenster der Glockenstube mit ihren durchbrochenen Gittern und dem imposanten spätgotischen Maßwerk, die offene, mit Zinnen bewehrte Brüstung und die in dicht stehenden Gruppen hoch aufragenden Fialen schienen in sanftem Blassrot in der Abendsonne. Sie sahen so schön und wundervoll aus wie an jenem Tage, als Abt Vinnicomb sein vollendetes Werk zum ersten Mal betrachtete und Gott dafür pries, dass es gelungen war.

Doch ungeachtet allen prächtigen äußeren Scheins stimmte an diesem ruhigen Herbstabend irgendetwas mit dem Turm ganz und gar nicht. Die Dohlen wussten es und kreisten in einer wild kreischenden Wolke, mit flimmernden Flügeln in der tief stehenden Sonne flatternd, um ihr altes Zuhause. Und auf der Westseite, der dem Marktplatz zugewandten Seite, stob ein feiner weißer Staub aus hundert Fugen und rieselte dem Sprühnebel einer hohen Schweizer Kaskade gleich in den Kirchhof hinab. Es war der pure Todesschweiß eines Riesen in der Agonie des Sterbens, der Mörtel, der von den einbrechenden Schichten des Mauerwerks zu Pulver gemahlen wurde. Lord Blandamer kam es vor wie der Sand, der durch ein Stundenglas rann.

Dann stöhnte die Menge wie aus einem Munde auf. Einer der Wasserspeier an der Ecke, unter der Brüstung, eine dämonische Figur, die drei Jahrhunderte lang grinsend über dem Kirchhof geragt hatte, riss sich los und stürzte krachend auf die Grabsteine unter sich hinab. Einen Moment lang herrschte Schweigen, und dann setzte das Gemurmel der Zuschauer erneut ein. Alle redeten in kurzen, atemlosen Sätzen, als fürchteten sie, dass der endgültige Einsturz erfolgen würde, bevor sie zu Ende gesprochen hätten. Kirchenvorsteher Joliffe grummelte, mit erwartungsvollen Pausen, etwas von »Gottes Urteil in unserer Mitte«. In Joliffes Pausen versuchte der Pfarrer offenbar, ihn zu widerlegen, indem er auf »die dreizehn, auf die der Turm von Siloah* fiel und sie erschlug« verwies. Eine alte Putzfrau, die Miss Joliffe hin und wieder beschäftigte, rang die Hände mit einem »Ach je, der Arme – der Arme!« Der katholische Priester sagte etwas mit leiser Stimme vor sich hin und bekreuzigte sich in Abständen. Lord Blandamer, der in der Nähe stand, fing ein oder zwei Worte des Gebets für den Sterbenden auf, »Proficiscere« und »liliata rutilantium«,* das zeigte, wie Abt

Vinnicombs Turm in den Herzen derer lebte, die in seinem Schatten verweilten.

Und die ganze Zeit über quoll der weiße Staub weiter aus der Seite des versehrten Bauwerks hervor; der Sand des Stundenglases rann zusehends dahin.

Der Maurermeister sah Lord Blandamer und begab sich zu ihm hin.

»Der Sturm letzte Nacht ist schuld, Mylord«, sagte er. »Als wir heute morgen ankamen, wussten wir, dass die Sache brisant ist. Mr. Westray ist seit Mittag oben im Turm gewesen, um zu sehen, ob es irgendwas gibt, das man tun könnte, aber vor zwanzig Minuten kam er plötzlich in die Glockenstube und rief uns zu: ›Seht zu, dass ihr rauskommt, Leute – macht schnell, rettet euer Leben, jetzt ist alles aus.‹ Das Fundament geht auseinander. Man kann sehen, wie die Grundmauern sich verschoben und die Gräber auf der Nordseite hochgetrieben haben.« Und er wies auf einen unförmigen Haufen aus Torf und Grabsteinen und Kirchhoferde am Fuße des Turms.

»Wo ist Mr. Westray?«, sagte Lord Blandamer. »Bitten Sie ihn, sich kurz mit mir zu unterhalten.«

Er blickte sich nach dem Architekten um. Er wunderte sich nun, dass er ihn in der Menge nicht gesehen hatte. Die Leute, die in der Nähe standen, hatten die Worte Lord Blandamers gehört. Die Cullerner betrachteten den Herrn von Fording als beinahe allmächtig. Wenn er dem Turm schon nicht zu gebieten vermochte, augenblicklich stillzustehen, so wie Josua der Sonne in Ajalon,* und nicht einzustürzen, so hatte er doch gewiss einen klugen Plan für den Architekten zur Hand, mit welchem das große Unglück womöglich abzuwenden war. Wo der Architekt sei, fragten sie ungeduldig. Warum war er nicht zur Stelle, wenn Lord Blandamer ihn brauchte? Wo steckte er bloß? Und binnen Kurzem war Westrays Name in aller Munde.

Und just in diesem Augenblick hörte man vom Turm her

eine Stimme, die durch die Schallbretter der Glockenstubenfenster drang, ganz klar und vernehmlich, obwohl sie von so weit oben kam, inmitten des Gekreischs der Dohlen. Es war Westrays Stimme: »Ich sitze in der Glockenstube fest«, rief sie, »die Tür ist versperrt. In Gottes Namen! Jemand muss ein Stemmeisen holen und die Tür aufbrechen!«

In den Worten lag eine Verzweiflung, die jenen, die sie hörten, einen Schauder des Entsetzens einflößte. Die Leute in der Menge starrten einander an. Der Maurermeister wischte sich den Schweiß von der Stirn; er dachte an seine Frau und Kinder. Dann trat der katholische Priester vor.

»Ich werde gehen«, sagte er, »ich habe für niemanden zu sorgen.«

Lord Blandamer war mit seinen Gedanken woanders gewesen; bei den Worten des Priesters erwachte er aus seinen Träumereien.

»Unsinn!«, sagte er, »ich bin jünger als Sie und kenne die Treppe. Geben Sie mir ein Brecheisen.« Einer der Bauleute reichte ihm verschämt ein Brecheisen. Lord Blandamer nahm es und rannte schnell zur Kirche hinüber.

Der Maurermeister rief ihm hinterher: »Es ist nur noch eine Tür offen, Mylord – eine kleine Tür bei der Orgel.«

»Ja, ich kenne die Tür«, rief Lord Blandamer, als er um die Kirche verschwand.

Wenige Minuten später hatte er die Tür der Glockenstube aufgebrochen. Er zog sie zu sich auf und stand dahinter auf den höheren Stufen, um die Treppe nach unten für Westrays Flucht frei zu halten. Die Blicke der beiden Männer trafen sich nicht, denn Lord Blandamer war von der Tür verdeckt, aber Westray war ganz überwältigt, als er dem anderen für seine Rettung dankte.

»Laufen Sie um Ihr Leben!«, war alles, was Lord Blandamer sagte, »Sie sind noch nicht gerettet.«

Der Jüngere stürzte Hals über Kopf die Stufen hinunter, und dann drückte Lord Blandamer die Tür zu und folgte mit ebenso wenig Eile oder Aufregung, als stiege er gerade von einer seiner vielen Besichtigungen der Restaurierungsarbeiten nach unten.

Als Westray durch die große Kirche rannte, musste er durch einen Haufen Mörtel und Trümmer hindurch, der auf dem Fußboden lag. Die Schildmauer* über dem Gewölbe des südlichen Querschiffs war heruntergekommen, und bei ihrem Einsturz hatte sie den Boden zu den darunterliegenden Grüften durchbrochen. Über ihm hatte sich der unheilvolle alte Riss, der wie ein schwarzer Blitz aussah, zu einem höhlenartigen Spalt erweitert. Die Kirche war erfüllt von grauenerregenden Stimmen, seltsamem Wehklagen und Stöhnen, als beweinten die Geister all der dahingeschiedenen Mönche die Zerstörung von Abt Vinnicombs Turm. Dumpf rumorten die berstenden Steine und das krachende Holz, doch über alles hinweg hörte der Architekt den Ruf der Kreuzbogen: »Der Bogen schläft nie, schläft nie. Man hat uns eine Last aufgebürdet, die zu schwer zu tragen ist, wir verschieben sie. Der Bogen schläft nie.«

Draußen auf dem Marktplatz hielten die Leute den Atem an, und der dichte weiße Staub drang noch immer aus der Seite des verwundeten Turms. Es war sechs Uhr – die vier Viertelschläge erklangen, und es läutete zur vollen Stunde. Noch bevor der letzte Schlag verklungen war, rannte Westray heraus und über den Platz, doch die Leute sparten ihren Beifall noch auf, bis auch Lord Blandamer gerettet wäre. Das Glockengeläut begann so ungetrübt und fröhlich wie an tausend anderen heiteren und sonnigen Abenden »Bermondsey« zu spielen.

428

Und dann brach die Melodie ab. Ein Missklang ertönte, ein tiefes Stöhnen der Taylor John und ein schriller Schrei der Beata Maria, ein Brüllen wie aus einer Kanone, eine Erschütterung wie ein Erdbeben, und eine weiße Staubwolke verbarg vor den Zuschauern die Trümmer des eingestürzten Turms.

Epilog

AM SELBEN ABEND SEGELTE
Kapitänleutnant Ennefer, Mitglied der Königlichen Marine,
auf der Korvette »Solebay« den Kanal hinunter mit Kurs auf
China Station.* Er war mit der zweiten Miss Bulteel verlobt
und schwenkte, als er vorüberfuhr, sein Fernglas auf die alte
Stadt, wo seine Verlobte weilte. Und an diesem Tag trug er
ins Logbuch ein, dass der Glockenturm von Cullerne nicht
zu sehen war, obwohl klare Sicht herrschte und das Schiff nur
sechs Meilen von der Küste entfernt segelte. Er putzte sein
Fernglas und rief einige andere Offiziere herbei, damit sie
das Fehlen des alten Seezeichens bestätigten, doch alles, was
sie erkennen konnten, war eine weiße Wolke, die über der
Stadt hängender Rauch oder Staub oder Nebel sein mochte.
Es musste Nebel sein, sagten sie; irgendwelche ungewöhnlichen Witterungsverhältnisse mussten den Turm unsichtbar
gemacht haben.

Erst viele Monate später erfuhr Kapitänleutnant Ennefer
von dem Unglück, und als er vier Jahre danach auf seiner
Rückreise den Kanal wieder hinaufkam, war das alte See-
zeichen unverkennbar wieder da, ein wenig weißer, aber noch
immer derselbe alte Turm. Er war auf alleinige Kosten der
Lady Blandamer wieder aufgebaut worden, und in seinem
Untergewölbe gab es eine Messingtafel zum Gedenken an
Horatio Sebastian Fynes, Lord Blandamer, der an diesem Ort
sein Leben verlor, während er das von anderen rettete.

Mit dem Wiederaufbau war Mr. Edward Westray betraut
worden, den Lord Blandamer in einem Testamentsnachtrag,
den er nur wenige Stunden vor seinem Tode diktiert hatte,
zum Vertrauensmann von Lady Blandamer und zum Vor-
mund des jungen Erben gemacht hatte.

3 Uhr »Neuer Sonntag«

9 Uhr »Sheldon«

12 Uhr »Berg Ephraim«

434

Anmerkungen

7   *Baronet:* in England die unterste Stufe des Hochadels mit dem Titel »Sir« vor dem Taufnamen, entstanden 1612 unter Jakob I.

    »Gesellschaft-zur-Erhaltung-des-Nationalerbes«: (»Society-for-the-Conservation-of-National-Inheritances«) Es handelt sich um eine Anspielung auf die »Society for the Protection of Ancient Buildings«, die gegründet worden war, nachdem William Morris (1834–1896), empört über die Restaurierungsarbeiten in Burford, Lichfield und Tewkesbury, in einem offenen Brief an die Zeitschrift »The Athenaeum« im März 1877 die Architekten abgesehen von wenigen Ausnahmen als »hoffnungslos« bezeichnet hatte.

    Armarium: Wandnische neben dem Altar zur Aufbewahrung von Hostien, Reliquien und Sakramentalien in katholischen Kirchen

    Abakus: obere Platte auf dem Säulenkapitell

8   *sich so gut wie möglich zu schlagen:* Im Englischen wörtlich: »It isn't a very profitable stewardship, so try to give as good an account of it as you can«, was auf die Bibelstelle anspielt: »Lege die Rechnung von deiner Verwaltung ab! Denn du wirst nicht mehr Verwalter sein können« (Lukas 16,2).

11   *Lady Godiva:* Gemeint ist die Gemahlin des Grafen Leofrik von Mercia. Im 11. Jahrhundert hatte ihr Gemahl der Stadt Coventry eine schwere Buße aufgelegt; Godiva tat Fürsprache für die Bürger und Leofrik sagte Erleichterung zu, falls Godiva nackt durch die Stadt ritte. Sie tat es, nachdem der Magistrat den Bürgern bei Todesstrafe verboten hatte, sich auf der Straße oder an den Fenstern sehen zu lassen. Ein Bäcker ließ sich doch verleiten, durch das Fenster zu spähen, und erblindete sogleich.

12   *Kanonikus:* ein Chorherr, Kapitelherr, Stiftsherr, dem ein bestimmtes Einkommen vonseiten einer Stiftskirche gewährt wird und der zur Verrichtung des Gottesdienstes in derselben bestimmt ist.

15   *Laterne:* der obere durchbrochene Teil des Turmdaches

    »Der Bogen schläft nie«: altes hinduistisches Sprichwort, von James Ferguson zitiert in: »History of Indian and Eastern Architecture«, London: John Murray, 1876, S. 210.

    Ossa und Pelion: Bekannt ist der Mythos, dass die Giganten die Berge Ossa und Pelion aufeinandertürmten, um den Himmel zu stürmen; sie wurden jedoch von Zeus besiegt. Aus Homers »Odyssee« (XI,305–320) stammt die sprichwörtliche Redensart »Den Pelion auf den Ossa stülpen wollen« für ein gewaltiges, gleichsam Himmel und Erde bewegendes Beginnen.

16   *en route:* unterwegs

18   *halbe Krone:* (eine Halfcrown, veraltet) Wert = 2 Shilling 6 Pence; 1 Krone = 5 Shilling = 60 Pence

20   *drei Faden:* seemännisches Längenmaß; ein Faden entspricht etwa 6 Fuß.

21   *Perpendikularstil:* Die Engländer teilen die Entwicklung ihrer Gotik gewöhnlich in drei Perioden: »early English style« (frühenglisch, 13. Jahrhundert), »decorated style« (der verzierte Stil, 14. Jahrhundert; Hauptwerk ist die Fassade der Kathedrale zu York) und »perpendicular style« (der Perpendikularstil, 15. und 16. Jahrhundert; durch ein Vorherrschen senkrechter Linien gekennzeichnet).

Mittelpfosten: Profil aufweisende, das sogenannte Stabwerk bildende Pfosten an gotischen Fenstern, die diese vertikal unterteilen und das Maßwerk tragen.

Maßwerk: ein aus geometrischen Formen gebildetes Ornament an gotischen Bauwerken, das der Ausgestaltung von Fensterbogen dient.

Nase: vorspringende Spitze des gotischen Maßwerks; die Stelle, wo zwei Bogen (Pässe) des Maßwerks sich vereinen.

22   *benebelten Wappen:* Im Englischen (»nebuly coat«). In der Heraldik zählen zu den Wolken auch die »doppelt krausen Wolken« oder »Nebel«, daher der veraltete Begriff »benebelt« (heute »doppelt gewolkt«) für »im Nebel- oder doppelten Wolkenschnitt geteilt«; vgl. dazu Curt O. von Querfurths »Kritisches Wörterbuch der Heraldischen Terminologie« aus dem Jahr 1872, S. 6 u. 175.

23   *nebulum, nebulus:* Richtig wäre hier »nebula« (»Dunst, Nebel, Wolke«); das Latein des Pfarrers, nicht Falkners, lässt also zu wünschen übrig, worüber sich der Organist an späterer Stelle noch einmal auslässt.

25   *Father Smith:* Beiname von Bernard Smith (Bernhard Schmidt, 1630–1708), einem deutscher Orgelbauer, der 1660 nach England emigrierte und dort 1681 zum Orgelbauer des Königs berufen wurde. Sein hohes Ansehen führte dazu, dass er noch zu Lebzeiten als »Father« gerühmt wurde.

27   *Votivkapelle:* einem Heiligen aufgrund eines Gelübdes gestiftete Kapelle

28   *»Oh, führ' mich heim zu meinen Lieben«:* »Oh, take me back to those I love! / Or bring them here to me! / I have no heart to rove, to rove / Across the rolling sea«; in seiner Autobiografie »My world as in my time« (1932) schreibt der englische Poet und Historiker Sir Henry John Newbolt (1862–1938), dass Falkner vermutlich selbst einige der schönsten Volkslieder verfasste bzw. überarbeitete und diese Älteren und Kindern beibrachte, damit sie später von Antiquaren wiederentdeckt würden.

29   *Ikabod:* »Die Herrlichkeit ist dahin« (1. Samuel 4,21)

31   *Ortolanen:* Die Vögel (auch Garten- oder Fettammer genannt) sind wegen ihrer Fettigkeit sehr wohlschmeckend und gelten als Delikatesse.

33   *Wasserpresse:* Anblasemechanismus, bei dem die Luft durch Pumpen geschöpft und in die Windlade der Orgel hinaufgetrieben wird.

34   *Hochzeitsmarsch:* Marsch von Felix Mendelssohn-Bartholdy aus der Ouvertüre zu »Ein Sommernachtstraum« (Op. 61, 1843)
       Vierte Orgelsonate: aus Felix Mendelssohn-Bartholdys »Sechs Sonaten für Orgel« (Op. 65, 1844–45)

35   *Euphemia:* griechischer weiblicher Vorname: »die in gutem Ruf Stehende«
       Wie-kommt-Saul-unter-die-Propheten-Blick: »Was ist dem Sohn des Kis geschehen? Ist Saul auch unter den Propheten?« (1. Samuel 10,11); Ausdruck des Erstaunens über etwas völlig Unerwartetes.

37   *Pisga:* nordwestlicher Teil des Gebirges Abarim östlich vom Toten Meer, von dessen Gipfel Nebo aus Moses das Gelobte Land überschaute (5. Moses 3,27; 34,1–4).

40   *Kette:* in der Jägersprache eine Familie von Rebhühnern

41   *Bursaseide:* nach der gleichnamigen türkischen Stadt, die im 15. Jahrhundert Zentrum des Handels mit Seide wurde und im 17. Jahrhundert für ihre Seidenstoffe berühmt war.
       Stereoskop: optisches Instrument, das zwei ebene Bilder desselben Gegenstandes derart kombiniert, dass der Beschauer den Eindruck eines körperlichen Gegenstandes erhält.

48   *Arpeggien:* gebrochene Akkorde, deren einzelne Töne hintereinander statt zugleich angeschlagen werden.

50   *»Pastorale«:* Beethovens D-Dur-Sonate Op. 28

    »Les Adieux«: Beethovens Es-Dur-Sonate Op. 81a mit dem Titel »Les adieux, l'absence et le retour«

    Eckfialen: Fialen sind schlanke gotische Türmchen auf Strebepfeilern; auf dem meist verzierten Schaft sitzt der mit Krabben (Blumenelementen) besetzte pyramidenförmige Teil, Helm oder Riese genannt, den wiederum eine Kreuzblume krönt; siehe auch Anmerkung zu »Krabben und Kreuzblumen (S. 103)«.

51   *Kind des Lichts:* »Wandelt wie die Kinder des Lichts, die Frucht des Geistes ist allerlei Gütigkeit und Gerechtigkeit und Wahrheit« (Epheser 5,9).

54   *Triforium:* eine in gotischen Kirchen in der Dicke der Mittelschiffmauer herumgeführte, auf kleinen Säulen ruhende Galerie, die anfangs wirklich nach außen geöffnet, später zu rein dekorativem Zweck auf die äußere Mauerfläche aufgesetzt war.

    Lichtgaden: in basilikaförmigen Kirchen der mit einer Reihe von Fensteröffnungen versehene Oberteil der Mauern des Mittelschiffes, auch Obergaden genannt.

    Lettner: in den Kirchen des romanischen Baustils aus den früheren und einfacheren Altar- bzw. Chorschranken zwischen Chor und Mittelschiff entwickelte monumentale Scheidewand mit Durchgangstüren, die besonders im Hochmittelalter als architektonische Trennung des Chors für den Klerus vom übrigen Raum für die Laien diente.

55   *Lanzettfenster:* schmale, hohe Fenster mit einem Spitzbogen als oberem Abschluss, häufig in Zweier- oder Dreiergruppen angeordnet; ein Charakteristikum der frühenglischen Gotik.

    Überschlaggesims: stufiger Vorsprung, der dem Abfließen von Regenwasser dient.

    Purbeckmarmor: ein hochwertiges Gestein von der Isle of Purbeck, das besonders in ornamentaler Architektur Verwendung fand.

    Kapitell: das oberste, plastisch ausladende Ende bei Säulen, Pfeilern oder Pilastern, das ein Zwischenglied zwischen Last und Stütze darstellt.

    Laubwerk: Verzierung in Form von (stilisierten) Blattformen an Kapitellen, Konsolen o. Ä.

    Dienst: in der gotischen Architektur Bezeichnung für Säulen, die Wänden oder Pfeilern vorgelegt sind und einesteils der Wandgliederung dienen, andererseits aber auch den Gewölbeschub ableiten. Die großen Dienste (»alte Dienste«) tragen die Gurt- und Schildbogen, die schmäleren »jungen Dienste« die Rippen des Gewölbes.

    Rekrutensonntag: (»Militia Sunday«) Einmal jährlich, an einem Sonntagmorgen, wurde an der Kirchentür ein Rekrutenliste ausgehängt, auf der die Namen jener standen, die für die Miliz ausgelost worden waren. Jeder Milizsoldat (17 bis 45 Jahre) musste in Großbritannien fünf Jahre dienen und wurde durch das Los bestimmt; nur Peers, Soldaten, Mitglieder der Universitäten, Schullehrer, Beamte, Lehrlinge, Seeleute und Arme, die mehr als ein Kind hatten, waren vom Dienst ausgenommen. Ersatzmänner zu stellen war erlaubt.

Baldachine: steinerne Prunkdächer (auch aus Holz), oft über Statuenschmuck, an Portalen, Pfeilern, Säulen, Altären und Kanzeln, die v. a. aus der gotischen Baukunst bekannt sind.

59   *Downs:* niedrige, kahle Hügelkette längs der Südküste von England

65   *Steuereinnehmer:* derjenige, der dazu verordnet ist, in einer Gegend die Steuer einzunehmen und dem Landesherrn zu berechnen sowie Verstöße gegen das Steuergesetz zu verhindern bzw. zu ahnden.

66   *Sovereigns:* 1 Sovereign = 1 Pfund = 20 Shilling

68   *Aronsstäben:* Aronsstab, meist in Laubwäldern wachsende Pflanze mit giftigen roten Beeren

74   *äußerlich sichtbares Kennzeichen:* »Frage: Was verstehst Du unter dem Worte Sakrament? Antwort: Es ist ein äußerliches sichtbares Kennzeichen von einer innerlichen und geistigen Gnade ...« (Book of Common Prayer, Katechismus).

75   *Rinder-Consommé:* eine Kraftbrühe aus abgebratenem Rindfleisch mit Zusatz von Gemüse

76   *ein volles ... überfließendes Maß:* »Gebt, so wird euch gegeben. Ein volles, gedrücktes, gerütteltes und überfließendes Maß wird man in euren Schoß geben; denn eben mit dem Maß, mit dem ihr messt, wird man euch wieder messen« (Lukas 6,38).

77   *den Peinigern die andere Wange auch noch hinhalten zu sollen:* »Ich aber sage euch, dass ihr nicht widerstreben sollt dem Übel, sondern: wenn dich jemand auf deine rechte Backe schlägt, dem biete die andere auch dar« (Matthäus 5,39).

86   *Baxter-Heilige:* bezieht sich auf die von Richard Baxter (1615–1691) gelehrte Frömmigkeit, den Baxterianismus, in England der gemäßigte evangelisch-reformierte Glaube; am berühmtesten ist Baxters Schrift »Die ewige Ruhe der Heiligen« (»The Saints' Everlasting Rest«) aus dem Jahre 1650.

Summa Angelica: von Angelus de Clavasio (1411–1495) verfasstes und erstmals im Jahre 1486 ediertes, nach Schlagworten alphabetisch geordnetes Kompendium für Geistliche. Martin Luther nannte den »Beichtspiegel« ein »Teufelswerk« und warf bei seiner Bücherverbrennung 1517 in Wittenberg ein derartiges Exemplar ins Feuer.

Vendetur? utrum vendetur an non?: wörtlich: »Wird es verkauft? Wird es verkauft oder nicht?«

87   *Beza:* Theodor Beza (de Bèze), geb. zu Vezelay in Burgund (1519–1605), begann 1535 in Orleans Rechtswissenschaften zu studieren, was er aufgab, um nach Paris zu gehen und Gedichte zu schreiben. Nach einer ausschweifenden Zeit schwor er 1548 dem katholischen Glauben ab und ging nach Genf, wo er Professor der Theologie und Mitglied der Akademie wurde. 1564, nach dem Tod Calvins, ersetzte er diesen und wurde Anführer der schweizerischen Calvinisten. Als seine bekannteste Schrift gilt die »Confessio christianae fidei et collatio cum papisticis haeresibus«, die er 1560 schrieb.

Contentus esto, Paule mi, lasciva, Paule, pagina: wörtlich etwa: »Begnüge dich, mein Freund, Paul, mit dieser unanständigen Seite«; Zitat aus dem »Cento nuptialis« des Dichters Ausonius.

»Es geht ein Bi-Ba-Butzemann«: ein beliebtes Kinder-Kreis-Spiel, dessen Text Jacob Grimm zu der von Brentano und Arnim 1805 herausgegebenen Volksliedersammlung »Des Knaben Wunderhorn« beigesteuert hat; im Originaltext bei Falkner »Pop goes the weasel«: ein traditionelles englisches Kinderlied und Singspiel (entstanden um 1841).

438

88 *Dorcas-Treffen:* Zusammenkünfte der Dorcas-Gesellschaft, einer kirchlichen Vereinigung von Frauen, auf denen meist Kleider zur Verteilung an die Armen genäht wurden. Aus der Bibel ist Dorcas als eine sehr wohltätige christliche Witwe in Joppe bekannt. Es handelt sich um die griechische Version des Namens Tabita (Tabea); Tabita wurde vom Apostel Petrus vom Tode erweckt (Apostelgeschichte 9,36–43).

92 *Spellman:* vermutlich ein Verweis auf Sir Henry Spelmans »The History and Fate of Sacrilege discover'd by example«, Erstveröffentlichung 1698; eine aktualisierte Ausgabe brachte C. F. S. Warren 1895 heraus.
Für Kirchenland ... in alle Ewigkeit: die letzten vier Zeilen aus dem Gedicht »The Dissolution of the Religious Houses. A D. 1536« von J. M. Neale (1118–1866) in seiner Balladensammlung »A Mirror of Faith: Lays and Legends of the Church in England« (1845); Falkner gibt diese leicht verändert wieder: »For godless hands have Abbey lands / such fate decreed in store: / Such is the heritage that waits / Church robbers evermore!«

93 *Subprior:* der Stellvertreter des Priors, welcher wiederum dem Abt des Mönchsklosters untersteht.
Sergen: seidene, halbseidene oder kammwollene fünf- und siebenbindige Atlasgewebe

94 *»Deus qui beatum Nicolaum ...«:* Der Gebetstext folgt dem »Breviarium ad Usum Insignis Ecclesiae Sarum«, 3. Bd. (1886), col. 25, »Ad Vesperas«, hg. von Francis Procter und Christopher Wordsworth. 3 Bände. Cambridge: Cambridge University Press, 1879–1896; ebenso der Wechselgesang zwischen dem Zelebranten und den Mönchen; vgl. 2. Bd. (1879), col. 418, »In tertio Nocturno«.

97 *Hausfrau bei Homer:* Gemeint ist Euryclea, die treue Schaffnerin. »Und die ehrbare Schaffnerin kam, und tischte das Brot auf, / Und der Gerichte viel aus ihrem gesammelten Vorrat« (Odyssee 1,140).

97 *Abstrakten:* Abstrakte; Teile der Orgel, welche die Tasten mit den Pfeifenventilen verbinden.

98 *Sankt Lukas' kleiner Sommer:* Wärmerückfall im Spätherbst um den St. Lukastag (18. Oktober); ähnlich dem Martinssommer um den St. Martinstag (10. November).
Cantoris-Seite: Der Chor steht sich im Gestühl gegenüber, aufgeteilt in die Cantoris-Seite (von wo aus der Kantor singt) und die Decani-Seite (wo der Dekan seinen Platz hat).
»Aldrich in G«: Henry Aldrich (1648–1710) wurde 1689 Dekan des Christ-Church-College, des größten im gotischen, Stil gebauten Colleges der Universität Oxford, und ist wohl einer der unbekanntesten, jedoch faszinierendsten Komponisten Englands. Zudem war er als Politiker, Schriftsteller und Architekt tätig und hatte nebenbei Zeit für das Sammeln, Herausgeben und Arrangieren von Noten. Seine »Messe in G« wird gelegentlich noch zu Abendandachten gespielt.
»Magnificat«: der mit den Worten »Magnificat anima mea Dominum« (»Meine Seele erhebet den Herrn«) anhebende Lobgesang Marias (Lukas 1,46–55)

99 *Buch der Weisheit:* apokryphes Buch des Alten Testaments (auch Weisheit Salomos oder Der Prediger Salomo)
ein Kapitel aus dem Buch Jesaja: Das 5. Kapitel aus dem Buch Jesaja eignet sich

dank seiner »Weherufe wegen Sünden – Drohendes Gericht durch einen furchtbaren Feind« (Jesaja 5,8–30) bestens, um in eindringlichem, pathetischem Ton vorgetragen zu werden.

Apokryphen: nicht in den Bibelkanon aufgenommene, den biblischen Büchern sehr ähnliche Schriften; diese sind von der katholischen Kirche größtenteils kanonisiert worden und finden sich in der lateinischen Vulgata integriert. Luther verlegte sie in den Anhang seiner Bibelübersetzung und stufte sie als geringwertig ein.

Hornstoß des Paladins: wohl eine Anspielung Falkners auf das grimmsche Märchen »Dornröschen«, in welchem der Zauber des hundertjährigen Schlafes allerdings durch den Kuss eines Prinzen gebrochen wird.

101 *»Und wird über sie brausen … über jenen«:* Jesaja 5,30

103 *Krabben und Kreuzblumen:* Krabben sind an Kanten von Giebeln, Fialen o. Ä. als Verzierung eingemeißelte Ornamente in Form von emporrankendem Blattwerk; Kreuzblumen sind aus kreuzförmig angeordnetem Blattwerk bestehende Krönungen gotischer Türme, Fialen und frei stehender Giebel.

Hymne: (auch Anthem) in der Englischen Kirche in der Mitte des Gottesdienstes eingelegter motetten- oder kantatenartiger Chorgesang; die Texte stammen aus der Bibel.

104 *St.-Anna-Fuge:* Präludium und Fuge Es-Dur (BWV 552) von Johann Sebastian Bach

»Nunc dimittis«: ein auch als »Lobgesang des Simeon« bekanntes Canticum aus dem Evangelium nach Lukas mit dem Chorus »Gloria Patri et Filio et Spiritui Sancto« (Lukas 2,29–32); Teil der Abendandacht.

105 *herüber nach Mazedonien, um uns zu helfen:* »Und Paulus erschien ein Gesicht bei der Nacht; das war ein Mann aus Mazedonien, der stand und bat ihn und sprach: Komm herüber nach Mazedonien und hilf uns!« (Apostelgeschichte 16,9).

Barabbas: biblische Gestalt, jüdischer Räuber und Aufrührer, der in Jerusalem gefangen saß. Am Passahfest, als Jesus von den Juden vor Gericht gestellt wurde und Pontius Pilatus das Volk vor die Wahl stellte, ob es Barabbas oder Jesus freigegeben haben wollte, wählte das Volk den Barabbas.

113 *Berg Athos:* (auch Hagion Oros, »Heiliger Berg«) Vorgebirge auf der Halbinsel Chalkidike (Griechenland); seit 961 von griechisch-orthodoxen Mönchen besiedelt, Frauen und weibliche Tiere haben keinen Zutritt.

114 *La Trappe:* berühmtes Kloster in Nordfrankreich; der 1665 gestiftete Mönchsorden der Trappisten stellt die strengste Reform des Zisterzienserordens dar. Die Trappisten halten bei gemeinsamer Arbeit, Essen und Schlafen immerwährendes Stillschweigen ein.

Scheich-ül-Islam: auch Großmufti genannt; neben dem Sultan die oberste Gewalt der Gesetzgebung und das höchste kirchliche Amt im Türkischen Reich. Er umgürtet den Sultan bei der Thronbesteigung mit dem Säbel Osmans, seine Gutachten (Fetwa) sind von höchster Bedeutung. Der erste Scheich-ül-Islam war 1424 Mullah Fenârî, der letzte 1922 Medenî Nuri Efendi.

116 »*Miss Magnalls Fragen*«: (»Miss Magnall's questions«) Kurzbezeichnung für das Buch »Historical and Miscellaneous Questions for the Use of Young People« von Richmal Magnall; im Jahre 1800 veröffentlicht, blieb der Ratgeber für Kinder auch im 19. Jahrhundert durchweg sehr populär.

118 *Thalbergs Variationen*: Sigismund Thalberg (1812–1871) war ein österreichischer Komponist und einer der prominentesten Klaviervirtuosen des 19. Jahrhunderts. Für eine Amerikatournee entstanden 1856 Variationen für Klavier: »Air anglais varié« op. 72 (zum Beispiel über »Home, sweet home«).

119 *Peerskalender*: britisches Adelsverzeichnis

121 *Miss Austens*: Jane Austen (1775–1817), englische Schriftstellerin; Autorin von »Die Abtei von Northanger« (1817, postum), weitere Werke: »Vernunft und Gefühl« (1811), »Stolz und Vorurteil« (1813), »Emma« (1816) u. a.

122 *Vision des Labarums*: In der Schlacht an der Milvischen Brücke am 28. Oktober 312 besiegte Konstantin I. seinen Rivalen Maxentius und wurde damit zum alleinigen Herrscher im Römischen Westreich. Von der Vision Konstantins am Vorabend der Schlacht gibt es verschiedene Darstellungen. Nach Eusebius soll ihm, ehe der Kampf begann, am Mittag ein flammendes Kreuz am Himmel erschienen sein, mit der Inschrift: »In hoc vince« (»Unter diesem [Zeichen] siege«), und in der folgenden Nacht Christus selbst im Traume, ihm gebietend, eine jenem Kreuz ähnliche Fahne zu führen. Daraufhin sei das Labarum, die spätrömische Kaiserstandarte mit dem Christusmonogramm, angefertigt und verwendet worden.

129 *südlichen Querschiff*: im Original »nördlichen«, es muss aber das südliche sein, da dieses die Begräbnisstätte der Blandamers ist. Hier hat sich Falkner wohl vertan.
Deus ex Machina: Mit dieser lateinischen Wendung wird ein unerwarteter, im richtigen Moment auftauchender Helfer in einer schwierigen Situation bezeichnet. Die Übersetzung lautet »[der] Gott aus der Maschine« und geht darauf zurück, dass die überraschend Hilfe bringenden Götter im antiken Theater mithilfe einer kranähnlichen Flugmaschine auf die Bühne schwebten.

133 *Nausikaa*: die Tochter des Alcinous, König der Phäaken, eines von den Göttern geliebten Inselvölkchens; Nausikaa war die Erste, die dem schiffbrüchigen Odysseus begegnete, ihn zu ihrem Vater führte und sich später in ihn verliebte (vgl. Homer, Odyssee VIII,454–469).

134 *»Lesen ohne Tränen«*: (»Reading without Tears«) von Favell Lee Mortimer (1802–1878), einer populären englischen Autorin von Sachbüchern für Kinder.
aus dem Munde ... gegründet wurde: Anspielung auf Psalm 8,3: »Aus dem Munde der jungen Kinder und Säuglinge hast du eine Macht zugerichtet um deiner Feinde willen, dass du vertilgest deinen Feind und den Rachgierigen.«
Sir Arthur Bedevere: (auch Sir Bedivere oder Sir Bedwyr) in der Legende von König Arthur (Artussage) der letzte und getreue Ritter des Königs, der das Schwert Excalibur der Herrin vom See zurückgibt.

137 *Lies Feigen von den Disteln*: »An ihren Früchten sollt ihr sie erkennen. Kann man auch Trauben lesen von den Dornen oder Feigen von den Disteln?« (Matthäus 7,16).

138 *Das Fleisch war schwach*: »Wachet und betet, dass ihr nicht in Anfechtung fallet! Der Geist ist willig; aber das Fleisch ist schwach« (Matthäus 26,41).

139 *so nahe liegen … beieinander:* Im Original verwendet Falkner hier Vers 13 aus der
     3. Strophe des Gedichts »Voluntaries« von Ralph Waldo Emerson (1803–1882):
     »So nigh is grandeur to our dust«.

141 *ungenossen … duftete:* Anspielung auf die »Elegie, geschrieben auf einem Dorf-
     kirchhofe« von Thomas Gray (1716–1771): »Full many a flower is born to blush
     unseen, / And waste its sweetness on the morning air« (»So manches Lenzes
     schönste Blume fällt, / Die ungenossen in der Wildnis blüht«).
     Wenn wir alles getan haben … unnütze Knechte: »Also auch ihr; wenn ihr alles
     getan habt, was euch befohlen ist, so sprechet: Wir sind unnütze Knechte; wir
     haben getan, was wir zu tun schuldig waren« (Lukas 17,10).

144 *versammelt' Volk:* Viktoria I. beschwerte sich einst über Premierminister Wil-
     liam Ewart Gladstone (1809–1898), er würde mit ihr reden, »as if I was public
     meeting«.
     Ruat Caleum: »und wenn der Himmel einstürzt«; nach der Redewendung »Fiat
     iustitia ruat caelum« (»Gerechtigkeit geschehe, und wenn der Himmel ein-
     stürzt«).

147 »*Di patrii indigetes …*«: vgl. Vergil, »*Georgica*«, I,498; die »*Georgica*« ist ein Lehr-
     gedicht in vier Büchern über den Landbau, das in Bezug auf Sprache und Vers-
     bau als das vollendetste Erzeugnis der römischen Poesie gilt.

148 *unzufrieden mit dem Stande … Gott gefiel:* »Frage: Worin besteht Deine Pflicht
     gegen Deinen Nächsten? Antwort: … meine Pflicht und Schuldigkeit in demjeni-
     gen Stande zu tun, für welchen mich zu berufen es Gott gefallen mag« (Book
     of Common Prayer, Katechismus).

153 *Apsis:* halbrunde, auch vieleckige und kuppelüberwölbte Altarnische als
     Abschluss eines Kirchenraumes; aus der römischen Baukunst in den christli-
     chen Kirchenbau übernommen.

156 *Und man preiset's … gütlich tut:* aus Psalm 49 »Die Herrlichkeit der Reichen ist
     Trug und Schein«, Vers 19.

157 *Stützpunkt der Parlamentarier:* Im englischen Bürgerkrieg, der von 1642 bis
     1649 zwischen König Charles I. und seinen Anhängern (»Kavalieren«) auf der
     einen und den Parlamentariern (»Rundköpfen«) auf der anderen Seite geführt
     wurde, stand der Südosten mit London und den bedeutenden Hafenstädten auf
     der Seite des Parlaments. Der Krieg endete mit der Hinrichtung des Königs, der
     zeitweiligen Abschaffung der Monarchie und der Errichtung einer Republik in
     England, dem Commonwealth.

158 *Pijacken:* Seemannssprache, veraltend für Kolanis, Jacketts aus dickem, dunkel-
     blauem Wollstoff mit Messingknöpfen
     Blauer Peter: Abfahrtssignal, eine blaue Flagge mit weißem Feld in der Mitte, die
     am Topp des Fockmastes gehisst wird, wenn das Schiff seefertig ist und noch
     jemanden oder etwas vom Land erwartet.

160 »*Illustrierte Londoner Nachrichten:* (»Illustrated London News«) die älteste illus-
     trierte Wochenschrift, die 1842 vom Drucker Herbert Ingram begründet wurde.
     Zwanzig Jahre später hatte sie eine Auflage von mehr als 300.000 Stück erreicht,
     weitaus mehr als die Konkurrenz.

161 *Rindsflecke:* die in Stücke geschnittenen Fettdärme, nebst Magen und Wanst
     vom Rind, die gekocht und gewöhnlich mit einer sauren Brühe angerichtet wer-
     den, auch allgemein als Kutteln bezeichnet.

169 *Kontrapunktiker:* Komponist, der die Technik des Kontrapunkts verwendet, bei der mehrere Stimmen gleichberechtigt nebeneinanderher geführt werden, d. h. die der Hauptstimme gegenübertretenden Stimmen gestalten sich ebenfalls melodisch.

170 *Gibbons-Preis:* Orlando Gibbons (1583–1625), englischer Komponist und einer der bedeutendsten Virginalisten; kam in Oxford zur Welt; ab 1604 wirkte er als Organist der Chapel Royal in London, 1619 wurde er Virginalist am königlichen Hof und 1623 Organist der Westminster Abbey. Seinen Nachruhm verdankt Gibbons hauptsächlich seinen Hymnen und Messen, die zu den Höhepunkten der anglikanischen Kirchenmusik zählen.

Orgelpunkt: eine Stelle meist am Ende vielstimmiger Kirchenstücke, wo der Hauptton im Bass bereits erklingt und gehalten wird, während die Oberstimmen die Rückkehr von der (meist) Dominante zur Tonika noch einige Takte hinauszögern; am häufigsten in Fugen angebracht, wo er das Ausruhen oder auch das Schwinden aller Stimmen vorbereitet.

173 *»Denn wir haben nichts in die Welt gebracht ... auch nichts hinausbringen werden«:* 1. Timotheus 6,7

182 *Arbeitshaus: (»workhouse«)* im Sinne des englischen Gesetzes von 1834 eine Anstalt der öffentlichen Armenpflege, die auf dem Gedanken des mittelbaren Arbeitszwanges beruhte, wonach durch Verweigerung der Anspruch auf anderweitige Unterstützung verwirkt wurde.

185 *Hochkirche: (»High Church«)* Richtung der englischen Staatskirche, die eine Vertiefung der liturgischen Formen anstrebt; im Gegensatz zu der vom Methodismus beeinflussten Niederkirche (»Low Church«), die weniger Wert auf Ritus und Verfassung legt und ein werktätiges Christentum anstrebt.

Stretta: die den Höhepunkt in einer Fuge darstellende Verarbeitung aller Themen

186 *Sixence:* englische Silbermünze = ½ Shilling

Salbe aus Gilead: »Ist denn keine Salbe in Gilead, oder ist kein Arzt da? Warum ist denn die Tochter meines Volks nicht geheilt?« (Jeremia 8,22); am biblischen Ort Gilead, einem Gebirge, wuchsen Bäume, aus dessen Harz Salbe zur Heilung gewonnen wurde.

Boyce: William Boyce, engl. Komponist (1710–1779); seine dreibändige Sammlung »Cathedral Music« (1760–1778) mit Musik englischer Komponisten des 17. und 18. Jahrhunderts war über ein Jahrhundert lang das Standardwerk der englischen Kirchenmusik.

Klavierauszug: die auf wenige Liniensysteme reduzierte Partitur einer vielstimmigen Komposition für die Wiedergabe auf dem Klavier oder der Orgel

»Wache auf, meine Ehre«: aus Psalm 57,9; »Wache auf, meine Ehre, wache auf, Psalter und Harfe! Mit der Frühe will ich aufwachen«.

187 *»Seht, er kommt mit Preis gekrönt«:* Triumphchor aus Georg Friedrich Händels Oratorium »Joshua« (1748), den er 1750 auch seinem Oratorium »Judas Makkabäus« (1747) hinzufügte, welches wiederum einem englischen Feldherrn, dem Duke of Cumberland, gewidmet war, der den Kampf gegen die Schotten entschieden hatte.

Danse macabre: Totentanz, meist sinfonische Dichtungen, welche die Veranschaulichung der Macht des Todes über das Menschengeschlecht zum Thema

443

haben, so z. B. der »Danse macabre« von Charles Camille Saint-Saëns (1835–1921) oder Franz Liszt (1811–1886), die im 19. Jahrhundert von Goethes Ballade »Der Totentanz« inspiriert waren.

»Judas Makkabäus«: Oratorium von Händel (1746)

188 *Kirnberger:* Johann Philipp Kirnberger (1721–1783) war ein deutscher Komponist und Musiktheoretiker, der viele Fugen für Orgel und Klavier herausgab. Er erfand 1757 ein Musikalisches Dominospiel, das er unter dem Titel »Der allzeit fertige Polonaisen- und Menuettencomponist« herausgab, bei dem man aus einzelnen Motiven kleine Tonstücke zusammensetzen konnte.

189 *Casus Belli:* Krieg auslösendes Ereignis; in der diplomatischen Sprache der Fall, in welchem ein Staat sich veranlasst sieht, einem anderen den Krieg zu erklären.

192 *Bradshaw:* umgangssprachliche Bezeichnung für »Bradshaw's Railway Guide«, ein Eisenbahn-Kursbuch für alle in Großbritannien verkehrenden Züge, das erstmals 1839 in Manchester von dem Drucker und Graveur George Bradshaw (1801–1853) herausgegeben und 1961 eingestellt wurde.

Christian Endeavourer: Mitglieder der *Young People's Society of Christian Endeavourer*, eine religiöse Vereinigung mit Ursprung in den Vereinigten Staaten, die 1881 entstand.

193 *»Quam dulce amicitias, Redintegrare nitidas«:* »Wie herrlich ist es, eine alte Freundschaft zu erneuern.«

194 *»ABC der gotischen Architektur«:* gemeint ist das »A.B.C of Gothic Architecture« von John Henry Parker (1806–1884), das in den Jahren 1881 bis 1926 in mehreren Auflagen erschien.

Stilton: ein fetter Weichkäse mit Grünschimmel; nach dem gleichnamigen englischen Ort benannt; der Käse wird jedoch größtenteils in der Grafschaft Leicester hergestellt und nur in Stilton verkauft.

195 *»das Meer ist nicht mehr«:* »Und ich sah einen neuen Himmel und eine neue Erde; denn der erste Himmel und die erste Erde verging, und das Meer ist nicht mehr« (Offenbarung 21,1). Im Englischen ist die Anspielung auf den Bibeltext deutlicher, wenn es bei Falkner heißt: »No more fuges« und in der Bibel »no more sea«.

196 *Victor Sui:* Sieger über sich selbst

Malvasier: ein goldgelber, likörartiger süßer Wein, der um die Stadt Napoli di Malvasia in Morea wächst.

197 *Martha:* Gemeint ist die Heilige Martha, Schwester des Lazarus und der Maria von Bethanien, die sich bei den Besuchen Jesu als sehr geschäftige Hausfrau zeigte (Lukas 10,40).

198 *Das Malzeichen des Tieres:* »Und der erste ging hin und goss seine Schale aus auf die Erde; da entstand ein böses und schmerzhaftes Geschwür an den Menschen, die das Malzeichen des Tieres hatten und die sein Bild anbeteten« (Offenbarung 16,2).

199 *Blue Vinny:* ein Blauschimmelkäse aus Dorsetshire

Gloucesterkäse: harter und rötlicher Käse aus Gloucestershire

Double Besants: eine Ziegenkäsesorte

203 *ipso facto:* durch die Tat selbst, von selbst

205 *»Aut Fynes, aut finis.«:* »Entweder ein Fynes oder das Ende.«

211 *Schrägkreuz:* Kreuz mit schräg gestellten Balken (X), auch Andreaskreuz genannt nach dem Apostel Andreas, der an ein solches Kreuz genagelt worden sein soll.

Folianten: große, oft unhandliche alte Bücher im Folioformat (Buchformat in der Größe eines halben Bogens, gewöhnlich mehr als 35 Zentimeter)

Croft ... Crotch: William Croft (1678–1727) war Organist von St. Anne's in Soho, dann unter Anne und George I. an der Chapel Royal sowie in Westminster Abbey (ab 1708); sein Hauptwerk aus dieser Zeit waren zwei Bände mit Hymnen namens »Musica Sacra« (1724); Samuel Arnold (1740–1802) war Organist an der Chapel Royal und in Westminster Abbey, Theater- und Opernkomponist sowie Dirigent an der Academy of Ancient Music in London, Herausgeber einer Ausgabe von Händels Werken sowie einer vierbändigen Neubearbeitung von Boyces »Cathedral Music«; John Page (1760–1812) war bis 1795 Kantoreisänger an St. George's in Windsor; 1801 wurde er zum Chorvikar von St. Paul's berufen, als er seine dreibändige »Harmonia Sacra« als Ergänzung zu den Sammlungen von Boyce und Arnold fertiggestellt hatte; Maurice Green (1696–1755) war Organist von St. Paul's und 1727 an der Chapel Royal, wurde Professor für Musik in Cambridge und brachte 1743 seine »Forty Select Anthems« heraus, 1750 begann er an einer Sammlung alter und moderner Kirchenmusik zu arbeiten, die er nicht vollendete und der Bibliothek von Boyce überließ; Jonathan Battishill (1738–1801) war Chorsänger an St. Paul's, Boyces Stellvertreter an der Chapel Royal sowie Dirigent in Convent Garden; William Crotch (1775–1847) war ein Wunderkind, das mit vier Jahren Konzertreisen unternahm und mit zehn in Cambridge ein Oratorium aufführte, bevor er Organist am Christ Church College in Oxford wurde und mit zweiundzwanzig Professor für Musik an der Universität. Sein Oratorium »Palestine« (1812) war das erste erfolgreiche seit Händels Zeiten und er wurde zum ersten Vorsitzenden der Royal Academy of Music in London ernannt (bis 1832).

212 *Kanzleischrift:* eine größere regelmäßige Schrift; sie entstand im Mittelalter aus der lateinischen Schrift und wurde in Kanzleien für wichtige Dokumente gebraucht.

Batten ... Byrd: Gemeint sind Adrian Batten (circa 1591–1637), Orlando Gibbons (1583–1625), William Mundy (1529–1591), dessen Werke gelegentlich mit denen seines Sohnes John (1555–1630) verwechselt werden, Thomas Tomkins (1572–1656) aus einer großen musikalischen Familie, zu der auch ein Bruder gehörte, der ebenfalls Thomas hieß, John Bull (1562–1628) und Nathaniel Giles (1558–1634); William Byrd (1543–1623) war von 1563 bis 1572 Organist an der Lincoln Cathedral, später Sänger und Organist an der Chapel Royal; er komponierte mehr als sechzig Hymnen, drei Messen, eine zweibändige Motettensammlung (»Gradualia«) und andere geistliche Musik und gilt als einer der bedeutendsten englischen Komponisten von Orgelmusik.

Herrscher, so weit das Auge späht: Beginn der »Vorgeblichen Verse des Alexander Selkirk, verfaßt in seiner Einsamkeit auf der Insel Juan Fernandez« von William Cowper (1731–1800); Selkirk gilt als das historische Vorbild des Robinson Crusoe.

213 *redende Wappen:* (auch Namenwappen) so nennt man jene Wappen, die auf den Namen des Inhabers anspielen oder diesen rebusartig darstellen.

445

Kratzkamm: (auch Kratze, Karde) ein Werkzeug, mit dem man Baumwolle, Schafwolle und Leinenwerg zum Spinnen vorbereitet, indem sie durch das Kratzen gesäubert und die Fasern glatt gestrichen werden.

215 *con furore:* mit Begeisterung
Zungenregister: das Register der Zungenpfeifen, die den Klang von Blasinstrumenten (z. B. Trompete, Oboe) nachahmen.

220 *Ex oriente lux:* »Aus dem Osten kommt das Licht«; der lateinische Satz bezog sich zuerst auf die Sonne und fand später auch im übertragenen Sinne Verwendung, und zwar auf das Christentum und die Kultur bezogen.
wie von jemandem, der wissentlich einen Engel beherbergt: Anspielung auf den Bibelvers »Gastfrei zu sein vergesset nicht; denn dadurch haben etliche ohne ihr Wissen Engel beherbergt« (Hebräer 13,2).

222 *das Wort ... zu seiner Zeit:* »Es ist einem Manne eine Freude, wenn er richtig antwortet; und ein Wort zu seiner Zeit ist sehr lieblich« (Sprüche 15,23).

224 *elixir vitae:* Lebenselixier
Paracelsus: Philippus Aureolus Theophrastus Bombastus von Hohenheim (1493–1541), der schweizerische Alchimist, dem die Arzneikunde, trotz seiner Scharlatanerie, seinerzeit vielfache Entdeckungen verdankte.

226 *Ritualismus:* (auch Anglokatholizismus) im 19. Jahrhundert eine Strömung in der anglikanischen Kirche, die beabsichtigte, den katholischen Kultus wieder einzuführen.

127 *was kindisch war:* »Da ich ein Kind war, da redete ich wie ein Kind und war klug wie ein Kind und hatte kindische Anschläge; da ich aber ein Mann ward, tat ich ab, was kindisch war« (1. Korinther 13,11).
»O Absalom, mein Sohn, mein Sohn!«: 2. Samuel 19,1

228 *»Nemo repente ...«: Nemo repente fuit turpissimus:* »Das Schlechtwerden geht stufenweise« (Juvenal, Saturae 2,83).
cela passera, tout passera: »dieses wird passieren (vorbeigehen), alles wird passieren (vorbeigehen)«
Ipekakuanha-Pastillen: Ipekakuanha (Brechwurzel) nennt man die Wurzel einer südamerikanischen Pflanze, die als Husten- u. Brechmittel angewendet wird.

231 *Le jour viendra qui tout paiera:* »Der Tag der Abrechnung wird kommen.«

232 *Mädesüß:* ein Rosengewächs feuchter Wiesen mit wohlduftenden Blüten

236 *Memeler Baumstämme:* Die Holzhändler der Hafenstadt Memel (Klaipeda) am Eingang des Kurischen Haffs betrieben einen lebhaften Handel mit Baumstämmen, besonders nach England. Große Holzmassen wurden dazu aus Russland den gleichnamigen Fluss Memel heruntergeflößt, die dann in den Schneidemühlen und Sägewerken in der Hafenstadt zu Brettern und Balken, zu Masten und Grubenholz verarbeitet und zur Ausfuhr vorbereitet wurden.
Römer: bauchiges Kelchglas, meist aus gewöhnlichem grünen Glas

239 *im geschmückten Haus:* Anspielung auf »Von der Rückkehr des bösen Geistes« bei Matthäus, wo es heißt: »Da spricht er denn: Ich will wieder umkehren in mein Haus, daraus ich gegangen bin. Und wenn er kommt, so findet er's leer, gekehrt und geschmückt« (Matthäus, 12,44).

248 *Amethyst und Topas, Chrysopras und Jaspis:* »Und die Grundsteine der Mauer um die Stadt waren geschmückt mit allerlei Edelgestein. Der erste Grund war ein Jaspis, der andere ein Saphir, der dritte ein Chalzedonier, der vierte ein Smaragd,

der fünfte ein Sardonix, der sechste ein Sarder, der siebente ein Chrysolith, der achte ein Berill, der neunte ein Topas, der zehnte ein Chrysopras, der elfte ein Hyazinth, der zwölfte ein Amethyst« (Offenbarung 21,19–20).

250 *Coroner:* englischer Kronrichter, dessen Pflicht es ist, unter Hinzuziehung von Geschworenen bei allen ungewöhnlichen Todesfällen die Untersuchung zu leiten. Er oder die Geschworenen entscheiden, ob der Todesfall aus Geistesverwirrung entstanden ist oder ob es sich um Todschlag, Mord oder, wenn keine Ursache gefunden wird, Tod durch göttliche Heimsuchung handelt.

259 *Rossetti:* Dante Gabriel Rossetti (1828–1882) war ein englischer Dichter und Maler.
»Marius der Epikureer«: (»Marius the Epicurean«, 1885) altrömischer Sittenroman des englischen Schriftstellers Walter Horatio Pater (1839–1894)
ja, ihr seid die Leute, mit euch wird die Weisheit sterben: Hiob 12,2
auf dass er sich nicht wendet und euch zerreißt: »Ihr sollt das Heiligtum nicht den Hunden geben und eure Perlen nicht vor die Säue werfen, auf dass sie dieselben nicht zertreten mit ihren Füßen und sich wenden und euch zerreißen« (Matthäus 7,6).

263 *Lady Clara:* aus dem Gedicht »Lady Clara Vere de Vere« von Alfred Lord Tennyson (1809–1892), in dem er falschen Adelsstolz aufs Korn nimmt. Mit ihrer herzlosen Tändelei und der späteren Zurückweisung treibt sie, »die von hundert Grafen stammt«, einen jungen Freier in den Selbstmord; »und schlugt mit Euren Ahnen ihn!«.

271 *Perseus:* in der griechischen Mythologie Held und Abenteurer, Sohn des Jupiters und der Danae, starb als König von Tirynth; siehe auch Anmerkung zu »Andromeda (S. 275)«.
Sir Galahad: Ritter der Artussage, Sohn des Lanzelot vom See und der Elaine. Er wurde von zwölf Nonnen aufgezogen und gilt als der »Reine Ritter«.
König Cophetua: aus der mittelalterlichen Romanze »König Cophetua und das Bettlermädchen«, in der ein König, dem es an körperlicher Attraktivität fehlt, eine Bettlerin ehelicht, der es an Kleidung fehlt. Sie führen, beim Volk beliebt, bis ans Ende ihrer Tage eine glückliche Ehe. Die Geschichte findet sich in der englischen Kunst häufig umgesetzt.

273 *ex hypothesi:* angeblich

275 *Andromeda:* in der griechischen Mythologie Tochter des äthiopischen Königs Cepheus und der Kassiopeia; sie wurde, um den Zorn des Neptun zu sühnen, an einen Felsen geschmiedet, wo ein Seeungeheuer sie verschlingen sollte. Perseus erlegte das Ungeheuer, rettete die Jungfrau und nahm sie zur Frau.

276 *Rasentorf:* ein Torf, der gleich unter dem Rasen angetroffen wird und aus wenig veränderten Pflanzenteilen (Wurzeln, Stängeln, Blättern usw.) besteht, von gelblichbrauner Farbe und lockerer Beschaffenheit, im Unterschied zum Pech- und Sumpftorf.
Hyde Park Corner: Alle Entfernungen von London werden von hier aus gemessen.

278 *im Leib oder außer dem Leib:* »Ich weiß von einem Menschen in Christus, dass er vor vierzehn Jahren – ob im Leib, weiß ich nicht, oder außer dem Leib, weiß ich nicht; Gott weiß es –, dass dieser bis in den dritten Himmel entrückt wurde« (2. Korinther, 12,2).

285 *»Es ist der Geist sein eigner Raum ...«:* John Milton: »Das verlorene Paradies« (1667), 1. Gesang, Vers 254.

292 *So wie jeder Soldat ... trägt:* »Tout soldat français porte dans sa giberne le bâton de maréchal de France« – mit diesen Worten soll Napoléon Bonaparte ausgedrückt haben, dass sich jeder seiner Soldaten zu höchsten Aufgaben und Ämtern emporarbeiten könne.

die faulen Motten sie fressen: »Ihr sollt euch nicht Schätze sammeln auf Erden, da sie die Motten und der Rost fressen und da die Diebe nachgraben und stehlen« (Matthäus 6,19).

Maria Edgeworth: (1767–1849) irisch-englische Schriftstellerin; Werke: »Castle Rackrent« (1800), »Ennui« (1809), »Helen« (1834) u. a.

Charlotte Brontë: (1816–1855) englische Schriftstellerin; Werke: »Jane Eyre« (1847), »Shirley« (1849), »Villette« (1853) u. a. Die Bücher der Brontë-Schwestern entstanden in einem kleinem Pfarrhaus in Yorkshire auf dem Land.

Rosenkriege: Kampf der Roten und der Weißen Rose, womit ein 30-jähriger Thronstreit zwischen den beiden Häusern Lancaster und York gemeint ist, der 1452 begann.

Bürgerkrieg: Gemeint ist der Krieg zwischen den englischen Royalisten und dem Parlament Mitte des 17. Jahrhunderts, der mit dem Sieg der von Oliver Cromwell geführten Parlamentstruppen und der Enthauptung Karls I. (1625–1649) endete.

van Dyck: Sir Antonius van Dyck (1599–1641) gilt als der bedeutendste flämische Barockmaler nach Rubens. Mit seinen Bildnissen von schlanken Figuren von empfindsamer Vornehmheit schuf van Dyck einen neuen Typus des repräsentativen Adelsporträts, der zum Vorbild für die englische Kunst des 18. Jahrhunderts wurde.

296 *Tanzkarte:* jene Karte, auf der die voraussichtlichen Tanzpartner beim Ball ihren Namen vermerkten, nachdem sie die Dame darum gebeten hatten.

298 *»Umfassender Correspondent und Handweiser ...«:* Es handelt sich wohl um eine Erfindung Falkners (»The Young Person's Compleat Correspondent, and Guide to Answers to be given in the Various Circumstances of Life«).

299 *»wenn die langsamen, dunklen Stunden beginnen«:* aus der zweiten Strophe des Gedichtes »Uphill« von Christina Georgina Rossetti (1830–1894), einer britischen Dichterin im viktorianischen Zeitalter: »But is there for the night a resting-place? / A roof for when the slow dark hours begin. / May not the darkness hide it from my face? You cannot miss that inn.«

300 *Wesleyaner:* Anhänger des von dem englischen Geistlichen John Wesley (1703–1791) begründeten Methodismus

301 *Methodistin:* Die Methodisten sind eine aus der anglikanischen Kirche hervorgegangene Religionsgemeinschaft mit protestantischer Lehre.

303 *ehrliche Herzen brach:* In Tennysons Gedicht »Lady Clara Vere de Vere« heißt es in Zeile 44: »Ja doch, ihr bracht ein harmlos Herz!«

die Schalen ihres Zornes ... ausgoss: »Und ich hörte eine große Stimme aus dem Tempel, die sprach zu den sieben Engeln: Gehet hin und gießet aus die Schalen des Zorns Gottes auf die Erde!« (Offenbarung 16,1).

308 *Triarier:* die erfahrensten Soldaten der römischen Legionen, die in dritter Reihe hinter den kämpfenden Hastaten und Principen hockten und erst ins Gefecht

eingriffen, wenn die vorderen Glieder in Not gerieten; daher das lateinische Sprichwort: »res ad triarios rediit«, nun müssen die Triarier fechten, d. h. eine Lage ist so zugespitzt, dass man zum äußersten Mittel greifen muss (nach Livius 8,8,11).

310 *Zauberlaternen:* Laterna magica, optischer Apparat zur Projektion von Licht-figuren

Christ Church: das größte, im gotischen Stil gebaute College der Universität Oxford

Censor morum: Sittenrichter, früher Beamter im alten Rom, der u. a. die Aufgabe hatte, auf die Einhaltung der Sitten durch Bürger zu achten.

311 *Feuer in seinem Busen zu tragen:* »Kann jemand Feuer in seinem Busen tragen, ohne dass seine Kleider in Brand geraten?« (Sprüche 6,27).

»*Die Warnung des Propheten Elia ...«:* (»The Tishbite's Warning, a Discourse showing the Necessity of a Proper Observance of the Lord's Day«) vgl. 2. Könige 1,1–14; Elia war ein Prophet in Israel, nach seinem Geburtsort Thisbe der Thisbiter genannt. Ein Beleg oder eine Quelle für den von Falkner hier ange-führten »Discourse« lässt sich nicht finden.

die Säume vom Obergewand Aarons: vgl. 2. Moses 39

312 *vorsichtig zu wandeln:* »So sehet nun zu, wie ihr vorsichtig wandelt, nicht als die Unweisen, sondern als die Weisen« (Epheser 5,15).

316 *die Missetaten der Väter:* »Denn ich, der Herr, dein Gott, bin ein eifriger Gott, der da heimsucht der Väter Missethat an den Kindern bis in das dritte und vierte Glied, die mich hassen; und thue Barmherzigkeit an vielen Tausenden, die mich lieb haben und meine Gebote halten« (Book of Common Prayer, Commu-nion).

317 *klug zu sein wie die Schlangen und ohne Falsch wie die Tauben:* »Siehe, ich sende euch wie Schafe mitten unter die Wölfe; darum seid klug wie die Schlangen und ohne Falsch wie die Tauben« (Matthäus 10,16).

319 *das ganze Leben versäuert:* siehe 1. Korinther 6,1, wo es heißt: »Euer Ruhm ist nicht fein. Wisset ihr nicht, dass ein wenig Sauerteig den ganzen Teig versäuert?«

320 *Nebukadnezar:* König zu Babel (605–562 v. Chr.); »Nach Verlauf von zwölf Monaten wandelte er umher auf dem königlichen Palaste zu Babel; und der König hob an und sprach: Ist das nicht das große Babel, welches ich zum könig-lichen Wohnsitz erbaut habe durch die Stärke meiner Macht und zu Ehren mei-ner Herrlichkeit?« (Daniel 4,29–30).

Dissenter: Bezeichnung für die Mitglieder einer protestantischen Kirche in Großbritannien, die sich von der Staatskirche getrennt haben.

die mir vorgesetzt sind: »Frage: Worin besteht Deine Pflicht gegen Deinen Nächsten? Antwort: ... mich demüthiglich und ehrerbietig denjenigen unterzu-ordnen, die mir vorgesetzt sind« (Book of Common Prayer, Katechismus).

325 *Springer:* Schachfigur, die ein Feld weit in gerader und ein Feld weit in schräger Richtung bewegt werden kann und als die komplizierteste Figur im Schachspiel gilt.

327 *Kabbalist:* Kenner oder Anhänger der Kabbala, einer mittelalterlichen jüdischen Geheimlehre

449

332 *Sklavin seines Ringes:* Zu seiner Wunderlampe besaß Aladin, Held eines der bekanntesten Märchen aus »1001 Nacht«, zudem einen Zauberring, mit dem er sich einen Dschinn zu Hilfe rufen konnte, der ihm ergeben war. »Was begehrst du? Sprich! / Dein Sklav' bin ich und aller derer, / die diesen Ring am Finger tragen« (»Aladin und die Wunderlampe« – Die Märchen aus Tausend und einer Nacht, nacherzählt von Ludwig Fulda, Berlin 1912).

333 *Verlobungsszene in einem Flämischen Fenster:* Hier spielt Falkner wohl auf das Gemälde »Die Arnolfini-Hochzeit« des flämischen Malers Jan van Eyck (um 1390–1441) an. Dabei handelt es sich um eine nicht standesgemäße Ehe, auch »Ehe zur linken Hand« genannt (Giovanni Arnolfini reicht seiner Gattin die linke Hand). Wie Lord Blandamer und Anastasia sind also auch Giovanni Arnolfini und seine Frau Giovanna Cenami unterschiedlichen Standes. Die von van Eyck gemalte Szene lässt sich durchaus als »leidenschaftslos« bezeichnen.

336 *Kräuterkissen:* mit wohlriechenden Kräutern, z. B. Kampfer, gefülltes Säckchen, das bei Rheuma früher sehr häufig angewendet wurde, auch Kräuterbettchen oder Kräutersäckchen genannt.

chef d'oeuvre: Meisterwerk, Meisterstück

337 *Samariterschulen:* (»Ambulance Classes«) Schulen der Samaritervereine – Vereine für erste Hilfeleistung bei Unglücksfällen, sowie für Krankenversorgung und Krankenpflege –, deren Anfänge zu sich bis ins Mittelalter zurückverfolgen lassen, besonders in England und dessen Kolonien.

Biermolke: ein (Würz-)Getränk, das früher als Heilmittel für Erkältungen oder andere Infekte bereitet wurde, indem man Bier in kochende Milch goss und von der geronnenen Käsemasse die Molke absonderte; oft mit Zucker und Gewürzen verfeinert.

338 *Pfund Fleisch ... aus dem Herzen:* nach Shakespeares Stück »Der Kaufmann von Venedig« (1596), dessen zentrale Handlung das Bestehen Shylocks auf die Begleichung von Antonios Schuld ist; dazu muss er sich ein Pfund Fleisch aus der Brust schneiden; vgl. Vierter Aufzug, Erste Szene: »Gut, er ist verfallen, / Und nach den Rechten kann der Jud' hierauf / Verlangen ein Pfund Fleisch, zunächst am Herzen / Des Kaufmanns auszuschneiden«; seit dem späten 18. Jh. eher im übertragenen Sinne gebraucht für »sein Recht rücksichtslos verlangen«, »eine schwere Schuld einlösen«.

339 *Hoffnung auf dem Boden der Büchse:* Zeus sandte zur Strafe für den Raub des Feuers durch Prometheus Pandora mit einem verschlossenen Gefäß, das alle Übel enthielt, auf die Erde. Als sie den Deckel öffnete, blieb nur die trügerische Hoffnung in der »Büchse der Pandora« zurück.

Alambik: Destillierkolben (auch in der Alchimie); hier im Sinne von »Destillierung« verwendet.

»Würde und Bestimmung«: nach Alfred Lord Tennysons Gedicht »Odysseus«, wo es heißt: »Doch Alter hat noch Würde und Bestimmung.«

342 *Eugenids »Aristeia«:* Autor und Werk wahrscheinlich rein fiktional; der Titel bezeichnet im antiken griechischen Drama den Moment auf dem Höhepunkt des Kampfes, in dem der Held sein Bestes gibt, hochkonzentriert und praktisch unverwundbar ist.

Honorius: Flavius H. (384–423), weströmischer Kaiser, Sohn des Kaisers Theodosius I.; er erließ strenge Gesetze gegen das Heidentum.

Pallium: weiter, gewöhnlich weißer, mantelähnlicher Überwurf für Männer im antiken Rom, den besonders die Griechen trugen; später so viel wie Decke, Hülle, Mantel, insbesondere Krönungsmantel.

343 *Strohpapier:* aus Strohhalmen gefertigt, die sich nach dem Auskochen mit alkalischen Laugen leicht in biegsame Fasern zerteilen lassen; Strohpapier ist allerdings hart und steif, sodass es beim Falten leicht bricht, aber immerhin so dicht, dass es selbst ungeleimt als Schreibpapier verwendet werden kann.

344 *weit über alle Zeichen der Phäaken:* Odysseus besiegte die Phäaken im Steinewerfen (Homer, Odyssee VIII,186–200).

345 *»Nicken und Winken und lieblich ausgebreitetem Lächeln«:* aus John Miltons: »L'Allegro«, Zeile 28.

346 *Gaskandelabern:* säulenartige Gestelle zum Tragen von Gasleuchtern, die direkt auf dem Kirchflur stehen.

351 *Bow:* (Stratford le Bow) Stadtteil von London; die dortige Kirche heißt St. Mary le Bow, gewöhnlich Bow Church genannt.
ex officio: von Amts wegen

354 *Hymenäus:* auch Hymen genannt; bei den alten Griechen der Gott der Ehen, Hochzeitsgott.
Londoner Schneidergilde: Die »Guild of Merchant Taylors« ist eine der 108 Gilden der City of London.

355 *jubelten miteinander ... wie die Söhne Gottes:* »als die Morgensterne miteinander jubelten und alle Söhne Gottes jauchzten« (Hiob 38,7).
»Grandsire Triples«: eine der Standardmethoden/-zyklen in der englischen Kunst des Wechselläutens, ausgeführt mit 7 Glocken. Ein Läuten mit über 5.000 Wechseln ist ein Zyklus (peal), mit weniger als 5.000 Wechseln ein Satz (touch).

358 *Sordine:* (auch Sordino) Dämpfer bei Musikinstrumenten, um den Ton zu dämpfen oder schwächer zu machen.
gedämpftes Geläut: Die Dämpfung der Glocke erfolgt am Klöppel, der mit einem weichen Stoff umwickelt wird, sodass dieser die Glocke leiser anschlägt; im Gegensatz dazu wird der halb gedämpfte Klöppel verwendet, welcher nur auf einer Seite abgepolstert ist und daher die Glocke je nach Zug sowohl ungedämpft (Handzug) als auch gedämpft (Rückzug) anschlägt.
»Treble Bob Triples«: Methode beim Wechselläuten; die Läuteart Triples (=7 Glocken plus eventuell die Bassglocke am Ende eines jeden Wechsels) bezeichnet dabei die Anzahl der Glocken, die an der Methode beteiligt sind. Die Methode selbst (Bob ⇒ Scherschritt) gibt die Folge der Wechsel an und wird in einem System notiert, bei dem jede Zeile einem Wechsel entspricht. Bei der Treble-Bob-Methode folgt die Sopranglocke (Treble) einer vorgegebenen Zickzacklinie, während die anderen Glocken vor- und zurückspringen.

359 *Herzwunde Jesu:* Der ungläubige Jünger Thomas zweifelte an der Auferstehung Jesu, und erst nachdem Jesus ihn aufgefordert hatte, seine Wundmale zu berühren, glaubte er das Unfassbare. »Darnach spricht er zu Thomas: Reiche deinen Finger her und siehe meine Hände, und reiche deine Hand her und lege sie in meine Seite, und sei nicht ungläubig, sondern gläubig!« (Johannes 20,27).

360 *Lesung über den Propheten ...:* 1. Könige 18,43–46

362 *Quartieren:* Wird ein Wappenschild in vier Teile geteilt (quadriert, geviertelt), so heißen die Plätze jeweils Quartier; darin werden die verschieden Familienwappen vereint, um die Verwandtschaftsbeziehungen einer Familie durch Heirat (Verschwägerungen) mit anderen Familien zu symbolisieren.

363 *Seitenverwandten:* die durch Seitenlinien von einem gemeinschaftlichen dritten abstammenden Verwandten

364 *Pantoffeljagd:* (»hunt the slipper«) ein Gesellschaftsspiel, dass Oliver Goldsmith (1730–1774) im elften Kapitel seines Romans »Der Landprediger von Wakefield« (»The Vicar of Wakefield«, 1766) beschreibt; dabei sitzt die ganze Gesellschaft, mit Ausnahme einer Person, im Kreis und schiebt unter den Knien einander einen Pantoffel zu wie ein Weberschiffchen; die verbleibende Person steht in der Mitte und muss den Pantoffel erhaschen und wird dabei immer wieder von den anderen mit kleinen, versteckten Hieben mit der Pantoffelsohle geneckt. Eine deutsche Ausgabe des Romans aus dem Jahre 1841 (Georg Wigands Verlag, Leipzig) enthält 63 in den Text gedruckte Holzschnitte, darunter auch »Das Spiel des Pantoffelsuchens« (S. 73).

366 *Moosachatbrosche:* Moosachat ist ein Halbedelstein, auch Baumachat oder Mokkastein genannt.

370 *Grands Mulets:* (»Die großen Maultiere«) Felsrippen auf einer Höhe von 3.051 Metern an Nordflanke des Mont Blanc; 1853 wurde hier ein erster Unterstand errichtet.

371 *»Der Fliegende Holländer«:* Sage vom holländischen Kapitän van Straaten, der wegen seines gottlosen Lebens verdammt ist, ruhelos auf dem Meer zu segeln, ohne je einen Hafen zu erreichen. Der Kapitän oder auch die Mannschaft des Gespensterschiffs versuchen vorbeifahrenden Schiffen Briefe mitzugeben. Diese Briefe müssen sofort an den Mast genagelt werden, sonst widerfährt dem Schiff ein Unglück, denn sie sind an längst Verstorbene gerichtet.
das ganze Gesetz und die Propheten hängen: »An diesen zwei Geboten hängt das ganze Gesetz und die Propheten« (Matthäus 22,40).

372 *Dispens:* In England zumeist vom Erzbischof von Canterbury erteilte Sondergenehmigung zur Eheschließung, welche jegliche der üblichen Ehehindernisse aufhebt, also auch die Heirat ohne Aufgebot oder an einem anderen als dem gewöhnlichen Ort zulässt.

378 *en face:* in der Malerei die Ansicht des menschlichen Gesichtes von vorn

379 *Lawrence:* Sir Thomas Lawrence (1796–1830), britischer Bildhauer und Maler, galt als größter Künstler der englischen Porträtmalerei seiner Zeit, tätig in London, dort 1792 als Nachfolger von Hofmaler Reynolds.

385 *Ephedrus:* (»jemand, der wartet«) Die Athleten oder Kämpfer in den griechischen Spielen wurden durch das Los miteinander gepaart. Diese Lose befanden sich in einer silbernen Urne und waren paarweise mit Buchstaben versehen. War die Anzahl der Athleten ungerade, so gab es ein Los, welches mit einem überflüssigen Buchstaben versehen war. Wer dieses zog, der sogenannte Ephedrus, hatte das Glück, schließlich als Letzter gegen einen bereits erschöpften Sieger anzutreten.
Eroberer von Troja: Agamemnon, der von seiner Frau Klytämnestra und deren Geliebten Ägisth ermordet wurde (Homer, Odyssee XI,409 ff.).

389 *Israel in der Wüste:* »Und gedenke alles des Weges, durch den dich der HERR, dein Gott, geleitet hat diese vierzig Jahre in der Wüste, auf dass er dich demütigte und versuchte, dass kund würde, was in deinem Herzen wäre, ob du seine Gebote halten würdest oder nicht« (5. Moses 8,2).

390 *Templer:* mittelalterlicher Ritterorden, entstanden aus zunächst neun französischen Rittern, die im Jahre 1119 unter Hugo von Payens schworen, die Jerusalempilger vor wütenden Muslimen zu beschützen.

391 *Drachenbrut:* Anspielung auf die Argonautensage; bei Hyginus und Ovid wird berichtet, wie Kadmus die Zähne eines von ihm erlegten Drachens aussät und unterpflügt, aus denen bewaffnete Männer hervorwachsen.

392 *»Ingoldsbys Legenden«:* (»Ingoldsby legends«) eine Reihe von humoristischen Erzählungen in Prosa und Versen, die in drei Serien (1840–47) erschienen und verschiedene, z. T. illustrierte Auflagen (1880 gleichzeitig 6 Ausgaben) erlebten. Ihr Autor war der englische Schriftsteller Richard Harris Barham (1788–1845), bekannter unter dem Pseudonym Thomas Ingoldsby.

Stuartteppich: ein Wandteppich mit eingewirkten Bildern wohl aus der Tapisseriemanufaktur »Mortlake Tapestry«, die dank der Patronage des britischen Königshauses Stuart (1603–1688) gedieh.

396 *Donquichotterie:* törichtes, von Anfang an aussichtsloses Unterfangen aus weltfremdem Idealismus, benannt nach dem literarischen Vorbild Don Quijote.

400 *Inigo Jones:* (1573–1652) Baumeister des englischen Klassizismus, dem allerdings auch häufig Bauten zugeschrieben wurden, die gar nicht von ihm entworfen worden waren.

ionischer Säulenvorbau: altgriechische Form der Säulenordnung, benannt nach der Kunst der Ionier

402 *Lambris:* Täfelwerk, untere Wandverkleidung aus Holz oder Marmor

406 *»Bin ich denn Gott, dass ich töten und lebendig machen könnte?«:* 2. Könige 5,7

412 *schwarze Sorge:* »atra Cura« (Horaz, Oden III,1,40)

414 *Kainsmal:* Zeichen, das Kain nach dem Brudermord erhalten haben soll und das ihn als nur von Gott zu Richtenden kennzeichnen sollte (vgl. 1. Moses 4,15).

416 *Snyders und Wouvermann:* Frans Snyders (1579–1657), flämischer Maler, und Philipp Wouvermann (1619–1668), niederländischer Maler

417 *Non tali auxilio nec defensoribus istis:* »Die Zeit bedarf nicht solcher Hilfe, noch solcher Verteidiger« (Vergil, Aeneis II,521).

418 *Bowlinggreen:* ebener, glatter Rasenplatz, auf dem das beliebte englische Kugelspiel Bowls gespielt wird.

419 *Nepenthes:* besonders in Ägypten wachsende Kannenpflanze; im Altertum ein Zauberkraut, welches in Wein getrunken für den Tag allen Kummer verscheuchte; vgl. Homer: »ein Zaubertrank, Kummer zu tilgen und Groll und jeglicher Leiden Gedächtnis« (Homer, Odyssee IV,221).

422 *Kodizill:* eine dem Testament nachträglich beigefügte Verfügung

424 *Strebewerk:* aus mehreren Strebepfeilern und -bogen sowie Mauervorlagen bestehende Konstruktion, die den Schub von Bauwerken mit hohen Gewölben auffängt.

453

525 *Turm von Siloah:* »Oder meinet ihr, dass die achtzehn, auf die der Turm von Siloah fiel und sie erschlug, seien schuldig gewesen vor allen Menschen, die zu Jerusalem wohnen?« (Lukas 13,4); hier irrt sich wohl nicht Falkner, sondern der Pfarrer in der Zahl dreizehn.

»Proficiscere« und »liliata rutilantium«: aus dem »Ordo commendationis animae«, einer Sammlung von Gebeten zur Begleitung Sterbender bis zum Moment des Todes. »Proficiscere, anima christiana, de hoc mundo ...« (»Ziehe weg, o Seele Gottes, aus dieser furchtbaren Welt«); »... liliata rutilantium te confessorum turma circumdet ...« (»... möge der Bekenner frohe Schar sich um dich sammeln ...«).

426 *Ajalon:* Levitenstadt Palästinas; im nahen Tal fand die Schlacht Josuas gegen fünf kanaanitische Könige statt, wobei Josua der Sonne stillzustehen gebot (Josua 10,12).

428 *Schildmauer:* eine das Gewölbe an der Stirnseite abschließende, nach oben durch den Bogen begrenzte Mauer

431 *China Station:* Verband der Königlich Britischen Marine (1865–1941); der Verantwortungsbereich der Station umfasste die Küste und die schiffbaren Flüsse von China, den Westpazifik und die Gewässer um Niederländisch-Indien.

Die englische Originalausgabe erschien 1903 unter dem Titel »The Nebuly Coat« bei Edward Arnold, London. Das Werk wurde viele Male nachgedruckt, u. a. 1943 von Penguin Books und zwei Mal, 1954 (zusammen mit »The lost Stradivarius«) und 1988, in der Reihe der »World's Classics« bei Oxford University Press. Zuletzt erschien eine Taschenbuchausgabe im Londoner Verlag Steve Savage Publishers (2006).

Die hier vorliegende Ausgabe ist die deutsche Erstveröffentlichung.

JOHN MEADE FALKNER

wurde 1852 als Sohn eines Landgeistlichen in Manningford
Bruce (Wiltshire) geboren. Nach seinem Abschluss am Hert-
ford College in Oxford (1882) arbeitete er als angestellter und
Privatlehrer, u. a. für die Kinder von Sir Andrew Noble; dieser
holte Falkner 1895 in seinen Rüstungskonzern »Armstrong
Whitworth«, in dem er bis zum Direktor und Aufsichtsrats-
vorsitzenden aufstieg. Mit 63 Jahren wurde Falkner ehren-
amtlicher Bibliothekar der Kathedrale von Durham und Lek-
tor für Paläografie an der dortigen Universität. Als Schriftsteller wurde er vor allem durch seinen Roman »Moonfleet«
(1898) bekannt. Falkner starb im Jahre 1932 in Durham. In
Burford (Oxfordshire) liegt er begraben.

SANDRA GUTZEIT

wurde 1978 in Regensburg geboren. 2000 begann sie das Stu-
dium der Freien Grafik an der Hochschule für Kunst und
Design Burg Giebichenstein in Halle und schloss dort 2007
mit dem Diplom ab. Heute lebt und arbeitet sie als freie Gra-
fikerin und Kunstpädagogin in Celle/Niedersachsen.

Deutsche Erstausgabe 2012

Alle deutschsprachigen Rechte vorbehalten.

© 2012 mdv, Mitteldeutscher Verlag GmbH, Halle (Saale)

www.mitteldeutscherverlag.de

Gesamtgestaltung und Satz BUCHSTABE Helmut Stabe, Halle

Schrift Andron Mega Corpus Petit und Andron Tertia von Andreas Stötzner

Lektorat Sabine Franke

Printed in the European Union

ISBN 978-3-89812-827-8